아동문학의
오래된 미래

원종찬 평론집

아동문학의
오래된 미래

창비
Changbi Publishers

책머리에

이른바 '아동문학의 르네상스' 시기에 잇달아 세 권의 평론집을 펴내고, 그로부터 꼭 10년 만에 네 번째 평론집을 내놓는다. 그사이 연구서를 두 권 펴내긴 했다.

평론집의 경우에는 어떻게 제목을 정해야 할지 매번 고민된다. 참신하고 개성적이기를 바랐으나, 논의 대상이 '아동문학'이라는 정보가 우선해야 한다는 고루한 생각 때문인지 핵심어 몇 개를 이리저리 조합해봤는데 딱딱한 제목만 나온다.

결국 목차에서 제목이 될 만한 것을 골랐더니 '오래된 미래'라는 잘 알려진 제목을 훔쳐 온 꼴이 되었다. 헬레나 노르베리 호지 여사가 이 제목에 담아낸 참뜻을 새기고 사는 독자에게는 양해를 구하고 싶다.

지난 30년 동안 필자는 연구와 비평을 병행하면서 과거의 유산을 돌아보고 현재를 갱신하고자 나름대로 힘을 기울여 왔다. 그런 만큼 이 책이 상식적 수준의 '오래된 미래'와 어느 한구석 통하기를 원했다. 필자에게는 결코 쉽지 않은 과제일 것이나 '법고창신(法古創新)'의 뜻으로 이해해 주면 좋겠다.

이 책에 실린 많은 글들은 국정교과서를 둘러싸고 '역사전쟁'을 도발한 이명박·박근혜 보수정권 시절에 발표된 것들이다. 그 때문에 우리 아동문학의 과거와 현재를 어떻게 바라봐야 할지 첨예하게 부딪히는 논쟁적 성격의 글들이 대부분이다. 아시다시피 논쟁은 현재진행형이다.

보수정권 시절에 우리 아동문학은 급속히 활력을 잃고 위축되었다. 새천년 즈음 백화난만했던 아동문학의 르네상스가 꽁꽁 언 겨울로 바뀌었던 것이다. 학습과 경쟁으로 내몰린 어린이의 고통은 OECD 국가 가운데 어린이 행복지수 최하로 증명되었다. 그 시절 아동문학 작가와 출판사들이 겪은 고통 또한 상당했다.

그런데 촛불혁명과 더불어 계절이 바뀌자 아동문학에 다시 청신호가 켜진 듯하다. 2020년 3월 그림책 부문의 백희나 작가가 『구름빵』『장수탕 선녀님』『나는 개다』 등으로 세계적 수준의 권위를 갖는 '아스트리드 린드그렌 추모 문학상'을 수상했고, 이어서 4월에는 청소년소설 부문의 손원평 작가가 『아몬드』로 아시아권에서는 처음으로 '일본 서점 대상' 번역소설 부문 수상자로 선정되었다.

조짐이 좋다. 요즘 들어 그림책, 동시, 동화, 청소년소설 각 부문에서 성과가 잇따르고 있다. 필자는 한창 관심이 뜨거운 최영희와 최상희 작가의 서로 다른 독특한 스타일에 눈길을 주었던바, 다시 찾아온 이런 백화난만의 조짐은 상대적으로 침체된 비평 쪽에도 좋은 자극을 줄 것이라고 믿는다.

이 책은 4부로 구성되었다. 1부는 동아시아 아동문학에 대한 논의이고, 2부와 3부는 방정환부터 오늘의 작가에 이르기까지 문제적인 경향을 톺아본 것이며, 4부는 현역 작가와의 대담이다. 대담을 하면서 비평적 질문을 아끼지 않았기에 함께 수록하기로 했다. 이 자리를 빌려 대담 수록을 허락해 준 작가 분들께 감사드린다.

이번 책에는 추모 평론도 두 편 실려 있다. 많은 분들이 똑같은 마음일 텐데, 고인 두 분 모두 정점의 순간에 삶이 꺾인 듯해서 안타까움이 더하다. 너무나 빨리 우리 곁을 떠난 고 박지리, 김이구 형께 삼가 이 책을 바친다.

2020년 7월
원종찬

차례

005   책머리에

1

동아시아 아동문학을 찾아서

013   동아시아 아동문학의 상호 인식:
       '동아시아 대표 동화'와 '한·중·일 평화그림책' 시리즈
039   동아시아 전통과 장편동화
060   한국 아동문학의 중국인 이미지
076   한국 장편동화에 그려진 이상국가:
       이원수의 『숲 속 나라』와 권정생의 『랑랑별 때때롱』
082   아동문학의 오래된 미래: 어린 시절 이야기

2

지금 여기의 작가

089   교양과 제도 바깥의 불온함: 최영희의 상상력
109   단편의 매혹, 장편의 한계: 최상희의 청소년소설
127   깨어진 구슬: 박지리를 추모하며
140   동심으로 빚은 유머와 아이러니 효과: 유은실 『멀쩡한 이유정』
147   이야기꾼 동화작가의 탄생: 김리리 『뻥이오, 뻥』
153   기로에 선 신춘문예 아동문학: 2018년 동시·동화 당선작

비평의 거울

183 내게 비평은 무엇인가?: 설문에 대한 응답

188 동시 비평의 최전선: 고 김이구 형의 비평을 돌아보며

198 더러운 그리움: 임길택 동시를 다시 읽으며

211 주향두의 계급주의 유희 동시: 말놀이 유희 동시에 대한 시사점

241 방정환의 「참된 동정」에 나타난 '빵과 장미'의 상상력

275 방정환 담론 변천사

작가와의 대담

313 교육적 구속과 상업적 유혹에서 아동문학을 구하자:
     중국 아동문학가 류쉬위안과의 대담

330 쓰기와 읽기, 혼이 열리는 순간들: 최상희 작가와의 대담

371 역사적 진실과 소설적 진실: 이금이 작가와의 대담

415 그 여자의 삶, 어머니의 초상: 배유안 작가와의 대담

428 이원수·이오덕·권정생이 남긴 숙제: 권오삼 시인과의 대담

459 수록글 출처

461 찾아보기

동아시아
아동문학을
찾아서

1

동아시아 아동문학의 상호 인식

'동아시아 대표 동화'와 '한·중·일 평화그림책' 시리즈

1. 아동문학과 동아시아

사람들에게 '한국 아동문학'이나 '세계 아동문학'이라는 말은 익숙하지만 '동아시아 아동문학'은 그렇지 않다. 동아시아 아동문학이 세계 아동문학의 일부로서 존재성을 드러내 왔다면 이 말이 낯설게 여겨질 까닭은 없다. 사실 동아시아란 말 자체는 지역, 인종, 문화의 근접성과 유사성 때문에 통용되는 상식적인 용어일 따름이다. 하지만 '한국—동아시아—세계 아동문학'의 연계고리에서 동아시아 아동문학은 오랫동안 공백상태나 다름없었다. 무엇보다 동아시아 단위의 사유가 부재했다. 동아시아 각국에서 세계 아동문학은 곧 서구 아동문학을 가리켰다. 그 때문에 사람들 머릿속에 자국 아동문학과 세계 아동문학은 존재할지언정 동아시아 아동문학은 존재하지 않았다고 볼 수 있다.

그런데 시대환경이 크게 바뀌자 동아시아의 아동문학도 새로운 국면

을 맞이하게 되었다. 세계 냉전체제가 해체되고 동아시아 각국의 상호 관계가 변화함에 따라 이전과는 다른 동아시아가 수면 위로 떠오른 것이다. 한국은 정부 수립 이후 공산진영이라 해서 적대해 온 중국·베트남과 국교를 수립했고, 북한과도 이전과 다른 경험을 쌓고 있다. 어느새 사람들은 생활 속에서 새로운 동아시아를 실감하고 산다. 우리에게 익숙한 해외여행, 인터넷, 이주노동자, 다문화가정 등은 분명 세기전환 이후의 경험이다. 이와 같은 생활상의 변화는 아동문학에도 새로운 자극과 기회를 제공하고 있다.

주지하듯이 아동문학은 근대성과 밀접한 관련을 지닌다. 서세동점(西勢東漸)의 근대 역사 속에서 발전이 제약되었던 동아시아 각국의 아동문학은 오늘날 새롭게 부흥하는 중이다. 민주화와 경제성장을 이룩한 한국의 경우는 물론이고, 개혁개방 정책 이후 중국과 베트남의 어린이책 출판시장은 산업화·도시화와 함께 급속한 신장세를 보이고 있다. 이들 나라와의 인적·물적 교류가 날로 증대하고 있는바, 일본과 북한을 여기에 더한다면 우리와 관련이 깊은 동아시아 아동문학의 경계가 어렴풋이 드러나게 된다.

그럼에도 아동문학 분야에서는 동아시아 담론을 찾아보기 힘들다. 한국 아동문학은 민족주의적 열망이 대단히 강렬하다. 이 열망은 식민지와 전쟁의 기억으로 인해 반일 또는 반북의 감정으로 표출되기 일쑤다. 최근에는 동남아시아에 대한 차별의식도 만만치 않다. 뒤틀린 민족주의와 서구주의가 은밀히 손을 잡고 있는 형국이다. 이는 민족주의적 열망이 온전히 탈식민주의로 나아가지 않고 제국주의로 돌변할 수 있다는 위험신호가 아닐 수 없다. 한국 아동문학이 세계 아동문학에 당당히 참여할 수 있으려면, 동아시아를 단위로 해서 이와 같은 착종된 문제부터 풀어야 한다. 따라서 "서구주의와 민족주의, 이 두 경사 속에서 침묵하는 동아시아를 호출하는 일, 즉 동아시아를 하나의 사유 단위로 설정하는 사고의 변혁"[1]은 아동문학 분야에서도 중요한 문제의식으로 다가온다.

이 글은 이와 같은 문제의식을 바탕으로 최근 어린이책 출판계에서 유의미한 변화의 신호탄으로 여겨지는 두 가지 사례를 검토하려고 한다. 첫째는 '동아시아 대표 동화' 시리즈고, 둘째는 '한·중·일 평화그림책' 시리즈다. 하나는 동아시아 아동문학의 정전(正典)이 부재하는 상황에서 동아시아 각국을 대표하는 아동문학의 유산을 공유하기 위한 상호 번역의 문제고, 다른 하나는 동아시아 과거에 대한 반성과 평화 실천을 위한 한·중·일 아동문학 관계자들의 연대와 창작의 문제다. 이 두 가지는 동아시아 교류의 아킬레스건이나 다름없는 '근대사'를 매개로 한다. 여러모로 동아시아 아동문학의 상호 인식을 살펴보기에 맞춤한 사례라고 할 수 있다.

2. '동아시아 대표 동화' 시리즈

1) 동아시아 정전이 부재하는 세계 아동문학 전집

사람들에게 '명작'으로 각인된 세계 아동문학의 정전은 서구 아동문학의 목록을 가리킨다. 아동문학의 정전화에 지대한 영향을 미친 것은

---

1 최원식·백영서·신윤환·강태웅 엮음 『제국의 교차로에서 탈제국을 꿈꾸다』, 창비 2008, 5면.

전집류라 할 수 있는데, 우리가 보는 '세계 아동문학 전집'은 서구 아동문학 위주로 구성되어 있다. 동아시아 각국이 거의 비슷한 상황이다.[2] 이에 대한 보완 내지 극복 방안으로서 동아시아 아동문학의 정전을 상정할 수 있겠는데, 불행히도 그런 목록은 존재한 적이 없다. 세계 아동문학 전집류를 보면 서구의 작품은 대부분 근대 이후의 개인 창작물이 차지하고 있다. 반면에 일종의 구색 맞추기로 끼워진 '동양 편'은 전래민담이 아니면 『서유기』『삼국지』『수호지』 같은 근대 이전의 것들이 주종을 이룬다. 아동문학은 근대 이후의 산물인바, 이것들을 동아시아 아동문학의 대표작 또는 정전이라고 할 수 있을지 의문이다.

냉전시대에 만들어진 '세계 아동문학 전집'은 일본의 목록을 참조한 것들로서 "제국주의적 기획"[3]의 일환이라고 비판되고 있다. 이와 같은 전집류에 의해 어릴 때부터 국민 교양이 주조된다는 사실은 문제의 심각성을 말해 준다. 수많은 전집류 가운데 가장 일찍이 '정전'의 지위를 획득하면서 널리 이름을 알린 계몽사 전집의 목록은 다음의 표(17면)와 같다.

목록의 배열에서 눈에 띄는 것은 영국(총 8권), 미국(총 7권), 프랑스(총 5권), 독일(총 6권) 등 국가별로 순서를 잡은 점이다. 이러한 국가 순서는 이후의 다른 전집들에서도 되풀이된 것들로 제국의 질서를 반영한다.

---

2 '세계 아동문학 전집'과 같은 구성물은 서구에서는 찾아보기 힘들지만, 일본의 독서 시장에서 크게 성행하면서 동아시아 각국에 영향을 미쳤다. 한국, 중국, 베트남 등에서 유통되는 세계 아동문학 전집류(소년소녀 세계 '명작' 또는 '경전' 시리즈)는 일본의 것을 모델로 했다. 동아시아를 괄호 치고 자국 아동문학과 세계 아동문학만을 상정하는 서구주의의 기원은 바로 이 일본발(發) 전집들이다.

3 최애순 「1960~1970년대 세계아동문학전집과 정전의 논리」, 『아동청소년문학연구』 제11호, 2012, 63면.

세계 소년소녀 문학전집(계몽사 1959~1962) 전 50권[4]

1	고대	희랍 신화집	26	독일	하우프 동화집
2	고대	호머 이야기	27	독일	날아가는 교실
3	고대	성경 이야기	28	독일	꿀벌 마야의 모험
4		세계 우화집	29	독일	알프스의 소녀
5	영국	영국 동화집	30	독일	사랑의 집
6	영국	보물섬	31	북구	안데르센 동화집
7	영국	정글북	32	북구	북구 동화집
8	영국	셰익스피어 이야기	33	북구	밤비의 노래
9	영국	올리버 트위스트	34	북구	러시아 동화집
10	영국	플랜더스의 개	35	남구	이탈리아·스페인 동화집
11	영국	검은 말 이야기	36	남구	쿠오레
12	영국	이상한 나라의 앨리스	37	남구	피노키오
13	미국	엉클 톰스 캐빈	38	동양	아라비안나이트
14	미국	라일락 피는 집	39	동양	중국 동화집
15	미국	작은 아씨들	40	동양	인도 동화집
16	미국	톰 소여의 모험	41	동양	삼국지
17	미국	소공자	42	동양	수호지
18	미국	소공녀	43	동양	일본 동화집
19	미국	미국 동화집	44		동물문학집
20	프랑스	프랑스 동화집	45		세계명작 동시집
21	프랑스	집 없는 아이 (상)	46		세계명작 동극집
22	프랑스	집 없는 아이 (하)	47		세계명작 추리소설집
23	프랑스	월요 이야기	48	한국	한국 고대소설집
24	프랑스	십오 소년 표류기	49	한국	한국 전래동화집
25	독일	그림 동화집	50	한국	한국 창작동화집

여기에는 서구를 동경하고 이상화하는 "선진·발전에 대한 욕망"[5]이 담겨 있다. 전 50권 가운데 동양 편은 여섯 권, 한국 편은 세 권이다. 동양·

---

4 같은 글 51면.
5 같은 글 69면.

한국 편에서 근대 아동문학의 범주에 드는 것은 『일본 동화집』과 『한국 창작동화집』 두 권뿐인데, 모두 단편 모음들이다.

계몽사 전집의 목록은 개정판에서 약간 변화되지만, 기본 성격은 달라지지 않는다. 즉 동양 편에 『서유기』 『삼국지』 『수호지』가 추가되지만, 이것들은 모두 근대 이전의 중국 고전들이다. 계몽사 전집과 경쟁했던 을유문화사의 『세계아동문학독본 7: 중국 편』, 정음사의 『한국소년소녀전집 2: 중국 동화집』 등에도 근대 이후의 중국 아동문학은 부재한다. 당시에는 중국이 적성국가로 분류되었기 때문에 근대 이후의 산물인 아동문학의 출간은 이념 문제에서 자유롭지 못했다고 볼 수 있다.

중화민국(1911) 이후에 본격적으로 전개된 중국 아동문학은 1990년대에 들어와서야 이 땅에 번역 소개될 수 있었다. 그 처음은 '창비아동문고'의 하나로 나온 『왕시꼉의 새로운 경험』(1990)일 것이다. 모두 여덟 작가의 단편을 수록한 이 앤솔러지는 특이하게도 중화인민공화국(1949) 이후의 작품들로 구성되었다. 희한하다면 희한한 일이 아닐 수 없는데, 사회주의 중국 어린이의 삶을 이해하자는 취지가 작용한 결과라고 여겨진다. 모두 단편이라는 점도 한계거니와, 사회주의 국가정책 아래서 나온 작품들은 그 이전의 반(半)식민지 상황에서 나온 것들보다 현실비판정신이나 기법 면에서 오히려 수준이 낮아 보인다.

금세기에 들어 부쩍 증가한 동아시아 아동문학의 교류는 지식정보책에 밀려 어려움을 겪고 있다. 최근 동아시아 어린이책 교류 현황을 살펴보면, 문학의 본질에 충실한 것보다는 읽기 좋게 포장한 학습서적류가 성행한다. 중국을 비롯한 아시아 각국의 대형서점에서 학습만화 형식의 한국 어린이책을 발견하기란 그리 어려운 일이 아니다. 대표적인 것은 예림당의 'Why' 시리즈와 뜨인돌출판사의 '노빈손' 시리즈다. 두 출판사는 브랜드로 등록한 시리즈 저작권을 해외에 수출하면서 '글로벌 기업'으로 성장했다고 한다. 하지만 이런 어린이책의 해외 수출은 자본의 팽창을 보여 주는 사례일 뿐이고 아동문학의 세계화와는 거리가 멀다.

2) 동아시아 아동문학의 상호 번역 양상

2012년 8월 22일부터 25일까지 일본 도쿄(東京)에서 제11회 '아시아 아동문학대회'가 열렸다. 이 대회는 한국, 중국, 대만, 일본 등 4개국이 2년에 한 번씩 돌아가면서 개최한다. '아시아아동문학의 미래와 과제'를 내건 이 대회에서 가장 흥미로웠던 발표는 동아시아 아동문학의 상호 번역에 관한 것이었다.

일본의 나루미 도모코(成實朋子)에 따르면[6] 2001년부터 2011년 사이 일본 어린이책을 동아시아 나라에 번역 소개한 건수에서 1위는 한국, 2위는 대만, 3위는 중국이 차지했다. 그런데 최근 3년간의 번역 건수로 제한하면 1위는 중국, 2위는 한국, 3위는 대만으로 바뀐다. 중국은 2008년 이후 급격히 일본 어린이책의 번역을 늘리고 있다는 것이다. 여기서 중국 아동문학의 변화 욕구를 읽을 수 있다. 한국은 이미 오래전부터 일본 어린이책을 꾸준히 번역해 왔기에 큰 변화가 나타나지 않은 것이다.

지역적·민족적 특성으로 지적된 내용도 관심을 끌었다. 한국은 진지한 테마와 역사성을 중시하는 경향 때문인지 하이타니 겐지로(灰谷健次郎)의 인기가 다른 지역에 비해 폭발적이라며 모두 놀라워했다.[7] 중국

---

6 成實朋子「東アヅアにおける日本の子どもの本の飜譯」, 第11回 アヅア兒童文學大會論文集(2012) 참조.

7 한국에서 하이타니 겐지로의 작품은 『나는 선생님이 좋아요』(햇살과나무꾼 옮김, 양철북 2002)를 필두로 수십 종이 번역되었다. 교육 현장의 문제를 비판적으로 그린 그

은 이런 한국의 경향과는 정반대였다. 중국에서는 리얼리즘 작품보다는 오히려 환상적인 동화와 판타지의 인기가 높다고 한다.

2001년부터 2011년 사이 일본에서 번역된 동아시아 어린이책에 관해서는 오타케 기요미(大竹聖美)가 발표했다.[8] 상호 교차 번역의 불균형이야 말할 것도 없지만, 흥미롭게도 일본에서 번역된 동아시아 어린이책 중 가장 많은 건수를 차지하는 것은 한국의 그림책이었다. 특히 이억배의 『솔이의 추석 이야기』는 한국 문화 알기 차원에서 화제가 되어 한국의 그림책이라고 하면 이것을 대표작으로 여긴다고 한다. 여기서 생각해볼 것은 그림책의 본질에 앞서 '문화 알기 차원'의 교류가 이뤄지고 있는 점이다. 최근 한국은 분방한 상상력과 개성이 돋보이는 신진 작가들의 그림책이 많이 나오고 있는데, 이런 점은 크게 반영되지 않은 것이다.

이 대회에서 잠시 각국의 초등 교과서에는 어떤 번역 작품이 실렸는가 하는 문제가 논의되었다. 한국의 교과서 작업에 참여한 신헌재·권혁준 교수에 따르면, 한국의 경우 『샬롯의 거미줄』(엘윈 브룩스 화이트), 『내 이름은 삐삐 롱스타킹』(아스트리드 린드그렌) 같은 서구의 작품은 실려 있지만, 아시아권 아동문학 작품은 아직 실려 있지 않다. 일본 작품 「우동 한 그릇」(구리 료헤이)의 수록 여부를 두고 논란이 벌어졌는데, 일본의 교과서에 한국 작품이 없는 이상 한국에서 일본 작품을 싣는 것은 시기상조라는 주장이 나와서 빠지게 되었다고 한다. 이때 장내에서는 웃음소리가 터져 나왔다.

일본 쪽의 설명은 다르다. 검인정이 아닌 일본의 교과서에는 이상금

의 작품은 1980년대 중반 이후 교육민주화운동과 연관되어 널리 읽혔다.

8 大竹聖美 「日本における東アジアの子どもの本の飜譯」, 第11回 アジア兒童文學大會論文集(2012) 참조.

의 일본어 작품 「반쪽의 고향」이라든지 전래동화 「호랑이와 곶감」 같은 작품을 수록한 교과서가 있고, 음악 교과서에는 「고향의 봄」 「아리랑」 등이 실려 있다고 한다. 박완서의 「옥상의 민들레꽃」은 할머니가 자살하는 내용 때문에 끝내 수록할 수 없었던 경우에 해당했다. 한국의 교과서 상황을 두고 터져 나온 웃음소리는 과연 무엇을 의미할까? 제국주의 침략의 역사에서 비롯된 것이겠지만, 교과서 제작에 민족감정이 개입하지 않았다고 말하기 어려운 사정이다.

한국과 중국 아동문학의 상호 번역에 대해서는 특별히 연구된 것을 찾아보기 어렵다. 유의미한 양상을 드러낼 만큼 번역된 작품이 양적으로 축적되지 못한 탓일 것이다. 냉전시기에 이념의 장벽이 가로놓였던 이유도 지나칠 수 없다. 하지만 식민지시대에도 한국과 중국 아동문학의 상호 관련은 일본에 비해 미미한 상태였다. 한·중 수교 이후 두 나라 아동문학이 폭발적으로 성장한 사실에 비추어 한·중 아동문학의 상호 번역에서 뚜렷한 성과가 없는 것은 정상적이라 하기 어렵다. 자국에서 베스트셀러인 작품들, 예컨대 한국의 권정생, 황선미, 중국의 정위안제(鄭淵潔), 차오원쉬안(曹文軒), 양홍잉(楊紅櫻)의 작품들이 근근이 소개되는 정도다. 한국과 베트남 아동문학의 상호 번역에 대해서도 똑같이 말할 수 있다.

3) 동아시아 아동문학의 정전화

앞서 살펴본 것처럼 세계 아동문학의 정전은 서구 편중 현상을 드러내 왔고, 동아시아 각국은 상호 번역의 불균형이 극심할뿐더러 번역 작품의 선택도 연구와 정보의 부재로 거의 시장원리에 맡겨진 형국이다. 그러기 때문에 동아시아 각국 연구자들의 상호 관심과 정보 교류가 절실하다. 모범이자 기준으로서의 정전은 문학장(場)의 권력관계를 반영하는 것이기에 탈근대·탈식민의 관점에서는 비판의 여지가 많은 게 사실이다. 하지만 대안 정전이라는 말이 있듯이 정전 해체만이 능사는 아닐 것이다. 다양성에 대한 인정이 가치의 무정부 상태를 의미하는 것도 아니다. 중요한 것은 정전화의 '숨은 손'을 드러내는 한편으로, '정전화—탈정전화—재정전화'의 역동성이 발휘되는 열린 공간으로서의 문학장을 만들어 내는 일이다. 동아시아 아동문학의 정전화는 동아시아 시각의 연구와 비평을 전제로 한다.

최근 여유당출판사에서 출간된 '동아시아 대표 동화' 시리즈는 이러한 문제의식에서 비롯된 것이다. 이 시리즈는 필자가 기획하고 인하대 대학원 한국학과 박사과정의 유학생들이 중심이 되어 함께 작업한 결과물이다. 2013년에 한국, 조선(북한), 중국, 베트남, 일본 대표 동화를 하나씩 먼저 출간했으며, 후속 작품이 계속 나오고 있다.

시리즈 발간의 취지는 이러하다. 첫째, 오늘날의 어린이는 세계시민의 감각과 소양이 필수적이다. 서구 아동문학에 치우친 번역 출판은 암암리에 서구 중심의 가치관을 주입하고 있다. 이런 편향된 독서 풍토를 바꾸려면 동아시아 정전을 주목해야 한다. 둘째, 한국에서는 동아시아권 다문화가정이 급증하는 추세다. 다문화적 감각과 소양은 다문화가정의 아동에게만 요구되는 것이 아니다. 그런데 요즘 유행하는 다문화 소재의 창작동화는 교훈성에 기울어져 문학적 가치가 떨어진다는 비판을 받고 있다. 따라서 동아시아의 역사적 진실을 반영하는 대표작 위주의 독서가 각 나라의 삶을 감동과 더불어 체험하는 데 더욱 도움이 된다. 셋째, 역사와 문화를 공유해 온 동아시아 아동문학에 비추어 한국 아동문학의 위상을 점검할 필요가 있다. 아직 미지의 영역으로 남아 있는 동아시아 대표 동화의 번역 출판은 작가, 평론가, 연구자, 출판인 등 아동문학 관계자들의 시야를 넓히는 데 기여할 수 있다.

작품 선정의 원칙과 기준은 이러하다. 동아시아 근현대 창작동화 가운데 각국 아동문학사에서 중요한 위치를 차지하며 시대를 뛰어넘어 계속 읽힐 수 있는 작품, 오늘날의 어린이들이 쉽게 이해하고 감동받을 수 있는 작품, 한국 아동문학의 발전에 바람직한 자극을 줄 수 있는 작품을 가려 뽑는다. 동아시아의 다른 나라뿐 아니라 한국과 조선을 포함시킴으로써 남북통일시대를 준비하고 명실공히 동아시아 대표작 시리즈가 되도록 한다. 동아시아 각국의 상호관계, 다문화가정의 추세, 아동문학의 발전 수준 등을 고려할 때 현재로서는 한국, 조선, 중국, 베트남, 일본이 최대공약수에 해당한다. 여유당출판사에서 1차로 발행된 대표작 목록은 다음과 같다.

한국: 마해송(馬海松)『토끼와 원숭이』(1931~1947)

조선: 한설야(韓雪野)『금강선녀(金剛仙女)』(1960~1961)

중국: 장톈이(張天翼)『다린과 쇼린(大林和小林)』(1932)

베트남: 또 호아이(Tô Hoài)『귀뚜라미 표류기(Diary of a Cricket)』(1941)

일본: 미야자와 겐지(宮澤賢治)『은하철도의 밤(銀河鐵道の夜)』(1924~1933)

마해송의『토끼와 원숭이』는 1931년『어린이』에 앞부분이 발표되었지만 일제의 검열로 중단되었다가 해방 후『자유신문』에 전편(1946)과 후편(1947)이 각각 연재되면서 최종 완성되었다. 강대국의 약소국 침탈과 제국주의 세계질서를 풍자한 내용으로 저항성이 두드러진 의인동화다. 동아시아 근대 역사를 동물나라 이야기에 빗대어 그려 냈기 때문에 오늘날의 어린이들도 흥미롭게 읽을 수 있는 작품이다. 마해송은 한국 창작동화의 개척자로 유명한데, 일본에 체류하면서 좌익 작가와 교류하던 중에 이 작품을 썼다.

한설야의 『금강선녀』는 1960년 11월부터 1961년 8월까지 조선작가동맹의 기관지 『아동문학』에 연재된 것으로 그간의 연구에서는 누락돼왔다. 1961년 이후로는 그의 창작활동이 보이지 않는 만큼 생애의 마지막 작품이라고 여겨진다. 한설야는 조선문학예술총동맹(1951)과 조선작가동맹(1953)의 위원장을 역임했다. 낙후된 아동문학 분야를 일으켜 세우고자 분과활동을 지도하면서 몸소 창작을 수행했다. 『금강선녀』는 옛이야기 '나무꾼과 선녀'를 모티프로 삼은 것이다. 사람이 주인이 되어 의식주를 해결하고, 침략자와 맞서 싸우며, 이웃마을과 협력관계를 맺는 등 사회주의 국가 건설에 관한 알레고리로 읽히는 작품이다.

장톈이의 『다린과 쇼린』은 1932년 중국좌익작가연맹 기관지 『북두(北斗)』에 연재된 것으로 중국 아동문학의 물줄기를 바꾼 '현실주의 동화'의 대표작이라 평가되고 있다. 쌍둥이 형제의 엇갈린 운명을 그린 것인데, 당대 중국 사회의 계급모순을 '황당미(荒唐美)'라 함 직한 동화적 과장으로 흥미롭게 풀어냈다. 어린이가 좋아하는 옛이야기 캐릭터가 많이 나오며, 계급 간의 대립도 옛이야기처럼 해결된다. 상상 속 모험을 즐기는 동안 낮은 연령대는 권선징악의 교훈을, 그보다 높은 연령대는 사회의 모순을 깨닫게끔 만들어진 작품이다.

또 호아이의 『귀뚜라미 표류기』는 무려 40개국에서 번역 출판된 고전적 지위를 가지고 있다. 이 작품은 아이들에게 잡혀서 '싸움 귀뚜라미'로 사는 귀뚜라미의 모험을 그렸다. 처음에는 살아남기 위해 싸우지만 나중에는 승리의 만족감을 얻기 위해 싸운다. 그런데 자기보다 힘이 더 센 사마귀와 맞붙은 뒤로 약자에 대한 배려를 알게 되고 남과 더불어 사는 삶을 고민한다. 귀뚜라미는 마침내 아이들의 '감옥'에서 도망쳐 나와 평화의 메시지를 전하는 여행길에 나선다. 이 작품이 발표된 때는 1941년으로 제2차 세계대전이 벌어지던 중이었다. 당시 프랑스가 참전 국가였기 때문에 그 지배를 받고 있던 베트남의 상당수 남자들이 전쟁터로 보내졌다. 『귀뚜라미 표류기』는 이와 같은 베트남의 역사적 현실에서 나온 반전평화의 메시지를 담은 작품이다.

미야자와 겐지의 『은하철도의 밤』은 1924년 원고를 쓰기 시작해서 만년까지 일곱 차례나 고쳐 썼다는 유작이다. 어둡고 무거운 분위기를 지녔지만 미야자와 겐지의 작품 가운데 세계적으로 가장 많이 번역되었다. 두 소년이 기차를 타고 먼 은하수를 여행하는 내용인데, 꿈인지 현실인지 알 수 없는 기묘한 짜임에 신기한 경험들을 담아냈다. 주인공 소년은 현실로 돌아와 친구의 죽음을 마주하지만 그가 은하에 아직 살아 있다는 믿음을 간직한다. 어린이가 읽기에 난해한 구석이 없지 않지만 환상적인 밤하늘을 여행하면서 인생의 의미를 성찰케 하는 작품이다.

이상의 다섯 작품은 모두 동아시아의 역사적 현실에 뿌리를 박고 있는 각국 대표 작가의 대표 작품에 속한다. 미야자와 겐지의 작품을 제외하고는 동아시아에서 상호 번역이 이뤄지지 않은 상황이었다. 비록 한국 출판계에 국한된 한계가 없지 않지만, 여유당출판사의 '동아시아 대표 동화' 시리즈는 동아시아 아동문학의 정전화를 위한 첫 발걸음이라는 의의를 지닌다.[9]

---

9 이 글이 발표된 다음 해인 2013년부터 보림출판사에서 20세기 중국 아동문학을 대표하는 작가와 작품을 소개하는 '중국 아동문학 100년 대표선' 시리즈를 발간해 오고 있다.

3. '한·중·일 평화그림책' 시리즈[10]

1) 평화그림책이 출간되기까지

2005년 10월 일본의 원로 및 중견 그림책 작가들이 '근대 일본의 동아시아 나라들에 대한 침략을 반성하고 이에 대한 국가 차원의 사죄와 보상이 없음을 부끄러워하면서' 한·중·일 3개국 작가들이 함께 어린이들에게 평화의 의미와 가치를 전하는 '평화그림책'을 만들어 공동 출간하자는 제안을 한국 작가들에게 전했다. 2006년 8월 서울에서 한·일 양국의 작가들이 모여 준비모임을 개최했다. 2007년 중국의 작가들이 결합하기로 했고, 곧이어 시리즈를 출간할 3개국 출판사 — 한국의 사계절출판사, 일본의 도신사(童心社), 중국의 이린출판사(譯林出版社) — 가 결정되어 같은 해 11월 중국 난징(南京)에서 3개국 작가와 편집자들이 모여 토론하는 기획회의가 개최되었다. 이 회의에서 열띤 토론을 벌인 끝에, 과거를 정직하게 기록하고, 현재의 고민을 함께 나누며, 평화로운 미래를 위해 연대하자는 뜻에서 '기록과 공감, 그리고 희망의 연대'라는 캐치프레이즈를 설정하는 성과를 이뤘다.

2010년 6월 한국에서 첫 번째 작품인 권윤덕의 『꽃할머니』가 출간되었고, 이어서 두 번째 작품인 이억배의 『비무장지대에 봄이 오면』이 출간되었다. 2011년 4월 중국에서 야오홍(姚紅)의 『경극이 사라진 날』이 출간되었고, 일본에서는 하마다 게이코(浜田桂子)의 『평화란 어떤

---

10 이 부분은 한국의 사계절출판사가 제공한 정보에 기초해서 작성한 것으로 인용문의 면수는 생략했다. 총 12권으로 기획된 것 중에서 국가별 첫째 권으로 발행된 것들을 살폈다.

걸까?』가 출간되었다. 일본은 『비무장지대에 봄이 오면』과 『경극이 사라진 날』을 번역해서 『평화란 어떤 걸까?』와 동시에 출간했다. 한국은 2011년 4월 『평화란 어떤 걸까?』, 5월 『경극이 사라진 날』을 번역 출간했다. 한·중·일 3개국의 출판사는 국가별로 4권씩 총 12권으로 계획된 시리즈 제작을 이어 가는 한편으로, 이미 출간된 작품은 남김없이 상호 번역 출간하려고 작업 중에 있다.

여기서 주목되는 사실이 하나 있다. 일본은 한국의 첫 번째 작품 『꽃할머니』를 제외하고 두 번째 작품 『비무장지대에 봄이 오면』을 먼저 출간했다. 결론부터 말하자면 『꽃할머니』도 일본에서 출간하는 것으로 결정되었다. 하지만 일본의 출판사는 『꽃할머니』를 그대로 출간하기는 곤란하다며 난색을 표했다. 중국에서도 『꽃할머니』의 출간은 늦어지고 있다.[11] 공동의 기획이지만 한·중·일 3개국은 과거 문제를 바라보는 시각의 차이가 만만찮다. 책의 제작, 출판, 독자 수용에 이르는 모든 과정이 생각보다 순조롭지 않다고 한다. 첫술에 배부를 수는 없는 노릇이다. 한·중·일 3개국이 상호 충돌하는 문제들을 공유하고 해결해 가는 경험 자체가 동아시아 평화의 실천인 것이고, 평화를 위한 연대의 귀중한 사례라는 인식이 필요하다.

2) 한·중·일 평화그림책의 양상

권윤덕의 『꽃할머니』는 '위안부' 피해자인 심달연(1927~2010) 할머니의 증언을 토대로 만들어졌다. 할머니는 태평양전쟁 시기인 1940년

---

11 중국의 출판사가 제2차 세계대전 당시 위안부로 동원된 여성들을 지도에 그려 넣은 부분에 각국의 해역과 영토 경계선을 표시해 달라고 요구를 해서 중국 출간용 그림의 수정이 이뤄지고 있다고 한다. 2015년 중국어판이 출간되었다.

13세의 나이로 일본군에 끌려가 이루 말 못 할 고초를 겪었다. 작가는 할머니의 증언을 담은 기록을 토대로 할머니를 여러 차례 방문 인터뷰하여 이 그림책을 만들었다.

일본군 위안부 문제의 핵심은 군국주의 국가가 저지른 제도적 성폭력이며, 그로 인해 인간성이 상실되었다는 것이다. 이런 점을 분명히 해 줄 때 어린이들은 일본군인 한 명 한 명, 나아가 일본인 전체를 증오하는 데에서 벗어날 수 있다. 위안부 생활 장면에서 군인들의 얼굴을 그리지 않고 제복으로만 표현한 것은 그런 점을 염두에 둔 것이라고 한다. 얼굴 없는 군인의 형상은 제도적 성폭력과 인간성 상실의 은유일 테다.

『꽃할머니』는 할머니가 해방된 조국에서 차별받고 고통스럽게 지내는 모습도 보여 준다. 이렇게 함으로써 위안부 문제는 국가적 범죄임을 부인하는 일본 정부와 우익세력의 문제에 그치지 않는다는 것을 드러내어 나름의 균형을 잡고 있다. 후반부로 가면서 우리 안의 망각과 외면 또는 무지와 왜곡을 성찰하는 쪽에 더 큰 초점이 놓인다. 국가의 경계를 넘어서는 오늘날의 문제의식도 빠뜨리지 않는다. "열세 살 꽃할머니가 겪은 아픔은 베트남에서도 보스니아에서도 이어졌다. 그리고 지금 콩고에서도 이라크에서도 되풀이되고 있다."는 맨 마지막 구절은 그 정점에 해당한다.

일본에서 이 책의 출간에 난색을 표한 것은 위안부 문제에 무지하거나 보수적인 일반 대중의 정서를 고려했기 때문이라고 한다. 일본군 위안부라는 민감한 주제를 담은 그림책이 출간될 경우 우익 테러의 표적이 될 수도 있음을 출판사는 우려했다. 다행히 이 문제는 현지 독자들을 상대로 하는 모니터링으로 해결할 수 있었다. 한국의 작가와 편집자가 직접 도쿄로 가서 도신사의 편집자와 함께 초등학교 한 곳과 중학교 한

곳을 정해 학생과 학부모들을 상대로 책을 읽어 주고 반응을 점검했다. 그 결과 학생들은 매우 진지하고 열린 자세로 책의 내용을 접했으며, 어머니들의 경우 눈물을 흘리며 주인공의 처지에 공감하는 모습을 보여 주었다. 중학교의 한 학생은 "이러한 사실이 있었다는 것도 놀라운 일이지만, 그 사실을 이제껏 모르고 있었다는 것이 더욱 놀랍다."는 반응을 보였다. 이 그림책의 의의와 함께 제대로 된 역사교육의 중요성을 확인시켜 주는 말이라고 해도 좋겠다.

난징 출신의 작가 야오훙이 들려주는 『경극이 사라진 날』은 모친이 겪은 중일전쟁 이야기를 취재한 것이다. 1937년 루거우차오사건(盧溝橋事件)을 계기로 중일전쟁이 발발한 이후 '난징대학살'이 자행되기 직전, 일본군이 난징 진입을 위해 감행한 공습 전후 보름간의 이야기다. 주지하듯이 난징대학살은 수많은 민간인이 살해된 끔찍한 사건으로, 전쟁의 처참함과 광기를 말하고자 할 때 빼놓을 수 없는 비극 가운데 하나이다. 그러나 작가의 붓끝은 그 비극을 직접 가리키지는 않는다. 대신에 전운이 감도는 가운데서도 유명한 경극배우의 출현에 가슴이 설레고, 그 배우의 공연장에 구름처럼 몰려들어 울고 웃으며 공연을 감상하는, 그리고 다음 공연을 손꼽아 기다리는 난징 사람들의 일상을 묘사하는 데 공을 들인다. 이는 작가가 전쟁의 광포함과 평화의 소중함을 말하기 위해 선택한 또 다른 관점과 방법이다.

1937년 난징. 징병을 알리는 포스터와 애국을 호소하는 격문들이 거리에 나부끼는 어느 가을날을 배경으로, 외할머니와 살고 있는 9세 소녀의 집에 유명한 경극배우 샤오윈셴이 묵으면서 작품이 시작된다. 샤오 아저씨는 매일 아침 난징을 감싸고 흐르는 친화이어 강변에서 춤과 노래를 연습하고, 그를 보기 위해 이른 새벽부터 사람들이 양쪽 강변을 가득 메운다. 공연을 마친 다음 날 새벽, 샤오 아저씨는 짐을 꾸려 떠날 채비를 한다. 침략군을 위해 노래할 수 없다는 결심이 선 것일까? 전쟁의 먹구름이 코앞까지 다가왔다. 아저씨가 떠난 후, 온 도시가 공습경보와 폭격소리에 뒤덮인다. 더는 경극도, 그 아름다움을 선물해 준 샤오 아저씨도 볼 수 없게 되었다. 사람들을 설레게 한 소박한 일상과 문화를 전쟁이 빼앗아 간 것이다. 이처럼 전쟁의 참상과 만행을 고발하기보다, 그로 인해 파괴된 소박한 일상과 죽어 간 사람들의 모습을 서정적으로 보여 주는 일은, 증오와 응징의 감정을 넘어 전쟁과 평화를 바라보는 새로운 시선을 열어 준다.

하마다 게이코의 『평화란 어떤 걸까?』는 좀 더 낮은 연령대의 독자를 겨냥했다. '평화'는 손에 잡히지 않는 추상명사다. 어린이가 이해하기 어려운 말이다. 알록달록한 색색의 제목 글자가 "평화란 어떤 걸까?" 하고 묻고 있는 표지를 넘기면, 노란 풍선을 불고 있는 아이가 "평화란 분명, 이런 거야." 하며 이야기를 시작한다. 그것은 단순명료하다. "전쟁을 하지 않는 것" "폭탄 따위는 떨어뜨리지 않는 것" "집과 마을을 파괴하지 않는 것." 그 이유 또한 명쾌하다. "왜냐면, 사랑하는 사람과 언제까지나 함께 있고 싶으니까." 이보다 더 또렷하고 절실한 이유가 또 있을까 싶다.

아이가 말하는 평화는 이렇게 이어진다. "배가 고프면 누구든 밥을 먹을 수 있고, 친구들과 함께 공부도 할 수 있는 것" "사람들 앞에서 좋아하는 노래를 맘껏 부를 수 있는 것" "싫은 건 싫다고 혼자서라도 당당히 말할 수 있는 것." 이런 것은 지극히 당연한 권리이지만, 지구상에 우리와 함께 살고 있는 수많은 누군가에게는 너무나 어렵고 절실한 바람이기도 한 것이 현실이다. 아이는 이제 '관계' 속에 선다. "잘못을 저질

렀다면 잘못했다고 사과하는 것" "어떤 신을 믿더라도, 신을 믿지 않더라도, 서로서로 화를 내지 않는 것." 누구든 실수할 수 있고, 잘못을 저지를 수 있다. 누구든 서로 다른 신념이나 신앙을 가질 수 있다. 그러나 그것을 인정하지 않을 때 평화는 멀어진다.

평화는 아이들이 좋아하고 원하는 것과 통한다. "마음껏 뛰어놀 수 있고, 아침까지 푹 잘 수 있는 것." 평화는 참 쉽다. 아이들은 입을 모아 이렇게 외친다. "목숨은 한 사람에 하나씩, 오직 하나뿐인 귀중한 목숨"이니까, "절대 죽여서는 안 돼. 죽임을 당해서도 안 돼. 무기 따위는 필요 없어." 그리하여 무기를 만들어 싸우는 대신 "모두 함께 잔치를 준비하자."고 제안한다. 마침내 기다리고 기다리던 잔칫날, 다 같이 신나게 행진을 한다. 이제 아이는 이렇게 말할 수 있다. "평화란 내가 태어나길 잘했다고 하는 것" "네가 태어나길 정말 잘했다고 하는 것" "그리고 너와 내가 친구가 될 수 있는 것." 이 책의 문장은 반복, 대조, 열거법으로 간명하게 서술되어 있기 때문에 시처럼 낭송하기에 좋다.

3) 한·중·일 평화그림책의 상호 교차점

3개국 작가와 편집자들은 여러 차례 만나서 열띤 토론을 벌였고, 숱한 전자우편을 주고받았다. '평화그림책'을 함께 만드는 과정에서 조율이 쉽지 않았다는 것이다. 예를 들어 일본의 작품에서 "평화란 비행기가 폭격을 하러 **날아오지 않는 것**"(강조는 인용자)이란 문구를 보고 한국 작가들은 이 폭격 이미지가 가해자인 일본의 피해자의식을 드러낸 것이 아니냐고 지적했다. 작가 하마다는 이라크 공습을 염두에 둔 것이었기에 크게 당황하지 않을 수 없었다. 그래서 "평화란 전쟁을 하지 않는 것"이라고 고치기로 했다. 한국 작가들의 제안으로 "평화란 잘못을 저지르면 사과를 하는 것"이란 문구도 첨가되었다. 이처럼 토론을 통해 차이가 확인되고 표현이 더 나아지고 있는 것은 다행스러운 일이다. 중국 작품 『경극이 사라진 날』의 마지막 대목은 처음에는 샤오 아저씨가 공연에서 번 돈을 '항일'전쟁 비용으로 기부한다는 내용이었는데, 한국과 일본 쪽이 미래 평화 콘셉트에 맞지 않는 군더더기 애국주의적 내용이라고 지적하여 전쟁고아들을 위해 기부했다는 내용으로 바꿨다고 한다. 한국의 작가 김환영은 권정생의 시 「애국자가 없는 세상」으로 그림책을 만들려고 구상 중이었는데, 중국 작가들이 "애국자가 없는 세상이 말이 되느냐"고 반발하여 결국 베르톨트 브레히트의 시를 담은 그림책으로 방향을 바꾸기로 했다고 한다.[12] 평화그림책을 논하는 자리임에도 국가주의의 장벽은 의외로 높다.

가장 뜨거운 토론을 부른 작품은 『꽃할머니』였다. 일본 정부가 부인하는 일본군 위안부 문제를 정면으로 담아낸 작품이기에 그랬다. 하지만 시리즈의 취지에 공감해서 기획에 참여한 일본의 출판사가 이 책의 번역 출간에 난색을 표한 것은 '증언을 어떻게 볼 것인가' 하는 관점의 차이와 우경화하는 일본의 시국 문제에 더하여 구체적인 형상화와 관련한 문제가 끼어들지 않았을까 싶다. 여기에는 한국 쪽에서 귀담아들을 말도 적지 않을 것이라고 여겨진다. 논란이 된 그림은 제복을 입은 군인 둘이 흰 저고리와 검은 치마를 입고 나물을 캐는 소녀 둘을 폭력적으로 끌고 가는 장면인데 글만 소개하면 다음과 같다.[13]

---

12 김환영은 최종적으로 다시 권정생 시를 골라 그림책 『강냉이』(사계절 2015)를 펴냈다.
13 작가는 채록자의 실수로 잘못 표기된 부분을 다시 점검하고, 군인의 명칭, 군인 복장, 끌려간 당시의 할머니 연령, 위안소 영내 설치 여부 등을 글과 그림에서 바로잡아 2015년 9월 30일 한국어판 개정판을 냈다. 개정판이 나온 마당에 초판의 일부 장면만

군인들이 꽃할머니를 발로 차 버리고
언니의 머리채를 잡아끌어 차에 태웠다.
"언니야!" 부르며 울자
군인들은 꽃할머니도 차에 주워 올려 버렸다.
꽃할머니와 언니는 이유도 모르고
어디로 가는지도 모른 채 울면서 끌려갔다.

이런 장면은 '증언'에 의거했다고 하더라도 위안부로 가게 되는 대체적인 경위와는 어느 정도 거리가 있어 보인다.[14] 작가는 '제도의 폭력'을 강조하면서 어떤 전형적인 상황을 제시하고자 했을지도 모른다. 하지만 초등학생 정도가 되면 일본과 한국의 감정적 대립에 익숙해질 대로 익숙해지는 작금의 현실을 감안할 때, 과연 이런 장면이 작가의 의도를 제대로 실현시켜 줄 수 있을지 의문스럽다. 흰 저고리에 검은 치마를 입은 두 자매가 나물을 캐다 붙들려 가는 식으로 단순화된 그림도 문제거니와, 위안부 하면 이렇듯 군인들에게 무지막지하게 끌려가 성폭력을 당하는 '어린 소녀'를 떠올리게끔 그려진 것은 적잖은 생각거리를

떼어 내서 논란을 벌이는 것은 작가로서도 마뜩찮은 일이겠기에 이 글에서 그림 인용은 생략한다.

14 증언집에서 확인되는 심달연 할머니의 진술은 그림책과 조금 다르다. "엄마가 가가 나무뿌리라도 캐 오라 카데. 어지러버 못 다니겠다 카미 뭐라도 뜯어 오라 카데. 그래가 언니하고 둘이서 나물 캐러 나갔다 카이. 그래가 그걸 뜯고 있는데 차가 오디만은, 모자 쓰고 커다꿈한 사람들이 두어 명 내리데." 한국정신대연구소·한국정신대문제대책협의회 엮음 『강제로 끌려간 조선인 군위안부들 3: 증언집』, 한울 1999, 140면. '군인'이라는 말은 없고 '모자 쓰고 커다꿈한 사람들'이라고만 되어 있는 만큼, '모자'의 주인공이 일본인 순사나 조선인 모집인을 가리킨다고 볼 수 있는 것이다.

던진다.

'일본군에게 납치되어 성적 학대를 당하는 어린 소녀'의 이미지는 '대한민국의 공식적 기억 속에 통용되는 가장 대중적인 이미지'라고 할 수 있다. 그러나 위안부의 대다수는 '업자'들의 꾐에 빠지기 쉬운 '가난하고 배우지 못한 하층계급의 여성'들이었다. 집에서 사랑과 보호를 받았다기보다는 가부장적·계급적 억압의 피해자로 내몰린 여성이 대부분이었다. 이런 사회적 하위자들을 당시 유행한 여학생들의 복장인 '흰 저고리와 검정 치마의 형상'으로 단일하게 만들어 낸 것은 작가의 의도와 다르게 위안부 문제가 민족, 계급, 젠더라는 중층적 억압의 산물임을 은폐하는 효과를 빚을 수 있다.[15] 나물 캐는 장면도 요즘 아이들 같으면 매우 평화롭고 한가로운 풍경으로 보기 쉽지만, 실제는 굶주림의 문제가 아니었던가.

일본의 출판사에서 출간을 주저했던 사정을 두고, 오로지 역사 문제를 회피하는 태도라고 여기는 것은 생산적이지 못하다. 그렇게 되면 어린이 그림책으로서의 효과에 대한 상호 토론의 여지가 협소해질 것이기 때문이다. 이 책을 읽은 많은 독자들이 위안부의 비극을 아프게 되새기고 역사에 대한 망각을 기억으로 바꾸는 흐름에 동참하리라는 점은 분명하다. 그러나 한·중·일 3개국은 대중문화나 스포츠 교류에서 보듯이 군중심리에 휩싸여 상대방에 대한 혐오 감정을 극단적으로 표출하는 사례가 적지 않다. 그런 만큼 역사 문제를 다룰 때 적대적인 민족감정을 경계하는 일은 아무리 강조해도 지나치지 않다.

---

15 박사문 「역사 그림책, 민족주의와 근대성 극복을 위한 일고찰」, 『아동청소년문학연구』 제14호, 2014 참조.

책이 나오고 심달연 할머니에게 책을 헌정하는 기념식에서 할머니는 밝은 목소리로 "예쁘게 잘 그렸어예. 나중에라도 내가 살아온 이야기가 측은하게 여겨지면 『꽃할머니』 많이들 사 보이소."라고 말하여 좌중의 웃음을 끌어냈다고 한다. 이 자리에 참석하려고 한국에 온 『평화란 어떤 걸까?』의 작가 하마다는 할머니 손을 부여잡고 눈물을 보였다. 하마다는 헌정식에서 일본 정부의 국가보상 외면을 비판하면서 이렇게 말했다. "저는 피해를 입은 쪽인 여성의 한 사람이면서 가해를 한 일본인의 한 사람으로 여기 왔습니다. 피해를 입은 할머니들께 일본인으로서 깊이 사과합니다." 이에 대해 할머니는 "착한 사람들이 있으니까 지금껏 산다. 안 그러면 벌써 죽고 없지." 하고 대답하면서 하마다의 손을 꼭 잡았다. '평화그림책'이 동아시아 시민의 연대에 값하는 뜻깊은 기획의 소산임을 이보다 더 잘 보여 줄 수는 없겠다.[16]

4. 향후의 과제

오늘날 우리는 일상의 차원에서 '동아시아의 귀환'을 실감하고 산다. 국제질서의 변화가 가져온 결과일 것이다. 국민국가의 경계가 엄존하는 이상, 세계화(globalization)와 지역화(localization)는 우선 국가 간 교

---

16 2015년 일본 도신사는 『꽃할머니』를 출간하기 어렵다고 공식적으로 밝혔다. 권윤덕 작가가 개정판을 낸 이후 평화그림책 일본 작가인 하마다 게이코(浜田桂子), 다시마 세이조(田島征三)를 필두로 일본 내 위안부 운동가들이 『꽃할머니』 일본어판 출간을 위해 각고의 노력을 벌였다. 그리하여 2018년 4월 고로카라(ころから) 출판사에서 일본어판이 출간되었다.

류·협력의 문제로 다가온다. 경제 방면의 동아시아 교류는 자본의 이해관계가 개입하기 때문에 언제든 불행한 사태로 돌변할 수 있는 위험을 안고 있다. 문화 방면의 교류가 이 문제의 해결에 도움이 될 것이다. 그러나 침략과 분쟁으로 얼룩진 동아시아의 불행한 과거 때문에 폐쇄적인 민족감정에서 벗어나는 일이 그리 쉽지는 않다. 동아시아론은 이러한 시대적 상황에 대응하여 이 지역의 불행한 과거를 청산하고 더 나은 미래를 설계하기 위한 실천 담론으로 제출된 것이다. 다행히 아동문학 분야에서도 조금씩 이 문제에 대한 관심이 증가하고 있다.

이 글에서 살펴본 '동아시아 대표 동화' 시리즈와 '한·중·일 평화그림책' 시리즈는 동아시아 아동문학의 현주소를 보여 주는 대표적인 사례다. 이것들의 성과를 받아 안고 그 한계를 넘어서려면 동아시아 아동문학 관계자들의 지속적인 관심과 연대가 중요하다. 자국의 경계에 갇힌 일국주의 시각으로는 연대와 협력을 제대로 이룰 수 없다. 동아시아 각국의 아동문학 작가, 평론가, 연구자들은 자국 아동문학과 서구 위주의 세계 아동문학에 대한 지식과 정보에는 익숙할지라도 동아시아 아동문학에 대해서는 잘 알지 못한다. 이 점에서 동아시아 4개국을 순회하며 정기적으로 개최되는 '아시아아동문학대회'의 중요성이 새롭게 부각된다. 1990년 8월 서울에서 제1차 대회를 개최한 아시아아동문학대회는 2014년 현재 12차를 기록하고 있다.[17] 이 대회는 한국아동문학

---

17 2016년 13차(대만), 2018년 14차(중국) 대회가 지속적으로 진행되었다. 그런데 필자의 경우 한국 본부 쪽에서 아무런 이유도 밝히지 않고 참여를 제한하는 바람에 13차 대회부터는 참여할 길이 막히고 말았다. 필자의 아시아아동문학대회 참여는 김대중, 노무현 정권 때에 이뤄졌다. 이른바 진보와 보수로 나뉜 한국 아동문학계의 두 계보가 김대중, 노무현 정권 때 어느 정도 협력이 이뤄졌는데 이명박, 박근혜 정권 때 다시 원래대로 회귀한 셈이다. 이재철 계열로 대표되는 보수 쪽에서 한국 본부를 맡고 있는 이

학회의 대표 이재철 교수가 아시아아동문학학회를 주선하여 한국, 중국, 일본, 대만에 본부를 두고 여기에서 정기적인 아시아아동문학대회를 개최하기로 합의한 것에서 비롯되었다. 4개국 공동 회장 체제로 운영되고 있는데, 대회 참여국이 베트남, 필리핀, 인도 등으로 확대되고 있다. 아시아아동문학대회는 아시아 아동문학 관계자들의 상호 교류의 장이자 거의 유일한 공식적 논의 구조라 할 수 있다. 이 대회는 연구자뿐 아니라 작가들도 함께 참여하여 친교를 나눈다. 대회 참여자는 100명 안팎이고 발표자만도 수십 명에 이른다.

그간의 아시아아동문학대회는 논의 방향을 아시아로 돌리는 데에는 다소 미흡했다. 즉 평화, 생태, 꿈 등의 보편적 주제를 내세우고 이와 관련된 자국 아동문학의 성과라든지 아동문학 일반론을 발표하는 경우가 대부분이었다. 2012년 일본에서 개최된 제11차 대회는 모처럼 아시아를 논의 대상으로 삼은 대회였음에도 주제에 들어맞는 발표문은 얼마 되지 않았다. 여전히 자국 아동문학의 상황을 소개하는 발표문들이 많았으며, 실제 작품을 읽어 보지 못한 이웃나라 참여자들은 논의에 끼어들 만한 형편이 못 되었다. 아직은 동아시아 아동문학을 하나의 단위로 삼아서 논의하는 단계에 이르지 못한 상황이다.

당연한 말이겠지만, 동아시아 각국은 저마다 아동문학의 대표작들을 보유하고 있다. 그러함에도 아시아 지역에만 존재한다는 '세계 아동문학 전집'에 동아시아 아동문학의 정전이 포함되어 있지 않은 것은 결국 동아시아 아동문학의 자기 소외에서 비롯된 현상이다. 동아시아 단위

상 방법이 없다. 아마 중국, 일본, 대만 쪽에서는 한국 아동문학계의 이런 사정을 잘 알지 못할 것이다.

의 아동문학을 상정하지 않는다면, 아시아아동문학대회조차 자국 아동
문학을 아시아 내에서 대외적으로 알리는 일방적인 통로에 그칠 수 있
다. 교류가 오래 지속되면 상호 이해가 깊어지는 쌍방향성의 진전을 기
대해 볼 수 있지만, 의식적인 노력이 선행되어야 함은 물론이다. 또한
한국아동문학학회가 주도하는 폐쇄적인 한국 본부의 상황이 개선되지
않는 한, 필자가 소속한 한국아동청소년문학학회 회원들에게 아시아아
동문학대회는 그림의 떡이나 다름없으니, 한층 다양한 아시아 아동문
학의 교류·협력 사업이 여기저기에서 활발하게 모색되어야 할 것이다.

동아시아 전통과 장편동화

1. 아동문학을 조여드는 공공의 적들

근래 들어서 아동문학, 특히 동화 부문은 침체의 늪에 빠져 있다고 한다. 이는 화젯거리를 만들기 좋아하는 호사가들이 버릇처럼 끄집어내는 엄살 비슷한 위기 담론은 아닌 듯하다. 창작 부문 어린이책 판매지수가 끊임없이 추락하고 있다는 엄연한 사실에서 말미암은 것이기 때문이다. 책을 만들어 내더라도 읽는 이가 없으면 무슨 소용인가. 그야말로 존재의 위기가 아닐 수 없다.

새천년 들어 어린이책 시장은 고공 행진을 이어 왔다. 그런데 여기에 어떤 이상기류가 생긴 것일까? 출산 기피에 따른 아동 인구의 감소? 경기 불황과 양육비 부담에 따른 문화소비의 위축? 조기 영어교육 강요와 일제고사 시행에 따른 독서 풍토의 왜곡? 이 밖에 또 무엇을 추가할 수 있을까? 이들 위기 요인은 이른바 '공공의 적'에 속하는 문제들이다.

'더작가'나 '어린이책 진보모임'과 같은 시민사회운동이 그래서 중요하다.

아동문학의 발전을 뒷받침해 온 시민사회를 수구세력이 쥐락펴락하는 상황임에도 여기에 맞설 전국 규모의 아동문학 단체가 없다는 점은 생각해 볼 문제다. 입술이 없으면 이가 시리게 되어 있다. 한때 『어린이와문학』 편집진 주관으로 새로운 작가단체를 세우는 방안이 논의되었으나 불발에 그쳤다. '87년 체제의 종언'이 운위되는 시점에서 이는 긴급한 문제일 수 있는데, 정작 작가들이 절실하게 여기지 않는다면 길게 논의할 사안은 아니다. 작가단체는 작가들의 자유로운 연합체로서 자주성과 자발성이 핵심일 테다.[1]

2. 부메랑처럼 돌아오는 프리미엄의 문제점

한편, 아동문학의 호황국면에서 부풀려진 거품현상을 우려하는 목소리도 적지 않다. 최근의 출판통계에 따르면, 발행 종수는 늘었는데 발행 부수는 줄었다고 한다. 출판이 쉬워지고 판매가 어려워진 상황이니까, 다양성이 확보된 결과라고 보는 건 성급한 일이다. 암탉의 배를 갈라 알을 꺼내듯 경쟁적으로 제작된 작품집들을 무수히 본다. 과거에 비한다면 좋은 작품이 외면되는 시대는 결코 아니지 않은가? 이젠 시간을 갖고 작품성으로 승부를 벌여야 한다는 뜻이다. 장르별로 꾸준히 이어져

---

1 필자는 '한국작가회의와 연계된 아동문학작가회의'를 제안한 바 있다. 졸고 「아동문학과 작가단체」, 『어린이와문학』 2011.6 참조. 2017년 촛불혁명의 열기를 모아 창립된 '어린이청소년책작가연대'로 이 문제는 일단락되었다고 할 수 있다.

온 새로운 성과들을 모른 체하는 것은 예의가 아니겠지만, 상대적인 성과에 앞서 절대적인 면에서 느껴지는 허전함은 어쩔 수 없다. 한마디로 '세계문학의 지평에서 거론할 만한 작품'이 얼른 떠오르지 않는다.

그동안 국내 창작에는 적지 않은 프리미엄이 주어졌다. 이는 어느 정도 정당한데, 왜냐면 '지금 여기'를 모토로 하는 현실의 요구와 무관하지 않을 것이기 때문이다. 어린이에게 좋은 책을 권하자는 취지로 활동하는 어린이도서연구회의 평가기준도 그런 면이 컸다. 어린이도서연구회는 왜곡된 출판시장을 바로잡고 한국 아동문학의 새로운 전통을 세우는 데 기여해 왔다. 하지만 다른 성질의 프리미엄이 지속되는 것은 아닌지 재고해 볼 때이다. 협소한 애국주의·보호주의적 관점은 진정한 의미의 세계화와 충돌할뿐더러 경쟁력을 약화시킨다.

국내 창작에 주어진 프리미엄의 문제점은 부메랑처럼 우리에게 돌아오고 있다. 해외에서 상을 받아 오거나 번역되어 나가는 경우가 없지 않지만, 그림책 분야를 제외한다면 해외에서 존재성을 드러내는 한국 아동문학 작품은 거의 없는 듯하다. 세계 여러 곳에서 번역되어 읽히는 동아시아 작품을 꼽자면, 한국은 일본, 중국, 대만, 베트남보다 못한 실정이다. 나라마다 사는 형편은 달라도 삶은 통하게 마련 아닌가. 우리 현실에 대한 지나친 특권화는 아동문학의 미학적 판단을 무디게 할 우려가 없지 않다. 세계적인 고전은 '깊이'와 '넓이'를 자랑하는데, '지금 여기'의 모토를 틀에 박힌 것으로 이해하여 시야만 좁히는 것은 아닌지 의구심이 든다.

3. 동화 발전의 발목을 잡는 '지금 여기'의 고착현상

영유아 그림책부터 청소년문학에 이르는 그간의 성과를 돌아보면, 유소년 독자를 아우르는 장편동화의 발전이 가장 답보상태인 듯싶다. 낮은 연령대부터 읽을 수 있는 '저학년문고' 부문에서는 상대적으로 큰 '문제작'이 나오지 않았다는 뜻이다. 그런데 유소년 독자가 함께 즐길 수 있는 '장편동화'야말로 아동문학의 중심을 차지하는 '대표 장르'가 아니던가. 세계 장편동화의 걸작은 오랜 시간 두터운 독자층을 형성해 왔다. 『피노키오』『오즈의 마법사』『이상한 나라의 앨리스』『피터 팬』『닐스의 모험』『모래요정과 다섯 아이들』『내 이름은 삐삐 롱스타킹』 등등. 이것들의 공통점은 '지금 여기'를 동화적으로 대폭 변형·확장한 내용이라는 것이다. 경험 가능한 일상현실을 그린 것이 아닌 이런 종류의 작품은 부모가 읽어 주는 것으로 문해력이 없는 연령대부터 수용이 가능하다.

시민사회의 발달이 뒤늦은 탓에 아이에게 책을 읽어 주는 가족 풍경이 오랫동안 우리에게는 낯설었다. 요즘도 부모와 함께 그림책을 떼고 나면 혼자 '읽기책'으로 들어가는 경우가 흔하다. 그러기 때문에 유년문학은 글을 깨치거나 읽기능력 향상의 도구인 양 여겨지기 쉽다. 익히 보고 듣는 일상적인 소재가 자주 다뤄지는 까닭이 여기에 있지 않을까? 그림이 많고 분량이 적은 책이 꼭 환영받는 것은 아니다. 문학이 어린이에게 줄 수 있는 것, 그리고 어린이가 문학에서 기대하는 것이 무엇일지 곰곰이 생각해 볼 일이다.

한국 아동문학의 역사를 통틀어 볼 때, 소년 독자 위주로 전개된 국내 창작이 유년 독자를 향해 바짝 다가선 것은 그리 오래된 일이 아니다.

국내 창작으로 단행본 '저학년 시리즈'와 '그림책 시리즈'를 펴내기 시작한 것은 거의 금세기에 들어와서이다. 그러기 때문에 일상현실을 넘어서는 장편동화의 전통이 우리에게는 대단히 취약하다. 그렇지만 시민사회를 기반으로 새로운 국면이 펼쳐진 지 족히 20년이 넘었으니, 이른바 '피노키오 경향'의 동화보다 '쿠오레 경향'의 소년소설이 여전히 압도하는 현상은 바람직하지 않다. 박기범, 김중미, 김남중, 남찬숙, 이현, 유은실, 최나미, 김려령 등의 소년소설에 필적하는 금세기 유년동화의 성과는 얼른 떠오르지 않는다. 일상을 무대로 공상을 펼친 1990년대 말의 채인선, 임정자 동화가 금세기 초 논란에 휩싸였던 것은 다 아는 사실이다. 지금 나오고 있는 비슷한 계열의 동화들은 그보다 얼마나 진전된 성과라 할 수 있을까? 일상을 벗어난 장편의 성과는 예외 없이 고학년물에서 나왔다. 판타지와 SF의 성과도 장편의 경우는 대개 고학년물이고, 『마당을 나온 암탉』(황선미, 사계절 2000), 『건방진 도도군』(강정연, 비룡소 2007) 등에서 보듯이 의인동화의 성과 또한 장편은 고학년물이다.

단편이 주종을 이루는 저학년 시리즈는 『나쁜 어린이표』(황선미, 웅진 1999), 『내 짝꿍 최영대』(채인선, 재미마주 1997), 『까막눈 삼디기』(원유순, 웅진 2000) 같은 현실적인 작품들이 초베스트셀러가 되었다. 이것들은 학교에서 겪음 직한 생활상의 갈등을 소설처럼 그려 낸 '생활동화'의 전형인데, 글자 크기를 키우고 그림을 많이 넣어 한 권짜리 단행본으로 펴낸 것이다. 이런 종류가 국경을 넘어서도 환영받을 수 있을지 의심스럽다. 저학년 시리즈를 보는 우리의 시각이 어디에 놓여 있는지 가늠이 되는 상황이다.

최근에 선보인 강정연의 '꼬마 다람쥐 두리' 시리즈(전 5권, 사계절 2011~2017)와 심윤경의 '은지와 호찬이' 시리즈(전 3권, 사계절 2011)는 짤막짤막한 일상의 에피소드를 병렬로 이어 붙인 공상동화 또는 생활동화의 변주로 보인다. 송언의 『김배불뚝이의 모험』(전 5권, 웅진 2012)이라는 시리즈물 역시 짤막짤막한 일상의 에피소드를 병렬로 이어 붙인 것으로 생활동화 또는 명랑소설의 변주라 할 수 있다. 이것은 제목과 달리 세상 밖의 '모험'이 아니라 교실 안의 '소동'이다. 강정연과 심윤경의 이 시리즈물은 처음부터 연작으로 각 권의 독립성을 표방한 것이지만, 송언의 『김배불뚝이의 모험』은 그런 것도 아니라는 점에서 모험 서사를 예상한 독자의 기대를 무너뜨린다. 유기적 관계로 축조된 서사가 아니기에 어느 에피소드를 빼고 가더라도 무방하다. 긴장감을 불러오는 서사의 발전 정도가 매우 낮은 것이다. 만화풍의 재미난 그림과 더불어 캐릭터의 생기발랄함이 돋보이는 장점은 그것대로 평가되겠지만, 장편에 걸맞은 서사가 아닌 다음에야 여러 권 분량으로 이루어졌어도 단편의 서사라 할 수밖에. 처음엔 장점이 눈에 들어올지라도 이런 종류의 서사가 계속되면 금세 신물이 나서 '그 나물에 그 밥'이라는 불만이 높아진다. 어쩌면 저학년 '읽기책' 분량에 맞추느라고 지레 단편적인 서사로 제한되는 이야기만 지어내고 있는지도 모르겠다.

강정연, 심윤경, 송언의 시리즈물이 저학년 대상인 만큼 유머를 동반한 경쾌한 내용인 것은 상관없다. 그러나 매번 생활의 교훈에 그쳐 '깊이'를 수반하지 못하고 있는 것은 안타까운 일이다. 상당한 권수를 자랑하면서도 주인공이 어리다고 해서 '부모와 교사의 시선에 포획된 일상'만을 되풀이하여 보여 준다면, 성인문학이 아동문학을 얕잡아 보듯 소년문학이 유년문학을 얕잡아 보는 통념이 생겨나지 말란 법도 없다. 저학년, 고학년 구분 없이 시행되는 문학상 공모에서 열이면 아홉은 고학년물이 당선돼 온 이유가 이와 무관하지 않다.

역사에 대한 부채감 때문일 수도 있는데, 우리 아동문학 작가들은 '지금 여기'라는 프레임을 갱신·확장하는 것에 불안감을 느끼는 것 같다. 아무려면 '지금 여기'라는 프레임이 문제겠는가. 어린이 독자의 특성이나 장르의 특성을 둘러싼 논의가 문학 이념의 문제와 혼동되는 데 따른 문학사적 지체현상은 아닐지 돌아볼 필요가 있다.

4. 구비문학의 전통과 단절된 근대동화의 가난한 유산

동화의 창작방법과 문학 이념의 혼동은 아동문학의 리얼리즘이 제창된 식민지시대 계급문학의 발흥기부터 모습을 드러냈다. 1930년대에 이르러서는 "동화도 제1의적으로는 실생활을 재료로 한 리얼리즘이 아니면 아니 될 것"[2]이라는 말이 신춘문예 심사평에 등장할 정도였다. 그 함의가 무엇이든 간에 이런 주장의 결과는 실생활을 그린 소설 방식의 서술로 나타났다. 과장, 공상, 환상, 난센스 등의 창작방법을 뜻하는 동화의 '비현실성'은 리얼리즘의 규율 아래 배척되기 일쑤였다. '지금 여기'의 고착화를 낳은 '생활동화, 사실동화'라는 명칭의 근거가 여기에서 마련되었다. 식민지시대 아동 서사의 태반은 '생활동화, 사실동화, 소년소설'이었고, 그다음은 우화 성격의 '의인동화'가 차지했다. 알다시피 우화는 현실과 일대일 대응관계를 이루는 교훈적 비유 방식일 따름이다. 잘못된 적용을 탓해야겠지만, 한국 근대동화는 리얼리즘 세례를 받는 순간 구비문학의 전통에서 멀어졌다. 상상의 캐릭터와 신기한

---

2 「신춘문예 동화선후언(童話選後言)」, 『동아일보』 1932.1.23.

사건들도 함께 사라지고 말았다.

　시야를 동아시아로 확대해 보면 문학사의 새로운 맥락이 드러난다. 현실주의를 강조한 카프(KAPF) 아동문학의 문제점 중 하나는 프롤레타리아 국제주의를 내세웠음에도 일본하고만 관계하고 중국은 외면한 것이다. 카프는 루쉰(魯迅)이 이끈 중국좌익작가연맹과는 이상하리만치 단절된 상태였다. 요즘에는 이런 의심까지 하게 된다. 정말로 카프의 계급문학운동이 일제와 맞선 민족문학운동이었을까? 그렇다면 공동의 적을 눈앞에 두고서도 중국의 계급문학과 연대하지 않았을 뿐만 아니라, 일본의 계급문학 이론을 수입하는 데 급급하다가 내파된 것을 어떻게 설명해야 할까? 식민지 조선에서 계급문학을 주도한 이들도 일제 말에 상당수가 전향하고 당국에 협력하는 길로 들어서는데, 이것도 관념 추종의 태도를 벗어나지 못한 데 기인한 것은 아닐까?

　중국의 경우는 『대림과 소림(大林和小林)』『대머리대왕(禿禿大王)』을 쓴 장톈이(張天翼, 1906~1985)가 눈길을 끈다. 장톈이는 중국좌익작가연맹(좌련)에 가담한 작가로서 우리로 치자면 카프 작가 이주홍(1906~1987)과 견주어 볼 만하다. 그가 1932년 좌련의 기관지 『북두(北斗)』에 연재한 장편동화 『대림과 소림』은 중국 아동문학의 물줄기를 바꾼 '현실주의 동화'의 대표작으로 평가되고 있다. 그런데 카프 아동문학은 중국 좌련의 아동문학을 알지 못했다. 분단시대에는 냉전 구도 때문에 사회주의 중국과 더한층 차단되었다. 1992년 한·중 수교 이후로 엄청난 규모의 경제교류가 이뤄지고 있지만 우리의 중국에 대한 인식은 여전히 빈약하다. 중국을 과거의 한국과 같은 '개발도상국' 수준이라고 보고 아동문학도 그렇겠거니 여기기 십상이다. 세계 여러 나라에 알려진 중국 아동문학이 한국보다 훨씬 많다는 사실을 잘 알지 못한다.

5. 황당미로 가득한 공상적 풍자동화 혹은 풍자적 공상동화

장톈이의 『대림과 소림』[3]은 '대림'과 '소림'이라는 쌍둥이 형제의 모험적인 삶과 운명을 그린 작품이다. 부모님을 여의고 살 길을 찾아 떠난 형제는 괴물에게 쫓겨 길이 갈린 뒤 서로 다른 삶을 살게 된다. 아버지 말대로 사람은 꼭 일을 하며 살아야 한다고 믿는 소림은 '피피'에게 주워져 '쓰쓰거'에게 경매로 팔린 뒤 보석공장에서 혹사당하며 일을 하다가 '중마이' 할아버지를 만나 기관사가 된다. 한편 부자로 사는 것이 가장 중요하다고 믿는 대림은 '빠하'의 양아들로 들어가 이름까지 바꾸고 하인 200명을 거느린 부자로 산다. 하인이 모든 걸 대신해 줘서 거대하게 살이 찐 대림은 스스로 할 수 있는 것은 아무것도 없게 되어 나중엔 기억하는 능력조차 상실한다. 그는 '장미공주'와 결혼하면서 소림의 기차를 타게 되는데 동생을 알아보지 못할뿐더러 끝없는 욕심으로 인해 혼자 무인도의 보물더미 위에서 굶어 죽고 만다. 반면에 장미공주의 사치품 운송을 거부했다는 이유로 감옥에 간 소림은 인민의 힘으로 풀려나와 새로운 세상을 이끌게 된다.

이 작품은 작가가 늙은 철도노동자에게서 들은 이야기를 다시 어린이에게 옛이야기처럼 들려주는 형식으로 되어 있다. 형제의 삶을 오가는 복잡한 서술을 피하고 어린이가 이해하기 쉽도록 크게 둘로 나누어

---

[3] 이 글을 쓸 당시 국내에 완역본이 없었기 때문에 1956년 중국소년아동출판사에서 조선문으로 펴낸 『대림과 소림』을 텍스트로 삼았다. 책 제목, 등장인물 이름, 인용 면수 등의 표기도 이 판본에 따랐다. 국내 완역본은 『다린과 쇼린』(남해선 옮김, 여유당 2013)을 참고하기 바란다.

대비시키는 구조를 취했다. 줄거리를 간추리면 당대 중국 사회의 계급 모순과 프롤레타리아혁명을 고무하는 현실주의가 확연히 드러나지만, 실제 작품 속으로 들어가면 상상력을 자극하는 신기한 장면의 연속이라서 흥미진진한 모험담을 맛보는 기분이 든다. '괴물' '여우신사' '개신사' '악어아씨' '국왕' '장미공주' '빨간코왕자' 등 어린이의 흥미를 끄는 옛이야기 캐릭터가 많이 나오며, 계급 간의 대립도 옛이야기처럼 해결된다. 상상 속 모험을 즐기는 동안 낮은 연령대는 권선징악의 교훈을, 그보다 높은 연령대는 사회의 모순을 깨닫게끔 만들어졌다.

뭐니 뭐니 해도 이 작품의 가장 큰 특징은 대상의 본성을 돌출케 하여 동화의 색채를 유감없이 드러낸 점이다. 부정적인 인물을 두드러지게 과장한 것은 그들을 충분히 위협적인 존재로 만들면서도 웃음을 유발해서 낮은 연령대의 독자로 하여금 감당치 못할 긴장에서 놓여나게 한다. 족형이라는 '발 간질이기 고문'이 나오는가 하면 채찍으로 얻어맞는 무시무시한 태형도 나온다. 풍자와 해학, 긴장과 이완이 제대로 조화를 이루었다. 몇 가지 예를 들어 보자.

형제가 길에서 만난 괴물은 쌀자루를 통째로 삼키다가 이빨 틈새에 끼자 소나무를 뽑아서 이쑤시개로 사용한다. 그는 기지개를 켜면 손등이 달의 모서리에 찔려 상처가 날 만큼 거대하다. 괴물에게 쫓겨 달아난 소림은 지쳐 잠이 들었다가 자신을 주웠다며 소유권을 주장하는 개신사 피피에 이끌려 국왕의 판결을 받게 되는데, 국왕 역시 땅바닥에 질질 끌리는 자기 수염에 걸려서 코방아를 찧고 울음을 터뜨리는 등 우스꽝스럽게 그려진다. 이런 국왕이 피피에게 소림의 소유권을 인정하는 엉터리 판결을 내린다. 피피가 소림을 경매하는 모습 또한 가관이다. "여러분! 지금 피피 상점에서는 많은 물건들을 경매하려 합니다. 모두 제일 상등품들이지요. 여보시오들, 주의! 지금 첫 통을 팔겠습니다. 첫 통에는 소림 하나, 잉크 한 병, 성냥 한 갑, 과자 한 개, 그림 한 장, 철구 하나가 들어 있는데 모두 모두 좋은 물건들이지요. 여러분, 얼마를 내고 사시렵니까?"[4] 생명경시 풍조와 가치전도 현상을 재밌는 표현으로 에둘러 비판하고 있다.

소림을 사들인 쓰쓰거는 콧구멍이 너무 커서 말을 할 때마다 메아리가 생긴다. 그래서 같은 말을 두 번씩 반복하는 것으로 우습게 그려 놓았다. 그는 매일 아침 국수 오십 근, 달걀 백 개, 소 한 마리를 먹는다. 이를 운반하느라고 불쌍한 소림이 죽어난다면서 작가는 너스레를 떤다. 쓰쓰거의 보석공장에서 소림은 가혹한 노동에 시달리며 노예적으로 살아간다. 노동자를 착취해야만 살 수 있는 지배층의 법과 제도에 논리가 있을 리 만무하다. 관리가 소림에게 죄명을 뒤집어씌우는데 이것저것 조리 없는 비논리적 말들이 제멋대로 이어진다. "그렇지, 내가 얼마나 잘났다고. 그러니까 너희들이 물건을 훔쳤을 게고 그러니까 너희들에게 벌을 주어야겠다.""그렇지, 난 벌써 닭 두 마리, 토끼 한 마리를 먹었거든. 그러니까 너희들을 벌주지 않으면 안 되겠다. 뿐더러 달에 걸렸던 모자가 이미 땅에 떨어졌으니까 그 때문에도 너희들을 가두어야겠다."[5] 등등.

대림을 양자로 삼은 빠하의 몸집 또한 놀랍다. 대림이 젖 먹던 힘까지 다하여 배 위로 기어올라 입맞춤을 하고 내려오면 온몸이 땀으로 흠뻑 젖는다. 입술은 얼마나 두꺼운지 빈대 한 마리가 그의 윗입술에서 아랫

4 장천익 『대림과 소림』, 중국소년아동출판사 1956, 25면.
5 같은 책 35~36면.

입술로 기어 내려오는 데 몇 시간이 걸린다고 한다. 인민의 굶주림을 거들떠보지도 않는 빠하는 애완물로 키우는 빈대는 소중히 여겨 의사와 관리인을 붙여 주고 빈대가 죽자 성대한 추모식까지 거행하는 위인이다. 그가 하루에 벌어들인 돈을 숫자로 적으니 도합 41개 자리나 된다. 이름을 찌찌로 바꾸고 부자로 사는 대림도 점점 빠하를 닮아 간다. 그는 너무 살이 찐 나머지 하인들이 입을 움직여 줘야 밥을 먹을 수 있다. 하인 1호가 위턱을 잡아당기면, 하인 2호는 아래턱을 잡아당긴다. 하인 3호가 입을 벌려 주면, 하인 4호가 입안에 요리를 넣어 주고, 하인 5호는……. 대림은 웃을 때에도 하인들이 얼굴을 양쪽으로 잡아당겨 줘야 웃을 수 있다. 이 코믹한 모습은 거대한 몸집도 몸집이지만 스스로는 아무것도 하지 않으려 들다가 모든 기능이 퇴화하고 마는 것을 보여 준다.

대림과 얽혀 있는 지배층은 모두 부패와 허위의식으로 똘똘 뭉쳐진 형상이다. 황족들이 다니는 소학교 운동회에서 대림, 거북이, 달팽이가 '5미터 달리기' 경주를 벌이면서 법석을 떨고, 빠하는 3위를 차지한 자기 아들을 입이 마르도록 칭찬한다. 남이 무슨 말을 하든 자기 자랑만 늘어놓는 장미공주는 심하게 말을 더듬으며 소통 부재를 드러낸다. "아아아 아이구, 내 향향향 향! 향! 향수!" 하는 식이다. 그녀가 움직이면 200명의 호위대가 저마다 공주의 물품을 들고 줄줄 따라다녀야 한다. 하인들에겐 이름이 필요 없다고 숫자를 매겨 부르지만 귀족의 이름은 원래 길게 짓는 법이라며 쓸데없이 이름이 길어진 왕은 '전에 한 국왕이 있었는데 그에게는 세 아들이 있었고 국왕이 늙자 세 아들더러 모험하고 오라고 하여 세 아들이 모험하고 돌아오니 국왕은 아주 즐거워하였고 이야기는 이로써 끝났다 친왕'이라고 불리기를 원한다. 그가 화를 내면서 하는 말은 이러하다. "네가 나를 깔보는 거냐? 네가 '전에 한 국왕이 있었는데 그에게는 세 아들이 있었고 국왕이 늙자 세 아들더러 모험하고 오라고 하여 세 아들이 모험하고 돌아오니 국왕은 아주 즐거워하였고 이야기는 이로써 끝났다 친왕'을 깔보는 거냐?"[6]

이처럼 의인화, 과장, 공상, 난센스를 총동원한 이 작품은 경험 가능한 일상현실과는 구분되는 비현실적인 내용을 지녔다. 이 작품의 '비현실'은 '현실의 동화적 변형'으로서 단순한 알레고리 서사와는 차이가 난다. 알레고리 서사는 도구적으로 기능하기 때문에 상상력이 기계적·작위적이라는 느낌을 주기 쉽다. 그러나 이 작품의 분방한 상상력은 틀에 얽매이지 않는 자유정신의 발로이며 그 자체로 '즐거움의 사상'이라고 말할 수 있다. 만일에 작가가 상상 속 여행을 단순히 주제 전달의 도구로만 여겼다면 굳이 장편을 선택할 이유가 없었을 것이다. 작품 곳곳에서 반짝이는 말놀이는 숨길 수 없는 생명 본색인바, 규범에서 놓여나는 해방감을 불러일으킨다. '즐거움'과 '유희성'에 적극적인 가치를 부여하지 않는다면 이런 장편동화의 성과를 기대하기 어렵다.

이른바 '내용·형식 조화설'은 이런 작품을 두고 하는 말이어야 할 것이다. 이 작품의 '황당미'는 그것을 잉태한 '부조리한 현실'과 제대로 맞아떨어지는 관계다. 판타지는 전복성을 지닌다는 말이 절로 수긍된다. 작가는 '아이들의 흥미와 시선을 고려한다'는 원칙이 확고해 보이는데, 이는 동화의 장르적 특성을 온전히 발휘하는 창작방법으로 이어졌다. 장톈이의 동화가 현실주의로 평가되는 이유는 자명하다. 그는 중국좌익작가연맹 작가답게 '승리는 일하는 사람의 몫'이라는 비전을 가지고 일하는 삶의 가치를 일깨워 주고자 했다. 그러나 황당한 상상력을

6 같은 책 101면.

구사하는 데에서 조금도 주저하지 않았다. '동화는 비현실적인 이야기'라는 장르 인식이 흔들릴 이유가 없다.[7]

6. 해결하지 못한 문학사의 숙제

중국의 장톈이와 견줄 수 있는 우리 동화작가는 앞서 지적했듯이 카프에서 활약한 이주홍이다. 그의 작품은 풍자와 해학을 기저로 '현실'과 '재미'를 모두 붙잡았다고 상찬되고 있다. 하지만 그는 카프 전성기에 현실주의 소년소설과 우화에 가까운 의인동화 단편을 남겼을 뿐이다. 「청어 뼉다귀」「잉어와 윤첨지」「돼지 콧구멍」 등은 최서해 풍의 현실주의 소년소설이다. 풍자와 해학이 두드러진 「개구리와 두꺼비」「고동이」「호랑이 이야기」 등은 의인동화인데 우의적 성격이 두드러져서 계급투쟁을 도식적으로 반영했다는 느낌을 준다. 『신소년』 편집자였기에 연재가 충분히 가능했음에도 장편동화에 대한 도전이 없었다는 점은 여간 아쉬운 게 아니다.

한국의 동화 발전에 주어진 제약은 근대적 기반의 허약함에서 찾아야 할 것이나, 불철저한 장르 인식에서 비롯된 면도 크다. 동화는 고유의 원리에 기반했을 때 동화다운 것이 되어 저만의 가치를 발휘한다. 만일 식민지시대에 한국이 일본만큼 중국 아동문학과 활발히 교류했다면 근대동화의 목록이 달라졌을 게 분명하다. 동화의 현실주의가 중국에

---

[7] 중국, 북한, 베트남 등에서는 동화를 아동소설과 명확히 구분해서 '비현실적인 이야기'를 가리키는 장르의 명칭으로 쓰고 있다.

서는『대림과 소림』같은 것으로 이해되었는데, 한국에서는 다분히 경험 가능한 일상현실을 그리는 것으로 이해되었다. 특히 생활동화, 사실동화라는 장르 명칭이 통용되고부터는 현실주의 지향과 무관한 어중간한 작품들이 양산되었다. '되다 만 동화, 되다 만 소설'의 빌미가 된 셈이다. 글자 그대로의 '생활'과 '사실'이 가리키는 바는 동화보다 소년소설에 더 어울리는 것이니 어쩌면 당연한 귀결이라고 할 수 있다.

문학사적으로 볼 때, 동화의 특성을 둘러싼 논의는 현실주의 지향과 그 반대편의 충돌로 이어졌다. 문제가 더욱 복잡해진 것은 '동화의 본질은 환상'이라는 주장을 현실주의 반대편에서 전유하다시피 하면서부터이다. 현실주의와 상반된 자리에서 환상동화를 제창한 김요섭은『날아다니는 코끼리』같은 흥미로운 제목의 판타지를 썼지만, 되살려 출간하기 어려울 만큼 뜬구름 잡는 내용에 가깝다. 궁핍한 시대의 아이들이 이런 뜬구름 잡는 식의 환상동화에 매력을 느꼈을 리 만무하다. 그 때문에 이오덕으로 대표되는 현실주의 지향은 공상동화, 환상동화가 아닌 생활동화, 사실동화 쪽으로 눈길을 주었다. 현실주의 진영 안에서도 이원수와 이오덕은 장르 인식의 차이를 드러냈지만 이를 전면화할 여유를 가지지 못했다.

도시 중산층의 기반이 허약했던 시기의 유아문학, 유년문학은 일부 부잣집 아이들을 향한 것이기 쉬웠다. 낮은 연령대와 호응관계를 이루는 '동화적 상상력'은 사막에 떨어진 씨앗과도 같은 운명이었다. 하지만 장르 형식과 독자 연령은 기계적 조합관계가 아니다. 현실법칙의 제약에서 자유로운 동화 형식을 적극적으로 사유한 현실주의 작가가 없었던 것도 아니다. 아동문학의 서사 갈래를 '공상동화'와 '생활동화'로 구분한 이오덕과 달리, 이원수는 이를 각각 '동화'와 '소년소설'로 구분했기에 동화에 대해 말할 때는 유달리 공상과 환상을 강조했다. 그에게서 『숲 속 나라』 『잔디숲 속의 이쁜이』 같은 '현실주의 장편동화(판타지)'가 나온 것은 우연이 아니다. 장편동화는 판타지소설에 근접해 있기에 둘 사이의 경계를 명확히 나누기 어렵지만,[8] 지난 세기에 '현실주의 장편동화'라고 함 직한 성과를 보인 작가는 이원수가 거의 유일하다.

과거에는 원론적인 장르 논의를 지속할 형편이 못 되었다. 근대성의 결여라는 사회적 기반과 이어진 장르 편중 현상이 자연스럽게 받아들여지는 분위기였다. 장르의 불균등 발전에 대해 자각조차 못 했다는 편이 더 맞을 것이다. 그런 와중에도 '세계명작동화'라는 이름으로 번역 출판은 끊이질 않았고, 성인소설과의 대비를 분명히 드러내고자 아동문학의 서사 갈래를 모두 '동화'라고 칭하는 관습이 어느새 뿌리를 내렸다. 「만년 샤쓰」 「나비를 잡는 아버지」 『몽실 언니』 등을 가리킬 때 쓰던 '소년소설'이란 명칭은 거의 사라졌다. 명칭은 동화가 차지했지만 그것이 소년소설을 가리키는 한, 실제로는 동화의 행방이 묘연해진 셈

---

8 약간의 이해를 돕기 위해 상대적인 차이를 들자면 이러하다. 한마디로 판타지소설은 근대적 양식인 소설의 서술 원리를 지니지만, 동화는 전근대적 양식인 설화의 서술 원리를 지닌다. 첫째, 판타지소설의 시공간은 현실계와 환상계로 나뉘는 게 보통이지만, 동화의 시공간은 그 자체가 비현실적인 시공간이다. 둘째, 판타지소설의 주인공은 현실과 비현실을 구분해서 인식하지만, 동화의 주인공은 현실과 비현실을 거의 구분해서 인식하지 않는다. 셋째, 판타지소설은 사실(寫實) 또는 모사(模寫)의 원리에 입각한 논리적 서술을 보이지만, 동화는 과장 또는 단순화의 원리에 입각한 비논리적 서술을 보인다. 이로 미루어 볼 때, 판타지소설은 소년소설과 마찬가지로 낮은 연령대가 수용하기 어려운 양식이다. 장편동화는 단편에 비해서는 묘사가 풍부하지만, 문장이 간결하고 서사는 반복적 전개를 보이면서 발전하는 수가 많다. 이 때문에 일정 분량씩 읽어 준다면 낮은 연령대도 충분히 수용 가능한 형식이다. 물론 서사의 분량이 상당하므로 혼자 읽자면 높은 연령대에 더 적합하다. 장편동화가 유소년을 아우르는 양식이라는 말은 이런 점을 가리킨다.

이다. 이론이 미처 일반 통념을 극복하지 못한 대가가 아닐 수 없다.

아동문학에서 장르 논의가 다시 부상한 것은 금세기에 들어와서이다. 이는 사회적 기반이 바뀌고 아동문학의 독자가 낮은 연령 쪽으로 대폭 확장되는 데 따른 필연의 결과였다. 현실이 바뀌자 유아·유년 쪽의 봉쇄가 풀렸고, 급기야 어린이 독자와 장르 특성에 대한 큰 고민 없이 아동 서사를 창작하는 관행이 벽에 부딪쳤다. 제1회 '창비 좋은 어린이 책' 공모에 당선된 채인선 동화가 논란에 휩싸이면서 초점은 동화 장르로 모아졌다. '생활동화, 사실동화, 소년소설'의 맞은편을 '의인동화'가 차지했던 상황에서 '채인선표 공상동화'가 떠올랐을 때의 혼란은 예정된 수순일 수도 있다. 낮은 연령으로 내려갈수록 '비현실'의 비중은 커지게 마련이다. 그 빈자리를 메운 일등 공신은 전래동화였다. 그림책 부문에서도 개척기에는 '옛이야기 그림책'이 압도적이었다.

그때그때 해결하지 못하고 이월된 문학사의 숙제는 단순하게 등장하는 법이 없다. 한국 사회가 오랜 권위주의적 통치를 끝내고 시민사회의 근대성을 획득했는가 싶더니 곧바로 탈근대 논의가 터져 나왔다. 냉전 체제의 장벽이 사라지고 네트워크가 발달하면서 전지구적 현상이 엄습했다. 한국 아동문학의 개론서에서는 찾아볼 수 없던 '판타지'가 아동청소년문학은 물론이고 성인소설까지 타격했다. 민족문학, 리얼리즘이라는 말은 홀연 증발했다. 동화적 특성으로서의 '비현실성'과 장르로서의 '판타지' 논의가 뒤섞이는 한편으로, 근대문학 이래의 장르 규범 자체를 해체하려는 경향이 나타났다. 어디서부터 어떻게 매듭을 풀어야할까? 이런 상황에서도 장르 인식은 유용하고 그 논의가 생산적일 수 있을까?

7. 장편동화의 운명을 밝히는 동아시아 상상력

장르 구분과 명칭은 하나의 관습이기도 해서 이를 억지로 바꾸려는 시도는 무모하다고 할 수밖에 없다. 문제의 초점은 우리에게 가장 취약한 저학년 판타지, 특히 '유소년 독자가 함께 즐길 수 있는 장편동화'의 발전이다. 우리에게는 장편동화의 자산이 충분치 않기 때문에 어려움이 가중하는데, 시야를 동아시아로 확대하면 여러모로 참조할 점이 많다. 동아시아 상상력은 큰 틀에서 공유 자산에 가깝다. 상상력의 뿌리가 현실이라면 특정한 문화적 토양에서 자라난 '비현실'도 동과 서는 차이가 나는 게 당연하다. 동일한 문명권에서 상상의 수맥을 찾는 것이 자연스럽다는 뜻이다. 동아시아 문명이 공유해 온 '비인간' 캐릭터는 서양의 그것에 조금도 뒤지지 않는다.

근대의 장편동화는 탈아입구(脫亞入歐)를 내세워 서구적 근대의 의관을 갖추고 아시아의 맹주가 되려 했던 일본의 최대 약점이기도 하다. 일본의 근대동화는 짤막한 상징동화가 주류였고, 장편 모험 서사는 군국주의 성향의 통속적 소년소설에 내주었다. 동아시아의 장편동화가 중국에서 가장 먼저 발달한 이유는 무엇일까? 여러 가지 해석이 나올 수 있겠지만 『산해경』 『서유기』와 같은 동양고전의 전통을 무시할 수 없다. 피노키오처럼 당돌하고 천진한 말썽꾸러기 돌원숭이가 등장하는 『서유기』에 아이들은 환호했다. 주지하듯이 『서유기』는 부처님의 진리를 구하기 위한 여행길에서 천상과 지하, 땅 위와 물속을 가리지 않고 온갖 요괴들과 대결을 벌이는 장편 모험 서사다. 흥미진진한 계책, 변화무쌍한 둔갑술, 신묘한 무기의 전시 등 상상력의 극치를 달리는 『서유기』는 장대한 스케일을 자랑하면서 중생제도라는 대승적 진리를 설파한다. 이런 상상력은 우리 유전자에도 면면히 이어져 오고 있을 터, 동아시아 전통에 젖줄을 대고 '지금 여기'의 환난을 가로질러 '저 너머 다른 세상'을 꿈꾸는 것은 어떠한가.

8. 보충: 눈길을 끄는 몇몇 작가의 장편들

이 글의 문제의식과 관련해서 '한국적 판타지'나 '창작 옛이야기'라 불리는 작품들에 대해 언급이 없는 것을 궁금하게 여길 듯해서 지극히 소략하고 주관적인 감상평이나마 몇 마디 덧붙일까 한다.

김진경의『고양이 학교』(전 11권, 문학동네 2001~2008),『그림자 전쟁』(전 3권, 문학동네 2011), 임정자의『물이, 길 떠나는 아이』(문학동네 2005),『어느 날, 오로지는』(사계절 2008),『흰산 도로랑』(우리교육 2008), 이성숙의『달이, 구만 리 저승길 가다』(한겨레아이들 2009) 등은 오히려 외국 판타지보다 낯설고 어렵게 느껴진다. 근대적 사유를 전복하려는 특유의 철학이 스토리에 충분히 녹아들지 않은 까닭이라고 본다. 군데군데 작가의 관념이 생경하게 불거져 나오거나 알레고리 서사로 읽혀서 꼭 주제 파악의 숙제를 받아든 기분이 든다.『고양이 학교』를 제외한다면 유년 독자가 다가서기 어려운 세계에 속하는데, 주요 캐릭터가 자유분방함보다 무거운 짐을 짊어진 모습이라서 그런 게 아닐까 싶다. 또한 근대 극복의 의지가 너무 강한 탓인지 어린이의 욕망과 상충되는 정신주의가 짙게 느껴진다.

이에 비하면 김기정의『바나나가 뭐예유?』(시공주니어 2002),『박뛰엄이 노는 법』(계수나무 2008), 위기철의『우리 아빠 숲의 거인』(사계절 2010), 김리리의『뺑이오, 뺑』(문학동네 2011) 등은 스토리가 한결 자연스럽고 주요 캐릭터도 친근감을 준다. 판타지 논리에 얽매이지 않고 동화적 상상력을 구사하여 주요 캐릭터를 생기발랄하게 그려 낸 것이 장점이다. 지금까지는 이것들이 '유소년이 함께 즐길 수 있는 장편동화'에 가장 근접한 성과들로 보인다. 그런데 뛰어난 이야기꾼에 속하는 김기정의 경우, 실제 아이들 앞에서 들려줄 때라면 모르겠으나 글로 읽을 때에는 작가의 추임새가 너무 잦아서 장황스럽게 느껴지는 장면이 적지 않다. 스토리에 목마른 아이들은 서사 진행을 방해하는 추임새보다는 행동과 사건 중심의 간결하고 빠른 호흡을 좋아할 것이다.

최근에는 이병승의『차일드 폴』(푸른책들 2011),『여우의 화원』(북멘토 2012), 보린의『뿔치』(푸른책들 2009) 등을 흥미롭게 읽었다. 이병승의『차일드 폴』은 어린이가 세계시민의 대통령으로 뽑힌다는 역발상과 동화적 상상력이 만나 예측 불가의 소동을 벌이는 이야기다. 다만 주인공이 대통령이 되고부터는 외려 이야기의 규모가 축소되는 것 같은 느낌을 준다.『여우의 화원』은 작중의 연극대본으로 동화를 껴안은 소년소설인데, 과감한 발상과 짜임이 돋보인다. 사용자 아들과 노동자 아들을 한 교실의 친구로 엮어 넣은 것은 무리수로 보이지만, 사회 문제를 구조적으로 들여다볼 수 있는 나름의 '문학적 창구'를 만들어 내서 실체적 진실에 바짝 다가선 것에 박수를 치고 싶다. 고만고만한 생활 이야기보다 이런 종류가 더 기대를 품게 한다.

보린의『뿔치』는 현실세계와 구분되는 시공간으로 이루어진 판타지다. '부정 탄 운명'과 사투를 벌이는 두 주인공이 결말에 가서 반전을 이루는 짜임이 근사하다. 관념의 노출이 없고 오로지 스토리로 승부를 벌였다. 그야말로 '동아시아발(發) 해양모험 서사'라는 생각이 든다. 문제는 청소년이 읽기에도 빡빡할 정도로 어딘지 서술에 힘이 들어간 느낌을 준다는 것이다. 배경과 심리 묘사가 워낙 촘촘해서 동화보다 소설의 문체에 가깝다. 시공간이 광대한 만큼 한 점 티끌로 보이는 주인공에게 신묘한 힘이나 마법의 권능을 부여하는 것을 너무 아낀 것도 어린이 독자는 불만일 듯하다.

한국 아동문학의 중국인 이미지

1. 머리말

한국 아동문학에서는 외국인 등장인물을 만나 보기 힘들다. 한국의 창작동화에서 이계(異界)나 비인간(非人間)을 경험하기 쉽지 않은 것처럼, 아동소설에서는 외국이나 외국인을 경험하기 쉽지 않은 것이다. 한국의 창작동화는 '판타지'가 빈곤하고, 아동소설은 '다문화'가 빈곤하다. 이렇게 된 이유를 자세히 따지는 것은 이 글의 범위 밖이다. 간단히 말하자면 근대적 과제를 부여안은 생활의 절박함에서 비롯된 불균형이라고 할 수 있다. 결여는 수요를 낳는다. 근대적 과제의 일정한 해결과 더불어 1990년대 이후 한국 아동문학은 화려한 부흥기에 들어섰는바, 그동안 결여된 동화의 '판타지'와 아동소설의 '다문화'에 대한 요구가 급증하는 추세이다.

이주노동자와 이주결혼자가 증가하는 데 따른 결과겠지만, 한국 아동문학이 다문화적 테마에 관심을 갖게 된 것은 비교적 최근의 일이다.[1] 그런데 일종의 기획으로 이루어진 다문화적 테마의 작품에 나타난 외국인 이미지는, 한 사회의 거울로서 문학작품에 자연스럽게 투영되어 있는 일반적인 집단무의식과는 거리가 있다. 최근의 아동문학에 나타난 다문화성은 그 테마를 선택한 것부터가 계몽의 기획이라고 봐야 하기 때문에 작가가 '정치적 올바름'을 의식하지 않을 수 없다. 따라서 한국 아동문학에 나타난 '타자(他者)'를 검토하고자 한다면, 대상 작품을 근대 시기로 제한하는 것이 한결 한국인의 집단무의식에 가까우리라고 여겨진다. 이 글은 바로 한국 아동소설의 전통에서 '타자'가 어떻게 나타나고 있는지를 살펴보려는 것이다.

8·15 해방을 기점으로 식민지시대의 '나쁜 일본인'을 등장시키는 아동소설은 헤아릴 수 없을 만큼 많이 쏟아져 나왔고, 이는 지금까지도 계속되는 현상이다.[2] 그러나 정작 식민지시대에는 일본인을 등장시킨 작품이 손가락을 꼽기 힘들다. 이는 당연한 결과일까? 식민지시대에는 서양인이 나오는 작품도 찾아보기 힘들다. 그나마 많은 게 중국인이 등장하는 작품인데, 이조차 가뭄에 콩 난다는 말이 실감날 정도이다. 필자의 조사가 미흡하다고 쳐도, 어느 정도 알려진 대표작 수준에서는 이런 사정이 거의 틀림없을 것이라 여겨진다. 식민지시대에 발표된 아동소설 중에서 필자의 눈에 들어온, 중국인이 등장하는 작품은 다음과 같다.

---

1 졸고 「다문화시대의 아동문학: 한국 아동문학에 나타난 베트남」, 『한국 아동문학의 쟁점』, 창비 2010 참조.
2 그 양상과 문제점에 대해서는 졸고 「우리 아동문학은 과거를 어떻게 그리고 있는가: 아동문학의 현대성과 과거 문제」, 같은 책 참조.

방정환 「동생을 찾으러」, 『어린이』 1925.1~1925.10(연재)

방정환 「칠칠단의 비밀」, 『어린이』 1926.4~1927.12(연재)

송영 「옷자락은 깃발같이」, 『어린이』 1929.5

송영 「고국이 그리운 무리」, 『별나라』 1931.12

최병화 「중국 소년」, 『조선일보』 1933.12.2

최병화 「고향의 푸른 하늘」, 『동아일보』 1938.9.4~1938.9.7(연재)

이중완 「곡예단의 사나이」, 『매일신보』 1939.2.4

외국인이 등장하는 작품의 전체 목록을 뽑아 봐도 위의 목록과 별반 다르지 않다고 보면 된다. 요컨대 중국인의 경우는 곧바로 한국 아동문학의 '빈곤한 다문화성'을 대표한다고 볼 수 있다.

2. 아동소설에 그려진 중국인

1) 아동 인신매매범과 곡예사

방정환의 중편 「동생을 찾으러」는 창호의 누이동생 순희의 실종에서 시작한다. 열흘이 지나고서야 순희의 긴급한 형편을 전하는 메모가 도착한다. "오빠, 나를 좀 속히 살려 주오. 나는 지금 여기가 어디인지 알 수도 없는 곳에 잡혀 갇혀서 날마다 무서운 청국 사람들에게 매를 맞고 있습니다. (…) 밤마다 청국 옷을 입고, 청국 말을 배우라고 사납게 때려 줍니다. 이제 청국 구경을 시키러 청국으로 데리고 간다고 그래요."[3] 소

---

3 방정환 「동생을 찾으러」, 『어린이』 1925.2, 32~33면. 이하 작품 인용은 원문의 느낌을

식을 전해들은 식구들은 급히 경찰서에 신고를 하지만, 경찰은 단서가 미약해서 찾기 힘들다며 시큰둥한 반응을 보인다. 그리하여 창호가 누이동생 순희를 찾으러 발 벗고 나서는 이야기가 전개된다.

순희는 조선인 아주머니의 꾐으로 유괴를 당하지만, 지금 순희를 감금하고 있는 자들은 주로 아동을 중국에 팔아넘기는 중국인 인신매매단이다. 순희를 구하려다 창호까지 붙들려서 함께 팔아 넘겨질 위험에 처하는데, 창호만은 다시 탈출해서 인천 소년회원들과 함께 중국으로 떠나기 위해 인천에 은신 중인 밀매단을 급습해서 순희를 구해 낸다. 방정환은 이처럼 아동 밀매단과의 쫓고 쫓기는 모험 서사로 아동 '탐정소설'을 개척했다.

탐정물은 범죄와 더불어 성립하는바, 이 작품에서 흉악한 범죄 집단으로 중국인이 등장하고 있다. 물론 작가의 의중은 민생치안을 아랑곳하지 않는 경찰의 태만함과 의협심에 불타는 소년회의 활약상을 대비시키는 가운데, 온갖 난관을 헤쳐 가며 불의와 맞서 싸우는 용기 있는 소년상을 그려 보이는 것이다. 그러나 중국인의 이미지와 관련해서는 당대의 통념을 그대로 수용하고 있다.

그렇잖아도 청국 사람들이 우리나라 소녀들을 훔쳐다가 청국 옷을 입혀 가지고 청국에 가서 팔아 버린다는 사실이 신문에 자주 나게 되어, 어린 딸 가진 부모는 불안에 싸여 지내는 터인데 (…)4

살리되 맞춤법과 띄어쓰기를 오늘날의 표기법으로 고쳤다.
4 같은 곳.

여기에서 보듯이 당대의 세태를 고스란히 옮겨 놓은 대목도 나타난다. 실제로 방정환이 이 작품을 쓸 무렵에는 중국인의 조선 여자아이 유괴 사건이 신문지상에 잇달아 보도되고 있었다. 『동아일보』 지면에는 여아 유괴 및 밀매 기사가 1924~1925년에만 무려 20여 건 나오는데, 대개 "또 중국인 소행"이라는 문구를 달고 있다.[5] 그중에는 「동생을 찾으러」처럼 조선인이 유괴를 해서 중국인 밀매단에 넘기는 경우도 포함되어 있지만, 여아 밀매와 관련된 사건 자체가 중국인의 소행으로 굳어지고 있는 양상이었다.

사정이 이러하니 중국인과 관련한 흉흉한 소문이 도처에 자자했다. 중국인이 계집애를 산 채로 가슴을 째고 간을 꺼냈다는 군산 지역 소문

---

5 「12세 소녀를 60원에 매각한 자: 남의 집 딸을 꾀어다가 중국인에게 팔아먹어」(1924.7.20), 「중국인의 소녀 밀매: 몇십 원 돈에 철모르는 처녀를 꾀어내서 낯선 타국으로 수출」(1924.8.18), 「5세 소녀 밀매 범인: 중국인에게 30원에 판 것을 경찰이 알고 잡아」(1924.9.7), 「중국인의 소녀 도매(盜賣): 9세 먹은 어린 계집애를 100원에 팔려다가 경찰서에」(1924.9.10), 「18세 여자를 또 중국인에게 팔려다가 발각」(1924.9.10), 「중국인 소녀 매매: 흥정 중에 또 잡히었다」(1924.9.28), 「호병(胡餠)으로 소녀 유인: 시내 서린동에서 또 중국인이」(1924.9.30), 「소녀 매매 중국인 체포: 12세는 30원, 14세는 40원, 15세는 80원, 이렇게 팔아먹어」(1924.10.4), 「소녀 행방불명: 또 중국인의 소위인가」(1924.12.22), 「악마 노파: 남의 집 딸을 중국인에게 팔려다 발각」(1925.1.3), 「독수(毒手)를 벗어난 7세아: 중국인에게 잡혀갔던 어린애 여러 달 만에 제집에 오게 되어」(1925.4.10), 「도망간 소녀로 발각된 대마굴: 중국인의 마굴을 벗어난 여아, 듣기에도 끔찍한 마굴의 형편」(1925.5.6), 「악마의 중국인 백주 소녀 유인: 호떡 한 개로 5세 소녀를 유인해」(1925.6.6), 「대구에서도 중국인 유녀(誘女) 마굴 발견: 조선 여자 5명이 있는 것을 대구서에서 발견하고 조사 중」(1925.6.12), 「중국인에게 팔린 묘령소녀 또 발견: 14세와 17세 된 두 소녀 중국옷을 입혀 둔 것을 발견해」(1925.7.10), 「조선 소녀를 밀매: 괴악한 중국인」(1925.10.1), 「연루 다수: 중국인들의 조선 소녀 유인 사건」(1925.10.7), 「중국인 대절도: 유괴를 전문으로」(1925.10.20) 등등.

을 기사화한 것도 있고,[6] "요사이 개성에는 허무맹랑한 소문이 돌아다
닌다는데 그 내용인즉 시내에 있는 여자보통학교 학생이 어느 선생의
심부름으로 청인의 가게에 호떡을 사러 갔다가 행방불명이 되어 사방
으로 찾던 중 십여 일 만에 어떤 한 청인이 큰 궤짝에다 넣어 가지고 도
망을 가다가 정거장에서 붙잡혔다는 풍설이 있어서 집집마다 한 이야
깃거리가 된다는데 학교 당국자는 그런 사실이 전혀 없다고 변명한다
더라."[7]는 기사도 보인다. 소문은 발원이 있으며 세태를 반영하는 법이
다. 사회적 불안심리가 낳고 부풀린 이런 엽기적인 소문은 어느 한 시대
에만 국한되는 것도 아닐 테다.

생존의 위기에 몰린 식민지 조선과 반(半)식민지 중국의 하층민들이
한데 만나는 삶의 현장은 서로 물고 뜯는 관계로 나아가기 쉬웠다. 중국
인 인신매매단 소문이 떠들썩해지기 이전부터 이미 조중(朝中) 노동자
들 사이의 갈등과 대립이 사회 문제로 떠올라 있었다. 진주와 함안의 경
계에 있는 어속령(魚束嶺)에서 조선인 노동자와 중국인 노동자 간에 대
충돌이 일어난 사실을 보도한 기사,[8] 인천항 출입 선객 통계수치를 들
어서 "이로 보면 객월 중에만 3,000여 명에 70여 만 원의 노임이 중국
노동자 손에 빼앗겨 가는 것을 알기 어렵지 않다 한다."[9]고 보도한 기사,
경서부 내 '자리잡힌 영업'을 하는 중국인 수효와 1년 수입을 들어 이
들이 귀국할 때 대략 얼마의 돈을 호주머니에 넣고 가는지를 보도한 기

---

6 「중국인이 계집애를 산 채로 가슴을 째고 간을 꺼낸다고, 혐의 중국인 체포 취조」, 『동
  아일보』 1924.9.10.
7 「궤중(櫃中)에 여학생」, 『동아일보』 1925.3.17.
8 「검사 출동 혐의자 체포」, 『동아일보』 1923.8.5.
9 「인천항 출입 선객: 가경할 중국 노동자」, 『동아일보』 1923.12.16.

사,**10** 이와는 반대로 "중국 안동현 하류 경진에는 조선인 300여 호에 인구 1,700여 명이 거주하는 곳인데 이즈음 중국인들이 빌려주었던 집을 무리하게 도로 빼앗으며 소작권도 무리히 빼앗음으로 집도 없고 먹을 것도 없어서 어려운 경우에 처한 동포가 78호에 450여 명이나 된다 하며 더욱 그곳 중국 관헌은 각 지주와 협동하여 조선인 전부를 축출코자 한다는 소식이 전한다더라."**11**면서 중국 내 조선인이 내몰리는 상황을 전하는 기사 등을 쉽게 접할 수 있다. 문제의 근원을 파헤치기보다는 현상만 나열해서 배타적인 민족감정을 부추기는 서술의 특징을 보인다.

흉악범은 조선에도 있고 중국에도 있으며, 사회적인 책임을 함께 물어야 마땅하다. 그러나 식민지 언론은 민족감정을 드러내면서 객관적인 태도를 벗어나기 일쑤였다. "요사이 음흉한 중국 사람들의 마수에 걸려 멀리 산 설고 물 설은 중국 땅으로 우리 조선 여자들이 많이 팔려 간다 함은 이미 보도한 바거니와……"**12** 또는 "근래에 중국인으로 조선 소녀를 꾀어다가 팔아먹는 자가 매우 많은 모양인데……"**13** 하는 식으로 선입견이 전제된 보도가 적지 않게 보인다.

이와 같은 당시 사정에 비추어 볼 때, 분명 아쉬움이 없지 않지만 방정환의 「동생을 찾으러」에 그려진 부정적인 중국인 이미지를 작가의식의 문제로 쉽게 단정할 일은 아니다. 「춘난(春暖)을 따라 생기는 중국인의 소녀 유인: 그래서 값을 받고 팔아먹어 일반 가정의 주의려(慮)」(『조

---

10 「중국에게 주는 돈 1년에 870만: 서울 안에 사는 485호 딸려 먹는 사람이 1,200여 명」, 『동아일보』1924.4.17.

11 「중국 안동현 재류 동포 곤경: 중국인의 배척으로」, 『동아일보』1924.6.4.

12 「중국인 소녀 매매」, 『동아일보』1924.9.28.

13 「소년 매매 중국인 체포」, 『동아일보』1924.10.4.

선일보』 1929.3.3)와 같은 제목의 기사가 몇 년 후까지 지속되는 상황에서 당대 사회 문제의 하나인 아동 대상의 범죄 사건을 소재로 아동 탐정소설을 개척한 것은 한국 아동문학사의 맥락에서는 적잖은 공적에 해당할 것이다.

장편 「칠칠단의 비밀」은 어릴 적 인신매매의 결과로 수상쩍은 곡마단에서 일하는 두 오뉘의 고달픈 삶에서 시작한다. 이렇게 부모형제도 모르고 곡마단을 따라 떠도는 오뉘가 어느 날 자기들을 알아본 삼촌과 조우하게 됨으로써 목숨을 건 탈출 과정이 펼쳐진다. 여기에서는 경찰이 범죄 집단과 한통속이나 마찬가지로 행동한다. 동생 순자는 탈출에 실패하고 오빠 상호는 성공하지만 오히려 곡마단 쪽에서 신고를 해서 삼촌은 경찰서에 잡혀 들어가고 상호는 경찰과 범죄 집단 모두에게 쫓기는 신세가 된다. 그러나 상호는 삼촌이 소개한 기호라는 소년과 함께 동생을 구해 내려고 백방으로 뛰는데, 곡마단의 정체가 조선, 일본, 중국 등을 오가면서 아편과 인신매매로 큰돈을 버는 국제 범죄 조직임이 드러난다.

'칠칠단'이라는 이름의 이 범죄 조직은 일본인을 두목으로 해서 일본인과 중국인이 섞여 있다. 이 작품에 나타난 중국인 이미지는 「동생을 찾으러」와 마찬가지로 인신매매에 곡마단이 덧붙은 모습인데, 작가의 의중은 항일의식을 더욱 겨냥하고 있다. "아아, 자기의 근본을 알고, 본국을 찾고, 부모를 찾고…… 그것이 우리들 평생의 소원이 아니었던가!"[14] 하고 상호가 순이에게 건네는 외침을 식민지 조선의 아이들이 어떻게 받아들일지는 명약관화하다. 이 작품은 검열에 의해 여러 차례 연재가

---

14 방정환 「칠칠단의 비밀」, 『어린이』 1926.5, 43면.

끊기는 모습을 보인다. '칠칠단'을 쫓아 작품의 무대는 중국으로 확대되는데, 중국 경찰서에 협조를 요청해도 반응이 여의치 않자 조선 사람 모임을 찾아 나서고, 마침내 봉천 조선인협회의 도움으로 사건은 해결된다. 조선인협회 회장이 두 오뉘의 아버지라는 사실이 밝혀지는 마지막 대목은 통속성을 면치 못하지만, 반전을 거듭하는 흥미진진한 탐정·모험 서사를 활용해서 민족의식·사회의식을 높이고 있는 이 작품은 아동 탐정소설의 계보에서 남다른 의미를 지닌다. 탐정소설을 대하는 방정환의 이런 태도 때문에, 이 방면의 다른 후속작들은 파급 효과를 경계한 일제 당국의 검열 삭제 조처로 완성되지 못하는 사태에 이른다.[15]

2) 마적과 악덕 지주

만주를 배경으로 하는 아동소설에는 원주민 이야기가 곁들여져 있다. 송영의 「옷자락은 깃발같이」와 「고국이 그리운 무리」는 각각 마적(馬賊)[16]과 악덕 지주에 시달리는 이주 조선인의 모습을 담아낸 것이다.

이곳에는 때 없이 총과 칼을 가진 무섭게 미운 산적 떼가 나타납니다.
아주 환한 대낮에 아무 거리낌 없이 무고한 촌락으로 돌아다니며 백성들

---

15 "요전번에 쓰기 시작한 「소년 삼태성」은 그러한 생각으로 전에 썼던 것보다 더 재미있고 더 유익한 것을 쓰려고 한 것인데 불행히 그 2회의 것이 전부 삭제를 당하여 책에 내지 못하게 된 고로 이내 더 계속하지 못하게 되었습니다. 고쳐서 써가지고는 그 본래 목적하던 것을 묘하게 써 나갈 수 없는 까닭입니다." 방정환 「신탐정소설: 소년 사천왕」, 『어린이』 1929.9, 35면. 「소년 삼태성」 「소년 사천왕」 모두 끝을 맺지 못했다.
16 '마적(馬賊)' '비적(匪賊)' '산적(山賊)' 등은 시기와 장소에 따라 또 호명하는 주체에 따라 그 의미가 조금씩 다르지만, 식민지시대 작품에 나오는 만주의 마적, 비적, 산적 등은 표현 빈도수가 가장 높은 '마적'으로 대표해도 무방하리라고 본다.

이 1년 동안이나 애를 써서 지어 놓은 곡식이라든가 벌어 놓은 '돈'을 빼앗아 갑니다.

그리고 그 값으로는 총알 몇 개나 그렇지 않으면 발길과 침과 그리고 짐승 같은 웃음이었습니다.[17]

그네의 집은 늙은 어머니와 젊은 과부 그리고 어린것 합하여 모두 네 식구로 그날그날 중국 지주의 땅을 농사지어 먹고 지나왔다. 그러나 지주는 제 맘대로 소작료를 빼앗아 가서 젊은 아낙네의 온 1년 지은 농사는 이 되놈 지주에게 빼앗기는 것이다.[18]

두 작품 모두 카프 작가 송영의 계급의식이 짙게 투영되어 있다. 「옷자락은 깃발같이」는 마적의 습격으로부터 스스로를 보호하기 위한 이주민의 싸움에서 통신원으로 활동하는 소년회원(피오네르пионéр, 파이어니어pioneer)의 영웅적인 모습을 형상화했다. 추운 북만주 벌판을 배경으로 A촌락의 소년회원인 운용이가 마적의 습격 소식을 전하기 위해 B촌락으로 눈보라를 뚫고 달린다. 뛰다 넘어지기를 반복하며 사투를 벌이지만 기진해서 쓰러지고 마는데 홀연 옷자락을 벗어 휘두르며 임무를 완수한다. "소년도 일은 하여야 한다. 세상의 급한 일은 어른에게만 한한 것은 아니다."[19]라는 이곳 소년회원들의 자각과 투쟁의지를 조선의 무산계급 소년들에게 전하려는 것이 작가의 의중일 것이다.

「고국이 그리운 무리」는 북만주로 살러 와서 중국인 지주에게 착취

---

17 송영 「옷자락은 깃발같이」, 『어린이』 1929.5, 138면.
18 송영 「고국이 그리운 무리」, 『별나라』 1931.12, 54면.
19 송영 「옷자락은 깃발같이」 139면.

를 당하며 지내던 조선인 식구가 만주사변(1931)이 일어나 전쟁터로 변한 마을에서 남들은 모두 숨기에 바쁜데도 기어코 탈출을 감행하다가 비행기 총알을 맞고 "네 개의 송장"으로 남는 비극적인 내용이다. 짤막한 '벽소설(壁小說)'로 창작된 것인 만큼 등장인물들 간의 대립이 서사적 뼈대를 이루고 있지는 않다. 지주계급의 착취와 제국주의 전쟁에 희생되는 조선 하층민의 '불행한 최후'만이 극적으로 제시되어 있다. 이처럼 중국인이 작품에 직접 등장하는 것은 아니지만, 송영은 신경향파 작가 최서해가「홍염」에서 그랬듯이 중국인에게서 탐욕스러운 악덕 지주의 이미지를 보고 있다.

3) 소수자와 사회적 약자

식민지 상황에서 고통받는 민중의 삶을 주목하려는 선의에도 불구하고, 피해의식과 한 몸을 이룬 민족의식은 흔히 중국인에 대한 배타적 태도로 이어졌으며, 이것이 작품에서 중국인을 부정적으로 그려 내게끔 만든 주된 요인임을 알 수 있다. 더 정확히 말하자면 민족과 계급적 현실에 대한 자각을 도모하고자 중국인들 중의 범죄자와 악덕 지주를 그려 낸 것이지만, 중국인이 그렇게 등장하는 작품만 존재한다면 편협함이 초래한 이미지 왜곡의 책임을 면할 수 없을 것이다. 그런데 다행히도 동병상련의 중국인 하층민을 그린 작품이 존재한다. 최병화의「중국 소년」과 이중완의「곡예단의 사나이」가 그것이다. 아동소설인 만큼 둘 다 '중국인 아이'에게 눈길을 주고 있으며, 조선을 배경으로 하고 있다.

최병화의「중국 소년」은 조선 땅에서 소수자로 살아가는 이주 중국인의 고달픈 삶을 어루만진 작품이다. 1인칭 서술자 '나'의 집 건너편에 중국인 세 가구가 얼마 안 되는 밭에 키운 채소를 팔아서 먹고산다. '나'

는 아침마다 채소를 실은 손수레를 앞에서 끌고 팔러 나가는 '왕오청'이라는 중국 소년을 날마다 보게 되자 서로 알은체를 하게 되고 나중에는 친하게 지낸다. 조선말을 익숙하게 하는 그에게 중국말도 조금씩 배운다. 동네의 심술궂은 아이들이 "어디 동무가 없어서 짱고레하고 노느냐?"고 놀려 대지만, 나는 개의치 않고 그와 만나서 속사정까지 나눈다. 그는 고아로서 자신을 거두어 준 왕 서방을 '주인 아버지'라고 부른다. 어느 날 학교에서 오는 길에 머리를 붕대로 감은 소년을 보고 까닭을 묻자, 주인 아버지가 낙산 밑 일본인 집에 물건 팔러 들어간 사이 조선 아이 셋이 오더니 갖은 욕을 해 대고 떼미는 통에 넘어져 다쳤다고 한다. 조선 아이들은 홍당무와 호박까지 집어 달아났다. '나'는 중국 소년에게 동정을 품는 한편으로 똑같은 처지에 놓여 있을 만주로 간 동무를 떠올린다.

나는 왕 소년의 가엾은 이야기를 들을 때 불현듯 올봄에 만주로 간 학봉이 일이 떠올랐습니다. 아마 학봉이도 만주에서 그곳 사람들에게 놀림도 받으며 매도 맞으리라고 생각하였습니다. (…)
그리고 나는 중국 사람이라고 업수이 여기는 어리석은 사람들이 몹시 미워졌으며 어서 하루바삐 이 땅에 와 있는 외국 사람 특히 어린 소년들을 욕하거나 때리는 일이 없어지기를 바랐습니다.[20]

여기에 이르러서는 소수자와 사회적 약자로서의 이주 중국인에 대한 동정심이 만주로 떠난 이주 조선인과 겹치면서 심리적 연대감을 형성

---

20 최병화 「중국 소년」, 『조선일보』 1933.12.2.

해 나가고 있음을 본다. 경험담 형식으로 소수자와 사회적 약자를 긍휼히 여기는 작가의 마음이 주인공 소년의 입을 빌려 곡진하게 표현되어 있다. 다만 서사성이 약한 것은 흠이다.[21]

이에 비해, 이중완의 「곡마단의 사나이」는 곤혹스러운 상황과 마주한 용식이라는 소년의 심리 변화를 3인칭 서술로 생생하게 따라간 작품이다. 곤혹스러운 상황은 무섭게 생긴 거구의 곡예사와 연약하게 보이는 어린 소년으로 구성된 거리의 중국인 곡예단을 구경하는 과정에서 빚어진다. 처음에 용식이는 재미있는 구경거리가 생겼다고 신나하지만 종국에는 고통스러운 체험으로 마감된다.

찌든 옷을 입고 아주 무섭게 생긴 거구의 중국인 곡예사가 피리를 불어 사람을 모으고 인형극으로 웃음을 자아내는 동안 조그만 사내아이가 시름없이 벽에 기대어 앉아 졸고 있는 모습이 용식이의 시선에 들어온다. 일고여덟 살쯤 되어 보이는 이 아이는 창백히 시든 얼굴이고 어린 애답지 않게 양미간에는 주름살조차 잡혔다. 용식이는 곡예사가 요술을 시작했는데도 마냥 졸고 있는 이 아이가 꾸지람이나 듣지 않을까 조마조마해진다. 마침내 곡예사가 빽 한마디 지르자 사내아이는 성큼 무대 위로 뛰어 올라가 어른의 손 위에 거꾸로 섰다가 공중제비를 돌며 내려오는 등 여러 가지 재주를 쉴 새 없이 부린다. 점점 어려운 묘기로 넘어가는 도중에 곡예사는 구경꾼들에게 돈을 던져 달라고 말한다. 동전 몇 개가 땅에 떨어진다. 곡예사는 "조금만 더 더." 하고 큰 몸집으로 절

---

21 최병화의 「고향의 푸른 하늘」은 만주·러시아·몽골의 접경지대로 무대를 옮겨 부모를 잃고 러시아인의 집에서 각각 심부름꾼으로 헤어져 살고 있는 조선인 자매의 힘겨운 삶과 탈출 과정을 그린 것으로 흥미진진한 서사적 줄거리를 지니고 있다. 하지만 이 작품에는 중국인이 나오지 않는다.

을 해 댄다. 1전도 몸에 가지지 않은 용식이는 공짜로 구경하는 게 불편해진다. 곡예사는 더 많은 동전을 원하는 듯 "이건 아주 어려운 재주야." 하면서 사내아이를 바지랑대를 이용해 거꾸로 세워 돌린다. 여지껏 귀찮은 듯 시름없는 얼굴로 묘기를 부리던 사내아이도 이번에는 괴로운 듯이 얼굴을 찡그린다. 용식이는 그 얼굴을 차마 바로 보지 못한다. 곡예사는 사내아이를 거꾸로 치켜든 채 "자, 돈 조금만 더. 조금만." "20전만, 20전만." 하고 외워 대지만 아무도 돈을 건네는 사람이 없다. 20전이 나올 때까지 사내아이를 거꾸로 치켜들고 있을 것처럼 보이자 초조해진 용식이는 집으로 달려가서 20전을 구해 가지고 온다. 그러나 무대는 인형극으로 바뀌어 있다. 돈을 던질 기회를 잃은 용식이는 동전을 모아서 만지고 있는 사내아이에게 쑥스럽고 겸연쩍어서 돈을 주지도 못한다. 이처럼 거리의 중국인 곡예단 모습과 그들을 대하는 소년의 내면 심리를 생생하게 제시하고 작가의 설교나 감정 노출은 억제되어 있다. 중국인 곡예단이 떠나는 마지막 장면에서도 용식이는 봇짐을 옆구리에 끼고 다리를 쩔룩거리며 가는 사내아이의 뒷모습을 물끄러미 바라보고 있을 따름이다.

거리의 곡예단은 이색적인 소재임에 틀림없지만 방정환의 작품에도 나오듯이 조선에서의 중국인 이미지를 어느 정도 대표하는 것이기도 하다. 그네들을 보는 주인공 소년의 애틋한 시선은 소수자와 사회적 약자에 대한 배려의 마음과 통한다고 볼 수 있다. 중국인을 일방의 배타적 시선이 아니라, '무섭게 생겼지만 아이들에게도 절을 하는 어른' '유약하지만 삶의 신산함이 밴 아이'를 등장시켜서 '낯섦과 연민'이라는 양가의 감정으로 포용한 것은 여느 작품과는 다른 모습이다.

3. 맺음말

이 글은 한국 아동문학의 전통에서 중국인을 중심으로 '타자'가 어떻게 나타나고 있는지를 살펴보려 했다. 식민지시대의 아동소설을 대상으로 살펴본 바에 따르면, 중국인은 '아동 인신매매범과 곡예사'(방정환), '마적과 악덕 지주'(송영), '소수자와 사회적 약자'(최병화, 이중완) 등으로 나타나고 있었다.

얼마 안 되는 작품 중 어김없이 '되놈'과 '짱고레'라는 비하적인 표현이 나타나고 있는 것에서 짐작되듯이, 근대 한국 아동소설에 나타난 중국인 이미지는 근대소설의 그것과 큰 차이는 없다. 근대적 열망에 지핀 신소설 이래 반청친일(反淸親日)의 기저가 은밀히 작동하고 있었음을 간과해서도 안 되겠지만, 근본적으로는 대국적 이미지가 강한 중국과 제국주의 일본 사이에서 생존의 위협을 겪으면서 잠재된 피해의식이 중국인을 거의 부정적으로 그리게 했을 것이라고 생각해 볼 수 있다. 그런 가운데서도 하층민을 상대로 상호 교차의 시각이 나타나고 있는 것은 주목되는 바이다.

이주노동자와 다문화가정이 증가하는 오늘날의 상황은 사회구성원들 사이에 새로운 갈등을 잉태하고 있으며, 아동문학 또한 이런 문제에 눈길을 돌리지 않을 수 없다. 이때, 소수자와 사회적 약자로서의 연대감은 문제의 본질을 호도하려는 지배관념에 균열을 낼 수 있다. 그러나 피해의식에 편승해서 배타적 민족주의를 부추기는 근시안의 작품은 피해와 가해의 악순환을 만들어 낼 것이다. 예컨대 간토대지진이나 난징대학살의 참상을 특정 민족성의 문제인 양 여기면서 우리는 그런 가해로부터 자유로울 수 있다고 믿는다면 인간과 역사를 모르는 순진함이 아니겠는가.[22] 이런 문제와 관련해서는 베트남전쟁에서의 '따이한'을 상기해도 충분하리라 본다.

식민지시대를 배경으로 한 해방 후 아동문학 작품의 일본인 형상화 문제에 대해 한 차례 살펴본 바 있는데, 현대 한국 아동문학은 근대보다 더욱 배타적 민족주의에 경사되어 있다. 남북분단으로 동족이 적의를 드러내며 맞부딪치고 있고 동아시아 각국의 패권주의가 날로 팽배해지는 상황임을 감안할 때, 현대 한국 아동문학은 다문화를 어떻게 감당해야 할는지에 대한 문제의식이 절실하다.

---

22 평양 출신의 화가 김병기에 따르면, 1931년 7월 5일 평양에서 화교 대학살 사건이 일어났다. 만주의 만보산 사건을 계기로 전국에서 배화(排華)폭동이 일어난 것이다. 화교의 급증은 노동계를 위협하면서 갈등의 요인이 되었다. 그러다 7월 초 만주에서 중국인이 조선인들을 대거 살해했다는 오보가 전해지면서 평양에서도 분풀이 학살 사건이 터진 것이다. 살인과 방화로 최소 100명 이상의 화교가 희생당했다고 한다. 윤범모『백년을 그리다: 102살 현역 화가 김병기의 문화예술 비사』, 한겨레출판 2018, 95면 참조.

한국 장편동화에 그려진 이상국가

이원수의 『숲 속 나라』와 권정생의 『랑랑별 때때롱』

이원수는 한 좌담회에서 "소설 같은 사실이 아니더라도, 아름다운 꿈 같은 세계에서 삶을 배울 수 있는 게 동화만이 가지는 특권"이라고 말한 바 있다.(「아동문화를 말하는 좌담회」, 『아동문화』 1948.11) 이 좌담회 직후 이원수는 정말 꿈같은 일이 벌어지는 '숲 속 나라'의 풍경을 그의 작품에 그려 냈다. 이원수의 말처럼 동화는 아이들에게 꿈같은 세계를 통해 삶의 교훈을 전한다. 동화의 꿈은 현실의 결핍과 억압을 해소하는 숨구멍이 되며, 지금 가장 절실한 것이 무엇인지를 드러낸다. 아이들의 꿈과 어른의 꿈은 보통 일치하지 않는다. 하지만 아이들의 고통을 사회 문제로 인식하는 동화작가라면 개인적이고 일시적인 위안보다는 모두에게 소망스러운 세상을 그려 보이는 데 많은 힘을 기울일 것이다. '아이들이 어떤 꿈을 지니고 사느냐'가 그 사회의 미래를 결정한다는 믿음 때문에 그리하는 것이다.

아동문학은 '근대 국민 만들기' 기획의 하나라고 알려져 있다. 동화

작가는 자신이 의식하든 의식하지 않든 사회가 필요로 하는 아동을 길러 내는 데 깊숙이 관여한다. 한국은 근대화 과정에서 일제 식민지와 민족분단으로 파행을 겪었기 때문에, 동화작가들이 시대현실에 한층 민감하게 반응해 온 편이다. 강압적인 정치권력은 진보 성향의 동화작가를 '불온'하다는 이유로 제도권에서 배제하거나 사회적으로 금기시했다. 좌경용공의 혐의를 받은 동화작가들은 살얼음판을 걷는 위태로운 경계에서 창작활동을 벌였다. 대표적인 동화작가로 이원수와 권정생을 꼽을 수 있다. 이들은 민족분단, 전쟁, 독재정치로 고통받는 서민 아동의 삶을 주로 그려 냈다. 이원수의 동화 「토끼 대통령」(1963), 「불새의 춤」(1970), 소년소설 『민들레의 노래』(1960~1961), 『메아리 소년』(1965~1966), 권정생의 동화 「강아지똥」(1969), 「무명저고리와 엄마」(1973), 소년소설 『몽실 언니』(1984), 『초가집이 있던 마을』(1985) 등이 여기에 속한다. 이 작품들은 한국 리얼리즘 아동문학의 성과로 평가된다.

이원수와 권정생은 한국 아동문학에서 비교적 드문 판타지 장편동화의 대표작을 남기고 있어 주목된다. 이원수의 『숲 속 나라』(1949), 『잔디 숲 속의 이쁜이』(1971~1973), 권정생의 『밥데기 죽데기』(1999), 『랑랑별 때때롱』(2005~2007) 등이 그것이다. 공교롭게도 이원수의 첫 장편동화 『숲 속 나라』와 권정생의 마지막 장편동화 『랑랑별 때때롱』은 작가들이 꿈꾸는 이상국가를 그린 것이다. 『숲 속 나라』는 『어린이나라』 1949년 2월호부터 12월호에 연재된 것을 1954년 신구문화사에서 단행본으로 펴낸 것이고, 『랑랑별 때때롱』은 『개똥이네 놀이터』 2005년 12월호부터 2007년 2월호까지 연재된 것을 2008년 보리출판사에서 단행본으로 펴낸 것이다. 두 장편동화에는 작가가 자기 시대의 아이들에게 전하고픈 메시지가 진하게 투영되어 있다. 반세기의 시차를 두고 어떤 변화가 나타났을까?

이원수의 『숲 속 나라』는 노마가 느티나무 구멍을 통해 들어간 '숲 속 나라'에서 신기한 일을 겪는 가운데 사회질서에 대해 눈뜨는 내용이다. 노마는 동네 아저씨 집에서 심부름을 해 주고 사는 아이인데, 집 떠난 아버지를 찾아 나섰다가 숲 속 나라에 들어가게 된다. 현실에서 노마는 학교에 다니는 것과 먹고사는 것이 힘든 형편에 있다. 노마의 친구들도 대부분 헐벗고 굶주린 생활을 한다. 하지만 숲 속 나라에서 노마는 새 나라 건설을 위해 일하는 아버지를 만나고 이전과는 달리 행복한 시간을 보낸다. 노마의 친구들도 숲 속 나라로 찾아온다. 숲 속 나라는 이상향이다. 그런데 이 평화로운 나라를 침범하는 악당들이 있다. 그들은 해외에서 배를 타고 온 간사한 장사꾼들이다. 노마는 여러 경로를 통해 숲 속 나라와 대비되는 숲 바깥 나라의 비참한 상황을 목격한다. 숲 바깥 나라에 남겨진 식구들을 찾아 나선 노마와 그의 친구들은 악당들과 마주쳐 위기를 겪지만 지혜롭게 벗어난다. 높은 관리와 큰 장사꾼의 자녀들은 부모에게 잡혀 다시 숲 바깥 나라로 돌아간 뒤에 타락의 길로 빠져들고, 나머지 아이들은 숲 속 나라에서 소년회를 조직하여 새 나라 건설에 적극 나선다.

숲 속 나라는 사람처럼 생각하고 말하는 시냇물과 사과 등이 나오는 판타지 세계다. 하지만 숲 속 나라와 숲 바깥 나라의 사회질서가 어떻게 다른지를 당대 사회현실에 비추어 그려 낸 점에서 알레고리가 두드러진다. 숲 속 나라에서는 학비와 학용품이 공짜로 해결되지만, 숲 바깥 나라에서는 학비와 학용품 때문에 아이들이 눈물을 지으며 거리에 나가 신문을 판다. 해외에서 온 간사한 장사꾼들은 물건을 싸게 풀어서 자생력을 잃게 한 뒤에 물건을 비싸게 팔아먹는 계책을 쓴다. 큰 장사꾼들은 폭력단을 앞세워 장사에 방해가 되는 사람들을 짓밟는다. 눈치챘겠지만, 숲 속 나라는 사회주의적 이상이 구현되는 곳이고, 숲 바깥 나라는 자본주의적 모순이 적나라하게 드러나는 곳이다. 이런 대비는 남북으로 분단된 민족현실에 대한 정치적 알레고리로 읽힌다. 숲 속 나라에도 국토방위를 위해 무장한 병사들이 있고, 식량증진을 위해 기계로 농사를 짓는데, 이는 역사적 상황에 의해 제약된 근대국가의 모습이다. 숲 안팎에 대한 작가의 상상력이 다소 도식적이기에 의미 층위가 두텁지 못한 약점을 지적할 수 있다. 그러나 이 작품이 사회주의 체제를 표방한 북한이 아니라 그와 적대적인 남한에서 발표되었다는 사실은 중요하다. 당대 사회 모순과의 대결 구도가 작품에 팽팽한 긴장감을 부여한다. 자기가 발 딛고 사는 곳의 압제에 저항하며 자유와 평등과 사랑의 정신을 드높인 이원수의 창작 실천은 이후로도 지속되었다.

권정생의 『랑랑별 때때롱』은 새달이·마달이 형제가 랑랑별에 사는 때때롱·매매롱 형제의 초청을 받아 지구 밖의 딴 세상을 구경하고 오는 내용이다. 우주여행을 소재로 했을지라도 SF적 상상력이 아니라 동화적 상상력에 기반을 두었으며, 아이들에게 해방감을 주는 해학적 표현이 두드러져 있다. 새달이·마달이 형제와 때때롱·매매롱 형제는 종이비행기에 편지를 써서 의견을 주고받는다. 때때롱은 '지구별의 한국에서 숙제를 안 해 벌쓴 아이를 찾아오라'는 숙제를 하다가 새달이를 찾았다고 밝힌다. 편지에는 새달이·마달이 형제가 어떻게 장난을 치고 몇 번 방귀를 뀌었는지 등이 다 적혀 있다. 새달이·마달이 형제는 신통한 능력을 가진 랑랑별 사람들이 어떻게 살고 있는지 궁금해한다. 때때롱·매매롱 형제는 자기들이 랑랑별에서 지내는 모습을 기록한 일기를 보여준다. 찢어진 바지를 꿰맸다든지 부엌에서 밥을 지었다든지 하는 내용으로 보아 아이들도 능력껏 일을 하면서 지낸다는 것, '셋째 시간은 떠들기 내기'였다는 내용으로 보아 학교가 아이들에게 해방구나 다름없다는 것 등을 짐작할 수 있다. 여름방학이 되자 때때롱·매매롱 형제는 새달이·마달이 형제에게 랑랑별로 놀러 오라고 한다. 그리하여 새달이·마달이 형제와 지구별의 여러 동물들이 랑랑별의 마법으로 날개가 생긴 흰둥이의 꼬리에 줄줄이 매달려 랑랑별로 올라간다.

랑랑별은 문명 수준이 높고 신통한 능력을 지닌 사람들이 사는데도 그 모습은 지구별의 시골 풍경과 비슷하다. 아이들은 물에서 신나게 헤엄치며 놀고, 가축들은 풀밭에서 실컷 풀을 뜯어 먹는다. 이런 한가로운 풍경은 지구별 아이들이 공부에 짓눌려 지내고, 가축은 비좁은 우리에 갇혀서 사료로 키워지며, 수많은 생명들이 농약에 찌들어 죽어 가는 것과는 대조적이다. 소박한 농촌의 삶을 떠올려 주는 랑랑별의 모습은 과학문명의 혜택이 주어진 미래사회는 편리하고 풍족할 것이라는 예측을 뒤엎는다. 새달이·마달이 형제는 투명인간으로 변하는 도깨비옷을 입고 랑랑별의 500년 전 과거로 시간여행을 떠난다. 여기에서 모든 궁금증이 밝혀진다. 랑랑별도 500년 전에는 지구별처럼 생명을 짓밟는 과학문명의 폐해로 가득했다. 하지만 실패를 거울 삼아 새로운 삶을 선택하면서 현재의 모습에 도달했다고 한다. 랑랑별의 500년 전 과거는 자연 생태를 돌아보지 않고 발전만을 추구하는 지구별의 미래라고 할 수 있다. 랑랑별의 과거와 현재를 목격하고 지구별로 돌아온 새달이·마달이 형제는 새로운 삶을 선택하는 자리에 서게 된다. 미래사회에 대한 작가의 상상력이 너무 단순하지 않으냐는 비판이 나올 수 있겠지만, 오늘날의 사회 문제와 정면 대결을 벌이는 꼿꼿한 작가정신이 느껴진다.

이상에서 살펴본 이원수의 『숲 속 나라』와 권정생의 『랑랑별 때때롱』

은 비록 초점은 다를지라도 문제의식과 발상이 비슷하다는 것을 알 수 있다. 둘 다 판타지 기법을 사용하여 '숲 속 나라'와 '랑랑별'이라는 이상국가를 그려 보이고, 이를 현실사회와 대비시킴으로써 대안을 제시하려고 했다. 해방 후 새 나라 건설의 도정에서 발표된 『숲 속 나라』는 사회주의에 입각한 근대적 과제, 경제성장과 민주화를 일정하게 달성한 후에 발표된 『랑랑별 때때롱』은 지구적 생태주의에 입각한 탈근대적 과제와 씨름한 결과물이다. 이원수 시대에는 민족적·계급적 모순이 삶을 고통스럽게 했다면, 권정생 시대에는 과학만능주의·발전지상주의가 생명을 통제하는 새로운 모순을 낳았다. 반세기를 사이에 두고 발표된 두 장편동화는 한국 리얼리즘 아동문학을 대표하는 작가들의 '꿈의 상상력'이 시대와 더불어 어떻게 변화했는지를 보여 주는 뚜렷한 징표라고 할 수 있다.

아동문학의 오래된 미래

어린 시절 이야기

생활환경의 변화가 매우 빨라지면서 어린이와 어른을 구분하는 전통적인 시각이 흔들리고 있다. 과거에는 어른의 선행 경험이 어린이의 성장 단계에서 중요한 위치를 차지했으나, 지금은 낡은 유물처럼 여겨진다. 요즘 아이들은 어른이 어린 시절에 전혀 경험하지 못한 새로운 경험을 하고 산다. 아이들은 어른보다 새로운 것에 대한 적응이 훨씬 빠르다. 그래서 어른이 어린이에게 경험을 전수받는 역전 현상이 일어나기도 한다. 컴퓨터와 모바일 같은 광범한 용도의 전자매체 사용을 두고 이런 일이 종종 벌어진다. 현대사회에서 컴퓨터와 모바일은, 옛날이야기의 요술거울이나 도깨비방망이에 비견되는 발명품이지만, 조금도 특별하지 않은 일상의 도구이다. 오늘날의 어린이는 이런 것들을 장기처럼 몸에 달고 태어난 신인류인 듯싶다. 아동관의 주형이 변화하고 있음을 보여 주는 단적인 사례라고 할 수 있다.

그렇다고 어린이의 지위가 과거보다 높아졌는가 하면 그렇지도 않다. 현대사회에서 '느린 것'은 패배요 '빠른 것'은 승리로 통하기 때문에, 어른들은 아이들을 '빠른 것'에 적응시키기 위해 그 어느 때보다 거세게 다그친다. 아이들의 일상에 더 이상 한갓진 '구석'은 남아 있지 않다. 손에 쥔 모바일이 어느 정도 도피처가 되어 주는 듯싶지만, 실은 그것에 의해서 아이들의 일상은 남김없이 감시당한다. 도시에 사는 아이들일수록 한층 정밀한 통제 아래서 '집─학교─학원'을 오가는 꼭두각시 신세로 전락해 있다. 숨구멍이 없는 아이들은 학교 폭력과 집단 괴롭힘 같은 사회 문제를 낳고 있으며, 가출과 자살 같은 극단적인 선택으로 내몰리기도 한다.

거의 맹목에 가까운 질주를 멈추지 않으면 인류에게 희망은 없다는 말이 나온 지 오래이다. 선각자들은 우리가 잊고 사는 오래된 것에서 답을 찾아야 한다고 역설한다. 아동문학에 국한해서 말한다면, 작가의 '어린 시절 이야기'도 하나의 답이 될 수 있다고 믿는다. 거기에서 오늘날 어린이에게 가장 절실한 생명의 숨구멍을 찾을 수 있다고 보기 때문이다. '느린 것'과 '구석'의 기억을 온몸으로 느끼게 해 주는 어린 시절의 이야기는 인류의 미래와도 직결된다. 말 그대로 '오래된 미래'가 아닐 텐가?

어린 시절 이야기는 상상으로 재구성한 픽션일지라도 실제 체험을 바탕으로 하기 때문에 진솔한 공명을 전하는 힘이 있다. 다만 과거는 지나간 것들의 총체라는 점에서 매우 다층적일 뿐만 아니라 전혀 상반된 두 얼굴을 가지고 있다는 사실에 주의해야 한다. 작가의 어린 시절 이야기가 긍정적 효과를 내려면 아동 본위와 생명 본위의 태도가 중요하다. 어른들은 흔히 '옛날이 좋았어!'라는 말을 자주 하는데, 이 말은 아이들이 질색하는 보수적인 태도에서 나온 것이기 쉽다. 보수적 태도의 과거

지향은 어른의 자기 본위라는 주관성에서 벗어나기 힘들기 때문에 종종 과거의 미화로 나타난다. 현실과의 대결이 아닌 현실도피의 낭만적인 과거 회고담은 아동문학에도 자주 출몰하는 편이다. 대개는 자기 위안의 한숨 소리에 지나지 않기 때문에 아이들로부터 외면받고 금세 사라지게 된다.

아시아의 근현대사를 돌아보면 알 수 있듯이 과거는 그리 말랑말랑하지도 달콤하지도 않았다. 우리가 아는 명작 가운데에는 유년의 기억이나 과거의 재현을 통해 잘못된 역사의 흐름을 바꾸고자 하는 현실비판적 작품이 적지 않다. 일본 전후 아동문학의 대표작 쓰보이 사카에(壺井榮)의 『스물네 개의 눈동자』(1952, 문예출판사 2004)가 얼른 떠오른다. 한국을 대표하는 작가 권정생의 '한국전쟁 3부작' 『몽실 언니』(창작과비평사 1984), 『초가집이 있던 마을』(분도출판사 1985), 『점득이네』(창작과비평사 1990)도 그런 종류이다. 얼마 전에 한·중·일 평화그림책 시리즈로 나온 권윤덕의 『꽃할머니』(사계절 2010), 야오홍(姚紅)의 『경극이 사라진 날』(사계절 2011), 김환영의 『강냉이』(사계절 2015) 등도 과거 역사의 아픔을 그린 것들이다.

한편, 역사 문제보다는 개인의 성장에 초점이 주어진 명작들도 많다. 린하이인(林海音)의 『북경 이야기』(1960, 베틀북 2001)를 감명 깊게 읽었던 기억이 난다. 일곱 살 여자아이의 순수한 시선으로 자기가 겪고 떠나보낸 어른들의 이야기를 풋풋하게 그려 낸 작품이다. 빛바랜 사진첩을 넘기는 듯한 아련함을 주지만, 인생에 대한 통찰력이 배어 있어 헤프지 않은 단단한 알맹이가 만져진다. 차오원쉬안(曹文軒)의 『빨간 기와』(1997, 새움 2001), 박상률의 『봄바람』(사계절 1997)에서도 이와 비슷한 인상을 받았는데, 이것들은 십 대의 성장통을 그린 작품이다.

이렇게 역사의 반성과 개인의 성장에 초점이 주어진 어린 시절 이야기는 '오래된 미래'와는 성격이 조금 다르다고 볼 수 있다. 이 글의 서두에서 밝힌 것처럼 어린이가 어린이로서 살 수 없는 현대사회의 가공스러운 속도에 인류의 미래를 맡길 수 없다고 생각한다면, 어린이에게 천연의 어린 시절을 되돌려 주자는 것이 핵심이다. 아시아 각국의 어린이가 처한 상황은 시간차가 존재하기 때문인지, 아시아 명작 가운데 '오래된 미래'로 여길 만한 어린 시절의 재현 모델은 얼른 떠오르지 않는다. 일본 전후 아동문학의 또 다른 대표작 이시이 모모코(石井桃子)의 『논짱 구름을 타다』(1947, 『내가 잃어버린 것들』, 동쪽나라 1992)는 흐뭇한 미소를 짓게 만드는 어린 시절 이야기지만, 구름할아버지에게 들려주는 논짱의 이야기가 너무 가족의 테두리에 갇혀 있다. 이보다는 당대의 어린이 생활을 사실적으로 그린 근대 단편 중에서 지바 쇼조(千葉省三)의 「토라짱의 일기」(1925), 「매둥지 털이」(1928) 같은 것이 더욱 생동감이 넘쳐난다.(토리고에 신 엮음 『울어버린 빨간 도깨비: 일본 근대동화 선집 2』, 창작과비평사 2001)

　한국은 1인당 국민소득 3만 달러에 이르고 있으나 OECD 국가 중에서 어린이의 행복지수가 거의 최하위에 속한다. 우리가 잃어버린 것은 무엇인지 돌아보고자 함인지 최근 들어 작가의 어린 시절을 재현하는 작품들이 잇달아 나오고 있다. 그 가운데 한윤섭의 『우리 동네 전설은』(창비 2012)과 이주영의 『아이코, 살았네!』(고인돌 2013)가 눈길을 끈다. 한윤섭의 작품은 픽션의 성격이 강하고 이주영의 작품은 기록의 성격이 강하지만, 모두 아동 본위와 생명 본위의 조건을 충족하는 어린 시절 이야기들이다.

　『우리 동네 전설은』은 시골 마을에 이사 온 도시 아이가 마을의 무시

무시한 전설을 알게 되면서 겪는 이야기를 그렸다. 집에서 학교까지는 걸어다녀야 하는데, 아이들 사이에 절대로 혼자 다녀서는 안 된다는 철칙이 전해 내려온다. 마을 아이들의 설명에 의하면 마을 곳곳에는 아이들의 간을 노리는 방앗간 노부부, 뱀산을 떠도는 아기 잃은 여자의 영혼, 아이들을 보면 정신이 이상해지는 돼지할아버지 등에 대한 전설이 서려 있다고 한다. 전학 온 아이는 처음에는 모든 게 낯설고 무서웠지만, 마을 아이들과 함께 학교를 오가면서 자연과 친숙해지고 전설의 비밀도 알게 된다. 아이들 사이에서 떠도는 무시무시한 마을의 전설은 기실 이웃에 대한 관심과 애정의 표현이자 그 필요성을 환기시킨다. 무서운 이야기를 담고 있을지라도 처음과 마지막 장면이 재치 있고 익살스럽게 맞물린 구조로 말미암아 도시 아이가 시골 마을에 스스럼없이 동화되면서 마무리된다.

『아이코, 살았네!』는 작가가 죽을 뻔했던 일곱 가지 이야기를 들려주는 체험담 형식이다. 어린 시절에 산과 들과 내로 돌아다니며 동무들과 놀다가 뱀을 만나거나 동굴에 갇히거나 냇물에 떠내려가는 등 죽을 뻔한 일들을 여러 차례 겪었지만, 그런 일들이 다른 무엇과도 바꿀 수 없는 소중한 체험이었음을 깨닫게 해 준다. 예전에는 아이들 방식의 도전으로 용기를 발휘하고 담력을 키우며 지혜를 얻을 수 있는 일들이 도처에 널려 있었다. 사회적 안전망을 만드는 것 못지않게 삶다운 삶이란 과연 무엇인지 돌아볼 필요가 있을 것이다. 이런 점에서 인간과 자연이 어우러진 모험적 일상의 이야기는 물질문명과 경쟁에 둘러싸여 질식하기 일보 직전에 있는 오늘날의 어린이에게 숨구멍이 되어 줄 게 틀림없다.

지금
여기의
작가

2

교양과 제도 바깥의 불온함

최영희의 상상력

1. 교훈주의의 변신과 시민사회 교양

아동문학의 자리는 문학일까, 교육일까? 이론상으로는 답이 정해져 있지만, 작품 평가로 들어가면 기준이 제각각이다. 과거에 없던 새로운 경향이 나타나고 특정 경향도 얼굴을 바꾸며 진화하는 까닭이다. 이미 검증된 명작에 대해서는 한목소리로 예찬하다가도 낯선 작품에 대해서는 평가가 극명하게 엇갈리곤 한다. 베짱잇과에 속하는 '프레드릭'[1]을 정말 철두철미하게 옹호할 자신이 있는가? 그런데 '뜨개질하는 도마뱀'[2]은 왜 아닌가? 저 좋아서 하는 일인데? 정말 골치 아픈 문제다.

알다시피 아동문학은 교육과 떼려야 뗄 수 없는 관계에 있다. 주요 대

---

1 레오 리오니 『프레드릭』, 최순희 옮김, 시공주니어 1999 참조.
2 채인선 『그 도마뱀 친구가 뜨개질을 하게 된 사연』, 창작과비평사 1999 참조.

상이 사회적 보호를 필요로 하는 미성년이기 때문이다. 그럼에도 아동문학은 문학에 속해 있지 교육에 속해 있지 않다. 오히려 아동문학이 걸어온 길은 교육이라는 굴레에서 벗어나려는 몸부림에 가까웠다. 지난 세기 이원수는 도덕 교과서의 예화 같은 '교훈주의' 창작 경향을 끊임없이 비판했다. 그만큼 교육적 요소가 우리 아동문학의 발목을 붙들고 있었다. 지금도 크게 달라진 것 같지는 않다. 교육과는 차원이 다른 아동문학 고유의 미학을 고민하지 않을 도리가 없다.

따지고 보면 아동문학의 걸작은 모두 교육적이다. 아동문학의 교육적 요소는 좋을 수도 나쁠 수도 있는 걸까? 무엇이 좋고 나쁨을 결정하는가? 나는 우리 사회에서 '불온함'으로 간주되는 무엇, 비유하자면 작품을 관통하는 '붉은 선'의 유무가 가장 결정적이라고 본다. 오해하지는 말자. 아동문학의 불온함은 다른 영역의 그것과는 같고도 다르기 마련이니까.

우리 사회에서 '불온'이라는 말은 '불온서적, 불온단체, 불온문서, 불온세력' 등의 연관어에서 보듯이 권위주의 시대의 검열과 금기로 인해 더욱 의미가 명료해진 감이 없지 않다. 대학시절 나는 시인 김수영의 산문을 읽고 모든 위대한 문학은 불온하다는 것을 알았다. 그는 "모든 살아 있는 문화는 본질적으로 불온한 것"[3]이라고 잘라 말했는데, 이 말을 두고 정치적 불온성만을 떠올리니까 오해와 억측을 낳는다면서 "불온성은 예술과 문화의 원동력"[4]임을 함께 밝혔다.

---

3 김수영 「실험적인 문학과 정치적 자유」, 『김수영 전집 2: 산문』, 민음사 1981, 159면.
4 김수영 「'불온'성에 대한 비과학적 억측」, 같은 책 162면.

모든 진정한 새로운 문학은 그것이 내향적인 것이 될 때는――즉 내적 자유를 추구하는 경우에는――기존의 문학 형식에 대한 위협이 되고, 외향적인 것이 될 때에는 기성사회의 질서에 대한 불가피한 위협이 된다.[5]

어린이를 사회에서 격리시켜야 한다고 믿는 사람이라면 모르되 김수영의 예리한 통찰은 아동문학 작가에게도 금과옥조다. 전위성이야말로 문학의 생명이 아닌가. 교육은 사회적으로 합의된 가치를 전달하기에 기존질서를 위협하지 않지만, 문학은 개인의 내밀한 상상으로 빚어지기에 관리하기가 쉽지 않다. 문학과 제도는 대체로 불화적인 관계다. 교육은 기성사회를 재생산하는 역할에 충실한 편이나, 문학은 늘 새로운 사회를 꿈꾼다.

일찍이 방정환도 아동문학의 터를 닦으면서 교육적 요소를 극히 경계해 마지않았다. 아동문학의 교육적 효과를 부인해서 그런 건 아니다. 방정환은 아동문학의 예술성과 여린 생명을 옥죄는 기존질서에 대한 부정을 하나로 인식한 드문 선각자였다. 그는 어린이를 위하는 운동의 목적은 '해방'에 있음을 분명하게 밝혔고, 어린이의 몸과 마음을 옥죄는 행위를 결코 용인하지 않았다. 그가 『어린이』를 창간(1923)할 때, "수신(修身), 강화(講話) 같은 교훈담이나 수양담은(특별한 경우에 어느 특수한 것이면 모르나) 일절 넣지 말아야 할 것"[6]이라고 주장하면서 '유열(愉悅)'의 가치를 역설한 데에는 이유가 분명했다. 온 사회가 어린이를 대상으로 "그릇된 인형 제조" "판에 찍어 내놓는 교육"[7]에 혈안이 되

5 김수영 「실험적인 문학과 정치적 자유」 158면.
6 방정환 「소년의 지도에 관하여: 잡지 『어린이』 창간에 제하여 경성 조정호 형께」, 한국방정환재단 엮음 『정본 방정환 전집 5』, 창비 2019, 451면.

어 있는 판이니 아동문학은 무엇보다도 '기쁨'을 주어야 한다고 생각한 것이다. 그는 "아동의 마음에 기쁨과 유쾌한 흥을 주는 것이 동화의 생명"[8]임을 누차 강조했는데, 이러한 생각은 제도교육의 반대편에서 아동 문학의 가치를 찾은 결과였다.

문학의 '불온성'은 권위를 앞세우고 위에서 아래로 내려 먹이려는 '교훈주의'와는 상극이다. 전자는 기존질서를 위협하고 후자는 승인한 다. 기존질서에 대한 위협도 종류가 여럿일 테지만, 내가 주목하려는 것은 우리 아동문학의 약점에 해당하는 놀이와 웃음의 미학이다. 과거 권위주의 시대에는 희생을 무릅쓴 정치적 응전의 몫이 컸기에 미적 불온성에 있어서도 엄숙미가 지배적이었다. 오죽했으면 주류 아동문학에 맹공을 퍼부으며 저항의 기수로 떠올랐던 평론가 이오덕은 '유희정신'을 '시정신'의 반대편에 놓았겠는가? 이런 명명법이 계속 유효할까? 과거 비판의 대상이었던 현실도피 경향을 긍정하자는 것은 결코 아니지만, 그릇된 경향을 '유희정신'으로 규정하는 것은 지금 상황에 들어맞지 않는다. 이젠 군중 시위도 발랄한 자기 표현이 어우러진 축제의 장이며, '광장'과 '밀실'의 이분법은 낡은 것이 되었다.

세기가 바뀌자 태극기로 치마를 두르는 '붉은 악마'의 상상력이 표현 방식의 해방을 낳았고 '꿈★은 이루어진다'라는 '촛불혁명'의 상상력은 주문생산품 같은 획일화된 표현 방식에 조종을 울렸다. 나만 알고 너는 모르는 정해진 길이란 없다. 일방통행의 '고체 진보'로는 공감은커녕 소통하기도 힘든 시대가 된 것이다.

---

7 같은 글 448면.

8 방정환 「동화 작법: 동화 짓는 이에게」, 『정본 방정환 전집 2』, 창비 2019, 714면.

이런 시대상황의 반영으로 낡은 가치를 옹호하는 고루한 교훈주의는 독자로부터 외면받고 세가 한풀 꺾인 것으로 보인다. 그러나 어딘지 석연치 않다. 시민사회의 교양이라는 세련된 모습일지언정 자기가 아는 답을 쥐어 주지 않고는 성에 차지 않는 교육적 경향은 여전히 뿌리가 깊다. 환경보호, 생명존중, 반전평화, 다문화주의, 성평등, 차별철폐 등 정치적으로 올바른 메시지 앞에서는 비평도 무장해제 하기 일쑤다. 요즘은 신춘문예에 당선된 동화 작품들도 이런 메시지를 담은 것들이 대부분이다. 그러나 교육성이 진실성보다 앞서는 특유의 고질은 여전한 듯하다. 메시지를 위해 인물과 서사를 작위적으로 꾸미는 창작방법은 하수가 아닌가? 다문화주의나 여성주의 테마의 작품이 주류의 생각에 문제 제기하는 것은 '불온'하지만, 초점이 '교양'에 놓이게 되면 문학은 사라지고 목소리만 남는 수가 있다.

이 글의 제목에서 '교양'은 한층 세련된 모습의 교육적 경향을 가리킨다. 시민사회의 교양은 교훈주의와 무관하리라고 보는 시각이 없지 않은 듯해서 일부러 교양이라는 말을 썼다. 물론 교양은 좋은 것이고 누구에게나 필요하다. 그러나 아동문학도 문학이라고 항변하려거든 어느덧 주류 담론으로 떠올라 사회적 상식이 되어 버린 이 시대 교양의 요소를 마냥 새롭게 볼 것이 아니라 그것을 전하는 방법과 태도에 유의할 필요가 있다. 그리고 문학은 언제나처럼 진실로 승부해야 마땅하다. 아동문학을 얕보는 외부의 시선에는 이유가 없지 않은데, 어린이의 것이든 어른의 것이든 진실에 깊고 얕은 차등이 있을 리 만무하다. 진실 앞에서는 누구나 겸허해지는 법이다. 아동문학의 지향점도 교육이나 교양이 아니라 진실 탐구임을 거듭 확인하면서 이 문제에 거울이 될 만한 몇몇 창작의 성과를 살펴보려고 한다.

2. 놀이와 웃음의 계보: 감추지 못한 계몽의 꼬리

얼마 전 최주혜의『귀신 감독 탁풍운』(비룡소 2019)을 읽으면서 권정생의『하느님이 우리 옆집에 살고 있네요』(산하 1994)가 떠올랐다. 낡은 추리닝에 슬리퍼를 신고 옥탑방에 사는 신선의 모습은 산동네에서 좌충우돌하는 하느님의 모습을 닮았다. 사람들은 '권정생' 하면 헌신과 희생의 대명사인『몽실 언니』(창작과비평사 1984) 계열만 떠올린다. 그러나 권정생의 창작에서 '웃음'이 차지하는 비중은 생각보다 훨씬 크다. 특히 장편동화가 그러하다.『도토리 예배당 종지기 아저씨』(분도출판사 1985),『팔푼돌이네 삼형제』(현암사 1991),『하느님이 우리 옆집에 살고 있네요』,『밥데기 죽데기』(바오로밥 1999),『랑랑별 때때롱』(보리 2008) 등은『몽실 언니』계열의 소년소설과 사뭇 성격이 다르다.『도토리 예배당 종지기 아저씨』의 생쥐와『팔푼돌이네 삼형제』의 톳제비(도깨비)들은 현덕의 '노마'처럼 맹랑하기 짝이 없다. 주인공들은 주요 등장인물과 한데 어울려 말장난을 벌이는데, 그 속에 풍자가 녹아 있다.

"어마나! 아저씨 화냈다."
"화 안 내게 생겼니?"
"하지만 약 5분 동안은 즐거웠잖아요?"
"약 5분간 즐겁게 해 놓고 끝이 나쁜 건 정치 사기꾼이다."
"내가 어디 대통령이에요?"
"대통령이 아니니까 참고 있잖니."
"참지 않으면 데모라도 하시겠어요?"

"자꾸 화나게 하지 마, 지금 세상에 데모할 자유는 있니?"

"자유가 없으니까 데모하는 것 아니에요."

"이제 보니 너, 사상이 의심스럽다."(『도토리 예배당 종지기 아저씨』 14~15면)

이런 말놀이와 풍자는 끝이 없다. 발상도 아주 황당하다. 종지기 아저씨와 생쥐는 이상한 주문을 외고 공중부양을 해서 하느님을 만나고 지옥을 구경한다. 지옥은 온갖 살상무기로 전쟁을 벌이는 인간의 손으로 만들어진다.『팔푼돌이네 삼형제』의 톳제비들은 6·25전쟁 때 멀리 떠났다가 1987년 6월항쟁 이후 다시 마을로 돌아와서 바뀐 세상에 적응하느라 소동을 벌인다. 훔쳐 마신 막걸리에 취해 곤드레가 되는가 하면, 지난 38년 동안의 역사를 몸으로 배워야 한다고 주장하는 너구리에게 몽둥이찜질을 당하기도 한다.『밥데기 죽데기』에서는 사냥꾼에게 새끼 잃은 원수를 갚으려고 인간으로 둔갑한 늑대 할머니가 '똥통 비법'을 써서 달걀로 밥데기·죽데기 형제를 만든다. 결국 모든 원인이 무기에 있음을 깨닫는데 그 해법이 가관이다. 밥데기·죽데기에게 보리밥을 푸짐하게 사 먹인 뒤 똥을 누게 해서 향기 나는 마법의 똥가루를 만든다. 하늘에서 그것을 뿌리자 온갖 무기와 철조망이 녹아내리고 집집마다 달걀에서 병아리가 깨어 나와 세상은 병아리 천지가 된다.『랑랑별 때때롱』은 새달이·마달이 형제가 랑랑별에 사는 때때롱·매매롱 형제의 초청을 받아 다른 별을 구경하는 이야기다. 외계인이 등장하고 우주여행을 떠나는 SF적 설정이지만 난센스에 가까운 동화적 상상력에 바탕을 두고 있다.

권정생의 동화를 보면 똥 싸기, 오줌 누기, 방귀 뀌기, 하느님과 예수님 바보 만들기 등 불경스러운 표현들이 거침없다. 권정생 동화에서 '웃음'의 뿌리는 금기와 권위에 대한 도전인 셈이다. 여기서 난센스가 한몫한다. 정치적 검열과 금기를 깨는 것 자체가 시대적 과제였기 때문일 텐데, 권정생의 난센스는 아주 뚜렷한 정치적 알레고리로 이어지면서 의미가 제한되는 문제점을 보인다. 알레고리는 일대일 대응관계에서 비껴 난 해석의 자유를 좀체 허락지 않는다. 의도와 동떨어진 해석은 오독으로 규정된다. 이러한 한계는 지난 세기 계몽의 꼬리라고 할 수 있다.

근래 황당하면서도 재미난 상상력으로 주목받은 이병승의 『차일드폴』(푸른책들 2011)과 『구만 볼트가 달려간다』(뜨인돌어린이 2015)는 권정생의 장편동화를 잇는 성과다. 어린이에게 세계시민으로서의 권리와 책임을 깨닫게 하는 내용인데, 난센스 상상력이 진가를 발휘한다. 기후변화로 인한 대재앙을 겪은 후 슈퍼컴퓨터가 선출한 어린이가 대통령을 맡는다든지, 극단적 이기주의를 보이지 않으면 어른이 되기 전에 제거된다는 설정은 말이 안 되는 것임에도 술술 잘 읽힌다. 난센스가 작동하면 '불신의 자발적 중지'가 일어나서 합리성을 뒤로하고 다음 장면에 더 관심이 가게 마련이다.

이병승의 난센스 상상력 또한 권정생의 그것처럼 한계를 보인다. 물론 차이를 무시할 순 없다. 권정생의 장편동화는 등장인물들 사이에 갈등이라 할 것이 거의 없어 대화를 통한 말놀이나 환상을 통한 세상 구경에 독자의 먹을거리가 많은 편이다. 이에 비해 이병승의 장편동화는 기복을 드러내는 서사성이 강해서 앞으로 어떻게 될지 궁금증을 자아내는 재미가 더하다. 그러나 인과관계의 고리를 짜 맞추느라 난센스 요소가 줄어드는 순간 외려 서사적 약점이 불거진다. 두 작품 모두 처음의 황당한 기획이 어른의 음모로 밝혀지는데, 이렇게 되니 어린이는 잠시 꼭두각시춤을 춘 꼴이 되고, 논리상 세상의 운전대는 어른이 쥔 상태로

환원된다. 엎치락뒤치락하는 서사적 재미를 얻은 대신 착한 편에 박수만 치면 되는 통속성이 짙어진 게 아닌가 싶다. 아이들의 일상생활과 동떨어진 정치적 알레고리를 근간으로 하는 이병승의 동화 또한 어른이 정답을 알려 주는 모습인지라 계몽의 꼬리를 떼지 못했다는 아쉬움이 남는다.

3. 유쾌하면서도 불온한, 차원이 다른 난센스 상상력

지난 세기 우리 작가들은 사실동화나 소년소설이 아니면 거의 알레고리 의인동화를 썼다. 세기가 바뀔 무렵 색다른 상상력으로 눈길을 끈 채인선의 『전봇대 아저씨』(창작과비평사 1997), 『그 도마뱀 친구가 뜨개질을 하게 된 사연』(창작과비평사 1999), 김기정의 『바나나가 뭐예유?』(시공사 2002), 『해를 삼킨 아이들』(창비 2004) 등은 첨예한 논쟁을 불러일으킨 바 있다. 앞에서 이병승의 장편동화 두 편을 잠깐 들여다보기도 했지만, 아이들이 무척 좋아할 법한 기상천외한 난센스 상상력을 만나기란 결코 쉽지 않다. 그런데 최근 최영희의 창작에서 특유의 난센스 상상력을 발견하곤 무릎을 쳤다. '재밌다, 웃긴다, 살맛 난다, 짠하다……. 이 작가 완전 4차원이네!' 최영희의 작품에 대해서는 평단에서도 관심이 뜨거운 편이나, 주로 SF의 성과로 보는 듯하다. 이를 부인할 생각은 없다. 그는 SF 문학상을 두 차례나 수상했다. 그러나 '최영희표 스타일'로 말할 것 같으면 과학적 상상력보다는 난센스 상상력이 기본이다. 과학적 상상력은 끝 간 데 없는 난센스 4차원 상상력의 일부로 보인다. 작가의 '오지랖'이 무한대라서 외계가 아무렇지도 않게 쑥 들어온 뫼비우스의 띠와 같은 형상이다. '난센스' 바탕에 '과학적' 상상력? 그렇다. 가장 '최영희스러운' 작품들에서 둘은 전적으로 성격이 다른데도 꼭 붙어 있다. 이게 난센스가 아니고 무엇인가?

최영희의 난센스 상상력은 어디로 튈지 모르는 생명력의 발로로 여겨진다. 이 작가에게 과학적 상상력은 관심의 소산인 데 비해 난센스 상상력은 거의 체질인 듯하다. 물론 솜씨가 남다르다. 살아 있는 존재의 생명력이 억눌리는 것을 그냥 두고 볼 수 없다는 마음가짐에서 출발하지만, 우리 앞에 내놓는 것은 천연덕스럽게 웃음 짓는 어린아이의 얼굴이다. 자유분방한 난센스의 힘일 텐데, 말놀이 유머가 시도 때도 없이 튀어나온다. 예전에 창비청소년문학상 당선작인 『꽃 달고 살아남기』(창비 2015)를 흥미로운 제목이라고 여기며 읽다가 '아, 이 꽃이 그 꽃이었어?' 하고 킬킬거렸던 기억이 난다. 푸른문학상 수상작 「똥통에 살으리랏다」(『첫 키스는 엘프와』, 푸른책들 2014)도 마찬가지다. '아, 이 똥통이 그 똥통이었어?' 난센스가 서술적 표현을 넘어 서사적 구조에까지 걸쳐 있다.

속된 말로 오지랖이 넓다고 표현했지만, 이 작가는 매사 포용적이라 이쪽저쪽 가르는 구획이 없고 급수를 따지는 차별이 없다. 『슈퍼 깜장 봉지』(푸른숲주니어 2014)는 영웅 서사를, 『인간만 골라골라 풀』(주니어김영사 2017)은 재난 서사를, 『현아의 장풍』(북멘토 2019)은 무협 서사를 비튼 것인데, 모두 포복절도할 내용들이다. 난센스, 유머, 패러디, 아이러니 등이 일심동체로 움직인 결과라고 생각한다. 난센스 요소가 희박한 『알렙이 알렙에게』(해와나무 2018)는 SF 색채가, 『검은 숲의 좀비 마을』(크레용하우스 2019)은 호러 색채가 더 강한데, 다른 것들에 비해 심심한 편이다. 이 둘을 제외하면 '최영희스러움'의 비밀은 역시 난센스다. 최영희의 난센스는 다른 종류와 이어짐에 막힘이 없고, 이어지면서 새로운 성질을 만들어 낸다. 『슈퍼 깜장봉지』와 『꽃 달고 살아남기』를 읽는 동안 독자는 판타지인지 아닌지 헷갈리고, 『인간만 골라골라 풀』과 『구달』 (문학동네 2017), 『너만 모르는 엔딩』(사계절 2018) 등은 SF인지 아닌지 장르 구분이 헷갈린다. 하여간 이 작가에게 영웅 서사, 재난 서사, 무협 서사, SF, 호러, 리얼리즘, 판타지 등의 구분은 부질없다고 여겨진다.

고정관념에서 자유로운 아이의 비약적 사고로 웃음폭탄이 터진 경험이 있을 테다. 최영희는 이처럼 아무 관계가 없는 것들을 결합시키는 재주가 비상하다. 헐렁하게 보이는 우연성이 어느새 가능성으로 바뀌고, 답답한 일상에서 설렘과 함께 생기가 돋아난다. 난센스는 인과고리의 빈 구멍을 메우는 비장의 무기다. 『슈퍼 깜장봉지』에서 주인공 아로는 공상에 빠져 선생님의 질문에 다음과 같이 엉뚱한 답변을 하고 벌을 선다.

"4분의 1 피자, 3분의 1 피자, 2분의 1 피자 중에 뭐가 가장 크지? 석아로! 대답해 봐!"

아로는 어리둥절한 얼굴로 둘레둘레했어. 선생님의 질문은 벌써 잊어버렸고, '피자'와 '뭐가 가장 크지?'만 머릿속에 떠다녔지. 그래서 알고 있는 대로 대답했어.

"패밀리 사이즈 피자입니다."

아로가 아는 한 그건 정답이야. 아로네 동네 피자 가게에 패밀리 사이즈보다 큰 피자는 없거든. 하지만 지금이 수학 시간이라는 것, 아로가 영웅들의 이름을 적어 놓은 곳이 수학 책 귀퉁이라는 게 문제였지. (『슈퍼 깜장봉지』 8~10면)

아로는 '과다호흡 증후군'으로 고통받는 아이인데, 비상용 비닐봉지를 가지고 다닌다는 이유로 반에서 '깜장봉지'라는 별명으로 불린다. "나중에 위대하고 멋진 사람이 되려고 이렇게 힘들게 크는 거"라는 엄마의 격려에 아로는 슈퍼 영웅을 꿈꾼다. 어느 날 체육 물품 창고에서 "벤지 요원, 벤지 요원, 응답하라. 벤지 요원." 하는 목소리를 듣고는 누군가가 영어학원 원어민 선생님처럼 우리말에 서툴러서 '봉지'를 '벤지'로 잘못 발음한 것이라 여긴다. 곧이어 목소리의 주인공이 "나는 이 행성을 도우러 온 엑스라네." 하고 정체를 밝히자 추측은 확신으로 바뀐다. 이때부터 아로는 스스로 '슈퍼 깜장봉지'라고 이름 짓고 영웅적 활약에 나선다. 진짜 초능력이 발휘될 리 만무하지만, 용기와 믿음으로 많은 것을 바꾼다. 알고 보니 엑스는 「무쇠 이빨 슈퍼 벤지」라는 뮤지컬에 나오는 영웅의 이름이었고, 체육 물품 창고의 목소리는 같은 반 다은이가 몰래 대사를 연습하였던 것으로 드러난다. 아로와 다은이는 둘 다 엄마하고만 살고 있어서 학교의 '아빠 캠프' 행사에 갈 수 없는 처지였으나 기죽지 않고 씩씩한 어린이로 자란다.

실생활을 무대로 한 『슈퍼 깜장봉지』가 어린이다운 생각과 행동을 난센스로 한껏 부풀리고 익살스럽게 그려 낸 것이라면, 『인간만 골라골라 풀』은 외계의 존재가 등장하고 통역기로 동물과 이야기를 주고받는 SF적 설정임에도 역시 난센스로 과학의 논리를 엉뚱하게 풀어놓은 흥미진진한 판타지다. 요즘 널리 쓰이는 'SF 판타지'라는 말이 잘 어울린다 싶지만, 권정생의 『랑랑별 때때롱』이나 이병승의 『구만 볼트가 달려간다』처럼 기발한 동화적 상상력이라고 보면 충분하다. 『인간만 골라골라 풀』에서도 어린이가 인류를 구한다. 외계의 존재가 지구에 농사를 지으려고 모든 생명체의 방해꾼에 불과한 인간만 골라서 잡아먹는 풀을 개발해 뿌리는데, 열 살짜리 풍이가 6학년 도아리 누나와 함께 '염맨'이라는 말썽쟁이 염소의 도움을 얻어 문제를 해결한다는 내용이다. '두룽마을'이라는 한 지역의 생태를 오밀조밀 잘 살려 냈거니와 아이들의 기호와 욕망을 제대로 붙들어서 서사의 동력으로 삼은 생활 밀착형 서술로 이뤄졌다.

풍이가 인류의 구원자로 간택된 이유는 별것 아니다. 한때 외계인들을 도운 연구원이었다는 까치 문방구 김 사장의 눈에 단골 꼬맹이들 중에서 가장 똘똘하고 야무지며 빠릿빠릿해 보였다는 게 전부다. 김 사장의 시각으로 풍이의 됨됨이가 재미나게 소개된다. 풍이와 짝을 이뤄 활약하게 되는 도아리 누나는 꼬맹이들의 경계 대상이었다. 작년까지만 해도 평범한 어린이였다가 "6학년이 되고, 몸속에 사춘기 물질이 둥둥 떠다니면서" 위험인물이 되었다고 한다. 그런데 풍이의 친구 한수가 "친구의 아는 형의 옆집 누나의 친구의 동생"한테 들은 것이라면서 방학식 날 엄청난 소문을 보탠다. 도아리 누나가 늘 옆구리에 끼고 다니는 스프링 노트의 표지 제목에 관한 소문이다.

> "제목이 엄청 잔인해. 최풍, 맘 단단히 먹고 들어. 그건…… '3학년짜리를 쥐도 새도 모르게 죽여 버리는 101가지 방법'이래. 너 진짜 조심해야 돼. 나 서울에 스파르타 특강 들으러 간 사이에, 도아리 누나 손에 죽으면 안 돼."
> (『인간만 골라골라 풀』 19면)

나중에 이 표지 제목은 '내가 사랑하는 두룽마을의 101가지 이야기'로 밝혀지면서 도아리의 속사정과 움직임에 개연성을 부여한다. 귀에 쏙 들어오는 이런 말놀이 유머는 아이러니, 풍자 등과 연서서 합쳐진다.

스파르타 특강을 들으러 간 한수가 서울에서 풍이에게 전화하는 대목을 이어서 보자.

사실 풍이는 '여름방학 수학 스파르타 특강'이 뭔지 잘 몰랐다. 그냥 방학 내내 한수랑 떨어져 지내야 한다고 서운하기만 했다. 하지만 한수가 들려준 이야기는 충격적이었다. 일단 스파르타 학원의 일정은 이랬다. 오줌 누고 문제 풀고, 물 마시고 문제 풀고, 밥 먹고 문제 풀고, 똥 누고 문제 풀고……. 한 마디로 먹고 싸는 시간만 빼고는 하루 종일 문제집을 붙잡고 있어야 했다.

그리고 수학 스파르타 특강의 목표는 '수학을 조금 못하는 아이들을 데려다가 수학을 꼴도 보기 싫어하는 아이들로 만드는 것'이라 했다.

"진짜라니까. 휴게실에서 6학년 누나들한테 들은 거야. 난 벌써 목표 달성했어. 난 이제 수학 문제집에 침도 뱉을 수 있어. 풍아, 나 집에 가고 싶어."
(같은 책 36~37면)

과도한 교육열에 시달리는 아이들의 마음을 콕 집어서 대변하고 있다. 초등 3학년짜리가 방학에 친구들과 헤어져 스파르타 특강 유학을 가는 것도 비꼼의 대상이지만, 스파르타 특강이 얼마나 한심하게 이뤄지고 아이들의 공부를 망치고 있는지 훤히 보여 준다. 이 작품에서 교육 문제나 환경생태 문제에 관한 메시지는 실상 본질적인 게 아니다. 왜냐면 한수의 수학 공부처럼 어른의 의도를 뒤집는 아이러니한 결과가 얼마든지 가능하기 때문이다. 과연 우리 아동문학은 '문학을 조금 못하는 아이들을 데려다가 문학을 꼴도 보기 싫어하는 아이들로 만드는 것'에서 충분히 자유로운가? 여길 봐도 시민 교양, 저길 봐도 시민 교양, 자나 깨나 시민 교양…… 하는 교육적 경향에 매달리다 보면, '난 이제 동화

책에 침도 뱉을 수 있어' 하는 반응과 마주치지 않으리란 보장이 없다.

최영희가 즐겨 쓰는 장르 서사는 재미만을 위한 장치가 아니다. 난센스와 장르 서사가 만나서 독특한 효과를 낳는다는 사실을 눈여겨봐야 한다. 평범한 사람은 범접할 수 없는 커다란 사건이나 인류의 문제와 졸지에 맞닥뜨려서 포복절도할 비밀의 정체가 밝혀지고 문제가 해결되는데, 서사가 일단락되었을 때에는 사회적 하위자·소수자였던 주인공에게 자존감과 자신감이 생겨난다. 희한하게도 허술한 약점이나 미성숙한 요소가 제거되는 차원의 성숙이 아니고 그 자체로 충분히 살아갈 수 있다는 자신감이다. 소통 부재에 따른 학교 폭력, 신체장애와 한부모 가정에 대한 편견, 인간의 이기심이 낳은 환경생태 문제 등에 대한 시민사회 교양은 덤으로 얻는다고 해도 좋을 만큼 서사에 감쪽같이 녹아 있다. 독자의 궁금증을 불러일으키며 마음을 움직이게 하는 흥미로운 서사와 한 몸을 이룬 교육성은 밖에서 머리에 심어 주려는 형태의 교훈주의와는 성격이 다르다.

교훈주의와 인연이 먼 것도 종류는 여럿이다. 현덕의 「나비를 잡는 아버지」나 황순원의 「송아지」처럼 슬픔에 눈물 짓게 하는 명작은 손에 꽤 잡히는 편이다. 그러나 놀이와 웃음의 계보는 그렇지 않다. 심지가 없고 경박해 보이는 것들이 또 너무 많아 탈이지만, 그럴수록 이쪽에서 옥석을 가리는 일이 절실하다. 난센스로 지핀 최영희의 4차원 상상력은 유쾌하고 생기발랄하다. 제도와 표준 규정에 억눌린 아이들의 기를 살린다. 가두고 길들이려는 쪽에서 보자면 불온하기 짝이 없는 상상력이다.

4. 인간다움에서 비롯되는 난센스의 진실

아동문학은 어른 작가와 어린이 독자의 비대칭성을 특징으로 한다. 그래서 창작방법에 관한 논의도 주로 '연령별 눈높이'를 고려한 '읽기 쉽고 흥미로운 서술'에 집중되어 있다. 그러나 여기에 그쳐서는 교훈주의라는 특유의 고질을 근본적으로 해결하기는 어렵다. 중요한 것은 작가와 독자의 관계를 일방향이 아닌 쌍방향으로 가져가는 창작방법이다. 이게 말처럼 쉬운 일은 아닐 것이며, 모든 종류를 이 기준으로 일도 양단해서도 안 될 일이긴 하다. 그렇지만 비대칭성의 문제를 작가 스스로 해결하려는 노력은 소중한 것이며, 여기서 작품이 대화적인가 아닌가 하는 태도의 문제가 선차적 과제로 떠오른다. 주의해야 할 점은 작품과 세계관의 문제가 항용 그렇듯이 태도를 판별하는 기준은 메시지가 아니라 형상성에서 찾아야 한다는 것이다.

문학작품을 '텍스트'라고 하는 것은 해석의 대상으로 바라보기 때문이다. 해석에 따라 의미가 주어지는 텍스트의 '공란'이 많을수록 독자와의 쌍방향 소통이 활발해진다. 공란은 설익은 모호한 표현과는 인연이 멀다. 예컨대 김수영의 「풀」에서 "풀이 눕는다/바람보다도 더 빨리 눕는다/바람보다도 더 빨리 울고/바람보다 먼저 일어난다"라는 시구는 거의 난센스처럼 보이지만 해독 불가능한 모호한 표현이라고 비판되지 않는다. 읽노라면 생생한 연상작용과 함께 끊임없는 의미작용이 일어난다. 어떤 독자가 '풀'을 '민중'으로 해석했다고 치자. 뭔가 부족하지 않은가? 뛰어난 작품은 의도 이상이라고 했다. 이 시를 명시로 만든 요인은 독자를 참여시키는 공란으로 인한 풍부한 의미 생성과 무관하지 않을 것이다.

문학은 독특한 상상력과 표현으로 독자에게 놀라움, 즐거움, 깨달음 등을 선사한다. 문학과 현실의 관계는 매우 복잡하다고 알려져 있다. 아동문학은 현실에 뿌리박고서 어린이를 현실의 무게로부터 벗어나게 하려는 길항작용이 매우 왕성하다. 이 글에서 넓은 의미의 '난센스'를 주목한 까닭이 여기에 있다. 난센스는 난독증을 불러오는 무의미가 아니라, 규칙을 몰라도 좋은 어린애처럼 금기에 구속받지 않는 '생긴 그대로'의 말놀이다. 또한 난센스는 어디로 튈지 모르는 장난꾸러기처럼 유쾌한 표정을 짓고 있지만, 기존질서를 어지럽히는 문제아적 속성이 강하다. 세계 아동문학사에 기념비적 이정표를 세운 『이상한 나라의 앨리스』(루이스 캐럴)와 『내 이름은 삐삐 롱스타킹』(아스트리드 린드그렌)을 어째서 난센스의 걸작이라고 하는지 잘 생각해 봤으면 한다. 난센스는 굳어버린 의미를 해체하면서 무수한 공란을 생성한다. 독자가 기꺼이 참여함으로써 거듭 채워지는 공란이다. 난센스 상상력을 단순히 메시지를 실어 나르는 도구로 바라본다면 얻는 것보다 잃는 게 더 많다

최영희의 난센스는 전면적으로 마치 공기처럼 숨 쉬고 있기 때문에 이게 난센스인지 아닌지 따로 떼어 내서 분석할 수가 없다. 아마도 작중인물을 꼭두각시처럼 조종하려 들지 않고 자기 분신으로 여기는 올바른 창작방법에 기초하여, 난센스를 아이러니와 함께 인간 존재의 본질적 특성으로 파악하는 작가적 눈을 지녔기 때문일 것이다. 합리적 시민사회에 도달하더라도 끝나는 건 없다. 인간과 그의 삶은 모순과 비합리성으로 가득하다. 사람들은 보통 허술하고 약점 많고 미성숙한 존재에게서 인간다움을 느낀다. 똑똑하고 이성적인 존재는 난센스의 길로 가지도 않는다. 헐렁한 삶의 우연성은 인간에게 때로 비극을 안기지만 궁극

에서는 살아갈 이유를 만들어 준다. 최영희는 이 희망의 끈을 놓지 않고 작가적 여행과 탐구를 지속해 왔다. 이전 시기 권정생과 이병승의 장편 동화가 엇바꿔 나눠 가진 서술적·서사적 장점을 모두 갖춘 독특한 난센스 작품을 잇달아 내놓을 수 있었던 배경을 여기에서 찾을 수 있지 않을까 한다. 장편동화 『슈퍼 깜장봉지』 『인간만 골라골라 풀』, 청소년소설 『첫 키스는 엘프와』 『꽃 달고 살아남기』 『너만 모르는 엔딩』 등이 그런 성과들이다. 이것들은 현대성이 가미된 정교한 짜임으로 이루어져 있으며, 카오스적 인자로 말미암아 등장인물의 입체적 성격도 두드러진다. 질 낮은 장르문학처럼 상투적 설정을 답습하면서 캐릭터에만 의존하는 게 아니고 캐릭터 탐구로까지 나아간 고차원의 텍스트인 것이다.

한 예로 『꽃 달고 살아남기』를 보면, 시골 동네를 배경으로 현대사회의 문제가 촘촘히 박혀 있다. 젊은이는 없고 노인만 남은 동네, 거기만 수십 년 시간이 멈춰 버린 것 같은 동네이기에, 오일장을 돌며 '미친 여자'가 활보하는 풍경이 영 낯선 것만은 아니다. 포대기에 싸여 버려진 아기와 마을회관에 온 '미친 여자'를 품는 시골 마을의 인심 좋은 공동체의식의 이면에는 십 대 소녀가 비밀이란 것을 가져 보지 못했다는 아픔이 존재한다. 개인의 프라이버시 침해가 결국 사달을 내는 것이다. 또 학교에서 '핵 변태 물리'라고 불리는 선생님은 대개 징그럽고 소름 끼치는 이물질처럼 구제불능으로 묘사되기 십상일 텐데, 뿌리도 없이 맹렬히 세포 분열하는 소문의 피해자일 뿐 남에게 피해를 주지 않는 '캐롤 오타쿠'로 밝혀진다. '핵 변태 물리'는 위험에 처한 제자들을 돕는 반전까지 보인다. 죄책감에서 비롯된 정신장애를 겪는 주인공 진아의 환상 속 신우는 말끝마다 수호천사를 자임하지만 영락없는 스토커의 모습으로, 갈수록 정신적 폭력을 가해 온다. 신우는 끝내 진아가 맞서야 할 대상이다. 진아의 친구 인애는 입버릇처럼 "더 트루쓰 이즈 아웃 데얼!"이라는 말을 던진다. 눈에 보이는 게 전부가 아니며 진실은 저 너머에 있다는 말인데, 사실을 무시하겠다는 게 아니라 쉽게 예단하지 않고 끝까지 진실을 파헤치겠다는 의지로 다가온다. 주인공 진아도 마지막에는 "갈 데까지 가 볼 참"이라면서 결연한 태도를 보인다. 편견과 맞서면서 자신이 겪는 정신적 장애를 기어코 이겨 내겠다는 이런 다짐에 누구든 공명하면서 힘껏 응원하지 않을 수 없다.

최영희에게도 삐끗하는 조짐이 없진 않다. 『현아의 장풍』은 난센스가 작동하는 재미난 작품이긴 해도 다소 위태롭게 느껴진다. 주성치 영화 같은 과장과 허풍은 좋다. 설계사(신적 존재)를 닮은 피조물(인간)이라는 설정에 기대어 외계와 인간계가 교차 서술되고 있음에도 난센스 덕분인지 복잡하게 머리 굴릴 것 없이 절로 스토리에 빠져들게 된다. 황당한 비현실적 내용이지만 스토리의 아귀가 딱딱 들어맞는다. 문제는 현아의 반에 전학생으로 위장해 들어온 외계의 설계사 미카에게는 설계의 오류를 바로잡으려는 분명한 동기가 나타나는 데 비해, 주인공 현아에게는 그런 게 부족해 보인다는 것이다. 그래서 현아는 막연히 인간을 널리 이롭게 한다는 '홍익인간'을 모토로 슈퍼 히어로와 같은 구원자 활동을 펼친다. 위험에 처한 시민을 구하고 '갑질'을 하거나 성폭행을 저지르는 못된 부류를 찾아 처단한다. 내면 탐구라는 심층의 결보다는 권선징악이라는 표층의 결이 확실히 압도하는 구조다. 독자는 시민적 통분을 자아내는 행위를 적발하고 응징하는 통쾌함에 박수를 칠 것이나, 청소년소설치고는 단지 구경꾼이고자 하는 대중의 판타지에 부합하는 종류와 크게 다르지 않아서 아슬아슬하다는 생각이 든다.

지면 사정상 최영희의 나머지 청소년소설을 충분히 살피지 못하는 아쉬움이 큰데, 특히 2018년에 나온 소설집 『너만 모르는 엔딩』에 수록된 몇 편은 농익은 난센스 4차원 상상력을 유감없이 발휘하여 정점에 이른 빼어난 수작이라고 판단된다. 외계인이 '대한민국 중딩'을 지구의 비밀무기로 오해해 납치 사건을 벌이는 이야기(「기록되지 않은 이야기」), 고양시에 사는 '대한민국 중딩' 임설미가 남들 다 신는 삼선슬리퍼를 신느냐 안 신느냐에 지구 운명이 달려 있다는 이야기(「최후의 임설미」), 역시 '대한민국 중딩'이 등장하여 고도의 과학적 원리로 인생을 설계하는 외계인 '점쟁이'와 미래 결혼 상대를 모의하던 중 예측을 불허하는 연애의 비밀을 알게 되는 이야기(「너만 모르는 엔딩」)……. 서술과 서사를 모두 꿰차는 난센스 상상력은 뼈와 살을 나눌 수 없는 효과로 말미암아 웃음과 재미에 감쪽같이 교육적인(실은 '불온한') 메시지가 심어져 있다는 사실조차 알아차리기 힘들게 만든다.

그럼 또 어떠랴. 비타민을 생각하고 사과를 먹는 것은 아니잖은가. 독자가 스스럼없이 참여한다는 말을 독자가 꼬치꼬치 해석해야 한다는 뜻으로 오해하면 곤란하다. 해석을 통한 의미 부여는 평론가의 몫이다. '이 맛 좋은 과일에는 어떠어떠한 영양 성분이 아주 풍부하오!' 한두 마디로 정리할 수 없는, 무수한 의미의 결들로 촘촘히 짜인, 독특한 질감을 지닌 매력적인 '텍스트'를 읽는 시간은 평론가에게도 여간 즐겁고 행복한 게 아니다. 이 작가의 다음 발걸음은 또 어디로 향할지 몹시 기대된다.

단편의 매혹, 장편의 한계

최상희의 청소년소설

1. 이 작가, 그 작가 맞아?

　신인의 출현을 알아보고 작품의 새로운 성취에 의미를 부여하는 일이야말로 비평의 중요한 소임이 아닐 수 없다. 특히 공모 당선작은 우선 찾아서 읽게 된다. 심사를 거쳐 영예를 안은 작품은 기대를 주게 마련이다. 근래 가장 인상 깊게 읽은 작품도 2014년 사계절문학상을 받은 최상희 단편집 『델 문도』(사계절 2014)였다. 외래어 제목에다 외국을 배경으로 하는 단편들의 연속이라서, 처음에는 마치 낯선 행성을 방문한 것처럼 당혹스러웠으나 곧 순식간에 빨려 들어가는 기이한 느낌에 사로잡혔다. 책을 덮고 난 뒤에도 집 떠난 여행자의 심정이 되어 사막의 차가운 밤공기와 총총한 별빛을 상상하고는 주위가 아득해졌던 기억이 난다. 한 권의 책과 함께 뒤척이며 지새우는 밤이란 얼마나 큰 축복인가. 철 지난 아날로그적 감상일는지 몰라도 나는 이런 독서 체험을 더없이 소중하게 여긴다. 비평은 그다음의 일이다.

놀라움은 거기에서 끝나지 않았다. 작가의 이력을 보고 나서야 이 작가가 2011년 블루픽션상을 받은 『그냥, 컬링』(비룡소 2011)의 최상희임을 알았다. 머릿속에서 쿵 하는 소리가 들려왔다. 아니 이 작가, 그 작가 맞아? '컬링'이라는 시대의 마이너리티를 포착한 작가의 기민함에 무릎을 쳤으나 시도 때도 없이 얼굴을 들이미는 위악적인 우스개 담화에 뜨악했던 기억이 떠올랐다. 이후의 몇몇 장편에서도 이런 포즈가 계속되었고, 그 때문에 말하자면 저만치 밀쳐 둔 작가가 최상희였던 것이다. 한동안 우리 청소년소설은 삐딱한 기울기의 '쿨한 웃음'이 매력적인 김려령의 『완득이』(창비 2008) 여파에서 자유롭지 못했다. 최상희의 장편 역시 내겐 '완득이 증후군'으로 읽혔다. 그런데 어찌 이런 일도 다 있을까? 『델 문도』는 전혀 다른 행성이었다.

솔직히 『델 문도』를 보면서 귀신이 쓱 지나간 것 같은 이런 종류가 또 나올 수 있을지 궁금했다. 그런데 귀신이 붙긴 붙었나 보다. 2017년 출간된 단편집 『바다, 소녀 혹은 키스』(사계절 2017)를 읽고 다시 한번 전율했다. 외로운 영혼들이 허공을 가르며 날아다녔다. 전례가 없었다. 짐작건대 최상희는 『델 문도』 이후 조용하지만 분명하게 '뜨는 작가'의 반열에 들어섰는데, 『바다, 소녀 혹은 키스』로 강렬한 인상을 거듭 각인시킴으로써 확고한 자기 세계를 구축했다는 평가를 받게 되었다. 이만하면 '최상희 스타일'의 출현이라고 할 수 있지 않은가?

하지만 '최상희 스타일'은 장편과 대비되는 '최상희표 단편'을 가리키는 말이어야 할 듯싶다. 지금까지 최상희는 장편소설 여섯 권을 출간했다.[1] 이 장편들과 두 권의 단편집은 언뜻 보기에 상당히 이질적이다. 만일 작가 이름을 가린다면 도무지 동일 작가의 작품이라고 보기 힘들 정도로 최상희의 장편과 단편은 차이가 크다. 단지 길이의 차이가 아니라 질적인 면에서도 번번이 성패가 갈리는 것으로 보이는데, 어디에서 원인을 찾아야 할까? 여덟 권 모두 청소년소설인 만큼 한번쯤 따져 볼 만한 문제가 아닐 수 없다. 우선 빼어난 성취로 평가되는 '최상희표 단편'의 비밀을 밝혀야 할 것이다. 장편에서 드러나는 문제점은 비단 최상희에만 국한되지 않는, 우리 청소년소설의 약점과 관련이 깊다고 본다. 그 때문에 장편에 대해서는 얼마간 비약을 감수하고서라도 원론적 차원에서 질문을 던져 보려 한다.

2. 고독한 목소리, 혼의 열림

본디 단편소설(short story)은 '고독한 목소리(lonely voice)'라고 알려져 있거니와,[2] 최상희 단편은 고독한 이방인이 전송하는 외로운 텔레파시 같은 느낌을 준다. 수신자 역시 사회에서 고립된 존재일 가능성이 크다. 텔레파시를 비유로 가져온 데에는 이유가 없지 않다. 몸은 고립돼 있을지언정 혼은 갇혀 있지 않음을 보여 주기 위함이다. 고립이 깊으면 희구도 절실한 법. 각자의 몸에서 빠져나온 혼들이 허공에서 점선을 만들며 서로 이어진다. 현실과 환상의 경계를 지우는 처연한 아름다움이

---

1 『옥탑방 슈퍼스타』, 한겨레틴틴 2011; 『그냥, 컬링』, 비룡소 2011; 『명탐정의 아들』, 비룡소 2012; 『칸트의 집』, 비룡소 2013; 『안드로메다의 아이들』, 한겨레틴틴 2014; 『하니와 코코』, 비룡소 2017.
2 프랭크 오코너 「고독한 목소리」, 찰스 E. 메이 『단편소설의 이론』, 최상규 옮김, 예림기획 1997 참조.

다. 최상희 단편이 매혹적인 것은 고독을 고독으로 치유하는 문학적 승화작용 때문이 아닐까 한다. 이런 독서 체험은 '혼의 열림'이라는 긍정적 효과로 이어질 수 있다. 소외층, 하위자, 주변인 등 버림받거나 상처받은 이들의 존재에 눈뜨고 동질의 연대감이 생겨나는 것이다.

최상희 단편은 문학적 승화라는 표현에 걸맞게 상당히 치밀하고 세련된 모습이다. 제목부터 인상적인 『델 문도』에는 외국을 배경으로 삼은 단편이 많다. 어느 한두 나라에 국한되지 않는다. 연작이 아님에도 고독한 목소리가 지속적으로 감지되는 까닭에 세상 곳곳에서 벌어지는 일들이 한 폭의 모자이크처럼 다가온다. 동서양을 막론한 공간 배경은 국경의 문턱이 낮아진 세계화시대의 일상을 비추는 현대성의 일면이겠으나 우리 청소년소설에서는 드물게 나타나는 현상으로, 여행작가이기도 한 최상희가 득한 영역이라고 할 수 있다. '델 문도'(세상 어딘가에)라는 낯선 제목에 붙들린 독자는 이방인 또는 여행자의 처지가 되어 세상 곳곳을 떠도는 기분일 테다. 단편집의 다국적 공간 배경은 의도치 않은 효과를 빚는다. 배경이 특정 사건의 무대로 기능하는 데 그치지 않고 인물의 고립성을 한층 두드러지게 하는 대비 효과를 내는 것이다. 황막한 사막을 건너는 개미 한 마리라고나 할까? 작품 속의 무한한 공간성은 인간의 고독한 운명을 떠올리게 한다.

최상희 단편에는 해외 무대가 어울리는 이민자 또는 여행자들이 많이 나온다. 한국 청소년은 숨은그림찾기처럼 어느 한구석엔가 자리하고 있다. 그는 서술자일 때도 있고 갈등을 일으키는 제3의 등장인물일 때도 있다. 한국인의 등장은 작품의 국적과 관련된 최소한의 표지일 따름인지라 그의 국적은 크게 중요치 않다. 해외를 무대로 하는 작품들에서 흔히 보이는 디아스포라, 다문화, 분단현실 같은 국가적 문제는 거의 관심 밖이다. 국적에 무심함으로써 인간 보편의 문제에 한 발 더 다가서려 한 것일까? 「무대륙의 소년」「시뷔스테쿰」의 경우처럼 아예 한국인이 등장하지 않는 작품도 보이거니와, 「내기」「기적 소리」「필름」의 경우처럼 한국을 배경으로 하는 작품들도 한국인지 아닌지가 헷갈린다.

국적의 무의미성은 한국을 배경으로 삼은 작품이 대부분인 『바다, 소녀 혹은 키스』에서 그 정도가 더욱 심해진다. 태풍에 대비한 지하 피난처가 나오는 「방주」, 외래어 이름투성이에 배경도 환상적인 「무나의 노래」「고백」 같은 작품을 보라. 그렇다고 작가가 한국 사회의 청소년 문제에 대해 관심을 거둔 것은 아니다. 한국 청소년 등장인물 중 열에 아홉은 가정과 학교 폭력의 피해자다. 이 뻔하디뻔한 사회 문제가 독특한 수법과 만나 화학적 변화를 일으킨다. 단편소설의 서술은 목적지만을 염두에 둔 걸음이 아니라 시처럼 춤 동작에 가깝다는 점을 상기할 필요가 있다. 이심전심은 당장 어찌할 수 없는 현실을 살아 내는 데 큰 힘이 된다. 누구나 상처의 기억은 있을 테니까. 이처럼 최상희 단편은 서술의 초점이 외부 현실보다는 내면 심리로 향해 있다. 결정적인 순간에 카타르시스를 이끌어 내는 '현실과 환상의 경계 지우기'도 내면 심리의 한 양상일 테다.

스스로 원치 않는 고독은 소외에서 비롯된다. 최상희 단편의 목소리가 고독한 것도 폭력적인 세상의 피해자거나 욕망의 실현이 원천적으로 가로막힌 하위자들의 서사이기 때문이다. 이들은 세상에 발 딛기를 주저하며 소통에 장애를 겪고 있다. 폭력은 불의의 사고나 불치병처럼 느닷없이 들이닥치기도 하고, 피해자가 마주하는 가해자 역시 또 다른 피해자이기도 해서 삶의 비극성은 출구가 없는 듯하다. 책을 펼치자마자 흉포한 세상에서 상처 입은 자들이 꼬리를 물고 나타난다. 그러함에도 단편 하나하나는 뚜렷한 자기 색감을 드러낸다. 주요 등장인물이 모두 피해자로서 초록동색이지만, 그들은 단색이 아닐뿐더러 처지도 제각각 다르다. 「노 프라블럼」처럼 생계를 위해 인력거를 끄는 인도 소년의 시점으로 한국 소녀를 상대하는 서사가 있는가 하면, 「수영장」처럼 가족 여름휴가를 온 한국 소년의 시점으로 휴양지 호텔에서 일하는 동남아 소녀를 상대하는 서사가 있다. 한국 소녀와 소년은 본의 아니게 각각 동남아 소년과 소녀에게 상처를 주지만, 한편으로는 둘 다 가족의 사랑에 목마른 연약한 존재일 따름이다. 개성적인 내면세계가 시점과 장소를 달리해 변주됨으로써 공간감이 입체적으로 살아난다. 평면성을 극복한 서술은 독자를 빨아들이는 힘이 된다. 독자는 삶의 여러 국면을 속속들이 들여다보는 묘미를 느낀다.

갈등의 해결 방식을 기준으로 삼았을 때, 최상희 단편은 절망적 결말, 희망적 결말, 환상적 결말로 나뉜다. 환상적 결말은 차원을 좀 달리하면서 희망적 결말과도 일부 겹친다. 폭력적 상황 앞에서 서술자가 무너지는 것으로 끝나는 「노 프라블럼」 「무대륙의 소년」 「수영장」 등은 절망적이다. 「노 프라블럼」은 한국 소녀의 호의에 잠시 갈등하지만 가혹한 현실에 무릎을 꿇을 수밖에 없는 인력거꾼 인도 소년, 「무대륙의 소년」은 동반 관계인 줄 알았던 아프리카 난민 소년에게조차 버림받는 길고양이, 「수영장」은 팔 없는 장애 아동에게 돌고래처럼 헤엄쳐 보라고 격려했다가 그 아이가 익사하면서 동생을 아끼던 동남아 소녀에게 슬픔을 안긴 한국 소년의 내면을 각각 따라간다.

이것들에 비한다면 「붕대를 한 남자」와 「시뒤스테쿰」은 희망적이다. 폭력적인 상황에 대한 태도와 행동의 변화가 드러나 있다. 「붕대를 한 남자」는 끔찍한 사고를 당한 호주 남자의 비극적 운명을 화두로 삼은 듯하지만, 처음에 공기총을 조립하던 한국 소년이 남자의 이야기를 듣고 난 뒤 끝에 가서는 그것을 버리는 액자 구성으로 출구를 열어 놓았다. 당하는 쪽에서는 속수무책일 수밖에 없는 비극성이 배경음악인 양 울려 퍼지는 가운데, 자신의 의지가 타인의 운명을 바꿀 수 있음을 조용히 드러낸다. 「시튀스테쿰」은 보수적 권위를 상징하는 음침한 수도원 기숙학교를 등지고 세상 속으로 나가는 소년의 이야기다. 수도원은 "학교와 집에서 퇴출당한 망나니들"을 엄격하게 관리하는 대가로 운영비를 벌어들인다. 좋아하는 그림과 노래를 마음대로 펼칠 수 없는 소년과 젊은 수사는 비밀리에 소통하는데, 처지가 다른 만큼 둘의 방향은 똑같지 않다. 소년은 탈출을 감행하지만 젊은 수사는 마음을 바꿔 수도원의 규율을 받아들인다. 그렇더라도 젊은 수사는 세상 속으로 나가는 소년에게 '시튀스테쿰'(너에게 힘이 깃들기를)이라고 속삭이고 소년도 똑같이 화답한다. 절망적이든 희망적이든 이런 이야기들은 인간과 세상에 대한 인식의 지평을 넓혀 준다.

환상적 결말은 최상희 단편 중에서 가장 많은 편수를 차지한다. 폭력적 상황은 그대로지만 마음속으로 다른 세상을 엿보는 내용들이다. 『델문도』에서는 「페이퍼컷」 「missing」 「기적 소리」 「필름」 등이 여기에 속하고, 『바다, 소녀 혹은 키스』에서는 「수영장」을 뺀 나머지를 전부 여기에 넣을 수 있다. 다만 환상의 농도는 작품별로 사뭇 다르다. 데자뷔 같은 자신만의 기억 속 풍경을 그린 「missing」 「기적 소리」, 꿈의 세계를 눈앞에 펼쳐 놓은 듯한 「무나의 노래」 「고백」, 엇갈린 사랑으로 고통받는 소녀가 한 줄기 숨이 되어 허공을 날아다니는 「한밤의 미스터 고양이」 등은 환상의 농도가 짙다. 반면에 「페이퍼컷」 「필름」 「방주」 「잘 자요, 너구리」 「굿바이, 지나」 「아이슬란드」 등은 마지막에 환상을 살짝

내비치는 정도다. 환상인지 아닌지도 분명치는 않지만, 그렇다고 이를 사실로 간주한다면 현실의 인과관계에 구멍이 생겨난다. 「페이퍼컷」에서 벙어리 스웨덴 여인과 나누는 소리 없는 대화, 「필름」에서 얼굴 모를 소녀가 맡기고 간 필름과 카메라 뷰파인더를 통해 바라보는 "이 세상 너머, 다른 세상", 「방주」에서 따돌림을 받는 소년과 소녀가 지하 대피소에서 의식을 치르듯 우는 행위, 「잘 자요, 너구리」에서 소녀가 밤하늘을 향해 도약하는 춤 장면, 「굿바이, 지나」에서 "선택되지 않고 도태된 종"으로 자조하는 소년들에게 꿈과 용기를 선사하고 하늘로 날아오르는 '섹스돌' 지나, 「아이슬란드」에서 교통사고로 모든 것을 포기한 소년의 병실에 꿈처럼 찾아오는 전학생 소녀 등은 조금도 현실적이지 않다.

판타지나 환상문학이라고 하기는 어렵지만, 사실주의 문법에서 자유로운 특이한 서술은 '최상희 스타일'의 핵심적 자질을 이룬다. 그 중심에는 마치 다른 별에서 온 것처럼 4차원의 행동을 보이는 비정상적 인물이 자리하고 있다. 「방주」에서 뜻하지 않은 사고로 황망하게 아내를 떠나보낸 아버지가 불안감에 사로잡혀 지하 대피소에 집착하는 것, 「잘 자요, 너구리」에서 가정 형편으로 발레의 꿈을 접은 소녀가 잠 못 이루고 한밤중 산책로에서 너구리처럼 방황하는 것, 「굿바이, 지나」에서 혈기왕성한 나이임에도 선택받지 못해 외로움에 지친 소년들이 '섹스돌'을 구입하고 한바탕 난리를 치르는 것 등은 평범한 '정상인'의 행동과는 거리가 있다.

기이한 인물의 내면세계에 초점이 맞춰지면 일그러진 거울에 비친 것처럼 기이한 풍경이 펼쳐지는 게 당연하다. 그런데 어째서 이런 기이한 인물과 풍경이 슬프고 아름답게 느껴지는가? 흉포한 세상에 눌려 새어 나온 외로운 영혼의 목소리요, 간절한 그리움의 텔레파시임을 직감하기 때문이 아닐까? 이런 종류의 문학적 체험은 비주류와 루저의 일상을 독특한 풍자와 은유로 그려 내어 주목받은 박민규 단편집 『카스테라』(문학동네 2005)를 떠올리게 한다. 그리고 보니 청소년과 청년 백수는 연속적 관계가 아닌가? 오늘날 한국 사회가 젊은 세대에게 안긴 좌절·상실·불안·소외 등의 감정을 특유의 위안·격려·희망·온기와 함께 청소년소설에 녹여 낸 것이 최상희 단편이라면, 우리 앞에 늦어도 너무 늦게 도착한 셈이다. 박민규가 그랬듯이 최상희 또한 동시대적 감각이 어우러진 자기 스타일을 선보임으로써 청소년소설의 차림표를 풍성하게 하는 데 기여했다고 평가할 수 있다.

3. 제 얼굴이나 비추는 변방의 독백

그런데 최상희 장편은 단편에 비해 지리멸렬한 느낌이다. 최상희 단편의 특장점이 장편에서는 큰 효력을 발휘하기 어렵거니와, 장편에 대한 작가의 인식과 대응 방식에도 문제가 없지 않은 듯하다. 단편과 장편은 분명 결이 다르다. 장편은 태생이 장터인지라 산문정신이 중요하다. 작가가 감싸려 드는 어리숙한 인물만으론 현실이 잘 보이지 않는다. 산문적 현실에 대응하자면 고전적인 의미의 총체성까지는 아니더라도 다성적인 두께가 필요하다. 본래 '다성성(多聲性)'이란 작가의 단일한 의도에 구속되지 않는 독립적이고 다양한 목소리를 가리킨다. 나는 이를 복잡하게 생각할 것 없이 '이편뿐 아니라 저편의 목소리도 잘 들리는 것'으로 쉽게 이해해도 무방하리라고 본다. 이편과 저편을 가르는 것이 부담스럽다면, '내 안의 너' 혹은 '네 안의 나'를 떠올려도 좋겠다. 장편소설(novel)의 담화는 작가의 주관적 의도를 넘어서야 한다는 것, 달리 말해 독백이 아니라 대화적이어야 한다는 것이 핵심이다.[3]

최상희 단편은 가해의 실체를 파헤치는 대신에 폭력적 세상의 피해자거나 욕망의 실현이 가로막힌 하위자들의 내면을 깊숙이 들여다보는 방식을 취했다. 갈등의 해결 과정에서 수시로 환상이 개입하는 것도 서술자의 내면 심리로 초점이 향해 있기 때문이다. 현실법칙으로 설명하기 힘든 현상은 인물의 내상(內傷) 또는 트라우마의 작용이라고 보면 수긍이 간다. 이런 종류의 단편은 갈등의 해결 방식이 동화의 그것과 닮아 있다. 기본적으로 약자일 수밖에 없는 어린아이의 불안감을 해소키 위해 환상을 불러오는 방식, 곧 '소원성취 판타지'와 유사한 창작 원리인 것이다. 물론 최상희 단편은 동화가 아니기에 트라우마를 초래한 외부 현실에 대한 인식과 비판의 기능을 아울러 지닌다. 어쨌든 현실의 한 구성 분자요 세상을 움직이는 저편의 목소리는 잘 들리지 않는다. 큰 문제는 없다. 왜? 단편이니까.

하지만 장편에서는 사정이 다르다. 내게 해를 가하는 자, 욕망의 실현을 가로막는 상대의 정체에 대해 어찌 관심이 없을 수 있는가? 장편은 이편의 욕망과 저편의 욕망이 정면으로 맞부딪치는 데에서 사건이 비롯된다. 저편이 얼굴을 들이미는 순간 '어라, 이거 사달이 나겠구나!' 하고 긴장하게 된다. 이편과 저편의 상호관계가 서사를 두텁게 한다. 그런데 최상희 장편은 등장인물의 구성과 역할 배분에서 쌍방향이 아니라 지나치게 일방향의 특징을 보인다. 단편보다 인물은 다양하지만 하

---

3 미하일 바흐찐 『장편소설과 민중언어』, 전승희·서경희·박유미 옮김, 창작과비평사 1988 참조.

나같이 피해자 군상이다.

『옥탑방 슈퍼스타』는 옥탑방에 기거하며 스타 탄생을 꿈꾸는 망한 기획사 대표와 두 연습생의 "슈퍼스타 프로젝트" 도전기다. 빚쟁이를 피해 남해의 작은 섬에 머물던 중 섬 소년의 목소리에 반한 기획사 대표 '변삼용', 병으로 몸져누운 어머니와 지적장애 형을 뒤로하고 변삼용을 따라 섬에서 나왔으나 기껏 모창의 달인일 뿐인 '원구', 거리의 비보이 출신으로 몸치에 가까우면서도 춤에 대한 꿈을 품고 연습실을 지켜온 '만수'의 조합으로 이루어져 있다. 『그냥, 컬링』은 비인기 종목인 전국학생부 컬링대회에 참가하기 위해 동호인을 모으고 훈련하는 과정을 그렸는데, 구성원의 면면을 드러내는 것에 주안점을 두고 있다. 학교가 전폭 지원하는 야구부를 포기할 수밖에 없었던 '산적'과 '며루치', 신흥종교 주교 같은 야릇한 카리스마로 혼을 빼면서 컬링부 감독을 맡아 이끄는 만년 고시생 '추리닝', 아빠가 귀농하는 바람에 강원도 산골로 들어간 '바카스' 등의 사연이 줄줄이 이어진다. 주인공 '차을화'는 어릴 적 학교 폭력의 트라우마로 말미암아 "시작은 늘 두려운 일"이 되었고, 여동생 '연화'는 넉넉지 못한 살림만 축내는 피겨스케이팅 훈련에 스트레스를 받아 컬링 동호회 주변을 맴도는 처지다. 한편 『명탐정의 아들』은 카페 겸 탐정 사무소를 차린 어수룩한 아버지와 궁합이 맞아 탐정 일에 나선 '고기왕'이 단짝 '몽키'와 활약하는 이야기인데, 집 나간 고양이나 찾아 주던 아마추어 탐정 소년이 어느 날 도난당한 '행운의 열쇠'를 찾아 달라는 의뢰를 받고 여중생 자살 사건을 들여다보게 된다. 탐정 소년도 초등학생 때 시험 점수 조작 사건의 누명을 쓴 아픈 기억이 있거니와, 남학생들 사이의 '빵 셔틀'과 여학생들 사이의 '왕따'를 둘러싼 아이들의 황폐한 내면이 하나하나 들춰진다. 『칸트의 집』은 외딴 바닷가 마을로 이사 와서 친구들과 멀어진 데다 소통장애를 앓는 형을 돌보며 지내는 것이 불만투성이인 동생의 시점으로 되어 있다. 아들의 죽음으로 인한 트라우마를 지닌 것으로 밝혀지는 비밀스러운 분위기의 건축가와 자폐적인 형의 특이한 만남을 지켜보면서 마침내 형과의 장벽을 허물게 되는 과정이 서술된다. 『안드로메다의 아이들』은 인기 동아리에서 밀려난 아이들이나 가입하는 천체관측 동아리 '안드로메다'의 구성원을 들여다보는 짜임이다. 대인기피증에 걸린 '소운', 우울증을 앓는 엄마와 사는 '미료', 엄마의 이혼과 아빠의 재혼을 잇달아 겪으면서 스스로를 "우주의 미아"로 여기는 '동하'의 사연이 교차한다. 『하니와 코코』는 가부장적 폭력을 피해 가출한 '공 여사'와 '하니'의 여로를 그린 판타지다. 학교에서 왕따당하는 '코코'가 하니의 또 다른 자아로서 따라붙는다.

이들 작품에서 갈등의 씨앗인 '저편'(가해자)은 매우 추상적이다. 자기 목소리가 없기 때문이다. 저편은 '이편'(피해자)이 취하는 행동의 숨은 원인일 뿐이고, 거의 서사 바깥에 존재한다. 『그냥, 컬링』에서는 야구부의 부당한 권력 행사가 이따금 상투적으로 끼어드는 정도이며, 『옥탑방 슈퍼스타』에서는 원구가 오디션을 볼 때 잘나가는 기획사의 아이돌이 조롱 섞인 말로 놀려 대는 것이 가해의 전부다. 『명탐정의 아들』에서는 희생자가 되지 않기 위해 다른 희생자를 찾는 저들끼리의 물고 뜯김으로 학교 폭력이 뭉뚱그려져 있고, 『칸트의 집』과 『안드로메다의 아이들』의 경우도 죄의식, 자폐증, 우울증 등에 시달리는 인물들의 상호관계라서 가해자는 딱히 실체가 없다. 『하니와 코코』에서는 각각 공 여사와 하니에게 폭행을 가하는 남편과 아버지가 기억 속에서 잠시 얼굴을 내밀고는 사라진다. 이편과 저편이 정면으로 부딪치는 내용이 아니라 이편끼리 티격태격 부대끼는 내용이 되기에 알맞은 구조다.

최상희 장편은 단편과 달리 유쾌한 목소리를 지니고 있다. 『칸트의 집』은 사변적인 인물이 중심을 차지하는 편이나, 여기에서도 익살스럽게 추임새를 넣는 '석금동'이 나온다. 1인칭 화자든 3인칭 초점 화자든 이미 일이 틀어진 인물들이 여럿 등장해서는 세상과 방관자적인 거리를 유지한 채 푸념조의 삐딱한 말들을 주고받는다. 잘 보면 과거의 트라우마로 인한 회피 행동임을 알 수 있다. 문제는 한 작품 안에서도 여러 사람이 비슷비슷한 목소리를 낸다는 것이다. 작품마다 활기를 불어넣는 트릭스터 역(이른바 '방자형 인물')이 빠짐없이 등장하는데, 때론 여러 등장인물의 목소리가 다 비딱해서 누가 트릭스터인지 구분이 되지 않을 정도다. 『그냥, 컬링』의 며루치, 『옥탑방 슈퍼스타』의 변삼용, 『명탐정의 아들』의 몽키, 『칸트의 집』의 석금동 같은 인물을 트릭스터 역으로 본다면, 어른 변삼용을 빼고는 주인공 소년보다 내상이 덜하다는 게 차이라고나 할까? 이 유쾌한 인물들은 자기들끼리 악의 없는 대화로 어느 정도 웃음과 재미를 선사하지만, 효과는 딱 거기까지다. 가벼운 말재간에 능한 달변가일 수는 있어도 '즐거운 악당'처럼 권력에 대한 조롱과 풍자로 특화된 '문제적 인물'은 아닌 것이다.

최상희 장편의 '말의 성찬'은 단편의 촘촘한 밀도와는 구별되는 다분히 한가로운 것이어서 대폭 걷어 내더라도 서사에 큰 영향을 미치지 않는다. 단편은 지면 사정으로 꼼꼼한 검토를 생략하는 바람에 텍스트의 질적 수준을 미처 밝히지 못했지만, 어느 한 대목 허투루 읽을 수 없는 치밀한 그물망을 이루고 있다. 한 예로 「노프라블럼」과 「수영장」을 보면, 식구들의 한두 마디 대사에서도 입안에 서걱거리는 모래알처럼 소원한 가족관계가 훤히 드러난다. 반면에 장편은 주요 인물의 과거 상처를 더듬는 상념 아니면 농담조의 대화가 대부분을 차지하고 있어서 인물 간의 대립과 갈등을 축으로 삼는 긴장감이 부족하다. 실제로 『하니와 코코』는 「무나의 노래」의 확장판으로 보이거니와, 작품마다 겨루는 대상이 확실치 않고 단편의 서사를 길게 늘여 놓은 듯해서 어느 순간 지루한 느낌이 든다.

적대적 관계를 이루는 인물들이 종횡무진으로 활약하는 서사를 그다지 선호하지 않는 작가적 성향이라면 서사의 진폭이 두텁지 못한 약점은 불가피한 것일까? 상처받은 자, 소외층, 하위자, 주변인, 약자들의 이야기에 귀를 기울이는 것은 미덕이지 결코 단점일 수 없다. 김중미, 배유안, 김려령, 이현, 김해원, 정은숙 등 주요 청소년문학 작가들의 작품들도 모두 약자들에게 눈길을 주고 있다. 스타일은 제각각일지언정 이들의 장편에서는 사회적 관계를 비추는 인물의 대립과 갈등을 축으로 하여 현실과의 부딪침이 보다 선명하게 그려져 있다. 그렇기 때문에 주인공의 욕망을 가로막는 상대의 정체가 추상적으로 뭉뚱그려지지 않고 하나의 도전 대상으로 다가온다. 이에 비한다면 최상희의 경우는 주요 인물 대부분이 상처의 기억에 붙들려 있어 현실과의 부딪침을 주저하거나, 부딪치더라도 초현실의 영역으로 넘어간다. 작가적 성향을 문제 삼을 수 없는 노릇이고 보면, 여느 작가들처럼 외면적 서사를 강화하라는 주문은 우물에서 숭늉 찾기일 수밖에. 하지만 최상희 작가가 잘하는 것인데 혹시 놓치고 있는 것은 없을까?

번지수가 영 다르다면 모르겠으되 조심스레 제안 겸 질문을 해 보고 싶다. 알다시피 존재하는 모든 것들은 이유가 있는 법이다. 나는 최상희 작가가 초점화를 통해 이편뿐 아니라 저편의 내면을 들여다보는 일을 아주 잘할 수 있으리라고 믿는다. 『그냥, 컬링』에서 산적을 좌절시킨 야구부 주장 남궁최강, 학교 이사장인 그의 부친, 그와 결탁한 야구부 감독 등의 내면이 궁금하지 않은가? 남궁최강은 투수이고 산적은 타자이니 한 팀에서 둘은 환상적인 조합이다. 그러나 정작 이 작품처럼 연습에서 자신의 공을 잘 받아치는 타자를 자존심 때문에 내쫓는 남궁최강은 수준 이하라서 도무지 악인도 되기 힘든 캐릭터가 아닌가? 남궁최강의 성폭행을 가난한 산적이 뒤집어쓰는 결말도 뻔한 상투에 그치고 말았다. 꼭 수평적 비교라고는 생각지 않는데, 학교 기금 명목으로 초콜릿 판매를 강요하는 무리에 저항하다 무너지고 마는 소년을 그린 로버트 코마이어(Robert Cormier)의 『초콜릿 전쟁』(1974, 비룡소 2004)을 떠올려 보자. 머뭇거리고 흔들리는 '제리'와 '구버'도 차별되는 등장인물이지만 상대는 또 얼마나 가지각색으로 견고하게 자신들의 성을 구축하고 있는가? 차기 교장을 노리는 '레온 선생', 비밀 서클 '야경대'의 모사꾼 '아치', 단순 무식한 '카터'……. 역시 로버트 코마이어의 작품으로, 삼촌 대신 스쿨버스를 운전하다 납치 사건에 휘말린 십 대 소녀, 테러리스트 중동 소년, 미 정보국 장군의 아들을 한자리에 불러 모은 『첫 죽음 이후』(1979, 창비 2010)에서 미국 행정관료 아버지의 속내도 몸서리쳐질 만큼 교활하고 잔인하게 그려진다. 최상희 장편에서는 가부장적 폭력의 피해자가 많이 나오는데, 크리스티네 뇌스틀링거(Christine Nöstlinger)의 『오이대왕』(1972, 사계절 1997)처럼 가부장의 정체와 권력의 배후에 대해서도 관심을 가져 볼 수 있지 않을까? 당연히 나는 '최상희표 장편'을 기대하고 하는 말이다.

4. 마무리: 자기 스타일과 다성적인 목소리

『델 문도』의 「무대륙의 소년」에는 돌연 뒤통수를 맞은 느낌인데도 오래 곱씹어 보게 되는 구절이 하나 나온다. 허름한 호텔의 야간 도어맨 '로베르토'가 혼잣말로 고양이에게 던진 퀴즈다. "평탄한 삶이 어느 날 갑자기 꼬이는 걸 뭐라고 하는 줄 아니, 애야? 그게 바로 희극이지. 그런데 평탄한 삶이 조금씩 조금씩 기울어서, 어느 날 문득 빠져나올 수 없을 정도로 가라앉아 버리는 건 뭐라고 하는 줄 아니?"(210면) 내가 속으로 '비극'이라고 답하려는 순간 밝혀지는 뜻밖의 답은 "그게 바로 인생이지."였다.

이 말을 작가의 인생관이라고 확대 해석할 것까지야 없겠지만, 많은 분들이 공감할 만하고 그 나름대로 진실이 담긴 표현이라고 여겨졌다. 인생에 뜻대로 이뤄지는 경우란 극히 드물고 좌절과 상처의 기억이 차곡차곡 쌓이다 보면 인간은 어느새 포기와 체념에 익숙해진다. 삶의 비극성에 대한 인식은 현실에 대한 적응이기도 해서, 어느 면으론 성숙이라고 볼 여지도 없지 않다. 그러나 로베르토의 말에 공감하는 이들은 나이를 좀 먹었을 게 분명하다. 포기와 체념에 익숙하다면 어찌 청소년이겠는가? 죽기 살기로 부딪치고 막혀 있으면 새로운 길을 만들고……. 이들에겐 내일이 있기 때문에 패배도 '의미 있는 패배'가 된다. 청소년은 사회에 편입하는 과정에서 국외자나 순응자가 아닌 문제적 개인으로 자신을 세워야 한다. 청소년소설의 진가는 여기에서 발휘되는 것이 아닐까 싶다.

최상희 단편의 기본 색조는 비극성이지만 사위가 막혀 버린 폐쇄성과는 다르다. 폭력적인 세상에 직접 균열을 내는 서사는 비록 드물지만 이심전심으로 태도의 변화를 이끌어 낸다. 가장 큰 비중을 차지하는 환상은 일종의 '정신 승리'에 해당하는 것이겠으나, 이 또한 태도의 변화를 수반하면서 실제 현실에서 긍정적인 힘으로 바뀔 수 있다. 앞서 '문학적 승화'라고 표현한 것과 맞물린 현상이다. 이렇게 본다면, 최상희 단편은 현실의 변화를 꾀하기보다는 실존적 차원의 운명에 대한 자각과 더불어 '견딤'의 미학을 지향한다는 사실을 알 수 있다. 우리 사회에서 청소년기는 하나의 악몽이라고 일컬어진다. 어쩔 것인가? 이 시기를 통과하는 데에서 절망과 희망 사이에 다양한 스펙트럼이 존재하고 있음을 아는 것도 하나의 성장일 테다.

최상희 장편은 비극성을 희극성으로 감싸 안은 모습이다. 상처받은 이들에게로 향한 눈길은 단편과 다름없지만, 다수의 익살꾼들이 나와서 저들끼리 표 나게 대화를 주고받는다. 이들은 경쾌한 대화로 동병상련의 마음을 나누는 동질의 집단이며, 세상과의 교섭은 그리 활발하지 못한 편이다. 서사가 진행되는 가운데 상처를 입는 것이 아니라 과거의 상처를 반추하면서 겨우겨우 서사를 이어 가는 형국이다. 상처를 입힌 가해자는 기억 속에만 존재하거나 슬쩍 얼굴을 내밀고는 숨어 버린다. 저편의 목소리가 들리지 않는다. 단편에서도 정형화를 경계해야 할 판인데, '견딤'의 미학을 고수하려는 태도가 읽힌다. 자기 위안을 무한 반복하려는 것인지 의구심이 든다.

작가적 성향은 어찌할 수 없다손 치더라도 최상희 장편을 보면서 나는 우리 청소년소설 전반의 약점을 아울러 문제 삼을 수 있다는 판단이 들었다. 예컨대 아내와 자식에게 폭력을 행사하는 가부장을 함께 초점 화자로 삼아서 탐구하는 식의 다성성은 좀체 보기 힘들다. 현실에서는 약자도 강자도 가지가지이거늘 복층에 이르지 못한 단층적 서사는 우리 청소년소설 전반의 약점이 아닐 수 없다. 문학에서는 교훈보다 진실 탐구가 중요하다고 누구나 되뇌지만, 약자에 대한 동정과 연민을 앞세우는 데 급급해서 거죽을 훑는 일이 다반사다. 세상을 쥐락펴락하는 사회의 상층부 또는 현실의 중심부에 대한 공략은 태부족하다. 핵심 권력자가 등장하는 경우는 열이면 열 모두 장르물이 아닌가? 역사소설이나 SF 서사는 핵심 권력자의 움직임을 포함하고 있는 게 보통이다. 일상 너머의 시대현실에 거울을 들이대면서 서사의 확대를 꾀하기 때문이라고 보이는데, 다만 이러한 장르물에서는 개성 없는 인물의 상투성이 문제가 되곤 한다.

기본적으로 모든 장편은 시대현실과 떼려야 뗄 수 없는 관계에 있다. 오늘의 시대현실을 속속들이 비추는 장편의 출현을 위해 우리 청소년소설의 체력이 좀 더 다성적으로 보강되기를 바란다. 사실 이편과 저편 사이에 만리장성을 쌓아야 할 이유도 없다. 소설을 읽다가 실감 나는 악인의 형상에 빠져드는 것은 왜일까? 감추고 싶은 내 안의 무엇을 건드려 주기 때문이 아닐까? 끝내 허무 속으로 빨려 들어간 듯해서 가슴 아프지만, '내 안의 괴물'과 사투를 벌인 작가 박지리를 잊을 수 없다. 내가 보기에 『맨홀』(사계절 2012)과 『다윈 영의 악의 기원』(사계절 2016)은 자기 스타일로 다성적인 목소리를 실험한 문제적 장편이다. 맞다. 박지리는 박지리고 최상희는 최상희다. 인물의 내밀한 심리묘사에 능란한 최상희 작가가 저편의 목소리까지 생생하게 들리는 장편을 내놓는다면 어떤 진풍경이 펼쳐질지 궁금하다.

깨어진 구슬

박지리를 추모하며

1. 뜻밖의 부음

2016년 9월 마지막 월요일로 기억한다. 법전만큼 두껍고 묵직한 책이 하나 배달되었다. 박지리 장편소설 『다윈 영의 악의 기원』이다. 문지르면 까만 잉크가 그대로 묻어날 것 같은 표지에 후드로 얼굴을 반쯤 가린 소년의 상반신이 그려져 있었다. 고풍스럽고 권위적인데다 어딘지 불길한 기운도 서려 있어 기묘한 느낌을 자아냈다. 영어덜트 계열의 책 표지로서는 자못 매혹적이라는 생각이 들었다.

그런데 '악의 기원'이라니? 살인을 범한 소년의 내면을 들여다본 『맨홀』의 작가가 이번에는 끝장을 보려 했는가? 곧바로 책장을 넘겨 밀림처럼 빽빽한 문장들을 숨죽이고 읽어 나갔다. 워낙 책을 느리게 읽는 탓에 3분의 1쯤 읽은 다음 날부터는 조바심이 났다. 작가가 혼신을 다해서 쓴 역작인 것 같은데, 끝까지 다 읽어 봐야 성패를 알 수 있을 테니까. 나도 모르게 세상이 깜짝 놀랄 문제작이기를 빌고 있었던 것이다.

발행일을 찾아보니 9월 20일, 나온 지 일주일쯤 되었다. 문득 작품을 내놓고 힘겨운 시간을 보내고 있을지도 모르는 작가에게 잘 읽고 있다는 문자메시지를 보내고픈 마음이 일었다. 하지만 전화번호가 저장되어 있지 않다. 『합체』로 사계절문학상에 당선되기 반 년 전쯤 인하대 연구실로 찾아와서 한 번 본 적이 있는데, 그간 참 무심했나 보다. 하긴 이 작가는 꼭꼭 숨어 있는 게 특기라지.

목요일 아침, 사계절출판사 김태희 편집자로부터 뜻밖의 전화를 받았다. 세상에 이런 일도 다 있을까. 간밤에 박지리가 세상을 떠났단다. 문단에 아는 사람도 없고, 시상식에도 혼자 왔었고, 작가의 모친이 전하기를 스스로 목숨을 끊었다는데, 누구에게 알려야 할지, 어찌해야 할지 모르겠다면서 흐느낀다. 세계일보 청소년소설 공모에 멋모르고 쓴 작품이 본심에 올랐다가 탈락한 적이 있는데, 심사위원이었던 내가 잘 고쳐서 다시 응모해 보라고 격려해 준 덕분에 계속 쓸 힘을 얻었다고 작가가 여러 차례 말한 것이 생각나서 나에게 먼저 연락을 취하는 것이라고 한다. 나 또한 어찌해야 할지 몰라 말문이 막혔다. 작품 평을 쓰는 것으로 추모를 대신하겠다고 간신히 한마디 꺼냈을 뿐이다.

책이 나오고 일주일 만에 세상과 작별을 고한 작가의 부음에 많은 생각이 교차했다. 아직 작품을 다 읽지도 못한 시점에 이 무슨 변고란 말인가. 어젯밤만 해도 애썼다는 격려 메시지를 전하려고 전화번호를 찾으면서 작가의 본명이 따로 있었는지 갸웃거리지 않았는가. 본명 박지리, 1985년생. 유망주로 적잖은 기대를 받고 있었건만, 갓 이십 대를 벗어난 젊은 작가가 얼마나 힘들고 막막했기에……. 그간의 작품 궤적을 그려 보니, 마치 이렇게 될 운명인 것처럼 느껴졌다. 아무리 작가와 작품을 분리해서 보려고 해도 그리되지 않았다. 작품의 뒷부분을 마저 읽는 동안은 작가의 유서를 읽는 기분이었다.

2. 웃음 뒤의 고독

지금까지 박지리가 발표한 작품은 장편 넷, 단편 하나, 모두 다섯 편이다. 사계절문학상을 받은 게 인연이 되어 전부 사계절출판사에서 나왔다. 『합체』(2010), 『맨홀』(2012), 『양춘단 대학 탐방기』(2014), 「세븐틴 세븐틴」(사계절문학상 대상 수상작가들 소설집『세븐틴 세븐틴』, 2015), 『다윈 영의 악의 기원』(2016) 순으로 출간되었으나, 『양춘단 대학 탐방기』는 『맨홀』보다 앞서 쓴 것이 뒤에 나온 것이다. 기획 단편 「세븐틴 세븐틴」을 빼면, 『합체』『양춘단 대학 탐방기』를 하나의 계열로 묶을 수 있고, 『맨홀』『다윈 영의 악의 기원』을 또 다른 계열로 묶을 수 있다.[1] 작품들을 통독해 보면 바로 알 수 있는 사실인데, 『합체』『양춘단 대학 탐방기』에서 『맨홀』『다윈 영의 악의 기원』으로 궤적의 변화를 그려 왔다. 언뜻 이 차이는 매우 확연해서 작품세계가 수직적으로 바뀌었다는 느낌을 준다. 앞의 계열은 외향적이고 희극적인 데 비해 뒤의 계열은 내향적이고 비극적이다. 발산에서 응축으로의 궤적 변화이니, 조증에서 울증으로 기질이 바뀌었다고 해도 수긍할 독자가 많으리라고 본다.

첫 작품 『합체』는 바야흐로 청소년소설의 부흥기가 도래하여 공모

---

1 『양춘단 대학 탐방기』와 『다윈 영의 악의 기원』은 사계절 1318문고에 속해 있지 않다. 『양춘단 대학 탐방기』는 성인소설이라 할 수 있으나, 『다윈 영의 악의 기원』은 청소년소설에 더 가깝다.

수상작들이 줄지어 대박을 터뜨리던 시절에 나온 작품이다. 그 직전까지만 해도 나는 회고와 자기 연민에 빠진 감상적인 청소년소설들에 질려 있던 터라, 유쾌하고 활기찬 청소년 주인공의 등장을 고대하고 있었다. 그리하여 정유정의 『내 인생의 스프링캠프』(비룡소 2007)와 김려령의 『완득이』(창비 2008)를 누구보다 반겼던 것인데, 키 작은 쌍둥이 형제의 성장 분투기를 그린 박지리의 『합체』 또한 우리 청소년소설의 체질 개선에 한몫하리라고 보았다. 유쾌한 캐릭터를 싸고도는 희극적 요소는 이내 상투화되어 아류작을 양산하는 계기가 되었지만, 적어도 정유정, 김려령, 박지리의 당선작에서 두드러진 웃음과 긍정적인 마인드는 개성적이고 유려한 문체와 더불어 빛이 났다.

2009년 세계일보 공모 세계청소년문학상 본심에서 경합을 벌이다 아깝게 탈락하고 2010년 사계절문학상에 당선한 『합체』는 제목과 내용의 일부를 고쳐서 향상된 결과물일 텐데, 기승전결의 짜임에 다소 헐거운 구석이 남아 있다. 합·체 형제가 계룡산 수련을 떠나기까지 큰 비중을 차지하는 도사 노인이 중간에 흐지부지 사라졌으며, 헛수고로 끝난 형제의 방학 중 수련 행위와 개학 후 농구경기의 승리가 인과적으로 꽉 물려 있지 않다. 주요 에피소드가 유기적으로 발전하는 관계를 이루지 못한 채, 오로지 형제의 좌충우돌하는 돌파력으로 키 크기의 염원을 달성하는 외형적 성장담에 그친 것이다.

그렇긴 해도 쌍둥이 형제가 합을 이루며 발산하는 독특한 광채는 다른 것과 바꿀 수 없는 이 작품만의 매력이다. 돌이켜 보면 2010년경 우리 청소년소설은 정점을 찍었다. 청소년 독자가 권장도서 목록에 의존하는 것이 아니라 저들끼리 입소문을 내고 취향에 맞는 작품을 찾아 읽으면서 베스트셀러를 만들어 내는 기적이 일어난 것도 이즈음이다. 책을 덮고 나서도 눈앞에 삼삼한 완득이나 합·체와 같은 사랑스러운 캐릭터를 청소년 독자는 외면하지 않았다. '88만원 세대' '금수저 흙수저'가 운위되는 시대 분위기에서 충분히 주눅들 만한 처지임에도 특유의 생명력을 내뿜는 칠전팔기 오뚝이 같은 인물 형상이기 때문이다.

박지리는 이렇다 할 창작수업을 받아 보지 못한 탓에 자격지심이 컸다고 한다. 그런데 어떻게 이 시대 청소년 독자의 취향을 저격하는 히트작을 들고나올 수 있었을까? 이십 대 초반의 작가에게 청소년의 세계는 그리 낯선 것이 아니었으니 그런 동시대적 감각이 장점으로 작용했을 것이다. 모친이 전하는 바에 따르면, 박지리는 일찍부터 작가적 재능을 발휘했으나 학교에서 크게 상처받은 적이 있다고 한다. 중학교 1학년 때 쓴 글을 읽어 본 교사가 이건 절대로 열네 살짜리가 쓸 수 있는 게 아니라며 어디서 베껴 쓴 거냐고 의심했다는 것이다. 이때 충격이 컸던지 다시는 글 쓰는 것을 볼 수 없었다고 한다. 시상식 때도 그랬는데 마지막 가는 길에서도 학교 친구는 찾아볼 수 없었으니 저 혼자 세계에 침잠한 내향적 성격임이 분명하다. 합·체 형제처럼 작은 키를 고민했는지도 모르겠다. 성장기 체험을 작품으로 승화한 것이 『합체』가 아닐까 여겨지는 것이다.[2]

---

2 『합체』와 마찬가지로 학교 서사에 해당하는 「세븐틴 세븐틴」의 경우는 투명인간 취급을 받는 것에 고통받는 소녀가 주인공이다. 소외감은 허기와 함께 폭식으로 이어져서 몸집이 코끼리처럼 불어난다. 소녀는 "세븐틴 생일을 축하받지 못한 사람은 평생 엉망이 될 수밖에 없어."(11면)라고 되뇌면서 소통을 갈망한다. 이 작품은 1인칭 화자가 "어쩌면 (…) 사람들도 모두 다 세븐틴 생일을 축하받지 못했는지 모른다." "그래서 모두 조금씩 화가 나 있는 것인지 모른다." "그래서 모두 자기 방에서 나오길 무서워하고 있는지도 모른다."(39면)고 마지막까지 되뇌다가 돌연 "우리는 영원히 누군가를 기다리고 있는 세븐틴"이라면서 절망인지 희망인지 알 수 없는 말로 끝맺는다. 『맨홀』이후의 작품이라 소외감이 한층 짙게 드리워져 있다.

등단과 함께 박지리는 얼마 전까지 다니던 대학교를 무대로 오랫동안 가슴에 묻어 둔 사연을 꺼내서 『양춘단 대학 탐방기』를 쓴다. 그런데 주인공 양춘단은 환갑을 넘긴 할머니이다. 작가가 대학시절에 보고 들은 것을 재료로 삼은 듯하지만, 못 배운 한을 풀려고 자식들 교육을 위해 몸 바친 모친에 대한 오마주로 읽히는 작품이다. "엄메 아베여, 춘단이 오늘 대학교 댕겨왔습니다. 무슨 대학교냐고요, 아 엄메 아베 둘 다지 초등학교도 중간에 그만두게 하셨지 안허요. 그래서 지 혼자 힘으로 보란 듯이 대학교 갔어라."(5면) 비정규직 환경미화원으로 대학에 들어간 양춘단은 합·체 형제처럼 콤플렉스를 안고 있는 주인공이지만 특유의 입담으로 양기를 발산하면서 독자에게 희극적 웃음을 선사한다. 서민층 할머니의 목소리로 대를 이어 누적된 우리 사회의 병폐를 자못 의뭉스럽게 까발렸다. 요즘 이십 대 작가가 어떻게 회한의 세월을 살아온 할머니의 몸에 감쪽같이 빙의할 수 있었을까? 모친의 삶에 대한 곡진한 마음을 빼놓고서는 설명하기 힘들다.

  성인소설로 볼 때 『양춘단 대학 탐방기』는 성석제의 소설처럼 유머와 풍자가 압권인데 역동성이라든가 깊이는 다소 떨어진다. 주인공의 행위에서 비롯된 사건을 앞세우기보다는 기억 속 장면이거나 노인의 눈에 비친 세태를 훑는 데 치중한 탓이다. 양춘단은 임금 인하 조치에 항의하는 동료들의 파업에도 참여하지 않는다. 유일한 말벗은 대학 건물 옥상에서 만난 젊은 시간강사 한도진뿐이다. 이번에 다시 읽어 보면서 사투리 입담에 가려져 있지만 양춘단에게서 짙은 고독과 우울감이 배어난다는 사실을 새삼 느꼈다. 특히 비정규 시간강사 생활에 회의를 느끼고 자살한 한도진의 마지막 밤을 상상하는 장면은 너무도 세밀하고 생생한 데 놀라지 않을 수 없다. 겉보기와 달리 『양춘단 대학 탐방기』「세븐틴 세븐틴」 등에는 소외, 좌절, 운명, 자살 등에 관한 상념이 곳곳에서 얼굴을 내밀고 있다. 사후적 감상일는지 몰라도 이런 예사롭지 않은 신호들에 가슴이 아려 온다.

3. 악전고투

이전에 서평을 쓴 바도 있는 『맨홀』은 내게 가장 깊숙이 꽂힌 작품이다. 가정에서 폭력을 행사하는 아버지에 대한 살의를 자기처럼 나약한 동남아 노동자에게 실행하고 망연해하는 어느 살인범 소년의 수기로 읽힌다. 소년의 어릴 적 체험에서 누나와 함께 숨어들곤 했던 '맨홀'은 어머니의 자궁이고 재생의 공간이었다. 그러나 누나가 크면서 그곳을 찾지 않게 되자 '맨홀'은 겉과 속이 일치하지 않는 부조리나 모순의 간극을 의미하게 된다. 소년의 어린 시절은 동남아 노동자 시체와 함께 '맨홀'에 유폐된다. "살인을 한 사람에 대한 벌은 당연히 살인이어야 한다."(244면)고 여겨 자수를 선택한 소년은 예측과 달리 공범들 중 저만 풀려나게 되자 감당할 수 없는 커다란 '구멍'과 마주친다. 부조리한 판결로 주어진 삶을 용납하기 힘들다. 작품은 소년이 모두에게 안녕을 고하고 밤거리를 향해 내닫는 것으로 끝이 난다.

『맨홀』은 세상의 부조리에 눈뜨는 소년의 성장 서사로 읽을 수 있다. 그런데 균형과 긴장을 통해 부조리한 세상과 수평을 이루는 보통의 성장 서사와 달리 이 작품은 성장을 단숨에 무화시키는 내파적 결말로 되어 있다. 자기 안팎의 모든 것이 '구멍'인 것에 눈떴다면 존재 자체가 소용없게 된다. 모두에게 안녕을 고하며 밤거리로 내닫는 소년의 마지막 모습이 소실점을 향한 것으로 보이는 것은 그 때문이다. 그러면 작품의 효과도 위태로워지는가? 그렇지는 않다. 소년이 밤거리로 사라진 뒤, 즉 암전 이후 점선으로 이어지는 무대 밖의 여백이야말로 오롯이 독자의 몫이다. 세상과 손잡는 일에 서툴기 짝이 없는 풋내기 소년의 울음소리가 들려오지 않는가. 가슴이 먹먹해지는 이 인상적인 결말을 나는 사랑한다. 청소년 독자들에게도 흔치 않은 귀중한 독서 체험이 될 것이라고 믿는다.

1인칭 독백체로 서술된 『맨홀』은 박지리와 한없이 투명하게 겹치는 작품이다. 스스럽다는 듯 나지막한 소년의 목소리가 휘감기며 안기는 것 같다. 천방지축의 『합체』와 달리 작가가 가면을 벗어 버렸기 때문일 것이다. 작중인물의 가장 깊은 곳까지 들어간 메소드 연기라고 해도 좋겠다. 지금 생각해 보니 박지리는 이 작품으로 자신의 운명을 예고한 듯하다. 물론 그때는 하나의 전환점으로 여겼지 소실점으로 끝나게 될 줄은 몰랐다. "나 혼자 막기에는 구멍이 너무 컸다."(9면) "인간은 아예 구멍 그 자체로 이루어진 거 아닐까요?"(21면) 연출이나 연기에 서툰 이 작가는 자기 몸을 통과하는 구멍의 공허함을 견디다 못해 작중인물과의 거리를 아주 없애 버리려 했는지도 모른다. 블랙홀처럼 입을 벌린 구멍의 공허함에 삼켜졌다는 표현도 가능하리라.

드디어 『다윈 영의 악의 기원』을 살펴볼 차례가 되었다. 856쪽에 달하는 이 작품은 2년 동안 온 힘을 기울여 쓴 것이라고 한다. 『맨홀』에서는 폭력적인 아버지에 대한 살의가 또 다른 살인을 불러오는 악순환으로 이어져서 주인공 소년이 길을 잃는다. 작품에서 얼른 빠져나오지 않았다면, 허허로운 나머지 허방을 짚은 심정이었을 게다. 이때의 허탈감과 대결한 작품이 『다윈 영의 악의 기원』이 아닐까? 여기에서는 아버지를 지키려고 고뇌 속에서 친구를 살해하는 아들이 나온다. 따지고 보면 두 작품 모두 아버지 죄의 대물림이다. 두 작품의 상호 텍스트성으로 보건대, 작가는 『맨홀』은 예고편이고 『다윈 영의 악의 기원』을 본편으로 여겼을 법하다.

『다윈 영의 악의 기원』은 여러 면으로 따져 볼 만한 문제작이다. 가정 폭력을 다룬 작품은 많지만, 거꾸로 가족주의의 문제를 이만큼 통렬하게 파헤친 것은 보기 힘들다. 통렬할 뿐만 아니라, 로버트 코마이어의 『초콜릿 전쟁』을 방불케 하는 집요함까지도 보여 준다. 최근 나는 우리 청소년소설에 심상치 않은 바람이 불고 있다는 느낌을 받았다. 박영란의 『라구나 이야기 외전』(자음과모음 2012), 최상희의 『델 문도』(사계절 2014), 정소연의 『옆집의 영희 씨』(창비 2015), 배미주의 『바람의 사자들』(창비 2016) 같은 것을 보면서 작품의 무대와 스토리가 긍정적인 의미로 세계화되고 있다는 생각이 들었던 것이다. 『다윈 영의 악의 기원』도 여기에 포함시킬 수 있다고 본다.

『다윈 영의 악의 기원』은 매우 사실적인 서술이지만, '지금 여기'가 아닌 가상의 시공간을 무대로 한다. 시간적 배경은 막 지나온 과거로 보인다. 사진기, 녹음기, 컴퓨터 등이 등장하는데 인터넷 발달은 초보 단계이고 아직 모바일은 없다. 게다가 신분에 따라 1지구에서 9지구로 사는 곳이 엄격히 구획된 전체주의 사회이다. 이와 같은 가상 사회의 작동 원리와 질서를 촘촘히 그려 내고 있어 마치 잘 짜인 SF를 보는 듯하다. 작가는 왜 이런 특이한 설정에 공을 들인 것일까? 현실을 비추는 알레고리 효과는 사실 부수적이다. 현실 탐구를 목표로 했다면 굳이 설정을 꾀할 이유가 없거니와 알레고리 관계가 좀 더 확실한 판타지, SF, 역사소설을 택하는 편이 나았을 것이다. 시공간과 관계된 이 작품의 밀도는 스토리의 개연성에 필요한 것일 뿐, 그 자체로 '지금 여기'의 문제를 상기시키려 든다면 단순성의 위험이 더 크다. 요컨대 이 작품의 특이한 설정은 시공을 초월한 인간 본연의 모습을 해부하기 위해 고안된 수술대와도 같은 형식적 장치인 것이다. 작가가 스스로를 골방에 가둔 채 사회악의 뿌리에 가닿고자 악전고투를 벌이고 있었음에랴.

작품은 1지구의 최고 명문 프라임스쿨에 다니는 다윈 영을 중심으로 그의 친구들과 가족이 종횡으로 교직되어 있다. 가족은 할아버지, 아버지, 아들이라는 직계로 제한되며, 영, 헌터, 마샬 가문의 대를 이은 '부친 콤플렉스'가 속속 드러난다. 다윈 영, 루미 헌터, 레오 마샬의 삼대에 걸친 가족사가 펼쳐지는 것이다. 각 집안의 내력을 드러내려니 이야기가 매우 복잡해질 수밖에 없는 구조임에도 망사처럼 정교한 짜임과 개성적인 인물 덕분에 흡입력이 대단하다. 더욱이 루미는 삼촌의 죽음에 대한 의문을 품고 있어 추리소설의 긴장이 생겨난다. 처음에는 누가 범인인지가 궁금하지만 그 정체가 밝혀진 3분의 1쯤 지난 뒤부터는 도대체 왜 살인했는지가 궁금한 범죄소설의 성격이 부가된다. 살인은 아버지에서 아들로 대를 이어 반복된다. 끝까지 긴장의 끈을 놓지 않는 가운데 사회악보다는 인간악으로 초점이 이동하는 것이다. 교화기관에서 이야기가 시작되는 『맨홀』도 '왜?'라는 질문과 마주한 범죄소설의 성격이었다. 그러면 악에 대한 탐구는 얼마나 더 나아갔는가?

인간의 행위가 환경과의 상호작용으로 빚어진 결과라는 사실은 상식에 속한다. 물론 문학은 이런 상식을 반복하는 데에서 멈추지 않고 낱낱의 진실한 사연을 들여다보면서 삶을 더 깊고 높은 쪽으로 움직이게 하려는 지향을 지닌다. 진실은 설사 누구를 아프게 하는 수가 있을지라도 궁극적으로는 인간다운 삶에 이바지한다고 우리는 믿고 있다. 중요한 것은 인간의 진실은 삶이 지속되는 한 끝이 없고 정해진 답도 없는 진행형으로 존재한다는 사실이다. 인간의 선과 악은 영원한 길항관계이지 어느 하나가 본질이라고 단언할 수는 없지 않은가. 그러나 '암전 이후 점선'으로 뛰어든 작가는 '악이 본질'이라는 더 참혹한 결과에 이른다. 점선은 각자의 몫으로 두어야 하는 것을…….

더 자세한 분석은 다른 자리로 넘기고 소감만 간략히 요약하자면, 박지리는 끝을 보려고 사투를 벌이다 종내는 운명론과 마주친 게 아닌가 싶다. 다윈 영은 아버지 니스 영처럼 사려 깊고 예의 바른 온건한 품성의 소유자인데 결국 아버지처럼 가족주의의 굴레를 헤어나지 못하고 가장 친한 벗을 살해하는 패륜아로 전락한다. 진실을 감추는 한에는 향후 어떤 선행을 베풀며 살지라도 이중인격자로 비칠 따름이다. 더욱이 아버지가 살해한 제이 헌터는 9지구 폭도들의 '척결'을 외치는 극렬주의자로 바뀐 뒤였지만, 아들이 살해한 레오 마샬은 공고한 기존질서에 균열을 낼 만한 가능성의 씨앗이었다. 범행 후의 다윈은 당찬 성격의 루미조차 압도될 만큼 비약적인 변화를 보인다. 고뇌를 거치긴 했지만 자기 합리화에 바탕한 이런 변화가 만일 성장이라면 소름 돋는 것이 아닐 수 없다. 세계와의 균형과 긴장을 넘어서 지배체제의 꼭지에 서려는 적극적 타협이 아닐 텐가. 다윈의 변화를 바라보는 작가의 시선도 파국과 마주한 것처럼 느껴지기에, 겉보기와는 달리 결말은 더한층 절망적이다. 『맨홀』에서는 점선이라도 남았지만, 여기에서는 여지조차 없는 닫힌 결말에 다다른 것이다.

반전을 거듭하는 미스터리적 서술은 이만한 분량의 작품을 손에서 놓지 못하게 하는 장점이다. 그러나 감춰진 속사정과 함께 인물의 이면이 폭로되는 것을 보노라면 인간에 대한 환멸감이 도를 넘지 않았나 싶은 생각이 든다. 인간사의 변화무쌍함이거나 내면의 갈등을 보이는 입체적 인물의 형상화와는 사뭇 다르다. 마치 공식처럼 모든 등장인물에게 '알고 보면 당신도……' 하는 원죄의 낙인을 찍는다. 선의뿐 아니라 진보에 대한 믿음에 관해서도 가차 없다. 9지구의 '12월 폭동'을 주도한 저항세력의 핵심들이 어린 '후디'들을 이용만 하고 없앨 계획을 발설하는 장면은 반전을 위한 반전처럼 여겨질 정도이다. 결정적인 단서를 우연히 엿듣는 대목이 두어 군데 나오는데, 이런 형식적 약점은 오히려 티끌에 속한다. 솔직히 나는 이 작품의 무대가 모든 출구를 막아 버린 폐쇄병동처럼 느껴져서 가슴이 아팠다. 1지구의 질서에 회의하면서 유일하게 탈출구를 모색하는 아웃사이더 레오를 다윈의 손으로 죽게 만들다니……. 만일 레오를 주인공으로 서술했다면 설사 괴물이 된 다윈의 손에 그가 죽더라도 『초콜릿 전쟁』의 비극적 결말과 비슷한 효과를 낼 수도 있었을 것이다. 『맨홀』을 읽고 난 뒤의 점선이 그런 종류였다.

4. 그날 이후

얼마 전 작가의 모친으로부터 유서를 전해 받았다. 첫 문장이 "어디에 오류가 있는지 알 것 같다."이며, 계속해서 허탈함과 불안감을 토로하는 구절들이 이어진다. 책이 나오고 난 뒤로 작품을 거듭 되새김질하는 것 말고는 아무 일도 할 수 없었던 듯하다. 급기야 작중인물을 그리 죽게 만든 것에 대한 자책이 이어지다가 스토리가 오류투성이 미완성이라는 생각에서 벗어날 수 없음을 괴로워한다. 박지리를 아끼는 사람들이 짐작하듯이, 작가의 죽음은 작품과도 무관하지 않음이 사실로 드러나는 것이다. 작품은 자식과도 같아서 제가 낳았어도 저만의 생명력으로 세상과 부딪치며 살게 되어 있는 법이거늘…….

박지리는 자신이 작중인물인 양 스스로 속죄양이 됨으로써 성에 차지 않는 스토리를 수정·완성하려고 했던 듯싶다. 실제 그런 식으로 작품의 문제가 상쇄될 것이라고 믿는 작가가 어디 있겠는가. 깨지기 쉬운 어린애처럼 순수한 마음을 지닌 작가가 원망스러울 뿐이다. 어쩌겠는가. 그대의 선택을 존중한다. 하지만 다음 작품을 기대할 수 없게 되었다는 점은 그대를 기억하는 모든 이들에게 너무나 큰 슬픔이다.

떠나 버린 데 대한 원망이 앞서다 보니 작품 평도 추모 글도 아닌 어정쩡한 것이 되고 말았다. 마지막 작품의 결말을 '파국'이라고 칭하는 순간, 고인에 대한 결례가 될지도 모른다는 생각에 뜨끔했지만, 더 적절한 비평 언어를 찾을 수 없다는 게 지금 나의 솔직한 심정이다. 박지리에 대한 애정에서 비롯된 것임을 이해해 주기 바란다. 작가는 우리 곁을 떠났어도 작품은 여기 남아 있다. 앞으로 새롭고 풍부한 해석들이 이어질 것을 믿어 의심치 않는다. 편히 잠들라. 그대의 작품은 남은 이들의 삶 속에 계속 살아 있을 것이니.

동심으로 빚은 유머와 아이러니 효과

유은실 『멀쩡한 이유정』

1. 유은실 작품을 둘러싼 논란

유은실은 2004년 계간 『창비어린이』에 「내 이름은 백석」을 발표하면서 작품활동을 시작했다. 지금까지 『나의 린드그렌 선생님』(창비 2005), 『우리 집에 온 마고할미』(바람의아이들 2005), 『만국기 소년』(창비 2007), 『멀쩡한 이유정』(푸른숲 2008), 『마지막 이벤트』(바람의아이들 2010), 『우리 동네 미자 씨』(낮은산 2010), 『나도 편식할 거야』(사계절 2011) 등 일곱 권의 작품집을 펴냈으며, 단편 「기도하는 시간」을 수록한 합동작품집 『달려라 바퀴』(바람의아이들 2006)의 공동 저자로도 참여했다. 전에 나는 『만국기 소년』 이전의 작품세계를 보고, "익숙한 도식"에서 벗어난 "인상적인 인물을 창조"하는 필력의 소유자로서 신인 유은실을 소개한 바 있다.[1] 이후 유은실은 유머와 아이러니 효과가 뛰어난 단편과 경(輕)장편들을 잇달아 선보임으로써, 한국 아동문학의 수준을 한 차원 끌어올린이 시대 주목할 만한 문제작가로 떠올랐다.

유은실의 진가는 유니크한 서술의 묘미에서 빛을 발한다. 그의 작품을 경험하고 나면 어지간한 작품들은 성에 차지도 않거니와 상대적으로 더 밋밋하고 시시하게 느껴진다. 특히 생활 이야기 부류가 그러하다. 의인화, 환상, 과장의 기법을 쓴 동화는 바탕이 다르니까 별개로 치더라도, 현실에서 겪음 직한 일들을 사실적으로 그린 아동소설은 점점 생활작문인지 소설인지조차 헷갈린다는 불만이 높다. 현덕의 「나비를 잡는 아버지」나 권정생의 『몽실 언니』처럼 사회현실과 대결하는 리얼리즘 창작방법을 그대로 이어 가기 어려운 시대환경도 한몫한다. 아이들의 경험이 단순화·획일화되고 있는 만큼, 작가들이 허구적 상상력에 기반해서 효과적으로 대응하지 못한다면, 아동소설의 서사는 갈수록 균질화될 수밖에 없다.

사정이 이러함에도 아동문학 텍스트의 상대적 단순성을 지극히 평면적인 것으로 이해하는 협소한 시각으로 인해서 아동소설 쪽의 개척적인 시도들은 종종 발목을 잡히곤 했다. 이를테면 '내밀한 심리묘사, 다중시점, 열린 결말, 아이러니 장치' 등을 도입한 작품들이 한때 눈길을 모았지만, '동화의 소설화 경향'이라는 비판이 뒤따랐다. 아동 서사를 동화와 아동소설로 구분할 경우, '동화의 소설화 경향'이라는 지적은 착오가 아닐 수 없다. 당시 논란이 되었던 김남중의 『자존심』(창비 2006), 이현의 『짜장면 불어요!』(창비 2006), 박관희의 『힘을, 보여 주마』(창비 2006), 유은실의 『만국기 소년』 등은 엄밀한 의미에서 모두 아동소설에

---

1 졸고 「진실과 통념 사이: 유은실론」, 『어린이와문학』 2005.9, 『한국 아동문학의 쟁점』, 창비 2010.

속하는 것들이다. '동화의 소설화 경향'이 '아동소설의 성인소설화 경향'을 뜻한다고 볼 때에도, 이런 식의 표현은 신중을 기해야 한다. 소년 대상의 아동소설을 유년 대상의 동화와 동일한 잣대로 비판하는 일이 많고 보면, 자칫 아동소설의 층위가 매우 얄팍해지지 않을까 우려되는 것이다.

이런 '경계' 논란의 여파 때문인지 유은실은 『만국기 소년』 이후 내포 독자의 연령을 좀 더 낮춘 작품들을 계속 내놓고 있다. 서술도 한층 간결해졌다. 하지만 아이러니적 긴장이 팽팽하게 싸고도는 텍스트 질 감에 관한 한, 조금도 후퇴하지 않고 특유의 창작방법을 꿋꿋이 지켜 가는 모습을 보인다. 그래서 아직도 그의 작품에는 '어른에겐 감동스럽지만 과연 아이들도 그러할까?' 하는 의심의 눈길이 따라붙는다. 유은실 작품의 문학적 가치가 정말 어린이 독자를 희생한 대가일까? 작품집 『멀쩡한 이유정』(푸른숲 2008)의 단편들을 중심으로 간략하게나마 이 문제에 대한 답을 구해 보자.[2]

2. 해석의 층위가 두터운 수작

일반적으로 예상되는 것과 어긋나는 어떤 간극을 만날 때 유머와 아

---

2 작품집 『멀쩡한 이유정』에는 「할아버지 숙제」 「그냥」 「멀쩡한 이유정」 「새우가 없는 마을」 「눈」 등 단편 다섯 편이 수록되어 있다. 표지에는 '창작동화'라고 되어 있지만 전통적인 장르 구분법으로는 '아동소설'로 분류되는 것들이다. '낮은 학년' 시리즈물로 출판되었는데 아동문학 안에서의 이런 독자 구분은 사후적·편의적인 것에 지나지 않는 것이므로 작품에 대한 평가에 큰 영향을 끼쳐서는 안 될 것이다. 나는 이 작품집의 주요 독자층은 초등 중학년부터가 적절하다고 생각한다.

이러니가 발생한다. 우리가 눈여겨봐야 할 것은 유은실의 유머와 아이러니가 대부분 아이다운 행동과 심리에서 빚어진다는 사실이다. 이는 유년 시점의 성인소설에서 많이 보는 '신빙성 없는 주인공'과 객관적 상황의 낙차에서 빚어지는 간극이라기보다는, '천진한 동심의 주인공'과 객관적 상황의 낙차에서 빚어지는 간극에 더욱 가깝다. 유은실 텍스트의 화자는 자기 욕망을 꾸밈없이 있는 그대로 드러내는 어린이 주인공으로서 어린이 독자가 먼저 공감할 캐릭터다. 유은실의 유머와 아이러니는 아이라면 누구든지 쉽게 겪을 만한 일상의 익숙한 상황을 통해서 그려진다. 「기도하는 시간」에서 아이스크림이 녹기 전에 빨리 먹고 싶은 주인공과 길고 지루하게 이어지는 전도사의 기도 시간 사이에서 오는 긴장, 「그냥」에서 아이를 낳기 위해 병원에 입원하는 엄마와 헤어지며 슬퍼해야 하지만 속으로는 해방감을 느끼고 기뻐하는 아이의 이중심리에서 오는 긴장, 「눈」에서 엄마에게 눈 온 뒤의 세상은 공평하다고 들었는데 장갑을 끼지 않은 옥탑방 아이를 보고 새 장갑이 있는 주인공이 어쩔 수 없이 제 손에 낀 장갑을 내주며 불공평한 세상과의 사이에서 드러내는 긴장……. 아동소설의 주요 독자인 열 살 정도만 넘은 어린이라면 이런 종류의 유머와 아이러니를 경험하는 데 어려움을 겪을 이유가 없다.

유은실에 대한 일부의 시선은 텍스트가 구현하는 속 깊은 삶의 진실이라든지 사회비판적 층위를 어린이 독자가 해득할 수 있겠는가 하는 의심을 포함하고 있다. 유은실 작품의 천진한 동심이 빚어내는 유머와 아이러니는 단지 동심의 표현에 머물지 않고 이면의 진실을 보게 한다든지 그릇된 기존질서를 돌아보게끔 하는 효과를 발휘한다. 「할아버지 숙제」는 어느 한 면만이 아니라 다른 면도 함께 앎으로써 인간을 온전히 그려 낼 수 있다는 자각으로 나아간다. 「그냥」은 고모네 집에서 며칠 보내게 된 주인공이 까닭 없이 자유로운 무위(無爲)의 시간을 보내며 즐거워하는데 이는 틀에 박힌 도시 어린이의 일상을 돌아보게 한다. 「멀쩡한 이유정」에서 주인공이 아파트단지 내의 자기 집을 못 찾고 헤매는 것 역시 획일화된 도시문화를 돌아보게 하는 것이다. 「새우가 없는 마을」은 왕새우를 먹으러 갔다가 좌절을 겪는 생활보호 대상자 할아버지와 손자에 대한 연민, 그리고 「눈」은 장갑이 없어 눈장난을 못 하는 가난한 옥탑방 아이에 대한 동정의 감정을 불러일으키는데, 모두 소외를 낳은 불공평한 사회를 비판하는 관점이 스며 있다.

이처럼 이면의 진실에 대한 자각이나 사회비판적 층위를 포함한다는 점은 텍스트의 가치를 높이는 근거는 될지언정 하등 문제점이 될 수 없다. 한 작품의 테마와 효과를 동심원적으로 그려 본다고 할 때, 아동 텍스트로서의 기본 요건을 갖추었는지 먼저 따져 보고, 이를 통과한 연후라면 동심원을 많이 포함할수록 텍스트의 가치가 높아지는 법이다. 유은실 작품의 동심원 맨 안쪽에 사회비판적 테마가 자리하고 있는 것은 아니다. 따라서 독자가 동심원 바깥쪽의 사회비판적 층위를 독해하지 못하더라도 작품의 효과는 사라지지 않는다. 유은실 작품의 아동 텍스트 자질은 간결하고 쉬운 문장 표현과 발전적으로 갈등을 해결하는 기본 서사로서 충분하다. 「할아버지 숙제」는 할아버지의 긍정적인 다른 면을 보는 것과 함께 갈등이 해결된다. 「멀쩡한 이유정」은 동생보다 못한 길치라는 데에서 비롯된 자기 부정이, 동화처럼 집을 찾아 주는 구원자로서는 아니지만, 역시 길치인 선생님을 만나서 자기 긍정으로 바뀐다. 「새우가 없는 마을」에서 좌절을 겪은 주인공은 나중에 왕새우가 있는 마을에서 살겠다는 "진짜 사나이 이용수랑 이기철 약속"으로 내일의 삶을 기약하고, 「눈」에서 세상은 역시 불공평하다는 실망스러운 사실을 확인한 주인공은 처음엔 말도 안 된다고 여겼던 엄마의 기도대로 자기도 세상을 공평하게 하는 데 기여할 수 있다는 긍정의 힘을 느낀다. 독자는 텍스트에서 가져갈 수 있을 만큼 가져가는 것일 텐데, 가져갈 게 많은 두터운 층위를 지녔는가, 그리고 낮은 단계에서 높은 단계로 인식을 이끌어 줄 수 있는 내적 구조를 갖추었는가 하는 문제가 중요하다. 기본적으로 어린이가 이해할 수 있게끔 서술된 텍스트라면,[3] 더 많은 동심원과 해석의 층위를 가진 텍스트가 문학적 가치도 높다는 점에 동의해야 할 것이다.

3. 마무리

유은실은 작가활동을 시작한 지 10년이 안 된 신진 그룹에 속해 있지만 그 자취는 매우 뚜렷하다. 다만 그는 세간의 눈길이 모인 문학상으로 등단하지 않았거니와 태작이 없이 고른 작품 수준을 보이기 때문에, 어느 하나의 대표작을 내세워 말하기가 좀 곤혹스럽다. 아직 유은실은 '문학사적으로 기념비적인 작품'보다는 '문학사적으로 기념비적인 작가'로서 주목하는 게 더 생산적이다. 그가 '유니크한 서술의 묘미'로 독자를 사로잡는 '단편의 명수(名手)'라서 더욱 그렇게 여겨지는지도 모른다. 확실히 그의 작품은 '대작(大作)'보다는 '수작(秀作)'이라는 말이

---

3 유은실 텍스트의 내적 구조와 어린이 독자의 문제와 관련해서는 김민령의 「새로운 이야기 방식과 독자의 자리: 유은실 동화 꼼꼼히 읽기」(『창비어린이』 2010년 가을호)가 좋은 참조가 된다.

잘 어울린다. 그 앞에서는 '아동문학이 문학이냐'는 외부의 무지한 시선도 꼼짝 못 한다. 따지고 보면 아동문학 텍스트를 문학 텍스트로서 바라보지 않는 그릇된 시선이 전부 문외한의 책임인 것은 아니다. 분석과 해석의 여지가 없는 얄팍한 교훈주의 작품을 되풀이하는 창작 풍토, 그게 마치 아동문학의 특징 가운데 하나인 단순성의 미학인 양 여기고 서로 상찬해 마지않는 비평 풍토를 바꾸지 않는 한, 아동문학에 대한 비문학적 시선은 내부에서 자초한 업보라고 해도 할 말이 없다. 이런 점에서 유은실은 아동문학 텍스트도 분석과 해석을 요하는 엄연한 문학 텍스트라는 사실을 환기시키며 아동문학의 문학적 가치를 높인 드문 귀감이다.

이야기꾼 동화작가의 탄생

김리리『뻥이오, 뻥』

1. 동화작가 김리리의 발걸음

김리리는 등단한 지 10년이 훨씬 넘은 동화작가건만 중견이라는 말을 붙이기가 주저된다. 늘 신인인 것처럼 발랄하고 산뜻한 작품을 주로 선보여 왔기 때문이다. 그런 김리리의 이력에도 어김없이 중견의 무게감이 실리고 있다. 결코 다작이라고는 할 수 없지만, 10년 넘게 쉬지 않고 활동해 왔기에 그간의 작품집 목록을 꼽으려면 열 손가락이 모자란다. 이력에서 몇 개의 단락을 짓는 것도 가능하다. 김리리의 작품세계가 한두 마디로 정리될 만큼 만만한 게 아니라는 얘기겠다.

김리리의 첫 번째 발걸음은 「별세상 목욕탕」(김수민 외『별세상 목욕탕』우리교육 2001),『왕봉식, 똥파리와 친구야』(우리교육 2003),『검정 연필 선생님』(창비 2006) 등으로 이어지는 '생활 판타지'다. 여기 등장하는 나이 어린 주인공들은 공상의 힘을 빌려 일상세계에서 신기한 경험을 하거나 소원을 성취한다. 거침없는 모험세계는 아니지만 빈틈없이 조여드는 어린이의 일상에 구멍을 내서 숨 쉴 공간을 부여했다는 의미가 있다. 『지각대장 존』(존 버닝햄)이나 『학교에 간 사자』(필리파 피어스)와 동일한 발상인데, 상상력이 좀 더 과감하고 전복적이었으면 하는 아쉬움이 뒤따르곤 했다.

두 번째 발걸음은 깜찍한 여자아이를 내세운 '이슬비 이야기' 시리즈(다림 2003~2007)다. 작가의 주특기인 공상적 요소가 지워진 건 아쉽지만 캐릭터가 손에 잡힐 듯하고 서술이 한결 간결해졌기에 많은 이들에게 인상적인 작품으로 기억되고 있다. 물론 여기에서도 불만이 없지 않다. 경험 가능한 현실적인 이야기로써 낮은 연령의 독자를 상대하려면 현덕의 '노마' 시리즈처럼 짜임새 있는 시적 구성력이 요구된다. 약자 중의 약자인 꼬마 주인공을 내세운 현실적인 이야기는 비좁은 일상세계를 벗어나기도 힘들거니와 설사 벗어나더라도 긴박감과 성취감을 주는 사건 창조에는 한계가 있다.

그래서일까? 세 번째 발걸음은 고학년과 청소년 대상의 창작으로 나아갔다. 어느 대담 기록에 따르면 작가는 아픈 성장기를 겪었다. 그런 성장기의 체험이 위태롭고 예민한 청소년 주인공을 그리는 데에서 뒷심으로 작용했을 것이다. 하지만 내겐 솔직히 이쪽의 결과물은 재미가 덜하다. 새로운 세계에 도전하면서 저도 모르게 들어간 힘이 충분히 풀리지 않아서 그런 게 아닐까 여겨진다.

2. '뻥'은 힘이 세다

김리리 하면 역시 저학년물이 제격이고 상대적으로 빛이 난다. 고학년 대상의 아동소설에 비해 문제작이 드문 우리 동화판에서 '김리리표 동화'는 유쾌한 활력소가 되기에 충분하다. 이 작가는 고학년과 청소년물 쪽에 의욕을 보이던 중에도 현실과 환상의 경계를 살짝 지워 버린 『만복이네 떡집』(비룡소 2010)을 내놓아 저학년을 위한 창작의 발걸음에 심상치 않은 조짐을 드러낸 바 있다. 그러다가 드디어 '김리리표 동화'의 결정판이라 할 수 있는 『뻥이오, 뻥』(문학동네어린이 2011)이란 작품이 나온 것이다. 이 작품은 이전 동화들과는 조금 다르게 옛이야기의 속성이 도드라진 서술을 보인다.

언제부터인가 우리 동화판에는 옛이야기 방식의 창작이 한쪽에서 뚜렷한 흐름을 지어 왔다. 그런데 '창작 옛이야기'라고 명명된 그간의 작품들을 보면 근대비판의 상징기호를 해석해 달라는 주문이 먼저이고 정작 이야기의 맛은 뒷전이었다. 어른들은 솔깃하겠지만 아이들도 그러할지는 의문이다. 매사 힘이 들어가면 될 것도 안 되는 법이다. 옛이야기에 대한 관심은, 거의 상식에 가까운 근대비판의 주제의식보다는 동화가 제자리를 찾아가는 움직임으로서 더욱 귀중하다. 김리리의 신작 『뻥이오, 뻥』이 반가운 것은 옛이야기의 생명력이나 다름없는 동화의 자질을 십분 발휘한 데에서 이룬 성취로 보이기 때문이다.

알다시피 동화는 '의인화, 과장, 환상'을 특징으로 한다. 한마디로 말해 '뻥'인 것이다. 동화가 상대적으로 낮은 연령의 어린이 독자를 위해 지어진다는 점을 상기한다면 '뻥'을 기본 자질로 한다는 것은 당연한 이치다. 열 살 아래의 아이들을 불러 놓고 이야기를 들려준다고 가정해 보자. 어떻게 말해야 아이들이 눈을 깜박거리며 귀를 기울일 텐가. 이야기의 진실성은 사실적인 서술에 달려 있는 게 아니다. 과장된 서술로도 거뜬히 진실을 전달할 수 있다. 독자의 나이가 어릴수록 세상의 진실을 단순화해서 들려주어야 알아먹는다.

예컨대 소설에서 성질이 못된 사람은 동화에서는 괴물이 되고 마귀할멈이 된다. 계모, 호랑이, 도깨비도 그렇게 태어났다. 눈이 좋으면 시력 2.0일 것인가? 아니다. 동화에서는 천리안으로 표현된다. 거인, 난쟁이, 힘센 장사도 그렇게 태어났다. 괴물과 대결을 벌이는 나이 어린 주인공은 초능력을 발휘하거나 초능력자의 도움을 받아야 한다. 마법의 주문을 외면 땅이 갈라지고 하늘문이 열린다. 악은 절대적으로 퇴치된다. 애매모호한 중간이 없는 게 옛이야기의 속성이다.

동화의 '뻥'은 단순화의 원리인바 인간의 성정과 자연의 질서를 반영함으로써 사실은 아니지만 진실이 된다. 왜 동화에서는 빗자루와 솥단지가 뛰어다니고 개구리와 뱀이 말을 할까? 이런 동화의 원리를 이해한다면 아이들이 무슨 소린가 싶어 하품을 하는 이야기를 지어낼 까닭이 없다. 하품할 것 같으면 바로 깜짝 놀랄 일을 만들어 내고 말 테니까.

동화작가는 자신의 이야기에 마법의 주문을 걸 줄 알아야 한다. 방법은 간단하다. 일단 '옛날에' 하고 시작하면 된다. 그다음에는 이웃에 사는 철수와 영희가 나와도 관계없다. 아파트, 학교, 병원, 경찰서가 나와도 괜찮다. 텔레비전, 냉장고, 자동차도 무방하다. '옛날에' 하는 순간 모두 마법의 세상에 들어가는 것이니까. 그게 현대판 창작동화다. 물론 첫 문장의 '옛날에'를 슬쩍 지웠다고 해서 시비 걸 사람은 없을 것이다. 하여간 동화의 자질은 이렇다는 사실을 분명히 해 두자.

지금 쏟아져 나오는 '저학년 동화' 시리즈 가운데 얼마나 많은 작품들이 동화의 자리에서 멀어져 있나 돌아볼 필요가 있겠다. 모든 동화가 이래야 한다는 망발을 하려는 것은 아니다. 동화와 아동소설을 구분하자는 것도 이 때문이다. 혹시 리얼리즘의 문제의식과 동화의 자질을 수평적으로 연결해 온 습성 탓에 우리는 기본을 놓친 게 아닐까. 그 사이 '어린이 독자'에 관한 문제도 가려지기 십상이었다.

3. 김리리 동화의 새로운 전환

이렇듯 동화 본연의 문제를 돌아보게 하는 데에서 『뼁이오, 뼁』은 좋은 참고가 된다. 지난 십여 년간 몇 굽이를 돌아온 김리리의 발걸음이 뼁이 센 옛이야기 방식의 창작으로 새로운 전환을 맞을 줄은 몰랐다. 작품 곳곳에 전복의 상상력이 숨어 있어 이 작가에 대해 품어 온 2퍼센트의 아쉬움도 말끔히 해소됐다. 아이들이 이런 작품을 좋아하리란 것은 두말하면 잔소리다. 줄거리를 간단히 소개하는 것으로 글을 마치고자 한다.

옛날에 말귀를 못 알아먹는 순덕이란 여자아이가 살았다. 누가 여차저차하면 순덕이는 저차여차한다. 삼신할멈의 실수로 귀가 덜 뚫린 탓이다. 순덕이는 다시 삼신할멈의 도움으로 여차저차해서 귀가 뼁 뚫린다. 그런데 이번에는 너무 크게 뚫린 탓에 목숨을 가진 모든 것들의 말소리까지 듣게 된다. 그래서 청개구리, 토끼, 개의 억울한 하소연을 듣고 그네들이 등장하는 이야기의 진실을 알게 된다. 이 진실을 마을에 전하자 거짓말쟁이로 심지어 정신이상자로 의심받는다. 그런데 앓아누운

동생 순미에게 저차여차하고 이야기를 들려주자 순미는 재미난 이야기를 듣는 사이 씻은 듯 병이 낫는다. 이후로 순미는 시도 때도 없이 동네 꼬마들을 데리고 와서 순덕 언니에게 이야기를 조른다. 그리하여 뻥쟁이 순덕이는 꼬마들의 이야기꾼으로 거듭나게 되었다는 것이다. 그야말로 동화작가의 탄생이다.

기로에 선 신춘문예 아동문학

2018년 동시·동화 당선작

1. 들어가는 말

새해 첫날이면 신문사에서 공모하는 신춘문예 당선작이 발표된다. 신문의 위상이 예전 같지 않아서 신춘문예 공모도 단지 여럿 중의 하나로 영향력이 줄긴 했지만, 그래도 신춘문예는 신춘문예다. 누구에게나 도전의 기회가 주어졌던 사법고시가 폐지되어 개천에서 용 났다는 속담이 무색해진 상황인데, 사법고시 버금가는 등용문으로 여겨지며 온 국민의 사랑을 받아 온 신춘문예는 아직 남아 있다. 다행이라면 다행이겠으나, '신춘문예, 이대로 좋은가?' 하는 상투적인 질문이 해마다 반복된다. 신춘문예가 아동문학의 위상을 높이는 우리 모두의 뜻깊은 잔치로 거듭날 길은 없겠는지?

신춘문예 당선작에 대한 논의는 심사와 관련된 문제로 비치기 쉽다. 그것이 전부는 아니다. 유수한 신문사들의 백년 가까이 이어져 온 연례

행사로 대중에게 노출돼 온 신춘문예는 아동문학에 대한 일반인의 인식을 살펴볼 수 있는 귀중한 자리이다. 신춘문예는 여느 공모와 달리 보통 사람들 곧 국민 평균치의 문예 감각이 녹아들어 있고 또 서로 부딪히는 자리이다. 이번 신춘문예의 성과는 풍년일까 흉년일까? 심사자의 안목과 성향도 무시할 수 없겠지만, 응모작 가운데 가장 빼어난 작품이 당선되는 것이니 당선작 수준은 그해의 응모작 수준에 달려 있다고 해도 과언은 아니다.

솔직히 말해서 신춘문예 당선작을 하나하나 찾아서 읽어 본 지 꽤 되었다. 게으름도 없진 않았으나, 신춘문예는 사라져야 할 잘못된 관행 또는 제도라는 생각을 더 많이 해 왔기 때문이다. 이 생각은 지금도 변함이 없다. 다만 신춘문예가 엄연히 눈앞에 존재하는 관행 또는 제도인 데다 신뢰할 만한 심사자들의 참여가 갈수록 뚜렷해지는 추세이며 작가 지망생들에게는 공평한 기회인 것이 분명한 만큼, 논의 마당이라도 열심히 만들어서 아동문학에 대한 일반인의 관심과 인식을 높이는 데 비평이 할 수 있는 일을 해 보자는 생각이 들었다.

올해 신춘문예 당선작들을 읽고 나자 이대로라면 신춘문예 아동문학 부문은 얼마 못 가 사람들의 외면 속에서 사망선고를 받지 않겠는가 하는 위기감이 밀려왔다. 비평(criticism)의 어원이기도 한 위기(crisis)는 사망이냐 회생이냐의 기로에 선 고비를 가리키는 말이다. 잔치에 찬물을 끼얹고 싶은 생각은 추호도 없으나 비평의 엄중함을 다시 새겨 보자는 제안과 함께 올해 아동문학 부문 신춘문예 당선작들의 면면을 논의에 붙여 보고자 한다.

동시의 경우는 내가 파악하기로 총 여섯 신문사에서 당선작을 냈기에 지역 신문까지도 대상으로 삼았고, 동화의 경우는 서울·부산·대구까지는 포함시키고 나머지 지역 신문을 제외한 여덟 신문사의 당선작을 대상으로 삼았다. 논점을 부각시키려고 작품 제목과 신문사 이름만 밝히고 문제점 위주로 서술했다. 당선자 이름은 생략했으며, 친근감이나 선입견이 작용할지 몰라서 심사자와 심사평에 대해서는 일절 찾아보지 않았다. 앞에서 당선작은 응모작의 수준 안에서 결정된다는 말을 꺼냈지만, 참고삼아 하나 더 보탠다면 심사평은 잔칫집 주례사와도 같은 것이라서 되도록 장점을 부각시키게 되어 있고 그렇게 한다고 해서 문제 삼을 일도 아니다. 다만 심사 결과와 심사평의 설득력 여부는 심사자가 감당해야 할 몫이라고 할 수 있다.

2. 동시 당선작: 기본기가 의심되는 시상의 부자연스러움

거의 모든 동시 당선작들이 어느 구석에선가 자연스럽지 못한 시상(詩想)을 드러내고 있다. 대개 우리는 시를 읽을 때, 시적 화자가 누구이고 무슨 말을 하는지, 어떤 정황에 놓여 있는지에 대한 정보를 파악하면서 언어의 작용(이미지, 운율, 비유와 상징 등)에 따라 시적 효과를 음미한다. 시인은 한 글자 한 글자 혼신을 다해 새겨 넣으면서 언어의 조탁에도 많은 시간을 할애하지만, 독자는 시구에서 환기되는 자연스러운 연상을 통해 시를 단숨에 감상한다. 그러기 때문에 급히 꿰다 놓은 것처럼 맥락에 닿지 않는 시어의 등장으로 시상의 흐름이 막히면 머리에 쥐가 나면서 숨 쉬는 것조차 불편해진다. 그렇다고 '시적 비약'까지 흠으로 보려는 건 아니다. 이 경우 시인이 의도한 것인지 아닌지를 살펴 그 효과를 따져 봐야 한다.

마중물

1

앞마당의 물이 심심한가 봐요.

친구들을 불러내서 신나게 놀고 싶은데요.

맘 좋은 '펌프 아저씨'가 도와주죠.

푸 푸 푸 푸

룩 룩 룩 룩

(물들 나와라!

물들 나와라!

모래는 필요 없고 물들 나와라!)*

2

땅속은 깊고 어두워요.

친구들은 아직도 자고 있나 봐요.

마당물이,

달달

맘이 급해서……

키다리 '펌프 아저씨'를 따라 쪼로롱 내려가죠.

푸그 푸그 푸그 푸그

덕 덕 덕 덕

(물들 나와라!

물들 나와라!

흙탕물 필요 없고 새 물 나와라!)

　　3

와아!

하얀 물이 나와요.

마당물을 따라 ── 친구들이,

'앞으로 나란히' 하면서 모두 모두 나와요.

우루 우루

르 르 좔 좔 좔 좔

　　4

어떤 친구는 밥솥에 들어가……

뽀글뽀글

솥뚜껑 뚜들기며 놀고요.

어떤 친구는 물뿌리개 미끄럼을 타다……

애구구

나팔꽃에 빠져, 사흘이나 귀가 멍멍하고요.

어떤 친구는 물통 속에 들어가……

흔들흔들

참, 재미나게 놀아요.

*"애들 나와라, 애들 나와라. ○○은 필요 없고 △△ 나와라" 하는 구전 놀이

동요 인용.

── 조선일보 당선작

이 시의 제목인 '마중물'은 땅속의 물을 끌어 올리기 위해 펌프에 붓는 물을 가리키는 말이다. 초등학생 정도라면 직간접 경험을 통해 그 의미를 알고 있을 것이라고 여겨진다. 주지하듯이 펌프로 땅속의 물을 끌어 올리려면 미리 받아 놓은 물을 바가지로 퍼서 펌프에 붓고(이게 '마중물'이다), 물이 나올 때까지 펌프질을 해야 한다. 수차례 펌프질로 내부 공기를 배출하고 나면 마침내 땅속의 물이 끌어 올려져 주둥이처럼 생긴 관으로 처음엔 흙탕물이 나오다가 좀 뒤엔 맑은 물이 힘차게 쏟아져 나온다. 와아! 하고 아이들이 환호하는 순간이기도 하다.

그런데 이 시에서 '마중물'이라는 말은 제목에서만 등장한다. 각 연의 행위 주체가 '앞마당의 물(1연)→마당물(2연)→하얀 물(3연)→밥솥, 물뿌리개, 물통의 물(4연)'로 되어 있다. "앞마당의 물"이라고 하면 독자는 무얼 떠올리게 될까? 더욱이 친구들을 불러내서 신나게 놀고 싶은 심심한 "앞마당의 물"이라고 했다. 2연의 "마당물"은 "앞마당의 물"을 줄여서 쓴 말이겠다.

나는 아이들이 물장난을 치거나 해서 마당을 질펀하게 적신 물, 또는 군데군데 고인 물을 떠올렸다. 펌프 곁에 놓인 함지박 같은 데에 담긴 물을 "앞마당의 물" "마당물"이라고 하면 제대로 된 표현이라고 할 수 있을까? 설사 펌프와 함지박이 앞마당에 놓여 있다고 하더라도 말이다.

'마중물'은 뜻과 어감이 좋아서 모임 이름이나 회지 제목 같은 것으로도 많이 쓰인다. 이 '마중물'을 제목으로 삼아 눈길을 끄는 데 성공했는지 몰라도, 시어로서는 상투어에 가까워서 웬만하면 피해 가는 말에 속한다. 다행히 이 시의 내용은 상투적이진 않다. 하지만 '마중물'을 제목으로 붙여 놓고는 시어와 이미지의 연관을 어리둥절하게 이어 가고 있어서 아이들의 활달한 놀이를 연상케 하는 다른 장점들이 다 무효라는 생각이 든다.

4연의 "애구구"는 오식(誤植)일까? 아니면 "에구구"라고 쓰지 않은 특별한 이유라도 있는 것일까? 또한 "나팔꽃"은 모양 때문에 그 이름이 붙은 걸 다 아는데, 물방울이 그 안으로 미끄러져 들어가면 시끄러운 소리 때문에 "사흘이나 귀가 멍멍"할 거라는 표현이 아이들의 공감을 얻어 낼 수 있을까? 환상을 통해 시어의 의미를 확장한 것으로 보려고 해도 표현과 의미의 조합이 잘 맞는다는 느낌은 들지 않는다.

털실

하나의 길이 동그랗게 뭉쳐져 있어요
길은 따뜻한 꿈들을 꾸면서 기다리고 있어요
그 꿈들이 풀어져 수많은 길로 나눠져요
길들은 한 땀 한 땀 걸어가며
장갑, 목도리, 조끼, 모자로 변신해요
겨울을 따뜻하게 감싸 안아요

———강원일보 당선작

'털실'이나 '뜨개질'도 동시의 익숙한 소재에 속한다. 그런데 이 시에서는 '털실'을 '길'로 비유해서 그 나름대로 참신한 맛을 살렸다. "하나의 길이 동그랗게 뭉쳐져 있"고 "따뜻한 꿈들을 꾸면서 기다리고 있"다는 1~2행은 제목 '털실'에서 비롯된 연상작용과 함께 다음 장면을 기대하게 만든다.

하지만 3행의 "그 꿈들이 풀어져 수많은 길로 나눠져요"에 이르면 고개가 갸웃해진다. '길→꿈들'의 이미지 변환이 '꿈→수많은 길'의 이미지 변환으로 역주행하면서 갑자기 머릿속이 헝클어지는 느낌을 받게 되는 것이다. 나만 그런가? 동그랗게 뭉쳐진 '털실'에 관한 기억을 떠올려 보자. 털실 꾸러미는 한 줄로 풀려 나온 가닥을 잡아당겨서 풀게 되어 있다. 그러니 꾸러미를 잡고 "수많은" 가닥의 털실을 풀 수는 없는 노릇이다. 때문에 "꿈들이 풀어져 수많은 길로 나눠"진다는 3행의 '길'은 1~2행의 '길'과는 사뭇 다른 추상명사로 느껴진다. 이 대목부터는 뜨개질 장면인 것을 누구나 짐작하겠지만, 털실이 "수많은 길로 나눠"진다는 대목에서 돌연 이미지가 흩어지고 헝클어지는 느낌을 받는다. 혹시 제목을 '털실'이 아니라 '뜨개질'로 했다면 이런 느낌이 덜했을지도 모르겠다.

4~5행에서 드러난 '길=털실의 변신'은 그 자체로 환상적이다. 그러나 마지막 6행에 와서 다시 진부한 느낌을 준다. '털실'과 '뜨개질' 소재가 지닌 모범답안의 의미를 답습한 꼴이기 때문이다. 3행과 6행을 빼거나 다른 무엇으로 대체했다면 새로운 의미를 생성했을 수도 있었을 것이다. 하지만 섣부른 기대는 난망이다. 모르긴 해도 이 시인은 3행과 6행을 득의로 여겼을 법하고 심사자 또한 거기에 응답했을 것 같다. 그만큼 신춘문예 동시는 모범답안에 충실해 온 것이 사실이니까.

숭어

풀잎 같은 친구가 있어
망아지같이 뛰놀다 쳐다보면,

풀같이 앉아 책 읽던 시들한 놈

하루는, 표를 한 장 내미는 거야

연극을 한다나!

돌이나 나무겠지 하면서도

그놈이니까 보러 갔어

근데 딴 놈인 거야

눈빛이 다른 거야

팔딱거리는 거야

풀이 아니라,

숭어였어

어떻게 풀밭에서 살았을까?

물속에 냅다

던져 줘야 할 것 같았어.

— 한국일보 당선작

 이 시는 신문지상에 3단으로 편집되어 있어 본디 세 연으로 이루어진 것인지 연 구분이 없는 것인지 알 수 없다. 의식의 흐름 같은 혼잣말의 매끄러운 호흡, 친구와 숭어의 병치 수법 등을 고려하면 굳이 연을 나눠서 볼 필요는 없겠다는 생각이 든다. 뒤로 읽어 갈수록 '숭어'처럼 "팔딱거리는" 기운이 실제로 전해지는 듯해서 모범답안과는 인연이 없다고 여겨졌다. 특히 "근데 딴 놈인 거야/눈빛이 다른 거야/팔딱거리는 거야/(…)/숭어였어" 하는 대목을 읽을 때는 어깨가 들썩이고 속이 후련해지기까지 한다. '숭어'를 생명력에 빗대는 건 다소 진부하지만, 친구의 의외성을 발견하는 데 따른 놀라움의 표현으로 '풀밭'에서 튀어 오르는

'숭어'만큼 역동적이고 생생한 이미지도 따로 없을 것이다. "눈빛이 다른 거야" 하는 구절은 외양만이 아니라 내면의 변화까지 능히 감당하고 있다.

하지만 모범답안을 피하기 위해 기표·기의의 의미작용을 함부로 파괴할 때는 대가가 따른다는 사실을 알아야 한다. 나는 처음 석 줄을 읽자마자 이건 또 뭐냐? 하고 절로 인상이 구겨지는 듯했다. "풀잎 같은 친구"라고 하면, 표현이 너무 진부해서 탈이라고 할 만큼 연상 범위가 정해져 있지 않은가? "풀같이 앉아"에서도 마찬가지다. 그런데 이 구절들은 "시들한 놈"에 대한 비유로 쓰였다. '풀잎같이, 풀같이 시들한 놈'이라니? 설마 '시든 풀'을 떠올리며 이렇게 쓴 걸까?

이런 생뚱맞은 비유가 노리는 비약이나 역발상의 효과는 어디에서도 찾아지지 않는다. 내가 보기에 "시들한 놈"은 망아지같이 뛰노는 시적 화자, 그리고 숭어처럼 팔딱거리는 "딴 놈"이 된 친구 모습과 대비하기 위해 선택된 어휘이다. '얌전한 놈' '조용한 놈'도 아니고 '시들한 놈'이라 해 놓고 굳이 청초한 이미지의 '풀잎'과 '풀'로 비유한 것은 뒤에 '풀밭'을 이끌어 내기 위한 포석이겠다. 전체적으로 식물성과 동물성의 대비라고 해도 석연치 않다. 따라서 이 시는 일부 핵심어의 비유적 결합이 자연스럽지 못하다. 하필 첫 부분에서 드러난 억지스러움이라 치명적이라고 할 만하다.

시계

우리 집처럼
세 식구다

학교수업마치자마자영어학원마치자마자수학학원마치자마자태권도……

하루 종일
돌고 도는 난,
분명
초침일 거야

하지만 안다

내가 아프면
시침도 분침도
딱, 멈춘다는 것을

— 경상일보 당선작

한 줄의 변칙으로 단출한 시상 전개에 역동성을 불어넣은 솜씨가 돋보인다. 띄어쓰기 없이 한 줄로 이어 붙인 2연은 학원에서 학원으로 무미건조하게 반복되는 아이의 고된 일상을 기계적인 초침의 움직임으로 형상화한 것인데, 모래알을 씹는 기분이 들 정도로 효과적이다. 시침, 분침, 초침에 빗댄 세 식구는 기계적으로 반복되는 일상을 똑같이 겪는 처지에 있다. 현대인의 초상이 슬며시 포개지면서 만만찮은 무게감이 전해진다.

그런데 결구에서 주제의식이 잡히는가 싶더니 도리어 난감해진다. "내가 아프면/시침도 분침도/딱, 멈춘다는 것을" "안다"는 것을 통해 말하려는 바는 무엇일까? 자기 또한 없어서는 안 될 큰 존재이고 소중하다는 자기 긍정일까? 그렇다면 앞의 문제적 상황은 어찌 되는 건가? 귀한 몸이 아프지 않도록 '학원 릴레이'에서 해방시켜 달라는 주문일까? 그렇다면 스스로에게 확인하듯 혼잣말로 끝맺어서는 안 되는 것 아닌가?

　일상에 길들여진 독자라면 엉뚱하게 읽을 가능성이 없지 않다. 식구들에게 나의 존재가 중요하니까 절대 아프지 말자! 건강하게, 씩씩하게, 열심히, 기꺼이, 하루하루를 잘 견디며 이겨 내자…….너무 비약적인 해석인가? 아니, 이렇게 읽혀도 좋다는 것인가? 어쨌든 4연의 "하지만"으로 기대되는 시상의 전환을 문제상황에 대응하는 결구로 치자면 뭐가 하나 빠진 것처럼 보이는 게 사실이다. 중요한 것은 자기 존재감의 확인이 어디로 향하는가 하는 점이다. 그런데 이 시에서 발견한 자기 존재감은 언뜻 그럴싸하게 보일는지 몰라도 좋은 의미의 다의성이 아니라 나쁜 의미의 모호성을 유발하는 함정으로 작용하고 있다. 주로 기발한 발상 하나에 기대어 시를 쓸 때 이런 문제가 발생하기 쉽다.

캉캉

성준이는 경상도에서 전학 왔다
나는 서울말을
성준이는 경상도 말을 쓴다

그래도 너랑 나랑은 친구다
나는 이렇게 말하는데

그래도 니캉 내캉은 친구다

성준이는 이렇게 말한다

성준이의 볼을 꼬집으면

말랑말랑하다

성준이는 내 볼을 꼬집고

말캉말캉하다고 한다

── 대전일보 당선작

이번 신춘문예 당선 동시 가운데 시상 전개와 표현이 가장 무난할뿐
더러 아이들도 재미있어할 만한 내용이 아닐까 한다. 하지만 무난하다
는 말은 평이하다는 것이기도 해서 당선 동시에 대한 기대를 얼마큼 충
족하는지는 보는 사람마다 다를 것이다. 나는 부정적인 쪽으로 약간 더
기운다.

성준이와 내가 서로 볼을 꼬집는 정황이 느닷없다. 막연히 병렬로 나
열되어 있어서 말놀이가 재미있다는 느낌 외에는 생생한 개체성이 살
아나지 않는다. 제목 '캉캉'도 이 시가 말놀이 동시 연작 중 하나라면 모
를까 명백한 속임수라서 내용으로부터 동떨어진 느낌이다. 다소 모범
답안 같은 상식적인 주제를 얕은 재미에 실어 낸 소품 이상은 아니라는
것이다.

악수

할아버지는 나만 보면

기로에 선 신춘문예 아동문학 **165**

가던 길 멈추시고

손! 그러셔.

키 작은 내가

깨금발 들지 않게

지팡이 짚고 낮아져

손! 그러면?

마음과 마음이 마주해

손을 잡으면 마음이 따뜻해져

자꾸만 잡고 싶어.

할아버지 따뜻하게

내가 먼저 마음, 내밀래.

맨날맨날 내밀래.

마음!

할아버지, 여기 마음요!

언제든 마음껏 잡아요.

— 매일신문 당선작

이 시도 무난하다고 여길 독자가 있을는지 모르겠는데, 공모 수상작으로 치자면 거의 최악이 아닐까 한다. 두 가지 이유에서다. 우선 시적 정황을 제시하는 수법이 오해를 불러올 만큼 수준 이하다. 나는 읽으면서 시적 화자가 멍멍 하고 꼬리 치는 개일 거라고 생각했다. 경험적으로 보더라도 "손!" 그러면 손을 내미는 상대는 개일 경우가 대부분이다. 아이한테 "악수!" 그러지 않고 "손!" 그러는 것은 어색한 말법이다. 그런데 시적 화자는 손자쯤 되는 꼬마아이다. 할아버지가 손자를 볼 때마다

"손!"·"손!" 그런다는 것인데, 그럴 만한 개성적 자질이나 특별한 정황과 더불어 그려지지 않은 탓에 상대에게 종용하는 느낌을 준다.

나아가서 이 시는 아동과 동시에 대한 인식이 구태의연하다. "손을 잡으면 마음이 따뜻해져/자꾸만 잡고 싶어./(…)/할아버지, 여기 마음요!/언제든 마음껏 잡아요." 이게 정말 아이의 생각과 말일까? 이런 아이도 없진 않겠지만, 대부분 시인의 바람으로 읽을 것이다. 노인 세대와 아이들 세대의 따뜻한 관계를 모색하는 건 우리 모두 고민해야 할 문제이긴 하다. 그렇다고 이런 계도적 메시지가 통하리라고 보는 건 안이하다고 할밖에. 이른바 '착한이표' 아이를 화자로 해서 아이들로 하여금 동일시를 유도하는 건 공감이 아니라 반감을 불러오기 십상이다.

이 시는 겉으로는 아이 쪽의 친밀성이 두드러지지만, 기성세대인 시인의 계도적 목소리가 숨어 있기 때문에 어쩔 수 없이 노인에 대한 공경과 예의의 문제를 환기한다. 과거의 수직적 질서를 수평적 교감으로 바꾸는 것이 절실한 시대과제인데, 이런 사탕발림식의 해결은 너무 고리타분하지 않은가. 말투는 아이일지라도 시적 화자가 아이답지 않은 생각으로 기성세대의 목소리를 대변하는 동시는 차고 넘친다. 「악수」 같은 것이 그 전형인바, 보이지 않게 압박감을 주면서 불편한 마음을 불러일으킬 소지가 크다. 아이들도 눈치가 훤하고 저 나름의 사는 법을 터득하고 있는 만큼, 당장은 불편한 마음을 드러내진 않겠지만, 열이면 아홉은 돌아서서 문을 걸어 잠글 게 거의 확실하다.

지금까지 살펴본 올해 신춘문예 당선 동시 여섯 편은 이 글에서 언급하지 않은 여러 장점들도 적잖이 지니고 있다. 그러나 앞서 검토했듯이 한 눈에 들어오는 몇몇 문제점만으로도 우려를 자아내기에 충분하다고 본다. 좋은 게 좋은 거라고 매사 침묵으로 때우다가 공멸하느니 아프고

서운하더라도 대화하고 소통하는 가운데 회생의 길을 도모하는 게 낫다는 이 글의 취지를 읽어 주기 바란다.

3. 동화 당선작: 기억에 남는 주인공이 없다

흔히 '동시'와 '동화'라는 구분법에 익숙하지만, '동화'를 서사 갈래의 총칭으로 쓰는 데에는 주의사항이 따른다. 아동문학의 서사 갈래는 영유아, 유소년, 청소년 등 대상에 따라 다양한 모습을 지니고 있기 때문이다. 예컨대 '동화' '아동소설' '청소년소설' 등은 서술 방식의 차이가 적지 않다. 그러함에도 대부분의 신문사는 '200자 원고지 30매 내외의 동화'만을 주문하고 있는 실정이다.

원고지로 작성해서 응모하던 시절의 거의 끝 무렵이라고 기억하는데, 어느 심사자가 30매를 초과한 동화 응모작은 무조건 제외시켜야 한다고 해서 놀란 일이 있다. 30매에 맞춤한 것은 대개 유년물일 가능성이 크다. 물론 30매 이내의 간결한 서술로도 가볍지 않은 주제를 생생하게 표현한 소년물을 얼마든지 만들 수 있다. 하지만 상당수 응모자들은 제한된 분량에 어른도 만족할 만한 예술성을 담아낸다면서 창작 경향을 엉뚱한 방향으로 가져가기 일쑤다. 한때 신춘문예 공모용으로 세상 물정 모르는 어린애 말투와 노인 취향의 시적 분위기가 혼합된 이상한 작풍(作風)이 유행한 적이 있다. 이는 지금까지도 이어져 오고 있는 것으로 안다.

다행히 최근에는 심사자들의 안목이 예전 같지 않거니와 '동화'라는 그릇을 신축성 있게 받아들이는 추세인지라 분량으로 인한 문제점은 거의 없어진 듯하다. 올해 당선작들에서 이 점은 확연하게 드러난다. 대상 연령이 초등 저학년부터 청소년에 이르기까지 폭넓게 걸쳐 있으며, 판타지, 리얼리즘, SF 등 서술 방식과 형식에 있어서도 생각보다 훨씬 다양해졌다.

문제는 다른 것으로 대신할 수 없는 독창성이 돋보인다거나 보통 이상으로 기량이 뛰어나다는 느낌을 주는 작품을 찾아보기 힘들다는 점이다. 완성도가 다소 미흡하더라도 시각과 방법이 새로워서 뭔가 솟구치는 느낌을 주는 문제작이라면 또 모르겠다. 하지만 올해는 대충 무난하다고 여겨지는 평균 수준의 작품도 손가락으로 꼽아야 할 정도였다.

먼저 좁은 의미의 동화적 특성인 현실과 환상의 경계를 넘나드는 판타지부터 살펴보자.

조선일보 당선작 「비밀이 사는 아파트」는 화자가 '비밀'이다. '비밀'이 단지 서술자로만 나오겠거니 했는데, 이런저런 비밀들을 캐릭터로 내세운 판타지이자 의인동화였다. 캐릭터 형상이 얼른 잡히지 않아 몇 줄 읽다 보면 금세 어리둥절해진다.

나는 203동 1008호에 산다. 물론 나도 누군가의 비밀이다. 그가 비밀을 마음속에 숨겼을 때, 이 아파트를 분양받았다. 마음속에 갇힌 비밀들은 대부분 이 아파트로 모여든다. 비밀들이 갇힌 마음속 방에는 이 아파트와 연결되는 통로가 있다. 비밀들은 에너지가 필요하다. 그 통로를 통해 주인으로부터 에너지를 공급받게 되는데, 주인이 잊어버리거나 죽었을 때는 공급받지 못한다. 깊은 잠 속에 빠져 버린다. 누군가 깨워 주지 않으면 영원히 잠을 잔다.

이처럼 1인칭으로 되어 있는 '비밀' 화자가 지저분하고 게으른 '아

줌마 비밀'과 층간 소음이 심한 '남자 비밀'에 대한 이야기를 들려주는
가 싶더니 '엉덩이 비밀'과 '주머니 비밀'의 대화가 이어진다. 이를테면
"안녕하세요. '주머니 비밀' 형." "잘 지내니? '엉덩이 비밀'." 하는 식이
다. '엉덩이 비밀'은 어느 아이가 엉덩이에 사마귀가 있는 비밀을 숨기
고 있기 때문에 생겨났고, '주머니 비밀'은 어느 청년이 교통사고로 하
반신이 마비되어 소변 주머니를 달고 사는 비밀을 숨기고 있기 때문에
생겨났다.

　형체가 없는 '비밀'들이 등장인물로 나오니까 여간 혼란스러운 게 아
니다. 첫 장면부터 잘 읽히지 않는다. 진짜 어린이 독자를 염두에 두었
다면 이렇게 썼을까 하는 생각이 절로 든다. 심사위원을 염두에 둔 신
춘문예 공모용 발상이자 내용이 아닐까 싶다. 아니나 다를까. 사건은 곁
가지일 뿐이고 작가의 생각을 대변하는 '주머니 비밀'의 담화로 인생에
대한 교훈을 전하는 데 급급한 모습이다. 담화에 비친 장애인에 대한 인
식은 대단히 우려스럽다.

　　"화영아. 네 몸은 자동차 같은 거야. 사람이 타고 다니는 자동차 말이야. 자
　동차는 고장도 나고, 언젠가는 폐차장으로 보내야 하는 거야. 좋은 차를 타면
　좋겠지만 고장 난 차를 탄다고 부끄러운 것은 아니야."
　　화영이 눈이 동그랗게 빛났다.
　　"그렇긴 하지만 불편해. 그리고 사람들이 이상하게 쳐다보잖아."
　　"화영아. 네가 자동차를 타고 여행한다고 생각해 봐. 고장 난 차로는 빨리
　가지 못하잖아. 그래서 더 자세히 볼 수 있는 거야. 여행이란 빨리 가는 게 목
　적이 아니거든."
　　"그러니까 다른 사람이 나 쳐다보는 것 신경 쓰지 말고, 자세히 보고 더 많

이 느끼라는 거지? 그게 여행의 목적이라는 거지?"

화영이 얼굴이 밝아졌다.

장애인을 '고장 난 차'에 비유한 건 몹시 불편하게 느껴진다. 나아가 '고장 난 차'는 빨리 가지 못해 더 자세히 볼 수 있으므로 더 많이 느낄 수 있다고 했는데 이건 당치도 않다. '고장 난 차'가 느리게 가는 차인 가? '고치기 전에는 움직일 수 없는 차'라고 항변한다면 어쩌려고 이런 어이없는 말을 늘어놓는가? 하반신이 마비된 스물세 살 청년이 이런 말을 듣고 얼굴이 밝아졌다니 달리 할 말이 없다.

문화일보 당선작 「다령이가 말한 하늘」은 '처녀보살'과 그녀의 시각 장애 아들의 이야기다. 아들은 이웃에 새로 지어진 교회의 성가대 합창에 섞인 어느 소녀의 목소리에 매혹되어 교회를 자주 드나든다. 무당 엄마와 교회를 드나드는 아들의 이야기라면 얼핏 김동리의 「무녀도」가 떠오를 것이다. 둘 사이의 갈등이 바로 폭발하리라고 짐작하겠지만, 예상과 달리 무당 엄마와 교회 목사는 믿음을 강요하지 않을뿐더러 상대에 대한 배려심도 깊다. 종교인을 상투적으로 그리지 않음으로써 거꾸로 작가의 문제의식이 살아났다고 본다.

그런데 이 작품은 갈등의 뿌리가 안개에 가려져 있는 탓에 해결된 후에도 몸이 공중에 붕 떠 있는 느낌이다. 아들(6학년 현광채)에게만 목소리로 감지되는 소녀(다령이)는 '귀신'이다. 어느 날 무당 엄마가 교회에 간 수척한 아들을 보곤 "얼굴이 허물어지고 팔과 다리가 없는" 귀신이 붙었다면서 교회 금지령을 내린다. 아들은 여전히 소녀의 목소리에 이끌려 교회를 찾아간다. 그리고 목사에게서 교회가 세워지기 전 그곳에 있던 청소년 쉼터에 큰불이 났고 그때 여자아이 하나가 죽었다는 말을 듣는다. 무당 엄마는 귀신을 쫓아내고자 교회 담 아래에 굿판을 차린다. '소녀 귀신'은 왜 나를 보내려는 거냐고, 너도 내가 갔으면 좋겠느냐고 소년에게 묻고, 가지 않았으면 좋겠다는 소년의 대답을 듣자 고맙다는 말을 남기고 떠난다. 무당 엄마와 아들이 까닭 없이 '소녀 귀신'을 매개로 갈등에 빠졌다가 굿판 하나로 해결된 꼴이다. 소년의 관심과 애정이 죽은 소녀로 하여금 원한을 풀고 승천하게 만든 것이라고 보이는데, '소녀 귀신'이 왜 이 소년에게 붙었고, 마지막엔 해원을 암시하며 떠나는지 모르겠다. 장면 장면의 서술은 명료한 편이다. 하지만 갈등 주위에 안개를 피워 내며 영혼과 교감을 나누는 판타지 멜로물에 치중한 듯해서 이색적 소재주의 혐의로부터 자유롭지 못하다.

　작가 편에 서서 변명을 시도해 본다면, 이 작품이야말로 분량을 의식하고 기초공사를 생략한 탓에 건물에 이상이 생긴 게 아닐까 싶다. 미혼모이자 무당 일을 하면서 아이를 키워 온 엄마에게는 남다른 사연이 적지 않으려니와, 특히 청소년 쉼터로 흘러 들어와 화마의 희생자가 된 소녀의 억울한 사연은 시각장애 소년과의 인연을 필연적이게 하는 결정적인 단서일 가능성이 높다.

　그러나 이런 사연들을 가뿐히 건너뛴 소년 소녀의 불가해한 인연 이야기는 앙꼬 없는 찐빵이요, 겉만 번지르르한 공갈빵에 가깝다는 게 내 판단이다. 이 작품을 읽으면서 떠오른 생각을 하나 더 밝혀도 될지 모르겠다. 열두 살 초등생과 열여섯 살 고교생 사이는 4년 거리밖에 되지 않는다. 이 땅의 고교생은 「무녀도」를 읽는다. 그럼 초등 고학년은 무얼 읽고 있나? 무당 '모화'와 야소귀신이 붙은 아들 '욱이'의 갈등을 통해 보여 주려는 것(「무녀도」)과, '처녀보살' 엄마와 아들 '광채'의 갈등을 통해 보여 주려는 것(「다령이가 말한 하늘」)을 비교하다가 단지 소설과 동화의 차이로 설명할 수 없는 무엇이 있다는 뼈아픈 자각이 왔다. 터무니없는 비교라고 할는지 모르겠으나, 사람들이 왜 아동문학을 진지한 문학으로 여기지 않는지 냉철히 돌아볼 일이다.

국제신문 당선작 「수리와 문제집 속 친구들」은 초등 저학년물에 속한다. 일상의 탈출구가 절실한 아이의 공상을 그렸다. 공상에 기댄 판타지라 할지라도 인물과 생활의 실감을 살려 써야 그럴듯하지 작가의 꼭두각시극을 보는 것처럼 작위적서는 공감을 얻기 힘들다.

"엄마, 오늘은 놀면 안 돼요? 어제도 잔뜩 풀었잖아요."

엄마는 수리 말에 아랑곳하지 않고 1학년 수학 문제집을 펼쳤어요.

"다른 아이들을 앞서려면 더 열심히 해야 해."

수리는 엄마 말을 이해할 수 없었어요.

"다른 아이들을 앞서면 뭐 해요? 놀이공원에 갔을 땐 윤서가 나보다 훨씬 앞에 서 있었는데 놀이기구는 같은 거 탔단 말이에요."

엄마는 못 들은 척 오리가 그려진 뺄셈 문제를 설명했어요.

"수리야, 오리 다섯 마리가 연못에서 헤엄치고 있었어. 그런데 세 마리가 어디로 가 버렸어. 그럼 오리는 모두 몇 마리 남았을까?"

수리는 눈이 휘둥그레져서 물었어요.

"오리 세 마리는 어디 갔는데요?"

아이가 판타지로 넘어가기 직전의 일상 장면이다. '나쁜 엄마'를 등장시켜서 일상의 억압을 드러내려는 상투성도 걸리거니와 아이의 대답도 아이다움 뒤로 숨어든 작가 목소리임이 너무 티가 난다. "다른 아이들을 앞서면 뭐 해요?" 하는 것은 1학년짜리 아이의 말법이 아닐 것이다. 반면 1학년쯤 되면 "남은 오리는 두 마리예요." 하고 답을 하는 게 쉽지 "눈이 휘둥그레져서" "오리 세 마리는 어디 갔는데요?" 하고 되묻는 게 자연스러운가? 사라진 오리에 의문을 품는 것은 일견 아이다운 발상이고 나름의 생각거리를 던지는 만큼, 다음 사건을 위한 효과적인 장치로 넘길 수도 있다. 문제는 판타지 장면에서 더욱 불거진다.

　　그때였어요. 수리는 깜짝 놀라서 눈이 휘둥그레졌어요. 문제집 속 동물들이 감쪽같이 사라지고 없었거든요. 엄마랑 공부할 땐 분명히 있었는데 말이죠. 앞장 뒷장 넘겨 봐도 마찬가지였어요.
　　"엄마, 문제집 속 동물들이 사라졌어요."
　　엄마가 전화를 끊고 오자 수리가 문제집을 내밀었어요. 문제집을 살펴본 엄마가 손으로 자기 이마를 짚었어요.
　　"어? 열도 없는데 이상하네?"
　　엄마는 문제집 속 동물들이 사라졌다는 걸 인정하는 것보다 자기 머리가 이상해졌다고 믿고 싶어 하는 것 같았어요.
　　"휴, 오늘은 그만하자."
　　엄마가 방을 나갔어요.

여기에서 보는 것처럼 현실법칙에 따라 움직이고 생각하는 엄마가 비현실적인 경험을 그냥 얼버무리고 넘어간다. 아이의 공상이 만들어 낸 이야기에서 아이를 억압하는 어른이 비현실을 아무렇지도 않게 넘기는 것은 개연성의 문제를 야기하기 때문에 피하는 것이 보통이다. 예외로 하려면 그럴 만한 후속 장치가 뒤따라야 하는데 이 작품에서는 그 점도 찾아볼 수 없다.

마침내 아이는 이상한 동물마을로 들어간다. 아이들이 빼기를 할 때 문제집에서 빠져나온 동물들이 사는 마을이다. 아이들이 더하기를 할 때는 이 동물들이 재빨리 문제집으로 들어가야 한다. 나중에 문제집 동물들은 자기들도 놀고 싶다면서 마을로 돌아오지 않고 놀이공원으로 달려간다. 작품은 일상현실로 돌아온 아이가 문제집 동물들에게 다음에 또 만나자고 인사하는 것으로 끝이 난다. 공상세계에서나 현실세계에서나 공부에 시달리는 아이의 문제가 해결됐다는 느낌이 오지 않는다. 애초 동물들이 무엇 때문에 저들의 마을을 만들고 문제집을 드나들었는지 알쏭달쏭하다. 문제집 속 동물들 또한 작가가 조종하는 대로 움직이는 이상한 마을의 꼭두각시라고 할밖에.

다음에 살펴볼 것은 사실적 서술 방식으로 아이들의 생활세계를 그린 '아동소설' 네 편이다. 한 편을 제외한 세 편은 일정한 수준에는 도달했다고 보인다. 특히 동아일보 당선작 「편의점에 온 저승사자」는 요즘 아이들 입맛에도 잘 맞을 것 같다. 유튜브에 영상을 만들어 올리는 '키즈 크리에이터' 이야기로서 시의성 있는 소재에 착안한 것이 장점이다. 예상치 못한 반전으로 단편의 효과를 극대화한 점도 사 줄 만하다.

일상에서 SNS와 자유롭게 호흡하는 아이의 등장은 단순히 소재에 그치고 않고 시대성과 관련된다는 점에서 중요한 신호탄으로 읽을 수 있다. 인물과 사건에 그런 시대적 통찰이 스며들었다면 금상첨화였을 것이다. 하지만 그런 점은 거의 없고 반전의 묘미에 초점이 놓인 듯해서 아쉽게 느껴진다. '1인 방송'에 온 신경이 집중된 아이라면 여러 겹의 심각한 갈등 구조가 만들어질 법하지 않은가? 이 작품은 유튜브 조회수가 떨어질까 봐 걱정하는 아이의 조바심에서 비롯된 행동이 '귀신 코스프레' 소란으로 손님을 쫓았다고 야단치는 편의점 주인의 성화를 잠시 불러일으킨 것 말고는 이렇다 할 갈등이 보이지 않는다. 역시 분량의 문제가 아니라면 신춘문예 공모를 의식한 소재주의 편향의 문제라고 할 수 있다.

매일신문 당선작 「너라도 그럴 거야」에서도 얼마간 소재주의 문제점이 발견된다. 어렵사리 키우던 병아리가 '도둑고양이'의 밥이 되자 복수를 하려고 나서는데, 그 고양이가 새끼 밴 고양이였고 어느새 새끼를 낳아 기르는 것을 알게 되어 복수를 포기한다는 내용이다. 정황상 아이의 심리 변화에 설득력이 주어진다. 누구나 공감할 수 있는 이야기라는 점에서 일단 합격이지만, 병아리나 고양이 소재로 생명의 소중함을 전하는 이야기는 헤아릴 수 없을 만큼 많다.

그래서 이 작품만의 특징이라든지 이전보다 더 나아간 지점을 찾아보았으나 허사였다. 반전의 결말임에도 충분히 예측 가능한 평이한 서술인 데다 거의 타성적으로 끼워 넣은 대사들은 헐겁기 짝이 없다. 대개 작가의 기량은 장면 전환과 대사 치는 수법에서 드러나게 마련이다. 새끼 개를 죽게 만든 소년의 죄의식을 예리하게 포착하면서 가해와 피해의 양가감정을 건드린 이태준의 「어린 수문장」을 떠올려 보자. 복잡한 전후 사정을 기승전결의 구조에 깔끔하게 녹여 냈을 뿐만 아니라, 군더더기 없는 대사 하나하나에는 인물의 심리가 또렷하게 새겨져 있지 않은가.

부산일보 당선작 「비단개구리 알」은 시골로 전학 온 도시 아이와 농촌 아이들 사이에서 벌어진 충돌과 화해 과정을 그렸다. 진부하다면 진부한 이야기에 속하겠지만, 다른 당선작들에서 볼 수 없는 장점이 하나 발견된다. 아이들의 울퉁불퉁한 일상사에서 비롯된 부대낌을 그리는 데에서 미묘한 심리의 움직임을 잡아내는 솜씨가 남다르다. 그렇긴 해도 이른바 '동화스럽다'는 통념을 한 치도 의심하지 않고 달려간 것처럼 보이는 화해적 결말은 약이 아니라 독이 될 수도 있음을 생각해야 할 것이다. 어른들 사이에서나 아이들 사이에서나 사회 문제와 더불어 복잡하게 뒤엉킨 갈등의 해결이 그리 쉬울 리 만무하다. 초등 고학년쯤 되면 '따뜻한 화해'에 이르지 못하더라도 상호 어긋남을 어떻게 바라보고 받아들여야 할지를 아는 것이 더욱 중요할 수 있다.

한국일보 당선작 「길 잃은 편지」는 읽는 이조차 길을 잃게 만드는 최악의 작품이었다. 친구에게 편지 쓰듯이 입말로 서술되다가 가닥 없이 빠져나와 객관적으로 서술되는 등 문체가 통일되어 있지 않고 시간적 배경도 뒤죽박죽이다. 어른인 나도 짜증이 날 정도니 아이들은 오죽할까 싶다. 집안 형편 때문에 산동네로 이사한 아이가 전학 온 학교에서 집을 찾아가는 동안의 상념으로 보이지만, 기승전결의 짜임이나 중심 사건이 없는 이런 종류는 '의식의 흐름' 수법이라고 치더라도 문제가 많다. 이 작품은 유은실의 「만국기 소년」을 떠올리지만 비교가 되지 않는다. 끝에서 뜬금없이 길을 가르쳐 준 "안경을 낀 여자아이"에게 "마음을 표현할 방법이 이것밖에 없어." 하면서 호주머니 동전 몇 개를 건네는 장면이 나오는데, 이건 뭘 말하려는지 모르겠다. 결말의 자기 화해에 이르는 주요 전환점으로 작용하고 있음에도 상대에 대한 보답인지 모욕인지 아니면 자기 연민인지 헷갈린다. 이 작품처럼 마음속 복기만으로 자기 화해에 이르는 끝맺음은 저 스스로를 속이는 '정신 승리'라고 할 만하다. 여기에서도 '동화스러운 화해'의 폐해를 볼 수 있다.

마지막 검토 작품인 서울신문 당선작 「남자를 위한 우주비행 프로젝트」는 다른 것들의 곱절이 넘는 분량으로 이뤄진 본격 SF라서 낯설게 여겨졌다. 그렇지만 이 글의 서두에서 언급했듯이 아동문학의 서사 갈래에는 SF가 포함되므로 문제 될 건 없다. 오히려 신선한 느낌도 받았다. 신춘문예 동화의 영역이 이만큼 확대된 것은 이렇듯 주류와 비주류를 가리지 않고 당선작을 내 오는 적극적인 태도에서 힘입은 바 크리라고 본다.

그런데 작품을 읽은 첫인상은 별로였다. 장황스러운 서술 탓에 얼른 이해되지 않는 대목들을 대충대충 넘기면서 읽게 되었다. 한마디로 SF 특유의 흡입력이 부족했다. 이 글을 쓰려고 다시 꼼꼼히 읽은 뒤에야 스토리의 골격이 꽤 탄탄하다는 사실을 알게 되었다. 국가와 자본의 거대한 음모에 맞서 주인공 소년이 목숨을 걸고 자신의 길을 선택하는 결말에 이르러서는 감동이 전해기도 했다. 그러나 나는 대체로 첫인상을 믿는 편이고 그 인상에 대한 논리적 해명을 비평이라고 이해하고 있다. 이 작품을 처음 읽었을 때 얼른 빠져들지 못한 이유가 장황스러운 서술 때문만은 아니라는 것이다.

우선 이 작품처럼 미래사회를 단순히 '지금 이곳'을 향한 대칭의 알레고리로 그려 내는 것은 인간성 탐구에 기초해서 인류 문명의 미래를 전망한다기보다는 현재의 상식에 기초해서 미래사회를 재단하는 통속적·관념적 이해에 가깝기 때문에 문학적으로 함량 미달이라는 생각이 들었다. 이를테면 국가 통제로 차등 관리되는 구역 생태, 남녀 상하관계가 역전된 성차별 제도, 감정을 드러내는 도우미 로봇과 인간의 관계 등은 오로지 '지금 이곳'을 향한 도식적이고도 과장된 상황 설정이라서 누구나 아는 뻔한 답을 묻고 있는 것처럼 보였다.

동화적 상상력과 구별되는 본격 SF 상상력은 시공간만 미래사회일 따름이고 사실적·과학적 서술에 근거해야 흡입력이 높아진다. 현실을 도식적이고 과장되게 그린 소설은 쳐다보지도 않으면서, 미래를 도식적이고 과장되게 그린 SF 아동소설은 언제까지 흥미롭다고만 할 것인가? 미래는 현재의 연장으로서 인간의 욕망과 소망이 투영된 결과이다. 인간은 어리석기 짝이 없을지라도 더 나은 미래를 위해 오늘도 피와 땀과 눈물을 흘리고 있다. 멋대로 유토피아를 그린대도 인간에 대한 그릇된 이해일 것이고, 함부로 디스토피아를 그린대도 인간에 대한 그릇된 이해일 것이다.

디스토피아를 통해 현실을 돌아보게 하고 경각심을 주려는 뜻을 모르는 바는 아니다. 이 또한 더 나은 미래를 위한 오늘의 피와 땀과 눈물의 하나라고 주장할 수도 있다. 하지만 그러려면 상식에 기댈 게 아니라 최전방에서 피투성이로 고투하는 작가정신이 요구된다. 인간과 그의 미래가 상식만큼 간단하다면 문학의 존재 이유를 어디에서 찾아야 하는가? 「남자를 위한 우주비행 프로젝트」는 좋게 보더라도 '장르문학'의 문학성을 고민하게 만드는 작품이라고 여겨졌다.

4. 나오는 말

이상으로 올해 신춘문예 '동시' '동화' 부문 당선작들을 검토해 보았다. 문제점 위주로 쓰다 보니 너무 야박한 평가만 쏟아 놓은 듯해서 누구인지도 모르는 작가와 심사자들에게 죄송한 생각이 앞선다. 앞에서 어느 정도 양해를 구했듯이 이 글은 아동문학에 대한 보통 사람들의 상식을 지배하는 신춘문예를 어떻게 아동문학의 뜻깊은 자산으로 끌어들일 것인가 하는 문제의식에서 비롯되었다.

신춘문예가 가진 것 이상의 힘을 발휘하는 것도 일종의 정의에 반하는 일이다. 만일 아동문학 부문 신춘문예의 위기를 논하는 것이 공연한 시비라고 여겨진다면, 지난 1년간 『창비어린이』 『어린이와문학』 등의 신인 공모 당선작들과 이번 신춘문예 당선작들을 비교해 보기 바란다. 어느 때보다 수준차가 크다고 느껴질 것이다. 신춘문예가 제왕적 권위를 지니고 계속 타성적으로 운영될 것 같으면, 있는 것보다는 없는 것이 더 낫다.

끝으로 신인 작가에게 한마디 덧붙이고 싶다. 공모 당선으로 작가가 되는 것은 시기가 언제냐의 문제일 따름이다. 어느 공모를 통해서 당선이 됐든 당선은 축하받을 일이다. 그러나 좋은 기분은 잠깐이고 앞으로 좋은 작품을 쓰느냐 못 쓰느냐 하는 문제가 평생의 숙제로 따라다닌다. 어린이에게 주는 작품에 대해서는 더한층 엄격한 잣대가 적용되곤 한다. 물론 자신의 마음을 움직이게 하지 못하는 비판은 흘려버리면 될 일이요, 부당한 비판은 항의하거나 뒤집으면 될 일이다. 세기의 문턱인 2000년도로 기억하는데, 그해에도 신춘문예 당선 동화를 비판한 적이 있다. 그때 비판을 받아 불쾌감을 느꼈을 게 분명한 몇몇 작가들이 지금은 누구도 대신할 수 없는 주요 작가로 활동 중이다. 한때 비판을 받는 것은 별거 아니라는 얘기다. 부디 건필을 빈다.

비평의
거울

내게 비평은 무엇인가?

설문에 대한 응답

1. 평론가로서 좋은 평론이란 무엇이라고 생각하는가?

명창은 귀명창이 만든다는 말이 있다. 작품의 가치를 알아보는 독자의 눈이 좋은 작품을 낳는다는 뜻이다. 따라서 좋은 평론이란 작품의 좋고 나쁨을 잘 가려내는 글일 테다. 『아동문학론』의 저자 릴리언 스미스(Lillian H. Smith) 여사도 "범작의 부류를 너그러이 봐 주는 일은 좋은 책을 선택하고 문학의 의의를 파악하는 목적을 그르치는 일"이라고 잘라 말했다. 또한 "훌륭한 책이 주의를 끌지 못한 채 간과되"는 일이 없도록 유의해야 한다고도 했다. 평론이 신뢰를 받느냐 못 받느냐 여부는 첫째도 둘째도 셋째도 '눈썰미'에 달려 있다고 본다.

그런데 작품에 여러 종류가 있듯이 독자가 만나는 평론에도 여러 종류가 있다. 작품을 폭넓은 문맥에 놓고 공시적·통시적 상호관계를 따지면서 합당한 자리매김을 시도하는 '평론'이 있는가 하면, 주목을 요하는 신간에 대한 핵심 정보를 제공하는 '서평'도 있고, 작품집 뒤에 붙여 작가와 작품에 대한 이해를 넓히는 '해설'도 있다. 이것들은 제각각 쓸 모가 있는 것이지만, 번지수가 틀리면 낭패를 보기 쉽다.

한동안 '주례사 비평'이 도마 위에 오른 적이 있다. 정확히 말하자면 주례사 비평이 횡행하는 평단의 문제점에 대한 지적이다. 이는 '문학권력'의 폐해일 것이나, 막연히 자본만 탓하는 것으로는 답이 나오질 않는다. 문학권력을 떠받치는 폐쇄적 문단 구조를 해체하는 것이 관건이다. 아동문학계에는 부족한 문학적 권위를 매사 친목으로 때우려 드는 희한한 '동업자 의식'이 없지 않다. 그 때문에 평론이 평론답지 못하고 해설을 닮아 가는 것에 무신경한 온정주의·적당주의를 경계할 필요가 있다. 기성 작가에게 수여하는 이런저런 아동문학상들의 면면을 한번 살펴보라. '침묵의 카르텔'이 어떻게 묶인되는지 훤히 보일 것이다.

흔히 작품집의 발문 구실을 하는 해설은 필자와 어떤 인연을 매개로 이루어지게 마련이다. 잔칫집에서 결례는 도리가 아닐 것인즉, 주례사를 요청받았다면 장점 위주로 말한다고 해서 문제 될 것은 없다. 다만 그것이 공감을 주느냐 못 주느냐 하는 것은 필자가 책임져야 할 몫이다. 뛰어난 해설 덕분에 작품의 숨은 의미가 새롭게 살아나는 경우도 많다. 독자의 역겨움은 얼토당토않은 심사평과 해설이 횡행하기 때문일 것이다.

서평은 촌철살인의 글이다. 이 책은 이런 면에서 읽어 볼 만한 가치가 있다는 사실을 전제로, 관전 포인트에 해당하는 특징과 장단점을 예리하게 짚어 주는 것으로 임무를 마친다. 요즘은 서평도 물에 물 탄 듯 점점 해설을 닮아 가고 있다. 서평은 200자 원고지 5~10매 정도의 촌평으로 해결해야 독자도 읽어 볼 마음이 들 텐데, 20~30매쯤 되는 어정쩡한 것들이 많다. 아직 책을 읽기 전에 최소한의 정보를 원하는 서평 독자에게 부담이 되는 분량이라면 결과적으로 해당 출판사와 작가더러 읽으라고 쓰는 것밖에 더 되겠나. 그럴 거면 본격 평론으로 전개해서 이것저것 제대로 짚어 주든지.

이렇게 여러 종류를 들어서 서로 구분하는 이유는, 보통 70매 내외로 이루어지는 평론은 좋고 나쁨에 대한 필자의 문제의식이 뚜렷해야 한다는 점을 강조하고 싶어서이다. 평론가라면 눈치 볼 게 아니라 자기 주장에 책임을 지겠다는 자세가 필요하다. 평론다운 평론은 보기 힘들고, 읽기 좋은 해설은 많아진다. 그렇다고 평론이 전문가들의 품평회는 아닐 것이다. 평론은 창작과 함께 동시대 문학 현장에 개입하는 실천적인 행위이다. 시의적절한 문제의식을 가지고 그에 합당한 기준을 세워서 작품을 따져 줄 때 새로운 시야가 열릴 수 있다.

2. 평론을 쓸 때 무엇을 가장 중요하게 생각하는가?

평론도 문학 행위인 이상, 전위정신을 생명으로 삼아야 한다고 본다. 문학의 전위성은 자신의 존재 이유일 뿐, '새것 콤플렉스'라든지 '실험정신' 같은 것과는 별 관계가 없다. 문학이 존중받는 이유는 다른 것으로 대신할 수 없는 고유한 몫이 있기 때문이다. 당대의 규범, 도덕, 상식을 넘어서 어둠까지 끌어안은 저 '무수한 반동'(김수영 「거대한 뿌리」)들의 역사를 문학이 아니면 무엇이 증명할 수 있는가? 문학은 불온할 수밖에 없는 숙명을 지녔으며, 인간정신의 최전선에서 피투성이로 자신을 증명해야만 하는 무엇이라고 나는 알고 있다.

아동문학의 활력이 예전 같지 않다는 말을 자주 듣는다. 특히 창작 부문 어린이책 판매지수가 끝없이 추락하면서 작가와 출판인이 많은 어려움을 겪고 있다. 여러 가지 원인이 있겠지만, 돌파구를 어디에서 찾아야 할지 평론이 먼저 답할 수 있어야 한다. 솔직히 말해서 작품이 부족하다기보다는 거론되는 문제작이 드물고, 평론이 부족하다기보다는 예리한 비평이 부족한 것이 지금의 상황이 아닐까 한다.

내심 바라는 바를 맘대로 지껄이고 있지만, 남 얘기 할 형편은 못 된다. 최근에는 아동문학사 연구에 전념하느라 평론은 거의 쓰지 못하고 있다. 오래전 얘기를 잠깐 하자면, 언젠가 누가 이런 말을 건넨 적이 있다. 나는 이거다 싶으면 그냥 확 쓰러진대나? 맞다. 난 11시거나 1시거나 어느 한쪽으로 기우는 것에 개의치 않는다. 한쪽으로 치우친 편향을 '쓰러진다'고 에둘러 표현해 준 것이 고맙기도 해서 백 프로 인정한다고 했다. 기실 공평무사함이란 공공성에 관한 인식과 태도의 문제일 테고, 궁극적으로 비평은 어느 쪽이든 쏠려야 한다는 생각을 가지고 있다. 황희 정승처럼 골고루 다 괜찮다고 하면 그게 어디 비평인가? 꽈당 넘어지는 한이 있더라도 쓰러질 데 가서 확 쓰러지는 게 물꼬를 여는 지름길이라면 얼마든지 그리하겠다.

나는 어쩔 수 없이 내가 존중하고 싶은 종류의 문학에 대한 옹호자일 수밖에 없다. 내 기억 속에는 속수무책으로 문학에 빠져든 매혹적인 독서 체험이 자리하고 있다. '하늘과 땅 사이가 너무도 넓다'고 탄식한 소월의 갈애, '그 어느 바람 세인 쓸쓸한 거리 끝'에서 헤매는 백석의 허무, '서릿발 칼날진 그 위'에 올라선 육사의 절정 같은 것이 그런 체험들이다. 나는 에밀리 브론테(Emily Brontë)의 『폭풍의 언덕』이나 황석영의 「삼포 가는 길」처럼 삶을 가파르게 고양된 국면으로 이끄는 종류에 더 이끌린다. 아이들에게도 그런 독서 체험은 다른 무엇과 바꿀 수 없는 귀중한 것이라 생각한다. 모름지기 작가는 낙원에서 추방된 존재임을 자각한 부류일 텐데, 우리 아동문학은 너무 말랑말랑하지 않은가? 나는 이 점이 좀 불만스럽다.

3. 지금 평론가로서 어떤 고민을 하고 있는가?

내 머릿속에 둥지를 튼 상투성이다. 틀에 박힌 언사는 하나 마나 한 소리일 테니까. 그간 소통도 부족하고 공감도 못 주는 평론을 써 온 게 아닐까 해서 몹시 부끄럽지만, 내 나름의 문제 제기와 더불어 세기전환기 아동문학의 방향에 대해 뜨겁게 논쟁을 벌인 일은 그리 나쁘지 않았다. 그런데 같은 말만 되풀이하고 있는 것이 아닌지 스스로 되돌아보면서 이대로는 안 되겠다는 빨간불이 켜졌다. 상투성은 문학의 무덤이라고 했다. 시대에 대한 통찰 없이 또는 의심 없이 습관처럼 굳어진 발상과 표현으로 이러쿵저러쿵 품평이나 해 대는 것에서 벗어날 수 없다면, 비평을 그만두는 게 낫지 않나 싶다. 교과서가 없는 시대라고 하는 만큼 평론 쓰기가 점점 더 어렵게 느껴진다.

이런 마당에 무슨 '작가수첩'을 써 달라는 청탁을 받았으니 여간 곤혹스러운 게 아니다. 어려운 여건에서 힘겹게 일하는 『어린이와문학』 편집부의 요청에 따르기는 했지만, 새 시대의 문을 두드리는 신진 평론가에게 바라는 이전 세대의 말로 이해해 주었으면 좋겠다. 설사 '바람풍'에 지나지 않을지라도.

동시 비평의 최전선

고 김이구 형의 비평을 돌아보며

1. 형이 떠난 빈자리

2017년 10월 31일 김이구 형이 갑자기 세상을 떠났다. 형은 창비사 편집자의 한 사람으로서 수많은 문인들과 한국 문단의 기억을 공유해 왔다. 형의 장례식에는 여러 방면의 작가, 시인, 화가, 출판인들이 자리를 함께했다. 모두들 황망한 마음을 감추지 못했다. 얼마 전까지 형을 가까이에서 만나 온 아동문학 쪽 문인들이 특히 그러했다. 알다시피 형은 작가, 평론가, 연구자, 편집자 등 다방면의 활동을 전개해 왔다. 이것들과 관련해서는 앞으로 폭넓은 조명이 이뤄질 것이라 보는데, 형이 떠난 빈자리가 가장 크게 느껴지는 곳은 역시 아동문학 분야가 아닐까 한다.

나는 형이 이룬 여러 성과 가운데서도 비평의 몫이 가장 크고 중요하다고 생각한다. 예전에는 '김이구' 하면 창비사 편집자로 통했다. 지금은 동시 비평의 최전선이라는 말이 먼저 떠오른다. 돌이켜 보니 형은 동시 비평의 최정상에서 삶을 마감했다. 한국 동시의 오랜 병폐를 남김없이 파헤친 형의 비평은 꼼짝도 않던 동시단을 들썩이게 만들었다. 이게 어디 쉬운 일인가? 형이 오랜 시간 온몸으로 부딪치며 일궈 낸 실천의 결과로 봐야 할 것이다. 여기서 성글게나마 그 발자취를 더듬어 보고자 한다.

2. 출판 편집자에서 아동문학평론가로

형과 나의 인연은 1992년 계간 『창작과비평』을 통해서였다. 필자와 편집자의 관계로 처음 만난 것이다. 초고와 최종고의 차이가 크면 클수록 편집자의 숨은 역할이 크다고 할 수 있다. 당시 형의 교정으로 원고의 질적 변화를 경험하고는 놀랐던 기억이 난다. 이 변화가 문장의 맞춤법 같은 것을 가리키지 않음은 물론이다. 형은 한국문학의 역사를 꿰뚫고 있었으며, 당대의 문학논쟁에 대해서도 이해가 깊었다.

형은 1984년 대학을 졸업하고 창비사에 입사했다. 계간 『창작과비평』이 군부독재정권에 의해서 폐간되었기 때문에, 부정기간행물과 단행본 출판을 통해 1970년대 민족문학운동을 이어 가던 시절이었다. 1980년대 대학가에는 『창작과비평』 영인본을 읽는 것이 저항문화의 상징처럼 퍼져 나갔다. 형과 나는 이 영인본을 읽으면서 민족문학운동에 다가선 세대인데, 나의 경우는 대학원에 진학하고 국어교사로서 교육운동에도 참여하고 있었다. 1987년 민주항쟁 이후 『창작과비평』은 복간되었으나, 나는 전교조 해직교사가 되어 근근이 문학활동을 이어 갔다.

이렇게 활동 공간은 조금 달랐을지라도 형과 나는 한 살 터울로 1980년

대 민족민중운동을 함께 경험했고 지향하는 바가 거의 비슷했다. 내가
『창작과비평』에 평론을 발표하게 되면서 우린 '창비 담론'을 매개로 동
시대 문학 현장에 대해 많은 이야기를 나눴다. 형은 1993년『경향신문』
신춘문예 평론 부문에 당선되었다. 1994년 내가 월북 작가 현덕의 동화
를 거두어서 '창비아동문고'의 하나로 펴내자 창비사에서 아동문고 자
문 역할을 요청해 왔다. 마침 형도 어린이책 부서로 자리를 옮기게 되어
서 둘의 관심은 아동문학 방면에 집중되었다. 당시는 바야흐로 아동문
학의 르네상스이자 세기전환기였다.

형과 나는 농촌 정서가 지배적이고 비슷비슷한 이야기의 반복으로
시대에 뒤처진 '창비아동문고'의 갱신에 힘을 모았다. 우선 신인 작가
를 발굴하고 새로운 창작을 촉진하고자 1996년 '좋은 어린이책 원고 공
모'를 기획했다. 이 공모는 커다란 반향을 불러일으키면서 채인선, 박
기범, 김중미, 안미란, 김기정, 김남중, 배유안, 이현 등 쟁쟁한 신인들을
배출했다. 나는 공모 심사에 참여하는 한편으로 새로운 창작의 기운을
북돋는 비평적 담론을 펼쳤다. '한겨레아동문학작가학교' 같은 동화 창
작 강의와 '동화읽는어른' 모임 같은 독서시민운동이 성황을 이루는 가
운데 아동문학 분야에 젊은 바람이 불었고 비평적 쟁점이 불거져 나왔
다. 김이구 형이 평론가로서 확실하게 모습을 드러낸 것은 바로 이 무렵
이라고 할 수 있다.

그 첫 신호탄은 채인선 동화의 출현에 방점을 찍은「아동문학을 보는
시각: '일하는 아이들' 이후의 길」(『아침햇살』 1998년 여름호)이었다. 제목에
서 드러나듯이 형의 평론은 한 시대의 문학을 구획하는 선언성으로 빛
이 났다. 전근대적 질곡으로 고통받는 '현실의 아이'에서 발견된 것이
'일하는 아이들'이었다면, 1990년대 채인선 동화에 이르러 비로소 근대

제도에 포획된 '아이가 된 아이들'이 등장했다는 것이다. 선언은 아무나 할 수 있는 게 아니다. '일하는 아이들' 이후의 길이라는 언명은 대대적인 논쟁을 촉발하는 계기가 되었으니, 형은 그야말로 시대의 한 획을 긋는(epoch making) 남다른 비평 감각의 소유자였던 것이다.

형은 본격적인 아동문학 비평 전문지가 필요하다면서 2003년 계간 『창비어린이』의 창간을 주도했다. 이를 발판으로 21세기 아동문학의 새 지평을 여는 형의 평론이 속속 발표되었다. 형의 비평적 성과는 두 권의 평론집 『어린이문학을 보는 시각』(창비 2005)과 『해묵은 동시를 던져 버리자』(창비 2014)에서 확인할 수 있다.

3. 상식을 깨는 전복적인 언어

첫 평론집 『어린이문학을 보는 시각』은 아동청소년문학 전 분야에 걸쳐서 기존의 시각에 의문을 던지는 도전적인 발언들로 채워져 있다. 이 가운데 앞서 지적한 획기성을 띠는 표제의 글과 함께 또 주목되는 것은 「우리 동시와 근대의식」이다.

이 평론은 동시의 명편으로 입에 오르내리는 권태응의 「감자꽃」, 신현득의 「옥중이」, 그리고 1990년대에 발표된 김은영의 「김치를 싫어하는 아이들아」를 들어서 우리 동시의 문제점인 '근대의식의 부재'를 따져 본 것이다. 「감자꽃」에서 보는 '파 보나 마나'의 사상은 "양가적이고 중층적인 가치들의 충돌로 갖가지 탐구의 노고를 피할 수 없게" 되어 있는 '근대의 사회변동'에 대한 현실감각과 동떨어져 있다는 것이고, 「옥중이」에서 보는 것처럼 "전통의 삶의 양식에 대한 간극 없는 일치

속에서 나온" 아이의 '당당함'에는 "현재 시간대의 삶이 지속된다는 믿음"만 있을 뿐이고 "아예 근대에 대한 의식이 들어 있지 않다."는 것이며, 「김치를 싫어하는 아이들아」의 경우는 "토종의 순수성, 자아의 순수성"을 예찬하는 '순결주의'로 인해 "내 몸에 들어와 나의 일부가 된 타자(他者)들을 보는 시선" 또는 "타자로 인해 변성(變性)된 자아가 바라보는 시선"이 들어설 틈이 없다는 주장이다.(15~23면) 이러한 비판은 이들 작품이 지닌 매력을 십분 인정하는 가운데 피력된 것이라서 나름대로 설득력이 있다.[1]

형의 평론은 모두가 아무렇지도 않게 넘기는 것에 발을 툭 걸어서 넘어뜨려 놓고 다른 면을 조목조목 파헤치는 데에서 장기를 발휘한다. 읽는 이는 거의 무방비 상태에서 갑자기 쑥 들어온 비수에 깜짝 놀라지 않을 수 없다. 결국온 무릎을 치면서 감탄하게 되는 게 형의 평론을 읽는 즐거움이다. 첫 번째 평론집의 머리말 한 대목을 살펴보자.

그동안 나는 어린이문학에 알게 모르게 스며 있는 몇 갈래의 고정관념으로부터 자유로운 자리에서 어린이문학을 바라보고자 애써 왔다. 낡아 버린 유산은 과감히 버리고, 새로운 경향들에는 그에 걸맞은 자각이 있기를 바랐다. 많이 조심스럽기는 했지만, 그렇다고 목소리를 낮추지는 않았다. (7면)

---

1 뛰어난 텍스트는 공란이 크기 때문에 풍부한 해석의 여지가 크다는 점을 고려한다면, 이 세 작품도 나름대로 '근대의식'을 가지고 시대에 대응한 결과로 볼 여지가 적지 않다. 따라서 표면적 시어에 드러난 시인의 태도만을 보고 이를테면 「옥중이」에는 "아예 근대에 대한 의식이 들어 있지 않다."고 진단하는 것에 나는 동의하지 않는다. 그러함에도 '근대의식이 부재한다'는 우리 동시에 대한 진단은 매우 예리하고 또 타당한 면이 훨씬 크다고 본다.

형의 평론집을 읽어 보면 이 말들에 조금도 과장이 없음을 알게 된다. 고정관념의 타파, 낡은 유산과의 작별, 새로운 경향에 대한 예민한 자각 등은 좋은 평론의 필요조건일 테고, 정중하면서도 예의 바르게 할 말을 다 하는 태도는 충분조건일 테다. 이런 요건을 두루 갖춘 평론은 그간 '평론의 무풍지대'라고 알려진 아동문학 분야는 말할 것도 없거니와 성인문학 쪽에서도 만나기 쉽지 않다. 형의 평론집을 보고 동료로서 뿌듯함이 느껴지는 까닭이 여기에 있다.

비평은 '움직이는 미학'이라고 했듯이 어느 시대에나 통용되는 모범답안보다는 그 시대에 적중하는 문제의식을 핵심으로 한다. 김이구 형의 평론을 읽는 데에서도 맥락적 사고가 필요하다. 첫 평론집에는 '일하는 아이들' 개념을 둘러싸고 벌어진 논쟁을 다시금 정리한 것들이 포함되긴 했어도, 가장 비중이 큰 평론은 처음 논쟁을 촉발한 「아동문학을 보는 시각: '일하는 아이들' 이후의 길」이 아닐 수 없다.

사실 이 평론은 '일하는 아이들'의 발견과 고착화 과정을 아동문학의 현장에서 짚어 내는 것에 그치지 않고, 이오덕 선생이 펴낸 아이들의 생활글 모음『일하는 아이들』(청년사 1978)을 의식한 탓인지 시대환경이 달라지면서 글쓰기 교육의 현장에서도 문제점이 드러난다고 비판했을 뿐만 아니라, 임길택 동시의 독특한 창작방법을 "방법론 이전"(117면)이라면서 다소 부정적으로 진단하는 등 초점이 흐트러진 문제점을 안고 있다. 이 때문에 이오덕 선생의 장문의 반론 또한 상호 대화적이지 못하고 논점을 비껴가는 등 문제가 더욱 꼬이는 진풍경이 벌어졌다.

내가 이 논쟁에 개입하게 된 것은 김이구 형의 문제의식과 비슷한 취지의 발언을 줄곧 표명해 온 책임의식도 작용했지만 무엇보다도 논점을 분명히 바루어서 논의를 이어 가고자 함이었다.[2] 그러나 대화의 문화가 성숙하지 못한 탓인지 이 논쟁은 순탄치 않은 과정을 거치며 상처를 안긴 채 흐지부지되고 말았다. 김이구 형과 나는 상대로부터 마치 '이단'인 양 배척되었다. 이때의 주요 쟁점은 새로운 창작의 흐름과 더불어 자연스레 해결된 듯하다. 이오덕 선생의 평론에 등장하는 긍정적 쓰임의 '일하는 아이들'과 부정적 쓰임의 '유희정신'을 그대로 가져다 쓰는 일은 더 이상 나오기 어려운 상황으로 바뀐 지 오래이다.

4. 비평적 모험의 정점

김이구 형의 첫 평론집에 실린 글들은 앞서 살펴본 문제의 두 평론을 제외하고는 주로 각종 발제문에 대한 토론문이거나 신간 서평에 해당하는 것들이라서 효용이 어느 정도 제한적이다. 그 하나하나가 길이도 짧지 않고 곡진한 서술로 되어 있기 때문에 읽는 즐거움과 함께 유용한 시사점이 풍부하다는 점은 가려지지 않으나, 두 번째 평론집을 펼쳐 들면 모든 것이 여기에 이르기 위한 도정이었구나 하는 감탄을 금할 수 없다.

2015년 '제4회 이재철아동문학평론상'을 수상한 평론집 『해묵은 동시를 던져 버리자』는 동시의 문제점을 예리하게 짚어 내면서 나아갈 길을 밝힌 이오덕 선생 이후 최고의 성과로 꼽힌다. 사실 이 평론집이 '이재철아동문학평론상' 수상작으로 결정된 것이나 형이 상을 수락한 것은 의외라고 할 수 있다. 형의 평론은 비록 갱신을 도모했더라도 그 바

---

2 졸고 「'일하는 아이들'과 '유희정신'을 넘어서」, 『창비어린이』 창간호, 2003년 여름호 참조.

탕은 이재철 계열과 대립한 이오덕 계열의 연장선상에 놓여 있기 때문이다. 여기에서 긍정적인 조짐을 읽어 내는 것도 괜찮을 듯싶다. 시상과 수상의 두 면이 모두 그러하다. 오늘날의 아동문학은 과거의 이념적 대결을 무색게 하는 새로운 질서를 확립하는 과정에 있다는 것이 한 면이고, 형은 그런 새로운 질서를 지향하는 실천적 지성임을 스스로 증명했다는 것이 다른 한 면이다.

전환기에는 전망과 방향을 모색하는 다양한 목소리가 나오게 마련이다. 김이구 형의 평론은 전환을 견인하는 '전위성'을 날카롭게 드러내면서도 '대화적'이라는 특징을 지닌다. 문제가 있는 곳에 비평이 있다. 2000년을 전후로 아동문학의 르네상스라는 말이 자주 오르내렸지만, 동화 쪽의 호황에 비해 동시 쪽은 침체일로였다. 형의 두 번째 평론집은 바로 이곳을 향한 집중적인 발언들로 채워져 있다. 여기에서 주목되는 것은 '동시를 살리는 길 1, 2'라고 부제를 붙인 「해묵은 동시를 던져 버리자」와 「껍데기를 벗고 벌판으로 가자」이다.

「해묵은 동시를 던져 버리자」는 '『창비어린이』 창간 4주년 및 창비어린이책 30주년 기념 심포지엄' 발제문으로, '조용한' 변방에 머물러 있던 동시단을 과감하게 도발한 글이다. 이 평론은 동시인 정유경이 지적했듯이 "낡은 어린이 인식과 고착화된 동시관을 혁파해 동시의 새 길을 열어 갈 것을 다소 강경하고 단호한 어조로 주장하면서 동시단에 파란을 일으켰다."[3] 이 평론에서 가장 눈길을 끄는 것은 '저들만의 리그'를 벌이면서 타성에 젖어 있는 동시단에 비수를 꽂은 '동시단의 4무

---

3 정유경 「참여하고 소통하는 동시 비평의 길을 넓히다」, 『아동문학평론』 2015년 가을호, 169면.

(無)'라는 항목이다. 4무는 '시적 모험의 부재, 자기 작품을 보는 눈의 부재, 비평다운 비평의 부재, 타자와의 소통의 부재'를 가리킨다. 문제를 단박에 인식게 해서 나아갈 길이 훤히 보이는 뚜렷한 지표가 아닐 수 없다

형이 보기에 문제 해결을 가로막는 최대 요인은 자기만의 회로에 갇힌 동시단의 폐쇄성이다. 이런 까닭에 '외부 세력'의 진입을 주시하며 이를 의미 있는 도전이라고 평가했다. 최승호, 신현림, 최명란, 안도현 등 기성 시인의 동시 창작을 '제3세력'에 의한 수혈로 바라본 것이다. 그러나 동시단의 일부는 이 '외부 세력'의 등장을 마뜩잖아했고, 이를 빌미로 다시 논쟁이 꼬리를 물었다.

이에 대한 응답으로 나온 평론이 「껍데기를 벗고 벌판으로 가자」였다. 스스로 당당하다면 '시적 모험'을 두려워할 일이 아니라는 뉘앙스가 짙은 제목이다. 형은 유명 시인들의 동시집 출간이 '기획 상품'이라는 우려에 대해서도 거침이 없었으니, "문제는 우리 동시단의 역량이 이런 기획을 충분히 감당할 만큼 동시의 자질에 달통해 있는가 하는 것"(253면)이라고 되받아쳤다. 급소를 찔린 동시단은 좋든 싫든 이후로 더 많은 '외부 세력'과 더불어 화려한 부흥기에 들어서게 되었다.

5. 발견 이후

김이구 형의 비평은 시대의 최전선에서 반성과 변화를 이끌어 내는 전위성과 대화성으로 가치가 증명되었다. 목소리를 높이지 않고도 문제를 남김없이 파헤치는 형의 비평은 하나 마나 한 상투적 상찬과 아전

인수 격의 소모적 논쟁에 더 익숙한 아동문학 평단에서 단연 진가를 발휘한다. 형의 이력을 보니, 청소년기에 『학원』의 독자문예 투고자로 여러 차례 입선했을 뿐만 아니라, 대학시절에도 『대학신문』에 아동문학 논쟁을 살피는 평론들을 발표했다. 오랜 시간 문학에 대한 열정을 불태우며 쌓아 온 내공이 아동문학 평론에서 열매를 맺은 셈이다.

　김이구 형을 솜씨 좋은 출판 편집자로 기억하는 분들은 문단의 원로인 경우가 대부분이다. 따지고 보면 형의 편집 솜씨는 뛰어난 눈썰미에서 비롯된 것이다. 형은 발견의 귀재였다. 걸작을 발견하고 시의적절한 논제를 발견하고 신인을 발견했다. 비록 형은 떠났을지라도 형의 심사와 발문 또는 창작집 해설 등으로 인연을 맺은 수많은 문인들이 오늘날 문단의 중추를 이루고 있다. 이들이 형이 떠난 빈자리를 채워 나갈 것임을 믿어 의심치 않는다.

더러운 그리움

임길택 동시를 다시 읽으며

나는 임길택 시인을 『탄광마을 아이들』(실천문학사 1990)로 처음 만났다. 전교조 해직교사 시절이었던 그 무렵에는 사회운동으로 삶이 가파르고 거칠기 짝이 없었던지라 임길택 시집에서 환기되는 어떤 정서가 틈새를 열어 주었다. 밑바닥에 가라앉은 감정이 고여서 기운이 차오르면 성북역에서 경원선 기차에 오르곤 했다. 당시 경원선 기차는 동두천과 연천을 지나고 인적 드문 신망리와 대광리 벌판을 지나 '철마는 달리고 싶다'는 표어가 걸린 철원 근방의 신탄리역에서 멈추었다.

1980년대 초, 나는 철원 근방의 혹독한 추위 속에서 군생활을 했다. 거기 풍경을 닮은 김명인 시집 『동두천』(문학과지성사 1979)을 끼고 살았다. 컴컴한 거리, 거뭇한 잔설들, 저 혼자 깜박이는 신호등 불빛…… 제대 후에도 나를 그곳으로 부른 건 가장 막막했던 시절의 기억으로 자리 잡은 을씨년스러운 겨울 풍경이다.

사실 난 추위를 잘 견디지 못한다. 내게 추위는 막막함 그 자체다. 그런데도 끝내 알 수 없는 '더러운 그리움'에 이끌리곤 한다. '그 옛날 남루했던 꾀죄죄한 우리네 순정' 같은 것이라고나 할까? 보일러로 따뜻하게 달궈진 아파트에서 승용차로 출퇴근하며 사는 내가 무척 낯설게 느껴질 때, 내 몸이 신호를 보낸다. 거부할 수 없는 이끌림이다.

> 더러운 그리움이여 무엇이
> 우리가 녹은 눈물이 된 뒤에도 등을 밀어
> 캄캄한 어둠 속으로 흘러가게 하느냐
> 바라보면 저다지 웅크린 집들조차 여기서는
> 공중에 뜬 신기루 같은 것을
>
> ─ 김명인 「동두천(東豆川) 1」 부분

『탄광마을 아이들』은, 시집 『동두천』처럼 나를 사로잡은 문학이었지 아동문학은 아니었다. 시집 해설에서 이오덕 선생은 "이런 책을 동시집이라 해서 아이들에게 주어 봤자 읽어 줄 것 같지 않아 우선 어른들이 먼저 읽도록 하자는 생각을 하게" 되었다고 밝혔다. '실천문학의 시집' 시리즈로 묶여 나온 건 오히려 잘된 일이라는 생각이 든다. 한국문학의 지도에 '탄광마을'을 편입시킨 결과가 되었으니 말이다.

　그런데 이오덕 선생은 해설 끝부분에 "이 책을 읽는 어른들이 잃어버렸던 어린이의 세계로 돌아가 그 깨끗한 마음을 얼마쯤이라도 되찾아 가질 수 있게 되기를 바란다."고 썼다. 우리 모두가 바라는 지당한 말씀이겠으나, 어른이 어린이의 마음을 '되찾는다'는 것은 가능하지도 않을 뿐더러 '깨끗한 마음'이란 것도 증류수처럼 설사를 일으키는 종류라면 사절하고 싶다.

문학의 여러 기능 중에서 다른 것이 대신할 수 없는 고유한 가치는 사람의 맨얼굴과 마주하는 일이 아닐까 한다. 사람은 자신을 속이고 사는 데 익숙하다. 사람은 생각보다 모순된 존재이며 세상 또한 부조리하다는 사실을 우선 있는 그대로 받아들이는 데에서 성숙은 비롯된다. 그 이전의 상태가 말하자면 미성년이고, 유년기는 세상을 몰라도 좋은 시기이다. 그래서 자기 안에 모순이 덜하다. 하지만 아이들은 누구나 예외 없이 어른이 된다. 그래야 마땅하고.

임길택 문학을 주제로 한 『글과 그림』 동인들의 연수 때문에 『탄광마을 아이들』을 다시 펼쳐 드니 '아버지'와 '아들'이 등장하는 시들이 자꾸 눈앞에 어른거린다. 연수 때 발표할 글을 쓰지 못해 전전긍긍하다가 혹시 이걸 가지고도 얘깃거리를 만들 수 있을지 모르겠다는 생각이 든다.

월급을 타서
어머니께 모두 드리고
아버지 담뱃값 좀 달라 그런다

그러나 어머니
웃으실 듯 말 듯한 얼굴로
곗돈 붓고 김장하고
외상값 갚고 뭐 하고 뭐 하고
안된다 한다

그러는 어머니께

사정사정하여 아버지
겨우 5천 원 받아 낸다

우리 아버지
돈 벌어 놓고도
용돈 타 쓰느라 고생이 많다
우리는 그 옆에서 히히 웃는다

—「월급날」 전문

  마지막 한 구절, "우리는 그 옆에서 히히 웃는다"가 없었다면, 빠듯한
살림을 힘겹게 이어 가는 어머니와 아버지의 모습을 그린 평범한 교훈
의 메시지가 될 뻔했다. 교과서 동시에 익숙한 아이들은 어머니와 아버
지가 티격태격 밀고 당기는 모습과 함께 제시된 이 마지막 구절에서 외
려 어리둥절해할까? 적어도 월급날에는 식구들 모두 기분이 좋아져서
들떠 있다는 느낌은 감지할 수 있을 게다. 저들도 그런 순간에는 달리
방도가 없어 똑같은 반응을 하지 않겠나. 말을 끄집어내기 어려운 순간
이 참 많다는 사실을 아는 것도 진실에 한 걸음 다가서는 일이다.

새로 오신 선생님께서
아버지 자랑을 해 보자 하셨다

우리들은
아버지 자랑이 무엇일까 하고
오늘에야 생각해 보면서

그러나

탄 캐는 일이 자랑 같아 보이지는 않고

누가 먼저 나서나

몰래 친구들 눈치만 살폈다

그때

영호가 손을 들고 일어났다

술 잡수신 다음 날

일 안 가려 떼쓰시다

어머니께 혼나는 일입니다

교실 안은 갑자기

웃음소리로 넘쳐흘렀다

       —「아버지 자랑」전문

 이 시는 누구나 이해하는 데 어려움을 느끼지 않을 테지만, 굳이 말로써 해석하려 들자면 '난해'한 시가 될 수도 있다. 이오덕 선생은 이 시집의 해설에서 이 시가 도시 아이들과 어른들에게 '난해'한 시로 되는 사회와 교육현실과 문학 풍조를 통탄하고 있는데, 일견 맞는 말이지만 작품을 해석하는 데에서 조금 갸웃거려진다. 다음은 이오덕 선생의 해설이다.

 여기 나오는 영호의 말이 무슨 아버지 자랑이 되겠는가? 역시 바보 같은 아이의 바보 같은 말이다 ─ 아마도 도시 아이들은 이렇게 생각할 것이다. 어른들까지도. 그렇다면 뭣 때문에 이 시인은 이런 시를 써 보일까? 영호의 말이 바보같이 느껴지고, 그래서 아이들이 터뜨리는 웃음소리도 바보 같은 말을 비웃는 웃음소리로 읽혔다면 이 시는 분명히 '난해'한 시다. 아니 시가 될 수도 없다. 그러나 이것은 잘못 쓴 시도 아니고 어려운 시도 아니다. 영호는 자기 아버지가 그저 평범한 보통의 아버지란 것을 말하고 싶었을 뿐이고, 선생님도 그것을 바랐던 것이다. 대관절 자랑이란 무슨 말이고, 자랑해서 어쩌자는 것인가? 무엇을 자랑한단 말인가? 아파트가 60평이라 80평이라 하는 것인가? 아버지가 사장이라 장관이라 하는 것인가? 평범한 노동자는 부끄러운 사람이고, 돈이 많고 권력을 가져야만 자랑이 되는가? 그것이 거꾸로 된 사회의 거꾸로 된 생각이 아니고 무엇인가?

이 아이들의 부모들은 돈도 권력도 없다. 다만 평범하고 착하게 살아가는 것밖에 아무것도 말할 게 없다. 그러나 그런 부모들이야말로 얼마나 자랑할 만한가!

지극히 당연한 생각이 도리어 바보 같은 생각으로 되고, 병들고 비뚤어진 생각이 정상으로 여겨지도록 되어 있는 것이 우리 어른들의 사회다. 그러나 아이들은 바르고 의로운 생각을 아주 당연한 것으로 쉽게 받아들인다. 그런 순수한 아이들이 어느새 어른을 닮고 어른에 길들여져서 아주 비참한 꼴로 되어 가고 있는 것도 사실이지만. (121~22면, 강조는 인용자)

영호의 말을 두고 이오덕 선생은 "그저 평범한 보통의 아버지란 것을 말하고 싶었을 뿐이고, 선생님도 그것을 바랐던 것"이라고 보았다. 내겐 영호가 바보는커녕 익살을 잘 떠는 아이라서 선생님이 요구하는 답을 거꾸로 말한 게 아닐까 여겨진다. 아이들은 탄 캐는 일이 얼마나 고된지 훤히 알고 있는데 대뜸 아버지의 자랑을 해 보자고 하니 눈치만 살필 수밖에. 이럴 때 익살꾼 영호가 거꾸로 받아치면서 선생님을 한 방 먹이고 교실을 웃음바다로 만든 게 아닐까 싶은 것이다.

아이들이 아버지에 대해 "평범하고 착하게 살아가는 것밖에 아무것도 말할 게 없다."고 여길 만큼 어른스러운 마음일 것 같지는 않다. 또이 시에는 선생님을 긍정적인 교사상으로 볼 만한 단서도 나와 있지 않다. 교실이 "웃음소리로 넘쳐흘렀다"는 대목에서 선생님과 아이들을 한마음 한통속으로 볼 수 있는 여지가 생겨나지만, 다른 해석이 가능한 미묘한 긴장을 '난해'함으로 밀쳐 낼 것은 아니라고 본다. 다양한 해석의 여지를 남겨 둔 채 끌어안아도 좋겠다는 생각이다. 이오덕 선생의 지적대로 "바보 같은 아이의 바보 같은 말" 또는 "바보 같은 말을 비웃는 웃음소리"로 해석하는 사람이 정말 많을까?

사실, 좋은 시는 느낌만으로도 충분히 읽을 수 있다. 이 문제와 관련해서 시집의 맨 앞에 실려 있는 다음 작품은 '옥에 티'를 드러낸 게 아닐까 한번 따져 보고 싶다.

아버지 하시는 일을
외가 마을 아저씨가 물었을 때
나는 모른다고 했다

기차 안에서
앞자리의 아저씨가
물어 왔을 때도
나는 낯만 붉히었다

바보 같으니라구

바보 같으니라구

집에 돌아와

거울 앞에 서서야

나는 큰 소리로 말을 했다

우리 아버지는 탄을 캐십니다

일한 만큼 돈을 타고

남 속이지 못하는

우리 아버지 광부이십니다

—「거울 앞에 서서」 전문

　탄 캐는 광부의 아들인 이 시의 화자가 아버지 하시는 일에 대한 질문을 받고 "나는 모른다고 했다"는 것에 많은 어린이들이 공감할 것이다. 자신도 그런 적이 있거나, 똑같은 상황이라면 그리했을 것이라고 여길 테니까. 또한 "바보 같으니라구/바보 같으니라구" 하고 자책하는 구절도 누구에게나 아프게 다가갈 것이다. 식구들을 위해 고생하는 아버지를 부인한 것에 미안한 생각이 아니 들 수 없다. 그 때문에 혼자 거울 앞에 서서 "우리 아버지는 탄을 캐십니다" 하고 큰 소리로 말하면서 죄를 씻고자 한 것일 테다.

　그런데 딱 여기까지라면 좋았을 것이라는 생각이 든다. "일한 만큼 돈을 타고/남 속이지 못하는/우리 아버지 광부이십니다" 하는 구절은 시인의 정리된 생각에 가깝다. 그냥 "우리 아버지는 탄을 캐십니다/우

더러운 그리움　**205**

리 아버지 광부이십니다" 이렇게만 해 놔도 통했을 텐데.

혹시나 해서 찾아봤더니 어느 학위논문에서 이 시의 마지막 연을 다음과 같이 설명해 놓았다.

누구를 향해 외치는 것일까. 자신을 향해 외치는 것이기도 하지만 사회적 지배계층에 외치는 일종의 항변이기도 하다. '일한 만큼 돈을 타고 남 속이지 못하는 우리 아버지 광부이십니다'라고 말하는 아이의 외침은, 실상 사람의 가치를 그 사람의 표면적 지위로 판단해 버리는 우리 모두에게 고함일 것이다. (주윤「임길택 시 연구」, 한국교원대학교 석사학위 논문 2008, 30면)

모르긴 해도 이런 해석이 진보를 지향하는 연구자들의 공통된 반응일 게다. 구구절절 맞는 말이고, 타당한 해석의 하나라고 볼 수 있다. 그러나 숨은 뜻을 찾아내는 것도 아닌 이런 식의 '해석 아닌 해석'들이 창작자로 하여금 해석을 의식한 '작위적' 표현으로 나아가게 한다는 점을 지나칠 수 없다. 사실 "일한 만큼 돈을 타고/남 속이지 못하는/우리 아버지"라고 되어 있는 마지막 연은 해석을 요하지 않는다. 그저 쓴 대로 읽으면 되는 구절이다. 이 시를 읽는 아이들도 마지막 연에서 시인의 정리된 생각을 '읽는 것'에 그칠 따름이기에 새로운 발견이랄 건 없다. 오히려 마음속으로 느낀 바를 언어로 재확인하는 과정에서 해석의 긴장(즐거움)만 빼앗기는 꼴이 된다. 그래서 나는 '옥에 티'라고 지적하고 싶은 것이다.

임길택 첫 동화집 『산골 마을 아이들』(창작과비평사 1990)에는 편지글 형식으로 된 「아버지, 우리 아버지」라는 작품이 있다. 선생님이 아이들에게 편지로 이야기를 들려주는 형식이다. 작가가 그대로 화자로 나선 것이라고 짐작되는데, 아버지에 대한 기억이 잠깐 소개된다.

하루는 교실에서 공부를 하고 있는데, 누가 나를 찾아왔다고 아래층으로
내려가 보라는 연락이 왔습니다.
'나를 찾아올 사람은 없는데……' 하며 부랴부랴 이층 나무 계단을 내려서
니 웬걸, 아버님이 다리지도 않아 쭈글쭈글하고 빛 바랜 누런 무명 두루마기
를 걸친 채 교장실 옆에서 나를 기다리고 서 계셨습니다. 언제나 해수병으로
'에페트린'이라는 알약으로 사시던 핏기 잃은 아버지 얼굴이 그날따라 더 검
게만 보였습니다. 나는 갑자기 얼굴이 화끈 달아올랐습니다. 공부 시간이라
골마루를 오가는 사람이 눈에 띄진 않았지만, 나는 누가 보면 어쩌나 하는
생각이 앞서 얼굴이 달아올랐습니다.
'이렇게 초라한 시골 노인네가 우리 아버지라는 걸 다른 사람들이 알면 어
쩌나?'
오직 그 생각만을 하며 부랴부랴 아버지를 끌다시피 뒤뜰로 나왔습니다.
그리고 역 쪽으로 난 길에 이르러서야 무엇 하러 오셨는지 따지듯 물었습니
다. 아버지의 대답은 뜻밖이었습니다.
"여기까지 나온 김에 니가 보고 싶어서 왔다."
그때 우리 집은 시골이어서 아버님이 고등학교가 있는 도회지까지 나오는
일도 드물었지만, 막내아들이 다니는 '큰 학교'에 와 보시기는 그때가 처음
이자 마지막이었습니다. 이제 와서 그걸 잊지 못하고 산소를 찾을 때마다 죄
송하다고 말씀드려 보지만, 아버지께서 알아듣기나 하시겠어요? 그러나 알
아들으신다면 꼭 이러실 것만 같습니다.
"괜찮다. 염려 마라." (32~34면)

남루하고 초라해 보이는 아버지를 부끄러워하고 그로 인해 화인(火印)처럼 죄의식이 새겨진다. 세상의 거의 모든 아들들은 이런 시절을 겪으면서 아버지가 된다. 그러지 않으면 이상하겠지.『할아버지 요강』(보리 1995)의 표제작 또한 해석하려 들자면 까다롭기 짝이 없지만 읽으면서 저절로 공감이 되는 아주 괜찮은 시로 꼽을 수 있다.

아침마다
할아버지 요강은 내 차지다.

오줌을 쏟다 손에 묻으면
더럽다는 생각이 왈칵 든다.
내 오줌이라면
옷에 쓱 닦고서 떡도 집어 먹는데

어머니가 비우기 귀찮아하는
할아버지 요강을
아침마다 두엄더미에
내가 비운다.
붉어진 오줌 쏟으며
침 한 번 퉤 뱉는다.

——「할아버지 요강」 전문

시인의 목소리가 조금도 불거져 나오지 않았다. "더럽다는 생각이 왈칵 든다"는 것이나 "어머니가 비우기 귀찮아"한다는 것이나 모두 사실적이다. "할아버지 요강은 내 차지"인 것을 꿋꿋이 감당해 내는 아이의 모습이 당차게 느껴진다. 여기서 "침 한 번 퉤 뱉는" 행위가 이 아이에게 얼마나 후련하고 든든한 버팀목이 되어 주는가. 그러나 이게 무얼 의미한다고 말하기는 아주 어려울 것이다.

유고시집 『산골 아이』(보리 2002)에는 아이러니의 긴장을 보여 주는 시편들이 아주 많다. 이에 관한 글은 시집이 나오기 전에 글쓰기회 연수에서 발표한 적이 있다. 그 발표문은 시집이 출간된 뒤에 나온 필자의 평론집 『동화와 어린이』(창비 2004)에도 수록되었다. 아버지에 대한 것 하나만 다시 보자.

> 아버지는 그냥 팔아 주지.
> 개장수가 8만 원 준다는데
> 아버지 9만 원 받아야 한다고.
> 그냥 팔아 주지.
>
> —「개」 전문

아버지가 개장수와 흥정을 하고 있다. 한 푼이라도 더 받아야 할 테니까. 이해는 되지만, 아이로서는 이게 영 마뜩잖다. 한 식구처럼 지내던 개가 아니냐. 개장수에게 팔려 가면 어찌 될지도 뻔히 알고 있지 않느냐. 개한테 미안하다. 얼른 죄의 현장을 벗어나고 싶은데 아버지와 개장수가 8만 원이니 9만 원이니 옥신각신하고 있다. 그래서 '에이, 아버지는……' 하는 원망 어린 반응이 일어나게 된 것이라고 본다. 누구나 공감할 수 있는 측은지심이자 수오지심이다.

유독 아동문학에는 삶을 관념으로 걸러 낸 증류수 같은 종류가 많거니와, 교훈을 주려는 숱한 전언(傳言)들 때문에 삶의 진실이 가려지기 일쑤다. 좋은 문학은 삶을 통째로 보여 준다. 이를 분해하려 드는 비평의 언어는 늘 위태롭다.

주향두의 계급주의 유희 동시

말놀이 유희 동시에 대한 시사점

1. 계급주의 유희 동시를 주목하는 이유

1930년경부터 수년간은 계급주의 아동문학의 전성기였다. 계급주의 경향은 소년문예가들이 왕성하게 활동을 벌인 서정 갈래 쪽에서 더한층 고조되었다. 출신과 계보를 막론한 사조상의 대유행이었다. 이를테면 윤석중, 한정동, 황순원, 강소천, 김성도, 목일신 등 훗날 경향을 달리했던 창작자들의 동요·동시도 이때는 예외가 아니었다. 크게 보자면 이는 1920년대 동심주의에 대한 반성으로 나타난 현실주의 경향의 확산이다. 그러나 창작방법으로서의 계급주의는 간단한 이분법적 도식을 적용하면 되었기에 손쉬운 방편에 속했다. 도식의 핵심은 유산계급과 무산계급의 선악 대립이다. 1930년대 초반의 아동잡지와 신문지상에는 공장주·지주의 탐욕과 횡포 대(對) 노동자·농민의 고통과 저항을 내용으로 하는 동요·동시가 봇물처럼 쏟아져 나왔다.

계급주의 창작의 성과는 서사 갈래와 서정 갈래 사이에 적잖은 차이가 존재한다. 서사 갈래 쪽은 도식성의 한계에도 불구하고 비참한 현실에 대한 전형적·사실적 묘사의 진전으로 '리얼리즘의 교두보'를 어느 정도 구축했다는 평가가 가능하다. 그러나 서정 갈래 쪽은 간단한 계급적 도식으로 분노의 감정을 토해 내는 것들이 줄을 이었고, 살벌한 저주와 증오의 감정을 부추기는 '동심 실종'의 폐단이 만연했다. 열혈 소년 문예가들의 명예욕과 경쟁의식도 한몫했을 것이다.

여기서 잠깐 일제강점기의 문학적 유산을 새롭게 조명한 『겨레아동문학선집』(전 10권, 보리 1999)의 수록작을 살펴보자. 이 선집은 월북 작가 해금 조치 이후 상세한 자료 조사와 엄정한 평가를 바탕으로 작품을 선정한 '대표작 선집'으로 명성이 높다. 수록작을 확인해 보니, 1930년대 계급주의 경향의 작품 가운데 동화·소년소설은 한 권 분량을 넘어서는데, 동요·동시는 고작 다섯 편 내외에 불과하다. 넓은 의미에서 계급적 대립이 드러난 것을 모두 찾아봤는데도 그러하다. 그 다섯 편은 이원수의 「이삿길」(1932, 발표지 미상), 윤복진의 「스무하루 밤」(『중외일보』1929.5.22), 윤석중의 「허수아비야」(『윤석중 동요집』, 1932), 이동규의 「부엉」(『별나라』 1933.2), 주향두의 「가방」(『어린이』 1932.8) 등이다. 이동규를 제외한 나머지 넷은 등단을 포함하여 주로 『어린이』에서 활약한 동요시인이다. 계급주의 기치를 선명하게 내건 『별나라』『신소년』의 수많은 계급주의 동요·동시 중에서는 이동규의 「부엉」 하나만 선택되었다는 사실이 흥미롭다. 이것이 시사하는 바는 무엇일까?

일제강점기 조선일보 출판부에서 발행한 『조선아동문학집』(조선일보사 1938)에는 계급주의 동요·동시라고 할 만한 것이 한 편도 수록되지 않았다. 계급주의 경향을 주도했던 작가, 시인들의 작품이 포함되어 있는

데도 그러하다. 학계에서도 계급주의 동요·동시에 대한 긍정적 평가를 찾기는 쉽지 않다. 이재철은 『한국현대아동문학사』(일지사 1978)에서 계급주의 동요·동시로 이동규의 「동무」(『신소년』 1930.11), 「어린 나무꾼」(『별나라』 1934.1), 정청산의 「나왔다」(『별나라』 1931.1), 「가거라」(『별나라』 1932.4), 홍구의 「주먹쌈」(『신소년』 1932.2), 윤곤강의 「오늘밤도 영이는」(『별나라』 1934.9) 등을 거론했는데, 모두 문제점을 비판하기 위한 것이었다.

그렇다면 계급주의 동요·동시는 오로지 반면교사로서만 연구 대상이 될 따름인가? 그렇진 않다. 비록 소수일지라도 미학적으로 가능성을 시사하는 것들이 존재한다. 『겨레아동문학선집』에 수록된 이원수, 윤복진, 윤석중의 계급주의 동시는 그들의 창작 이력에 비추어 볼 때 '계급주의'보다는 『어린이』 계보의 '현실주의' 성과로 자리매김하는 편이 더 적절할 것이다. 오로지 '계급주의' 범주로 주목되는 것은 이동규, 주향두의 동시인데, 이것들의 공통점은 '유희' 동시의 범주에도 속한다는 점이다. 필자는 바로 이 점에 착안해서 '계급주의+유희' 동시의 계보를 살펴볼 필요가 있다고 판단했다.

유희성은 동심과 밀접한 관계에 있다. 계급주의 동요·동시의 계보에서 유희성을 지닌 작품들이 살아남은 것은 당연한 결과로 보인다. 연령에 따라 차이가 나겠지만, 아이들은 모든 대상을 놀이로 환원하는 특징이 있다. 상대가 맘에 들지 않으면 살벌한 저주와 증오의 말을 퍼붓기보다 깜냥껏 놀려 댄다. 전래동요의 거개가 유희 동요인 것에서 알 수 있듯이 놀이와 놀림의 미학은 본디 아이들의 전유물이다.

그럼에도 유희 동시의 창작 전통은 대단히 희박하다. 이는 식민지 조선의 아동문학이 십 대를 기반으로 전개된 것에서 말미암는다. 일제강점기 '아동문학'의 다른 명칭은 '소년문학'이었다. 유년을 상대로 하는 창작은 구색 맞추기였다고 해도 과언은 아니다. 학령기 아동의 절반 이상은 미취학 상태였고, 이들은 '작은 노동자·농민'으로 살아야 했다. 취학 아동 역시 소수 부유층을 제외한 태반이 학교가 파한 뒤에는 '일하는 아이들'로 살았다. 놀이가 하루 일과의 전부인 유년층보다는 일에서 자유롭지 못한 소년층을 기반으로 하는 창작 풍토에서 유희성은 뒤로 밀려날 수밖에 없었다. 우리 아동문학은 의미를 중시하는 현실적·교육적 색채가 매우 강하다는 점, 한때 계급주의 경향이 지배 조류가 될 수 있었던 근거를 여기에서 찾을 수 있다.

식민지 상황의 '작은 노동자·농민'이 공장주·지주와 대립관계를 이루는 계급주의 경향은 어디까지나 현실적 기초를 가진 것으로 봐야 한다. 그렇다고 동심을 상실한 도식적 경향을 긍정할 수는 없는 노릇이다. 한편, 유희적 경향은 근대적 기반이 취약한 탓에 엉뚱한 방향으로 굴절되기 일쑤였다. 이른바 '짝짜꿍'으로 통하는 동심주의 경향이 그런 사례라고 할 수 있다. 오래전 아동문학가 이오덕이 '유희정신'을 '시정신'과 대척적인 자리에 놓고 힘주어 비판한 것도 이와 같은 왜곡된 상황의 반영이다.[1] 이런 사실을 제대로 인식한다면 유희성에 부정의 꼬리표를 붙이는 것은 답이 아니다. 비록 미약할지라도 긍정적인 유희성의 계보를 살펴 복원해야 한다. 이 일은 오늘날 확장세에 있는 유년문학은 물론이고, 상생과 소통을 지향하는 아동청소년문학 전반의 미학과 관련해서도 중요한 과제의 하나다.

지금까지 계급주의 동시와 유희 동시를 함께 다룬 연구는 찾아보기 힘들다. 여기서 '유희 동시'란 주로 말놀이에 바탕을 둔 '언어유희 동

---

1 이오덕 『시정신과 유희정신』, 창작과비평사 1977 참조.

시'를 가리킨다. 언어유희는 전래동요에서 가장 많은 비중을 차지하는 범주이기도 해서, 선후관계로 보자면 유희 동시가 계급주의 동시보다 앞선다. 전래동요와 접목된 유희 동시의 창작은 미약하나마 1920년대부터 지속되었다. 그러다가 1930년대 초반 계급주의에 근거한 유희 동시가 출현한다. 비록 소수이기는 하나 계급주의 유희 동시는 시대성과 아동성을 아우르는 성과를 냈다. 특히 『어린이』에 잇달아 발표된 주향두의 유희 동시는 백미로 평가된다. 이것들을 차례대로 살펴볼 텐데, 창작일 경우에는 발표 당시 '동요'로 되어 있는 것도 오늘날 대표 명칭으로 자리 잡은 '동시'로 표기했다. 인용한 동시의 표기는 발표 당시의 표기대로 두었다.

2. 유희 동시가 계급주의를 만나기까지

필자가 파악하기로 언어유희 동시로 볼 수 있는 창작의 첫 출현은 『어린이』 독자투고란에 뽑혀 실린 최영애의 「쇠부랑할머니」다. 초등 교과서에도 수록되었고 곡이 붙어 지금도 불리는 익숙한 노래인데, 등단작이 곧 마지막 작품이 된 최영애의 유일한 창작이다.

쇠부랑 짱짱이 할머니는
집행이 집고서 어데가나
쇠부랑 고개를 넘어가서
솔방울 쥬스러 가신단다.

꼬부랑 쌍쌍이 할머니는
저녁에 어대서 혼자오나
꼬부랑 고개를 넘어가서
솔방울 니고서 오신단다.

— 최영애 「꼬부랑할머니」 전문(『어린이』 1925.4)

소화(笑話)나 형식담으로 분류되는 민담으로도 전하는, 전승 유희요(遊戲謠)에서 발상한 노래다. 글자 맞추기식의 7.5조가 아니라 민요의 3음보 형식을 취했다. '꼬부랑'이라는 맛깔 나는 소리의 반복은 그 자체로도 흥겹지만, 이것이 의성어가 아니라 의태어라는 점에서 꼬부라진 '할머니'와 '고개'의 모양을 구체적으로 떠올리는 재미가 배가된다. 행마다 '꼬부랑'을 첫머리에 배치한 전승 유희요보다는 덜하지만, 동일한 속성의 반복과 연쇄라는 유희적 자질을 빼고 나면 아무것도 아닌 유희 동시의 대표작이다. 해학으로 감싼 할머니에 대한 친숙성은 덤으로 얻어지는 효과일 것이다. 그런데 당시에는 '동요의 황금기'를 구가하면서도 이런 유희성은 드문 예외에 속했다. 동요·동시의 절대 다수는 '부재와 상실의 미학'이라고 함 직한 애상의 정조를 띠고 있었다. 최영애의 창작은 더 이상 지속되지 않았고, 곧이어 언니 최순애가 「옵바생각」(『어린이』 1925.11)으로 등단해서 애상조의 노래를 더욱 널리 퍼뜨렸다.

다음으로 눈에 띄는 유희 동시는 1920년대 『신소년』의 편집 동인으로서 동요란을 담당한 정열모에게서 찾을 수 있다. 그는 자연과 계절을 대하는 아이들다운 생활감정을 2음보의 활달한 운율에 담아냈다. "알록알록 다람쥐/초란이방정 조방정/들며날며 웬방정/갸웃갸웃 고개짓"(「다람쥐」 1연, 『신소년』 1925.10), "봄아씨가 아씨지/새아씨가 아씨랴/아씨중에

봄아씨/버들개지 낫다네"(「버들눈」 1연, 『신소년』 1926.3) 등에서 이런 특징이 한눈에 드러난다. 비슷한 소리를 반복적으로 구사하는 전승 유희요에 닿아 있기 때문에, 개인의 창작임에도 자연발생적으로 터져 나온 아이들의 노래 같다. 아동문학의 개척기에는 동심의 표현도 모더니티에 속했다. 초창기 『신소년』의 동요란을 보면 타령조의 민요를 떠올리게 하는 것들이 많아서 『어린이』보다는 사뭇 뒤처진 모습이었다. 그런데 정열모는 전승되는 '아이들의 노래'에 눈을 돌림으로써 발랄한 동심과 더불어 씩씩하고 밝은 기운을 북돋웠다. 이는 『어린이』가 퍼뜨린 눈물주의보다 긍정적인 일면이다.

정열모의 작품 중에서도 다음의 「날대가리 무첨지」는 전래동요에서 발상한 파격적인 유희 동시에 속한다.

에이그치워 벙거지
건너대접 놋대접

오동동 치운날
밝아숭이 무첨지
날대가리 칩고나

에이그치워 벙거지
건너대접 놋대접

오동동 치운날
포로족족 무첨지

알몸둥이 칩고나.

정열모 「날대가리 무첨지」 전문(『신소년』 1925.11)

1연과 3연에 반복적으로 등장하는 감탄사 "에이그치워"에 이어지는 사물 어휘의 나열은 전승되는 '추위요'에서 가져온 것이다. 익살스럽게 놀리는 투로 발화하고 있어서 읽을수록 흥겨워진다. 과감한 생략 탓에 의미를 산문으로 풀어내기는 쉽지 않지만, 반복되는 소리와 사물의 느낌만으로 '춥다'는 정황은 충분히 환기된다. 추운 날씨에 차디찬 놋그릇에 담긴 동치미 무가 살얼음 낀 국물에 맨몸뚱이로 퍼레져서 동동 떠 있는 모습이 연상된다. 의미를 중시하는 축자적 서술이 아니라 추워서 뜀박질할 때의 박자에 맞춤한 것 같은 최소한의 어휘를 나열했다. 전승 유희요의 원리를 제대로 소화한 시인만이 지어낼 수 있는 창작 유희 동시라고 할 수 있다. 한글학자이기도 했던 정열모는 한글 사업이 바빠지자 아쉽게도 동시 창작에서 멀어졌다.

이후로 유희 동시는 유년문학에서 빛을 발한 윤석중, 윤복진의 창작으로 이어진다. 윤석중은 서울 태생, 윤복진은 기독교 집안이라는 근대성을 배경으로 일찍부터 유년의 놀이 세계에 안착했다. 이들의 창작에서 발랄한 동심이 도드라진 유희적 작품이 많이 나온 것은 자연스러운 일이다.

아버지는 나귀타고 장에가시고
할머니는 건너마을 아젓씨댁에.
　　고초먹고 맴 맴
　　담배먹고 맴 맴

218　제3부 비평의 거울

할머니가 돌썩바다 머리에이고

쇠불쇠불 산골길로 오실째까지.

　　고초먹고 맴 맴

　　담배먹고 맴 맴

아버지가 옷감써서 나귀에실고

짤랑짤랑 고개넘어 오실째까지.

　　고초먹고 맴 맴

　　담배먹고 맴 맴

　　　　　　—윤석중「'집보는아기' 노래」전문(『어린이』1928.12)

중중 쩨쩨중

바랑매고 어듸갓나

중중 쩨쩨중

목탁치고 어듸갓나.

등등 등넘어

골목골목 동냥갓지

강강 강건너

이집저집 동냥갓지.

　　　　　　—윤복진「중중 쩨쩨중」1~2연(『중외일보』1930.1.7)

윤석중의 「'집보는아기' 노래」는 아이들의 '맴돌기 노래'인 "고초먹고 맴 맴/담배먹고 맴 맴"을 후렴구로 삼았다. "맴 맴"은 제자리를 맴돌 때 부르는 소리와 '맵다'는 의미가 중첩된 재미난 표현이다. 이렇게 후렴구를 전승 유희요에서 가져오는 방식은 창작 유희 동시에서 하나의 형식으로 자리 잡는다. 윤복진의 「중중 쎄쎄중」은 중처럼 삭발하고 나온 아이를 여럿이서 놀려 대는 노래다. 뭔가 재미난 놀거리를 찾는 아이들이 마을에 들어온 탁발 스님을 짓궂게 쫓아다니며 놀려 대는 노래이기도 하다. 남을 해하려는 나쁜 의도라기보다는 아이들다운 마음의 발동이고, 소리의 반복과 2음보 박자감에서 비롯되는 즐거움을 만끽하려는 것이 기본 목적이다.

1930년대로 접어들면서 투쟁성을 고양하는 작품들이 앞다투어 등장한다. 계급주의가 위세를 떨치자 애상조의 노래는 나약함이라고 배격되기 일쑤였다. 공연히 눈물짓는 감상적 경향은 분명히 문제라고 할 수 있다. 그러나 이에 대한 극복이 전래동요에서 보는 발랄한 동심이 아니라 계급적 증오심으로 표출된 것은 더 큰 문제였다. 카프 작가로 편집진이 교체된 『별나라』와 『신소년』은 이런 잘못된 경향을 스스럼없이 부추기고 확산시켰다. 현실의식과 시대성을 강조한 것은 타당하다. 그러나 동심을 단지 철모르는 '혀짤배기' 소리인 양 매도했는데, 이는 마치 목욕물 버리려다 아기까지 버린 꼴이다. 동심을 떠난 투쟁성은 정당한 분노와 저항에서 비껴 난 성마른 공격성이라고 해야 맞을 것이다.

그런데 『신소년』의 편집진에 가담해 있던 이주홍, 이동규는 조금 색다른 일면을 드러냈다. 이주홍의 경우는 거의 체질적으로, 이동규의 경우는 의식적으로 민요 또는 전래동요와 접목된 창작을 시도했다. 둘 다 카프에 소속해 있었고 도식적인 계급주의 작품을 적잖이 쏟아 냈지만, 그중에 유희 동시가 포함되어 있었다. 이를 가볍게 넘길 일은 아니다.

계급주의 창작의 문제점은 도식성과 함께 동심의 실종이었는데, 시대의 대세인 계급주의가 유희 동시와 결합함으로써 색다른 효과를 본 것이다. 한마디로 시대성과 아동성의 결합이다.

이주홍은 동화 창작이든 동시 창작이든 늘 재미와 웃음을 추구했다. 계급주의 전성기에는 누구보다도 가열하게 투쟁적인 창작활동을 벌였는데, 풍자와 해학을 통해 재미와 웃음을 살려 냈다. 그의 계급주의 동시는 대부분 유희성을 지니고 있다.

모긔 앵앵앵
물고 앵앵앵
빨고 앵앵앵
조코 앵앵앵

모긔 앵앵앵
맛고 앵앵앵
떨고 앵앵앵
죽고 앵앵앵

— 이주홍 「모긔」 전문(『불별』, 중앙인서관 1931)

가난하다고 가ㅅ자
나락심은다고 나ㅅ자
다쌔앗긴다고 다ㅅ자
라팔불고모힌다고 라ㅅ자
마치를울너멘다고 마ㅅ자

바수어째린다고 바ㅅ자

(…)

파업단이익엿다고 파ㅅ자

하하하웃는다고 하ㅅ자

— 이주홍 「가나다노래」 부분(『별나라』 1931.5)

한울天 짜ㅡ지(地)

일하는 사람만 살ㅡ거(居)

놀고먹는 부자부(富)

지구밧그로 찰ㅡ축(蹴)

— 이주홍 「千字푸리」 전문(『별나라』 1931.9)

　모두 자명한 내용인지라 긴 설명이 필요 없다. 하나 분명한 것은 전
승 유희요에서 흔히 보는 형식이라는 점이다. 언어의 반복을 통한 유희
와 앞뒤 병치를 통한 대조는 이주홍의 유희 동시에서 골격을 차지한다.
「모긔」는 착취계급을 알레고리로 왜소화해서 조롱하는 노래이기 때문
에 아이들이 손뼉을 치며 좋아할 것 같다. 의성어 '앵앵앵'을 행마다 배
음으로 깔아 놓았는데, 간결한 2음절로 시상을 빠르게 전개하여 착취계
급의 몰락에 따른 카타르시스 효과를 극대화했다. 「가나다노래」와 「千
字푸리」는 길이에서 차이를 보이지만, 전하고픈 메시지를 모두 말놀이
로 풀었다. 이주홍의 계급주의 유희 동시는 이 밖에도 재미난 것들이 여
러 편 된다.

　그런데 어째서 이주홍의 동시는 『겨레아동문학선집』에 한 편도 수록
되지 않았을까? 이 선집의 작품 선정에 참여한 필자의 소견으로는 「모

긔」와 「千字푸리」 정도면 수록할 만하다고 보았으나, 통쾌한 풍자와 해학에도 불구하고 계급적 적개심이 너무 노골적으로 표현되었다는 평가들이 많았다. '눈으로 읽는 동시'의 시대로 들어섰음을 감안할 때, 표현이 산문처럼 직설적이고 운율 또한 시계추처럼 단조롭다는 한계가 없지 않다.

이동규는 한때 전래동요의 개작을 시험했다고 한다. 그런데 노동요의 모습을 지닌 '소년시' 몇 편을 더 찾아볼 수 있을 뿐이고, 아이들 눈높이에 잘 들어맞는 유희 동시는 「부형」 하나뿐이다. 이것조차 오로지 유희성의 시각으로만 본다면 얼마간 제약이 따르는 내용을 지녔다.

  썩해먹자 부—형
  양식업다 부—형

  쌀곡간이 비엿느냐
  둥구미채 비엿단다

  농사제서 엇잿나
  쌍임자가 다차갓네

  어이업다 부—형
  긔맥힌다 부—형

  ── 이동규 「부형」 전문(『별나라』 1933.2)

민요 연구의 개척자 고정옥은 그의 저서에서 "떡해먹자 부엉/양식없다 부엉/걱정없다 부엉/꿔다하지 부엉/언제갚게 부엉/갈에갚지 부엉"
하는 경성지방의 '생활요'를 인용해 놓고 "일제하의 조선의 현대문학
이 조선 민족의 궁핍한 생활의 여실한 반영이었듯이, 민요에 반영된 과
거 서민계급의 생활상은 기아에 충만해 있다."[2] "부엉이 울음소리를 철
없는 아이가 이렇게 듣는다는데 그 아이의 차지 못한 배창자를 몸서리
치게 들여다볼 수 있"[3]다고 언급한 바 있다. 궁핍만 생활의 반영을 강조
하려다 보니, 상상놀이로 배고픔을 이겨 내려는 아이들다운 낙천성과
유희성을 놓쳤다. 이동규의 창작동시 「부형」은 부엉이 울음소리를 후렴
구로 삼은 것과 문답 형식으로 이루어진 점은 전승 유희요와 똑같지만,
수확한 벼를 땅임자에게 빼앗기고 굶주리는 농사꾼의 처지를 드러냈
다. 자칫 증오와 투쟁의 선동으로 나아가기도 쉬우련만, "어이업다 부—
형/긔맥힌다 부—형" 하고 재치 있게 마무리했다. 아이들의 눈높이에서
현실의 모순을 알아차린 뒤의 분노, 서글픔, 헛웃음 등을 복합적인 울림
으로 전한다.

『별나라』에서 송영과 함께 계급주의 아동문학을 지핀 박세영도 유희
동시를 하나 남겼다. 아이들이 논밭에서 새를 쫓으며 부르는 노동요이
자 유희요 형식의 「새보는노래」가 그것이다. 추수하고 나서 알맹이를
차지한 지주네 집은 떡방아를 찧지만, 쭉정이를 차지한 우리 엄마는 부
잣집 방아를 찧는 품팔이 신세에 지나지 않는다는 내용이다.

　　베야베야 익어라

---

2 고정옥 『조선민요연구』, 수선사 1949, 212면.
3 같은 책 213면.

방아찟는 멧둑이
멧칠동안 더씨면
베알맹이 영그나

열잇흘만 더쩨라
왼덜판이 다익어
이논저논 베비면
진장밧헤 새뮌다

베비면은 뭣하나
어느누가 다갓나
알맹이는 지주것
쑥젱이는 우리것

추석마지 썩방아
하로종일 쿵덕쿵
지주네집 썩방아
우리엄마 품방아

— 박세영 「새보는노래」 전문(『별나라』 1933.2)

굳이 분해해 보자면, 이런 노동요는 현실의 모순에 대한 '인식'과 고
단한 노동에 대한 '위무'라는 두 가지 기능을 지닌다. 두 가지 기능 가운
데 더욱 주효한 것은 '위무'라고 판단된다. 추수한 뒤의 알곡이 모두 지
주네 차지라는 노래는 흔하디흔했다. 짤막한 동시로 구체적인 현실인

식을 도모하려면 한계가 따를 수밖에. 오히려 누구나 다 아는 상투성만 노정하기 십상이다. 따라서 위의 동시에서 현실인식은 '익히 알고 있는 사실에 대한 공감'으로 봐야 할 것이며, 그러할 때 비로소 실질적인 효과를 빚는다. 일하며 부르는 노래에서 '자기와 비슷한 처지에 대한 공감'과 '유희성에서 비롯된 위무'는 둘이 아니라 하나다. 전래동요와 이어진 유희적 요소가 위의 동시를 상투적이고 도식적인 계급주의 동시에서 건져 올렸다. 유희 동시는 아이들과 친연성이 깊다. 이 친연성 덕분에 계급주의 유희 동시는 생경한 계급주의 동시들보다 더 효과적인 결과를 낳을 수 있었다.

3. 『어린이』의 계급주의 동요시인 주향두

동심주의의 확산에 가장 큰 책임이 있는 『어린이』도 1930년대 초반 얼마간은 계급주의 경향을 띠었다. 방정환이 별세하고 신영철이 편집 주간을 지낸 약 1년간의 『어린이』는 계급주의가 득세한 『별나라』『신소년』과 큰 차이를 보이지 않았다. 계급주의와 더불어 세력 판도가 완전히 바뀌었다. 『어린이』는 창간 때부터 여느 아동잡지들과는 비교할 수 없을 만큼 막강한 영향력을 자랑했으나, 계급주의 전성기에는 『별나라』『신소년』을 뒤쫓는 형국이었다.

그렇긴 해도 창작의 성과나 역량에서는 여전히 『어린이』 쪽이 앞섰다. 『어린이』는 동심주의가 전부가 아니요, 현실주의 색채도 매우 강했다. 다른 아동잡지들이 마냥 동심주의를 뒤쫓으며 흉내 내던 시기에 『어린이』는 동심주의를 넘어서는 명편을 줄줄이 선보였다. 방정환, 윤극영,

정지용, 윤석중, 이원수, 윤복진 등등……. 명작의 산실로서『어린이』는 언제나 선두 자리를 지켰다. 계급주의 동시의 가편을 꼽아 본다고 해도 마찬가지다. 이 대목에서 꼭 기억해야 할 동요시인이 바로 주향두다.

주향두(朱向斗)는『어린이』가 계급주의 색채를 가장 짙게 발하던 때, 곧 신영철이 편집주간을 맡았던 시기(1931.10~1932.9)에 반짝 등장했다가 사라진 신예 동요시인이다. 그의 첫 창작은『어린이』1931년 11월호, 마지막 창작은 1932년 8월호에 실려 있다. 지금까지 확인한 바로는 10개월 동안『어린이』에 발표한 여섯 편의 동시가 전부다.『어린이』외의 다른 지면에서는 그의 이름이 보이지 않는다. '주향두'라는 이름은 자기 작품의 창작자로서만 등장했고, 단 한 차례도 다른 사람에 의해 호명된 적이 없다. 그는 처음부터 기성 작가와 어깨를 나란히 했다.[4] 그가 어떻게『어린이』와 인연을 맺게 되었는지, 어째서 당대는 물론이고 후대에도 전혀 호명되지 않았는지 의문투성이다. 요컨대 그의 신상에 대해서는 지금까지 알려진 게 하나도 없다.

하나 확실한 것은 주향두는『어린이』가 발견한 빼어난 계급주의 동요시인이라는 점이다. 그는 계급주의 물결을 타고 혜성처럼 출현해서 전래동요를 잇는 유희 동시 몇 편을 남기곤 까마득히 사라졌다. 곡을 붙여 가창할 것을 염두에 두고 쓴 것으로 보이는「야학노래」(『어린이』1931.12)[5] 한 편을 뺀 다섯 편이 모두 계급주의 유희 동시다. 많은 편수는

---

4 중간에 발표한「솟곱노리」(『어린이』1932.2) 하나가 애독자 작품란에 실려 있는 것으로 보아서 기성 작가의 대우를 받긴 했어도 신예라고 추정된다.
5 "옷밥에 굶주린 동무야/눈조차 머러서 산다나/나제 못가는 학교를/한탄만 하면 뭐하나//(후렴)나제 못배우는 동무야/가난에 쫓긴 동무야/밤에 맛나서 배우자/쓰거운 손목을 흔드자".(주향두「야학노래」1절,『어린이』1931.12)

아니지만 이것들은 단연 돋보인다. 이주홍의 경우 발상은 재미있어도 표현이 단조로운 데 비해, 주향두는 발상의 재미에 창의적 표현이 보태져 있다. 운율에 있어서도 주향두 동시가 한층 다채롭고 역동적이다.

주향두의 첫 작품은 앞서 살펴본 박세영의 「새보는노래」와 같은 종류로서 노동요, 유희요 성격을 지닌 「타작노래」다. 공교롭게도 『어린이』 1931년 11월호에는 똑같은 제목을 가진 김명겸의 동시가 함께 실렸다. 어쩔 수 없이 두 작품은 비교하면서 읽게 되는데, 당대의 창작 수준을 가늠할 겸 해서 둘 다 인용하기로 한다. 참고로 김명겸(金明謙)은 비슷한 시기에 『어린이』 『신소년』 『별나라』 등을 넘나들며 동시, 소년소설, 생활수기 등을 왕성하게 발표한 계급주의 아동문학가였다.

어마가 심은모 압바가 거둔벼
벼이삭 낫마다 피땀이 흐른다

에야 데야 에헤야 데야
오늘은 병작직이 큰타작날이다

우리손 우리밭 달토록 지은것
어듸로 쌔지나 가는곳 보아라

에야 데야 에헤야 데야
오늘은 병작직이 큰타작날이다

근넛집 한편엔 안저서 쑬쑬

재넘어 빗쟁인 누어서 쑥딱

에야 데야 에헤야 데야
오늘은 병작직이 큰타작날이다

비싸루 던지자 볏섬은 숨실
설안에 양식은 뭐스로 하노

에야 데야 에헤야 데야
오늘은 병작직이 큰타작날이다

                    ——주향두 「타작노래」 전문(『어린이』 1931.11)

일년내 총결산 타작하는날
우리들 쌈열매 이것뿐인데
어머니 울음은 뭣울음인가
쌕쌕쌕 참새쎼 모이줏는닭쫏고
구을러 온돌이 백인돌쎄여내네

솜옷도 못닙고 홋옷걸처도
한조각 못먹고 남줄것을
줄줄줄 구슬쌈 흘러나리네
피쌈을흘니며 애태워지은곡식
우리들 수고는 모도다헛수고네

털외투 목도리 장갑끼고도
치웁나 벌벌벌 찔고잇는것
허재비 아니면 장승이라네
우리가 베알을 까먹는참새인지
장승의 눈쌀은 암닭쫏는개눈쌀

베치는 마당에 날르는몬지
소작료 제하고 장릿벼주고
투닥탁 투닥탁 마당질소리
작섬의 쇠리표 벳단이줄어들고
부잣집 쌀고방 악아리버렷다네

— 김명겸 「타작노래」 전문(『어린이』 1931.11)

　둘 다 농촌 소년을 화자로 삼았고, 주된 내용은 박세영의 「새보는노래」와 대동소이하다. 수확한 벼를 지주에게 빼앗기고 굶주리는 농민의 참상에 대한 고발이다. 앞서도 지적했지만, 내용으로만 보면 다 아는 것들이라서 식상할 정도다. 그럼 '일하면서 부르는 노래'에서는 무엇이 중한가? 역시 자기와 비슷한 처지에 대한 공감과 고단한 노동을 이겨내는 유희적 위무의 몫이 커야 한다. 주향두의 창작이 훨씬 더 이를 충족하고 있다. 주향두의 동시는 여러 차례 읽어도 물리지 않지만, 김명겸의 동시는 한 번 읽기조차 힘들다. 표현과 운율 모두 주향두의 것은 물 흐르듯이 매끄러운데, 김명겸의 것은 곳곳에서 갑갑함이 느껴진다.
　주향두의 「타작노래」를 다시 찬찬히 읽어 보자. 독자로 하여금 따라 부르게 만드는 후렴구는 고단한 노동 현장에서 어깨를 절로 들썩이게 한다. 비참한 현실에 눈감은 바보라서 그럴까? 현실을 직시하되 힘을 주는 노래가 더 나은 미래를 약속한다. 침통하게 가라앉거나 불만투성이로는 아무것도 해낼 수 없다. 주향두의 것은 전승 유희요에서 발상한 재미난 대목이 적지 않다. "근넛집 한편엔 안저서 쑬쑬/재넘어 빗쟁인 누어서 쑥싹" 같은 병렬과 시늉말의 구사를 읽노라면 아이들 특유의 장난끼가 발동한다. 이 노래 하나로 주향두의 현실의식, 태도, 솜씨 등을 남김없이 엿볼 수 있다. 그러나 「타작노래」는 단지 시작에 지나지 않았다.

풀 풀 풀ㅅ대장
나물먹고 풀ㅅ대장
한데모히는 우리동무
긔운이 난다 풀 풀
네손내손 모혀쥐고
쌀눅이대가리오두독

쌀 쌀 쌀눅이
과자먹고 쌀눅이
설사만하는 쌀눅이
어리바리 쌀 쌀
뒷간까지도 못가서
개대가리다 쎄르륵

── 주향두 「풀ㅅ대장」 전문(『어린이』 1931.12)

이 작품에는 '유년동요'라는 장르명이 붙어 있다. 욕심쟁이 부잣집 아이를 놀리는 내용인데 말놀이 솜씨가 보통이 아니다. 말놀이 유희 동시는 유년층에서 더한층 효과를 발휘한다. 낮은 연령층에서는 놀이가 전부이기 때문이다. 산문으로 바꿔 놓고 보면 적대적인 내용을 지녔을지라도, 아이들이 공감하는 '놀림'의 노래는 누구나 악의가 아니라 놀이로 본다. 1연 마지막 행에 '머리뼈를 부수는' 끔찍한 폭력성이 나타나 있다고 항변하는 것은 당치 않다. 전래동화에서 괴물이나 사람 뼈를 오도독 씹어 먹는 표현이 나와도 폭력적으로 인식하지 않듯이, "쌜눅이대 가리오두독" 하는 구절은 통쾌한 카타르시스를 더해 줄 따름이고 잔인함과는 거리가 멀다. 익살스럽고, 유쾌하고, 매끄러운 음성적 자질로 이루어진 아이들 방식의 거침없는 표현이다. 1연은 가난해서 나물만 먹지만 힘을 모아서 씩씩하게 부잣집 아이를 물리친다는 내용이고, 2연은 과자만 먹는 부잣집 아이가 설사가 나서 뒷간까지도 못 가고 그만 개 대가리에다 설사똥을 쌌다는 내용이다. 앞서 정열모의 「날대가리 무첨지」가 그랬던 것처럼, 음성적 자질을 살리는 최소한의 어휘만 가지고 유희적 효과를 극대화했다. 다음의 「숫곱노리」도 유년의 놀이 세계를 계급적 시각으로 풀어낸 것이다.

담부랑밋헤 양지쪽
박아지쪽아리 쌀그락
가난한집아이들 숫곱터
우리는 우리들 작난터
우리들끼리는 한덩치

유리장반 은솟에

가만히안저서 심부름

누가네말만 드를나

우리는 우리들 작난터

우리들끼리는 한덩치

불―매― 불―매―

엣다발서 밥다되였다

사금파리에 밥담어라

쎄당캐나물에 장찍어라

너도 먹고 나도 먹고

나도 먹고 너도 먹고

팔을 쥐어라 빙 빙

힘을 올니자 펄 펄

우리들끼리는 한덩치

우리들할일은 만흘다―(多)

네마음 내마음 한마음

죽어도 살어도 한덩치

—주향두 「솟곱노리」 전문(『어린이』 1932.2)

소꿉놀이를 벌이는 나어린 아이를 화자로 세웠다. 3음보로 볼 수도 있으나 그보다는 2음보의 경쾌한 리듬으로 읽을 때 더욱 힘이 솟는다. 앞부분은 5~7자, 뒷부분은 그 절반인 3자로 이뤄진 대목이 많은데, 빠른 호흡으로 내닫다가 힘주어 끝을 맺는 시행의 연속이다. 빠르고 거친 호흡을 잠시 고르고자 "불-매- 불-매-"하는 후렴구를 삽입해서 중간에 휴지(休止)를 두었다. 이 대목은 경상도 지역에서 어른이 아이를 겨드랑이에 끼고 어르면서 부르는 전승 유희요다. 후렴구로 시간의 경과를 둔 다음에 생생한 입말체 대화를 끼워 넣은 후반부의 배열도 탁월하다. "너도 먹고 나도 먹고/나도 먹고 너도 먹고"에서 보는 병치와 연쇄, "팔을 쥐어라 빙 빙/힘을 올니자 펄 펄"에서 보는 긴소리 의태어의 반복 등은 변화무쌍한 리듬감을 조성한다. 흥이 절로 나는 절정 부분의 판소리 가락을 듣는 듯하다. 내용도 흐뭇하다. "유리장반 은솟에/가만히안저서 심부름"이나 시키는 부잣집 자식에게 기죽지 말고, 바가지 쪼가리와 사금파리 등으로 차린 소박한 상을 함께 나누며 우리끼리 사이 좋게 뭉치자는 것이다. 소꿉놀이판은 아이들의 장난터이자 배움터인 바, 사회적 약자의 연대감과 단결심을 배양하려는 뜻이 담겨 있다. 그렇지만 다 같이 발을 구르는 즐거움의 몫이 가장 크다. 그야말로 놀이가 노래고 노래가 놀이임을 보여 준다. 한 쌍으로 보이는 다음 두 편은 주향두 동시의 정점이 아닐까 싶다.

소탄 놈도 썻득
말탄 놈도 썻득
안락의자에 빗슥이잣버진
공장주대가리 썻득
일하는제동무 골려서 팔어먹는

감독놈목아지 썻득

— 주향두 「썻득이」 전문(『어린이』 1932.7)

건넌집 빗쟁이

말탓다고 껏 — 덕

껏덕 껏덕 뛰다가

도랑건너 뚜루루

가방이 풍덩

문서가 축축

진흙털고 일어서다가

또 한번밋그러져 쭈루룩

— 주향두 「가방」 전문(『어린이』 1932.8)

"소탄 놈도 썻득/말탄 놈도 썻득" 하는 구절은 아이들이 무엇이든지 타고 부르는 전승 유희요다. 이 '죽마타기요'의 동작을 거드름 피우는 '공장주, 감독놈, 빗쟁이'의 모습으로 가져왔다. 파격의 효과가 이만저만이 아니다. 움직이는 말안장이나 회전의자 같은 데 앉아서 목에 잔뜩 힘을 주고 거드름 피우는 모습을 "썻득" 하고 표현하니까, 마치 종이인형극에 나오는 부패한 권력가처럼 우스꽝스럽게 희화화된다. 행의 끝에 배치된 "썻득" "껏—덕" "뚜루루" "풍덩" "축축" "쭈루룩" 등의 시늉말은 음성적 재미도 재미지만 시각적 요소와도 겹치는 절묘한 표현이다. 한 구절 한 구절이 스냅사진을 연속적으로 보는 것과 같은 효과를 내고 있다. 거드름을 피우다가 한순간에 망가지는 '공장주, 감독놈, 빗쟁이'의 행동거지가 눈앞에 훤하다. 「썻득이」에서 "공장주대가리 썻득"

"감독놈목아지 썻득" 하는 구절은 중의적 표현으로서 이미 거드름이 아니라 노동자의 손에 목이 꺾이는 모습을 연상시킨다. 「가방」에서는 도랑에 빠진 빚쟁이가 재산처럼 여기는 빚문서를 적신 것에 더하여 또 한 번 미끄러지는 바람에 진창에서 허우적대는 신세로 전락하고 만다.

두 작품을 똑같이 주향두 동시의 정점으로 보는 데에는 이유가 더 있다. 둘 다 동일한 전승 유희요에 뿌리를 둔 것인데, 시대성을 반영함으로써 사회적 약자에게 통쾌한 카타르시스를 제공하는 '놀림'의 노래로 승화했다. 풍자와 해학을 산뜻하게 구사하고 있거니와 역동적이면서도 안정적인 형식미를 갖췄다. 늘어지는 타령조와도 다르고 글자 맞추기 식의 정형률과도 거리가 멀다. 생동감 넘치는 아이들의 호흡을 옮겨 놓은 듯 완급 조절이 변화무쌍하다. 둘을 각각 1연, 2연으로 이어 붙여 하나로 만든다고 해도 감쪽같은 쌍둥이 작품이다.

지금까지 살펴본 것을 토대로 주향두의 창작이 지니는 고유성을 논해 보자. 전래동요와 이어진 1920년대의 창작 유희 동시는 정형률에서 충분히 자유롭지 못했다. 1930년대의 계급주의 유희 동시도 거의 그러했다. 그러나 주향두는 예외였다. 그의 유희 동시는 '동시'라는 이름에 어울리는 운율의 창의성이 돋보인다. 비단 운율에서만 그런 것이 아니다. 내용과 형식은 긴밀히 호응해야 하는 법인데, 주향두의 동시는 내용 표현에 있어서도 독창적이다. 하나같이 계급적 대립을 기둥으로 삼았지만, 시어의 구사는 깔끔하고 다채롭다. 요컨대 주향두의 계급주의 유희 동시는 전통에 뿌리박고서도 개성적이라는 점이 특징이다.

주향두 창작의 개성적 자질은 '눈으로 읽는 동시'의 시대를 감당하기에 모자람이 없다. 시어에 대한 자의식이 엿보이는 터라, 성격은 달라도 정지용의 동시에 비견되는 '모더니티'가 만만찮다고 여겨진다. 더욱이

「풀ㅅ대장」「숏곱노리」「썻득이」「가방」 등은 유년을 향하고 있다. 유년
문학의 근대성과 관련해서 윤석중은 '서울', 윤복진은 '기독교'에 뿌리
를 두고 있다는 점을 앞서 지적했거니와, 정지용이 '도쿄(東京)'라면, 주
향두는 '유희요'가 열쇠일 듯하다. 언어유희를 자각적으로 활용했다는
의미다. 주향두의 창작은 '놀이·노래·동요·동시'를 하나로 꿰찬 드문
사례라고 할 수 있다.

4. 계급주의 유희 동시의 성과와 의미

주향두가 아이들의 노래, 그중에서도 '유희요'에 꽂힌 이유는 무엇일
까? 그의 동시를 제대로 평가하고 자리매김하려면 반드시 물어야 할 질
문이다. 주향두는 계급주의 전성기에 등장한 신예로서 오로지『어린이』
를 무대로 활약했다. 여기에서도 그 나름대로 의미를 찾을 수 있다. 주
향두와『어린이』는 임의적인 게 아니라 의도적인 호응관계였으리라는
점이다. 1920년대부터 가늘게 명맥을 유지해 오던 유희 동시는 1930년
대로 와서 시대의 대세인 계급주의와 만나게 된다. 계급주의 작품은 몰
라도 유희 동시를 창작하려면 남다른 자질과 솜씨가 필요하다. 말놀이
감각이 특출한 주향두에게 계급주의 유희 동시는 득의의 영역이었다.
그런데『별나라』와『신소년』의 계급주의는 도식성에 기초한 성마른 적
개심과 함께 동심의 실종으로 치달았다. 1930년대에 창작을 시작한 주
향두가『어린이』쪽으로 다가간 것은 자연스러운 귀결이다.『어린이』의
방정환은 '유열(愉悅)'과 '원기(元氣)'를 눈에 띄게 강조해 왔다. '즐거
움'과 '씩씩함'이라고 하면 주향두 동시의 핵심 자질이 아닐 텐가.

1930년대 초반 윤석중과 이원수의 계급주의 동시를 현실주의로 바라보듯이, 상투성과 도식성에서 자유로운 주향두의 계급주의 유희 동시도 현실주의 계보의 성과로 볼 수 있다. 다만 시대성을 드러내는 용어로 '계급주의'가 널리 쓰이고 있는 만큼 주향주의 창작을 계급주의 유희 동시로 분류해도 큰 문제는 아니라고 본다. 더욱이 그의 활동 시기는 『어린이』의 계급주의 고조기에 국한되어 있다. 작품의 지향에 비추어 보더라도 주향두는 현실 변혁을 추구한 계급주의 동요시인임이 틀림없다. 계급주의는 1920년대를 특징지은 낭만주의, 감상주의, 동심주의, 눈물주의를 넘어서는 길목에서 크나큰 영향을 끼쳤다. 주향두는 작품이 얼마 되지 않기에 창작과 결부된 작가의식을 논하기 쉽지 않지만, 유희요의 교육적·사회적 기능을 일찍이 간파하고 실천에 옮긴 것으로 보인다.

　　1920년대의 동요 창작은 곡을 붙여 노래로 불리는 '노랫말'을 지향했다. 노래는 힘이 세다. 특히 여럿이 함께 부르는 노래는 선동성이 강해서 연대감과 단결심을 고취한다. 거의 애상조 일색이었을지라도 소년회를 중심으로 널리 가창된 창작동요는 사회적 기능이 남달랐다. 교육 당국이 우리말 동요를 금기시했기 때문에, 일본어 창가와 대결한 조선어 동요는 제도교육의 바깥에서 민족의식을 고양시키는 중요한 역할을 했다. 그런데 소년문예가의 왕성한 참여로 동요 창작이 성행하자 일일이 곡을 붙이는 데 한계가 따르고 점점 '눈으로 읽는 동시'의 몫이 훨씬 커져 갔다. 더 이상 글자 맞추기식의 기계적 조율과 추상적·상투적 시어의 구사로는 효과를 발휘할 수 없는 상황이 펼쳐진 것이다. 그럼에도 계급주의 동시는 내용적으로 투쟁성을 선양하는 데 급급할 뿐이었지 '시적 효과'에 대한 고민은 부족했다. 주향두의 유희 동시는 이런 사정에 비추어 볼 때 더욱 의미가 크다.

주향두는 현실의 계급모순을 아이들 방식으로 풀어내는 최상의 그릇으로 유희요에 눈길을 주었다. 풍자와 해학을 특징으로 하는 '놀림'의 유희요가 그중 가장 주효했다. 유희요는 '반주 없이 부르는 노래'(이른바 '歌'가 아닌 '謠')로서 독특한 율격을 지니고 있다. 여럿이 부르는 가운데 연대감, 단결심, 집단성이 고취된다. 주향두는 이를 구현하려고 했으며, 결과는 성공적이었다. 정형률에 갇히지 않고서도 노래가 되어 있다. 재미있고 통쾌하다. 시대성과 아동성을 아울렀다. 이런 동시가 당대뿐 아니라 후대에도 거론되지 않았다면 이상하지 않은가? 계급 문제를 금기시한 지배이데올로기와 그것을 받아들인 주류 아동문학에 책임이 없지 않다고 본다.

아동문학에서 계급주의 창작의 문제점으로 흔히 도식성을 거론하지만, 이때의 도식성은 단순히 계급적 대립관계의 표현을 가리키는 것이 아니다. 계급적 대립관계의 표현은 현실주의의 전형성과도 관계된다. 엄밀히 말해서 계급주의의 도식성은 인식론적으로 계급결정론 또는 계급환원론에 기반하고 있는 데에서 비롯된다. 예컨대 '농촌 아낙'은 계급적으로는 농민이고 성별로는 여성이다. 계급결정론자나 계급환원론자는 농촌 아낙에서 농민만 볼 뿐이지 여성은 보지 않는다. '농촌 아이'에 대해서도 마찬가지다. 농민의 자식은 지주의 자식과 다른 존재지만, 어른과도 다른 존재다. 농민과 지주의 차이에만 눈을 돌리면 계급주의 편향으로, 아동과 어른의 차이에만 눈을 돌리면 동심주의 편향으로 흐르기 쉽다. 주향두의 계급주의 유희 동시는 계급성(현실)과 아동성(동심)이 교차하는 곳에 자리한다.

우리 아동문학은 '동심'과 '현실'을 양자택일로 바라보면서 배타적·편향적 인식을 강화해 왔다. 계급주의 경향이 수그러드는 기미가 나타나니까 유희 동시는 다시 1920년대의 자연친화적 동심으로 회귀하고 말았다. 박목월의 「통·딱딱 통·짝짝」(『어린이』 1934.6), 박경종의 「왜가리」(『조선중앙일보』 1935.5.3), 강소천의 「호박꽃 초롱」(『조선중앙일보』 1935.9.3), 권오순의 「구슬비」(『가톨릭소년』 1938.1) 등등……. 그나마 이것들은 가편에 속한다. 유희 동시는 삶과 현실로부터 자꾸 멀어지다가 끝내는 아동을 장난감처럼 대상화하는 상투적인 동심으로 귀착되었다. 지난 세기 동시의 실제 독자는 낮추어 잡아도 열 살 전후인데, 철모르는 '혀짤배기'에서 재미를 느끼라는 투의 졸렬한 작품들이 얼마나 넘쳐 났는가? 평론가 이오덕이 이런 경향을 '유희정신'으로 명명하고 맹공을 퍼부으면서 '시정신'의 회복을 외친 데에는 다 이유가 있었던 것이다.

세기가 바뀌고 중산층의 확대와 더불어 시민사회가 자리를 잡게 되자 유년 독자가 빠른 속도로 떠올랐다. 오랫동안 괄호 안에 묶여 있던 유년문학이 비로소 날개를 달았다. 이 무렵 최승호의 『말놀이 동시집』(2005)을 필두로 '동시야 놀자' 시리즈 등 유년 대상 동시가 등장해서 새로운 바람이 불기 시작했다. 기존 동시단에 속해 있지 않아 '외부 세력'으로 일컬어지는 최승호 시인이 말놀이 유희 동시로 새바람의 기폭제 역할을 한 셈이다. 더 이상 자세히 논하는 것은 본고의 범위를 넘어서는 바, 최승호의 말놀이 동시는 문학사적 사건으로 기록돼야 마땅하다. 하지만 하나는 지적할 수 있다. 아동성은 알차게 드러나 있는 데 비해 상대적으로 시대성이 부족하다는 점이다. 가난할지언정 자기 시대를 증명해 온 유희 동시의 전통을 새롭게 조명하고 곱씹는 일은 오늘의 숙제로 남겨져 있다.

방정환의 「참된 동정」에 나타난 '빵과 장미'의 상상력

1. '밥 대신 꽃'이라는 불명예

　방정환의 「참된 동정」은 훗날 혹독한 비판의 대상이 되면서 널리 알려진 작품이다. 이재복의 『우리 동화 바로 읽기』(한길사 1995)가 결정적인 계기였다. 이 저작은 기존 인식을 뒤엎는 날카로운 비판으로 출간 즉시 폭넓은 호응을 받았다. 첫 장은 '밥 대신 꽃을 선택한 낭만주의자'라는 제목의 '방정환 이야기'다. 이재복은 『어린이』(1927.4)의 '어린이독본'란에 실린 「참된 동정」을 들어 "당장 굶어 추위에 떨고 있는 거지 아이에게 밥 대신 꽃을 사게 한 방정환이 과연 밥 한 그릇의 의미를 제대로 안 사람이라고 할 수 있을까!"[1]라면서 작가의식의 안이함을 지적했다. 독서 모임에 참여한 예비 교사들의 신랄한 비판도 함께 소개되었다.

---

1 이재복 『우리 동화 바로 읽기』, 한길사 1995, 16면.

"어떻게 그럴 수가 있어요? 당장 배고픈데 꽃이 보여요? 이건 무슨 꿈속의 이야기 같아요."

"전혀 현실성이 없는 이야기지요."

"아무리 동화라지만 이럴 수가 있어요? (…) 그 거지 아이가 자기 분수도 모르고 꽃을 사서 보답하는 거, 그게 보답이 아니잖아요? 일종의 허영이지요."

"어떻게 방정환 씨가 이런 생각을 했을까요? (…) 마치 서양의 부잣집 아이들이 나오는 동화를 읽는 것 같아요. 아이들은 조선의 굶주린 불쌍한 아이들인데, 그런 아이들이 하는 행동은 서양식이잖아요. 뭔가 앞뒤가 안 맞아요."[2]

읽다 보면 열에 아홉은 그간의 '방정환 신화'에 속았다는 분노가 치밀어 오른다. 이 책을 교과서 삼아 '우리 동화 바로 읽기' 모임이 빠르게 퍼져 나갔다. 이렇게 해서 「참된 동정」은 '방정환의 동화가 얼마나 비현실적인가!' 하는 점을 말해 주는 불명예의 대표작인 양 떠올랐던 것이다.

당시 필자는 어딘지 석연치 않은 데가 있어 원문을 찾아 읽어 보고는 1920년대 수차례 번역 소개된 이반 투르게네프(Ivan S. Turgenev)의 산문시 「거지」를 고쳐 쓴 소품이라고 판단했다. 삶에 대한 따뜻한 시선과 현실에 대한 예리한 통찰이 어우러진 투르게네프의 시와 소설은 궁핍한 시대의 작가들에게 적잖은 영향을 주었다. 필자는 「한국 아동문학이 창조한 주인공」(『창작과비평』 1999년 봄호)을 쓰면서 이재복의 저작을 비판적으로 보완코자 했지만, 일단 대표작 「만년 샤쓰」에 집중했다. 그리하여 「참된 동정」에 대해서는 "당시 민중주의자들에게 폭넓은 사랑을 받

2 같은 책 15면.

던 투르게네프의 영향을 받았다는 사실이 상기되어어야 한다."³라고 간단히 언급하는 데 그쳤다.

방정환에 대한 이재복의 비판은 신화화된 지배담론을 전복하려는 의미 있는 실천으로 볼 수 있거니와 이미 오래전 일이기도 해서 새삼 논쟁을 되짚어 볼 계제는 아니다. 하지만 지난날 방정환을 '영토화·탈영토화'하는 과정에서 불거진 일면적 해석의 폐해는 오늘날 '재영토화'하는 과정에서 넘어서야 할 문제점인 것이 틀림없다.⁴ 그간 수많은 강연을 다니면서 「참된 동정」을 매우 인상적으로 좋게 기억하는 사람은 여럿 만났으나, 황당하고 비현실적인 작품이라고 비판하는 사람은 만난 적이 없다. 비록 필자의 제한된 경험일지라도 이처럼 다수에게 깊은 인상을 남긴 텍스트는 그 나름의 비밀을 숨기고 있게 마련이다. 이재복은 작가의 태도를 가리키면서 "그 추운 겨울날 홑옷만 입고 눈발이 날리는 종로 네거리에서 구걸을 하는 아이에게 동냥한 돈 모두를 내서 꽃을 사게 한다는 것은 도저히 보통 사람의 상식으로는 이해할 수 없는 일"⁵이라고 비판했지만, 실은 상식을 깨는 바로 거기에 '문학'이 숨 쉬고 있을 가능성이 더 크다.

1999년 작가 탄생 100주년을 맞이한 이래 '방정환 다시 보기'에 해당하는 수많은 논문들이 줄을 잇고 있다. 그럼에도 「참된 동정」에 관한 진전된 연구는 찾아보기 어렵다. 역시 범작의 부류에 속한다고 보기 때문일까? 최근 필자는 『정본 방정환 전집』(전 5권, 창비 2019)의 편찬에 참여했다. 이때 새로 접한 자료 가운데 초기작 「참된 동정」(『신청년』 1920.8)과

---

3 졸저 『아동문학과 비평정신』, 창작과비평사 2001, 102면.
4 졸고 「방정환 담론 변천사」, 『아동청소년문학연구』 제23호, 2018 참조.
5 이재복, 앞의 책 14면.

이를 고쳐 쓴 「참마음」(『조선일보』 1925.8.5)이 포함돼 있어 그 비중이 남다르게 다가왔다. 최근에는 새로운 자료에 기초하여 신문학 개척기 또는 근대문학 형성기의 방정환을 다시 보게 하는 연구 성과들이 많이 나온다. 그러나 『신청년』에 수록된 「참된 동정」을 주목하는 연구는 없었다. 짐작건대 『어린이』에 수록된 동화 「참된 동정」의 설익은 줄거리 정도로 여기는 듯하다.

이 땅에서 '동화'라는 장르를 의식하고 쓴 텍스트가 모습을 드러낸 것은 언제부터일까? 『신청년』의 「참된 동정」을 투르게네프의 「거지」에서 모티프를 가져와 고쳐 쓴 '산문시'로 분류하고 보면 새로운 의미망이 생겨나는 것을 확인할 수 있다. 당장 김기진의 「백수의 탄식」(『개벽』 1924.6), 정지용의 「카페 프란스」(『학조』 1926.6), 윤동주의 「투르게네프의 언덕」(1939) 등으로 이어지는 투르게네프 수용·창작의 첫머리에 방정환이 놓이게 된다. 투르게네프 산문시를 공분모로 하는 이 4인의 텍스트는 저마다 자기 시대와 고투하면서 개성적 성취를 이룬 점에서 흥미로운 비교의 대상이다.

방정환은 『신청년』 3호에 「참된 동정」을 발표한 다음 달(1920.9) 도쿄 유학길에 올랐고, 그다음 해(1921.2) 비로소 '동화예술'을 발견한 소감을 창작에 대한 결심과 함께 공표했다.[6] 천도교청년회에서 산하에 소년부를 두고 소년운동을 시작한 것은 1921년 4월이다. 방정환이 아직 동요·동화를 알지 못한 채 시·소설을 창작하면서 해방을 꿈꾸던 시절, 경성청년구락부라는 '비밀결사체'의 기관지 격으로 발행된 잡지 『신청년』

---

6 방정환 「동화를 쓰기 전에 어린애 기르는 부형과 교사에게」, 『천도교회월보』 1921.2. 본고에서 방정환의 작품 제목과 텍스트 인용은 현대 표기법을 원칙으로 하고 필요한 경우에만 원문대로 인용했다.

에 훗날 '밥 대신 꽃'을 내미는 것으로 오해된 「참된 동정」을 발표한 본 뜻은 무엇일까? 제목을 '동정'이라고 하지 않고 그 앞에 '참된'을 가져 다 붙인 것은 한 걸음 더 들어가서 깊이 생각해 보라는 분명한 표지일 터, 이를 애써 외면하는 것은 제대로 된 독법일 수 없다. 요컨대 본고는 텍스트의 다층성에 주목하고 그와 연관된 시대적 의미를 밝혀 보려는 시도이다.

2. 『신청년』 시기의 방정환

『신청년』(1919.1~1921.7)은 3·1만세운동 이전에 국내에서 창간되었고 일제의 무단통치하에서 민족사회운동을 도모한 경성청년구락부의 기 관지 역할을 했다.[7] 방정환은 경성청년구락부 결성과 『신청년』 창간에 주도적으로 참여한 핵심이었다.[8] 3·1만세운동의 결실로 창간된 국내 언 론 중 하나인 『조선일보』(1920.5.12)에서 "재작년(1918―인용자) 7월 7일 에 방소파 군과 이일해(이중각―인용자) 양군의 발기로 경성청년구락부 가 성립되었다."고 밝힌 것이 확인된다. 또한 『신청년』에 대해 "달마다 계속 내려고 하였으나 당국에 원고로 제출한 지가 1,2개월 내지 5,6개 월이 되어도 아무 소식이 없거나 그렇지 않으면 몇 달 만에 발행 금지를 당하여 작년 12월에야 비로소 3호로 편집하였던 것이 제2호 발간되었

---

7 『신청년』에 관해서는 한기형 「근대잡지 『신청년』과 경성청년구락부: 『신청년』 연구 (1)」(『서지학보』 제26집, 2002)를 주로 참조했다.
8 방정환 연보에 관해서는 한국방정환재단 엮음 『정본 방정환 전집 5』(창비 2019)를 주로 참조했다.

다."고 밝힌 구절도 보인다. 당시 청년운동 활동가들은 극심한 검열을 의식해서 문학의 상징언어로 사회적 메시지를 표출하곤 했다. 하지만 이 또한 당국과 숨바꼭질을 벌여야 하는 엄중한 상황이었다.

『신청년』은 6호까지 발행된 것이 확인되는데, 한기형의 연구에 따르면 크게 두 단계로 구분된다. 첫 번째 단계(1기)는 1~3호까지이며 방정환, 유광렬, 이복원, 이중각 등이 중심이었고, 두 번째 단계(2기)는 4~6호이며 박영희, 나도향, 박종화, 최승일 등이 중심이었다. 방정환은 『개벽』 창간(1920.6) 이후 활동의 중심축을 개벽사로 옮겼고, 그 특파원 격으로 도쿄 유학을 떠나 천도교청년회 도쿄지회를 창립(1921.2.13)했으며, 공부와 함께 해외 명작동화를 번역하는 일에도 착수했으니, 『신청년』에서 손을 뗀 것은 불가피한 일이었을 것이다. 유광렬은 언론인으로, 이복원과 이중각은 사회운동가로 활동 영역을 옮겼다.[9] 한편 2기 『신청년』의 중심인물들은 『백조』(1922.1~1923.9) 동인으로 이어졌다. 박영희의 추천으로 방정환이 1923년 김기진과 함께 『백조』 후기 동인에 이름을 올린 것, 그리고 방정환의 추천으로 1924년 박영희가 개벽사에 들어간 것 등은 이런 문단 교유와 무관하지 않다.

『신청년』의 재정은 방정환(1기)과 최승일(2기)이 맡았다고 한다. 『신청년』 시기 방정환은 심훈과도 교분을 나눈 것으로 밝혀졌다. 카프(KAPF, 1925~35)가 『백조』 계열과 『염군』(1922.9) 계열의 합동으로 탄생했다는 것은 잘 알려진 사실인데, 최승일과 심훈은 염군사에 이름을 올린 이들이다. 한기형은 『신청년』과 관련된 이런 여러 정보를 취합하여 "한국 근

---

9 이복원은 흑기연맹에 가입하여 활동하다 잡혀서 서대문감옥에서 옥사했고, 이중각은 의열단원으로 활동하다 잡혀서 모진 고문을 받은 탓에 정신이상이 되어 자살했다고 한다. 한기형, 앞의 글 참조.

대문학의 성장이 식민지적 상황과 맞서는 과정 속에서 주체적으로 성장하고 있었다." "이중각과 이복원 같은 사회운동가 그룹과 방정환, 유광렬, 심훈 같은 문인 그룹의 결합을 통해 하나의 문예지가 꾸려졌다는 것은 이전에 없었던 일이고 그것 자체만으로도 하나의 문학사적 사건이라 할 것이다." "『신청년』의 존재는 『백조』의 낭만주의, 카프의 프로문학운동을 하나의 계보 속에서 논의하지 않을 수 없도록 한다. 1920년 낭만주의운동과 프로문학운동의 중심인물들이 『신청년』을 자신의 문학적 출발로 삼고 있었던 탓이다."라고 결론지었다.[10]

『신청년』은 방정환이 본격적으로 작가활동을 펼친 첫 무대였다. 1~3호까지 매호 서너 편 이상의 글을 발표했다. 『청춘』『유심』등에 발표한 것들은 스무 살 이전 독자투고 작품이기에 습작기의 산물로 볼 수 있다. 그러나 『신청년』부터는 다르다. 『신청년』의 창간이 『청춘』『유심』의 폐간 직후인 것도 눈길을 끈다. 작가활동의 무대가 그만큼 절실했다는 사정의 방증이다. 방정환의 작가활동은 『신청년』을 필두로 『녹성』『신여자』『개벽』『부인』『어린이』『동아일보』『조선일보』등으로 이어졌다.

스무 살 이전에 권병덕의 주선으로 맺어진 결혼(1917.5.28)은 방정환의 운명을 바꾼 가장 중요한 사건이었다. 어릴 적 집안의 몰락으로 가난의 고초를 겪으며 자랐는데, 천도교 교주 손병희의 셋째 사위가 됨으로써 강력한 정신적·물질적 배후를 얻은 것이다. 손병희와 한 지붕 아래 살면서 천도교 교리를 공부하는 한편으로 잡지를 탐독하며 작가의 꿈을 키웠다. 평생의 사상적 동지 김기전을 만나 소춘(小春), 소파(小波)라는 호를

---

10 한기형, 같은 글 205~206면.

나눈 것도 이 무렵이다. 이때부터 그는 천도교인의 목적의식을 가지고 천도교 사회운동에 몸을 실었다. 인내천 사상에 바탕을 둔 해방운동, 곧 개벽사상의 실천이었다. 기실 방정환의 모든 활동은 여기로 수렴된다.

방정환은 1918년 7월 보성전문학교에 입학해서 '보성친목회' 문예부 장을 맡는 한편으로 청년운동에 적극 나섰다. 경성청년구락부를 조직 하고 『신청년』을 발간한 것도 그 일환이었다. 1918년 12월 경성청년구 락부 송년회에서 소인극 「동원령」을 공연했고, 1919년 1월 『신청년』 창 간호에 시 「암야」, 소설 「금시계」 등을 발표했다. 「암야」는 염상섭의 소 설 「만세전」(1922년 『신생활』에 「묘지」라는 제목으로 연재하다가 잡지 폐간으로 중 단, 1924년 『시대일보』에 제목을 「만세전」으로 바꾸어 연재 완료)을 떠올리게 하는 것으로 3·1만세운동 직전의 암울한 시대 분위기와 청년의 고뇌를 담은 문제작이며, 「금시계」는 고학생의 비애를 그린 것이다.

3·1만세운동 때 방정환은 보성전문학교의 '지하신문' 『조선독립신 문』을 인쇄·배부하고 독립선언서를 돌리다가 검거되었으나 증거 불충 분으로 일주일 만에 풀려났다. 손병희를 비롯한 교단 지도부가 투옥되 자 마침내 청년부가 움직였다. 방정환은 1919년 9월 2일 창립된 천도교 청년교리강연부 간의원으로 선출되었고, 이후 개벽사상을 전파하는 강 연활동에 앞장섰다. 동학과 그를 이은 천도교는 사람마다 마음속에 한 울님을 모시고 있다는 시천주(侍天主), 사인여천(事人如天), 인내천(人乃 天) 사상을 핵심으로 한다. 이 사상은 모든 인간은 근원적으로 평등하다 는 원리에 입각한 것이므로 반상, 적서, 남녀, 노소의 차별을 부정했다. 내세가 아니라 현세에서 새로운 시대가 열리는 것이 '후천개벽'인데, 이 개벽사상은 '개조'라는 시대사조와 더불어 변혁운동을 이끄는 진보 의 동력이었다. 일본으로 유학을 떠나기 직전 전국 각지를 돌며 방정환

이 행한 강연 제목을 보면 개벽사상에 기초한 사회변혁과 역사진보의 지향이 뚜렷이 드러난다. 「남녀평등론」(1920.6.20, 평양), 「자아 각성과 청년 단합」(1920.6.21, 평양), 「개벽 선언」(1920.6.30, 문천), 「세계 평화는 인내천주의」(1920.7.2, 원산), 「자녀를 해방하라」(1920.7.28, 개성) 등등.

「자녀를 해방하라」는 원래 「현금 시세(時勢)와 정신의 개조」라는 제목이었는데 일경의 감시로 무산되자 임시로 제목을 바꾼 것이다. 동학과 천도교 사상에는 어린이 해방의 문제의식이 담겨 있기 때문에 천도교 소년운동이 개시되기 이전부터 이런 주제가 나타난다고 해서 이상한 일은 아니다. 당시 방정환은 『신여자』(1920.3~1920.6)의 편집고문을 맡고 있었고, 자유연애를 주제로 여러 편의 소설을 쓰는 등 여성해방운동에 대한 관심이 더 컸다. 이 점에서 방정환의 '동화작가 선언'이라고 불리는 「동화를 쓰기 전에 어린애 기르는 부형과 교사에게」(『천도교회월보』 1921.2)가 얼마나 결정적이고 획기적인 글인지 주목하지 않을 수 없다. 그 이전과 이후의 차이가 너무나 분명하기 때문인데, 이 변화는 방정환 개인에 국한되는 것이 아니라 한국 아동문학의 기원 및 형성에 있어서도 중차대하다.

「동화를 쓰기 전에 어린애 기르는 부형과 교사에게」(이하 「동화를 쓰기 전에」로 약칭)는 천도교의 인내천 사상에 기초한 근대적 아동관에 더하여, 도쿄 유학 이후 일본 문단에서 영향받은 것이 거의 확실시되는 낭만적 동심천사주의 아동관이 드러나 있는 최초의 글이다. 이 동심천사주의 아동관은 근대 장르로서의 아동문학 텍스트가 나오는 데 중요한 역할을 했다. 이 때문에 과거 필자는 방정환의 아동관을 훗날의 상투적 경향과 구별하고자 '낭만주의' 또는 '역사적 동심주의'라고 명명했던 것인데, 아무튼 방정환의 「동화를 쓰기 전에」에서 특히 눈길을 끄는 대목은 다음 부분이다.

> 그래서 그(어린애—인용자)로 하여금 더 맑고 더 깨끗하고 더 신성한 시인 되게 하고 싶다. 이 생각으로 나는 이 값있는 선물을 손수 만들기 위하여 이 새로운 조그만 예술에 붓을 댄다.
>
> (…)
>
> 나는 이 일이 적어도 우리의 새 문화 건설에 큰 힘이 될 줄 믿고, 남 아니 하 던 일을 시작한다. (강조는 인용자)[11]

'동화'를 가리켜 "새로운 조그만 예술"이라고 했고, 그러한 '동화예 술 창작'은 "남 아니 하던 일"이라고 했다. 장르는 관습이고 제도인즉, 이 글 이전에 동요·동화를 하나의 예술로 인식하고 썼거나 발표한 사례 를 찾아보기 힘들다. 『이태리 소년(쿠오레)』(이보상 역, 중앙서관 1908), 『걸 리버 유람기(걸리버 여행기)』(편집국 역, 신문관 1909), 『불쌍한 동무(플랜더스의 개)』(최남선 역, 신문관 1912), 『검둥이의 설움(톰 아저씨의 오두막)』(이광수 역, 신 문관 1913) 등 해외명작 단행본도 이 글 이전에는 특별히 아동 독자를 염 두에 두고 발행된 게 아니었다. 『붉은 저고리』 『아이들 보이』 『새별』 등 1910년대 아동잡지는 옛이야기나 고전소설을 수록할 때 지식, 정보, 교 육자료를 제공한다는 차원에서 텍스트의 예술성을 무시·훼손하고 교 훈적으로 축약하는 데 거리낌이 없었다. 요컨대 방정환의 「동화를 쓰기 전에」를 기점으로 오스카 와일드(Oscar Wilde)의 「행복한 왕자」(방정환

---

11 방정환 「동화를 쓰기 전에 어린애 기르는 부형과 교사에게」, 『천도교회월보』 1921.2, 한국방정환재단 엮음 『원본 방정환 전집 2』, 창비 2019, 678~79면.

이「왕자와 제비」로 고쳐서 번안함,『천도교회월보』1921.2)를 비롯한 해외 아동문학을 '아동문학'으로서 번역·소개하는 일이 하나의 '관습'이 되었거니와 이를 모아서『사랑의 선물』(개벽사 1922)을 펴낸 것은 이전과 차원을 달리하는 새로운 기원을 이룬다. 천도교 소년운동의 동요가극·동화구연 행사 또한「동화를 쓰기 전에」이후의 일이다.

이렇게 본다면 '동화작가 선언' 이전에『신청년』『개벽』등에 발표된 것들은 설사 어린이가 등장하더라도 아직은 '동요' '동화'가 아니었다. 아동 독자를 염두에 두었다면 달라졌을 표현들이 곳곳에 산재해 있기도 하다.[12] 이십 대 초반 방정환은 창작이든 번역이든 '시'와 '소설'을 쉬지 않고 발표했다. 작품의 문제의식을 기준으로 주목되는 시는「암야」(『신청년』창간호, 1919.1),「신생의 선물」(『개벽』1920.6),「어린이 노래: 불 켜는 이」(『개벽』1920.8),「크리스마스」(『조선일보』1920.12.27) 등이고, 소설은「유범(流帆)」(『개벽』창간호, 1920.6),「귀여운 희생」(『신청년』1920.8),「두 소박데기」(『동아일보』1920.9.17~9.23),「은파리」(『개벽』1921.1~12),「깨어 가는 길」(『개벽』1921.4),「낭견(狼犬)으로부터 가견(家犬)에게」(『개벽』1922.2)

12『신청년』에 발표된「금시계」와「졸업의 일」이『어린이』에 개작·재수록되면서 중요한 변화가 발생했다는 점은 염희경, 장정희의 논문에서 밝혀진 바 있다. 염희경「'금시계' 개작으로 본 방정환의 문학적 변모:『신청년』의 '금시계'와『어린이』의 '금시계' 비교」,『창비어린이』2003년 가을호; 장정희「장르의 변화와 서사 전략: 소파 방정환의 소년소설 '졸업의 날'을 중심으로」,『한국아동문학연구』23집, 2012 참조.『신청년』의 두 작품을 가리켜서 '최초의 소년소설' 운운하지 않듯이,『개벽』의「어린이 노래: 불 켜는 이」나『조선일보』의「크리스마스」를 가리켜서 '최초의 번안·창작 동요' 운운하는 것은 삼가야 한다. 이런 '최초' 규정은 텍스트의 역사적 맥락을 고려하지 않은 소급 적용에 해당할 것이다. 또한 '어린이 노래'를 '동요'와 같은 말로 보는 것은 혼동이 아닐까 한다. '어린이 노래'는『어린이』(1928.1)에 재수록될 때 '어린이의 노래'로 바뀐 것에서 알 수 있듯이, 장르 이름이라기보다는 시적 화자('노래'하는 주체)가 '어린이' 임을 가리키는 조어(造語)라고 보는 게 타당하다.

등이다. 「참된 동정」을 선보인 1920년 8월에 번역 시 「어린이 노래: 불켜는 이」, 번역 소설 「귀여운 희생」을 함께 발표한 것을 알 수 있는데, 세 작품 모두 어린이가 시적 화자거나 등장인물로 나온다. 아동 독자에게 주려고 발표한 것은 결코 아니지만, 번역 두 편이 해외 아동문학에 속한다는 점에서 어떤 변화의 조짐이 드러난다. 그러함에도 이때 벌써 '아동문학'에 눈을 돌렸다고 보는 것은 맥락에서 벗어나는 일이다. 『신청년』 시기의 작품들은 천도교 사상과 이어진 고학생, 여성, 어린이, 인권, 생명, 해방 등에 대한 관심의 일부로 보면 틀리지 않는다.

3. 투르게네프의 국내 수용

국내에 최초로 소개된 투르게네프 작품은 『청춘』 창간호(1914.10)에 실린 산문시 「문어구」인데,[13] 번역자 이름은 밝혀져 있지 않다. 투르게네프 산문시의 가장 적극적인 소개자는 김억이었다. 근대문학 초창기만 보더라도 김억은 『태서문예신보』에 6편(4호 2편, 5호 2편, 7호 2편), 『창

---

13 이 작품은 '들려오는 목소리'와 '러시아 처녀'의 대화체로 되어 있다. "아, 넌 기어코 이 문턱을 넘어서겠단 말이지. 이 안에서 무엇이 널 기다리고 있는지 알기나 하니?" "네, 알고 있어요." 하고 처녀가 대답했다. "추위, 굶주림, 증오, 조소, 멸시, 모욕, 감옥, 질환 ─ 그리고 끝내는 죽음이라는 것이 기다리는데?" "네, 잘 압니다." "이 세상의 어느 누구도 만날 수 없는 몸서리쳐지는 고독, 그것은 어떡하고?" "알고 있습니다. 각오는 돼 있습니다. 어떠한 고통, 어떠한 채찍질도 참아 낼 것입니다." …… '목소리'는 러시아 혁명운동을 억압하려는 차르 정부를 대변하고, '러시아 처녀'는 민중을 위해 헌신하려는 확고한 정치적 신념을 지닌 혁명가를 대변한다. 문석우 「한국 근대문학에 끼친 뚜르게네프의 영향: 시인 김억을 중심으로」, 『외국문화연구』 제17권 제1호, 1994, 127~28면.

조』에 9편(8호 6편, 9호 3편)의 투르게네프 산문시를 번역 소개했다. 그다음은 나도향이고 『백조』에 13편(1호 9편, 2호 4편)을 번역 소개했다. 투르게네프의 소설 또한 김억 번역의 「밀회」(『태서문예신보』 1919.2.1~2.17)를 시작으로 홍난파 역 『첫사랑』(한일서점 1921), 박영희 역 「아버지와 아들」(『공제』 1924.4), 조명희 역 「그 전날 밤」(『조선일보』 1924.8.4.~10.26), 최승일 역 『봄물결』(박문서관 1926) 등 지속적으로 소개되었다.

투르게네프는 한국 프로문학의 역사에 깊숙이 각인된 러시아 작가이다. 김기진은 1920년대 초 『개벽』에 잇달아 에세이를 발표하면서 투르게네프를 언급했는데, 러시아혁명을 거울삼아 암울한 현실을 돌파하려는 그의 비평적 모색은 적잖은 파장을 불러일으켰다. 프로문학은 여기에서 싹텄다는 것이 학계의 정설이다. 프로문학의 출범을 예고한 김기진의 대표 시로는 「백수의 탄식」(『개벽』 1924.6)이 꼽힌다. 김기진의 창작 가운데 비교적 잘 알려진 이 시는 투르게네프 산문시 「노동자와 백수인(白手人)」에서 발상한 것이다. 유약한 지식인의 '흰 손'은 노동자·농민의 '더러운 손'과 명징하게 대비된다. 이 '흰 손'의 자의식이 이태 뒤 정지용의 「카페 프란스」(『학조』 1926.6)에서 또다시 모습을 드러내는바, 이 시는 한국 모더니즘의 첫 신호탄이었다. 유수의 리얼리즘, 모더니즘 작가와 시인들이 투르게네프 산문시에서 그만큼 강렬한 인상을 받았다는 증거라고 할 수 있다.

각설하고 투르게네프의 산문시 중 가장 사랑받은 작품은 「거지」였다. 1910~30년대에만 「거지」「비렁뱅이」「걸인」 등의 제목으로 12회 이상 반복해서 번역되었다. 식민지시대 빈궁문학과 궤를 같이하는 현상이라고 보면 되겠다. 1921년 『신청년』 5호에도 현진건의 번역 시 「걸인」이 발표되었다고 하는데, 아직 실물을 찾지 못한 상태이다. 이 또한 투르게네프 산문시 「거지」의 번역일 가능성이 매우 크다. 방정환의 「참된 동정」 바로 앞에 자리한 『태서문예신보』 5호(1918.11.2)에 실린 김억 번역의 「비렁뱅이」 전문은 다음과 같다.

> 나는 거리를 걸었다. …… 늙고 힘없는 비렁뱅이가 나의 소매를 이끈다.
>
> 벌겋고 눈물 고인 눈, 푸른 입술, 남루한 옷, 거뭇거뭇한 헌데자리 …… 아아 어떻게 무섭게 가난이 불쌍한 산 물건을 파먹어 들었노?
>
> 그는 붉고 부르튼 더러운 손을 내 앞에 내민다. 숭얼숭얼 탄식하며, 도움을 빈다.
>
> 나는 포켓 안에 손을 넣었다. 그러나 돈지갑도 없고, 시계도 없고 수건조차 없다. 나는 아무것도 없다.
>
> 그래도 비렁뱅이 오히려 기다린다. …… "용서하여 주게. 형제여, 나는 아무것도 가진 것이 없네."
>
> 비렁뱅이는 붉은 눈을 내게 향하고 그 푸른 입술에는 웃음을 띠우며, 나의 찬 손가락을 서로 꽉 잡으며 주저리는 말 ― "고맙습니다. 형제여, 이것도 받는 물건이지요."
>
> 나도 그 형제에게서 받은 물건이 있음을 느꼈다.[14]

투르게네프 원작과 비교해 보니 뒷부분이 좀 간략해졌다. 원작은 5행의 대화 앞에 "나는 힘없이 떨고 있는 그 더러운 손을 덥석 움켜잡았다……."라는 구절이 있는데,[15] 김억은 이를 생략하고 6행에서 "서로"

---

14 투르게네프 「비렁뱅이」, 김억 옮김, 『태서문예신보』 1918.11.2, 김진영 「거지와 백수: 투르게네프 번역의 문화사회학」, 『비교한국학』 제24권 제3호, 2016, 26~27면에서 재인용.
15 투르게네프 『투르게네프 산문시』, 김학수 옮김, 민음사 2판 3쇄, 2012, 32~34면. 이 시

손을 잡았다는 말로 갚음했다. 또한 6행의 "받는 물건"과 7행의 "받은 물건"을 원작 그대로 번역하면 모두 '적선'이다.

이 시는 거리에서 '나'와 늙은 거지(비렁뱅이)가 만나는 것으로 시작된다. 불쌍한 거지가 손을 내민다. 그런데 가진 게 아무것도 없다. 황망한 마음에 거지의 더러운 손을 덥석 부여잡고 용서를 구한다. 그러자 거지가 웃는 얼굴로 '나'의 손을 꽉 잡으며 그 마음도 적선이라고 대답한다. '나' 또한 적선받았음을 깨닫는다.

전반부는 거지의 비참한 행색을 보고 인간 존엄성의 파탄을 안타까워하는 내용이고, 후반부는 물질보다 형제애의 마음으로 건넨 적선이 오히려 참다운 것이라는 의미를 깨닫는 내용이다. '나'의 깨달음은 거지의 응답에서 비롯되었다. 황망한 '나'의 행동을 거지가 외면했다면 결코 깨닫지 못했을 것이므로. 거지에게 형제애를 발휘한 '나'의 진심이 낳은 결과임을 놓칠 수 없다.

1920년대로 넘어와서 원작의 내용 일부를 바꾼 번안 시와 영향관계로 추정되는 창작 시가 한 편씩 더 눈에 띈다. 번안은 중국 상하이에서 발행된 『독립신문』(1922.9.20)에 실린 김경재의 「걸인」이고, 창작은 『개벽』(1925.5)에 실린 이상화의 「거러지」이다. 김경재의 「걸인」부터 살펴보자.[16]

집은 번역과 원문을 동시에 수록하고 있으니 원문 대조는 여기 근거해도 무방할 듯하다.
16 신문에는 경재라는 이름으로 발표되었다. 김경재는 상하이 『독립신문』의 기자였고, 국내 사회주의운동에 참여하면서 『개벽』의 필자로도 활약했다. 1925년 고려공산청년회 중앙위원을 맡았으며 이듬해 조선공산당에 입당했다. 1926년 조선공산당사건으로 검거되어 복역하다 1929년 출소했다. 그런데 1937년 만주국 협화회 촉탁으로 근무하는 것을 시작으로 친일활동에 앞장섰다. 민족문제연구소 편 『친일인명사전』(민족문제연구소 2009)에 이름이 올라 있다.

어느 날인가 몹시도 더운 날
나는 온갖 번민을 박멸코자
더듬더듬 공원으로 찾아갔었다.

남루에 쌓였고 눈물에 묻힌
한 거지가 집에는 칠십 노모가 있고,
배고파 우는 어린아이의 애원
차마 듣고는 있지 못하겠다고
나에게 동냥을 청하였었다.

그는 일찍이 어느 공장에서
품팔이 하여 온 식구가 살아왔다는데,
설상의 가상이어라.
기계에 손이 상해서 그것조차 불능이라고.

믿지 못하리라. 현대의 자본가,
그를 위해 땀 흘리고 애를 썼건만
일단 몸이 상하고 보니 헌신짝 버리듯 하였어라.
믿지 못하리라. 아니 살지 못하리라
현대사회의 제도 밑에서는!!¹⁷

(하략)

---

17 경재 「걸인」, 『독립신문』 1922.9.20, 김진영, 앞의 글 30~31면에서 재인용. 2연 5행의
방언 '동령'을 '동냥'으로 바꾸고 일부 띄어쓰기를 현대 표기로 고쳤다.

이하 생략한 부분은 투르게네프의 「거지」와 동일한 요지의 후반부 4연이다. 이 시는 거지의 내력을 밝힘으로써 '가난은 누구의 죄인가?'를 묻는다. 공장에서 품팔이를 하다가 기계에 손을 다친 뒤 "현대의 자본가"에게 헌신짝처럼 버려졌다는 것, "현대사회의 제도 밑에서는" 이와 같은 추락이 노동자의 피치 못할 운명이라는 것 등을 드러냈다. 원작에 없는 이 개입으로 말미암아 생경한 선동 시로 탈바꿈했다.

한편, 이상화의 「거러지」는 잘 알려진 원작의 제목을 가져와서 패러디 효과를 노린 듯하다. 아래 인용은 현대 표기법으로 바뀌어 전집에 수록된 시 전문이다.

> 아침과 저녁에만 보이는 거러지야!
> 이렇게도 완악하게 된 세상을
> 다시 더 가엾게 여겨 무엇 하랴 나오너라.
>
> 하나님 아들들의 죄록(罪錄)인 거러지야!
> 그들은 벼락 맞을 저들을 가엾게 여겨
> 한낮에도 움 속에 숨어 주는 네 맘을 모른다 나오너라.[18]

연마다 끝에 "나오너라"를 반복한 이 시 또한 선동성이 두드러진다. 『백조』 출신의 카프 시인 이상화는 이 시를 발표하고 한 해 뒤에 다시

---

[18] 이상화 「거러지」, 『개벽』 1925.5, 이기철 편 『이상화 전집: 빼앗긴 들에도 봄은 오는가』, 문장사 1982.

『개벽』(1926.6)에 그 유명한 「빼앗긴 들에도 봄은 오는가」를 발표함으로써 『개벽』이 폐간당하는 데 한몫한다.

거지를 소재로 해서 저항의 목소리를 드높인 김경재의 「걸인」과 이상화의 「거러지」는 1920년대 빈궁문학과 프로문학의 일단을 보여 준다. 생존의 위협과 맞싸우는 가열한 투쟁성을 과소평가할 수는 없지만, 두 작품 모두 명시의 반열에는 오르지 못하고 잊혔다. 이에 비해 1930년대 말에 지어졌고 훗날 유고시집을 통해 세상에 나온 윤동주의 「투르게네프의 언덕」은 널리 기억되는 애송시의 하나다.

나는 고갯길을 넘고 있었다…… 그때 세 소년 거지가 나를 지나쳤다.

첫째 아이는 잔등에 바구니를 둘러메고, 바구니 속에는 사이다병, 간즈메통, 쇳조각, 헌 양말짝 등 폐물이 가득하였다.

둘째 아이도 그러하였다.

셋째 아이도 그러하였다.

텁수룩한 머리털, 시커먼 얼굴에 눈물 고인 충혈된 눈, 색 잃어 푸르스럼한 입술, 너들너들한 남루, 찢겨진 맨발,

아아 얼마나 무서운 가난이 이 어린 소년들을 삼키었느냐!

나는 측은한 마음이 움직이었다.

나는 호주머니를 뒤지었다. 두툼한 지갑, 시계, 손수건…… 있을 것은 죄다 있었다.

그러나 무턱대고 이것들을 내줄 용기는 없었다. 손으로 만지작만지작거릴 뿐이었다.

다정스레 이야기나 하리라 하고 "애들아" 불러보았다.

첫째 아이가 충혈된 눈으로 흘끔 돌아다볼 뿐이었다.

둘째 아이도 그러할 뿐이었다.

셋째 아이도 그러할 뿐이었다.

그리고는 너는 상관없다는 듯이 자기네끼리 소곤소곤 이야기하면서 고개

로 넘어갔다.

언덕 우에는 아무도 없었다.

짙어 가는 황혼이 밀려들 뿐.[19]

'부끄러움'의 시인 윤동주다운 시적 변용이다. 투르게네프의 「거지」
와 달리 '나'에게 "있을 것은 죄다 있"지만 "내줄 용기는 없었다." 원작
의 '나'와 '늙은 거지'의 만남은 '나'와 '세 소년 거지'의 만남으로 바뀌
었다. 다음 장에서 살펴볼 방정환의 「참된 동정」에서는 '세 소녀'와 '어
린 거지'의 만남이었으니, 어린이의 등장이 흥미롭다. 당시 윤동주는
『가톨릭소년』 『소년』 등에 동시를 발표하고 있었다. 그런데 「투르게네
프의 언덕」은 시적 화자가 어른이다. 세 소년 거지를 등장시켜서 빈궁
한 현실의 참혹함을 더하는 한편, 넝마주이로 살아가는 세 소년 거지의
무심한 반응을 대비시킴으로써 이들을 측은히 여기는 '나'의 동정심에
차가운 메스를 들이댄다.

'나'와 세 소년 거지 사이의 '가닿지 않는 거리감'은 김기진과 정지용
시에 나타난 '흰 손'의 자의식과도 통한다. 동정, 연민, 미련, 주저, 죄의
식 등 복합 감정을 불러일으키는 윤동주의 이 시에는 투르게네프, 방정
환, 김기진, 정지용이 다 들어 있다. 겉보기엔 투르게네프의 '적선'이나

---

19 윤동주 「투르게네프의 언덕」, 『하늘과 바람과 별과 시』, 정음사 1955, 김진영, 앞의 글
33면에서 재인용.

방정환의 '동정'과는 달리 자신의 측은지심을 비웃는 자조감이 승해 보이지만, 공통의 감정이 더 크게 느껴지는 게 사실이다. 왜일까? 의표를 찌르면서 자각과 성찰을 불러오는 시적 긴장, 혹은 역설적 구조를 지닌 텍스트의 두께에 답이 있지 않을까?

4. 「참된 동정」의 수사학

이제 『신청년』 3호에 수록된 방정환의 「참된 동정」을 살펴볼 차례이다. 원문과 현대어로 고친 텍스트를 함께 소개한다.

참 된 同 情

어느날巴里市中에 서三人의少女가 衰瘦한可憐한어린거지를맛낫다 거지는세少女에게哀然히求乞하야왓다。 한少女는十錢을주엇다 그를可憐히生覺하야 坐한少女는貳拾錢을주엇다 그런되남아지少女는맛참一分도가지지아니하얏스나 同情의마음은두少女보다더하얏다 래서그少女는거지엽흐로닥아서셔 그의쌤에입을맛취주엇다 거지는 김히感心되야暫時우두머니섯더니 이윽고 지나가는쏫장사를불너셔 只수두少女에게밧은十錢과二十錢을다―쥬고薔薇쏫을 사서 恭遜히 그少女의가삼에밧쳣다

어느 날 파리 시중에서 3인의 소녀가 쇠수(衰瘦)한 가련한 어린 거지를 만

났다. 거지는 세 소녀에게 애연히 구걸하였다.

그를 가련히 생각하여 한 소녀는 10전을 주었다. 또 한 소녀는 20전을 주었다. 그런데 나머지 소녀는 마침 일 푼도 가지지 아니하였으나 동정의 마음은 두 소녀보다 더하였다. 그래서 그 소녀는 거지 옆으로 다가서서 그의 뺨에 입을 맞춰 주었다.

거지는 깊이 감심되어 잠시 우두커니 섰더니 이윽고 지나가는 꽃 장사를 불러서 지금 두 소녀에게 받은 10전과 20전을 다 주고 장미꽃을 사서 공손히 그 소녀의 가슴에 바쳤다.[20]

목차와 본문 어디에도 작가 이름은 보이지 않는다. 똑같은 내용을 나중에 두 차례나 동화로 바꿔서 발표한 사실에 비추어 발표자가 방정환이라는 데에는 의문의 여지가 없다.[21] 초창기 신문과 잡지에 실린 작품

---

20 방정환 「참된 동정」, 『신청년』 1920.8, 한국방정환재단 엮음 『정본 방정환 전집 1』, 창비 2019, 270면. 전체 2행(단락)을 3행(단락)으로 고쳐서 인용했다.

21 본고는 '최초 개작자'를 방정환으로 간주하고 논의를 진행했으나 다른 가능성도 열어 두어야 할 것이다. 먼저 생각해 볼 수 있는 것은 방정환이 일본 작가의 「참된 동정」을 번역했을 가능성이다. 최근 방정환의 일본 작품 번역에 대한 연구가 꽤 진척된 가운데 「참된 동정」에 관해서는 보고된 게 없는 만큼 일본 작가의 개작 텍스트를 번역했을 가능성은 희박한 편이다. 하지만 서구 이를테면 프랑스 작가가 개작한 것을 일본에서 번역 소개하고 이를 다시 방정환이 번역했을 가능성이 존재한다. 방정환이 「참마음」을 발표한 다음 해 『조선일보』(1926.3.20)에 비슷한 내용으로 된 이정호의 「참된 동정」이 또 실려 있다. 이정호가 방정환의 텍스트를 조금 고쳐서 자기 이름으로 발표한 사례는 한두 번이 아니지만 주로 외국 작품이었다. 애초 프랑스 소학독본 같은 데에 실린 작품을 일본 중계로 국내에 들여왔을 가능성이 제기되는 것이다. 이게 사실로 밝혀지면 '산문시' 규정은 다소 생뚱맞은 것일 수 있고, 개작 과정에서의 '창의적 상상력'은 최초 개작자의 몫이다. 앞으로 연구가 더 진행돼야 확실해지겠지만, 최초 개작자가 따로 존재할지라도 방정환이 이를 '수용'하여 국내에 소개한 '의도'와 '효과' 등은 해명할 가치가 충분하기에, 거기 초점을 둔 본고의 기본 취지는 크게 퇴색되지 않으리라고

들이 대개 그러하듯이 여유롭지 못한 지면 사정 탓에 띄어쓰기와 행(단락)의 구분이 분명치 않다. '상황-행위-응답'이라는 삼단구성에 따라 3행(단락)으로 나누면 어느 정도 원문과 일치한다. 장르 이름이 밝혀져 있지 않은 이 텍스트를 '산문시'로 보는 이유는 무엇인가? 전체 7개 문장으로 원작보다도 길이가 짧거니와 인물과 상황의 전개 면에서 투르게네프 산문시 「거지」를 고쳐 쓴 것임이 분명해 보인다.

방정환은 원작을 어떻게 바꾸었는지 살펴보자. 가장 큰 변화는 1인칭이 아니라 3인칭이라는 점이다. 배경이 되는 '거리'는 투르게네프가 살았던 '파리 시중'으로, '나'는 '3인의 소녀'로, '늙은 거지'는 '어린 거지'로 바뀌었다. 어른을 어린이로 바꾼 것은 어린이 쪽이 더 순수한 동정심의 소유자일뿐더러 '입맞춤-장미꽃'에서 성적 욕망의 이미지를 제거하려는 의도의 반영일 듯싶다. 배경이 '파리 시중'인 것은 원작을 환기시키기 위함일 수도 있지만, 거리의 '입맞춤-장미꽃'에서 위화감을 느낄 독자가 없지 않다고 여겨졌기 때문일 것이다. 거리의 포옹과 같은 감정 표현은 우리에게 낯선 문화일 테니까. 원작에서는 거지의 손을 잡고 용서를 구하는 말이 적선의 말로 되돌아오는데, 여기에서는 뺨에 입을 맞추는 행위가 장미꽃을 바치는 행위로 되돌아온다. 인상적인 객관적 상관물을 가져와서 극적인 효과를 높였다. 어린 거지가 답례로 장미꽃을 바칠 수 있으려면, 가진 게 없어 입맞춤으로 대신한 소녀와 대비되면서 얼마간 돈을 베푸는 두 소녀가 필요하다. 1인칭을 3인칭으로 바꾸고 인물을 더 보탠 것이나 연령을 낮춘 것 모두 유기적 짜임과 이어지는 불가피한 선택인 셈이다.

본다. 이런 취지와 한계를 십분 감안해서 읽어 주기 바란다.

투르게네프의 「거지」에서는 맨 마지막에 자기야말로 적선을 받았다는 '나'의 깨달음이 직접 토로된다. 그에 비해 「참된 동정」은 제목에 주제를 노출하는 산문성이 조금 아쉽지만, '참된'이라는 수식어를 붙여서 더 깊은 깨달음으로 유도한다. 언뜻 보기에는 소녀가 거지의 뺨에 입맞춤을 하는 것이나 거지가 동냥 얻은 돈으로 장미꽃을 사서 바치는 행위는 비상식적이고, 돈을 건넨 두 소녀가 상식적이다. 하지만 모두가 궁핍한 시절에는 '가진 게 없는' 편이 더 전형적이거니와 소녀의 입맞춤에는 돈 이상의 의미, 즉 형제애에서 우러나온 인격적 예우와 평등의식이 담겨 있다. 어린 거지가 소녀의 입맞춤에 감동해서 장미꽃을 사다 바친 것은 그 때문일 것이다.

따라서 '입맞춤-장미꽃'의 주고받음은 원작에서 손을 맞잡고 '형제' 호칭을 주고받은 것에 대응하며, 차별 없는 보편적 인간애이자 인권의식으로 통한다. 어린 거지가 동냥받은 돈으로 장미꽃을 사서 바친 탓에 굶어죽을 운명이라고 보는 것은 일종의 과잉 해석에 가깝다. '밥 대신(or) 꽃'이 아니라 '밥 그리고(and) 꽃', 이른바 '빵과 장미'[22]의 상상력

---

22 '빵과 장미'는 영국의 좌파 영화감독 켄 로치의 영화 제목으로 쓰이면서 더 익숙해졌는데, 1911년부터 행해진 '세계 여성의 날'을 상징하는 구호다. 빵은 '생존', 장미는 '인권'을 의미한다. 1908년 3월 8일 미국 뉴욕에서 비인간적인 노동에 시달리던 섬유 노동자 1만 5000명은 "생계를 위해 일할 권리(빵)을 원하지만 인간답게 살 권리(장미) 또한 포기할 수 없다."며 10시간 노동제, 임금 인상, 참정권 보장을 요구하는 시위를 벌였는데, 이를 계기로 오늘날과 같은 의미를 갖게 되었다. 여성 노동자가 직접적으로 '빵과 장미'라는 구호를 사용한 것은 1912년 미국 매사추세츠주 로렌스 직물공장 여성 노동자 파업이다. 당시 이 파업에서 여성 노동자들은 "우리는 빵을 원한다. 그리고 장미도 원한다."라는 손 팻말을 활용했는데, 이 때문에 로렌스 섬유 파업은 '빵과 장미 파업'이라고 불리기도 한다. 김환표 『트렌드지식사전 3』, 인물과사상사 2015, 414면. 우리나라에서 '여성의 날'은 1920년에 첫 행사가 열렸으니 1922년에 첫 행사가 열린 천도교소년회의 '어린이 날'보다 빠르다. '여성의 날'의 사회적 파급력은 신문에 대대

으로 봐야 한결 자연스러운 것이다. 소녀의 입맞춤에 방점이 찍혀 있다고 해서 다른 두 소녀의 동정을 거짓으로 보는 것 또한 과잉 해석에 속한다. 이 텍스트의 비유관계와 의미층위를 알기 쉽게 도표화하면 다음과 같다.

행위	비유	의미	주제
돈	빵	생존	동정
입맞춤	장미	인권	참된 동정

원작과 개작의 주제어로 각각 '적선'과 '동정'을 떠올릴 만하다. 그런데 두 작품 모두 반전을 통해 '참된 적선'과 '참된 동정'의 의미를 깨닫게 한다. 「참된 동정」의 상상력이 '비상식적·비현실적'이라는 일부의 오해는 다름 아닌 산문적·사회학적 해석에 치우친 결과일 테고, '상식 파괴의 시적 효과'에 유의하면서 텍스트의 이면적·역설적·복합적 의미에 다가서는 것이 제대로 된 독법이 아닐까 한다.

뒤에 동화로 개작한 두 텍스트도 크게 다르지 않다. 『조선일보』의 '어린이신문'란에 수록된 「참마음」은 첫 문장이 "서양 어린이의 이야기입니다."로 시작된다. 경어체를 써서 친절한 들려주기 방식의 서술을 꾀하는 한편, 어린 거지의 비참한 행색을 더 생생하게 그려 냈다. "바람이 불고 눈이 오시는 추운 날 찢어진 옷을 입고 맨발을 벗고 길거리에서 발발 떨면서 울고 있는 어린 거지가 있었습니다."…… 스토리에는 변화가

적으로 보도된 '어린이 날'에 비할 바 아니다. '빵과 장미 파업'에 관한 국내 소개도 찾아보기 어렵다.

없다. 다만 어린 거지가 꽃을 사서 바치는 장면의 맨 끝에 "돈은 없어도 마음으로 그렇게 동무같이 알아주는 것이 제일 고마웠던 까닭입니다." 하고 풀어서 알려 주는 문장을 덧붙였다. 어린 거지에게 가장 절실한 것은 "동무같이 알아주는 것"임을 콕 집어내서 만인에 대한 차별 없는 평등의식, 인격적 예우의 소중함을 강조한 것이다.

『어린이』의 '어린이독본'란에 수록된 텍스트는 다시 「참된 동정」이라는 제목을 달았다. 독본의 성격에 맞추어 서술을 한층 깔끔하게 다듬었다. 또한 '가진 게 없는 소녀'는 "구차한 집 아이"라면서 그 형편을 밝혔고, 어린 거지의 "때 묻은 이마"에 입맞춤했다면서 보다 구체적인 서술로 나아갔다. 그런데 여기에 와서 배경이 "서울 종로 네거리에 있는 종각 모퉁이"로 바뀐다. 손에 잡힐 듯한 구체적인 서술과 함께 익숙한 장소를 들어서 이야기의 현실감을 높이려고 했겠지만, "종로 네거리"에서 벌어진 '입맞춤-장미꽃'('어여쁜 꽃 한 묶음'으로 바뀜)은 조금 낯설게 느껴진다. 어디까지나 문학적 상상으로 보면 될 일임에도, 본고 서두에서 보았듯이 "마치 서양의 부잣집 아이들이 나오는 동화를 읽는 것 같아요. 아이들은 조선의 굶주린 불쌍한 아이들인데, 그런 아이들이 하는 행동은 서양식이잖아요." 같은 반응이 나올 소지가 더 커진 점은 부인할 수 없다.

배고픈 어린 거지로 하여금 장미꽃을 사서 바치게 만든 소녀의 '입맞춤'(그리고 이런 스토리를 만들어 낸 방정환의 '문학적 상상')은 사랑의 실천일까, 아니면 낭만적 환상일까? 정답은 없다. 어쩌면 둘은 붙어 있는 게 아닐까 싶다. 필자는 소녀의 입맞춤 곧 방정환의 문학적 상상을 '어린 거지에게 삶의 의미를 부여하고 살아갈 힘을 주어서 바닥으로부터 일으켜 세우는 더 높은 구원의 행위이자 아름다운 사랑의 실천'으로 보고자 한다. 이렇게 보는 것이 더 시적이고 동화답기 때문인데, 그렇다면 군이 낭만적 환상을 밀쳐 낼 일도 아니다. '시적인 것' '동화다운 것'이 뭐냐고 따진다면, 장르 특성을 고려한 '문학적 형상화'를 가리키는 말이라고 답하겠다.

문학 텍스트의 고유한 성격은 그것이 '해석'의 대상이라는 점에 있다. 텍스트에 숨어 있는 의도성과 시대성의 상호관계를 잘 살피면 더 많은 것들이 보인다. 앞에서『신청년』시기의 방정환과 투르게네프의 국내 수용 양상 등을 검토한 것은 그 때문이다. 투르게네프의 산문시「거지」를 부르주아 휴머니즘 또는 값싼 동정의 표현으로 간주하지 않는 것은 귀족 출신인 그가 농노해방령이 공표된 혁명의 지지자였고 누구보다 예민한 사회소설의 작가였던 것과 어느 정도 관련될 것이다. 방정환의「참된 동정」을 두고도 똑같이 말할 수 있다. 이 텍스트에 나타난 '빵과 장미'의 상상력은 천도교 어린이 해방운동이 '경제적 압박으로부터 해방'과 함께 '윤리적 압박으로부터 해방 곧 인격적 예우'를 부르짖은 사실에 정확히 대응한다.[23]

---

23 1923년 5월 1일 제1회 어린이날 행사 때 나눠 준 전단을 보면 '소년운동의 기초 조건'이라는 제목 아래 다음과 같은 3개 조항의 구호가 적혀 있다. "1. 어린이를 재래의 윤리적 압박으로부터 해방하여 그들에게 여한 완전한 인격적 예우를 허하게 하라. 1. 어린이를 재래의 경제적 압박으로부터 해방하여 만 14세 이하의 그들에게 대한 무상 또는 유상의 노동을 폐하게 하라. 1. 어린이 그들이 고요히 배우고 즐거이 놀기에 족할 각양의 가정 또는 사회적 시설을 행하게 하라." (『동아일보』1923.5.1, 강조는 인용자).

5. 개벽사상의 문학적 실천

방정환에게 사회운동과 문학운동은 처음부터 둘이 아니라 하나였다. 그의 문학적 출발인 경성청년구락부와 『신청년』을 통해 이 점은 어렵지 않게 확인된다. 1기 『신청년』의 중심인물로서 메시지를 '형상적으로 표현'하는 데 능한 엄밀한 의미의 '작가'는 방정환이 거의 유일했다. 앞서 『신청년』의 「참된 동정」을 개벽사상의 문학적 실천으로 볼 수 있는 근거는 어느 정도 해명되었을 줄로 안다. 사실 이 작품이 '산문시'냐 아니냐 하는 것은 그리 중요한 문제가 아니다. 핵심은 이미 잘 알려진 대로 방정환의 문학적 뿌리가 동학과 천도교에 닿아 있다는 점이다. 이 문제는 단순히 작가의 사상적 거처를 확인하는 것 이상의 의미를 지닌다. 아직까지도 방정환의 지향과 실천에 대해 '좌파냐, 우파냐?' '문화운동이냐, 문학운동이냐?' 하는 것이 쟁점으로 남아 있기 때문이다. 필자는 방정환 문학의 본질을 이루는 '개벽사상'을 새롭게 인식하는 것으로 이 문제를 해결할 수 있다고 본다.[24]

동학은 그 명칭이 말해 주듯이 강한 민족적 지향을 내세웠으며 기층민중에 기반을 두었다. 그리하여 19세기 말 대내외적 모순이 극에 달하자 외세와 지배권력에 맞서면서 민중의 이해를 대변하는 혁명운동으로 발전했다. 동학농민혁명이 좌절되고 근대 종교로 거듭난 천도교에서 전개한 민족사회운동은 근대적 과제의 해결과 그 극복을 함께 모색하

---

24 '개벽'에 대한 새롭고도 적극적인 의미 부여는 조성환 『한국 근대의 탄생: 개화에서 개벽으로』, 모시는사람들 2018 참조.

는 '개벽운동'이었다. 개벽사상은 서구적 근대 추종의 '개화'와는 구분되지만, '개조' '개혁'과는 잘 어울리는 독특한 원리에 서 있다. 개화운동이 문명개화론이라면, 개벽운동은 문명전환론이었다. 개벽사에서 펴낸 『개벽(開闢)』과 『별건곤(別乾坤)』이라는 제목부터가 천도교 지상천국 이념과 그 혁명적 성격을 드러낸다. 근대 전환기의 계몽 지식인들은 사회진화론에 매료되어 부국강병을 앞세웠다. 그런데 사회진화론은 약육강식의 제국주의 질서를 정당화하는 논리였다. 일찍이 동학은 부국강병이 아니라 보국안민을 내세웠거니와, 개벽운동은 사회진화론이 아니라 상호부조론을 강조했다. 예컨대 "『개벽』 창간호에 발표된 「세계를 알라」는 『개벽』의 반(反)사회진화론적 태도를 분명히 했"으며, "사회진화론을 폐기하고 상호부조의 사회질서를 새롭게 건설하는 것이야말로 인류가 당면한 '개조'의 본령이라고 보았다."[25]

방정환은 천도교 교리 공부에 늘 갈증을 느꼈다고 한다. 실천가인 그가 교리에 얼마나 밝았는지는 미지수겠으나, 적어도 교주의 말씀을 담은 경전과 이돈화가 정리한 인내천주의에서 얻은 기본 이해를 바탕으로 김기전과 함께 개벽운동의 최전선에 위치해 있었던 것만은 틀림없는 사실이다. 김기전의 「개벽운동과 합치되는 조선의 소년운동」(『개벽』 1923.5)은 "어린이를 때리는 것은 한울님을 때리는 것"이라는 해월신사(海月神師)의 법설에 근원을 두고 당대의 실천 방략을 이론화한 대표적

---

25 한기형 「『개벽』의 종교적 이상주의와 근대문학의 사상화」, 『상허학보』 17집, 2006, 47~48면. 방정환이 『신청년』 3호에 「참된 동정」과 함께 발표한 번역 소설 「귀여운 희생」은 창수가 살아 있는 나비에게 칼을 들이대며 해부를 하려들자 이런 차가운 과학만능주의를 우려하면서 생명의 소중함을 일깨우는 누나의 희생적 행동을 그린 것이다. 비록 번역이지만 이 시기에 과학만능주의와 부딪치는 생명의식을 드러낸 것도 예사로운 일은 아니다.

인 글이다. 이 글과『어린이』창간, 색동회 창립, 제1회 어린이날 기념행사 등은 동시다발적인 역사적 신호탄이었던바, 방정환은 이때부터 소년운동과 아동문학을 대표하는 실천가로 흔들림 없이 나아갔다.

김기전과 방정환은 사회주의 세력과도 손을 잡았다. 방정환은 일본 유학에서 동심주의와 사회주의 사상을 접촉한 뒤, 곧바로 이를 국내에 소개하는 역할을 했다. 방정환의 사회주의 수용은 유행 풍조를 따른 것이라기보다는 개벽사상과의 접목 지점을 자기화한 것이라고 봐야 할 것이다. 개벽사에서 박영희, 허정숙, 백철, 송계월 등 사회주의자들이 근무할 때 천도교 인사들과 갈등을 빚은 사례가 알려진 것은 전혀 없다. 방정환은 사회주의 단체나 카프에 소속하지는 않았으나 반대를 표명한 적이 없었고 사회주의 작가들을 개벽사 잡지의 주요 필자로 끌어안았다. 러시아 소년운동(피오네르) 같은 것에 대해서도 가장 적극적인 소개자였다.

그렇다고는 해도 방정환은 '사회주의자'일 수가 없었고, 당대 사회주의운동과는 뚜렷이 구분되는 실천을 보였다. 개벽운동과 사회주의운동의 차이점 때문이라고 할 수 있다. 카프를 비롯한 당대의 사회주의운동은 민족주의운동과 거의 빙탄불상용의 대립각을 드러냈으며, 정신을 물질의 표현으로 간주하는 기계적 유물론과 전위론을 앞세우는 볼셰비즘 노선을 따랐다. 이에 비해 개벽운동은 '정신개벽, 민족개벽, 사회개벽'이라는 3대 개벽을 제창했고,[26] 자율성과 자발성을 중시하는 대중노

---

26 개벽운동이 좌와 우로 크게 기울지 않고 민족협동전선을 지향한 근거를 여기에서 찾을 수 있다. 1920년대 개벽사에 발행한『사랑의 선물』(1922),『조선지위인(朝鮮之偉人)』(1922),『사회주의학설대요』(1923)는 '3대 개벽'과 제각각 짝을 이루는 것이라 눈길을 끈다.

선을 지켰다. 3대 개벽 중에서 정신개벽이 특징적인데, 이를 통해 '성찰적 진보'에도 다가설 수 있었다. 사회주의 소년운동을 대표하는 '오월회'의 중심인물들은 주로 천도교와 대립한 시천교(侍天敎)에 소속해 있으면서 성마른 '팸플릿 사회주의' 청년운동의 오류를 답습했다. 비유하자면 이들은 '빵'만 보고자 했지 '장미'를 보려 하지 않았다. 급진적 좌파의 이런 인식상의 결함이 창작에서는 속류유물론의 환경결정론으로 나타났다. 프롤레타리아 아동문학의 계급주의 도식에 방정환이 공감했을 리 만무하다.[27]

천도교 개벽운동에서 관념적인 문제점이 없었는지에 관해서는 별도의 논의가 필요하다고 본다. 그러나 적어도 개벽사상에 담긴 해방의 철학은 소승적 정신운동에 갇히지 않고 시대현실과 접목되어 피압박 민족, 민중은 물론이고 여성, 어린이 등 소수자와 약자의 해방을 실현하려는 대승적 사회변혁운동으로 이어졌다. 이 점에서 천도교 사회운동의 선두로 나선 김기전과 방정환의 개벽운동은 1920년대 문화운동의 흐름에 속해 있더라도, 사회변혁을 방기한 보수적 우파의 수양론, 개조론, 자치론과 날카롭게 구별된다는 것이 필자의 생각이다.

방정환의 작가적 활동이 출발부터 개벽사상의 문학적 실천임을 알게 해 주는 글로 「작가로서의 포부: 필연의 요구와 절대의 진실로」(『동아일보』 1922.1.6)를 다시 보게 된다. 이 글은 그가 왜 문학을 하는지에 대해 초

---

27 환경결정론적 계급주의 도식으로 지어진 동요의 사례를 두 개 들어 본다. "너희들 주먹들은 하이얀 주먹/우리들 주먹들은 시꺼먼 주먹/(…)/뉘 주먹이 세인가 싸워를 볼까."(홍구 「주먹쌈」, 『신소년』 1932.2) "크고 무거우면 제일인 줄 알고/크게크게 만든 그 간판 소년회 간판/낑낑깽깽 메고 들고/너희들은 어디로 가니//(…)//가거라 너희들 어서 가거라/미리미리 너희 편 찾아 가거라/알진알진 재롱을 피지 말고/가거든 오지도 마라 쌈터에서 만나자." (정청산 「가거라」, 『별나라』 1932.4)

심자의 자리에서 작가적 태도를 표명한 또 하나의 매니페스토라고 할 만하다. 대개는 방정환의 민중 지향을 보여 주는 사례로 인용되곤 하는데, 잘 살펴보면 행간 곳곳에 개벽사상이 짙게 밴 것을 알 수 있다.

방정환은 "참을 수 없어서" "나 자신의 생활을 채찍질하기 위하여" 창작을 한다면서, "습관, 모순, 허위, 죄악, 쟁투, 미몽, 이 속에 묻혀 사는 많은 인류 중의 한 사람으로서 될 수 있는 대로 나 자신의 참으려 하여도 참을 수 없는 요구와 절대의 진실로써 되는 창작! 그것에 의하여 나는 구원을 얻고자" 한다고 토로했다. 이어서 "사람으로서의 필연의 요구! 그것은 우리 인류 누구에게나 있지만 세간적 생활은 그것을 막고 가리었습니다." 그리하여 "더욱 절실"하고 "금하려야 금할 수 없이 뜨거운 힘으로써 나타나"는 "참을 수 없는 필연의 요구와 절대 진실로 된 창작, 그걸로 하여 거기에는 항상 새로운 세상이 나타나는 것입니다. 즉 참된 새 생명이 창조되는 것입니다." 하고 갈망했는데, 이는 문명전환과 천지개벽을 염두에 둔 표현이 아닐 수 없다. 새 생명의 창조는 "일시의 개조나 한때만의 창조가 아니고, 늘 시시각각으로 창조되는 새로운 생! 그걸로 하여 우리는 자꾸 참된 세상으로 나아가게 되는 것"이라고 했다. 창조적인 작가는 제도에 흡수되는 것이 아니라 아웃사이더의 자리에서 영구혁명을 지향한다는 의미로 읽힌다. 다음에는 "나 자신이 민중의 1인인 이상, 거짓 없는 진실한 나의 요구는 그것이 많은 민중의 그것과 그다지 다르지 아니할 것"이라는 전제하에, "많은 민중은 모두 모순, 불합리, 혼돈한 속에서 생존경쟁이란 진흙 속에서 털벅거리고 있"으며, "다만 소극적으로 빈궁을 피하고 기아를 면하"려는 욕망 속에서 "빈약자는 부강자에게 자꾸 그 고기를 먹히고 있"다고 일갈했다. 작가의 역할을 힘주어 밝힌 대목은 다음 부분이다.

비참히 학대를 받는 민중의 속에서 소수 사람에게나마 피어 일어나는 절실한 필연의 요구의 발로, 그것에 의하여 창조되는 새 생은 이윽고 오랜 지상의 속박에서 해방될 날개를 민중에게 주고, 민중은 그 날개를 펴서 참된 생활을 향하여 날게 되는 것이니, 거기에 비로소 인간 생활의 신국면이 열리는 것입니다.

이리하여 항상 쉬지 않고 새로 창조되는 신생은 민중과 함께 걸어갈 것입니다.[28]

위의 인용문에서 "소수 사람"은 바로 '작가'를 가리킨다. 즉 작가는 "민중"으로부터 나와서 "새 생"을 창조하여 민중에게 "지상의 속박에서 해방될 날개"를 주는 존재이다. 전반적으로 추상적 표현이기는 하다만, "인간 생활의 신국면" "신생" 등은 개벽사상과 통하는 말로 보기에 모자람이 없다.[29] 요컨대 방정환의 '민중문학론'(그리고 본고에서는 생략한 '대중문학론')은 개벽사상에서 비롯된 것임이 거의 확실하다.

방정환의 문학을 개벽사상의 실천으로 바라보면, 그간 방정환 문학에 대한 긍정적 평가에서 나온 몇 가지 서로 다른 표현들도 그 뿌리를 더욱 단단히 묶어세울 수 있다. 이원수는 "슬픔을 같이 보고, 같이 울어

---

28 방정환 「작가로서의 포부: 필연의 요구와 절대의 진실로」, 『동아일보』 1922.1.6, 한국방정환재단 엮음 『정본 방정환 전집 2』, 창비 2019, 682면.
29 일찍이 염희경도 방정환이 1921년 천도교청년극회를 이끌면서 공연한 연극 「신생의 일」이 '인내천주의를 선전'하는 작품임을 들고, '신생'의 기저에는 인내천 사상과 지상천국건설의 이념이 깔려 있다고 보았다. 염희경 『소파 방정환과 근대 아동문학』, 경진출판 2014, 106~107면.

주는 문학"[30]이라고 표현함으로써 이른바 '눈물주의'에 대한 비판에서 방정환을 구해 냈다. 이 말에 대해 '감상적 색채를 단지 좋게 표현한 것'이라고 쉽게 넘어가면 핵심을 놓치는 꼴이다. 물론 방정환의 개개 작품에 나타난 눈물주의나 감상주의적 한계를 덮자는 말은 결코 아니다. 그 원천을 제대로 파악해서 당대의 상투적 경향과 구별할 필요가 있다는 것인데, 필자는 이원수의 표현에서 "같이"를 더욱 주목해야 한다고 본다. "같이"는 동참의 의미뿐 아니라 '인격적 예우'라는 수평의식의 발로임을 환기시킨다. 염희경은 「왕자와 제비」「은파리」「낭견으로부터 가견에게」 등의 번안·창작이 "천도교사회주의 관점"[31]의 투영임을 밝힘으로써 방정환의 사상적 진폭을 확장하는 데 크게 기여했다. 그런데 '천도교사회주의'는 '기독교사회주의'에서 가져온 합성어이므로 차라리 개벽사상을 전면화하고 '천도교사회주의'라는 표현은 필요에 따라 제한적으로 쓰는 것이 어떨까 싶다. 최근 오현숙은 '숭고미'라는 표현으로 방정환의 『사랑의 선물』을 새롭게 해명했다. 『사랑의 선물』에 실린 것들은 "인간이 가진 이중성을 주인공의 희생을 통해서 통합시키면서 '숭고미'를 창출"하는데, 이는 "기독교적인 전통에서 초월자에게 의탁하는 구원이 아니라 인간 스스로 내면을 자각함으로써 존재의 인식론적 상승을 이룬다는 점에서 천도교적인 문맥의 구원이라고 할 수 있다."는 것이다.[32] 이러한 '숭고미' 또한 개벽사상에서 비롯되었다는 지적이 아닌가?

---

30 이원수 「소파와 아동문학」(1965), 『이원수아동문학전집 29』, 웅진출판 1984, 170면.

31 염희경, 앞의 책 196면.

32 오현숙 「방정환의 『사랑의 선물』에 나타난 멜로드라마적 특성과 동화의 숭고미」, 『아동청소년문학연구』 제17호, 2015, 93~94면.

천도교 개벽사상의 '개벽'은 모든 것을 빨아들이는 블랙홀과 같은 추상적 명사라기보다 분명한 역사적 배경에서 나온 고유명사에 가깝다. 투르게네프의 「거지」를 고쳐 쓴 「참된 동정」은 이 개벽사상과 이어져 있으며, 이 땅에 아동문학의 씨앗을 뿌린 방정환다운 문학적 실천의 소산이라고 결론지을 수 있겠다.

방정환 담론 변천사

1. 들어가며: 방정환의 문제성

방정환의 시대가 한 세기를 경과했음에도 그는 왜 여전히 문제적인가? 방정환이 한국 아동문학의 창시자이고 개척자라는 점은 이론의 여지가 없다. 그러나 한국 근현대사의 파행으로 인해 그에 대한 평가는 크게 분열되어 있다. 방정환 역시 최근 뜨겁게 달구어진 '역사 논쟁'의 한복판에 자리하고 있는 셈이다. 그뿐이 아니다. 근대에서 발원한 문제들은 오늘날 근본적인 성찰의 대상으로 떠올라 있다. 우리가 자명하게 여겨 왔던 제도로서의 근대를 돌아보는 탈근대적 시각의 방정환 연구는 거의 시작 단계에 불과하다. 그런데 탈근대적 시각은 식민지와 분단이라는 한국 사회의 특수성에 얽힌 문제들을 일반화하는 경향이 없지 않다. 한국 근대의 파행과 한계에서 비롯된 문제들을 해결하는 데에는 여러 개의 눈이 필요하지 않을까 싶다. 근대 기획이 아직까지 미완인 점도 고려해야 하거니와 탈근대, 탈식민주의 못지않게 탈냉전의 시각도 중요하다.

'방정환 담론'에서 방정환은 주어가 아니라 목적어다. 즉 이 글은 '방정환에 대한 담론'에 대한 고찰이다. '담론'은 어떤 대상에 대한 체계적인 논의를 가리킨다. 중요한 것은 미셸 푸코(Michel Foucault)가 통찰했듯이 담론이 구체적인 대상을 지시하는 것이 아니라 대상이 담론으로 구성된다는 점이다. 담론은 동질성을 지향하는 의식과 사고의 체계이고, 사회적 관습으로 유지되며, 선택과 배제의 권력이 작동되는 이데올로기성을 지닌다. 그 때문에 특정 담론을 둘러싼 헤게모니 쟁투가 벌어지기도 하고, 시대에 따라 담론이 바뀌기도 한다. 전체주의 사회라면, 지배담론에 대한 저항담론은 단죄와 처벌의 대상이 된다.

담론의 생성과 변화를 살피는 데에는 질 들뢰즈(Gilles Deleuze)의 '영토화' 개념이 유효하다. 특정 담론이 생성되어 일정한 공간을 점유하는 과정을 '영토화'라고 한다면, 그러한 환경과 체계에서 벗어나려는 지향을 '탈영토화'라고 할 수 있다. '재영토화'는 탈영토화와 짝을 이루는 것으로, 영토화에서 벗어나 새로운 체계를 세우는 것을 말한다. 탈영토화와 이어진 재영토화는 제각각일 수 있다. 방정환 담론에 국한해서 본다면, 색동회 계열이 주도한 방정환 담론은 '영토화', 북한처럼 카프 계열이 주도한 방정환 담론은 완전히 다른 체계를 세우려 했기에 '탈영토화', 최근 한국처럼 기존 체계의 구성을 바꾸거나 재배치해서 새로운 방정환 담론을 세우려는 것은 '재영토화'일 것이다.

2. 방정환 담론의 분화와 변화 과정

담론은 대상과 연관된 핵심어의 선별과 배치로 구성되며, 담론의 성격은 그것을 구성하는 핵심어를 통해서 드러나게 마련이다. 사람들은 '방정환' 하면 어떤 이미지를 떠올릴까? 즉 상식적인 수준의 '방정환 연관 핵심어'는 무엇인가? '어린이, 어린이날, 어린이 사랑, 나라 사랑, 어린이문학(동요, 동화, 동극, 옛이야기), 동심, 색동회……' 등이 아닐까 싶다. 추측건대 아동문학 관계자는 이것들에다 '동화구연가, 소년운동, 천도교, 『어린이』, 『사랑의 선물』, 동심천사주의, 민족주의, 교육사상가……' 등을 더 보탤 수 있을 것이다. 방정환 전문 연구자라면 또 여기에 '손병희 사위, 천도교청년회, 『신청년』, 『백조』 동인, 김기전, 『개벽』, 『신여성』, 『별건곤』, 잡지 편집자, 어린이 해방, 메이데이, 사회주의, 현실변혁, 민중지향, 검열, 민족운동, 투옥……' 등을 더 보탤 만하다. 누구는 '사회주의'나 '메이데이' 연관을 무척 낯설어할지도 모르겠으나, 이것들은 모두 방정환과 직간접적으로 이어져 있다.

이들 핵심어 가운데 어느 것을 선택해서 어떻게 배치하느냐에 따라 결과가 크게 달라진다. 예컨대 '어린이 해방, 메이데이, 사회주의, 현실변혁, 민중지향, 검열, 민족운동, 투옥' 등으로 이뤄진 방정환 상(像)은 '어린이, 어린이날, 아동애호사상, 『사랑의 선물』, 동심, 색동회, 애국자' 등으로 이뤄진 방정환 상과 상당한 격차를 보일 것이다. 어느 한쪽은 거짓이고 어느 한쪽은 참인 것이 결코 아님에도 정반대의 이미지가 서로 경쟁할 수 있다. 콘텍스트가 텍스트의 의미를 바꾸는 이치라고 하겠다. '방정환 담론'은 방정환과 연관된 핵심어를 생성할 뿐만 아니라 일정한 선별과 배치를 통해 하나의 통일된 이미지를 구축한다. 이것이 지배적인 이미지로 굳어지는 과정이 말하자면 '영토화'이다.

1) 색동회 계열에 의한 영토화

방정환 담론은 살아생전의 이미지, 작고 당시의 추도사, 지인들의 회고록 등에서 추려진 핵심어들이 의미망을 이루며 영토화된다. 그런데 어느 시기부터는 사회적으로 집중 관리되는 비약적인 단계에 돌입한다. 대략 1960~70년대에 색동회가 주도하고 한국문인협회 계열의 아동문학 단체들이 함께 참여하면서 '위인 방정환'에 대한 국민의 상식이 만들어진다. 국가적 차원의 제도적 뒷받침이 이를 보장했다. 색동회는 방정환 사후에는 이렇다 할 조직활동을 보이지 않다가 6·25전쟁 이후 어린이운동을 발판 삼아 다시 결집한다. 방정환 작고 후는 사실상 '후기 색동회'라고 봐야 할 것이다. 한편, 1960년대부터 교과서, 문학전집, 문학사를 통한 정전화가 본격화된다. 이때 이재철은 초등 교과서, 방정환문학전집, 아동문학사 서술에 깊이 관여하면서 색동회 계열의 방정환 담론을 체계적이고 이론적으로 뒷받침한 대표적인 아동문학 연구자였다.

1931년 7월 23일 방정환이 작고하자 각 일간지들은 부음과 영결식 소식을 전한다. 『동아일보』는 따로 월생(月生)의 「소년소녀의 친구 방 선생님 이야기」(1931.7.26.~7.29)를 세 차례에 걸쳐 연재했다. 『어린이』 1931년 8월호는 '고(故) 방정환 선생 추도호'로 꾸며졌다. 『어린이』로 등단한 동요시인 윤석중과 이원수의 추도시, 영결식에서 발표한 편집 겸 발행인 이정호의 추도문, 이종린(천도교회), 이광수(동아일보 편집국장), 안재홍(조선일보 사장), 박희도(중앙보육학교장), 정홍교(조선소년총연맹), 이성환(전조선농민조합), 최진순(색동회), 연성흠(별탑회), 손성엽(천도교 구소년회원), 최경화(『어린이』창간 당시 애독자), 윤석중 등 각계 인사의 추도사, 진장섭(색동회), 차상찬(개벽사 주간), 최영주(개벽사 여성부), 정홍교(조선소년연맹), 김영팔(경성방송국), 유광열(조선일보), 김을환(매일신보) 등의 일화 소개, 이정호의 방정환 선생 일대기 등을 한데 묶었다. 각계의 추도사와 일화 소개에서 핵심어를 뽑아 보면 '소년문학과 소년운동의 선구자, 개척자, 지도자' '어린이의 벗, 보모, 아버지' '동화회를 감시하러 나온 경관도 감동시키고, 감옥의 죄수와 간부도 울리고 웃기는 이야기꾼' 등으로 정리된다.

성인을 상대로는 "이젠 그대에겐 검열난의 고통도 없을 것이로다." 하고 탄식한 이태준의 추도사가 『별건곤』1931년 9월호에, 해를 넘겨서 박희도의 소파 묘소 참배기가 『삼천리』1932년 2월호에, 1주기에 즈음해서는 이정호의 추모 글이 『동광』1932년 9월호에 실렸다. 생애 전반을 다룬 이정호의 글은 '동화의 아버지, 소년운동의 일꾼, 조선의 페스탈로치, 동화구연의 천재적 변설가, 어린이날, 잡지 편집' 등을 핵심어로 하고 있다. 이후 일간지에서 찾아볼 수 있는 방정환 소식은 1932년 1주기 추도회, 1936년 기념비 제막식, 1940년 전집 발간 등이다. 흥미로운 것은 신예 작가 김동리가 『조선중앙일보』에 연재한 「야인춘추 2」(1936.5.24)에서 방정환을 신채호와 함께 언급한 점이다. 김동리는 작고한 이들 중 자신이 존경하는 분으로 단재 신채호와 소파 방정환을 꼽으면서, 여러 차이에도 불구하고 이들에게는 공통점이 많다고 지적했다. "두 분이 모두 비교적 단순하면서 동시에 철저하다든가, 이론이나 사상에 그치지 않고 특히 열(熱)과 성(誠)의 사람이란 점에서 통한다."는 것이다. 방정환이 식민지의 젊은 지식인에게 어떻게 인식되었는지를 살필 수 있는 사례라고 하겠다.

일제 말 마해송과 최영주가 중심이 되어 펴낸 『소파전집』(박문서관 1940)은 해방 직후 윤석중이 펴낸 『소파동화독본』(전 5권, 조선아동문화협회 1946)과 함께 방정환의 아동문학을 하나의 전통으로 이어 가려는 움직임이 시대를 관통하며 나타났음을 보여 준다. 『소파전집』은 아동문학 작가 전집으로서는 최초였다. 마해송, 최영주, 윤석중 등이 모두 출판계에서 일하고 있을 때 이들 전집과 독본이 엮어져 나왔다. 특히 한평생 아동문학 창작에 헌신한 마해송, 윤석중은 사회적 지명도가 높고 문단의 마당발로 통했다. 윤석중은 1956년 그가 주관하는 새싹회에서 '소파상'을 제정하여 소파 정신을 계승하고자 했다. 소파상은 아동문학가 이름을 내건 상으로서는 최초였다. 아동문학가를 대상으로 하지 않고 아동애호사상의 실천가를 대상으로 했는데, 방정환을 아동문학의 영역에 가두지 않으려는 의도라고 해석된다.

해방 후 어린이날 행사가 복원되자 방정환은 주기적으로 매체에 등장한다. 하지만 겨우 이름 석 자를 환기하는 정도였다. 방정환 담론이 떠오르기에는 해방 직후의 정치적 상황이 여의치 않았다. 모든 힘은 새 나라 건설에 집중되었고 계급적·현실적 경향이 새로 솟구쳤다. 당시 색동회 동인은 어린이문화 사업과 관련된 각종 행사에서 뒤로 물러나 있었다. 1947년 조선소년지도자협의회 조직 준비위원 명단에 색동회 동인은 한 명도 보이지 않는다. 오월회 계열의 정홍교, 최청곡이 들어가 있고, 윤석중, 현덕, 최병화 등의 이름도 보인다.[1] 색동회는 이미 해체된 것이나 다름없이 동인들이 자기 전문성을 찾아 뿔뿔이 흩어졌거니와 대부분 친일 문제에서 자유롭지 못했다. 2009년에 발행된 『친일인명

---

1 『동아일보』 1947.2.14 참조.

사전』에 이름이 오른 동인이 네 사람(고한승, 이헌구, 정인섭, 조재호)이고, 나머지 동인도 정도만 다를 뿐이지 제각각 대일협력의 길을 걸었다.

6·25전쟁을 거치면서 남북 문단 재편이 이뤄진다. 송영, 박세영, 이태준, 정지용, 신고송, 송완순, 윤복진, 현덕 등은 월북했고, 김요섭, 김영일, 강소천, 장수철, 박화목, 박경종 등은 월남했다. 분단체제는 아동문학계의 판도에 커다란 변화를 초래했다. 리얼리즘에 투철했던 이원수는 사상 검열로 주춤했고, 윤석중은 자신의 주특기인 유년문학 방면에 안주했으며, 월남한 강소천이 김동리, 박목월 등 '문협 정통파'와 손잡고 월남한 반공 및 친미 기독교 계열의 아동문인들과 함께 아동문단을 주도했다. 반공, 민족주의에 입각한 순수문학 계열이 주류로 떠올랐다. 1960년대로 접어들면서 전통을 확고히 세우고자 정전화 작업이 본격화되는데, 이들은 교과서, 문학전집, 문학사 등에서 좌파적 요소를 지워나갔다. 방정환은 아동문학을 창시한 정전 작가로 추대되었으나, 어디까지나 '문협 정통파' 방식의 전유(專有)를 거쳐야 했다. 그의 좌파적 요소는 전부 삭제되었다. 북한과의 대립 구도에서 정통성을 선점하기 위해 방정환을 앞세운 모양새였다.

정부 수립 후 친일파 청산에 실패하게 되자, 기득권 세력은 '반공이 곧 애국'이라는 등식으로 역사를 전유했다. 조재호, 진장섭, 마해송, 윤극영, 정인섭, 이헌구 등 색동회 동인들도 어느새 사회 지도층으로 자리를 잡았다. 이들은 교육행정가, 학교장, 대학 총장, 대학 교수, 원로 문인 같은 명성을 등에 업고 어린이와 방정환을 호출하면서 다시 결집했다. 색동회는 어린이날 기념사업과 소파 추모사업을 하나로 묶어세웠는데, 어린이날기념사업을 국가적 행사로 들어 올림으로써 방정환 담론을 비약적으로 증폭시켰다. 이 일은 색동회 동인의 문화자본에 의한 것이면서 동시에 그들의 문화자본을 확대 강화하기 위한 방편이 되었다. 이때의 색동회는 방정환 시대의 색동회와는 성격이 달랐다. 1969년부터는 문호를 개방해서 회원수도 대폭 증가했다. 색동회 사업은 보수적인 기독교 단체, 교육 단체, 그리고 한국문인협회 계열의 아동문학 단체들과 함께 전개되었다.

색동회의 방정환 담론은 어린이운동 담론과 한 몸을 이뤘다. 정인섭이 펴낸 『색동회어린이운동사』(학원사 1975; 증보판 휘문출판사 1981)에서 '어린이와 방정환' 관련 사업을 간추려 보면 이러하다. 1957년 1월 17일 보건사회부가 아동복리법안을 기초하자 한국동화작가협회에서는 보사부에 「어린이헌장」 제정을 건의한다. 보사부는 초안을 한국동화작가협회에 의뢰한다. 마해송, 강소천 등 7명의 기초위원회가 작성한 초안이 각계의 심의를 거쳐 그해 5월 5일 어린이날에 내무부, 법무부, 문교부, 보건사회부 장관 명의로 「어린이헌장」이 공포된다.[2] 1958년 대구, 1959년 서울에 어린이헌장비를 건립, 어린이날에 제막식을 거행한다. 박정희 정권이 들어서자 방정환과 어린이날에 관한 담론은 공교육을 통해 더욱 확산된다. 5·16 군사쿠데타 정부는 교과서 정책을 검인정에서 국정으로 바꾸는데, 방정환과 어린이날에 관한 내용도 교과서에 수록된다.[3] 1969년 육영수가 설립한 육영재단에서 어린이회관을 건립

2 이주영은 1957년에 제정되고 1988년에 개정된 「어린이헌장」은, "재래의 윤리적 압박, 경제적 압박으로부터 해방"을 강조한 1923년의 「어린이날 선언문」보다도 후퇴한 것이라고 비판했다. 이주영 『어린이 문화 운동사』, 보리 2014, 72면. 김기전, 방정환 시대부터 조목조목 살핀 이주영의 어린이운동사는 색동회의 어린이운동사에 대한 탈영토화·재영토화의 의미를 지닌다.
3 초·중·고 교과서에서 색동회 동인의 글을 찾기란 어렵지 않다. 6·25전쟁 이후의 초등 교과서 집필에 강소천이 깊게 관여한 사실은 잘 알려져 있다. 강소천 이후에는 이재철

하고 색동회에 운영의 자문을 구한다. 1969년 어린이날에 즈음하여 색동회는 '소파동상건립 추진사업'을 대대적으로 펼친다. 어린이들에게도 성금으로 참여를 독려하면서 방정환 담론의 확대를 꾀한다. 1971년 서울 남산에 소파 동상이 건립된다. 1973년 '어린이날 기념 무궁화 달기 운동'을 전개한다. '나라 사랑, 어린이 사랑'이라고 쓴 리본이 달린 무궁화를 어린이에게 달아 주는 운동이었다. 이는 곧바로 '무궁화 심기 운동'으로 확대된다. 어린이날을 법정 공휴일로 지정할 것을 색동회가 17개 단체의 동의를 얻어 정부에 건의, 1975년부터 시행된다. 1976년 '색동회상'을 제정하여 매년 수상자를 발표한다. 또한 이때부터 '전국 어머니 동화구연대회'를 매년 개최한다. 1977년 『색동회 아동문학전집』(전 12권, 상서각)을 발행한다. 1978년부터 '전국 어린이 동화구연대회'를 개최한다. 색동회는 방정환을 독립유공자로 추천했으며, 정부는 1978년 10월 20일 금관문화훈장을 추서한다.

색동회의 방정환 담론이 제도화 또는 영토화에 성공함으로써 아동애호사상을 사회적으로 확산시키는 데 크게 기여한 것은 사실이다. 하지만 '순수하고 해맑은 어린이'의 표상은 비민주적이고 강압적인 독재정권이 폭력성을 은폐하는 데 최상의 아이템이 아닐 수 없었다. 제도화의

이 관여했음이 확인된다. 이재철과 인터뷰를 진행한 한영혜가 밝힌 내용은 이러하다. "이재철 씨는 1961년에 경북대에서 대구사범으로 파견되었으며(제3공 수립 후 대구사범이 경북대와 통합되었다 함), 그때 국정교과서를 만들기 위해 대학의 연구자들이 동원되었는데, 이재철 씨는 아동문학 부분을 맡게 되었다고 한다. 이재철 씨는 본래 아동문학 전공이 아니고 현대시 전공이었으나, 아동문학 전공자가 없는 상황에서 이 부분을 맡을 수밖에 없었고, 이를 계기로 아동문학 부분을 개척했는데, 소파와 색동회의 활동에 관한 내용은 그때 개척한 중요한 분야라 한다." 한영혜 「'어린이날'의 이데올로기: 역사적 기념일의 '부활' 과정에서 나타난 의미공간의 변화」, 한국사회학회 사회학대회 논문집(2001.6), 200면.

양면성을 함께 고려해야 마땅하겠으나, 색동회의 사업은 지배권력과 이해관계가 맞아떨어지는 연관어를 생성하면서 '어린이 사랑' '나라 사랑'이라는 은혜롭고 거룩한 방정환 상을 만드는 데 크게 작용했다. 결국 '동심, 애국'을 핵심 연관어로 하는 색동회의 방정환 담론은 '현실, 저항, 해방'을 중핵으로 하는 재야의 불온성과 대립하는 지배이데올로기로 기능하기에 이른다.

'현실, 저항, 해방'을 중핵으로 하는 재야의 불온성과 방정환 상은 어울리는 관계인가? 방정환을 민족주의자가 아니라 사회주의자라고 주장한다면 그 또한 편향이겠지만, 중요한 것은 연관어의 선별 배치가 (콘)텍스트의 변화를 수반한다는 점이다. 국가적으로 공인된 담론을 뒤흔드는 비판의 목소리는 '국론 분열'이고 적을 이롭게 하는 '용공' '친북'으로 매도되는 상황에서, 특정 연관어들은 억압될 수밖에 없었다. 첫째, 어린이날 기념행사를 1923년부터 회차를 계산해서 계승했지만, 5월 1일 '메이데이'를 처음 어린이날로 지정한 정신은 말소되었다. 둘째, 과거 청소년까지 포함되었던 '어린이' 개념의 범주가 대폭 축소되어 어린이날은 초등학생 이하의 행사로 제한되었다. 3·1운동과 4·19혁명의 주체로 어린이가 불의에 저항하여 떨쳐 일어선 사실은 거의 망각되었다. 셋째, 앞의 두 항목을 싸안는 가장 결정적인 것인데, 오로지 방정환과 색동회만을 연계해서 앞세웠을 뿐이지, 방정환과 단짝을 이룬 소춘 김기전과 천도교를 도외시했다. 김기전은 일제 말 창씨개명을 하지 않았고 해방 후 천도교 청우당을 부활시켜 활동을 재개하다 월북했다. 방정환과 함께 천도교청년회의 주요 간부였던 김기전이 발표한 「장유유서의 말폐: 유년남녀의 해방을 제창함」(『개벽』 1920.7), 「개벽운동과 합치되는 조선의 소년운동」(『개벽』 1923.5), 그가 쓴 것으로 알려진 「어린이날 선언」(1923.5), 「메이데이와 어린이날」(『개벽』 1926.5) 등의 핵심어는 '어린이, 해방, 개벽' 등이다. 이는 동학으로부터 이어져 온 천도교 개벽사상에 뿌리를 둔 것이고 방정환도 이를 공유했다. 방정환이 스스로 창작의 지향을 밝힌 「작가로서의 포부: 필연의 요구와 절대의 진실로」(『동아일보』 1922.1.6)를 비롯하여 『개벽』에 발표한 소설들에서 주목되는 작가정신도 '현실, 민중, 변혁' 등으로 요약된다. 김기전·방정환과 사회주의의 친연성이 하등 이상할 이유가 없다.

색동회의 어린이운동이 '애호(사랑과 보호)' 차원으로 전락한 것은 동학과 천도교의 '인내천, 해방' 사상이 '독립운동, 애국, 반공' 사상으로 굴절된 것과 짝을 이룬다. 김기전, 천도교, 개벽사 등은 고유명사로만 스치듯 언급되기 일쑤였는데, '방정환, 김기전, 천도교, 개벽사' 연관어를 어떻게 배치하느냐가 관건이다. 후기 색동회의 사업에는 천도교가 아니라 기독교의 참여가 두드러졌다. 후기 색동회 동인에 천도교인은 전혀 없었고 기독교인은 다수였다. 이 대목에서 색동회 창립 동인이었으나 첫 모임에만 참여하고 사라진 진주의 강영호(姜英鎬, 1899~1950)를 새로 주목할 필요가 있다.[4] 『어린이』 창간호에는 소년운동의 첫 시발점으로 진주소년회를 언급하는 대목이 나오거니와 강영호는 강우촌이란 필명으로 『어린이』 창간호(1923.3)에 동요 「파랑새」, 2호에 동화 「이태리 이야기: 노란 수선꽃」, 1924년 4월호에 「전설동화: 장재연못」 등을 발표했다. 이보다 앞선 1920~22년 『천도교회월보』에 자전적 포교 테마

---

4 이하 강영호의 연보 및 활동에 관한 것은 다음의 글을 참조했다. 박길수 「어린이문화운동의 계승과 발전을 위한 소고: 색동회 창립동인 강영호·조재호를 중심으로」, 제96회 어린이날 기념 색동학술포럼 자료집 『색동회의 뿌리와 창립인물 재조명』(2018.5.17).

의 소설과 산문을 발표했으니, 색동회 동인 중에서는 동학 2대 교주 최시형의 손자 정순철과 함께 강영호가 방정환의 가장 가까운 사상적 동지였다고 할 수 있다. 강영호는 일찍이 진주에서 친구 고경인과 천도교 계열의 소년운동에 투신했고, 1928년 신간회 진주지회 간사, 1931년 천도교진주군종리원 부령을 지냈다. 그의 큰형은 진주 형평사운동 및 신간회운동의 핵심 강상호였다. 강영호는 일제 말 창시개명에 저항, 자녀를 학교에 보내지 않았다. 해방 후 강상호·강영호 형제는 좌익으로 몰려 국민보도연맹에 가입할 수밖에 없었고, 6·25전쟁이 터지자 형은 피신했으나 강영호는 경찰에 끌려가 처형되었다. 그가 색동회 활동을 지속하지 않은 이유는 확실치 않다. 그의 집안이 진주 지역의 유지였기에 그곳에서의 일이 급선무였을 가능성이 크다. 아무튼 방정환 담론 및 색동회운동사에서 강영호가 누락돼 온 것은 시정될 필요가 있다.

아동문학 방면의 방정환 담론은 전집 발행과 문학사 서술을 통해 살펴볼 수 있다. 위인의 반열에 올라선 방정환의 전집은 비슷한 체재와 내용을 지닌 것들이 출판사를 달리해서 반복되는 모습을 보였다. 1960년대의 대표적인 방정환 전집은 삼도사에서 발행한 『소파아동문학전집』(전 5권, 1965)이다. 색동회의 마해송과 리얼리즘 계열의 이주홍·이원수가 편집에 참여하여 과거보다 두 배가 넘는 분량의 작품을 찾아서 수록했다. 조은숙에 따르면 이 전집에서의 방정환 상은 '아동문학 장르 개척자'와 '소년운동가'의 이미지가 경합하는 양상이었다.[5] 1970년대의 대표적인 전집은 문천사에서 발행한 『소파방정환문학전집』(전 8권, 1974)

---

5 조은숙 「방정환 전집의 체제 변화 과정과 새로운 과제」, 『국제어문』 제70집, 2016, 144면.

이다. 문천사의 전집은 삼도사 전집의 또 두 배가 넘는 분량의 작품을 수록한 것으로, 여러모로 방정환 전집의 획기적 전환을 이뤘다고 평가된다. 작고한 마해송 대신에 이재철이 참여함으로써 편집 체재상의 비약적인 발전과 함께 성격 면에서도 이전과 차이를 드러냈다. 문천사의 전집은 '한국아동문학가전집' 시리즈로 방정환·강소천 전집을 나란히 묶어서 펴낸 것이 특징이다. 시리즈 기획의 시기는 방정환과 강소천 전집이 각각 발행된 1974년인지, 이를 시리즈 명으로 통합해서 내놓은 1977년인지 확실치 않다. 이 전집 시리즈는 뒤에 방정환 전집(1~6권), 강소천 전집(7~14권), 이구조 동화집(15권)으로 완성되었다. 식민지시대와 분단시대를 관통하는 문학사적 전유가 엿보이는 기획이다.

　문천사의 방정환 전집 엮은이는 이원수·이주홍·이재철인데, 이원수와 이주홍은 이전 소파 전집의 엮은이이자 아동문학 권위자로서 이름을 올렸을 것이고 실제 작업은 학자이자 교수였던 이재철이 담당했을 것으로 추정된다. 이때의 방정환 전집이 '결정판'의 지위를 누리게 된 것도 이재철의 꼼꼼한 서지작업이 뒷받침된 결과라 할 수 있다. 조은숙은 문천사의 방정환 전집에서는 방정환 상이 '우국지사'로 수렴되고 '문화운동가'로 제한되는 양상을 보인다고 분석했다.[6] 또한 장수경은 이재철이 '민족'과 '순수'의 관점에서 방정환을 '소년운동가'로 자리매김하고 '본격문학'의 작가로서는 배제하는 관점이었다고 분석했다.[7] 한편, 방정환 전집과 병행된 강소천 전집의 엮은이는 김동리·박목월·윤석중·최태호 등이고, '소천아동문학상운영위원회'에서 출간한 사실을 함

---

6 같은 글 148면.
7 장수경 「해방 후 방정환전집과 강소천전집의 존재 양상」, 『아동청소년문학연구』 제 14호, 2014, 298~99면.

께 밝혔다. 이재철은 그의 아동문학사 저술에서 '소천아동문학상'은 한국 아동문학이 "본격문학으로서의 정착을 과시하는 중대한 근간"[8]이라고 보았다. 여기에서의 '본격문학'은 방정환의 아동문학을 '문학 이전의 문화'로 바라보게 하는 기준이기도 했다. 이 기준에 의하면 「칠칠단의 비밀」 같은 탐정소설은 '본격문학'에 미치지 못하는 통속물이다. 단지 식민지시대의 '애국(민족주의)' 사상과 관련해서 높이 평가할 수 있다는 것인데, 은연중 이를 분단시대의 '반공주의'와 연결시키려 한다는 점에서 문제가 있다. 이때의 민족주의는 국가주의와 분리되지 않는다. 이재철의 방정환 담론은 각종 매체에 발표한 수많은 작가론 외에도 전집, 개론서, 문학사 등을 통해 줄기차게 펼쳐졌으며, 가장 권위 있는 연구 성과로 받아들여졌다.

2) 카프 계열에 의한 탈영토화

방정환에 대한 비판은 방정환 시대부터 존재했을지라도 탈영토화의 이름에 값하는 것은 해방 전 아동문학을 계통적으로 정리한 해방 직후의 담론들이다. 카프의 적자임을 내세운 조선프롤레타리아문학동맹 계열의 박세영과 송완순은 방정환을 동심천사주의 계열의 원조라고 지적하면서 그의 영토에서 벗어날 것을 요구했다. 해방 직후에는 방정환 담론 자체가 드물었던 시기였기에 이들의 문학사적 도식은 적잖은 영향력을 행사했다. 박세영과 송완순은 차례로 월북을 감행하는데, 염군사 시절부터 박세영과 함께 일했던 송영은 북한 아동문학의 기초를 닦는 과정에서 방정환에 대한 탈영토화를 더욱 철저하게 수행한다. 방정환

---

8 이재철 『한국현대아동문학사』, 일지사 1978, 538면.

에 대한 탈영토화는 카프 아동문학의 영토화와 맞물려 있다. 그런데 주체시대로 와서는 카프 아동문학의 자리를 김일성 중심의 항일혁명문학이 대체한다.

방정환의 사상을 사회주의와 대립적인 것으로 보는 통념은 분단시대 냉전이데올로기의 산물임이 분명하지만, 1920년대 소년운동과 소년문예운동의 전개 과정에서 불거진 급진적인 주장들이 빌미를 제공했다. 1920년대 중반 이후로 사회주의의 확산과 더불어 소년운동과 소년문예운동 안에서 계급성을 강조하는 '방향전환론'이 등장한다. 여기에서 그간의 운동을 부르주아적이라고 규정하고 천도교소년회와『어린이』의 성격을 문제 삼기 시작했다. 방정환을 바로 지적하지는 않았을지라도 천도교소년회와『어린이』를 대표해 온 방정환은 곧 부르주아적 경향인 양 비쳐졌다. 소년운동과 소년문예운동의 방향전환론이 역사적 발전의 계기를 이룬 것은 사실이지만, 계급 환원론적 오류로 인한 폐해가 매우 컸다. 이와 맞물린 현상일 수도 있겠으나, 방정환을 이어받으려는 쪽은 대부분 좌파에 적대적인 우파로 결집했다. 이렇게 해서 방정환과 사회주의의 교집합 부분은 어느새 가려지게 되었다.

색동회의 마해송도 방정환이 작고한 직후 방정환의 '눈물주의'를 비판한 적이 있다.『조선일보』에 두 차례 연재한「산상수필」(1931.9.22~9.23)이란 글에서다. 이 글은『어린이』1931년 8월 방정환 추도호에 실린『토끼와 원숭이』의 창작 경위와 향후 지향을 밝히려는 의도에서 쓴 것이다. 마해송은 일본의 좌익 작가 후지사와 다케오(藤澤桓夫)와의 교류 사실을 밝힌 뒤, 자신의 창작 방향을 이전과 다르게 발전시키려 한다는 '제2기 선언'과도 같은 발언을 한다. 이 가운데 색동회 동인들이 방정환의 눈물주의에 대해 비판했다는 언급이 잠깐 나온다.

기실 1920년대 마해송의 대표작 「어머님의 선물」(『어린이』 1925.12), 「바위나리와 아기별」(『어린이』 1926.1) 등도 갈데없는 눈물주의였다. 방정환의 눈물주의를 언급한 「산상수필」은 마해송이 일본에서 좌경화했을 때의 글이라는 점을 고려해야 한다.

카프 계열은 조직 해체 이후 이른바 해소파와 비해소파로 갈린다. 『별나라』의 계급주의를 주도한 송영과 박세영은 염군사(1922) 창립 동인으로 비해소파에 속했다. 이들은 카프 해소파의 임화, 김남천 등이 구인회의 모더니즘 계열과 손잡고 해방 후 조선문학건설본부의 민족문학론으로 나아간 데 반해 카프 적자임을 자임하며 따로 조선프롤레타리아문학동맹을 결성하고 계급성과 당파성을 고수하려고 했다. 해방 직후 조선문학건설본부와 조선프롤레타리아문학동맹의 합동으로 결성된 조선문학가동맹(1946)은 '진보적 민족문학의 수립'을 전면에 내걸었다. 핵심 간부는 임화, 김남천, 이원조, 이태준 등이고, 아동문학위원회는 정지용이 위원장을 맡았다. 좌우합작 노선의 조선문학건설본부 쪽이 주도권을 쥔 셈이다. 조선문학가동맹은 그간의 문학적 유산을 평가·정리한 바탕에서 진로를 모색하고자 1946년 2월 8일부터 9일까지 양일간 전국문학자대회를 개최한다. 대회의 보고문 가운데에는 아동문학부문도 포함되어 있다. 원래는 정지용과 박세영이 함께 발표하기로 되어 있었는데, 정지용이 대회에 불참하는 바람에 박세영 단독으로 발표가 이뤄졌다. 박세영은 송영과 함께 이미 월북을 염두에 둔 상태였다. 잠시 뒤에 또 살펴보겠지만 박세영의 보고문 「조선아동문학의 현상과 금후방향」(조선문학가동맹 중앙집행위원회 편 『건설기의 조선문학』, 조선문학가동맹 1946)과 북한에서 발표된 송영의 「해방 전의 조선아동문학」(『조선문학』 1956.8)은 연속선상에 놓여 있다.

박세영은 최남선의『소년』, 방정환의『어린이』, 윤석중의『소년』, 기독교 계통의『아이생활』등을 비계급적·동심적 경향으로 묶고, 카프의 영향 아래 있었던『별나라』『신소년』등을 계급적·현실적 경향으로 묶어세운 뒤에, 해방 전의『별나라』『신소년』계보를 복원하는 것이 시대적 과제임을 역설했다. 말하자면 해방기 아동잡지 가운데 윤석중의『주간소학생』이 아니라,『신소년』의 후신『새동무』와 복간된『별나라』가 금후의 방향임을 제시한 것이다. 기억에 의존했다고는 하지만, 박세영은 카프가 해산된 1935년 이후를 모두 암흑기로 규정하고 일체 언급하지 않았다. 그사이에 조선문학가동맹을 잉태한 성숙한 흐름, 즉 카프의 리얼리즘과 구인회의 모더니즘이 해후한 바탕에서 이룩된 성과들은 철두철미 외면되었다.[9] 조선문학건설본부 아동문학위원회(위원장 정지용, 사무장 윤복진)에서 순간(旬刊)으로 발행되다가 조선문학가동맹에서 월간으로 바뀐『아동문학』을 뺀 것만 보더라도 박세영의 보고문이 얼마나 편파적인지 알 수 있다. 대회 당일 방정환을 비롯한 작고 문인에 대해 묵념의 시간을 가졌고 박세영의 보고문에서 방정환을 직접 언급한 것은 아니지만, 해방 직후 최초로 행해진 해방 전 아동문학에 대한 평가와 정리의 자리에서 박세영은 '방정환 탈영토화'의 밑그림을 그려 보인 것이다.

박세영에 이어 송완순도 아동문학의 흐름을 역사적으로 정리하고 방향을 제시한 평론을 두 차례 발표한다.「조선아동문학 시론(試論)」(『신세

---

9 동요·동시 부문의 '방정환·정지용·윤석중·이원수', 동화·소년소설 부문의 '방정환·이태준·박태원·현덕' 등은 조선문학가동맹의 지향과 가장 잘 들어맞는 '해방 전 아동문학의 정전 작가군'에 속하는데, 남북한 주류 아동문학사는 전혀 다른 구성의 정전화로 나아갔다. 필자는 남북한 공히 배제한 조선문학가동맹의 계보와 지향을 제대로 복원하는 것이 새로운 아동문학사 서술의 핵심 과제라고 보고 있다. 졸저『한국 아동문학의 계보와 정전』, 청동거울 2018 참조.

대』1946.5), 「아동문학의 천사주의」(『아동문화』1948. 11)가 그것이다. 두 글 모두 '방정환—카프—윤석중'으로 이어지는 해방 전 아동문학의 주요 흐름을 비판적으로 검토한 문제적 평론이다. 송완순은 계급주의 아동 문학도 비판의 대상에 넣음으로써 일종의 카프 갱신론으로 나아갔다. 조선프롤레타리아동맹 계열에 속한 그가 송영이나 박세영처럼 일찍 월 북하지 않은 이유는 이런 상대적 거리 때문인지도 모른다. 그는 '아동 의 단순성' 문제를 제대로 해명해야 한다면서 '아동관'의 문제를 들고 나왔다. 첫 번째는 방정환 계열의 천사주의 아동관이다.

방 씨 등의 아동관 급(及) 아동문학관은 아동의 단순성을 그야말로 너무나 단순하게 해석함으로부터 출발하였다. 아동은 미추와 선악에 있어서 현실생 활에 별로 물들지 않은 순결무구하고 천진난만하고 무사기한 인간으로서의 천사임으로 그렇게 순진무결한 동심을 탁란(濁亂)시키는 일체의 현실로부 터는 될 수 있는 데까지 분리시켜야 한다는 것이 근본사상이었다. 이 사상은 성인으로부터의 그들의 당시의 식민지적 불우에 대한 소극적 센티멘털리즘 때문에 더욱 조장되었었다.

그래서 그들은 눈물에 젖은 꽃방석에 아동들을 태워서 무지개의 나라로 승화시키기를 힘썼다. 성인사회의 불행한 현실을 아동에게 견문시킬 수는 차마 없을 뿐만 아니라 그것은 죄악이라고까지 생각하였던 것이다. (…)

요컨대 방 씨 일파는 아동의 단순성과 사회의 현상을 지나치게 오해한 나 머지 신비로운 천사주의를 설정함으로써 아동의 현실적 존재 가치를 거세해 버린 것이었다.[10]

---

10 송완순 「조선 아동문학 시론(試論)」, 『신세대』1946.5, 83~84면.

아동관의 문제를 들어 천사주의의 한계를 지적한 것은 정곡을 찌른 비판이다. 그러나 방정환 시대의 한계를 방정환의 책임으로 돌리고 방정환을 동심천사주의의 원조, 비현실적 경향의 원류인 양 부각시킨 것은 단순도식이 아닐 수 없다. 송완순은 두 번째로 '수염난 총각'의 비유를 들어 계급주의 아동문학의 문제점을 지적한 뒤, 세 번째로 계급주의가 요절한 이후에 나타난 신천사주의 아동관을 비판했다. 이는 윤석중의 아동관을 겨냥한 것으로, 당대적 실천과 관련하여 송완순의 의중은 여기에 더욱 초점이 맞춰져 있다. 당시 주간에서 월간으로 바꾼 『소학생』과 '아협(조선아동문화협회)' 시리즈 단행본을 지속적으로 발행하고 있던 해방 직후의 윤석중을 대척점으로 삼으려 했던 것이다. 결과적으로 송완순의 평론은 박세영의 논리를 더욱 세련되게 표현한 데 그치고 말았다. 카프 해체 이후를 암흑기적 공백으로 처리한 박세영의 인식이나, 1920년대 천사주의 아동관보다 1930년대 신천사주의 아동관이 더 나쁘다고 평가한 송완순의 인식이나 오십보백보였다.[11]

북한에서는 방정환에 대한 탈영토화를 당의 방침에 따라 수행했다. 북한 아동문학은 송영, 박세영, 한설야 등에 의해서 기초가 세워진다.

---

[11] 1920년대 소년문예가로 활동을 시작한 송완순은 해방 후 한층 날카롭고 명쾌한 논리를 구사하는 평론가로 성장해서 이름을 날렸으나, '윤석중 콤플렉스'가 문제라면 문제였다. 그는 윤석중, 신고송, 이원수, 윤복진, 서덕출 등 『어린이』를 통해 등단한 소년문예가들로 구성된 '기쁨사' 동인에 대한 경쟁의식으로 일찍부터 윤석중 동요를 앞장서서 비판해 왔다. 카프의 신고송과도 '윤석중 동요의 동심 파악' 및 '동요·동시·소년시 명칭'을 둘러싼 논쟁을 벌이다가 카프에서 제명된 적이 있을 정도였다. 송완순의 논리적 허점은 대부분 유년문학과 소년문학의 상대적 차이를 고려하지 않은 데에서 비롯된다. 졸고「일제강점기 동요·동시론의 전개」,『한국 아동문학의 계보와 정전』참조.

송영은 조선작가동맹 기관지『조선문학』(1956.8)에 평론「해방 전의 조선아동문학」을 발표하는데, 거의 동시에 이를 보완한 같은 제목의 단행본『해방 전의 조선아동문학』(교육도서출판사 1956)도 출간되었다. '국어, 아동문학, 문학을 교수하는 교원들의 참고 서적'이라는 안내문이 붙어 있는 이 책은 김일성종합대학 문학과용『아동문학』(김일성종합대학출판사 1981)이 나오기까지 유일무이한 아동문학사 교육지침서의 구실을 했다. 어느 정도 체계적인 서술을 보인 아동문학사 단행본임에도 대상을 1919년부터 1935년까지로 잡은 것은 상식을 벗어난 것이다. 일제 말에는 송영, 신고송 등도 친일 문학에 앞장섰는데, 북한에서 이들의 친일 경력을 문제 삼은 적은 없다. 카프 해산과『별나라』『신소년』의 폐간 이후를 모두 암흑기로 규정한 것은 해방 직후의 박세영 보고문과 동일하다. 이 책의 목차는 다음과 같다.

서론

프롤레타리아 아동문학

(1) 카프의 아동문학부

(2) 잡지『별나라』와『신소년』

(3)『별나라』의 활동과 그 영향

(4) 아동문학의 지도이론

(5) 카프 및 그 영향하의 기성 혹은 신인 작가들은 많은 아동 작품을 창작하였다

(6) 작가들과 작품들

(7) 김일성 원수가 지도하신 항일무장투쟁 과정에서 나타난 아동문학

반동적 순수 아동문학

(1) 발생과 본질

(2) 『어린이』에 대하여

(3) 반동 작가와 반동 작품들

목차가 말해 주듯이 카프 중심의 계급주의 아동문학과 여타의 아동문학을 구분해서 흑백논리로 재단하는 문학사 인식을 보여 준다. 특히 방정환과 『어린이』에 대해서는 맹공을 퍼부었다.

당시 반동적인 사조로서는 크게 두 개로 나눌 수 있었다. 하나는 국수적 민족주의 사상이요, 다른 하나는 민족개량주의 사상이다. 전자는 봉건지주 및 민족자본계급의 이익을 옹호하였고 후자는 신흥 매판자본계급의 이익에 복무하였다.

이것이 문학예술 분야에서는 전자는 최남선, 이광수, 염상섭 등의 일련의 자연주의 문학으로 표현되었고 후자는 양주동, 정노풍, 정인섭 등 사대주의 및 민족문화전통을 무시하는 사상들로써 대별되었던 것이다.

이것이 아동문학 분야에서는 방정환 등의 『어린이』의 사상으로 구현되었던 것이다.[12]

이어서 1930년대 임화, 이태준, 김남천, 이원조 등을 '일제의 스파이'로 지목하고, '구인회' 작가를 일제의 비호를 받은 반동 작가로 규정했는데, 이는 조선문학가동맹의 핵심 간부들이 뒤늦게 월북해서 숙청당한 사정이 반영된 것이다. 이런 분위기에서 나온 것이기에 더욱 그리되

---

12 송영 『해방 전의 조선아동문학』, 교육도서출판사 1956, 94면.

었겠지만, 방정환의 「만년 샤쓰」(『어린이』 1927.3)를 비판하는 다음 구절은 도를 넘어도 한참 넘어선 것이다.

이 작품에서 방정환은 충실하게 일제 통치를 비호하여 나서면서 달콤한 수작으로 조선 소년들의 계급의식을 마비시켰다. 그렇게 가난한 창남이로 하여금 계급적 반항 대신에 무기력하고 패배주의자로 만들어 놓았으며 눌리는 사람들의 빈궁한 원인을 우연한 화재로 바꾸어 놓으면서 일제의 식민지 정책을 은폐하고 옹호하였다.[13]

방정환과 『어린이』의 계승자인 이원수와 윤석중 등도 반동적인 순수주의 동요시인으로 매도되었다. 카프 지도하의 계급주의 아동문학만을 배타적으로 옹호하는 극도의 편향성이 드러나 있다. 전후 사상투쟁의 과정에서 카프 '비해소파'가 중심이 되어 카프의 전통을 확고히 일으켜 세우는 데 성공했음을 보여 주는 자료이다.

그러나 카프의 전통은 주체문학의 확립 과정에서 항일혁명문학에 자리를 내주게 된다. 특히 1992년 김정일의 『주체문학론』이 발표된 후부터 해방 전의 문학사 서술에 큰 변화가 생긴다. 항일혁명문학의 전통이 확고해짐에 따라 오랫동안 반동파로 규정해 온 '민족주의 계열'의 작가들을 긍정적으로 평가하기 시작한 것이다. 김정일은 방정환을 "근대 아동문학을 개척하고 발전시키는 데 이바지한 작가"라고 자리매김했다. 이를 '재영토화'라고 할 수 있을지는 의문이다. 방정환에 대한 인식의 변화는 김일성의 주체사상이 유일사상으로 되면서 카프의 한계에 대한

---

13 같은 책 123면.

인식도 기정사실화되고 더 이상 유의미한 도전 세력이 없게 된 상황에서 광범위한 복권이 이뤄진 결과의 하나라고 할 수 있다. 김정일은 전통과 유산을 확실하게 구분했다. 김일성의 항일혁명문학은 '전통'의 이름으로 중심부를 차지하고, 카프의 사회주의적 사실주의를 비롯한 비판적 사실주의 문학은 전통과 구별되는 '유산'의 이름으로 주변부에 배치되었다. 그 때문에 방정환에 대한 평가가 긍정적으로 바뀌었을지라도 북한 아동문학의 '김일성 우상화'는 더욱 강화된 것이지 결코 약화되지 않았다는 점을 분명히 해 둘 필요가 있다. 중심부를 기준으로 북한과 남한 아동문학의 거리는 더욱 멀어졌다고 할 수밖에.[14]

3) 재영토화의 양상들

분단체제는 남북한 정권의 적대적 의존관계로 유지·재생산되었다. 방정환을 둘러싼 남북한 주류 아동문학의 상반된 평가 또한 적대적 의존관계로 설명할 수 있다. 그런데 북한과 달리 남한에서는 지배담론에 대한 저항담론이 존재했다. 이를 비주류라고 한다면, 이 흐름을 대표하는 아동문학가는 이원수와 이오덕이다. 이들은 주류와 다른 자리에서 방정환의 아동문학을 이어 나가려고 했다. 방정환 연관 핵심어는 주류와 크게 다르지 않았으나 그 배치에 있어서만큼은 확연히 차별되었다.

---

14 북한의 방정환 인식의 변화를 추적한 장정희(「북한의 방정환 인식 변화 과정 연구」, 『동화와번역』 제31집, 2016)는 북한에서 카프 아동문학에 대한 비판적 평가와 함께 방정환 아동문학에 대한 긍정적 평가가 이뤄지고 있는 점을 들어 "향후 통일아동문학사 서술에서 긍정적 전망을 주고 있다."(280면)고 결론 내렸는데, 이는 겉만 보고 속은 보지 못한 표피적인 진단이 아닐까 한다. 물론 역사는 권력자의 의도대로만 흘러가는 것이 아니기 때문에, 남북한 공유 부분이 많아지고 이를 꾸준히 축적해 가는 것은 훗날 바람직한 결과로 이어질 수 있다는 기대는 품어 봄 직하다.

따라서 이들의 방정환 담론은 재영토화의 흐름으로 볼 수 있다. 1987년 6월항쟁을 계기로 주류 아동문학에 대한 저항담론이 급부상한다. 그런데 이 흐름 안에서 다양한 분화가 이뤄진다. 세기가 바뀌고부터 아동문단은 과거의 이념적 구도에서 탈피하는 추세에 있다. 최근의 방정환 담론은 여러 입각점의 차이에도 불구하고 모두 재영토화의 흐름을 이룬다.

이원수는 반공이데올로기가 맹위를 떨치던 시기에 분단의 비극과 전쟁의 참상을 그린 작품들을 계속 발표했다. 4·19 부마항쟁, 5·16 군사쿠데타, 베트남전쟁 파병, 전태일 분신 사건 같은 사회적 이슈도 그때그때 동화로 담아냈다. 그 엄혹한 시기에 어떻게 이런 창작이 가능할 수 있었을까? 투철한 작가정신의 소산임이 분명하겠으나, 소년회 시절 『어린이』에 발표한 동요 「고향의 봄」이 일찍이 작곡되어 국민 애창곡으로 널리 불리게 된 것도 무시하지 못할 요인이다. 그의 명성의 배후에는 보수파가 전유해 온 방정환과 홍난파가 존재하고 있지 않은가? 이원수는 비평가로서도 맹활약을 했다. 그는 아동문학의 과제를 어린이 해방과 민주주의의 완성에 있다고 보았다. 강소천의 교훈주의 소년소설에 대해서는 "특권층이나 행정관리들에게서 박수갈채를 받는 것"[15]이라면서 각을 세웠다.

이런 와중에도 이원수는 방정환을 자신의 초심(初心)으로 여길 만큼 극진히 대했다. 자신이 "아동문학을 하게 된 동기를 찾자면, 1920년 이후 소년운동의 횃불을 든 소파 방정환 선생의 감화를 받은 데 있다."[16]고 밝힌 것이다. 몸소 겪은 바를 회상한 글에서도 마산소년회 때 소파

15 이원수 「소천의 아동문학」, 『아동문학』 제10집, 1964, 75면.
16 이원수 「소파 선생의 감화를 받고」(1959), 『이원수아동문학전집 30』, 웅진출판 1984, 239면.

선생의 동화 구연을 듣고 많은 힘을 얻었으며, 「고향의 봄」을 『어린이』에 투고할 때 "복숭아꽃, 살구꽃, 진달래, ○○" 하고 꽃이름을 나열했더니 소파 선생이 "복숭아꽃 살구꽃 아기 진달래"로 고쳐 주었다면서 고마워했다.[17] 그는 스스로 소파의 후계자라고 여기면서 방정환의 생애와 문학에 대한 글을 여럿 남겼다.

소파의 아동문학운동은 곧 그의 소년운동과 같은 생각, 같은 염원에서 시작된 것이라 하겠다. 그의 소년운동이 아동을 부모의 소유물로 여기거나 미성 인간(未成人間) ── 어른에게 예속되어 본인의 의사가 전연 인정되지 않는 인간 ── 으로 되어 그 자유롭고 자연스러운 성장을 저해받고 있는 것에 항거하여 아동을 그 봉건적 질곡에서 해방시키려는 것이었고, 그런 만큼 이 운동은 아동에게 있어서 자유와 민주주의적인 곳으로의 행진을 위한 것이었다.[18]

방정환의 아동문학운동 곧 소년운동에 대해 말하는 이 글에서 '항거' '해방' '자유' '민주주의' '행진'이라는 어휘가 빛을 발한다. 아동문학에 대해서는 방정환 전집의 해설로 쓴 다음의 글에 잘 나타나 있다.

불우한 처지에 있는 아동문학이 취하는 방향에 세 가지가 있다면, 그 하나는 불우케 하는 원인과 싸우는 것을 그리는 문학, 또 하나는, 그 가엾은 아동들에게 즐거움을 주기 위하여 즐거운 것, 아름다운 것들을 펼쳐 보여 주는 문학, 그리고 또 다른 하나는 그들과 슬픔을 같이 보고, 같이 울어 주는 문학,

---

17 이원수 「소파 선생의 추억」(1957), 『이원수아동문학전집 29』, 웅진출판 1984, 135~36면.
18 이원수 「아동문학 개관 I」(1965), 같은 책 196면.

이런 것들이 있다고 하겠다.

　이러한 것들 가운데서 소파 방정환 선생은 제3의 길을 택한 것이다.[19]

　다른 사람들은 '눈물주의'라고 비판했지만, 이원수는 "슬픔을 같이 보고, 같이 울어 주는 문학"이라고 표현하면서 방정환의 아동문학을 새롭게 각인시켰다. 이어지는 프롤레타리아 아동문학과 윤석중 방식의 유쾌한 경향에 대한 비판을 함께 보면, 뒤에 나온 두 경향이 결코 방정환 시대의 한계를 극복한 것은 아니라는 인식이 뚜렷하다.

　사회주의 사상에 의한 프로문학의 쪽에서 시도된 프롤레타리아 아동문학은 소파의 길과는 정반대의 것으로 보여졌고, 또 그것은 이렇다 할 작품의 성과를 남긴 바 없이 넘어갔으며, '유쾌한 문학'으로서 걱정 근심 없는 생활을 노래한 '아동천사주의' 문학은 소파의 문학과 가장 가까운 것인 양 보여지면서 때로는 아동문학의 본도(本道)인 듯이 나서기도 했지만, 소파 문학의 정신과는 거리가 먼 것으로 되어 갔다.[20]

　앞서 살펴본 송완순은 '프로문학' 계승의 관점으로 세 가지 시대조류를 각각 비판했지만, 이원수는 '방정환 문학' 계승의 관점으로 하나를 들어 올리고 나머지 두 가지 시대조류를 비판했다. 윤석중 경향에 대해서는 매너리즘에 빠져든 후기의 경향을 비판하는 데 방점이 놓여 있다. 이원수는 방정환 시대의 한계를 딛고 리얼리즘으로 한 발 더 다가선 작

---

19 이원수 「소파와 아동문학」(1965), 같은 책 170면.
20 같은 글 171~72면.

가가 되기를 바랐을 것이고, 실제로 훗날 그렇게 되었다고 평가되는 작가이다.

이원수의 비평을 이어받아서 더욱 선명하고 급진적으로 주류 아동문학과 맞서 온 이오덕은 방정환을 어떻게 바라보았을까? 이오덕은 동심천사주의 경향의 아동문학을 '유희정신'의 자리에 놓고 신랄하게 비판한 평론 「시정신과 유희정신」(『창작과비평』 1974년 가을호)을 발표하면서 크게 주목받았다. 이 글에서 그는 방정환의 아동문학을 이원수와 함께 우리 아동문학이 이어받아야 할 '시정신'의 자리에 놓고 매우 높이 평가했다.

그러나 이러한 비뚤어진 문화의 흐름, 비문학적·비시적인 동시의 범람 속에서 치열한 시정신을 잃지 않고 빛나는 동시를 써서 우리 민족의 전체 어린이들에게 따스한 피의 영양소를 공급해 준 시인이 있었으니, 방정환 그리고 이원수의 두 이름을 우리는 자랑스럽게 들지 않을 수 없다. (…)

방정환은 많지 않은 동요를 남겼지만 그의 동요는 동심이란 것을 덮어놓고 예찬만 하는 동요들과는 전혀 다른 세계에서 발상된 것이다. 어느 것을 보아도 어린이들을 장난감으로 귀엽게만 본 것이 아니다. 외적에 짓밟힌 식민지 어린이들의 운명을 스스로의 운명으로 자각한 곳에 그의 동요의 혼이 있었던 것이다. (…)

만일 그가 좀 더 오래 살았더라면, 더구나 해방 후까지 살아서 작품을 계속 썼더라면, 그는 틀림없이 아이들을 위해 자유로운 형식의 훌륭한 시를 썼으리라 생각이 된다. 어린이를 진정으로 사랑했던 그의 시정신이 애상적인 동요에 갇혀 있지는 않았을 것으로 보아지는 것이다.[21]

---

21 이오덕 「시정신과 유희정신」, 『시정신과 유희정신』, 창작과비평사 1977, 192면.

언뜻 생각하기엔 동심천사주의와 첨예하게 각을 세운 이오덕의 대표적인 평론집 『시정신과 유희정신』에서 방정환도 함께 비판되었을 것이라고 보기 쉽다. 하지만 이오덕은 방정환을 색동회 계열 및 순수파와는 다른 시각으로 평가하면서 그의 정신을 이어받아야 한다고 주장했다. 방정환에게 따라붙는 "애상적인 동요"의 한계에 대해서도 어디까지나 시대적인 것으로 보고, 지금의 방정환이라면 새로운 방향으로 '시정신'을 확대 발전시켜 나갔을 것이라고 확신하고 있다.

1987년 6월항쟁 이후 사회 전 영역에 걸쳐서 이른바 '억압된 것들의 귀환'이 이뤄진다. 교육문예창작회에서는 '삶의 동화운동'을 벌여 나갔다. 당시 솟구치던 민족민중운동의 차원에서 아동문학의 방향을 모색하려는 운동이었다. 1991년 교육문예창작회 여름 연수에서 발표된 권순긍의 「현실주의 동화론과 '삶의 동화운동'」은 다음과 같이 취지를 밝히고 나섰다.

동화운동은 동화를 통하여 아이들의 삶을 변화시키는 운동이다.

이미 1920~1930년대에 KAPF의 아동문학부에 의해 그 필요성이 제기되었고, 1990년 이래로 교육문예창작회에서 그 중요성이 거론되었다. 이 글은 1990년 이래 교육문예창작회에서 전개되고 있는 '삶의 동화운동'의 이론적 기초를 확립하기 위한 것이고 그 성과물들을 점검하기 위해 쓰여졌다.[22]

'삶의 동화운동'의 이론적 기초를 확립하기 위해 쓴 글이라면서 '카

---

22 권순긍 『역사와 문학적 진실』, 살림터 1997, 329면.

프 아동문학부'와의 연결을 시도했다.²³ 이데올로기적 금기로 억압돼 온 카프를 되살리려는 것은 일면 이해가 된다. 문제는 '삶의 동화운동'이 참조하려는 카프 동화론의 계급성을 높이고자 방정환 동화론을 '비현실'이라고 맹렬히 질타하고 나선 점이다. 권순긍은 방정환이 「새로 개척되는 '동화'에 관하여」(『개벽』 1923.1)에서 "아동의 세계에 돌아가 마음의 순결을 빌지 아니하면 아니 된다."고 쓴 구절을 인용해 놓고, "당시가 민족의 탄압이 극심하던 식민지시대인데 이런 논리대로라면 모두가 순결한 동심으로 돌아가 역사의 횡포에 순응하자는 것"이라고 비판한다. 명백히 논리적 비약이다. 이어지는 동화론과 창작에 관한 비판도 마찬가지다.

> 방정환의 동화론은 그 뒤 창작동화의 이론적 기초가 되는바, 이는 당시의 현실을 왜곡하여 일제의 통치제도에 순응하고 민중들의 민족해방 의지를 약화시키는 역기능을 하고 있다. 또 아이들을 성인들과 고의적으로 구별하여 '영원한 아동성'의 신기루 속에 아동들을 가두어 일제의 식민지 정책에 순응하게 하는 지침서 구실을 하기도 한다.
> 결국 방정환 동화론의 실체는 일제의 탄압 아래 신음하던 식민지시대에 어떤 민족의식도 용납하지 않고 오히려 민족해방 의지를 약화시키는 '극단적 유아성'인 것이다.²⁴

---

23 '카프 아동문학부'라는 표현에서 짐작되는바, 권순긍은 북한에서 발표된 송영의 「해방 전의 조선아동문학」을 별 의심 없이 수용하고 있는 듯하다. 송영은 카프에 아동문학부가 조직되었다고 밝혔으나 이는 사실과 다르다.
24 권순긍, 앞의 책 329면.

방정환의 동화론에 대해 "당시의 현실을 왜곡" "일제의 통치제도에 순응" "민족해방 의지를 약화" "일제의 식민지 정책에 순응하게 하는 지침서 구실"이라고 표현했다. 이 대목만을 두고 보자면, 임화, 김남천, 이원조, 이태준, 현덕 등 조선문학가동맹에 대한 피의 숙청에 앞장선 송영이 북한 아동문학의 기초를 세우기 위해 마련한 「해방 전의 조선아동문학」의 논리와의 차이를 찾아볼 수 없다. 오히려 표절이 의심스러운 형국이다. 교육문예창작회 연수의 기조 발제문이 이럴진대 '삶의 동화 운동'의 지향점이 어디로 향했을지 가늠하기 어렵지 않다.

교육문예창작회의 이론적 성과는 이재복의 『우리 동화 바로 읽기』(한길사 1995)로 결실된다. 권순긍의 논리와는 연속성·비연속성이 공존하고 있다. 이재복은 이원수 작고 후 이오덕이 세운 한국어린이문학협의회에 몸담고 수많은 1차 자료를 섭렵하면서 아동문학사를 연구해 왔다. 대중교양서로 쉽게 서술된 『우리 동화 바로 읽기』는 이재철의 아동문학사 인식을 전복하는 내용으로 채워졌으며, 그릇된 고정관념을 깨는 역할을 했다.[25] 이재복은 어린이를 위한 방정환 전기 『뚱보 방정환 선생님 이야기』(지식산업사 1993)를 펴내는 한편, 『우리 동화 바로 읽기』에서 방정환을 "우리 아동문학의 어머니"라고 자리매김했다. 방정환에 대한 권순긍의 시각이 오로지 탈영토화라면, 이재복은 재영토화임이 틀림없다.

그러나 필자가 보기에 『우리 동화 바로 읽기』의 곳곳에서 나타나는 방정환에 대한 긍정·부정의 평가들은 통일성이 결여돼 있고 서로 부딪히는 불협화음을 노정한다. 그는 방정환을 비판할 때 전부 동의하지 않

---

25 필자는 이 책이 나오자마자 서평 「아동문학과 비평정신: 『우리 동화 바로 읽기』에 관한 짧은 글」(『창작과비평』 1995년 겨울호)을 발표해서 의의를 밝힌 바 있다.

는다면서도 '카프 동화, 송완순, 송영'의 도식적인 논리를 인용했고, 카프 동화의 도식성에 대해서는 '현덕의 문학'을 들어 그 극복을 주장했는데, 현덕 문학을 긍정적으로 평가하는 자리에서는 다시 '순수한 동심'이라는 방정환의 시각을 가져오는 자기 모순을 드러낸다. 현덕이 믿었다고 보는 '순수한 동심'을 방정환의 그것과 구별하려는 시도는 부질없다. 이재복이 현덕 문학을 분석하면서 "현덕은 일제로부터의 해방은 어린이로부터 온다고 믿고 있었다. 일제로부터의 해방은 어린이들다운 순수한 동심에서 온다고 믿은 것"[26]이라고 파악한 것은 현덕 문학의 의중에 대한 오해에 가깝다.[27]

통념의 해체를 목표로 했기 때문에 더 그리되었다고 여겨지는데, 방정환에 대한 이재복의 평가는 반면교사 효과에 맞춰져 있다. 확실히 부정적인 기조가 긍정보다 앞선다. 방정환을 말하는 항목은 '밥 대신 꽃을 선택한 낭만주의자'라고 표제를 붙였다. 현실이 아니라 이상 또는 관념을 좇았다는 지적이다. 「참된 동정」을 보기로 들고 "한마디로 너무 현실을 모르는 이야기다. 현실과는 동떨어진 터무니없이 낭만적인 착각 속에 빠져 있는 것"[28]이라면서 눈물주의를 비판하는 대목, 「만년 샤쓰」를 보기로 들고 "평범한 사람이라면 당연히 느껴야 할 감정이 생략된, 어찌 보면 아주 기계적인 아이라고 느껴지기까지 한다. 인간적인 약점이라고는 하나도 가지고 있지 않은, 신처럼 완성되고 세상일에 단련된 아이는 이미 아이가 아니"[29]라면서 영웅주의를 비판하는 대목, 이러한

---

26 이재복 『우리 동화 바로 읽기』, 한길사 1995, 190면.
27 자세한 것은 필자의 박사학위 논문 「현덕 연구」를 수록한 졸저 『한국 근대문학의 재조명』(소명출판 2005)을 참조하기 바람.
28 이재복, 앞의 책 15면.

'눈물주의와 영웅주의'는 수필 「어린이 찬미」에 나타난 '동심천사주의'에서 비롯된 것이라고 비판하는 대목[30] 등은 방정환에게 '비현실적인 작가'의 이미지를 덧씌우는 구실을 해 온 것이 사실이다.

방정환 탄생 100주년을 계기로 방정환을 다시 보려는 여러 움직임이 나타났다. 필자는 「한국 현대아동문학사의 쟁점」(『인하어문학』 제2집, 1994), 「한국 아동문학이 창조한 주인공」(『창작과비평』 1999년 봄호), 「'한일 아동문학의 기원에 관한 비교 연구'를 위하여」(『어린이문학』 1999.11~12), 「'방정환'과 방정환」(『문학과교육』 제16호, 2001) 등 '방정환과 한국 아동문학사'를 보는 기존의 시각에 문제를 제기하는 일련의 글들을 발표했다. 필자가 방정환에 대해 새로 주목한 사실은 첫째, 신문학운동의 개척시대부터 '전문작가'로 활동했다는 것, 둘째, 동학과 천도교를 잇는 개혁사상가로서 '사회주의'를 일찍부터 수용했다는 것, 셋째, 아동문학 고유의 장르 정착과 관련해서 동심주의는 '선진성·역사성'을 내포했다는 것, 넷째, 일본 아동문학의 수용은 식민지 현실에 대한 인식을 기반으로 '토착화'를 이룩했다는 것 등이다. 필자에 이어서 염희경은 「방정환 번안 동화의 아동문학사적 의미」(『아침햇살』 1999년 봄호), 「소파 방정환과 사회주의」(『아침햇살』 2000년 여름호) 등을 비롯한 수많은 방정환 연구논문을 발표해 오고 있다.

필자는 이재복과 여러 차례 논쟁을 주고받았다. 각각의 문제의식만을 비교하자면, 이재복은 방정환의 우상화를 깨기 위해서 긍정뿐 아니라 부정적인 면도 함께 봐야 한다는 것이고, 필자는 방정환의 우상화

29 같은 책 19면.
30 같은 책 43면.

가 문단 보수파의 정통성 확립의 필요성에서 비롯된 것이므로 둘 사이의 연속성보다는 비연속성을 더 주목해야 한다는 것이다. 필자가 보기에 이재복의 방정환 상은 색동회 계열의 그것과 별 차이가 없다. 동심천사주의나 우파 민족주의에 대한 긍정·부정의 평가를 달리하고 있을 따름이다. 필자와 염희경의 주장에 대한 이재복의 반론은『우리 동화 이야기』『우리 동요 동시 이야기』(이상 우리교육 2004)에 그 주요 내용이 정리되어 있다.『우리 동화 바로 읽기』에서 크게 바뀐 것은 없다고 판단된다. 방정환을 일본 군국주의 작가, 천도교 구파와 대비되는 신파의 타협 노선 등과 연결시키는 방식으로 이전의 방정환 비판을 보완하려 했다. 「새로 만나는 방정환 문학: 암곡소파 문학과 견주어보기」(『어린이문학』 1999.5~6)에서 드러나는 방정환과 이와야 사자나미(巖谷小波)의 수평 비교도 문제거니와, 천도교 신파를 대표하는 자치론자 최린과 천도교청년회의 개혁론자 김기전·방정환의 차이를 간과하는 것도 단순논리가 아닐까 한다.

이재철이 주관하는 한국아동문학학회는 2004년 방정환 세미나를 개최하였다. 이 학회는 아동문학평론사를 통해 1991년부터 '방정환 문학상'을 운영해 오고 있다. 방정환 세미나의 발제자는 최지훈이고, 토론자는 이재복과 선안나가 선정되었다. 최지훈은 이재철보다 한술 더 떠서 방정환의 "동심천사주의는 계승되어야 한다"[31]고 힘주어 주장했다. 필자는 이 주장이 그저 허무맹랑한 것이 아니라, 이른바 '방정환의 동심천사주의'에 맹공을 가한 북한이나 교육문예창작의 논리적 허점에서

---

31 최지훈「소파의 문학이 오늘의 우리 아동문학에 갖는 의미」,『한국아동문학연구』제 10집, 2004, 34면.

비롯된, 정통성 시비에서의 자신감의 표현이라고 본다. 최지훈의 논리에 대해 이재복은 "1927년 사회주의 세력과 민족주의 좌파세력이 연합하여 '신간회'를 결성하자 방정환은 소년운동, 민족운동의 중심에서 더 멀어지게 되었"다고 지적하면서, 방정환이 영향받은 천도교 신파의 "그 이념이 방정환 문학에 어떻게 반영되었는지를 살펴야"[32] 한다고 응답했다. 선안나는 방정환을 "'동심천사주의'의 도식적 틀로 규정함으로써 그의 수많은 면모를 억누르고 무화시킨 것은 언술의 폭력"[33]이라고 지적했는데, 엉뚱하게도 발제자 최지훈의 손을 들어 주고 토론자 이재복의 언술에 나타난 문제점을 주로 비판했다.

최근에는 방정환 연구로 박사학위 논문을 차례로 쓴 염희경, 장정희가 가장 뚜렷한 성과를 경쟁적으로 내놓고 있다. 주로 기초연구를 발판으로 해서 방정환의 긍정적 면모를 새롭게 부각시키는 성격의 논문들이다. 이재철의 학문적 성과를 잇고 있는 장정희의 방정환 담론이 색동회 계열과 어떻게 차별될지는 좀 더 두고 봐야 할 듯하다. 장정희는 자신이 주도해서 새로 세운 방정환연구소에서, 염희경은 이사진이 새롭게 개편된 방정환재단에서 활약하고 있다. 방정환연구소는 2018년에 색동회, 자유한국당 국회의원과 함께 '제96회 어린이날 기념 색동학술포럼'을 개최했다. 그리고 방정환재단은 창비, 한국작가회의와 함께 수년간 편집해 온 『정본 방정환 전집』(전 5권)을 2019년에 엮어 냈다.

한편, 모두 거론하기 벅찬 탓에 한국아동청소년문학학회의 대표적 연구자 둘만 꼽는다면 조은숙과 장수경이 있다. 이들은 아동문학의 형

---

32 이재복 「'소파의 문학이 오늘의 우리 아동문학에 갖는 의미'를 읽고」, 같은 책 40면.
33 선안나 「방정환, 어떻게 읽혀왔나」, 같은 책 46면.

성, 아동문학의 작가 및 독자, 아동문학의 전집 체계 등 근대 아동문학의 '제도'와 관련된 연구를 수행하는 가운데 방정환을 새롭게 주목하고 있다. 이러한 연구들은 탈근대론에서 자극된 바가 크다고 여겨진다.

3. 마무리: 바닥나지 않는 해석 가능성

이 글에서 필자는 방정환을 해석 가능한 텍스트로 간주하고 콘텍스트의 변화를 주목하고자 했다. 그리하여 연관 핵심어를 중심으로 방정환 담론의 변화를 추적해 보았다.

방정환 담론은 크게 '영토화'(남한 주류·지배담론), '탈영토화'(북한 주류·지배담론), '재영토화'(남한 비주류·저항담론)의 흐름을 보인다. 최근 다양하게 나타나고 있는 재영토화의 흐름이 앞으로 어떻게 갈리고 섞이게 될지는 더 지켜봐야 할 듯하다.

국민적 상식으로 볼 때, 방정환에게는 '어린이 사랑'과 '나라 사랑'의 이미지가 여전히 강하다. 방정환의 실천에서 '어린이'와 '나라'가 두 기둥을 이루고 있으므로 당연한 결과라고 하겠다. 그러나 거기에서 파생되는 의미만은 이젠 과거와 달라져야 하지 않을까 하는 생각이 든다.

어린이날을 세운 위인의 이미지가 압도하는 까닭에 아동문학 작가의 면모는 뒷전으로 밀려나 있다는 불만은 어쩔 수 없는 노릇이다. 방정환의 아동문학사적 위치는 확고하지만, 어느 한 영역에 가둬지지 않는 폭넓은 활동을 보였기 때문이다. 오늘날 방정환이 다시 살아 돌아온다면 '어린이 인성교육'을 말할까, '민주시민교육'을 말할까? 아니면 '한국 아동문학의 세계화, 사해동포주의'를 말할까? 그는 보수파와는 어울리지 않는 진보적 사상가, 교육가, 아동문학 작가였다. 한마디로 재야 운동권이었다.

그를 알면 알수록 애국자보다는 개혁가, 어린이를 품에 안은 아버지보다는 영원한 청년의 이미지가 훨씬 강하다고 보지만, 어디까지나 개인적인 소회일 따름이다. 인간미 넘치고 생각이 유연했던 방정환은 '바닥나지 않는 해석 가능성'을 품고 있는 고전적인 텍스트임이 분명하다.

작가와의
대담

4

교육적 구속과 상업적 유혹에서
아동문학을 구하자

중국 아동문학가 류쉬위안과의 대담*

원종찬 일정이 매우 바쁘실 텐데도 한국 아동문학에 대해 알아보고자 여기까지 찾아 주셔서 감사합니다. 저 또한 중국 아동문학에 대해 알고 싶은 것들이 많습니다. 1992년에 한국과 중국이 수교를 맺었는데 이것은 두 나라의 변화를 상징적으로 보여 준다고 생각합니다. 한·중 수교는 중국의 개혁·개방과 한국의 민주화가 이뤄 낸 결실이죠. 1990년대 이후 두 나라 모두 새로운 시대에 들어섰다고 보아도 틀리지 않을 겁니

---

* 이 대담은 2010년 6월 17일 인하대학교 한국어문학과 교수 연구실에서 이루어졌다. 외교부 산하 한국국제교류재단에서는 해외 유력인사 초청 사업의 일환으로 중국『문회보(文匯報)』의 류쉬위안(劉緖源) 주임을 2010년 6월 15일부터 6월 21일까지 방한 초청했다. 1938년 일본 제국주의에 저항하는 중국 지식인들에 의해 창간된 『문회보』는 하루 50만 부를 발간하는 상하이(上海)의 대표적인 일간지이다. 대담의 통역과 녹취 정리는 베이징(北京)의 중국민족출판사에서 근무했으며 인하대 대학원 한국학과에 재학 중인 남해선(南海仙)이 담당했다. 이하의 주석은 이 대담을 평론집에 수록하면서 새로 붙인 것이다.

다. 이런 시대상황과 더불어 두 나라의 아동문학도 변화를 겪고 있을 텐데요. 한국에서는 중국 아동문학에 대해 알 수 있는 기회가 너무도 미흡합니다. 오늘 귀중한 자리가 주어졌으니 한국과 중국 아동문학의 전개과정에서 각국 아동문학의 특수성이라 할 수 있는 것과 최근 두드러지게 나타나는 변화 양상에 대해 이야기를 나누어 보고 싶습니다.

교육성으로 키워 상업성에 빼앗긴 중국 아동문학

류쉬위안 중국의 아동문학은 뚜렷한 특징이 한 가지 있어요. 물론 좋은 특징이라고 말할 수는 없지만 이건 한국도 공감하는 부분일 거라고 생각합니다. 중국 아동문학의 발생기부터, 그러니까 5·4운동(1919) 이후 보이는 매우 선명한 특징은 교훈성에 대한 강조입니다.

5·4운동 이후 초기 아동문학에서 대표적인 인물로 예성타오(葉聖陶, 1894~1988)를 들 수 있습니다. 예성타오는 사회주의 중국 건립 이후 교육부 장관을 했지요. 그는 루쉰(魯迅, 1881~1936), 마오둔(茅盾, 1896~1981) 등과 함께 중국 현대문학의 제1세대 작가인데, 중국 최초의 창작동화집 『허수아비(稻草人)』(1923)[1]와 『고대 영웅의 석상(古代英雄的石像)』(1931)으로 유명합니다. 요즘 출간되는 아동문학 선집들은 이 책들의 표제작인 「허수아비」와 「고대 영웅의 석상」을 꼭 수록하지요. 동화집 『허수아비』와 『고대 영웅의 석상』은 중국 아동문학의 대표적인 특징을 고스란히 보여 줍니다. 이야기성이 강한 전형적인 동화 작품이지요. 그러나 한

---

1 2014년 '보림'에서 한운진 번역으로 출간되었다.

편으로 모두 어떠한 도리를 알려 주고 뭔가를 설명하고, 문제 ― 물론 이것은 아동의 문제만이 아니라 사회 전반의 문제가 되기도 하지요 ― 를 해결하려는 경향이 있어서 교훈적 경향이 비교적 강하다고 볼 수 있습니다.

어느 나라에서나 아동문학의 발전은 대부분 몇몇 천재적인 작가들의 출현과 갈라놓을 수 없다고 생각합니다. 일반문학과 다른 점은, 이러한 작가들이 풍부한 동심을 지니고 있고 아동의 관심사를 잘 알고 있어서 그들이 창작한 작품은 매우 활발하고 재미있다는 점이에요. 그들의 작품은 누가 창작한 것인지 대뜸 알 수 있을 정도로 특징이 분명하고 아동문학적 요소가 다분하지요. 중국에서 예성타오 이후에 출현한 천재적인 아동문학 작가로는 장톈이(張天翼, 1906~1985)가 있어요. 쑨여우쥔(孫幼軍, 1933~2015)이 그 뒤를 잇고요. 그 후에 또 한 사람을 들자면 여성작가 정춘화(鄭春華, 1959~)가 있습니다. 이들의 창작은 중국 아동문학의 최고 수준을 대표하는 것이지요.

장톈이의 작품은 매우 재미있지만 그 역시 교육성이 두드러진 것을 대표적인 특징으로 들 수 있습니다. 가장 유명한 『다린과 쇼린(大林和小林)』(1933)[2], 『요술 호리병박의 비밀(寶葫蘆的秘密)』(1958)[3]은 참으로 재미있게 쓰인 작품들이지요. 그러나 한편으로 『다린과 쇼린』에서 계급투쟁, 즉 부동한 계급에 속하는 가난한 사람과 부유한 사람 간의 투쟁을 통해서 그가 보여 주고자 했던 것은 가난한 사람이 어떻게 승리를 쟁취하는가 하는 것입니다. 이것은 문학 자체에는 파괴적 요소가 되기도

---

2 2013년 '여유당'에서 남해선 번역으로 출간되었다.
3 2007년 '국민서관'에서 김택규 번역으로 출간되었다.

해요. 또 『요술 호리병박의 비밀』은 이 호리병박만 있으면 노동을 거치지 않고도 갖고 싶은 것을 마음껏 가질 수 있다는 이야기를 쓴 것인데, 이 호리병박은 주인을 위해 물건을 만들어 내는 것이 아니라 다른 사람의 것을 가져온다는 것이에요. 그러니까 도둑질해 오는 것이지요. 그 물건들을 다시 돌려주려고 하니 호리병박은 "나에겐 그런 재간은 없어. 나는 가져오기만 할 뿐 돌려주지는 못하지." 하고 대답합니다. 재미있는 이야기지요. 장톈이는 이 이야기를 통해 '노동이 재부를 창조한다'는 도리를 설명하려고 했어요. 노동의 중요성이라는 교훈을 설명하려고 한 것이지요. 장톈이가 천재적인 작가이기 때문에 이 두 작품은 교훈성이 강함에도 불구하고 재미있는 작품이라는 사실은 부정하지 못합니다. 아이들도 매우 좋아하고 이렇게 긴 세월이 지났는데도 아직도 즐겨 읽히지요. 그러나 지나치게 교훈을 강조하는 것은 아쉬운 점이지요.

쑨여우쥔의 작품[4]은 1990년대를 기점으로 전과 후의 작품들이 확연히 구분됩니다. 1990년대 이전 쑨여우쥔의 작품은 이후의 작품과 크게 구별되는 특징을 지니고 있는데 장톈이의 작품들처럼 교훈성이 강하다는 것이에요. 사실 아동문학에서 꼭 교훈이 강조되어야 한다는 법은 없는데 말이에요. 문학의 시선으로 보는 것이야말로 문학의 발전을 가져온다고 할 수 있습니다.

정춘화는 젊은 작가예요. 따라서 그의 작품은 교훈성의 강조라는 부담에서 비교적 자유롭다고 할 수 있지요. 1990년대의 아동문학이 기존 아동문학의 장점을 계속 이어 나가는 동시에 그 구속에서 벗어나는 것

---

4 쑨여우쥔의 작품 중 『샤오뿌, 어디 가니』(원제 小布頭奇遇記, 1961)가 2014년 '보림' 에서 남해선 번역으로 출간되었다.

은 아주 좋은 방향이지요. 물론 정부나 제도권은 교훈성을 강조하는 작품을 선호해요. 교훈을 통해 아이들이 말을 잘 듣고 친구들과도 잘 단결하도록 교육할 수 있으니까요. 그러나 교육성, 정치적 기능이 강조될 때에 파괴되는 것은 문학적 심미(審美)의 본질입니다.

그런데 1990년대 말부터 새 세기를 지나면서 새로운 변화가 나타났습니다. 바로 날로 심각해지는 상업 경쟁이지요. 1990년대에 창작 수준은 향상되었지만 어린이책의 판매가 그다지 낙관적이지 못했다면, 새 세기에 들어서면서는 어린이책의 판매가 날로 좋아지기 시작하여 상업 경쟁이 치열한 분야가 되었어요. 그러면서 빠른 시간 안에 무성의하게 창작된 작품들이 많이 나타났습니다. 이런 작품들이 지니는 특징은, 아이들의 구미에 맞게 창작된다는 것인데, 아이들이 학과 이외의 독서를 할 시간이 없는 현실에 맞추어 짧게 쓰고, 우습게 쓰고, 때로는 빨리 써내야 하니까 외국의 동화를 모방해서 창작하는 경우도 있지요. 빠른 시간에 창작된 베스트셀러들이 많아졌습니다.

시민사회운동과 함께 성장한 한국 아동문학

원종찬 한국도 중국과 비슷한 역사, 비슷한 전개 과정에서 마주치는 고민이 있습니다. 조금씩 차이가 있는 것들을 곁들여서 얘기할게요. 한국 아동문학은 일제 식민지 통치 아래서 출발했는데, 예성타오가 『허수아비』를 쓴 1920년대에 방정환과 마해송이 아동문학을 개척했다고 볼 수 있어요. 그리고 장텐이가 중국좌익작가연맹에서 작가활동을 했을 당시에는 우리도 카프(KAPF)가 조직되어 계급주의 아동문학이 전개되었고 대표적으로 이주홍 같은 작가들이 창작활동을 벌였습니다. 한국에서도 교훈성이라고 하는 것, 아이들한테 뭔가 가르치겠다고 하는 경향은 20세기 내내 지속되어 온 것이긴 해요. 물론 주요 작가들은 단순한 도덕적 교훈보다는 리얼리즘에 입각해서 고통받는 서민 아동의 삶을 그려 내려는 사회성이 강한 면모를 보였습니다. 여기엔 한국 아동의 현실이 가로놓여 있었던 것이지요. 식민지시대의 아동문학은 민족운동의 하나인 소년운동과 더불어 전개된 것이 중요한 특징입니다. 근대성이 미약한 식민지 상황에서 소년운동이 아니었다면 한국 아동문학의 출발은 그토록 큰 사회적 파장과 활력을 지닐 수 없었을 거예요. 소년회에서는 소년 문제에 대한 강연을 비롯해서 동요 부르기, 동화 들려주기, 동극 공연 같은 게 성행했는데, 이 흐름 속에서 차세대 아동문학 작가들이 많이 배출되었죠.

류쉬위안 소년운동이 일어났던 때가 대개 어느 시기인가요?

원종찬 1920년대, 30년대입니다. 3·1운동 직후에 전국의 모든 지역에서 소년회 운동이 터져 나왔습니다. 그래서 한국 아동문학은 민족운동과 나란히 전개되었다고 말할 수 있습니다. 한 가지 아쉬운 점은 그당시 십 대 청소년들이 아동문학의 주된 기반이었기 때문에 소년소설에 비해서 동화가 충분히 발전하지 못했다는 점이에요. 중국에서는 장톈이의 『다린과 쇼린』이라든지 『대머리대왕(禿禿大王)』(1936) 같은 기상천외한 장편동화들이 1930년대에 쓰였는데, 그처럼 사회적 계급관계에 입각하고서도 과장의 수법을 통해 대범한 환상의 세계를 그려낸 작품이 우리에겐 부족했어요. 카프에 속한 작가들은 과장, 공상, 환상 같은 동화적 색채를 리얼리즘과 상반된 비현실적인 것으로 간주하고 배척하려는 경향이 강했죠. 소년소설과 짝을 이루는 동화라고 한다면 동식물을 의인화한 우화적인 작품이 대부분이었습니다.

류쉬위안 중국 아동문학에서도 장톈이를 빼고 다른 작가들은 그 수준이 많이 떨어집니다. 작가 개인의 창작 재능이 여기서 나타나는 것이지요.

원종찬 중국이 1949년 사회주의 체제로 들어섰을 때 한국은 1950년 한국전쟁을 겪고 분단시대로 들어서게 됩니다. 일제로부터 해방 이후 가장 중요한 과제인 하나의 민주주의 국가 건설이 실패한 결과이기도 합니다. 남한에서 이 시대를 대표하는 주요 작가는 이원수, 이오덕, 권정생을 들 수 있어요. 분단시대의 한국 아동문학을 특히 외국 사람들은 주의해서 바라봐야 하는데, 크게 두 조류가 있었다는 것입니다. 하나는 식민잔재와 독재정권을 승인하는 반공·친체제적 흐름입니다. '순수문학'이라는 이름으로 아이들의 삶을 외면했다고 비판되는 이 흐름은 제도권 안에서 오랫동안 주류를 형성했습니다. 또 하나는 좀 전에 말한 이원수, 이오덕, 권정생의 계보로서 민주개혁과 리얼리즘을 강조했고 제도권으로부터는 용공·반체제적이라고 공격을 받았던 흐름입니다. 군사독재 시절에 이 흐름은 정권의 탄압을 받으며 제도권 밖에서 저항의 기류를 형성해 왔습니다. 민족현실과 서민 아동의 삶을 그려 내는 작품활동을 했다고 볼 수 있어요. 중국이나 일본에서 한국 아동문학을 바라볼 때 이런 두 조류를 염두에 두지 않으면, 예컨대 강소천, 윤석중, 김요섭, 이재철 등 구 제도권 주류 아동문학만을 한국 아동문학의 전부인 양 여길 수 있다는 것입니다.

류쉬위안 박정희 시대의 민주화운동 조류와 관련된 것인가요?

원종찬 네. 박정희, 전두환 정권 등 1980년대까지의 군사독재 시절과 관련되지요. 이원수, 이오덕, 권정생의 계보에 속하는 작가들로 말할 것 같으면 이른바 빨갱이, 한국에서는 아주 금기시되는 용공작가로 매도되면서 제도권에서 배제되었다는 것입니다. 그렇지만 1987년 6월항쟁을 분수령으로 해서 국민의 직접선거로 정권교체가 이뤄지는 1990년대에 이르면 제도적인 차원에서 사회민주화가 일정한 정도 달성됩니다. 이때부터는 과거 민주화운동 세대가 사회 각 부문에 진출하여 이전과는 구분되는 시기를 만들어 가게 되죠. 시민사회운동이 매우 활발해지는 흐름 위에서 아동문학도 일대 전환을 이룹니다.

1990년대부터 지금까지 배출된 젊은 작가들은 민주화운동을 경험한 세대라고 할 수 있어요. 어린이책 구매자인 학부모들도 마찬가지고요. 지역마다 '동화읽는어른'이라는 모임을 만드는 등 전국적으로 좋은 어린이책을 권장하는 독서시민운동을 활발히 전개했죠. 그래서 2000년을 전후로 해서는, 전집류가 아니라 창작 단행본 출판이 힘을 받으면서 '아동문학의 르네상스'라 일컬어지는 국면을 맞이합니다. 차원은 좀 다를지 몰라도 1920년대의 소년운동과 1990년대의 독서시민운동은 그때그때 한국 아동문학이 새롭게 도약하는 데에서 더없이 중요한 몫을 했습니다. 저는 이런 점이 한국의 역사적 상황에서 비롯된 매우 독특한 양상이라고 생각합니다. 아이들을 억누르는 사회현실에 비판적인 창작 경향은 이제 주류로 자리 잡은 듯해요. 과거의 유산들도 새롭게 조명되었지요. 그 예로 분단시대에는 월북 작가라고 해서 오랫동안 금기시되었던 식민지시대 현덕의 동화라든지, 한국전쟁과 분단현실의 아픔을 그린 권정생의『몽실 언니』같은 작품이 베스트셀러의 반열에 오르게 되었습니다.

그런데 21세기로 접어들자 이전에는 몰랐던 새로운 문제들이 생겨나기 시작했어요. 매우 복잡한 국면입니다만, 한마디로 진보의 위기라고

나 할까요? 계급과 민족 같은 거대담론은 빛이 바래고 있어요. 특히 신자유주의 경쟁체제 속에서 학부모들은 다시 아이들을 교육과 학습의 장으로 몰아넣고 있습니다. 순수 창작의 입지가 좁아지면서 상업주의의 유혹 또한 커지고 있고요.

약이나 콜라가 아닌, 사과 같은 아동문학을 키우자

류쉬위안 그 점은 중국의 경우도 비슷합니다. 제가 『아동문학의 3대 모티프(兒童文學的三大母題)』(2009)를 쓸 때에 그 출발점이 바로 '아동문학을 교육이라는 틀 속에서 해방시켜야 한다'는 것이었습니다. 아동문학의 성과를 보는 데는 두 가지 기준이 있지요. 교육적 기준과 문학적 기준은 서로 교차해야지 나란히 할 기준은 아닙니다. 이 책을 쓴 목적은 교육의 구속에서 벗어나게 하자는 것이었어요. 그런데 뜻밖에도 중국의 아동문학은 교육이라는 틀에서 벗어나기도 전에 새로운 틀이 만들어졌지요. 이 새로운 틀이란 '잘 팔려야 한다'는 것입니다. 교육적 기능을 강조하던 이전 작품들이 이런저런 교훈을 말하면서 문학의 본질에서 멀어졌다면, 최근 유행하는 패스트푸드류의 작품들은 아이들이 사서 읽게 하는 것이 목적으로 문학적 본질과는 거리가 있습니다. 얼핏 보기에는 '심미'와 비슷한 것 같지만 사실은 서로 구별되는 것이지요.

이 구별을 설명하기 위해서 다음 세 가지로 비유를 할 수 있습니다. 바로 '약'과 '콜라'와 '과일'이지요. 기존의 아동문학은 그 교훈성을 특히 강조함으로써 약과 비슷한 성격을 지니고 있었습니다. 기침을 하면 기침약을 주고, 감기에 걸리면 감기약을 주고, 머리가 아프면 두통약을 주는 식으로 한 가지 약이 한 가지 문제를 해결합니다. 이런 작품은 실용적 기능이 분명해요. 부모들은 책을 산 뒤 그 안에서 교훈을 발견하지 못하면 책을 잘못 샀다고 생각합니다. 그들은 아동문학을 약으로 생각하는 것이지요. 한편, 요즘 잘 팔리는 작품은 출판사들이 상업적 목적에서 '최고의 작품' '최대 인쇄 부수' '최다 판매' 등을 강조하는데 이는 콜라와 같은 아동문학이라고 볼 수 있습니다. 아이들이 콜라를 즐겨 마시지만, 많이 마시면 밥과 채소를 멀리하게 되지요. 중국에서는 이런 경우를 흔히 볼 수 있는데요, 부모들은 밥공기를 들고 아이들의 꽁무니를 따라다니면서 한 숟가락이라도 더 먹이려고 하고 아이들은 먹지 않겠다고 도망가지요. 이런 아이들은 콜라를 엄청 좋아합니다. 그런데 콜라는 공업제품입니다. 대량생산이 가능한 제품이지요. 판매가 좋기는 하지만 원생태(原生態)의 영양가가 높은 음식물은 아닙니다. 저는 좋은 아동문학은 약이나 콜라가 아니라, 세 번째 경우인 사과, 곧 과일이어야 한다고 생각합니다. 사과의 원생태는 무공해하고, 땅에서 자연 생장한 것이어야 합니다. 서유럽에, 신이 아니고서는 다른 것은 만들어 낼 수 있어도 나무는 만들지 못한다는 말이 있어요. 따라서 정말로 좋은 아동문학은 작가의 생명 체험에서 우러나온, 아이들도 즐겨 읽고 성인들도 인정하는, 평생 읽을 수 있는 작품이어야 합니다.

원종찬 비유가 참 재미있고 적절하다고 여겨지네요. 적극 동의합니다.

류쉬위안 교훈을 강조하는 기존의 중국 작품들은 아동문학의 '심미' 본성에 손상을 주는 것입니다. 요즘 창작되는 상업성 높은 작품들은 이전과 달리 아동문학의 통속성과 재미를 강조하지만 이것 또한 아동문학의 '심미'에 손상을 주는 것이지요. 언젠가 중국 아동문학 관련 세미나에서 이런 분석을 내놓은 적이 있어요. 요즘 출판사들이 잘 팔리는 작가들에게 요구사항을 제시하곤 하는데, 그중 창작할 때 피해야 할 몇 가지가 있다고 해요. 첫째는 아이들이 낯설어하지 않도록 너무 새롭지 말아야 하고, 둘째는 아이들이 이해하기 쉽도록 너무 깊게 다루지 말아야 하고, 셋째는 작가의 개성이 넘치지 말아야 한다는 것, 그러니까 너무 특별해서는 안 된다는 것이지요. 이것은 출판사가 요구하는 것이지만 작가들도 이에 적극적으로 영합하곤 합니다. 그러다 보니 창작 수준이 떨어지는 것은 말할 나위도 없지요. 그리고 넷째로는 너무 느리게 써서는 안 된다는 것입니다. 좋은 작품은 생명을 키우는 나무처럼 천천히 자라는 것인데, 요즘 이른바 베스트셀러들은 느리게 써서는 안 된다는 것이지요. 예를 들면 양훙잉(楊紅櫻, 1962~)[5] 작품의 경우 발행 부수가 매우 많은데, 출판사는 이 작가에게 한 작품을 다 쓰기도 전에 또 다른 작품을 주문하지요.

원 교수님은 문학 전문가니 잘 아시겠지만, 문학창작에 있어서 새롭지 않아야 하고, 깊이 다루지 않아야 하고, 너무 느리게 써서는 안 되고, 또 너무 개성이 있어도 안 된다는 제약조건이 있을 때, 이렇게 나온 작품이 문학으로서 수준이 떨어지는 것은 자명한 일이지요. 이런 때에 엄정한 문학비평이 이루어지지 못한다면 향후 어린이책은 약과 콜라밖에 남지 않을 것이고 과일과 채소 같은 무공해의 다양한 음식물은 사라지게 될 것입니다. 이것이 현재 우리 중국 아동문학이 직면하고 있는 문제

---

5 중국 아동문학 베스트셀러 작가. 대표작으로 『여학생 일기(女生日記)』 『남학생 일기(男生日記)』, '개구쟁이 마샤오탸오(淘氣包馬小跳)' 시리즈 등이 있다. 특히 '개구쟁이 마샤오탸오' 시리즈는 미국 하퍼콜린스(HarperCollins) 출판그룹과 전 세계 출판권 계약을 맺어 화제가 되었고, 우리나라에서는 '개구쟁이 마샤오' 시리즈(전 5권, 예림당 2009~2010)로 출간되었다. 그 밖에 '생태 과학 동화' 시리즈(전 8권, 세상모든책 2012)가 출간되었다.

지요. 그리고 이것은 세계 아동문학이 직면하고 있는 문제일 수도 있습니다. 추측하건대, 교훈성의 강조는 중국, 한국, 일본, 동남아가 공동으로 직면하고 있는 문제가 아닐까요. 원 교수님도 아시겠지만, 일본에 마쓰이 다다시(松居直)라고 하는 유명한 출판인이 있어요. 아동문학 전문가이기도 하지요. 대학입시 등으로 아이들이 받는 스트레스가 커지면서 중국의 부모들은 아이들에게 쓸모없는 책은 읽지 말라고 하는데, 마쓰이 다다시 선생은 이것이 한자문화권에서 공동으로 안고 있는 문제일 것이라고 말한 적이 있습니다. 이 문제는 우리가 공동으로 대응해 나가야 할 것이 아닐까 생각합니다. 다시 말해 우리 아동문학의 숙제 중 하나는 기존의 교육적 구속에서 벗어나는 것이고, 다른 하나는 상업적 유혹에서 벗어나는 것입니다. 그 핵심은 바로 아동문학은 심미적인 것임을 강조하는 것이지요. 아이들이 가장 맛있고 영양가 높은 무공해 사과를 먹을 수 있도록 하는 것입니다.

원종찬 좋은 지적입니다. 한국 작가들도 중국과 마찬가지로 상업적 유혹에서 자유롭지 못하지요. 사실 자기 작품이 독자에게 널리 읽히고 환영받는 것을 꿈꾸는 건 작가로서 당연한 일이기는 해요. 그런데 작가는 또한 고급 독자, 비평가 그룹에게 문학적으로 호평을 받고 싶어 하는 욕구가 있게 마련이거든요. 상업적 유혹과 문학의 타락을 견제하는 데 비평의 역할이 중요하다는 것이지요. 그래도 한국의 경우는 비평가 그룹과 '동화읽는어른' 같은 독서시민운동 그룹에 힘입어 문학적으로 호평받는 작품이 판매도 잘되고 있다는 것, 달리 말해서 문학성 높은 작품이 독자로부터 소외받는 경우는 과거보다 흔치 않다는 정도까지 된 것이 다행이라면 다행이라고 할 수 있습니다.

류쉬위안 그것은 한국이 중국에 비해 잘된 점인 것 같네요. 중국은 비평계가 매우 위축되어 있어요. 출판사의 힘이 매우 강하기 때문에 신문과 잡지들에도 광고와 상업 지원 등으로 영향을 끼치면서 중국의 일부 비평가들은 출판사의 요구에 따라 홍보성 글을 쓰는 경우가 많습니다.

세계적인 시선으로 건강한 교류를 만들어 가야 할 때

원종찬 얼마 전 중국의 초베스트셀러라고 하는 양훙잉의 '개구쟁이 마샤오탸오' 시리즈가 번역되어 나와서 제가 읽어 봤는데, 이건 진짜 가벼운 오락물에 불과하더군요. 집과 학교에서의 일상현실을 그린 것인데 웃음을 유발하고자 개연성이 무시되더라도 가벼운 소동을 반복해 가는, 나쁜 의미의 만화적인 에피소드의 연속이더라고요. 외부 환경과의 대결에서 오는 극적인 감동이 없고, 인간성에 대한 통찰도 찾아보기 힘들고, 그렇다고 있는 그대로 아이들의 삶이 보이는 것도 아니고, 통속적인 명랑동화류에 속하는 것이었습니다. 한국에서 이런 작품에 손뼉 쳐 주는 비평가는 아마 없을 거라고 생각해요.

류쉬위안 전문가다운 평가이십니다.

원종찬 그런데 이런 시리즈를 번역해서 낸 출판사의 성향을 따져 봐야 하는데, 지금 중국과 한국 출판사 간의 접촉이 일정하게 편향된 점도 지적할 수 있다고 봅니다. 그 출판사에서 과연 문학적으로 중국 최고의 작품을 번역해서 내려고 하느냐를 생각해 보면, 베스트셀러에 더 주목하는 상업적 의도가 짙다고 여겨지기 때문에 그렇지 않은 것 같다는 판단이 들고요. 중국에서는 또 한국의 어느 출판사가 어떤 지향을 갖고 있는가에 대한 정보가 부족한 것 같고…… 이런 점에서 한층 폭넓고 제대로 된 교류가 필요한 시점이라고 생각합니다.

류쉬위안 그렇지요. 일리가 있는 말씀입니다.

원종찬 1990년대 이후로 출판사의 지향을 예전처럼 단순 재단할 수 없는 현상이 나타나고 있는 건 부인할 수 없는 사실이지요. 그렇지만 아동문학을 둘러싸고 적어도 두 개의 조류, 범박하게 말해서 '보수와 진보'라고 하는 흐름이 대립해 왔다는 것, 출판사든 작가·비평가·연구자든 두 조류 중 어느 하나만의 창구로써 한국 아동문학을 이해하려 들면 반쪽의 진실밖에 알 수 없다는 것 또한 염두에 두지 않을 수 없어요. 류 선생님도 신문사에 계시니까 잘 아실 텐데요, 한국에서 『한겨레』와 『조선일보』가 성향이 굉장히 다른데, 이를테면 『조선일보』와 통하는 출판사·작가하고 『한겨레』와 통하는 출판사·작가는 상당히 다른 성향이죠. 이런 문제들까지 풀어 가는 것이 한·중·일 아동문학을 하는 사람들, 나아가 한·중·일 지식인들이 해야 하는 중요한 과제라고 봅니다. 패권적 대국주의가 부활하는 현실에 맞서면서 동아시아의 평화공존을 지향하는 건강한 시민 네트워크를 마련하려면 각 나라 안의 상이한 조류들에 대한 이해가 선행돼야 하는 것이지요. 그런데 류 선생님께서 『아동문학의 3대 모티프』라는 이론서에서 '사랑' '장난꾸러기 아이' '자연'을 3대 모티프로 제창한 이유가 무엇인지 궁금합니다.

류쉬위안 아까도 말씀드렸지만 이 책은 아동문학이 교육의 구속에서 벗어나야 한다는 생각에서 나온 것입니다. 당시 중국에는 모든 아동문학이 교훈적이어야 하고, 창작의 목적은 바로 교육이어야 한다는 경향이 있었어요. 그런데 세계의 우수한 아동문학 작품들을 찾아 읽으면서, 교육성이 강조된 아동문학은 세계 우수한 아동문학 중에서 매우 적은 부분을 차지할 뿐이라는 점을 발견했지요. 초기 아동문학을 보면 어느 나라나 모두 '약'과 같은 작품을 갖고 있지만, 세계 아동문학 작품들이 공통으로 가지고 있는 더욱 중요한 특징은 바로 엄마와 아이의 소통이라는, 교육 목적을 지니지 않은 따스한 이야기들이라는 것입니다. 이런 이야기는 흔히 아이가 결혼하는 것으로 끝나지요. 엄마로서는 아이의 결혼으로 그 책임이 완성되는 것이니까요. 흔히 왕자와 공주의 결혼으로 표현됩니다만, 아무튼 결혼은 종착점인 것이지요. 이는 모두 엄마의 마음에서 우러나오는 생각이라고 볼 수 있습니다. 이러한 경향은 낮은 연령층을 위한 동화에서 많이 보입니다. 저는 '사랑' 모티프를 가진 작품들을 두 가지로 구분하는데, 그 하나는 방금 말씀드린 것과 같은 모성애적 아동문학입니다. 모성애적 아동문학 작품이 가지는 특징은 난제에 부딪치면 그것을 에둘러 가는 경향이 크기 때문에 흔히 교육성을 지니지 않지만 매우 따스한 이야기들이지요. 다른 한 가지인 부성애적 아동문학 작품은 이와 반대로 난제에 부딪치면 그것을 해결함으로써 아이에게 강한 의지를 심어 주고 어려움을 이겨 나가는 방법을 가르치는 것을 목적으로 하기 때문에 교육적 기능이 강조되지요. 교육적 기능을 지닌 부성애적 아동문학 작품은 '사랑' 모티프의 절반을 차지합니다.

그리고 '말괄량이 삐삐' 시리즈 작가인 아스트리드 린드그렌(Astrid Lindgren)의 작품을 대표로 하는 경향을 살펴보면, 이들 작품에는 교훈이 없을뿐더러 오히려 작품 속의 장난꾸러기 아이들을 긍정하는 경우가 많습니다. 『피터 팬』도 그렇지요. 당시 교육계와 아동문학계에서는 나쁜 아이, 장난꾸러기 아이들을 주인공으로 하는 이런 작품들을 이해할 수 없었지만, 사실 이런 작품은 아이에게 유익한 것입니다. 아동은 말을 잘 듣고 어른이 지시하는 대로 행동하는 것이 아닌, 장래에 전면적으로 발전한 인간이 되기 위해서는 각종 틀에서 벗어나는 창조력, 돌파력 — 물론 여기에는 일정한 파괴력도 포함되지요 — 이 없어서는 안 되는 것이라는 생각입니다. 아동의 천성을 긍정하고 그것을 해방시켜 주는 것이 바로 현대 아동문학의 새로운 조류지요. 다시 말하면 '장난꾸러기 아이'를 모티프로 하는 작품의 창작입니다. 또한 아이들은 나무처럼 자연적인 성장이 중요한 것이지요. 자체의 생장법칙이 있어서 인위적인 것으로는 안 되죠.

원종찬 제 문제의식 역시 아이들을 내려다보거나 가르쳐야 할 훈계의 대상으로 바라보는 기존의 아동관으로부터 벗어나서 아이들이 지닌 생명력을 고양시켜 줘야 한다는 것이고, 외부 환경과 적극 교섭하는 능동적 활동을 중시하는 작품들이 많이 나와야 한다는 것입니다. 20세기에는 역사적인 상황 때문에 희생과 헌신 모티프의 이야기들이 많았지만 이제는 개성적인 인물형, 세계와 부딪치며 자기 길을 개척해 가는 그런 적극적인 주인공을 바라고 있죠.

끝으로 동아시아 아동문학의 공통 과제를 무엇이라고 생각하시는지 선생님 말씀을 듣고 싶습니다.

류쉬위안 역시 '심미' '심미적 특징'의 강조라고 생각합니다. 이 점은 일본이 우리에 비해 잘된 편이지요. 우리보다 구속이 적다고 할까요. 진정으로 '심미'를 강조하고, 상업성이나 교육성 등 문학 외적인 구속에서 벗어나 아동 고유의 특징을 강조하는 쪽으로 발전해야 합니다. '약'이나 '콜라'를 대량생산 하는 대신, 생기발랄한 나무를 더욱 많이 심어야 한다는 것이지요.

원종찬 네, 아동문학의 바람직한 발전을 위해서는 그 말씀에 공감합니다. 저는 한 가지 덧붙이고 싶은 게 있어요. 한·중·일 세 나라의 역사적 갈등관계를 생각할 때 자국 중심의 민족주의를 벗어날 수 있는 시야,

세계시민으로서의 자각과 훈련을 아이들이 경험할 수 있게 해 주는 아동문학이 절실하다고 봅니다. 과거의 잘못된 역사를 기억하되 국경에 갇히지 않는 미래 지향의 문화교류 또한 동아시아의 평화증진에 기여하는 바가 클 것이고요.

류쒸위안 그렇지요. 저도 그 점과 관련해 국내의 창작현실을 비판한 적이 있는데, 일부에서는 — 물론 그들은 출판사를 따라 홍보성 글을 쓰는 사람들이지요 — 저를 가리켜 '외국의 달이 중국의 달보다 크다'고 하는 사람이라고 하면서 왜 외국의 작품이 중국의 작품보다 낫다고 하느냐고 되묻는 사람들도 있었어요. 세계적인 시선으로 아동문학을 보는 안목이 요구되는 지점이지요. 제가 『아동문학의 3대 모티프』를 쓰게 된 것도 바로 세계 각국의 아동문학 작품을 읽고 비교하는 과정에서 중국의 아동문학이 아주 적은 부분만 세계와 접목되고 있을 뿐이고 기타 방면은 매우 취약하다는 것을 발견했기 때문이지요. 이것은 한 가지 과제를 반영하는데요, 바로 이론상으로만이 아니라 세계적 시선으로 자국의 아동문학 작품에 대한 비평을 진행해야 한다는 것입니다.

원종찬 옳은 말씀입니다. 앞으로 제대로 된 동아시아 아동문학의 교류를 위해 함께 힘써 보자고 부탁드리고 싶습니다. 오늘 귀중한 말씀을 해 주셔서 감사합니다.

류쒸위안 생각에서 일치한 부분들이 많았던 것 같습니다. 감사합니다.

쓰기와 읽기, 혼이 열리는 순간들

최상희 작가와의 대담*

원종찬 최근 들어서 부쩍 최상희 작가에 대한 관심이 높아졌어요. 아세요? 비룡소 블루픽션상 수상작 『그냥, 컬링』(비룡소 2011)도 인상적이었지만, 사계절문학상 수상작 『델 문도』(사계절 2014)가 나오자 더 많은 분들이 주목했는데, 비슷한 스타일의 단편집 『바다, 소녀 혹은 키스』(사계절 2017)가 또 나오니까 놀라워하는 반응을 주변에서 적잖이 봤습니다. 『델 문도』가 나오기 직전에 『어린이책 이야기』(2014년 여름호)에서 김윤 평론가와 대담을 한 적이 있죠?

최상희 네.

원종찬 저번 대담에서는 『델 문도』 이전 작품까지 다뤘지요. 그런데 그 이후, 그러니까 『델 문도』나 『바다, 소녀 혹은 키스』와 더불어 '최상희표'라고 해도 좋을 만큼 작품세계가 한층 분명해진 듯해요. "아, 최상

---

* 이 대담은 2018년 1월 23일 경기도 파주의 청동거울출판사에서 이루어졌다.

희 작가?" 하는 주변 반응도 많거니와 저로서도 두 단편집을 무척 인상
깊게 읽은 터라 일종의 후속 대담 자리를 마련했습니다. 『델 문도』 이전
과 이후에 대한 독자 반응에서 차이를 느낀 것이 좀 있는지요?

최상희 전혀 없습니다.

원종찬 전혀?

최상희 저는 쭉 아무런 관심이나 주목을 받아 본 적이 없기 때문에……

원종찬 그건 너무 겸양의 말씀이고, 반응이 있지 않아요?

최상희 제가 만나는 분도 거의 없고요. 제 독자라고 하면 일단은 청
소년들인데, 청소년들은 도대체 제 책을 읽는지 안 읽는지 통 모르겠어
요.(웃음) 그래서 저는 반응이랄까, 그런 걸 별로 느껴 보지 못했고요. 궁
금합니다, 정말. 누가 읽는지.

원종찬 아동청소년문학 작가들이 제일 힘들어하는 게 문단의 침묵
이라고 들었어요. 비평의 부재에 따른 주변의 침묵. 독자의 반응은 보
통 책의 판매지수로 가늠을 하죠. 옛날 박완서 선생이 그러더라고요.
동화책을 내면 도대체가 묵묵부답이라서 괴롭다고. 소설책을 내면 계
속 이런저런 반응이 오는데 동화책을 냈을 때는 적막강산이라서 아동
문학 하시는 분들 참 힘들겠구나, 그렇게 생각했대요. 그땐 아동청소년
부문의 비평이 지금보다 훨씬 취약한 시절이어서 더 그랬겠죠. 어쨌든
작품을 내놓고 다른 작가들, 문우들과 만나면 바로바로 작품에 대해서
도 얘기하고 그럴 텐데. 작가들을 많이 만나고 그러는 상황은 아닌가 보
네요?

최상희 네, 거의……(웃음) 간혹 만나는 작가들도 요즘 들어서 작품에
대한 이야기는 더 안 하는 것 같아요. 전반적으로 침체기고, 작가들이
어느 순간부터 굉장히 침체된 분위기라서요. 그전에도 자신들의 작품

얘기는 그다지 안 했지만. 출판 전반에 대해서 그저 어렵다는 정도의 얘기지요. 그런데 제가 만나는 사람이 워낙 없어서요.

원종찬 4대강 사업을 벌이고 문화계 블랙리스트가 난무했던 수구세력 집권 기간에 아동청소년 책 판매지수가 최악으로 떨어졌죠. 국민소득 3만불 시대로 들어서면 문화적 성숙이 필수니까 앞으론 달라지지 않겠어요? 최상희 씨가 지금까지 펴낸 책이 장편 여섯 권, 단편집 두 권. 기획 앤솔러지 작품집에 발표한 것 빼고도 작품집이 총 여덟 권이에요. 2011년 블루픽션상 수상 때 첫 작품집을 냈으니까 1년에 한 권꼴이네, 그죠? 이 정도면 사실 활발한 행보라고 봐요. 그런데 여덟 권이 전부 청소년소설이에요, 맞죠?

최상희 네.

원종찬 청소년소설 전문 작가의 출현도 최근의 양상이죠. 한 작가가 청소년소설만 꾸준히 쓰는 경우는 매우 드물거든요. 청소년소설에 특별히 관심을 갖게 된 어떤 계기가 있는지요?

십 대의 엉망진창에 이끌려서

최상희 제가 청소년소설을 접했을 때 힘을 좀 많이 받았어요. 에너지를…… 이게 좀 긴 이야기인데요.

원종찬 괜찮아요.

최상희 제가 그전에 회사를 십여 년 다녔는데…….

원종찬 여행 잡지였던가? 아니, 여성 잡지였죠?

최상희 네, 여성지 기자였어요. 직장생활이 보람도 있었지만 직장 다니는 사람들은 누구나 가슴 속에 사표를 넣고 다니잖아요. 저도 10년간 직장 다니다 보니 이 일을 계속 할 수 있을까 하는 생각도 들고, 저에게 하나의 전환점이 필요했던 것도 같아요. 일단 회사를 그만두고 여행을 좀 하다가 제주도에 내려가 살게 됐어요. 한 2년 정도 살았어요. 연고지도 아니고 아는 사람도 없는데 머물게 됐어요. 그때 뭔가 글을 쓰고 싶다는 생각이 들었던 것 같아요. 잡지사 다니면서 많은 글을 쓰기는 했지만 그것은 정말 필요에 의해서 쓴 글이죠, 소모적인 글. 잡지라는 것이 한 달이 지나면 폐기되니까요. 그러다 보니까 막연히 나도 뭔가 내 글을 쓰고 싶다는 생각이 들었던 것 같아요. 그런데 글을 써야겠다는 확신이 있었던 건 아니었고 일단은 회사 다니기 너무 힘들고 괴로워서 어떻게 다른 일을 해 볼 수 있을까 하는 모색의 시기였던 거죠. 우연히 제주도에 내려가게 됐고 생각보다 오래 머물게 되면서 돈은 떨어지고 그래서 취직을 하게 됐는데(웃음), 제주도에서 무슨 취직을 할 수 있겠어요. 정착하려는 생각은 아니었으니까요. 그냥 계속 여행이 길어진다는, 그런 생각으로 머물고 있었을 때라서 논술학원에서 일을…….

원종찬 거기서 청소년을 만났구나?

최상희 네, 처음으로 만났어요. 제가 청소년이었던 이후로 처음으로 청소년을 만난 거죠. 딱 중학생, 고등학생. 그래서 그 애들하고 책을 같이 읽고 얘기를 하고 글을 쓰면서 청소년소설이라는 장르가 있다는 걸 처음 안 거예요. 굉장히 무지한 상태였죠, 사실. 그런데 읽힐 만한 청소년소설이 생각보다 그리 많지는 않았어요. 논술학원에서 요구하는 책들이라는 게 그렇잖아요.

원종찬 그렇죠. 테마가 강하고. 시사성이라든지 말하고자 하는 바가 분명한 것들…….

최상희 그렇죠. 뭔가 얘깃거리가 돼야 하고 거기서 꼭 뭘 배워야 한다는 것도 있고. 그런 한편에도 제가 청소년 시절에 읽었던 고전 같은 것도 다시 읽으면서 아, 내가 청소년 시기에 이런 책으로부터 얼마나 큰 기쁨과 위안을 얻었는가, 다시금 느낄 수 있었어요. 그래서 이런 걸 써보고 싶다, 라는 정말 순수한 마음이 들었고요. 그리고 아이들이 독서를 한다는 것이 굉장히 어려운 일이구나, 하는 생각이 들었죠. 우리 청소년 기에는 놀거리가 그렇게 많지 않았는데.

원종찬 예전에는 독서 빼고는 향유할 만한 문화가 매우 제한되어 있었으니까.

최상희 그렇죠. 사실 책이 가장 큰 놀거리 중의 하나였는데 이 아이들은 아닌 거예요. 그래서 책을 읽을 수 있는 아이들이 됐으면 좋겠다는 생각을 했고요. 책을 한 권 읽어 낸 것에 대한 성취감이나 기쁨이 어떤 것인지 맛보게 해 줬으면 좋겠다는 생각을 했어요. 그런 생각으로 처음 쓰게 된 소설이 『옥탑방 슈퍼스타』(한겨레틴틴 2011)였고 이어서 『그냥, 컬링』을 썼습니다. 아이들이 손에 잡았을 때 끝까지 읽을 수 있는, 페이지터너(page-turner) 같은 소설이 됐으면 좋겠다는 생각에 쓰게 됐죠. 청소년소설을 읽으면서 저도 많은 위안을 받고 에너지가 차오르는 느낌이 들었기 때문에 그런 걸 저도 써 보고 싶었어요. 그래서 쓰게 됐고. 동화나 일반소설을 안 쓰겠다는 건 아닌데 일단 청소년소설을 쓰기 시작했으니까 그냥 쓰게 된 거고요. 네, 그렇게 된 거죠.(웃음) 청소년소설만 써야겠다 해서 쓰게 된 것은 아닙니다.

원종찬 청소년기는 누구에게나 각별한 기억으로 남아 있는 시기잖아요. 사실 우리나라는 제도교육의 폭력성이 참 가혹하죠. 우리 때는 학교 가면 늘 매 맞고 그랬으니까. 시험 보고 나면 과목마다 몇 점 아래로 한 문제 틀리는 데 한 대씩 맞고 그랬잖아요. 그런 폭력으로부터 벗어나고 또 이런저런 금기로부터 벗어나고자 빨리 어른이 되고 싶어 했죠. 그래서 과거를 떠올릴 때면 이십 대가 가장 중요한 시기로 기억되기도 하지만, 사실은 훨씬 더 청소년기의 푸릇한 기운, 그때의 순수한 우정 같은 게 깊이 각인돼 있죠. 평생 바뀌지 않는 '절친'은 대부분 중고교 동창들이잖아요.

청소년 하면 어떤 울림이 있는 거 같아요. 정해지지 않은 경계의 존재이기도 하고. 어디 후기에 청소년은 뭐라고 쓴 것도 있던데…… 아, 첫 책인 『그냥, 컬링』의 후기에서 "십 대는 일단 엉망진창"이라고 했구나. "나는 엉망진창인 십 대가 재미있고 안쓰럽고 그래서 자꾸만 들여다보고 싶다."고 했어요. 자신도 "엉망진창인 십 대에 가까운 편"이라고 했고요. 청소년의 존재적 특성에 매혹을 느끼는 터에, 제주도 논술학원에서 청소년을 만나게 되었고, 그들의 읽을거리에 대해 생각하게 되었고, 마침 청소년문학이 한창 떠오르는 중이었고…… 이런 것들이 청소년소설에 대한 관심으로 모아졌다는 이야기가 되겠네요.

최상희 그때 제가 어린 아이들을 만났으면 동화를 썼을지도 모르고요.(웃음)

원종찬 그때 초등학생을 만났으면?(웃음)

최상희 그렇게 됐겠네요.(웃음)

원종찬 약력 보니까 한겨레아동문학작가학교에 다녔더라고요? 제가 거기 강의를 하도 오래 해서 그런지 수강생들 기억이 잘 안 나요. 언제나 좋은 작품이 모델이겠지만, 동화나 소설의 서사를 어떻게 짜는지 궁금해서 들어왔을 텐데.

최상희 네.

원종찬 작가가 되기 전의 습작기에 특별히 기억나거나 인상적인 일이 있는지요? 배우면서.

최상희 음, 난 동화는 안 맞는구나(웃음) 하는 깨달음? 그러니까 제주도에서 올라와서 그때부터 쓰기 시작했는데 혼자 처음으로 글을 쓰는 거니까요. 어디서 배워 본 적도 없었으니 궁금했어요. 다른 사람들은 어떻게 쓰고 있고 무엇을 가르쳐 주는지. 한겨레동화작가반이란 강의가 있다는 걸 알게 돼서 다니게 됐죠. 커리큘럼에 청소년소설 강의도 조금 있었고 해서요. 동화라는 것을 어렸을 때 읽고 다시 읽은 건 너무 오랜만이었고 아동청소년문학을 뭉뚱그리면서도 동화와 청소년소설은 또 다르구나, 그런 걸 알게 되었죠.

원종찬 동화와 청소년소설은 편차가 크죠?

최상희 어떤 선생님 말씀에, 아마 임정자 선생님이 말씀하셨던 것 같은데 동화는 아이들하고 잘 놀아 줄 수 있는 사람이 써야 하고 청소년소설은 자기 자신에 대해서 쓰고 싶은 사람이 쓰는 거라고 하셨어요. 청소년소설은 아무래도 소설 쪽에 가까운 문학이라고 말씀하셨던 것 같아요. 아직 잘 모르겠더라고요. 그때는 제가 글쓰기 시작 단계였으니까 동화라는 것이 어떤 건지, 청소년소설이 어떤 건지도 잘 모르는 상태에서 썼죠. 동화도 재밌었는데 청소년소설이 조금 더 끌렸던 것 같아요. 일단은 그때 쓰고 싶었던 것이 청소년소설이었습니다.

장편과 단편을 쓸 때의 차이

원종찬 제가 이번에 최상희 씨의 작품집 여덟 권을 다시 통독하면서, 그동안 신간이 나올 때마다 간간이 느낀 것이기도 하지만, 장편하고 단편하고는 어조가 상당히 이질적이라는 느낌을 받았어요. 『델 문도』를 처음 봤을 때 이게 최상희 그 작가 맞아? 『그냥, 컬링』의 작가 맞아? 그런 생각을 할 정도였거든요. 장편은 『칸트의 집』(바룡소 2013)을 빼고는…… 이 작품은 거기 건축가가 칸트라는 별명을 가졌듯이 약간 사변적인 면이 있죠. 이 『칸트의 집』은 좀 덜하지만 장편은 다 밝고 경쾌한 톤이에요. 유머러스한 방자형 인물이 꼭 껴 있고. 그에 비해 단편은 굉장히 차분한 톤이고, 내면의 상처를 지닌 외롭고 슬픈 존재들, 고립된 인물들이 어떤 운명적인 비극하고도 마주치는 느낌 같은 게 강하죠. 그래서 장편과 단편을 굳이 비교하자면, 하나는 희극에 가깝고 하나는 비극에 가깝단 말이에요. 작품의 톤이랄까 결에서 제가 받은 느낌이 그랬어요. 이 차이가 어디에서 비롯된 것일까? 하는 생각을 하게 되거든요. 본인은 그 차이를 자각하고 있는지요?

최상희 저는 기본적으로 거의 비슷하다고 생각돼요.(웃음) 장편과 단편의 차이라고 하면 장편에 비해 단편은 굉장히 압축적으로 표현해야 하니까 인물도 적게 등장하는 편이고.

원종찬 서술에서 밀도가 더 짙어지고 이러다 보니까 톤이 그렇게 가는 건가요?

최상희 그렇겠죠.

원종찬 장편에서는 대화가 훨씬 더 풍성해지고 또 인물이 많아지다 보니까 까불까불하는 방자형 인물도 있고 방해하는 인물도 있고…… 지난번 대담에서 작가의 페르소나, 자신이 좋아하는 인물형으로 '만수' '며루치' '몽키' '석금동'을 얘기했잖아요? 그게 일종의 방자형 인물에 가까운 건데, 그런 발랄한 밝은 톤의 캐릭터가 장편을 경쾌하게 만들죠.

그런데 단편은 밀도가 짙어지고 인물도 적어져서 그런가 톤이 달라요. 작가는 우연히 쓰다 보니까 그렇게 될 수 있어요. 하지만 독자가 느끼기에는 장편과 단편의 결이 상당히 이질적이에요. 같은 작가일까 하는 생각이 들 정도로.

최상희 그러네요.『델 문도』의 경우에는 우울하네요, 많이.(웃음)

원종찬『바다, 소녀 혹은 키스』도『델 문도』하고 같은 톤 내지는 스타일이고. 이 두 권과 다른 것들하고는 상당히 달라서 작가 이름을 가리면 다른 작가라고 볼 사람들이 상당하리라고 봅니다. 본인은 특별히 그 톤에 대해 의식하기보다는 장편을 쓸 때와 단편을 쓸 때의 기본적인 차이, 말하자면 등장인물의 많고 적음이라든가 서술의 밀도 이런 게 다르다 보니까 그렇게 된 거 같다는 말씀이신데 그러면…….

최상희『바다, 소녀 혹은 키스』에 실린 작품의 경우에도「굿바이, 지나」라든지…….

원종찬 그거 하나만 톤이 좀 밝은…… 사내애들이 집단으로 네 명 등장하잖아요? 그러니까 까불이가 있지, 거기에는.

최상희「잘 자요, 너구리」라든지「한밤의 미스터 고양이」도 조금 덜하기는 하지만 유머러스하고 가벼운 톤이라고 생각하거든요. 딱히 장편과 단편의 차이는 아닌 것 같아요.

원종찬 그렇죠. 톤 자체가 장편과 단편의 차이는 아니죠. 그런데 최상희 작가 작품의 경우는 단편의 전반적인 인상과 장편의 전반적인 인상이 크게 구획될 정도라는 말이죠.「잘 자요, 너구리」라든가「한밤의 미스터 고양이」에도 유머가 있다고 했는데, 제가 읽은 느낌으로는 박민규 단편집『카스테라』(문학동네 2005)와 비슷한 톤이에요. 박민규의『삼미 슈퍼스타즈의 마지막 팬클럽』(한겨레출판 2003)이나『카스테라』가 이른바 루저, 하위자들 얘기거든요. 세상과 거리를 두고 쿨한 태도를 지닌 화자가 밀고 당기는 탄력적인 화법을 구사하기 때문에 어느 정도 페이소스가 깔린 유머가 느껴지고 그런 것인데, 지금 말씀하신 작품들에서도 그런 페이소스와 유머가 느껴지긴 하지만, 어쨌든 단편하고 장편의 차이가 이렇게 현격히 대별되는 경우를 아직 못 봐서 참 드문 작가라는 생각을 했어요.

최상희 작가가 똑같은 것만 계속 쓰는 건 아니잖아요?(웃음)

원종찬 물론 그건 그렇죠.(웃음)

최상희 밝은 에너지와 경쾌한 것이 『옥탑방 슈퍼스타』와 『그냥, 킬링』 『명탐정의 아들』(비룡소 2012)까지 세 권, 아 『안드로메다의 아이들』(한겨레틴틴 2014)도⋯⋯.

원종찬 가장 나중에 나온 장편 『하니와 코코』(비룡소 2017)도 그렇잖아요.

최상희 저는 『하니와 코코』 같은 경우는 유머를 썼다고 전혀 생각을 못 했거든요.

원종찬 그래요?

최상희 네. 그래서 그렇게 말씀하셔서 조금 놀랐어요.

원종찬 그거 읽으면서 대화가 거의 농담 따먹기 수준으로 가는구나 하는 느낌이 들 정돈데요, 저는?

최상희 그러면 제가 잘 못 쓴 거겠죠.

원종찬 끝까지 읽으면 인물들이 지닌 내면의 상처 때문에 단편하고 비슷한 슬픔이 느껴지긴 해요. 폭력적인 시공간에서 벗어나고자 어쩌면 세상에는 존재하지 않는 자기들만의 어떤 환상적인 안식처를 찾아가는, 그래서 실제 도달할 수 없고 현실 바깥에서나 가능하다는 그런 슬

폼이 느껴지기는 하지만, 그네들이 대화를 죽 이어 나갈 때에는 병풍처럼 가볍게 주고받는 농담처럼 읽히거든요?

최상희 음…….

원종찬 그래서 『하니와 코코』도 단편들하고는 음높이가 상당 다르다고 느꼈어요. 자신의 작품에 대해 장편하고 단편을 크게 구분 지어서 얘기하는 것은 처음 들어요?

최상희 분위기가 다르다는 얘기는 들었는데요. 왜냐하면 아마도 제가 나는 뭐만 쓰고 싶다든지 뭐를 잘 쓴다든지 하는 게 없기 때문에 다양하게 써 보는 과정이 아니었을까 싶기도 하고요. 글쎄요, 『델 문도』는 제가 처음으로 써 본 단편소설이기 때문에 단편소설이란 어떤 것이어야 된다는 생각도 별로 하지 않았고, 전체적으로 써 놓고 보니까 조금 어둡고 쓸쓸한 이야기가 되었구나 하는 느낌은 있었지만 처음부터 그렇게 해 보려고 그런 건 아니고. 글쎄요, 쓰다 보니.(웃음)

원종찬 자신에게 이야기가 찾아온 거군요. 손님처럼 이야기가 온 걸 받아 적다 보니.(웃음)

최상희 그렇죠. 그렇게 된 거 같아요. 그런데 단편도 쓰고 장편도 써 보니까 제가 장편과 단편을 쓸 때 차이점이 있다는 걸 조금 알게 됐어요. 장편의 경우에는 캐릭터에서 시작을 하더라고요. 어떤 이야기를 쓰고 싶다는, 막연한 어떤 이야기가 있고 그다음에 그 이야기를 끌고 갈 캐릭터가 떠오르면 쓰기 시작해요. 주인공과 그 옆에 나오는 조연들, 그 아이가 뚜렷한 어떤 형체를 가지고 이름, 별명, 좋아하는 것들, 주위 친구는 어떤 사람이고 그 아이에게 태어나서부터 지금까지 어떤 일들이 있었고 어떤 상처가 있고 어떤 경험이 있었을 것이다, 하는 것이 그려지면 저는 쓰기 시작하거든요. 그래서 장편을 쓸 때 저는 그 장편의 결말이 어떻게 될지 모르고 써요. 컬링 하는 아이들이 끝에는 어떻게 될지, 얘들이 정말 시합에 나갈 건지 안 나갈 건지도 모르겠고 『하니와 코코』는 마지막에 어떻게 될지 모르고, 정말 캐릭터가 움직이는 대로 따라서 썼죠.

마음을 사로잡는 강렬한 이미지

그런데 단편은 어떤 이미지에서 출발하는 경우가 많았던 것 같아요. 혹은 어떤 한 문장, 대개는 첫 문장이나 끝 문장이겠죠. 문장을 오랫동안 가지고 있었던 적도 있어요. 『바다, 소녀 혹은 키스』에서 「방주」라는 소설에 나오는 "일 년에 한 번, 방주를 비우는 날이 우리 집 잔칫날이다."란 첫 문장을 이 소설을 쓰기 몇 년 전부터 가지고 있었어요. 이게 어떤 소설로 발전될지 몰랐지만 그 한 문장을 가지고 있다가 어느 순간이 되면 쓰는 거죠. 그 첫 문장이 움직여 주면요. 그러니까 단편은 저한테 있어서는 정말 단편적인, 조각 같은 이미지로 내재되어 있다가 그것이 어느 순간 이야기가 될 때, 혹은 필요에 의해서 하나의 이야기가 된다는 느낌이 들어요.

원종찬 창작 과정은 작가들마다 다 자기만의 무엇인가가 있겠죠. 최상희 작가는 이런 식으로 장편과 단편에 대한 구상에서 차이가 있군요. 주요 등장인물들을 만들어 놓고 그 인물들의 성격과 처지를 고려해서 쓰다 보면, 막연하게나마 전체 스토리를 가지고 출발하더라도 인물의 힘 때문에 예측불허로 가잖아요, 장편은? 반면 단편은 이미지라고 할까 특별한 문장 하나라고 할까, 그런 것에 꽂혀서 속으로 굴리다가 이미지의 통일성이 굉장히 중요하니까 문장 하나하나를 밀도 있게 이어 나간다는 말이네요.

독자 또는 비평의 관점에서 작품을 본다고 할 것 같으면, 저는 단편의 성과를 더 주목해서 보고 싶어요. 우리가 '최상희표'라고 했을 때, 단편에서 그 '최상희표'가 생겼다고 보거든요. 독특한 인상을 주는 단편집이 두 권이 됨으로써 다른 작가·작품으로 대체할 수 없는 최상희만의 고유한 특질이 확연해졌다는 거죠. 그래서 그 단편들의 독특한 인상에 대해 해명하고 싶은 욕구가 일어나는데, 『델 문도』가 특히 그렇지만 대체로 국경을 넘어선 세계예요, 그렇죠? 시공간이 외국인 작품들이 훨씬 더 많잖아요. 그렇게 시공간적으로 이질적인 것들이 많다는 점, 다른 하나는 특정 인물이 '어떻게 생각했다, 상상했다'고 서술로 밝히는 게 아니라 인물의 내면을 따라가면서 때론 변신까지 하면서 이게 꿈인지 아닌지, 혹은 현실인지 환상인지 경계가 없는 서술 방식, 이 두 가지가 특징적이에요.

시공간도 막연히 배경만 외국이 아니라 그 지역의 인물과 그 지역의 문화, 풍토, 생태 등이 단단히 맞물려서 주제와 이어져 있어요. 「노 프라블럼」이던가? 그 인도 이야기 있잖아요? 소년 인력거꾼 이야기는 인도 여행 한두 번 가서는 절대 알 수 없는 많은 것들이 녹아 있더라고요. 그러면서도 '세상 어딘가에(델 문도)'라는 제목 그대로 이 이야기가 세상 모든 사람들한테 다 통하는 것이기도 해요.

이처럼 이색적인 시공간, 현실과 환상을 넘나드는 서술 등이 상처받은 하위자의 외로운 목소리에 실리면서 최상희만의 고유성이 만들어졌다고 저는 봅니다. 『델 문도』를 읽다 보면 누구나 쉽게 눈치채겠지만 작가의 여행 체험이 상당한 영향을 미쳤을 것 같거든요. 자신의 단편에서 여행과 창작의 상관관계는 어느 정도라고 생각해요? 다른 사람보다 유별나게 여행을 많이 다니는 것으로 알고 있는데요.

최상희 요새는 다른 분들도 여행을 많이 다니셔요.(웃음)

원종찬 아니, 저만 해도 그 작품집에서 그려진 시공간을 가 본 데가 거의 없는걸요.(웃음)

최상희 회사 다닐 때는 여행 좀 다닌다고 말할 수 있었는데 오히려 작가가 된 다음부터는……. 작가가 되고 나니까 맨날 노는데 여행까지 다니면 이건 너무 양심이 없는 거 아닌가 싶어서.(웃음)

원종찬 여행 체험이 창작에 적잖이 기여했으리라고 봐요. 서사에 생생하게 살을 붙이고 인간과 세상에 대한 시각을 조정하는 데 크게 작용하지 않았겠어요?

최상희 『델 문도』 같은 소설은 여행의 경험이 없으면 쓰지 못했을 수도 있었겠죠. 다른 장편을 쓸 때는 준비가 필요했어요. 저는 작품을 쓸 때, 쓰는 기간은 짧은 편인데 준비하는 데에 시간이 좀 걸립니다.『그냥, 컬링』은 컬링에 대한 자료가 별로 없었기 때문에 수집하고 찾아보는 것도 힘들었어요. 사실 제가 컬링 선수입니다.(웃음) 컬링 선수 협회에 가입이 돼 있어요. 컬링을 직접 해 봤거든요. 그런 기간도 있고,『명탐정의 아들』도 탐정에 관한 조사가 필요했죠. 우리나라는 어떻게 돼 있나 하는 기본적인 것들. 인용되는 탐정에 관한 소설들, 추리작가 애거사 크리스티(Agatha Christie)라든지 코넌 도일(Arthur Conan Doyle)의 소설들을 다 읽는, 나름의 준비 과정이 필요했죠. 재미있어서 한 거긴 하지만.

원종찬 치밀히 조사를 해야죠, 당연히.

최상희 치밀하지는 않지만 이 정도는 당연히 해야지 쓰겠다, 라는 게 있는데『델 문도』 같은 경우에는…….

원종찬 잠깐만요, 컬링 선수라서『그냥, 컬링』을 쓴 게 아니라, 컬링이 눈에 잡혀서 써 보려고 조사하다 보니까 동호인 모임에 가입까지 하게 되었다는 말인 거죠? 선후관계가?

최상희 네. 컬링을 전혀 몰랐는데 8년 전 밴쿠버올림픽 중계로 처음 봤거든요. 너무 이상하고 신기해서 저게 뭔가 찾아보다 보니까 더 이상하더라고요. 그런데 동호회가 있었어요. 동호회에서 컬링을 직접 할 수 있다는 거예요. 가입을 했더니 바로 연습하러 오라고 해서 가 보니 선수 등록이 동시에 되면서…….(웃음)

원종찬 그때는 소설 창작에 대한 생각이 아예 없었을 때인가요?

최상희 이걸 써야겠다, 그런 건 아닌데 궁금했어요, 되게. 그게 너무 이상하고.

원종찬 말하자면 본인의 취미활동이었겠네요, 컬링이.

최상희 네, 갔더니 정말로 거기 다양한 연령층이 모여 있었는데 고등학교 여학생 두세 명이 늘 왔어요. 컬링 왜 하느냐, 이거 해서 대학 가려고 하느냐, 국가대표 하고 싶어서 하느냐, 그런 걸 물어보니 걔네들 대답이 이거였어요. "그냥요, 재밌으니까." 그런데 저는 아무리 해도 재미가 없더라고요. 이게 뭐가 재미있을까.(웃음) 작가가 그렇잖아요. 작가는 궁금한 걸 씀으로써 풀어 보는, 그런 사람이잖아요. 써 보면 뭐가 재밌는지 알 수 있을까, 한번 써 봐야겠다, 해서 정말 쓰게 됐고요. 써야겠다는 생각이 아예 없이, 컬링에 대한 순수한 호기심만으로 간 건 아니지만 막상 접해 보니까 더 재미있는 것이었어요. 뭔가 그런 것들이 있었어요.

그때 손님처럼 찾아온 이야기

그런데 『델 문도』 같은 경우에는 『델 문도』 후기에도 썼지만 붕대를 한 남자 이야기는 제가 들은 것이거든요. 호주에 사는 친구로부터. 그 친구는 삶에 대해서 굉장히 긍정적인 친구였어요. 그래서 붕대를 한 남자의 이야기를 통해서 삶이라는 것, 고통 속에서도 살아야겠다는 의지에 대해서, 삶의 용기에 대해서 한번 써 보면 어떻겠냐고 저에게 제안을 했죠. 하지만 저는 별로 쓰고 싶지 않았어요. 그 사람이 그때 차라리 죽는 게 낫지 않았을까, 그런 고통을 가지고 평생 사느니. 그렇게 생각했죠. 소재상으로는 참 근사한 얘기였거든요. 온몸에 불이 붙어서 달리는 남자라든지, 온몸에 붕대를 하고 사는 남자라는, 소재상으로는 굉장히 훌륭하다고 생각했지만 어떤 얘기가 될지도 몰랐고 사실 쓰고 싶지도 않았어요. 왜냐하면 그런 삶에 대해 쓴다는 것조차 너무 고통스러울 것 같았어요. 그런데 그 얘기를 듣고 몇 개월이 흐른 뒤에 갑자기 어떤 영상이 떠올랐어요. 혼자 앉아서 뭔가 만들고 있는 소년, 갑자기 노크 소리가 들리고 문을 열어 보니 붕대를 하고 있는 사람이 서 있는 장면이 떠오른 거죠. 갑자기 쓰게 됐고 굉장히 빨리 썼어요. 2, 3일 만에 썼죠. 제가 단편을 쓰겠다는 생각도 하지 않았는데 말이죠. 그 이야기가 그날 저를 찾아온 거라고 생각을 해요. 너무 작가 같은 얘기일지 모르겠지만 저는 정말 궁금하더라고요. 삶이라는 게 이런 고통을 참으면서도 굳이 살아야 할 가치가 있는 것인가에 대한 의문이 들었어요. 작가들이 쓰는 것이 바로 그런 것이잖아요. 이 세계와 삶에 대한 것들.

무대를 한국으로 고칠 수도 있었지만 친구가 들려줬던 이야기를 조금 이국적인 분위기에서 써 보고 싶었어요. 나중에 고칠 수도 있겠지만 일단은요. 처음에 친구가 해 줬던 얘기 그대로. 그 친구가 어렸을 때 호주로 이민을 간 친구였어요. 그 친구로부터 제가 이야기를 들었다는 것 자체로도 뭔가 좀 묘했어요. 이 세상 건너편에 있는 이야기를 저한테 들려줬는데 같은 공감대에 다다르는, 삶이라는 것에 대해 생각해 보는 거였잖아요. 일단 썼어요. 그 친구가 살고 있는 호주를 배경으로 해서. 이걸 써 놓고 보니까 이런 식으로 다른 나라가 배경일 수 있는, 세상 어딘가에서 일어나고 있는, 마치 나하고는 전혀 상관없는 일인 것 같지만 그곳에서도 분명히 비슷한 삶이 존재하고 어떠한 삶이 지속되고 있다는, 그런 이야기들을 써 보고 싶다, 쓸 수 있겠다, 그런 생각이 들었어요. 그렇게 한 편 한 편 쓰게 됐죠. 『델 문도』에 실린 작품 순서가 집필 순서 그대로예요.

원종찬 호주에서 날아온 이야기를 씨앗으로 「붕대를 한 남자」를 처음 쓰고 난 뒤에, 자신의 여행 체험을 떠올리면서 "아, 외국을 시공간으로 세상 어딘가의 이야기를 써 볼 수도 있겠구나." 하고 생각했다는 거군요. 그 이후 여행 체험을 바탕으로 인도 얘기, 베네치아 얘기, 런던공항 얘기 등이 줄줄이 이어졌고.

최상희 강렬한 순간들이었거든요. 앞서 단편은 이미지로 출발했다고 말씀드렸는데, 여행 다니면서 느꼈던 이미지가 굉장히 컸던 거죠. 인도의 갠지스 강가에서 시체가 타고 썩은 부유물들이 떠다니는 강물을 봤을 때 굉장한 충격을 받았거든요. 그때는 제가 소설가가 될 거라는 생각도 전혀 없었고 그냥 여행을 하는 것이었지만 그것이 제 마음 한편에 굉장히 큰 어떤 이미지로 남아 있었던 것이죠. 그래서 훗날 그것들이 하나하나 이야기가 돼서 나온 거죠. 「붕대를 한 남자」를 쓰자마자 그다음 얘기가 나오고, 또 이어지고, 얘기들이 그치지 않았어요. 한 이야기가 끝나면 '자, 이제는 내 차례야' 하고 다음 이야기가 나왔고 바로바로 그다음 이야기들이 이어졌어요.

원종찬 아닌 게 아니라 창작할 때 귀신 지나가듯 손님처럼 온 거네요, 그때 그 이야기들이.

최상희 네, 그랬던 것 같아요.

원종찬 그래서 일정한 시기에 비슷한 성격의 이야기들이 동시다발적으로 쓰인 거군요. 비평가는 작가의 기억이든 의식이든 간에 텍스트에 작가의 무의식이 매복하고 있다고 보고 그걸 찾으려 든단 말이에요. 작가의 내면에는 여러 기억의 층위 곧 비밀스러운 책상 서랍들이 수없이 있게 마련이라 창작 과정에서 어느 때 어느 것이 수면 위로 나올지 전부 알 수는 없죠. 비평가는 텍스트에서 세상을 보는 작가의 눈이라든가 삶에 대한 작가의 해석을 읽어 내려 하는 거고요. 『델 문도』를 읽으면서 작가에게 진짜 손님처럼 온 이야기들이라는 느낌이 확 들더라고요.

호주에서 끔찍한 사고를 당한 붕대 남자, 처음에는 그 잔혹한 운명의 이야기를 어떻게 쓰겠나 생각했는데, 훗날 소년이 책상 위에서 장난감 공기총을 조립하던 중에 손님이 노크하는 첫 장면이 떠올랐다고 그랬잖아요. 서사로 치자면 두 이야기의 정교한 결합이에요. 일종의 액자식 구성인 거죠. 첫 장면에서 소년이 공기총을 조립하고, 맨 마지막 장면에서 공기총을 버리는 것이 액자고, 가운데 그림은 그 남자의 이야기겠죠. 그 남자의 이야기는 우연적 사고예요. '왜 나에게?' 하고 탄식하잖아요? 사고라는 것은 당사자에겐 우연이지만 다 촘촘히 엮인 필연이죠. 그때 고장 난 자동차가 안 들어왔다면, 금요일 저녁이라 일찍 집에 들어가려고 했는데, 그때 부속을 사러 간 정비사가 제시간에 도착했다면…… 이런 여러 가지가 다 하나로 맞춰지면서 사고를 당하지만, 왜 하필 나에게? 하는 원망이 나오지 않을 수 없죠. 그런데 앞의 액자 이야기에서 소년이 다른 아이들처럼 쥐를 쏘아 죽이고 싶어 하고, 아버지와 농담하면서 오리를 잡아 보겠다고 말하잖아요? 하지만 붕대 남자의 이야기를 듣고 나니까 생각이 달라지죠. 쥐나 오리의 입장에서 보면 역시나 '아니, 왜 하필 나에게?'가 아니겠어요?(웃음)

이처럼 겉 이야기하고 속 이야기가 잘 맞아떨어지면서 초점이 운명에서 의지로 옮겨 가죠. 속 이야기가 지닌 운명적 사고의 비극성과 겉 이야기가 지닌 일상적으로 가해지는 폭력성의 교차라고 할까요? 사고는 애당초 어찌할 수 없는 것이지만 사람에게는 의지로 할 수 있는 것들도 있죠. 소년이 공기총을 버린 건 분명 자신의 의지니까요.

최상희 그렇죠.

원종찬 「붕대를 한 남자」는 그런 식으로 두 층위가 잘 결합된, 흔히 말하는 잘 만들어진 항아리예요. 그런 것들이 처음부터 설계된 것이 아니라, 하나의 씨앗을 가지고 기다리다 보니까 또 다른 이야기가 손님처럼 와서 지금의 서사가 완성되었다는 건데, 다른 작품들도 여행 중에 강렬히 남았던 어떤 인상 하나가 모티프라고 할까요, 서사의 출발점이 됐다는 거죠?

독자가 작품을 읽는 것도 하나의 여행이에요. 나는 지금 방에서 활자를 보고 있지만 활자를 통과해서 작품이 안내하는 색다른 세계로 상상 여행을 하는 거니까요. 아까 제주도에서의 논술학원 경험을 통해 청소년 독서 문제를 이야기했는데, 우리 청소년소설의 가장 큰 문제는 가르치려고 드는 메시지에 대한 강박이 아닐까 싶어요. 메시지 자체는 문제가 아닌데 온통 그것에 매달리느라고 인물을 종이인형처럼 단순화시켜서 조종하려 드는 경우가 많죠. 제가 두 단편집을 읽으면서는 메시지 전달보다 인물과 깊숙이 교감하게끔 그려진 것에 매혹되었어요. 독서가 여행이라면, 어떤 시공간의 어떤 사람을 만나게 해 주는가가 가장 중요하죠. 거기 내가 다녀온 적은 없지만, 그곳의 풍경과 사람이 정교하게 그려져서 실제로 다녀온 것 이상의 느낌과 생각거리를 제공받았다면 그것보다 소중한 게 어디 있겠어요. 그야말로 혼의 열림, 내적 경험의 확대인 거죠. 창작할 때 작품의 여러 요소 가운데 특별히 신경 쓰거나 힘을 기울이는 것은 무엇인지요?

문체가 바로 작가라는 생각

최상희 예전에 아동청소년문학 작가들하고도 그런 얘기를 한번 나눈 적이 있었는데 다 다른 대답이 나왔어요, 공교롭게도. 한 분은 플롯이라고 했고, 다른 한 분은 문체가 제일 중요하다고 했어요. 저는 그때 장편소설을 주로 쓰고 있어서 그랬는지 캐릭터라고 답했어요.

원종찬 인물을 말하는 거죠?

최상희 네. 지금도 캐릭터가 굉장히 중요하다는 생각은 변함이 없어요. 그런데 요새는 문체가 가지고 있는 힘이 굉장히 크구나,라고 생각하게 됐죠.

원종찬 그렇죠. 자기 문체라는 것이 있어야 하니까. 사실 어느 것 하나 빼놓을 수 없는 요소들이기는 한데, 특별히 자신이 더 집중한다고 할까, 절대로 양보할 수 없는 무엇이 있을 거 아니에요?

최상희 다 신경 씁니다.(웃음) 그런데 『델 문도』를 쓰고 나서부터는 제

소설에 대해 문체에 관해 말씀하시는 분들이 있어서 저도 제 문체라든가 문장에 대해서 생각을 많이 하게 되는 것 같아요. 문체라는 것이 단순히 작가의 개성을 드러내는 것 정도가 아니라는 생각이 들었어요. 비유를 하자면…… 선생님은 옷을 고를 때 어떤 것을 가장 중요시하세요?

원종찬 색감과 질감을 함께 보는 편이죠.

최상희 색감과 질감요. 그 질감에 해당하는 게 문체라는 생각이 들어요. 보통 사람들은 디자인과 컬러가 가장 먼저 눈에 들어올 텐데. 질감, 옷의 텍스처라는 것은 쉽게 따라 할 수 있는 게 아니거든요. 컬러나 디자인이 오히려 더 쉽게 따라 할 수 있는 것이더라고요. 말하자면 똑같은 디자인과 컬러로 만든다고 해도 모직물 원피스와 레이스 원피스는 완전히 다르죠.

원종찬 완전히 다르겠죠?

최상희 같은 디자인이 될 수도 없거든요. 같은 내용을 어떤 문체로 쓰느냐에 따라서 그 소설은 전혀 다른 소설이 되죠. 저도 몰랐는데 제가 문장에 신경을 쓰고 있었고 제가 좋아하는 작가들의 소설들은 문체가 좋은 소설들이 많았구나, 하고 깨달았어요. 그런데 그게 단지 아름다운 문체만은 절대 아니고요.

원종찬 작품마다 문체가 조금씩 달라질 수도 있는 거죠. 작품마다 결이 다르니까요.

최상희 그런데 문체가 중요하다고 생각해서 신경을 쓰고 있기는 하지만, 문체가 제일 중요한 것 같지는 않아요. 제일 중요한 건 작가의 시각, 세계관이라고 할 수 있죠. 그게 가장 중요한 것 같아요. 우리가 문학작품을 읽는 이유, 쓰는 이유가 여러 가지 있겠지만 저는 가장 큰 이유가 충격이라고 생각하거든요. 형식적인 면에서든 내용적인 면에서든 어떤 것이라도 충격을 줘야 한다고 생각해요. 사실 우리가 충격을 가장 많이 받고 신선함을 느끼는 건 어떤 사건이나 세상에 관해서 작가가 보여 주는 시각이나 통찰력이 놀라울 때거든요. 지금까지 어떤 소재나 주제에 대해서 안 쓰인 건 거의 없다고 생각합니다. 여기에서 새로울 건 작가가 어떻게 보고 어떻게 쓰느냐밖에 없다고 생각해요.

원종찬 그런 것이 작가만의 독특한 시각이라면 그것이 역시 결로 나타나기 때문에, 즉 문체로 나타나기 때문에 분리되지는 않죠. 엄밀히 얘기해서 같이 가는 거죠.

최상희 네, 문체가 바로 작가라는 생각이 들어요. 작가가 그대로 표현되는 부분이죠. 작가의 세계관이 문체에 드러나죠. 한 문장만 읽어 봐도 이 사람이 어떤 사람인지 느껴지죠. 작가의 세계관이 중요하죠. 그래서 작가가 많이 알고 세련되어야 하지 않을까, 생각합니다. 저도 항상 뒤처지지 않으려고는 하는데…….

원종찬 작가가 세계관을 사유하거나 표출하는 방법은 독특합니다. 철학가, 역사가 같은 인문학자와는 다른 방식이기 때문에, 즉 명료하게 글로 표현하는 서술하고는 다른 차원이라서 공부를 많이 한다는 것은 다른 의미일 수 있어요. 작가가 지닌 예민한 촉수 하나하나가 다 세계에 대한 시각이죠. 이파리 하나 떨어지는 것을 보고 가을이 오는 것을 안다고 했잖아요. 촉수로 사유하는 작가에게는 역시 문체가 생명입니다.

지난번 김윤 평론가와의 대담과 겹치지 않게 하려고 준비했지만, 이번에도 묻지 않을 수 없는 게 화자 문제예요. 지난번 대담에서는 장편만 대상으로 했는데도 화자가 대부분 소년이라고 지적했거든요. 단편집도 마찬가지라 『델 문도』에서는 고양이 하나 빼고 전부 소년 화자이고, 『바다, 소녀 혹은 키스』에서는 소녀 하나 빼고 다 소년 화자예요.

최상희 네.

원종찬 장편도 거의 그렇거니와 단편 열일곱 편에서 소녀 하나, 고양이 하나, 나머지는 다 소년 화자란 말이죠.

최상희 사실 고양이도 처음엔 소년으로 느꼈겠죠.

원종찬 어째서 이렇게 소년 화자로 편중되었을까요?

최상희 그러게요. 써 놓고 보니까 그렇더라고요. 이제 안 쓰려고요.(웃음)『델 문도』의 소년 화자와『바다, 소녀 혹은 키스』의 소년 화자의 차이점은 조금 있어요.『바다, 소녀 혹은 키스』를 쓸 때는 화자에 대해 자각을 하고 썼습니다.『델 문도』의 소년 화자 경우에는 소녀여도 무방했지만 소년을 선택한 것은 제 무의식에 소년을 썼던 버릇이 있어서 그랬던 것 같아요. 처음 청소년소설을 썼을 때 화자가 소년이었기 때문에 그냥 무심코, 그러면 안 되는데, 저도 모르게 썼던 부분이 있는 것 같아요. 그런데『바다, 소녀 혹은 키스』에서는 화자가 소년이어도 주인공이 소녀인, 오히려 소년은 관찰하는 역할이죠.

자신의 맨얼굴을 드러내는 방법

원종찬 소년 화자가 관찰자 역할을 하는 것도 좀 있지만, 그런 경우에도 아까 얘기했듯이 어떤 시각이냐가 굉장히 중요하다고 그랬잖아요. 소년 화자는 소년의 시각을 드러내게 마련이죠. 소년의 시각으로 채색을 하는 건데, 어쨌든 소년 화자가 압도적인 것을 어떻게 봐야 하는가? 저는 이렇게 봐요. 수필하고 소설을 가지고 얘기해 본다면, 좀 예민한 논란거리라서 조심스럽지만, 어쨌든 수필은 제4의 문학으로 칠 만큼 변방이잖아요. 수필은 실제 경험을 서술하죠. 소설은 가공의 세계, 픽션이고요. 진실에 관한 한, 작가는 지어낸 이야기에서 훨씬 더 용감해질 수 있어요. 창작에서는 자기의 모든 것을 텍스트에 녹여 낼 수 있기 때문에 표면적으로 작가는 완벽하게 숨을 수 있지만, 수필은 숨을 데가 없는 거죠. 그냥 맨얼굴로 서술해야 하니까, 수필이 더 진실에 가까울 것 같지만, 사람이 얼마나 복잡한 존재예요? 수필은 연출하기가 쉬워요. 수필은 창작에 비해 자기 신상과 태도에 관해서 훨씬 더 쉽게 속일 수 있는 거죠. 소설은 거짓말 같은 진짜로서 뛰어난 작품일수록 진실에 더 육박해 있는 거고요.

최상희 수필이 속이기 쉽다고요?

원종찬 네, 독자를 심지어 자기 자신까지도. 왜냐면 맨얼굴이라 해 놓고 의식적·무의식적으로 자기를 설정해 버린단 말예요. 자기 연출의 유혹에서 벗어나기란 쉽지 않죠. 그런데 소설은 아예 창조한 인물이니까 즉 자기 연출의 문제가 아니니까 자기는 어디 숨어도 관계가 없는 거잖아요. 하지만 진실 탐구를 목적으로 하기에 훨씬 더 용감해질 수 있는 거죠. 자신의 가장 비열하고 가장 잔인하고 가장 한심스러운 부분까지 작중인물에 투영할 수 있어요. 수필이 주는 감동보다 소설이 주는 감동이 훨씬 큰 이유는 소설 쪽이 가면을 통해 자기의 진정을 남김없이 담을 수 있다는 데 있다고 봐요. 수필은 맨얼굴을 노출하니까 참회를 하더라도 어디까지가 연출인지 스스로도 가늠하기가 힘들어요. 어쩔 수 없이 자기 연민이 강한 게 수필이에요. 그래서 나는 수필을 별로 신뢰하지 않아요.(웃음) 고백이라니, 누가 물어봤어? 스스로 무엇을 말하느냐는 무엇을 감추느냐와 같이 가는 거예요.

이렇게 볼 때, 작가 본인도 무의식중에 자기의 맨얼굴을 그대로 내놓으면 훨씬 조심스러워지니까 아예 남성 화자, 소년으로 해 놓고 인간의 진실에 대해 남김없이 써 보고자 하는 것, 무의식중에 그럴 수 있다고 생각해요. 그냥 막연하게 생각해 본 것이지만요.

최상희 맞는 거 같네요.(웃음)

원종찬 수필은 진실을 있는 그대로 쓴다고 하지만, 거의 문학으로 안 쳐 주잖아요.(웃음)

최상희 말씀하신 게 맞는 것도 같아요. 소설 자체가 작가가 꾸민, 있음 직한 일들인데 화자가 저와 관계없는 사람일 경우에 조금 더 자유롭게 얘기할 수 있는 부분이 있어서 제가 택했을 수도 있고요. 잘못된 것이라고 요즘 느끼는데, 혹시 남자 화자가 더 자유롭게 뭔가를 할 수 있어서 택했나, 하고 생각해 봤지만 그것은 아니었던 것 같아요.

원종찬 사실 소녀가 되든 소년이 되든 다 작중인물인 건데.

최상희 네. 아예 소녀 화자를 안 쓴 건 아니고요.(웃음) 단편에도 몇 작품이 있고. 저도 『하니와 코코』를 쓰고는 아, 완전히 여자가 주인공인 건 내가 처음 썼구나, 써 놓고 생각하니까 그런 생각이 들더라고요. 글쎄요, 미묘하게 저도 스스로 자각하는 부분이 있었던 것 같습니다.

원종찬 개인적으로 좀 바보 같은 질문 하나 할게요. 표제 '델 문도'라는 말이 설명된 작품이기도 해서 궁금한데, 「필름」에서 소녀는 왜 세상 곳곳을 다니며 찍은 필름을 맡겨 놓고 현상된 사진을 찾아가지 않을까요? 처음엔 방 안의 금붕어만 찍던 소녀가 어느 날 필름을 왕창 맡겨 두고 가서 현상해 놓으니 멀고 먼 다른 세상의 풍경들인데, 왜 이걸 찾아가지 않는지 궁금해요. 작품에서는 전혀 실마리를 찾을 수 없더라고요. 웃기는 질문이긴 하죠. 궁금하면 비평가 스스로 해명을 해야 하고, 뭐 독자는 그 나름대로 생각하면 되는 것이기도 한데, 기왕 작가를 만났으니까 물어보고 싶은 거예요.

최상희 왜 그랬을까?(웃음) 저는 모르죠.(웃음)

원종찬 작품에서 어렴풋이 감은 오는데, 아니 왜 안 찾아가는 것으로 끝맺었어요?

최상희 음…….

원종찬 그렇게 멀리 다른 세상 여행을 하고 무려 필름 여섯 통을 맡겨 놓고 갔는데 왜 안 찾아갈까?

최상희 글쎄요, 왜라고 생각하세요?(웃음)

원종찬 작가는 뭐 생각한 거 없어요?

최상희 없어요.(웃음) 작가가 답을 해 주는 사람이 아니잖아요.(웃음)

원종찬 작가 나름대로 설계를 했을 거 아니에요? 인과관계를 가지고 썼을 거란 말이죠. 제 생각으로는 소녀가 갇혀 있는 소년을…….

최상희 갇혀 있다기보다는…….

원종찬 소녀를 훔쳐보는 소년 말이에요.

최상희 아빠가 갇혀 있는 거죠.

원종찬 그런가? 어쨌든 그래서 소년을 세상 밖으로 끄집어내는 역할을 하는 게 아닌지…… 너도 세상 밖으로 나와 봐라.(웃음)

최상희 어, 그거 되게 좋은데요.(웃음) 너무 궁금해서 언젠가 가겠죠. 우유니사막으로, 소년이.

원종찬 소년이 계속해서 그 소녀를 스토킹하듯이, 저질스러운 것이 아니라, 그런 식으로 소녀가 찍은 사진에 관심을 가지고 계속 소녀를 탐색하고 있는 건데, 어느 날 갑자기 금붕어의 세계에서 세상 밖으로 나간 거잖아요. 밤하늘의 흐릿한 별이며 소금 사막이며, 결국 소녀는 새로운 전환점을 맞았다고 봐야겠지요. 이 작품집의 소년 소녀들은 다 점선으로 이어져 있기에 눈물겨워요. 서로 혼이 이어지는 관계라고 할까요. 소년은 소녀가 찍은 사진을 통해 소녀를 훔쳐보고 있지만 아마도 사람의 혼이란 건 워낙 민감하기 때문에 소녀도 소년을 느낄 거라고 여겨져요. 소년이 송신하는 어떤 기운이 있을 것 같아요, 점선으로 이어지는. 그래서 그 답으로 소녀가 '세상 어딘가에'라는 무언의 필름을 소년에게 준 게 아닐까. 너 거기만 있지 말고 나와 봐. 그런 생각을 해 봤어요.(웃음)

마주 볼 때와 어긋날 때

최상희 금붕어가 동그란 어항 속에 있잖아요. 처음에 소년은 소녀의 필름에서 단지 소녀의 방을 보거든요. 소녀의 작은 세계를 엿보는 건데, 그다음에 소녀가 나간 곳을 통해 다른 나라, 더 큰 세상을 보게 되는 거잖아요. 마지막에 소녀가 찾아가지 않은 필름이 있고 소년이 아빠의 카메라 렌즈를 들여다보는 장면이 나와요.

원종찬 그렇죠. 그 카메라를 통해 또 보죠. 환상처럼.

최상희 저는 그 맞은편에 그 소녀가 이 소년을 마주 보고 있을 거라는 생각을 했어요. 어항도 마찬가지죠. 소년은 단순히 어항을 통해서 소녀를 보지만 소녀 또한 어항을 통해 소년을 보고 있고, 소년과 소녀가 마주 보는 이쪽의 세상이 있고 동시에 저쪽의 세상이 있고, 그것이 결국은 통하고 마주 보는 이야기, 카메라를 혹은 어항을 통해서, 그런 것들이 하나의 세상이라고 생각을 하면서 그런 장치, 장치라고는 할 수 없지만 그런 느낌을 주는 사물과 이야기를 배치했죠.

원종찬 제가 감 잡은 게 아주 틀리지는 않았나 본데, 그런 면이 다른 작품에서는 투명막으로, 이쪽 세계와 저쪽 세계가 투명막으로 이어져 있는 것처럼 느껴지기도 합니다. 현실과 환상의 관계가 명료하게 나타나지 않기에, 소녀가 안 온 걸로 끝나지만 하여튼 소년이 카메라를 통해 소녀를 보는 것은 혼이 점선으로 이어져서 소녀한테도 소년이 갔다고 여겨져요. 상호관계로. 그래서 소녀가 소년한테 뭔가 작용을 하는 관계라면, 필름을 통해 전해지는 메시지는 세상으로 나오라는 거겠죠, 그죠? 소년은 처음부터 끝까지 골방에서 소녀만 보고 있는 것으로 그려져 있으니까.(웃음)

최상희 소녀가 꼭 무슨 메시지를 주려는 의도는 없었지만, 분명 소년과 소녀의 세계를 연결해 보고 싶고 그러한 세계를 하나 그려 보고 싶었기 때문에 처음부터 둥그런 어항이라든지 렌즈라든지 그런 소도구를 이용했죠. 약간 실존의 문제랄까요.(웃음)

원종찬 서사의 인과관계를 표면적으로 따라가다 보면, 소녀가 왜 이 중요한 걸 안 찾아가는 거지? 그런 궁금증이 일어나요.

최상희 이건 제 에피소드로 시작된 이야기인데요. 여담인데, 제가 사진관에 맡기고 찾지 못한 필름이 있어요. 그 사진관은 필름을 맡긴 지 6개월이 지나면 필름을 폐기했어요. 한번은 맡긴 필름을 오랫동안 찾으러 가지 못하다가 찾으러 갔는데 3개월에 한 번씩 필름을 버리는 것으로 바뀌었다는 거예요. 제 필름이 버려진 거죠. 그런데 제게는 중요한 필름이라 항의를 했죠. 아니, 필름을 버리게 됐으면 연락이라도 해 주셔야 되지 않냐고 그랬더니 필름 맡긴 사람이 너무 많아서 연락을 할 수도 없었고 연락을 해 봐야 아무도 찾으러 오지 않는다는 거예요. 저처럼 항의를 한 사람은 아마 처음이었던 거 같아요. 아, 이게 한 사람의 굉장히 중요한 기억인데 왜 안 찾아갈까 저도 그게 궁금했거든요. 내 필름은 어느 어두운 데에서 없어졌을까. 나의 기억이고 나만의 순간이고 시간인데. 되게 이상하고 속상했던 기억이 있었어요. 그런 저의 작은 에피소드가 담긴 건데. 뭔가 다른 세상에 가 있겠죠? 그 필름은.(웃음)

원종찬 그리고 『델 문도』에 실린 「무대륙의 소년」 있잖아요. 화자가 고양이로 밝혀지는 결말이 너무나 놀라운 반전이라서 이건 트릭이구나 그랬어요. 이 트릭이 주는 재미 말고는 다소 실망스러웠어요. 똑같이 하위자에 속하는 안젤로가 결말에서 고양이한테 갑자기 막 화를 내는 게 이해가 되지 않거든요? 왜 그렇게 안젤로가 고양이한테 화를 내고는 그냥 끝나지요?

최상희 트릭을 쓰고 싶었던 건 아니고요. 『델 문도』에 실린 작품들이 전반적으로 그렇듯이, 약간 다른 시점의 눈으로 보고 싶었어요. 정말 철저한 이방인의 눈으로 본 것이잖아요, 어떤 것들은. 그중에서 고양이의 눈으로 본 세상인 거죠, 그 소설은. 나중에 고양이로 밝혀졌을 때의 충격을 그려 보고 싶었어요. 아, 고양이었을 땐 세상이 이렇게 보였구나. 그래서 나중에 고양이라고 알아챘을 때 다시 한번 돌아가 읽으면, 아 이게 고양이니까 당연히 이런 일들이 있었구나 하고.

원종찬 다시 보면 아 이게 고양이라서 이렇게 서술되었구나 하는 것은 읽히지만, 왜 안젤로가 고양이한테 '저리 꺼져!' 하고 화를 내는 반전이 일어났을까…….

최상희 안젤로도 이 고양이의 시점에서 봤을 때 자기 친구였지, 실은 전혀 친구가 아니었던 거죠.

원종찬 고양이의 착각이었던 거네요. 고양이의 시점에서는 동병상련의 관계로 그려지지만, 현실에서는 일방적인 관계라고 할까?

최상희 그렇죠.

원종찬 그렇게 되면 이게 단순한 트릭이 아니라, 소통의 문제를 내포한 필연적인 짜임으로 다시 읽히네요.

최상희 처음에 안젤로와 친해지게 된 계기가 안젤로가 동네 아이들을 쫓아 줬기 때문이었는데 사실 그건 고양이를 위해서 해 준 게 아니었죠. 안젤로 자신이 흑인이자 이방인이라 아이들한테 놀림을 받았기 때문에 그저 자기를 지키려고 하다 보니까 옆에 있는 고양이까지 구해 주게 된 건데, 고양이는 그게 자기를 위해서 해 준 일이라고 생각하고 안젤로를 친구로 느끼게 되는 거죠. 동물에 대한 이야기이기도 하고 한편으로는 안젤로 같은 난민의 이야기이기도 하고. 거기에서 보는 세상은 이쪽 편에서 보는 것과는 또 굉장히 다르다는 것을 얘기해 보고 싶었거든요. 사실 안젤로도 호의적인 존재가 아니었던 거죠. 고양이로 밝혀진 다음에는 모든 것이 착각이었고 무대륙이라는 그 자체가 굉장히…….

원종찬 물 위에 뜬?

최상희 그렇죠. 허상 같은 곳이고 언제 사라질지 모르는 도시이고 인간관계도 그렇고. 그런 것들을 그런 공간에서 다뤄 보고 싶었던 것 같아요.

원종찬 우리 청소년소설의 시공간 확장, 그것도 단순한 물리적 확장이 아니라 거기 인물과 사건이 긴밀하게 연결되어 있어서 독자로 하여금 색다르고 깊이 있는 여행을 하게 해 준 그런 면을 최상희 단편의 장점으로 꼽고 싶어요. 그리고 또 하나는 현실과 환상의 경계가 사라진 점입니다. 이게 현대소설에서는 거의 일반적인 양상이라고도 할 수 있는데, 우리 아동청소년문학에서는 제대로 성공한 사례가 그리 많지 않아요. 그래서 그 효과에 더 유의해서 보게 됩니다.

현실과 환상을 넘나들 때의 자연스러움을 어디서 훈련했는지 모르겠네요? 동화작가 중에서는 송미경 작가가 그런 독특한 판타지를 선보이곤 했어요. 환상은 현대소설의 중요한 방법이자 철학이기도 한데 우리 아동·청소년문학에서는 충분치 못한 형편이지요. 최상희 작가 단편집 두 권에서는 환상의 개입이 자유자재로 구사되었어요. 「잘자요, 너구리」에서는 결말 부분, 「한밤의 미스터 고양이」는 초반을 지나면서부터 쭉 환상으로 가고 있고, 「굿바이, 지나」에서도 결말 부분이 환상이죠. 「무나의 노래」는 처음부터 환상이고, 「페이퍼컷」의 결말에서 서로 이야기를 주고받는 것은 꿈인지 아닌지 알 수 없죠. 「missing」과 「기적 소리」도 그 기억이 통째로 사실인지 환상인지 알 수 없고요. 전통적인 사실주의 작품과는 다르게 환상이 슬쩍 얹혀 있거나 겹치거나 틈새로 흘러나오고 들어가고 그러면서 상당히 참신한 효과를 낸다고 생각되는데, 그런 환상적인 서술에 대해 어떤 생각을 가지고 있는지요?

최상희 사실 아무 생각이 없는데.(웃음) 그냥, 음, 상상을 할 때가 훨씬 편하고 재밌지 않나요? 저는 사실 현실과 실제적인 상황이 더 힘든데.(웃음) 그런 것이 저한테는 별로 의식적으로 일어난 게 아니었던 것 같아요. 예를 들면 「한밤의 미스터 고양이」 같은 경우에는 너무 좋아하는 오빠를 보고 싶어서 숨이 되잖아요? 그런데 그건 우리가 어렸을 때 짝사랑에 빠져 본 소년, 소녀라면 누구나 한 번쯤은 상상해 봤던 거죠.

원종찬 짝사랑은 다 그렇게 속으로 혼자만 진도 나가는 거죠.(웃음) 그런데 소녀가 숨으로 바뀌는 것만이 아니라 소년(오빠)도 고양이로 변하잖아요? 상대는 고양이로 변하고 나는 숨으로 변해 가지고 둘이 움직이니까 과감한 변칙에 속하죠.

최상희 청소년은 뭐든지 할 수 있어요.(웃음) 그 나이 때는 다 할 수 있다고 생각해요.

숨처럼 자연스러운 환상

원종찬 그런데 우리 아동청소년문학 작가들은 이런 것에 익숙지 않은 것 같더라고요. 현대소설에서는 박민규를 봐도 그렇고 김애란을 봐도 그렇고 상당히 자연스러운 서술인데…….

최상희 그러니까…… 아마도 제가 배운 게 없어서 이러지 않을까 생각해요.(웃음) 청소년소설에 이런 걸 쓰면 안 되는 게 아니었을까요? 이런 걸 쓰면 동화가 된다고 생각하지 않았을까요?(웃음)

원종찬 아니, 현대소설을 오히려 몰라서 그런 게 아닐까요?

최상희 판타지가 개입되면 적극적인 판타지가 되어야만 한다는 고정관념이 있는 게 아닐까요? 예를 들면 판타지라면 해리포터의 세계가 돼야지, 그런 것. 해리포터가 학교에 갔다 오면 여기서는 피시방에도 가고 편의점에도 가고 이런 생활이 이어지는 게 아니라 어떤 세계를 하나 만들면 아예 그 세계를 분리하려 들기 때문에 그런 게 아닌가 싶어요. 그런데 동화의 경우에는 훨씬 자연스럽게 됐지만 청소년소설에서는 그것을 자연스럽게 읽고 쓰는 것이 조금 어색하다고 생각하지 않았을까. 일단 저는 이게 어색한 건지 이상한 건지도 모르고 그냥 썼던 것 같고요. 저는 이게 별로 이상하지 않아요. 물활론에 대한 생각이 아직도 너무 강해서 그럴까요? 저는 고양이가 얘기를 한다고…… 당연히 하죠. 하지 않나요?(웃음)

원종찬 제가 보기에는 현대성의 문제인데, 우리 작가들은 근대적인 것에 붙들려서 현대성에 좀 약한 것 같아요. 본인은 그걸 자연스레 체득한 결과일 겁니다.

최상희 제가 오히려 현대성을 체득했기 때문이라고요?

원종찬 네. 어쩌면 근대적인 것에 덜 속박돼 있는 것일 수도 있고요.

최상희 아!

원종찬 우리 작가들은 근대 리얼리즘의 규율을 지나치게 의식하는 편이에요. 우리네 근대의 삶은 워낙 후진적이라 가혹했고 문화적으로도 가난했지요. 근대를 달성하는 것이 중요한 목표였잖아요. 리얼리즘의 규율에 대한 자의식이 강하다 보니 '지금 여기'가 아니라 과거로 간 역사소설, 미래로 간 SF, 환상으로 간 판타지 같은 것은 통속적·오락적 혐의에서 자유롭지 못했어요. 황석영도 세기가 바뀌면서『손님』(창작과비평사 2001)이든『심청』(문학동네 2003)이든 판타지가 나왔지 1980년대까지는 어림도 없었잖아요.(웃음)「객지」(1971),「한씨 연대기」(1972),「삼포 가는 길」(1973)을 쓸 때는…… 그렇죠?

장편 가운데에는『하니와 코코』만 판타지예요. 이건 단편「무나의 노래」의 확장판이더라고요.「무나의 노래」의 모티프를 그대로 가져왔어요.『하니와 코코』는 판타지라는 점에서 좀 색다르지만,『그냥, 컬링』『옥탑방 슈퍼스타』『명탐정의 아들』같은 장편들은 제가 보기엔『완득이』(창비 2008)의 잔상에서 크게 벗어나 있지 않았어요.『완득이』여파 때문에 더 그랬으리라고 보는데, 청소년소설에서『완득이』같은 명랑한 기운이 차고 넘쳤거든요. 보는 것마다 다 그랬어요.『그냥, 컬링』을 처음 대했을 때, 컬링이라니, 이거 하위자 문제, 아웃사이더 문제를 잘 포착했구나 싶었는데, 읽으면서 보니까『완득이』의 느낌이 강해서 좀 실망했다고 할까, 아쉬웠던 거 같아요. 소재는 다를지라도『완득이』를 대체할 만한 무엇이 크게 느껴지지 않았으니까요.

장편은 단편보다 다성적이어야

원래 장편은 다성적이라 사회의 총체적인 면을 보여 줘야 장편다운 맛이 나지요. 우리 청소년소설 작가들은 대부분 소수자, 약자, 하위자, 소외층에 대한 애정 어린 관심을 앞세우다 보니깐, 그건 물론 좋은 거지만, 그네들은 잘 그리는데 우리 사회를 움직이는 상대를 잘 그리지 못하고 아예 외면하는 경우도 많아요. 예를 들어 가부장적인 가정과 학교 폭력에 시달리는 아이가 나왔다고 하면 이 아이를 그리느라고 상대는 그냥 건너뛰거나 외면 묘사에 그칠 따름이고 거의 초점화되는 법이 없어요. 최상희 장편에서도 마찬가지 느낌을 받았어요. 장편도 단편과 동일한 층위에 머물러 있으니 전면적 현실에 육박하지 못한다는 불만이 나올 수밖에요.

장편의 주인공은 설사 하위자일지라도 사회의 중심부로 향한 욕망을 품어야 제격입니다. 그렇게 되면 자연히 권력자나 상류층과 대결하게 되죠. 이때 상대를 그냥 추상적 악이 아니라 제대로 그려 줘야 하잖아요. 악역을 잘 그려야 총체성과 작품의 매력도 생겨나지요.

하여간 최상희 장편에서 인물은 확대되지만 여러 층위의 목소리가 아니라 단편처럼 단일한 층위의 목소리만 나오기 때문에 핑퐁처럼 활기차게 대화가 진행되더라도 3분의 1쯤 읽다 보면 지루해지더라고요. 저만 그런가요?(웃음)

최상희 제가 많이 부족하네요.(웃음)

원종찬 아니, 제가 다른 자리에서 해야 할 얘기를 너무 길게 붙들고 얘기한 것 같아요. 한식집에서 짜장면을 찾는 것일지도 모르죠. 어쨌든 장편의 긴장은 서사의 진폭에서 나온다는 점을 말씀드리고 싶어요. 고통받는 하위자들에게 견뎌야 한다는 응원과 위안의 목소리만 반복하는 것은 더 높은 곳을 향해 달리고 싶은 청소년의 입장에서 보면, 인생 다 산 것처럼 도전을 차단하는 목소리일 수 있어요. 칠전팔기의 패기가 세상과 부딪쳐 산산조각이 난다면 사회현실의 문제가 따라붙겠지요. 사실 가부장적·사회적 폭력과 대결하지 않고 그 반대급부의 환상으로 탈출하는 것은 유년문학의 몫이지 청소년문학의 몫은 아닐 겁니다. 저는 단편 가운데 장편화해도 성공할 만한 게 『델 문도』의 맨 마지막 작품이라고 봐요. 음침한 수도원에서 세상 밖으로 나오는 이야기 있잖아요. 「시퀴스테쿰」이던가? 그거 좋더라고요. 아, 「굿바이, 지나」도 재밌어요. 이 작품에서는 교사에게 뺏긴 섹스토이를 다시 훔쳐 갖고 튀잖아요. 이건 성애의 빈익빈부익부 문제와도 연동되어 있어 주목할 만한 청소년소설이라고 생각해요. 장편으로 뽑았어도 좋을 만큼요. 하여간 제가 볼 때, 단편은 군이 중심부와 부딪치지 않더라도 다 좋은데, 장편들조차 주변부에서 빙빙 돌기만 하는 것은 한계로 느껴져요.

최상희 네.(웃음) 어쩔 수 없어요, 제가 그런 사람이라.

원종찬 작가 스타일이 워낙 그렇다면 할 말이 없지만, 장편의 다성성에 대해서 고민을 해 보면 어떨까 제안해 보는 거예요.

최상희 사실 둘이 대결이 되려면 어느 정도 비슷한 힘을 가져야 대결이 되는 건데…….

원종찬 아니, 그렇지 않죠. 돈키호테 같은 젊은 패기가 있잖아요. 깨지더라도 부딪치는 거지요. 아무리 '자포세대'라고들 하지만, 청소년 모두가 지레 선을 긋고 살 거 같아요? 다 저 나름대로 자기 모색을 하고 살지요. 어떡하든 상대를 넘어설 궁리를 하고 그러죠. 성장기 청소년은 그런 존재예요. 머리 안 굴리는 애들이 어딨어요. 다 높은 곳을 향해 뛰고 있지.

최상희 네, 용기를 가져 보도록 하겠습니다.(웃음) 그런데 다 그렇게 싸우고 극복하고 그래야 할까요?

원종찬 절대 그렇지는 않죠. 그래서 제가 번지수를 잘못 찾은 걸 수 있다고 하면서도 최소한 장편이라면 단일한 목소리만 내려고 들어서는 곤란하다는 얘기죠. 아까 장편을 구상할 때 여러 인물의 캐릭터부터 고민한다고 그랬잖아요. 하지만 제가 보기에는 하나의 인상으로 가고 있는 것 같거든요. 개성적 자질이야 어떻든 사회에서 밀려난 아이들, 패배자들끼리만 부대끼고 있으면 여러 겹의 층위가 생기질 않잖아요. 중심부의 상대역을 초점화해서 해부하는 서사적 긴장이 가장 좋지만, 일종의 정치적 긴장으로 해결하는 경우도 있어요. 권정생이나 김중미의 경우는 책 바깥의 정치적 대결 구도를 전제로 책 속의 서사가 진행되지요. 『하니와 코코』처럼 사는 곳에서 튕겨져 나와 자기들끼리 여행하는 대표적인 이야기로 정유정의 『내 인생의 스프링캠프』(비룡소 2007)도 있어요. 이걸 보면 아이들이 지겨워할 틈이 없지요. 저들끼리도 계속 부대끼지만 경찰과 쫓고 쫓기면서 움직이고 있기 때문이죠. 그런데 『하니와 코코』 같은 경우에는 어떤 단일한 이미지, 추상화를 보는 것 같은 이미지가 환상적으로 펼쳐지기 때문에 마지막에는 좋은 단편을 읽었을 때처럼 진하게 느껴지는 그런 효과가 있긴 한데, 저는 중간부터 읽기가 힘들어지더라고요. 비슷비슷한 것들이 반복적으로 변주된다는 느낌도 들고요.

최상희 김중미 선생님이나 정유정 선생님의 스타일이 있고…….

원종찬 그렇죠. 스타일이 분명 다르니까 똑같은 기준과 주문은 말이 안 되고요.

최상희 글쎄요, 저는 『하니와 코코』는 처음부터 의도한 판타지의 세계였기 때문에, 패배자들이 서로 껴안고 위로해 보는 이야기였기 때문에······ 비겁하다거나 완성도에서 미흡한 이야기라고 하시면 어쩔 수 없지만요.

원종찬 아니, 다른 스타일이니까 완성도 문제는 전혀 아니에요.

최상희 그것이 제가 갖고 있는 세계관이기 때문에······. 그런 것 말고 정치적인 이야기를 해야 한다, 좀 더 캐릭터가 강해야 되고, 전사가 되어야 한다고 하시면 저는 더 이상 쓸 얘기가 없을 것 같고, 음······.

원종찬 자기 스타일로 쓴다고 했을 때에도 청소년 독자의 특성을 고민해 볼 필요가 있겠고, 단편과는 구별되는 장편의 효과와 서사 전략, 인물관계 등을 생각해 보자는 거죠. 똑같은 로드무비형 서사일지라도 『내 인생의 스프링캠프』는 그것대로의 스타일과 서사 전략이 있고, 『하니와 코코』는 그것대로의 스타일과 서사 전략이 있다고 봅니다. 다만 다다이스트의 추상화 비슷한 판타지를 즐길 청소년 독자는 아무래도 소수일 것 같다는 생각은 들더라고요.

최상희 어차피 소수를 위해 쓰는 것이 소설이라고 선생님이 말씀하셨기 때문에 한 명 정도 마음에 들면 된다고 생각합니다, 저는.(웃음) 그러게요, 제가 좀 더 고민을 해 봐야 할 문제인 것 같네요.

원종찬 자, 이제 마무리를 해야 할 텐데, 최근 관심 있게 읽은 국내 작가 작품이 있으면 뭐를 들 수 있을까요?

최상희 최근 국내작요?

원종찬 이런 작품은 나도 참 쓰고 싶은데 그런 거 없나요?

최상희 문학과지성사에서 오정희 선생님 소설이 재출간돼서 요즘 다시 읽어 보고 있는데 정말 좋아요. 시간이 지났어도 여전히 너무도 세련되고 정말 대단하고 아름다운 소설들입니다. 전설 같은 소설이죠. 그 시대에 이렇게 강인하고 예리한 목소리를 냈다는 게 놀라워요. 저도 그렇게 치열하게 쓰고 싶고요. 죽기 전에 그런 소설 하나 쓸 수 있을까요? 어렵겠죠?

원종찬 장편보다 단편에 능한 오정희 작품을 읽다 보면 소름이 돋죠. 「중국인 거리」(1979)나 「완구점 여인」(1968) 같은 것들……. 면도날처럼 예리하고 팽팽한 긴장감에 숨을 쉴 수가 없더라고요. 확실히 글 쓰는 자아는 저 안에 따로 있는 게 분명해요.

최상희 그리고 김민령 작가의 단편 「누군가의 마음」(『누군가의 마음』 창비 2017)이 참 좋았어요. 모두에게 다 고백하는 여자아이 이야기. 그런 산뜻한 소설을 저도 써 보고 싶다고 생각했어요.

원종찬 창비 '소설의 첫 만남' 시리즈로 나온 작품이죠. 저는 그 작품하고 최상희 씨의 「한밤의 미스터 고양이」를 함께 떠올리면서 둘 다 재미있게 봤는데…… 이미 썼어요, 그런 거.

최상희 (웃음)

원종찬 혹시 작가로서 비평 쪽에 바라는 거 있어요? 너무 적막강산이다, 반응이 빨리빨리 안 온다, 주먹구구식이다, 뭐 그런 거요.

최상희 아뇨. 저는 신경 별로 안 쓰기 때문에……. 어차피 저에게 신경 안 쓰시기 때문에.(웃음) 그런데 저는 평론가들이 좋은 작품을 좋다고 말해 주는 것도 좋지만 잘 발견되지 않은 좋은 것을 얘기해 주는 것도 의미가 있지 않나 생각합니다.

원종찬 그렇죠. 그게 비평이 할 일인데, 최소한 요즘은 옛날 같지 않아서 어느 정도 문제작들은 비평이 다 짚고 넘어가는 듯해요. 진짜 좋은 작품이 숨어 있는 경우는 거의 없을 정도로 다 들여다본다는 거지요. 다만 그 작가 그 작품에 대해서 얼마나 풍부하게 새로운 해석과 의미를 끄집어내느냐 하는 게 남아 있어요.

최상희 저는 오늘 좋은 말을 많이 들어서요.(웃음)

원종찬 올해(2018) 창작이나 출간 계획은 뭐가 있습니까?

최상희 생각하고 있는 건 몇 개 있는데 올해 안에 출간이 될지는 모르겠고요. 저는 그래도 장편을 쓰고 싶어요. 그리고 단편을 몇 편 써 놓았는데 하나의 이야기로 통일성을 가진 단편집이 될 수도 있겠다는 생각이 들어서 단편집 한 권을 마무리하고 싶고요.

원종찬 금방 나올 책은 없어요?

최상희 네. 여행서는 몇 권 나올 거예요.(웃음) 선생님 말씀대로 큰 얘기를 쓰고 싶다고 항상 생각해요. 아직 능력이 안 되는 것이고, 그건. 능력이 안 되는 것에 대해서 비판을 하시면 저는 조금……(웃음).

추상적 악이 아닌 우리 안의 무엇

원종찬 소설은 말 그대로 '작은 이야기'잖아요. 자잘한 일상의 이야기더라도 층위를 어떻게 갖고 가느냐에 달려 있겠죠.

최상희 네, 사실 저는 작은 걸 잘 쓰고 싶다고 생각해요. 그런데 판은 커져야 되고 생각은 깊어지고 다양해지는 게 맞는 것 같아요. 좋은 말씀 들었고, 사실 문우도 없고 선생님이라고 할 분도 없이 혼자 쓰고 있으니까 갇혀 있는 경우가 많아요. 그렇게 말씀해 주시면 저도 자극이 됩니다. 제가 쓴 글에 대해 칭찬만 해 달라는 것은 아니죠. 관심을 가지고 칭찬해 주시면 그것이 저를 또 다른 책을 쓸 수 있는 용기를 주고 에너지를 주기도 하지만 부족한 점과 좀 더 필요한 부분에 대해, 오늘 말씀해 주셨듯이 비평해 주시면 저한테는 많은 공부가 되고 도움이 되겠죠. 하지만 너무 쓴소리만 해 주시면 상당히 괴로울지도 몰라요.(웃음)

원종찬 평범한 인물들도 속을 들여다보면 다 제각각이에요. 별스러운 괴짜들도 많고, 그런 매력적인 주인공을 창조해서 보여 주는 게 문학의 가장 큰 힘이라고 봐요. 우리가 일상적으로 대하는 사람들은 예의와 가식 때문에 그 속을 알기가 쉽지 않지만, 뛰어난 작품에서 만나는 인물들은 그야말로 맨얼굴의 진짜이기 때문에 진실의 탐구로 성큼 나아가죠. 맨얼굴의 인물 가운데 주인공이든 상대역이든 이 세상을 움직이고 있는 악인, 권력자, 상위자 캐릭터도 자주 봤으면 하는 생각이 들어요. 매력적인 사기꾼, 비겁자, 배신자, 방관자, 아부꾼, 비열한 폭군……. 내 안에 있는 것을 툭 건드려 줄 만큼 탐구가 잘 되었으면 확 끌리는 거 아니에요? 작가들이 그쪽에도 신경을 써서 우리 눈과 내면을 확장해 주었으면 좋겠어요.

아직까지도 우리 아동청소년문학에서 폭력적인 아버지나 교사는 잘 구분이 안 돼요. 다 똑같지. 이 작품 속에서 끄집어내서 저 작품 속에 집어넣어도 스토리가 안 바뀔 만큼요. 추상적 악으로 그려졌기 때문이겠죠. 작중인물의 절반은 종이인형이라는 얘기 아닌가요? 함께 고민할 문제예요. 비평과 창작이 상호 작용하면서 아이들로 하여금 한층 다채로운 인물, 역동적인 인생과 세상을 경험케 하고, 자기 안의 것을 남김없이 볼 수 있게 해 주기를 바랍니다. 이를 위해 청소년소설 작가들이 개척할 수 있는 영토는 무궁무진할 거예요. 끝으로 마무리 말씀을 부탁드립니다.

최상희 저는 열심히 쓸 수밖에 없고. 열심히 쓰겠습니다.

원종찬 여기까지 할게요. 감사합니다.

최상희 수고하셨습니다.

역사적 진실과 소설적 진실

이금이 작가와의 대담*

자기 갱신의 글쓰기

원종찬 제가 선생님의 아주 오랜 팬이에요. 이금이 작가는 사실 초등학생부터 시작해서 두터운 팬을 거느리고 다니죠. 베스트셀러와 스테디셀러를 꾸준히 유지하고 있는 작가이기도 하고요. 솔직히 말해서 작품 수준이 그 명성에 값하지 못하는 중견 작가들이 적지 않잖아요. 홈런 한 번 치고 나서 푹 쓰러지거나, 계속 책을 내긴 해도 그 나물에 그 밥 같은 것만 내는 작가들 말이에요. 제가 이금이 작가를 존경하는 것은 그때그때 안타나 홈런에 해당하는 주요 작품을 지속적으로 써 낸다는 거죠. 그런 중견 작가는 보기 드문데, 어떻게 그렇게 자기 갱신을 해 가면

---

* 이 대담은 2017년 3월 20일 경기도 일산의 어린이청소년 서점 알모책방에서 『거기, 내가 가면 안 돼요?』로 보는 역사소설의 현재'라는 주제로 진행된 것이다. 이 자리에 독자도 참석하여 작가에게 묻고 작가의 답변을 듣는 시간도 가졌다.

서 문제작을 생산해 내는지 궁금해요.

이금이 일단 칭찬으로 시작해 주시니까 기분 좋고 마음이 편해지네요. 전작보다 조금이라도 변화하고 발전한 작품을 쓰는 게 새 작품을 쓸 때마다 갖는 목표이자 꿈입니다. 그런데 그렇게 봐 주시니 고맙습니다. 또 한편으로는 칭찬에 부응할 수 있도록 앞으로 열심히 잘 쓰라는 채찍질같이 들리기도 합니다. 고맙습니다.

원종찬 『벼랑』(푸른책들 2008)을 보고는 제가 깜짝 놀랐어요.

이금이 그러셨어요? 10년 된 작품인데.

원종찬 이금이 작가는 안정적으로 쓴다고 할까? 아동청소년 독자들이 밑줄 그으면서 볼 수 있는 매력적인 문장과 인상적인 캐릭터가 특징이면서도 엄마가 자녀에게 들려주는 것 같은 안정적인 스타일이었다고 생각했는데, 『벼랑』을 읽으면서는 독을 품은 것처럼 아주 냉정해진 느낌을 받고 놀랐어요. 『벼랑』을 쓸 때 특별한 어떤 마음이 있었던 거 아니에요? 스스로 좀 다르다는 느낌 안 들었어요?

이금이 『벼랑』을 썼던 시기는 제 아이들이 둘 다 고등학교를 다닐 때였어요. 아이들과 제가 고등학교라는 입시 현장을 직접 겪었던 게 달라진 가장 큰 이유일 거예요. 그리고 장편하고 단편의 차이일 수도 있을 것 같아요. 장편을 쓸 때는 긴 서사를 이끌고 가는 동안 등장인물들에게 애정을 갖기도 하고, 많은 어려움을 겪어 낸 그들에게 희망이 엿보이는 결말을 주어야 한다는 생각을 해요. 그런데 좀 더 시의성 있고 첨예한 현실을 다루는 단편은 현장을 보여 주는 것으로도 역할을 하는 것 같아요. 거기서 희망까지 그리기가 힘들 때가 많아요. 제 장편을 좋아하는 독자들 중에는 단편을 보면서 이금이다운 따뜻함이 사라져서 서운하다는 분들도 있어요.

원종찬 그러고 보니까 선생님은 드물게도 장편에 문제작들이 많은, 지속적으로 좋은 장편들을 내 온 그런 작가라는 생각이 드네요. 근데 『벼랑』은 제목부터가 아슬아슬하잖아요. 이금이답지가 않지요. 이게 단편집이라 차이는 물론 있죠. 저는 장편도 『벼랑』에서처럼 작가가 좀 더 독해져야 하지 않나 하는 생각을 가질 때가 있어요. 히트작 『유진과 유진』(푸른책들 2004)이 화해로 귀결되는 안정적 결말이라서 그 뒤에 『벼랑』이 나왔을 땐 놀란 나머지 새삼 이금이 작가는 계속 자기 갱신을 해 나가면서 영역을 확장해 나가는 저력을 가지고 있구나 그런 생각을 했어요.

이금이 저도 늘 딜레마예요. 강연회에 가 보면, 『유진과 유진』 같은 경우도 좀 더 분명하고 완벽한 해피엔딩을 그리길 바라는 독자들이 많아요.(웃음)

원종찬 그렇죠. 독자대중은 통속적이더라도 화해적 결말에 환호하는 경우가 훨씬 더 많죠. 익숙한 구도 아래서 안전한 구경꾼으로 남고 싶은 게 사실 대중의 마음 아니겠어요. 그것을 자꾸 괴롭히려고 드는 게 작가이고 그런 건데.(웃음) 『거기, 내가 가면 안 돼요?』 1·2(사계절 2016) 전후에 나온 작품들은 어느 거였던가요?

이금이 단편집 『청춘기담』(사계절 2014), 그 전에 장편 『너도 하늘말나리야』(푸른책들 2007), 『소희의 방』(푸른책들 2010)과 『얼음이 빛나는 순간』(푸른책들 2013)의 후속편인 『숨은 길 찾기』(푸른책들 2014)가 있었어요. 그게 그 전에 나온 작품들이죠.

시공간의 확장과 새로운 이야기

원종찬 최근작 중에서는 『거기, 내가 가면 안 돼요?』(이하 『거기』로 약
칭)가 가장 문제작이지 않나 싶습니다. 이 작품은 청소년소설, 역사소설
이라는 타이틀을 출판사에서 내걸었는데, 성장소설이기도 하죠. 역사소
설이라는 타이틀도 맞다고 봐요. 청소년 역사소설은 SF 미래소설과 함
께 최근 뚜렷한 계보가 생겨났어요. 그래서 제가 이걸 주목하고 이야기
자리를 마련한 건데, 역사소설에서 가장 중요한 점은 현재성에 있다고
봅니다. 시의성 있는 주제와 문제의식. 그런데 요즘 청소년 역사소설을
보면, 시작부터 이야기가 갑자기 옛날 궁궐의 한 귀퉁이로 쑥 들어가거
나, 신라시대 화랑 속으로 쑥 들어가고, 고려시대 도자기 마을로 쑥 들
어가요. 요즘 아이들이 어떻게 읽으라고 이렇게 불친절하게 썼나 하는
생각을 하죠. 작가는 굉장히 많은 자료 조사로 채워 넣은 것이겠지만 정
통 사극 비슷하게 빡빡한 서술로 이뤄진 작품들이 너무나 많아서, 청소
년 독자에 대한 배려와 현재의식이 부족한 게 아니냐는 불만이 있어요.

그런데 『거기』는 강렬한 흡입력을 지닌 액자형 프롤로그가 단숨에
독자를 사로잡지요. 광복 70주년 다큐멘터리 방송작가라는 동시대 인
물의 내레이션으로 시작해서, 자작의 딸 윤채령에게 따라붙은 친일파
이자 교육계 대모라는 두 얼굴의 간극, 거기에 무슨 사연이 있었을까 하
는 궁금증을 자아내는데, 단도직입적으로 "그 사람은 가짜요, 내가 진
짜"라고 말하는 김수남 할머니의 등장으로 어느 틈에 쑥 빠져들게 돼
요. 아시다시피 역사 교과서 국정화로 논란을 불러일으킨 박근혜 정권
이 국정농단 사태로 탄핵에 이른 데다가, 일본과는 위안부 협정 내지는

평화의 소녀상 가지고 갈등이 많고, 사드 문제로 중국과의 갈등도 고조되고, 국내외가 폭발 직전의 상황인데 이 모든 뿌리가 근현대사에 있잖아요. 그래서 역사의 아킬레스건을 탁 치고 나온 시의적절한 현재성이 이 작품의 가장 큰 장점이라고 생각했거든요. 이 작품을 구상할 때 어떤 문제의식이 가장 중요한 씨앗이었나요?

이금이 저는 2004년에 『유진과 유진』을 시작으로 10년 넘게 청소년 이야기를 써 왔어요. 작가는 글을 쓰는 동안 그 작품의 무대 안에서 등장인물들과 같이 숨을 쉬고 그들과 함께 살아가지요. 10년 동안 청소년들의 삶을 그리다 보니까 그들의 공간이라는 것이 학교-집-학원, 학교-집-학원, 하다못해 여행을 가더라도 전략적인 기획에 의한 것이에요. 그런 현실을 그리면서 굉장히 답답했어요.

저는 글을 쓰는 동안 등장인물들이 살아가는 작품의 물리적인 배경 속에서 그들과 함께 숨 쉬며 글 쓰는 즐거움을 느끼고, 영향도 많이 받는 타입이거든요. 예를 들면 농촌의 전원을 배경으로 글을 쓸 때는 저 자신도 그곳에 있는 것처럼 굉장히 행복하고 에너지도 받고 하는데, 도시 청소년의 현재를 그리다 보니 공간이 너무나 한정적이라 답답한 거예요. 나름대로 단편에서도 공간을 넓혀 보고, 『청춘기담』에서는 아예 현실에서 일어나는 기이한 일들을 다뤄 보기도 하면서, 공간을 확장시키고 싶은 생각이 더 간절해졌어요. 물론 요즘 청소년들은 유학이나 해외여행 등 예전에 비해 한정된 공간을 벗어나는 일이 많아졌지만, 그것 또한 교육이라는 틀 안에 있는 거예요.

저는 1970년대 초반인 초등학교 5, 6학년 때부터 어린이들이 읽을 수 있는 책들을 다 읽고 일반소설들을 읽으면서 성장했어요. 그 소설 내용 중 저를 가장 사로잡았던 건 공간이었어요. 그 당시는 2차 세계대전 이후 구축된 냉전체제가 공고할 때잖아요. 남북으로 나뉜 우리나라도 반공이 국시였고요. 그런데 멀지 않은 일제강점기 때 사람들이 남북한을 자유롭게 다니고 중국도 가고 러시아도 가고 하는 내용에서 굉장한 충격을 받았어요. 중학생 때 연재 중이던 박경리 선생님의 『토지』를 읽으면서, 나중에 작가가 되면 이렇게 무대가 넓은 작품을 쓰고 싶다는 생각을 했었어요.

원종찬 무대가 넓다는 것은 분단 이전의 시대 배경이라는 것이 하나 있고, 근현대사의 핵심과 관련된 것은 또……

이금이 제 고향은 충북 청원인데 충남하고 접경 지역이었어요. 동네 사람들은 충북에 있는 장이 아니라 충남 병천에 있는 아우내 장터, 유관순 열사가 3·1만세시위를 벌인 그 장을 이용했어요. 우리 할머니는 유관순 열사보다 한 살인가 더 많아요. 어렸을 때 할머니를 따라서 장에 가면 저기가 유관순이네 집이다, 하면서 그때 얘기를 해 주시곤 했어요. 학교에 들어가서 제일 먼저 알게 되는 독립투사가 유관순 열사, 그때는 유관순 누나라고 했잖아요. 학교에서 유관순 열사에 대해 배운 다음 우리 할머니한테, "유관순 누나가 독립만세 부를 때 할머니는 뭐 했어?" 하고 물었어요.

우리 할머니는 열다섯 살에 시집을 오셔서 자식들 줄줄이 낳으면서 평생 촌부로 살아가신 분이었어요. 가족들 외에는 이름을 기억하는 사람도 없고요. 가끔씩 그 생각이 나는 거예요. 우리는 너무 성공 지향적인 삶을 살고 있어서, 스케이팅을 하고 수영을 하는 사람들이 수많이 있어도 김연아와 박태환이 아니면 기억을 못 하잖아요. 아이들을 키우고 청소년소설을 쓰면서 우리가 너무 성과 있는 삶을 강요하고 그런 삶이 마치 인생의 목표인 양 가르치고 있는 현실이 큰 문제처럼 여겨졌어요.

일제강점기도 마찬가지예요. 우리들은 독립유공자나 친일파로 악명이 높은 사람이나 뭔가 역사에 기록된 사람들만 마치 그 시기를 산 것처럼 생각하잖아요. 그래서 저는 이 작품을 쓸 때 그들이 이룬 것을 말하기보다는 그들이 살아 낸 삶을 말하고 싶었어요. 이름 없이 살았던 사람들, 이름을 남기지 못한 사람들의 이야기를 써 보자. 탄핵정국을 말씀하셨지만 결국 탄핵을 이끌어 낸 건 우리 이름 없는 수많은 사람들이 켠 촛불 덕분이잖아요. 작품은 그 전에 쓰인 것이지만요.

원종찬 말씀하신 대로 이 작품은 나라의 경계를 넘는 무대의 확장성과 지금까지도 갈등의 뿌리가 되는 근현대 역사 속의 보통 사람들, 이름 없는 그러나 역사의 온갖 아픔을 응축한 인물에 대한 관심이 돋보여요. 요즘 청소년문학이, 제가 '교복을 입은 아동청소년문학'이라고 표현한 적도 있지만, 너무 교실과 방구석에만 갇혀 있는 게 아닌가 싶었는데, 이 작품의 시공간적 배경이 아이들한테 새로운 시야와 생각거리를 줄 거라는 생각이 들었어요.

현재성과 더불어 이 작품의 또 하나의 장점은 잘 읽힌다, 아주 재미있다는 거예요. 이건 작가의 장점이기도 한데, 이 작품은 흥미로운 구성과 전개를 보이고 있어요. 현재의 액자를 통해 과거 역사로 들어가게 만들고, 흙수저·금수저 인물의 교차 시점, 그리고 연애 서사잖아요. 이런 것들이 굉장히 매력적이고 흡인력을 갖고 있어서, 역사의 무게에 짓눌리지 않고 읽을 수 있게끔 쓰였다고 하는 것이 시의성과 함께 또 하나의 장점이라고 봅니다.

그런데 교차 시점은, 이게 『너도 하늘말나리야』와 『유진과 유진』을 비롯해서 상당히 성공한 구성 방식의 하나이기도 하지만, 약간 위태로운 지점이 있긴 해요. 대비가 명확하다는 것은 독자의 이해를 쉽게 하는 방식이죠. 흙수저·금수저 얘기처럼 통속적이고 익숙한 구도 속에서 작가가 어떤 새로운 이야기를 만드느냐 하는 것은 결국 캐릭터에 달려 있을 겁니다. 그래서 수남이와 채령이의 경우, 흙수저와 금수저의 대비 말고 개성적인 자질이 어떻게 대비되느냐 하는 것을 눈여겨보게 되죠. 선생님은 수남이와 채령이의 캐릭터가 어떻게 대비를 이룬다고 생각하시는지요?

수남과 채령, 광장과 밀실

이금이 저는 수남이가 시골 마을을 떠나서 첫 번째 넓은 세상으로 경성에 가게 되는, 이 책의 제목이기도 한 "거기, 내가 가면 안 돼요?"라고 말했던 어릴 때는 어떻게 보면 아직 세상 경험을 하지 못한 상태, 시골 마을에서 거의 방치된 수준으로 살아 본성과 본능이 많이 살아 있는 상태라고 생각했어요. 그래서 수남이가 "거기, 내가 가면 안 돼요?"라고 한 것 또한 여기서는 제대로 먹지도 못하고 동네 밖도 못 나가는데, 자동차를 타고 말로만 듣던 경성이란 데를 간다네, 거기 가면 배도 곯지 않고 경성 구경도 하고 우리 부모님한테는 땅도 준다네, 그런 본능에 충실한 "거기, 내가 가면 안 돼요?"였을 거라고 생각했거든요. 물론 적극성이나 당돌함 같은 본성도 있었겠죠. 어쨌든 수남이는 경성에 와서 비로소 신분이라든가 계급이라든가 환경이라든가 하는 것들을 처음 접한거예요. 그래서 채령이하고 싸우다가 맞고, 굶고, 이것이 일곱 살 난 수남이한테는 큰 충격으로 다가왔겠지요.

시골에서 굶은 것은 식구들이 다 굶는 거니까 괜찮았지만, 경성 집에서 자기 혼자만 굶는 것은 엄청난 박탈감처럼 느껴졌을 테고요. 특히 이 때문에 머리를 빡빡 깎이면서 처음의 적극적이고 당돌한 기질이 꺾이고 현실에 순응할 수밖에 없게 됐지요. 하지만 그 아이가 가지고 있는 기질적인 당돌함이나 적극성 같은 것들이 자기 환경 속에서 감히 꿈꿀 수 없는 생각들을 갖고 끝까지 나아가게 하는 힘이었다고 설정하고 썼거든요. 예를 들면 박람회에 가서 '아, 내가 글자를 모르는구나'글자를 모르면 지금 당장 독약이라고 쓰여 있어도 모른 채 먹고 죽을 것이고, 함정이라고 쓰여 있어도 모르고 빠지겠구나', 먼 미래나 이상을 위해서가 아니라 당장 살아 내기 위한 절박함에서 글자를 배우기 시작하는 거죠.

수남이한테는 선택지가 많지 않았어요. 수남이의 긴 인생 여정을 보면 그때그때 자기 앞에 닥친 것들을 온 힘을 다해서 목숨을 걸고 헤쳐 나가지요. 반면에 채령이는 박람회장에서 자기 기분이 좋을 때는 친구처럼 수남이 손을 잡고 뛰어다니다가, 캐러멜이 생기자 우리 집 종이니까 네가 가진 것도 다 내 거야 하고 뺏잖아요. 채령이는 평생 거기서 크게 성장하지 않는 캐릭터로 생각했어요. 수남이가 어찌 됐든 많은 것을 참으며 자기 삶을 책임지면서 살았다면, 채령이는 자기 욕망, 욕심, 감정에 충실하게 산 거죠. 그래서인지 채령이를 더 좋아하는 독자들이 많아요. 속이 시원하니까. 둘 중 한 사람은 있고 한 사람은 없는 게 뭐냐면, 바로 양심이란 거예요. 수남이는 양심이 있고 채령이는 양심이 없어요. 수남이는 신분에 의해서가 아니라 나의 상전이어서가 아니라, 나한테 친절하게 해 줬으니까 내가 그것에 대한 보답을 해야지, 하는 인간적인 도리를 알고 있는 사람이라고 생각했어요. 수남이와 채령이의 캐릭터에 각각 어떤 성격을 부여하겠다 했을 때 그것을 기준으로 했어요.

원종찬 작가의 구상하고 실제 텍스트하고는 간극이 있게 마련인데, 작가의 무의식이 작용한다고 봐요. 저는 채령이와 수남이 캐릭터에서 처음에는 생생한 자기 욕망, 개성 이런 게 보였는데 뒤로 갈수록 약해진다고 봤어요. 수남이는 "거기, 내가 가면 안 돼요?"라면서 도발적으로 집을 뛰쳐나온 아이 아니에요? 이건 굉장히 당돌한 발언이죠. 그런데 딱 거기까지였고, 그 이후 수남이한테 당돌하다는 수식어를 붙일 수 있는 대목은 한 군데도 안 나오더라고요, 제가 볼 때는. 물론 작가 말씀대로 수남이가 박람회장에서 글자를 매개로 움직이며 성장하게끔 한 것은 훌륭한 장치이긴 한데, 몸종인 수남이에겐 선택지가 너무나 적고……

인물의 행동은 성격하고 환경의 상호작용 속에서 나와야 하는데, 점점 환경의 요인이 더 강하게 인물의 행동에 영향을 주는 게 아닌가……. 원래 성격이란 건 잘 안 바뀌잖아요. 당돌한 아이라면 꼼짝 말라고 해도 남이 안 보는 사이에 발을 쓱 내밀게 돼 있어요. 수남이가 그렇게 생겨먹은 아이라면 보이지 않는 곳에서 틀림없이 발을 바깥으로 내미는 흉내라도 냈을 법한데 환경의 제약으로 양심적이고 반듯하고 뭐 이런 식으로 상황을 견뎌 나가요. 크게 봤을 때 거의 '몽실 언니' 같은 캐릭터로 변해 버리니까 입체성이 떨어진다 싶었어요.

그에 비해 채령이는 자기 욕망에 충실해서 무모한 연애를 하다 안 되니까 자살을 꿈꾸고 그러다 또 생각을 고쳐먹고, 얼마나 매력적이야. 그렇죠?(웃음) 채령이가 훨씬 더 매력적인 인물로 갑자기 변하는 거죠, 인간적이고. 수남이는 지나치게 소심하고 진중하고 이렇게 바뀌니까, 작가의 애정은 수남이한테 있는 듯싶지만 독자도 그럴까요? 작가는 채령이의 캐릭터를 부각시키기 위해서 못된 욕망을 그려 넣었는데 독자는 그 실감 나는 캐릭터에 더 환호하지 않을까 싶어요. 작가가 수남이한테 허락한 욕망과 자유가 협소하게 느껴지는 건 작가 취향의 반영이 아닌가 하는 생각도 들었어요. 선생님은 모범생이지 않았어요, 학생 때?(웃음)

이금이 그러기는 했어요. 하지 말라는 거 안 하고, 하더라도 가만히 앉아서 머릿속으로만 했어요. 머릿속으로는 온갖 생각들을 다 했죠.(웃음)

원종찬 수남이도 그렇게 살았으면 좋겠어요? 수남이는 머릿속에서도 사고 치지 못하는 거 같던데.

이금이 제가 의도한 대로 독자들이 봐야 하는 것도 아니고, 지금 말씀하신 부분에 대해서는 그렇게 보셨다면 그럴 수 있는데, 보통 사람들은 사실 그렇게 견디면서 살아가지 않나요? 채령이는 무모해서 거침없어요. 그래서 채령이를 통해서 대리만족을 느끼지만 현실의 나는 수남이처럼 살지 않. 제가 수남이한테 애정을 더 가지고 있던 건 맞고, 또 등장인물에게 작가가 자기 자신을 투영하는 것도 당연한 일이에요. 그렇다면 수남이뿐 아니라 채령이도 제 안에 있다는 것이죠. 수남이 못지않게 채령이도 아끼며 공들여 그렸고요.

그리고 저는 수남이가 그 나름대로는 계속 도전하면서 살았다고 생각해요. 수남이가 처한 상황에서 계속 도전할 수 있었던 건 당돌하고 적극적인 본성이 작용했다고 여기거든요. 일본에 가서도 영어를 배우고, 군부대에서도 어쨌든 간에 도망을 친 거잖아요. 그리고 하얼빈에서 강휘를 만났을 때도 성장이 이루어졌다고 생각해요. 수직적인 관계에서 강휘를 연모하거나 흠모하는 것이 아니라, 계급을 뛰어넘어 내가 그의 단점이나 어려움까지도 보듬어 줄 수 있다고 생각하잖아요. 심지어는 바이칼호수에 가서 먼저 고백도 하고요. 상황에 밀려서일지라도 자기 스스로 선택해서 미국으로 가고, 거기서 혼자 살아 내고, 수남이는 안간힘을 쓰면서 자기 세계를 확장하며 산 거예요.

원종찬 경험을 통해 사고와 행동의 변화와 확장을 보여 주는 발전적 관계로 보면 채령이는 분명한 성장이 보여요, 좋은 방향이든 나쁜 방향이든. 수남이는 거의 성장이 없는 것처럼 보이고요. 해방 직후의 행동이 특히 그래 보여요. 그래서 수남이가 과연 파란만장한 경험을 통해 성장한 것일까? 이런 의문이 들거든요.

이금이 성장을 어떻게 보느냐에 따라서 다른 것 같아요. 저는 인간으로서 성숙에 큰 비중을 두었어요. 채령이가 돌아와서 한 행동, 성장이라는 것이 결국은 수남이 것을 빼앗고, 그러니까 진실을, 자기 이익이나 자기 욕망을 위해서 수남이 것을 빼앗은 거잖아요. 저는 오히려 그래서 채령이가 어릴 때 박람회장에서 캐러멜을 뺏던 때하고 변하지 않았다고 한 거였어요. 그래서 집안을 다시 일으키고, 영화를 되찾고, 교육계의 대모로 모든 부와 영화를 다 누리면서 살다 죽었지만, 과연 그걸 가지고 성장이라고 할 수 있을까 싶어요.

원종찬 사회적 관계에서 그런 선택을 한 건 문제겠지만, 잠재적 능력이라고 하는 면에서는 채령이가 갖고 있는 능력의 크기가 커 보인다는 거지요. 4·19혁명, 87년 6월항쟁, 그리고 이번 촛불혁명, 앞으로 많은 사람들이 촛불에 대해 분석을 하겠지만, 이게 진짜 새로운 시대의 조짐이라는 느낌이 오는 게, 과거에는 사실 광장과 밀실이 분리돼 있었어요. 최인훈의 『광장』(1960)만 해도 고뇌하다가 결국 경계 속에서 자멸하는 이야기고요. 과거 386세대의 경험을 떠올려 보더라도 우리는 광장의 언어, 사회적 언어 때문에 밀실의 언어, 개인적 언어를 억제하고 유보했지요. 나를 버리고, 즉 사(私)를 버리고 공(公)을 앞세움으로써 어그러지고 그런 면이 없지 않았는데, 이번 광화문광장의 촛불에서는 저마다 '나'의 모습을 가지고 있는 이들의 축제에 대한 갈망이 보여요. 드디어 광장과 밀실이 만난 역사적 지점이 이번 촛불혁명이 아닌가, 이런 느낌이 들었어요.

작가는 당연히 광장과 밀실, '사회'와 '개인'의 문제를 함께 고민하겠죠. 근데 아까 작가의 무의식이라고 말씀드렸는데, 의도와 다르게 작가가 계속해서 광장에 대해서 더 크게 의식하고 있고, 밀실에 대해서는 더 나아가지 못하고 있는 게 아닌가 하는 생각이 들었어요. 인간에 대한 탐구에 있어서 독자한테 질문을 던진다고 했을 때, 수남이의 밀실에 대해서도 채령이만큼 작가가 뭔가 밀어 넣어야 하는데, 수남이에 대해서는 광장의 의식이 크게 작용하니까 개인적 매력이 깎여 나갔다는 거죠. 결론적으로 뒤로 갈수록 수남이가 환경에 의해서 수동적으로 바뀌고 있지 않느냐. 어떻게 보면 작가가 하고 싶은 걸 못 해 봤기 때문이 아닌가, 그래서 제가 농담 삼아서 모범생이지 않았냐고 물은 거예요.(웃음)

물론 우리가 상식 밖에서 살 수는 없죠. 그렇지만 세상에 온갖 일들이 벌어지는데, 작가가 인물에 대해서만큼은 그네들의 밀실을 보여 줘야 한다는 거죠. 존재하는 것 하나하나가 자기 무게를 갖고 있으니까 친일파는 친일파대로의 이유를 갖고 있고, 지금 박근혜 만세를 부르는 사람들은 그 사람들대로의 이유가 있는 거고. 근데 왜 박근혜 만세 부르는 이런 사람들은 우리 소설에 없는 거야, 도대체.(웃음) 그 뭇사람들, 평범하고 대체로 선량하지만 박근혜 만세를 부를 때는 완전히 광기가 서린 그런 주인공을 찾아보기 어렵잖아요. 아직도 작가들이 너무 광장의 언어만 따라 근현대사를 바라보니까, 밀실에 대해서는 고민하지 않는다, 두 개를 같이 끌어안고 나아가려 하지 않는다, 아직까지 그렇지 않느냐는 거죠. 그래서 수남이의 수동성이 아쉽고, 수남이가 더 발칙했으면 좋았을 텐데, 제목대로라면 속으로라도 발칙해야 하는데 속에서도 너무

멀쩡해요. 나 같으면 채령이하고 연애하지 수남이하고는 안 할 거 같아.(웃음)

이금이 무슨 말씀이신지 알 거 같아요. 이걸 쓰는 동안은 제 생각이 거기에 머물렀으니까. 이 작품을 다시 쓸 수는 없고.(웃음) 다음 작품에서 좀 더 고민하겠습니다.

신의 한 수, 또는 아쉬움

원종찬 이 작품에는 제가 보기에 '신의 한 수'가 있습니다. 준페이요. 일본인 준페이가 그동안 통상적인 아동청소년문학에서 익숙했던 인물과 달리 입체적인 캐릭터라서 진짜 신의 한 수라는 생각이 들었어요. 또 하나 독자가 놓치기 쉽지만 액자에 있는 '작가' 강해란. 어디까지나 등장인물이지 이금이 작가가 아니잖아요. 작가 강해란이 또 의미심장한 캐릭터이자 시점이라고 봐요. 그렇기 때문에 사실 나는 수남이가 더 밀치고 나가도 좋다고 생각하는 것이, 강해란이 수남이가 아니니까. 강해란과 수남이 사이에 긴장이 있고, 강해란이 또 이금이 작가가 아니니까. 강해란을 통해서 여러 가지를 보여 줄 수 있으려면, 수남이하고 채령이는 훨씬 더 바닥으로 배를 납작 깔고 갔어야 한다는 거죠. 작가와 마찬가지로 강해란의 수남이에 대한 태도가 편애적이지 않은가 그런 아쉬움도 있어요. 어쨌든 준페이하고 강해란의 존재는 이 작품에서 상당히 빛나는 대목이라고 봅니다. 준페이 같은 인물을 창조하면서는 뭔가 기대한 것이 있을 텐데요.

이금이 이 작품을 쓰면서 인간의 다면성을 그리고 싶다는 생각이 가장 컸었거든요. 흑과 백이나 선과 악으로 나뉘지 않는. 그리고 일제강점기에 우리나라를 빼앗고 지배했던 나쁜 일본 사람의 범주에서 벗어난 그냥 보통 일본인도 다루고 싶었어요. 조선 사람들과 지배·피지배 민족을 벗어나 인간적으로 어우러져 살았던 일본인도 분명히 있었을 테니까요. 준페이 또한 굉장히 다면적인 인물이죠. 초반엔 지고지순하고 순정적인 인물로 그려지지만, 채령이에 대한 사랑은 왜곡된 사랑이에요. 자기가 갖고 있는 상처, 열등감을 해소하는 방편으로 자신이 손닿을 수 없는 걸 손에 넣으려고 하는 인물이죠. 채령이와 준페이를 통해서 사랑의 다양한 측면, 또 복잡한 인간관계를 두루두루 그리고 싶었어요. 채령이를 미국으로 데리고 가는 매개자 역할을 하는 인물도 필요했고요.

원종찬 준페이가 신의 한 수라고 한 것은 아동청소년문학에서 보기 드물어서 그런 것이고, 사실 입체적 인물은 소설의 기본이죠. 일본 작가가 한국인을 그린 것을 우리가 본다, 베트남 작가가 한국인을 그린 것을 우리가 본다, 중국 작가가 한국인을 그린 것을 우리가 본다고 했을 때, 이런 기본 감각이 발휘되지 않으면 픽 웃고 말 텐데, 우리 작가들이 일본인을 그릴 땐 기본 감각을 잃어버리기 때문에 제가 준페이는 우리한테 낯설게 보이는 인물이라고 한 거죠.

준페이뿐만 아니라 사실 이 작품의 가회동 첫 장면을 보면 알듯이 많은 인물들이 다 자기 무게, 고유한 개성, 캐릭터를 가지고 있어요. 복상사로 죽은 헌 자작 윤병준, 자작 윤형만, 부인 곽 씨, 집사 박 서방, 사랑채 심부름꾼 갑수, 찬모 술이네, 둘째 아내 신여성 최인애…… 이렇게 쭉 포진된 인물들이 다 상당히 개성적이어서 발단 부분은 놀랄 만큼 다성적이에요. 장편으로서의 구상이 처음부터 밀도 있게 잘 짜였구나 기대하게 되는데요. 아쉬운 점은, 두 권의 분량이 제약일 수밖에 없다고 느껴지기도 하지만, 뒤로 가면서 많은 인물들이 맥없이 실종되는 것 같았어요. 수남이네 식구도 그렇고, 강휘 친구 장수도 그렇고, 채령이의 애인 박정규도 흐지부지 없어지고, 술이네는 나오지만 성격이 굉장히 약화되고, 태술이도 흐지부지 없어지고요. 용두사미 같은 느낌이 들었거든요.

이금이 그렇게 보실 수 있다고 생각해요. 저도 그동안 현재를 배경으로 해서 써 왔던 작품들에서는 주인공에 집중했고, 그래서 비중이 크지 않은 인물들에 대해서 고유명사를 붙일 필요가 없다고 여겼으니까요. 동화 창작을 가르칠 때도 이름을 지어 준 인물에 대해서는 끝까지 책임을 지라고 말했었고요. 그런데 이 작품에서 뒤에 가서 큰 역할을 하지 않은 인물들에게도 이름을 지어 준 이유가 있어요. 이게 역사소설이잖아요. 독자들, 특히 청소년 독자들에겐 역사라는 심정적 거리가 있을 거예요. 현재의 이야기는 자기들의 이야기인지라 바로 작품 속으로 몰입할 수 있는데 70년, 80년 전이라는 시간 자체가 청소년들에게 거리감을 줄 거라고 생각했어요. 저는 작품의 디테일한 부분들을 살려서, 이것이 먼 옛날의 일이 아니라 현재에 일어날 법한 얘기구나 느끼도록 하는 게 거리를 좁히는 일이라고 판단했거든요. 프롤로그, 에필로그를 둬서 액자소설 형태로 한 것도 그런 거리를 좁히기 위해서였어요. 강해란 작가의 개별적 역할도 있지만, 독자들이 강해란을 통해서 과거의 이야기로 쉽게 빠져들게 만들려는 게 첫 번째 이유였어요.

이 이야기는 수남이와 채령이가 주인공이고 그들의 인생행로를 따라가는, 어떻게 보면 로드무비 같은 작품이잖아요. 그러다 보니 두 인물이 없는 공간에서는 그들이 나오기 어려웠어요. 저는 그 인물들한테도 고유의 캐릭터를 부여하고 싶었어요. 채령이하고 수남이에 비하면 조연일지 모르나 그 순간순간에는 그들 인생에서 주인공이었다는 것을, 이름을 붙여 줌으로써 표현하고 싶었고요. 이야기 안에서 퇴장했을지라도 독자들이 그들의 삶을 계속 생각해 보기를 바라는 마음도 있었고요.

원종찬 네. 그 구체성, 고유명사 자체는 문제가 아니죠. 이 작품의 시공간 배경과 스토리 전개에 비추어 그 인물들을 끌고 가기 위해서는 여섯 권 정도의 분량으로 도전했어야 하지 않았을까…….

이금이 강연을 가 보면 다들, 요즘 아이들은 두꺼운 책을 못 읽는다, 두꺼운 책은 아예 시작도 안 한다 그래요. 한 권도 사실은 원고지 1,000매가 넘는 거라서 저 스스로 분량의 압박을 견뎌 내지 못했다는 생각이 들어요. 그래서 채령이나 수남이의 후일담을 충분히 그리려면 세 권을 썼어야 하지 않나 하는 아쉬움이 있어요. 가장 아쉬웠던 인물은 태술이에요. 태술이가 황금을 찾아서 떠난 이야기를 따로 쓸 생각을 갖고 있어요.

원종찬 두 권 분량으로 좀 더 완성도를 높이기 위해서는 앞에서 더 많은 인물들을 가지치기하거나, 아니면 최소한 네 권 정도로 썼으면 이 작품의 무게감이 달라졌을 건데 좀 아쉽다는 생각을 했어요.

이금이 그랬으면 아직까지 못 썼을 거예요.(웃음)

원종찬 아동청소년문학에 대하소설이 하나 나오는 건 해 볼 만한 큰 도전이잖아요. 또한 수남이하고 채령이의 여정에서 상당히 많은 인물들을 만나는데, 작가의 무의식일는지 모르겠으나 조금 편향적이라고 여겨졌어요. 우리는 식민지시대에 독립운동 아니면 친일 두 가지로 생각하기 쉬운데 대개는 그 사이에서 일상생활을 하는 보통 사람들이잖아요. 어쨌든 수남이는 주로 독립운동하는 사람들을 만나요. 그리고 그 독립운동가들 가운데 사회주의자는 한 명도 안 나오더라고요. 1920~30년대에 젊은이들을 휘어잡은 것은 사회주의였는데. 그래서 작가가 약간 편향되어 있지 않나 그런 생각이 들었거든요. 이 작품은 수많은 자료 조사와 답사를 통해서 구축된 느낌이 팍 드는데, 두 주인공의 여정에서 만나는 사람들은 민족주의자들에 국한된다는 느낌을 받았어요.

이금이 채령이하고 수남이의 행로 중에서 친일파로는 작품 전체의 배경으로 깔리는 거대하고 강력한 윤 자작이라는 인물이 있기 때문에 또 다른 일상에서 만나는 친일분자를 만들 필요성을 느끼지 못했어요. 제가 역사 지식이 깊지 않았기 때문에 이 글을 쓰면서 공부를 하고 필요한 자료를 찾아보았는데, 물론 그 시기에 아나키스트나 사회주의자들이 존재했어요. 그래서 정규나 장수가 가담한 조직을 그렇게 상정하고 이름도 만들고 했는데, 이 시대가 1938년 일제 말기잖아요. 일본은 무정부주의자, 사회주의자 등에 대해서는 자국민들의 경우에도 경계하고 탄압했기 때문에…….

원종찬 1938년이면 사회주의자들 상당수가 전향을 했을 때죠.

이금이 네, 거의 없는 거예요.

원종찬 둘이 유학 갔을 때는 훨씬 빠른 시기였죠.

이금이 그래도 1920년대 후반에 가면 없어요. 그렇다고 제가 그 분야를 깊게 공부한 것도 아니고. 저는 사회주의자든 무정부주의자든 큰 틀에서는 항일운동을 하는 사람들이라고 생각했기 때문에 그렇게 한 것이죠. 그리고 이념적인 것까지 갈래를 지어서 들어가면 너무 복잡할 것 같았어요. 이 작품에서 항일운동을 하는 사람들이 아나키스트인지 사회주의자인지까지 들어갈 필요는 없다고 생각했어요.

원종찬 우리 근대소설을 보면 『삼대』(1931)나 『태평천하』(1938)에서도 다 사회주의자 자손 때문에 집안에 풍파가 일었고, 해방 이후에도 최인훈의 『광장』(1960), 박경리의 『시장과 전장』(1964) 등 사회주의를 빼놓고는 뭐…… 민족분단이 말해 주듯이 우리 근현대 역사에서는 이념의 문제가 심각했죠. 그런데 『거기』에 사회주의자는 전혀 안 나와서 요즘 아이들이 사회주의를 망해 버린 소련 내지는 북한의 주체사상 정도로 알고 우리 역사를 바라보면 어떡하나 걱정이 돼서요. 선생님 말씀대로 민족해방이라고 하는 대의 속에서 사회주의자들의 움직임이 컸잖아요. 그래서 근현대사를 다룬 작품인 걸 생각하면 사회주의자들이 명시적으로 등장하지 않은 것은 아쉽다는 생각이 들었어요.

이금이 말씀을 들으니 저도 아쉽네요. (웃음)

위안부, 역사적 진실과 소설적 진실

원종찬 그리고 이 소설을 역사소설로 분류한다고 했을 때 중요한 것은 역사적 인물과 사건일 텐데, 실제로 수남이는 김구를 만나기도 해요. 여기서 한 가지 짚어 볼 사항으로 요즘 매우 뜨거운 문제 중 하나가 위안부잖아요. 수남이는 '황군여자위문대'라는 고유명사에 해당하는 단체에 소속되어 군 위안부로 넘겨져요. 여기 1기생이고, 1939년 3월 6일 『매일신보』에서 인터뷰를 하고, 경성에서 출정식을 하는 등 구체성을 부여했는데, '황군여자위문대'라는 명칭은 금시초문이에요. 이렇게 공개적인 모집 단위로 전쟁에 동원되는 것은 정신대만 해도 1943년쯤 되었을 때 일이고, 작품에서처럼 출정식까지 벌였을 때에는 노동 관련 동원이었을 텐데, 물론 뒤에 전쟁으로 그들이 흩어져서 속거나 팔려 가거나 강제로 위안부가 되는 경로는 있지만, 소녀들이 공개적인 집단 출정식을 거쳐 세트로 군부대에 배치돼서 위안부가 됐다는 것은 굉장히 센

세이셔널한 일이거든요. 간호 보조라는 군속 소녀대원들이 고스란히 군 위안부로 바쳐졌으니 말예요. 이 위안부 문제를 어떻게 조사한 건지 궁금해요.

이금이 수남이가 그 전까지는 채령이의 아버지를 선망만 했었는데, 채령이 대신 위문대에 나가게 되면서 거짓으로나마 채령이 노릇을 하는 것에 희열을 느끼고 윤 자작을 아버지라고 부를 수 있다는 것에 기쁨을 느끼게 돼요. 굳이 '황군여자위문대'를 만들고 출정식까지 하는 과정을 등장시킨 것은, 수남이가 나중에 자기가 그것을 누리고 즐겼다는 것 때문에 마지막까지 괴로워하며 진실을 털어놓지 못하는 심리에 개연성을 부여하기 위해서였어요.

일본군 위안부들이 군부대에 가서 겪는 일들은 우리 위안부 할머님들의 증언집이라든가 구술집을 바탕으로 했고요. 그 당시 위문대라는 개념은 물품, 공연단이나 위안부까지도 포함하는 것이었어요. 그리고 근로정신대는 떠날 때 출정식을 하기도 했고요. 위안부라는 용어는 1941년인가에 공식으로 등장을 한대요. 일본군이 처음으로 위안부대를 만든 건 1932년 초라고 하고요, 1937년 난징대학살 때 본격화되었다고 합니다. 또 1939년 일본 군인의 논문을 보면 "위안부의 연령은 어릴수록 좋고 내지인(일본인)보다 조선인이 어리고 대부분 초심자라 흥미롭다."고 적은 것도 나와요. 이런 것을 보면 1930년대 말에도 어느 정도 집단 동원이 되었던 건 사실이고요. 그 전까지는 간호부를 뽑는다, 빨래해 주는 사람을 뽑는다, 이렇게 속여서 데려갔어요. 그런 것 때문에 재판에서 소송이 벌어지고. 십몇 세부터 과부까지 속여서 데리고 가고 이런 기록들을 바탕으로 해서 설정했어요. 윤 자작이 가담하고 있던 국가총동원조선연맹에서 가장 주되게 한 일이 전쟁에 인력을 동원한 것인데 이건 사실이에요. 그때 기록을 보면 단체에 황군이라는 단어가 많이 들어가더라고요.

이 소설은 기록물이 아니라 팩션(faction)인 만큼 역사를 바탕으로 한 문학적 상상력이 허용된다고 생각했어요. 그래서 '황군여자위문대'라는 명칭을 지어 붙인 거예요. 일본군 위안부는 명백히 존재하는 역사니까 보편성을 띤 단체로요. 하지만 제가 실제 명칭을 썼을 경우 ── 누가 또 알겠습니까? 실제 '황군여자위문대'라는 명칭이 있었을지. 황군위문대라는 명칭이 있기는 해요. ── 그 안에서 벌어지는 사건들까지 역사적 사실로 규정되기 때문에 부러 이름은 따로 갖다 붙인 것입니다. 제 의도는 그러했지만 오늘 질문을 받으니 고민이 되네요. 마침 이 자리에는 독자, 작가, 편집자, 평론가도 계시고 하니까, 역사소설을 쓸 때 문학적으로 허용되는 범위에 대해서 여쭙고 싶어요. 첨예하고 애매한 문제라서요.

원종찬 역사소설에서 핵심은 역사적 진실이겠죠. 역사적 사실은 늘 논란거리지만 중요한 요소예요. 요즘 유행하는 팩션 같은 것은 역사적 사실에 근거하더라도 가정법이 동원되는 스토리 창조라서 좀 다르다고 봅니다. 팩션의 스토리 전개 방식은 리얼리즘적인 것과 확연히 구분이 되기에 독자도 사실성 여부를 낱낱이 따지지는 않잖아요. 하지만 통상적인 역사소설(historical novel)은 역사적 해석이라면 몰라도 역사적 사실을 임의로 바꾸거나 하는 일은 없지요. 물론 허구적 인물이 개입하기 때문에 애매한 경계는 늘 존재합니다.

위안부 문제와 관련해서는 워낙 일본 쪽에서 부인과 은폐로 일관하니까 그렇지, 우리 안의 지배적인 이미지랄까 이데올로기 같은 것에 의해 가려진 것들을 복원하고 드러내야 하는 과제가 상당하다고 봐요. 희생, 피해자, 소녀 등으로 뭉뚱그려져서 간과되고 보이지 않게 된 것들 말예요. 하나의 지배이데올로기로 반복·재생산되는 것들에 균열을 내는 것은 문학이 감당해야 할 몫이기도 할 겁니다. 여기 보면, '황군여자위문대' 1기생 중에서 스무 살 수남이가 가장 나이가 많아요. 나머지는 십 대 어린 소녀들이잖아요. 이 소녀대원들이 군 위안부로 바뀌는 서사에서 정신대 비슷한 특정 고유명사로 지칭하는 것은 좀 위태롭기도 하거니와, 우리에게 익숙한 '평화의 소녀상' 같은 이미지와도 연결되지 않나 싶어요. 오랫동안 가려진 위안부 문제를 상기시키고자 하는 의도겠지만, 어느 면으로는 '평화의 소녀상' 때문에 사람들 머릿속에서 '여인'들은 다 밀려난 듯해요. 사실 위안부 그러면 그냥 여자이거나 여인들이지 기본적으로 소녀들은 아니잖아요. 당시 이십 대는 오늘날의 생애주기로 치면 거의 여인들인데, 그들이 설사 집에서 가혹한 노동에 내몰리고, 나라에서 돌봐 주지도 않고, 속아서 혹은 개인적 기대와 욕망 때문에 가게 되었다 할지라도 문제가 희석될 것은 아니란 말이죠. 마치 잠자는 숲속의 미녀처럼 순결한 소녀들이 일본군에게 겁탈당했다고 하는 아주 선정적인 이미지로 민족감정을 불태우려고 하는 의도는 없지 않은가. 지금 우리가 위안부 문제에 접근하는 데 있어서 사실은 더 많은 진실들, 계급적·젠더적 문제를 감추고 민족감정과 애국심을 앞세우는 지배이데올로기를 따르는 것은 아닌가.

영화를 봐도 그래요, 「귀향」(2016)도 그렇지요. 집에서 굉장히 예쁨을 받고 아버지가 지게에 아이를 태우고 노래 부르면서 가고 그러잖아요. 그렇게 집에서 귀염받고 보살펴진 아이들이 얼마나 위안부로 끌려갔을 것 같아요? 없다는 건 아니지만, 여기 수남이같이 자기 호적도 없는, 가부장제의 희생양이거나 버림받은 사람들이 많았을 거란 말이죠. 위안부 대다수는 나라에서도 그렇고 집에서도 그렇고 보살핌과는 거리가 먼, 그래서 계급, 젠더 등 모든 문제가 응축된 존재가 바로 그들인데, 왜 평화의 '여인상'이 아니고 '소녀상'인지 난 굉장히 불편해요. 나물 캐다 붙들려 간 일이 실제로 있었더라도 그렇게 이미지화해서 고정시키는 것은, 민족감정으로 계급과 젠더적 문제를 덮어 버리는 거 아닌가. 이른 바 '태극기 집회'에서 드러나듯이 민주주의 없는 애국심은 공포잖아요. 이 작품도 그런 쪽으로 작가의 무의식이 작용한 것은 아닌가. 왜 수남이가 가장 나이가 많고, 다른 대원은 더 어린 소녀들이고, 간호사를 꿈꿨다가 졸지에 군 위안부가 되는 식으로 그려졌을까……. 이젠 작가들이 자꾸 소녀를 강조하는 것에서 벗어나야 하지 않나 생각해요.

이금이 저도 그 부분에 대해 공감합니다. 솔직하게 고백하자면 이 작품을 쓸 때는 그 생각을 못 했어요. 책으로 나오고 그 뒤에 생각을 하면서 위안부로 끌려간 아이들을 순결한 소녀들로만 설정했다는 것에 반성을 했어요. 지금 말씀하신 것처럼 이전의 삶이 순결한 소녀였든 과부였든 기생이었든 다 같은 피해자인데요. 그래서 군부대에서의 일이라든가 위문대 구성원 등에 관해서는 뒤늦게 후회가 되더라고요.

원종찬 피해자 문제뿐만 아니라 저는 인간의 문제에서 위안부들의 인간적 욕망도 무시할 수 없다고 생각해요. 자칫 오해를 살까 봐 말하기 조심스럽지만 이런 거예요. 쓰보이 사카에(壺井榮)의 『스물네 개의 눈동자』(1952, 문예출판사 2004)를 보면, 태평양전쟁을 겪으면서 열두 명 아이들의 삶이 풍비박산되는 이야기인데, 항공병이 되면 단팥죽을 배부르게 먹을 수 있을 거라고 믿고, 어서 군인이 되어 전쟁에 나가고 싶다고 말하는 가난한 집 소년이 나오거든요. 이 작품이 역사를 반성케 하고 반전 평화의 마음을 끌어올리지 상대를 증오케 하고 피해자 의식을 강화시킨다고 보진 않아요. 속아서 끌려간 위안부들도 어쨌든 하늘이 무너지는 아픔을 겪었겠지만, 막상 거기에서는 또 어떻게 허기를 달래야 할지 그런 고민들을 했을 거예요. 어떤 상황에서도 사람은, 민중은 살려고 발버둥을 쳐요. 그 안에서 우스갯소리도 해야겠지, 그래야 견딜 수 있으니까. 이렇게 살려는 모습을 그려 줘야만 능동적이고 주체적인 민중이 되는데, 잠자는 숲속의 미녀와 같은 소녀를 그려 내면서 피해자 모습만을 강조하는 것은 오히려 인물을 수동적으로 만들어 역사에서 민중은 아무것도 하지 못하는 존재가 되고 말죠.

예전에 제가 해설도 썼지만 '밤티마을' 시리즈(전 3권, 푸른책들 2004~2005)에서 '새엄마' '큰돌이' '영미' 캐릭터는 굉장히 낙천적이고 생기 발랄한 면이 크더라고요. 그런 적극성이 이후로 잘 안 보여서, 위안부를 그릴 때에도 그런 인물들이 나와 줘야 더 안타깝고 고민도 깊어지고 그런 건데, 순결한 피해자 이미지가 눈먼 애국심을 불러일으키는 데 일조하지나 않을까. 역사 문제에서 지금 청소년들 앞에는 한·중·일 시민적 연대라는 힘겨운 과제가 주어졌는데, 저마다 혐한(嫌韓), 혐일(嫌日), 혐중(嫌中) 이런 식으로 위정자들이 만들어 놓은 애국심의 수동적 지지자가 되어서 스스로 생각하지 못하고 끌려가지 않을까 싶어서요. 사실 민중은 거의 애국주의에 속았지요. 우리 아동청소년문학 작가들이 기존 이미지에서 좀 벗어났으면 해요.

이금이 선생님 말씀에 영감을 받네요. 이 작품에서는 위안부 문제가 한 부분을 차지하고 있지만 지금 말씀하신 것처럼 그들의 인간적인 욕망이나 희로애락을 다 담은 입체적인 작품을 써 보고 싶다는 욕심이 생깁니다.(웃음)

원종찬 근현대를 다룬 아동청소년문학 중에서 손연자 단편집 『마사

코의 질문』(푸른책들 2009)에는 썩 괜찮은 작품과 그렇지 않은 작품이 섞여 있다고 보는데, 교과서에는 「방구 아저씨」가 들어가 있어요. 새파랗게 젊은 일본 순사한테 나이가 두 배는 더 먹었음 직한 방구 아저씨가 방망이로 맞아서 머리에 피가 터지잖아요. 작가의 의도가 어떻든 이런 장면이 이데올로기적으로 어떤 기능을 할까? 저는 애국의 박수부대밖에 되지 않는다고 봐요. 피동적인 동원 대상. 이런 종류의 작품들이 한편으로 왜 위험한지 경계해야 하고. 우리 작가들이 근현대 문제에 대해서 다층적으로, 민족뿐 아니라 계급, 젠더, 아시아와 세계 문제로 시야가 확장되도록 인물을 그려 냈으면 하는 바람이 있어요.

이금이 작가로서 새겨들어야 할 말씀 같아요.

원종찬 지금 준비하거나 꼭 쓰고 싶은 것은 어떤 게 있는지요?

이금이 현재 쓰고 있는 작품이 있어요. '허구의 삶'[1]이라는 소설인데 청소년을 키우는 아버지들의 이야기예요. 『거기』가 작년 6월에 나왔는데 그 뒤로 한 번도 안 읽었어요. 다시 그 이야기 속으로 들어가는 일이 너무 버거운 거예요. 이 대담을 준비하느라 기억을 떠올리려고 해도, 지금 쓰고 있는 이야기에 빠져 있어서 『거기』가 생각이 안 나는 거예요. 지난 주말에 다시 읽으니 아쉽게 보이는 것들이 있더라고요. 오늘 하신 말씀들은 더 고민해서 다음 작품의 자양분으로 삼도록 하겠습니다.

원종찬 『거기』는 문제작으로서 요즘 청소년에게 여러 가지 의미가 있어요. 제가 독자를 대신해서 불만을 많이 토로하고 질문도 많이 드렸는데, 그래도 청중 가운데에는 세세한 궁금증들이 또 많을 거 같아요. 잠깐 쉬고, 작가에게 혹은 제게 질문하고 싶으신 것이 있으면 질문하셔

---

1 『허구의 삶』은 2019년 '문학동네'에서 출간되었다.

도 좋고요. 하고 싶은 말씀 있으면 누구든지 말씀 나누는 시간을 가져 보겠습니다. (잠시 휴식)

이름 없는 사람들의 이야기

원종찬 다시 시작해 봅시다. 해방 이후로 와서는 하나 걸렸던 게, 수 남이가 채령이의 신분을 대신했었잖아요, 자의가 아닌 타의에 의해서 신분상승이 이뤄지긴 했지만 그걸 즐겼단 말이에요. 그래서 유학까지 가고 외국어도 공부했는데, 한국에서는 너무나 비참한 거예요. 굉장히 많은 교육을 받았음에도 불구하고 마지막엔 정신병원에 갇히는……

이금이 정신병원이 아니라 요양원.

원종찬 요양원이 아닌 것 같은 느낌이 살짝 들었거든요, 저는. 치매 얘기가 나와서 그랬나? 하여간 수남이는 그 나름대로 성공적인 삶을 모 색할 수 있었음에도 ── 솔직히 그 시절에 4개 국어를 하는 게 쉬운 일은 아니었거든요. ── 전혀 성공을 못 하는 거예요. 굳이 성공이 아니더라도 자기 삶을 지탱할 수 있는 무언가가 모두 없어져 버리고, 아이도 바로 포기해 버리고요. 근데 오히려 채령이는 그걸 거두잖아요. 그래서 저는 채령이의 성장에 끌렸어요. 채령이가 대학 학위를 훔쳐 가기는 했지만 자기 나름의 노력을 했으니까 교육계 대모가 될 수 있었겠고. 그래서 수 남의 맥없는 삶이 너무 아쉽다는 생각이 들었어요.

이금이 제가 이 작품을 쓰면서 가장 고민했던 부분이 수남이가 채령 이의 이름으로 이룬 것을 다 빼앗긴 이후의 삶이었어요. 사회사업가가 되게 할까, 아니면 심지어는 말씀하신 것처럼 대학 학위라든가 이런 게 중요한 게 아니었을 시기였을 수도 있고. 가짜 학위라도 만들어서 채령이 못지않은 성공을 하게 할까. 수남이를 사기꾼으로 만들어 보기도 했고, 적극적으로 군위안부 피해 증언을 하는 할머니로 설정한 프롤로그를 쓰기도 했어요. 하지만 작품은 생명체 같아서 작가의 의도나 통제대로 되지 않는 것 같아요. 지금의 결말에 이르게 된 건 이 작품을 쓰는 내내 마음속에 있던 질문 때문이라는 생각이 들어요. '유관순 누나'처럼 이름을 남기지 못한 우리 할머니의 인생은 기록할 만한 의미나 가치가 없는 삶인가? 그 질문이 수남의 삶을 그리는 데 가장 큰 역할을 했어요.

그리고 우리 근현대사가 그렇잖아요. 친일파 문제도 제대로 청산하지 못했고, 독립유공자들도 합당한 대우를 받지 못했어요. 응징하고, 청산하고, 보상하는 이야기는 상업영화나 드라마 같은 데서 할 몫이고, 문학작품에서는 현실을 그리고 질문을 던져야 한다고 생각했어요. 수남이는 끝까지 양심을 지킨 인물이고, 뒤에 힘겨운 고백을 통해 진실을 밝히고 죽잖아요. 채령이는 끝까지 그것을 감춘 채 살았고, 다큐에 나온 것도 아버지의 친일을 미화하거나 포장하기 위해서고요. 수남이의 삶은 그렇게 스러져 갔지만 강해란 작가를 통해서 진짜 기록되어야 하는 삶이 어떤 것인지 이야기하고 싶었고요.

그렇다고 수남과 채령의 삶을 선악으로 나누어 대비시키려고 한 건 아니에요. 그저 우리 근현대사의 질곡 속에서 치열하게 살다 간 두 여성의 삶을 그리고 싶었어요. 책이 나온 뒤 수남이의 인생이 '비극적인 결말'이라는 이야기에 당황했어요.(웃음) 한 인간의 삶에 대해 새드엔딩이다, 해피엔딩이다 단정 지을 수 없다고 생각해요. 저는 자기에게 주어진 삶을 끝까지 살아 낸 수남이를 내심 존경했어요. 그런 의미에서 수남이의 결말이 아쉽지 않아요.

청중과의 질의응답

청중 1 저는 채령이와 수남이가 돌아오는 장면에서 정말 바뀐 줄 알았어요. 만신창이 된 애가 채령이고 트렁크 끌고 당당하게 오는 애가 수남이일 거라고 생각했거든요.

이금이 그건 작품의 극적 재미를 위한 장치나 기교 같은 것이었죠.(웃음) 수남이와 채령이에 대해 끝까지 헷갈리게 만들고 싶었어요. 작품의 첫 번째 독자는 청소년들이잖아요. 청소년들이 긴 글을 끝까지 재미있게 읽게 하려면 흥미로운 요소를 넣어야 하는 것이 또 작가의 의무라고 생각해요. 어떻게 하면 재밌게 이끌어 갈까 굉장히 고민하면서 썼습니다.

청중 2 그 말씀을 하시니까요, 역사소설이기도 하지만 연애소설로도 읽혔단 말이에요. 강휘와 수남이의 만남도 그 극적인 어떤 것들을 위해서 한꺼번에 오도록. 자꾸 무슨 일이 벌어질 것 같다가 다시 또…… 그러셨나요?

이금이 연애 이야기는 독자들의 흥미를 끌기 위한 의도는 아니었어요. 강휘와의 로맨스를 넣은 것은, 신분과 환경이 어떻든 간에 수남이가 욕망하는 인간이라는 것을 보여 주고 싶어서였어요. 그리고 일제강점기에도 인간들이 다 자기 욕망들을 표출하면서 살았을 거라고 생각했고요. 저는 수남이가 어떤 사명감이나 역사의식을 가진 인물이라고 생각하지 않았어요. 오히려 수남이의 모든 행보의 동인은 사랑 때문이라고 생각했어요. 몸종이 상전집 도련님을 좋아하는 것은 클리셰지만, 강휘는 어린 수남이가 낯선 곳에 가서 밥도 굶고 머리 깎이고 했을 때 유일하게 사탕을 건네주며 아픔에 공감해 준 사람이잖아요. 이 집에 내 편이 있다는 믿음은 수남이를 견디게 한 동력이 됐지요. 수남이가 뉴욕에 가서 잠깐 첸이라는 인물에 흔들리기도 하지만 그렇게 한 남자를 끝까지 좋아할 수 있었던 것은 자기를 살게 한 인물이었기 때문일 거예요.

청중 2 저는 그렇기 때문에 연애소설로 봤을 때는 너무나 아쉬움이 남아서 말씀드리고 싶었어요.

이금이 청소년 독자들은 둘의 로맨스에 집중해서 왜 강휘를 죽게 했냐고 속상해하고 항의도 하는데, 그 결말은 애초에 정해져 있었어요. 강휘는 광복군 활동을 했지만 수남이 때문에 나라를 되찾고 싶었던 거지, 애국심이나 민족애가 투철한 인물은 아니에요. 첫 구상 당시의 강휘는 허무주의자로 룸펜이 돼 중국이나 러시아를 떠돌다 역시 일찍 죽는 운명이었어요. 수남이와의 사랑도 이루어지지 않고요. 성인소설이 아니라 청소년소설이라는 점도 작용했지만 그보다 강휘는 캐릭터가 스스로의 비중을 키워 나간 경우예요.

그리고 구성을 치밀하게 준비했어도 써 나가면서 스토리가 바뀌곤 하는데 처음 정한 그대로 끝난 게 몇 가지 있어요. 형만이가 광복 뒤에 아내를 죽이고 자살하는 것, 수남이가 이루고 온 것을 채령이에게 다 뺏기는 것 등이에요. 저는 형만이와 채령이를 비슷한 인간 유형으로 설정했어요. 채령이가 이기적이고 자기 욕망에 충실하고 자기 감정대로 산 인물인 것처럼 형만이 역시 자기가 당할 치욕이 제일 싫은 거예요. 광복이 오니까, 자식들 미래라든가 그런 걱정보다 내가 혹시 험한 꼴을 당할까 봐 그게 두려워서 목매달아 죽은 거지요.

청중 3 연장선상에 있을 수 있는 질문인데요, 독자는 수남이에게 이입하게 되는 거잖아요. 제목 자체도 그렇고. 금수저인 채령이보단 흙수저인 수남이의 어떤 변화 발전이 있을까를 굉장히 기대하면서 읽었는데요. 마지막에 비극적으로 느껴지는 부분이 일단 사회적 성공이나 물질적 성공이 아니어서가 아니라, 진실을 그때 밝혔어야 했는데 못 밝혔다는 것도 회한이었지만, 자기 자체도 사실은 해방이 된 이후에 굉장히 무너져 버린 삶이었고 거짓이 된 삶이었던 거잖아요. 그래서 수남이의 행보를 보면, 주어진 순간순간에 최선을 다하고 그 속에선 발전이 있었지만, 가장 아쉬운 부분이 의식적인 진전을 이루지 않는다는 거였거든요. 어떻게 보면 미국 대학에서 민족문제 가지고 발언도 하고 당당하게 얘기했던 수남이가 패잔병에게 성폭행을 당했다고 해서 그 이후의 삶이 모두 무너져 내렸다는 건, 이것은 나의 문제, 나의 잘못이 아니라 남녀, 성에 대한 문제랄까, 계급의 문제랄까, 이런 여러 가지 측면에서 눈을 뜨면서 그 이후 자기 삶에 대해서 당당함, 자존감은 가져갔으면 좋았을 텐데⋯⋯. 그런 일이 있었던 여성이면 그렇게 끝까지 자기 자신을 부끄러워하면서 살아야 하는가라는 질문도 생기고요. 위안부 할머니들에게도 그렇고, 지금도 벌어지는 성폭행이나 이런 걸 봤을 때 그것이 수동적인 면을 벗어나지 못한 게 아쉬웠고요.

질문을 하자면⋯⋯ 언니가 나오잖아요. 언니는 수남이가 위기에 빠질 때마다 나타나서 도와주는 존재인데, 어떤 대목은 좀 어색한 데가 있고, 그리고 그때 이후로는 사라지잖아요. 강간당하고 이럴 때도 나타날 법한데, 언니라는 수호신 같은 존재가 중간에 사라진 게 의아하기도 했어요. 어떤 관점에서 그걸 그려 냈는지요?

이금이 저는 큰언니 귀신을 통해 가난한 소작농의 집에서 여덟째 아이로 태어난 수남이가 귀신에게밖에 환영받고 보호받을 수 없는 현실을 보여 주고 싶었어요. 그 귀신은 어렸을 때 민며느리로 팔려 가다시피 시집가서 아기를 낳다 죽었고, 그래서 수남이가 자기 아이인 줄 알고 들

러붙은 존재예요. 그 귀신이 중국 부대에서 구해 준 뒤에 다시 나타나지 않는 건, 보통 귀신은 원한이 있어서 구천을 떠돈다고 하잖아요. 수남이를 절체절명의 순간에서 구해 준 것으로 그 귀신은 자기 역할을 다하고 갈 곳으로 간 것이기도 하고, 또 아울러 그때부터는 수남이가 귀신의 도움 없이도 자기 스스로의 힘으로 살아갈 수 있다는 것을 암시한 거예요. 귀신은 제 갈 길로 갔나 보다, 하고 수남이가 생각하는 대목을 넣었다가 뺐거든요. 독자들이 미루어 짐작할 거라고 생각해서요. 그리고 귀신이나 그런 존재가 아니더라도 긴 인생을 사는 동안 한두 번쯤은 기적이 있잖아요. 군부대에서 탈출할 수 있었던 건 그런 기적이라고 할 수도 있고, 저는 그런 의미에서 귀신을 그렸고 또 퇴장을 시킨 거죠.

청중 3 수남이는 아이가 강휘의 아들이라고 생각을 못 하잖아요. 꿈에 나타났을 때 강휘 아들이라고 말이라도 해 줬으면 좋지 않았을까.(웃음) 수남이는 사실은 굉장히 운이 좋았던 것 같아요. 우연적 상황에서 도와주는 외부 조력자들이 항상 있었거든요. 아쉬운 게 스스로 내적 변화가 있었으면 더 좋았을 텐데, 하고 계속 아쉬움이 남았어요.

이금이 수남이가 첫 번째 군부대에서 언니의 도움을 받았든 어쨌든 무사히 나갈 수 있었던 것은, 어떤 일이 자기 일이었을 때와 자기 일이 아니었을 때와는 굉장한 차이가 있잖아요. 수남이가 다른 친구들처럼 위안부로서 일본군들에게 짓밟히고 성폭력 피해를 당한 거랑, 자기는 무사히 떠났을 때랑은 굉장히 다르다고 생각하거든요. 그렇지만 수남이가 동료들을 버리고 도망친 것에 대한 괴로움과 자기 혼자 무사하다는 부채감 때문에 상하이에서 군 위안소에 찾아갔다가 패전 일본군에게 끔찍한 일을 당한 거지요. 하루 이틀만 더 있었으면 무사할 수 있었을 텐데요. 수남이가 강해란 작가에게 자기 인생 고백을 할 수 있었던 것은 어느 정도 상처가 치유되고, 자존감이 생겼기 때문이거든요. 물론 남에게 이야기하면서 치유될 수도 있지만요. 수남이가 인생 후반부에 분이를 돌보면서 그동안의 회한이나 상처를 극복해 냈다고 생각해요. 그러니까 수남이는 자기가 피했던 것, 외면했던 것, 눈감았던 것에 대해서 계속 고민하고 부끄러워하고 반성할 줄 아는 인간이었던 거지요.

청중 4 저는 제목을 좀 여쭤 보고 싶었는데요. 쓰실 때부터 그 제목으로서 결정하고 죽 쓰셨는지 아니면 후반부에 결정하셨는지요? 혹은 이 제목으로 정했는데 후반부에 다른 제안이 들어와서 흔들리진 않으셨는지. 전 요즘 제목이나 인물들 이름은 어떻게 찾아오는지 되게 궁금하더라고요.

이금이 처음 제목은 '저물지 않는 시간'이었어요. 2부 맨 마지막 챕터 제목이기도 하지요. 그런데 다양한 이야기들이 들어 있는데 너무 역사소설로 한정되는 것 같다는 생각이 드는 거예요. 그리고 주위의 청소년들에게 물었더니 엄마가 사 주면 보겠지만 자기가 사서 읽고 싶은 제목은 아니라는 거예요.(웃음) 그다음에 '자작의 딸'을 생각을 했는데, 그건 출판사 편집부랑 이견이 있었어요. '자작의 딸' 하면 장르물, 로맨스물 같은 느낌이 든다면서 '거기, 내가 가면 안 돼요?'가 어떻겠느냐고 하시는 거예요. 그 문장은 수남이가 제일 먼저 한 말이기도 하고 마지막 결구이기도 한데 제목으로 쓸 생각은 못 했어요. 그런데 편집자님이 그 의견을 냈을 때, 애초에 이 글을 쓰게 된 동기가 '거기'에 대한 갈망과 호기심 때문이었다는 생각이 떠올랐고, 의견이 일치됐지요.

청중 5 이 작품을 읽으면서 처음에 이해가 안 되었던 것은 90세 노인의 인터뷰였거든요. 시간으로 따지면 그러니까 70년 후에, 사랑을 하고 자작의 딸이었다는 어렸을 때의 기억을 회상하면서 올라가는데, 너무

긴 시간은 아니었을까. 오랜 공백이었는데 그 공백마저 실은 전쟁 후에는 돌아와서 회한하고, 성장이 아니라 갇힌 시간이잖아요. 액자구조도 있지만 액자 속에 딱 갇혀 버렸다는 생각이 들어서 아쉬웠어요.

자작의 딸이라는 캐릭터가 되게 마음에 들었어요, 힘도 있고. 반대로 '거기, 내가 가면 안 돼요?' 하고 수남이가 넘보는 과정이 마음에 들었는데, 그거랑 상대적으로 수남이한테 사랑이 전부였다면, 실은 '나는 자작의 딸이었어'라는 게 너무 약하지 않았나. 이 사람 역시 사랑을 위해서 그렇게 여기도 가고 저기도 가고 했던 것인데, '나는 저 아이에게 다 뺏겼다'고 말하고, 내가 자작의 딸로서 살았다고 고백하는 부분이 실은 이해가 안 가요. 시간을 그렇게 지나 보낸 사람이 '난 다 뺏겼어, 난 가진 게 없어'라는 게 이해가 잘 안 가는 부분이었습니다.

이금이 강해란 작가에게 수남이가 남긴 편지를 보면, 고백을 결심한 결정적인 이유는 김구 선생이랑 찍은 사진 때문이에요. 수남이를 찍은 사진인데, 채령이가 가문의 친일 행적을 미화하기 위해 자기 사진으로 둔갑시킨 거지요. 그 사진은 충청에 간 수남이가 채령이 아니라 자기 자신으로서 찍은 사진이에요. 어쩌면 자기 인생 중에서 가장 소중하고 빛났던 부분이라고 할 수 있겠지요. 처음 고백을 내가 '그 자작의 딸'이라고 말하는 것은 다큐에 나왔던 자작의 딸의 삶이 나의 것이었다라는 뜻을 함축한 것이었거든요. 그리고 처음 장면에서 독자들의 호기심을 확 당길 만한 대사가 뭐가 있을까 고민하다 다큐멘터리 제목도 '자작의 딸'이었고, 그래서 그 의도로 자작의 딸이었단 걸 내세운 거예요.

청중 5 제가 봤을 때는 자작의 딸로서 느껴진 삶이 아니었는데, 왜 그런 선택을 했을까 궁금했습니다.

청중 6 저는 이금이 작가님이 여성이기 때문에 다른 남성 작가들이 쓰지 못하는 여성을 주체로, 다양한 여성상을 등장시키면서도 여성의 심리를 잘 그려 내는 것이 좋았습니다. 곽씨, 수남, 채령 등 다양한 여성들이 등장하거든요. 중요한 건 그 여성들이 다 보이지 않는 피해자라는 것인데요. 그런 면에서 작가님의 여성에 대한 관점과 여성의 계급의식, 그리고 그 시대가 1930년대라서 이미 계급사회는 끝나고 현대로 진입하기 바로 전 단계잖아요, 그런 사회에서 수남의 계급의식 같은 것들이 궁금했습니다.

이금이 그런데 사실 신분제도는 무너졌지만 계급사회는 여전히 존재하고 있죠. 지금도 여성들의 지위가 그렇게 높아졌다고 생각하지 않아요. 여성들 스스로도 그렇고 남성들의 인식도 많이 달라지고 있고, 사회가 그런 담론들을 활발하게 펼치는 시대이기는 하지만 제가 어렸을 때, 1960년대 시골만 해도 지주와 소작농이 여전히 존재했었거든요. 1920~30년대는 더더욱 그랬고, 여성들은 가장 낮은 하위계급으로서 억눌려 살 수밖에 없었고요. 우리 할머니도 제가 누워 있는 남동생을 넘어가면 야단을 쳤어요.

수남이가 미국에 갔을 때도 미국 여성들이 참정권을 얻은 지 오래되지 않았고, 거기에 동양인 여성은 최하층의 계급이었어요. 우리가 이론으로 아는 것과 그것을 삶 속에서 누리는 것에는 굉장한 차이가 있잖아요. 그 시대 여성들은 하다못해 채령이조차도 자기에게 주어진 역할, 아버지가 원하는 역할은 정해져 있었어요. 집안의 꽃으로, 귀염둥이로 예쁘게 살다 또 다른 남성의 보호 아래로 움직여지는…….

청중 7 역사소설이라고 하면 역사적인 사실과 진실을 근거로 한 것인데, 황군여자위문대는 위안부 관련 책 속에서 찾을 수 없었습니다. 그러니까 역사소설이라는 규정에 의문이 드는 거예요. 역사소설이라기보다는 낭만적인 역사소설 이렇게 되지 않을까. 그리고 또 하나 제가 이 소설을 어떤 식으로 규정했느냐면, 옛날에 연행록(燕行錄) 같은 게 많이 쓰였잖아요, 박지원의 『열하일기』 같은 경우도 그렇고. 이 소설을 여행소설이랄까 그런 쪽으로 본다면 시간과 공간이 모두 이야기가 되어야 하는데, 공간은 굉장히 자세히 쓰신 것 같더라고요. 그런데 시간적인 부분에는 뭔가 계획들이 계속 있으니까…….

이금이 어떤 시간적인 것을 말씀하시는지?

청중 7 그러니까 출정식을 하고 그런 부분들이, 제가 다 꿰고 있는 건 아니지만, 이것들이 그때 몇 년도였지? 하고 혼란이 있는 거예요. 시공간을 바꾸면서 쓰인 여행소설처럼 읽힐 수도 있을 것 같은데, 시간 배치를 대체 어떻게 하셨지? 하면서 혼란스럽더라고요.

이금이 황군여자위문대 이야기는 아까 했고, 시간적 배경은 1920년부터 1954년까지인데, 사료를 바탕으로 해서 구성을 했거든요. 심지어 여기서 여기를 가려면 그때 당시 얼마나 걸리나 하는 것들까지 조사해서 썼어요.

청중 7 그 부분에 있어서 굉장히 잘하셨어요.

이금이 그 당시에 있었던 역사적 사건 전부를 담을 수는 없는 일이고 전개에 필요한 사건을 취사선택했지요.

청중 7 그리고 요새 제가 강의를 들으면서 비평 숙제를 냈었는데, 저는 '수남이 삶은 가짜다' 이런 식으로 그때는 정의를 했었습니다. 지금 선생님 말씀을 들어 보니까 수남이의 삶이 굉장히 다층적으로 읽힐 여지가 많은 게 아닌가 생각돼요. 왜냐하면 지금도 한국 사회는 남성 위주의 사회이고 특히 전근대에는 철저히 계급사회·신분사회였는데, 그리고 가부장제 사회기도 하고요. 수남이는 거짓으로라도 윤 자작을 아버지라고 부르면서 뭔가 자기 나름대로 만족을 느끼는데, 그걸 보면서 저 자신이 투영되는 거예요. 작가님도 아마 수남이란 인물을 쓰면서 그런 고민들을 수남이에게 넣은 것이 아닌가 그런 생각이 들어요.

그리고 제목을 '자작의 딸'로 하면 좋지 않았을까 하는 이야기들이 계속 나왔었는데, 만약 '자작의 딸'이라고 하면 그 순간 뭔가 버려지는 부분들은 어떤 것일까. 왜 하필 '거기'라고 했을까. 책을 읽으면서 낭만성이 투여된 연애소설로 읽었거든요. 수남이의 사랑 이야기에 조금 더 집중했으면 더 재밌지 않았을까. 수남이의 경우에는 사랑에 굉장히 충실했거든요. 그 부분은 재미있게 읽었습니다. 자기 욕망에 충실한, 근대에는 자기 욕망에 충실하잖아요. 전근대적인 인간이지만 사랑에 있어서만은 굉장히 근대적인 인간이라는 점은, 그러니까 욕망에 충실하면서도 결국엔 자기의 진실을 밝히는 그 부분에 있어서는 진실과 뭔가의 사이에서 굉장히 갈등했기 때문이라고 봐요. 수남이는 전근대와 근대 사이를 줄타기하는 인물이 아니었나 하는 생각이 들었습니다.

이금이 말씀 잘 들었고요, 채령이는 구상 단계 처음부터 나왔던 인물은 아니었어요. 처음에는 수남이의 이야기를, 시골에 사는 한 여자애가 한반도를 넘어서 다른 대륙으로 가는 이야기를 쓰고 싶었어요, 그런데 그러려면 개연성이 있어야 하잖아요. 산골에 사는 수남이가 일단 더 큰 세상으로 나가야 하기에 채령이가 생겨난 거예요. 이야기를 쓰기 전 10년 동안 마음속에서 궁굴리는 시간을 가졌는데 채령이의 역할이 점점 커졌어요. 그래서 지금은 거의 비등하고 심지어는 채령이가 더 매력적이라는 얘기까지 듣는데, 만약 채령이라는 인물이 없었으면 수남이가 그 두 가지 역할을 감당해서 더 입체적인 인물로 그려지지 않았을까라는 생각이 지금은 드네요.

청중 8 공간에 대해서 말씀해 주셨잖아요. 취재 노트를 보면 굉장히 여러 군데에 다니셨는데, 두 권으로 읽기에는 압축되는 느낌이어서 어떤 부분은 약간 버거운 느낌이 들긴 했거든요. 어디는 마음껏 구경하고 싶기도 해서 아쉬웠는데, 작가님도 그러셨을 것 같아요. 그중에서도 더 머물고 싶으셨던 곳이 있을 거 같은데요.

이금이 저는 장소마다 취재해야 하는 게 벅차서 그런 생각은 하지 못했어요. 지금 말씀을 하시니까 충청에서 좀 더 오래 머물렀으면 좋았겠다는 생각이 드네요. 작품 속에서 8월 5일에 도착했는데 바로 해방을 맞이하잖아요. 우리가 일생을 살아가는 동안 좋기만 한 날이 얼마나 있겠어요. 그것보다는 내가 해야 하는 일들, 겪어야 하는 일들 때문에 힘겨워하면서 살아가죠. 지금 생각해 보면 수남이가 충청에서 강휘와 함께 한 행복한 시간이 좀 더 길었으면 좋았겠다 싶어요. 그런데 충청은 가보지 않은 곳이라서 쓸 때 굉장히 애먹었어요. 그래서 『백범 일지』도 다시 읽고, 한국광복군 사료도 찾아 읽고, 그때 중국 전시(戰時)를 배경으로 한 영화들도 엄청나게 봤어요. 작품에 안 나오더라도 작가인 저는 등장인물들이 삶을 펼치는 공간을 익히고 체화하고 있어야 쓸 수가 있으니까요. 작품 쓰는 동안 세계 여행을 한 기분이었어요.

수남과 강휘, 인간에 대한 탐색

원종찬 우리가 작품 분석 내지는 소개를 위해서 장르의 꼬리표를 붙이는 거지, 사실 작품은 오로지 작품으로 수용해야 할 거예요. 「닥터 지바고」(1965) 같은 영화를 보면 사랑 이야기잖아요, 파란만장한 대하드라

마. 소비에트 혁명의 정세 변화와 같은 역사적 배경이 뒷받침돼서 더 그 사랑 이야기가 역사적 인간으로서의 실존을 고민하게 만들고 그러는 데. 저는 『거기』도 편의상 역사소설이니 연애소설이니 하지만, 수남이 와 강휘의 사랑 이야기가 기본 축이고, 그네들이 식민지 조선의 근현대 를 관통하면서 겪는 아픔, 그것이 그네들의 사랑을 더 안타깝게 하고 독 자에게도 현재 우리의 선택 내지 삶이라는 것이 어떻게 또 외부의 규정 을 받고 있는가, 이런 생각거리를 던져 주는 작품이라는 생각이 들어요. 또 채령이와 수남이의 엇갈린 운명을 대비적으로 잘 썼기 때문에 여느 역사소설들과도 구별된다고 봐요.

『너도 하늘말나리야』나 『유진과 유진』에서도 대비 효과는 나타나지 만 통속적인 익숙한 구도에 갇힐 위험이 따라붙었던 데 비해, 『거기』는 단지 흙수저·금수저만 대비되는 것이 아니라 가짜와 진짜로 삶이 뒤바 뀌게 되잖아요. 이것이 사회적 모순에 닿아 있기 때문에 아이러니 층위 가 생긴다고 보거든요. 친일파와 교육계 대모라는 괴리감에 대해 진실 이 무엇인가를 독자 앞에 던져 놓고 그것을 해명하는 것이라, 수남이와 채령이의 엇갈린 운명이 우리 역사의 모순을 그대로 대응관계로 보여 주는 흥미로운 구조라고 봤어요.

아쉬운 점은 역시 수남이의 캐릭터가 아닐까 해요. 마지막 에필로그 에서 수남이가 '나도 채령을 욕망했다'는 말은 굉장히 중요하고 또 전 폭적으로 지지하는 말인데, 실제 삶으로 욕망을 보여 주었느냐 하면 그 게 안 보여서 아쉽지요. 그 말에 대해서 나는 수남이 편을 들고 싶어요. 도덕적으로 단죄하고 싶지 않고. 그런데 여기서 모순이 일어나는 것이, 진수가 강휘의 아들이라는 것을 알고 났을 때 수남이의 태도가 애매해 보여요. 독립운동을 했던 강휘에 대한 사랑이 나중에 진수를 둘러싸고

엇박자가 납니다. 수남이가 자신의 삶을 통째로 훔쳐 간 채령이의 가짜 삶을 왜 일찍 폭로하지 않고 묻어 두었느냐? 자식에 대한 사랑 때문이었던 거죠, 내가 보기엔.

채령이는 반민족 친일행위로 해방 후 몰락 위기에 처한 가문을 독립운동과 교육사업을 전개한 번듯한 집안으로 포장해서 일으키려고 수남이의 삶을 가져와 변신했거니와 수남이를 떼어 내면서 받아들인 진수를 친자식처럼 키우며 재산도 물려줄 생각이었잖아요. 수남이가 폭로를 결심한 것은 채령이에 관한 다큐멘터리를 보고 진수가 입양아로 처리되었다는 것에 격분해서였죠. 강휘를 괄호 친 것에 대한 분노이기도 하고요. 그런데 수남이가 채령이에게 진수를 넘길 때에는 강휘의 아들인지 몰랐고 일본군의 씨앗으로 알았어요. 채령이는 수남이가 데려온 핏덩이를 강휘의 씨앗으로 알았지만요. 결국 수남이에게는 강휘와의 사이에서 태어난 진수에 대한 강렬한 모성이 선택의 전부였다는 얘기가 됩니다. 이 핏줄의식이 내겐 거북하더라고요.

이금이 저는 만약 수남이가 강휘의 아이란 걸 낳았을 때 알았더라면, 뒤늦게 알더라도 그 시기가 짧았더라면 수남이가 그 애를 데려다 키웠을 거라고 생각해요. 새로운 삶의 희망을 갖고요. 그런데 진수가 아홉 살이 되었을 즈음, 어쨌든 일본군의 씨일지라도 내가 낳은 자식인데 개도 자기처럼 안간힘을 쓰면서 나온 아이인데 내가 그 애의 삶에 대해 뭐라고 할 권한이 있나 하는 생각으로 뒤늦게 찾아가지요. 그리고 거기서 행복하게 사는 진수를 보고, 강휘의 자식임을 알면서도 마음을 접죠. 자신은 현실적으로 아이에게 해 줄 수 있는 것이 없으니까 그대로 두는 게 낫겠다고 여긴 거예요. 그래서 먼발치에서 지켜보며 혹시라도 아이가 찾아왔을 때 부끄럽거나 걱정스럽지 않은 엄마가 되기 위해 자기 삶을 재정비하죠. 수남이는 아이가 잘 지내는 일에 가장 큰 의미를 두었기에 채령이가 어디 가서 포장하고 허위로 인터뷰를 해도 다 덮어 두었던 거예요. 선생님이 말씀하신 것처럼 내 아들이 그 집에 있으니까.

그런데 채령이는 다 가지고 싶었던 거예요. 아들도 갖고 싶고, 그런데 그 아들이 강휘와 수남이의 아들이면 재산을 수남이한테도 나누어야 하는데 그것도 싫고. 채령이는 아이가 강휘의 아들인 걸 알고 있었잖아요. 그런데도 불구하고 너는 피난민이 버리고 간 애다, 나는 너를 위해서 결혼도 안 하고 평생 너 하나만을 위해서 산다, 하고 아이에게 주지시키죠. 그리고 그걸 자랑스럽게 인터뷰까지 하고요. 그래서 수남이는 화가 났던 거예요. 첩의 자식으로 외롭게 만주를 떠돌며 살았던 강휘의 고통을 아는 수남이는 혹시 아들이 유학 가서 돌아오지 않는 게 같은 이유 아닌가 싶었겠지요. 진수가 채령이의 사랑을 받으며 사는 줄 알았는데 고아처럼 외롭게 살았겠구나 생각했고 그래서 진수가 고아가 아니라는 걸 알리려고, 그걸 정정하려고 찾아갔는데 채령이가 거절하죠. 수남이는 그럼 사실을 알리겠다고 하고. 채령이는 자기가 먼저 진수에게 네 아버지가 종을 겁탈해서 너를 낳았고 그 엄마는 애를 몇 푼 받고 버리고 술집에 나갔다고 할 거다, 오히려 협박한 거예요.

수남이는 진수가 왜곡된 사실을 먼저 듣게 된다면 얼마나 힘들까, 그래서 처음으로 진실을 말할 용기를 낸 거예요. 수남이에겐 대의명분이나 역사적 소명의식보다 더 절실한 동기였어요. 진수한테 폭로해서 채령이한테 복수를 하겠다는 게 아니라 진수를 보호하기 위해 진실을 말하기로 결심한 거죠. 아들에게 한 고백이지만 저는 수남이가 세상을 향해 처음으로 진실을 밝힌 거라고 생각했어요. 그러나 진수는 그 진실의 무게를 견디지 못하고 자살하죠. 전혀 예측하지 못했던 일 앞에서 수남이는 자신이 아들을 죽였다고 자책하며 무너져 내린 거고요. 아들에게 한 고백이 받아들여졌다면 수남의 삶은 달라졌을 거라고 생각해요. 위안부 문제가 대두되었을 때 피해자 할머니로 등록도 하고 진상을 밝히기 위해 앞장섰을 수도 있지요.

사실 지금 위안부 할머니가 서른아홉 분 계시지만, 깊은 상처나 가족들 때문에 말하지 못한 분들이 더 많을 거라고 생각해요. 그 사실을 말하지 않은 분들에게 진실을 밝히지 않는다고 비난할 수는 없어요. 그런 의미에서 저는 수남이가 나중에 강해란 작가에게 자기 진실을 다 고백한 것이 보통 사람으로서는 굉장히 큰 용기였다고 생각했어요. 그 자체가 수남이라는 인물의 성장을 말하는 것이고요.

원종찬 '진실의 무게를 쉽게 극복하지 못했다'는 구절에 밑줄을 긋고 싶고, 그 구절로 말미암아 긴장관계가 생긴 것도 사실인데, 가족주의라고 할까요, 핏줄의식. 이게 불거지면서 또 모호해지는 지점이 있어서, 작가가 계속 광장을 의식하고 썼음에도 무의식에서는 가족과 핏줄로 가고 있는 게 아닌가, 그런 생각도 좀 들었거든요. 혹시 영화 「거북이도 난다」(2004)나 「그을린 사랑」(2010) 보셨어요? 「거북이도 난다」에서는 적군에게 겁탈당한 소녀가 아이를 낳고는 계속 아이를 죽이려 들고 자살을 시도하죠. 근데 지뢰로 두 팔을 잃은 나이 어린 오빠가 아이를 키우려고 얼마나 애를 써요. 여기에서 오는 아픔은 이루 말할 수 없어요. 부모형제가 얽힌 「그을린 사랑」의 진실은 너무 끔찍해서 말하기조차 힘들고……. 둘 다 세계적인 명화잖아요.

실은 우리 아동문학 역사의 한 갈피에도 이와 비슷한 사례가 있어요. 동요작곡가 정순철은 모친이 동학 교주 최시형의 딸인데 부친은 말하자면 동학군 토벌대였어요. 모친이 감옥에서 아무렇게나 재물로 넘겨진 처지가 된 거죠. 이런 비극적 운명의 주인공이었지만 정순철은 방정환과 함께 색동회의 주요 인물로 많은 활동을 하죠. 나는 그래서 진수가 일본군의 씨앗이었다면 어떠했을까 굉장히 궁금했어요. 그런데 강휘의 씨앗으로 밝혀지는 데서 아뿔싸 했는데, 그 이후론 수남이의 집착이 또 걸리더라고요. 고통스럽지만 더 풍부한 서사로 엮어서 해석의 충위를 두텁게 할 수도 있지 않았을까 생각을 해 보게 돼요.

이금이 수남이가 처음 진수를 찾아갔을 때 일본군의 아이로 알고 있었잖아요. 그럼에도 불구하고 잘 지내고 있는지 소식이라도 듣고, 책가방이라도 전해 주고 싶은 마음으로 간 거고요. 그 아이와 다시 연결되는 걸 두려워하면서도 갔잖아요. 그때까지 수남이는 그 아이를 채령이가 키우고 있을 줄은 몰랐어요. 술이네한테서 채령이가 그 아이를 강휘의 아이로 알고 키운다는 얘기를 듣지요. 정말 일본군 아이인데 채령이가 강휘 아들로 알고 키우고 있었다면 수남이가 성격상 아이를 데리고 나왔을 거 같아요. 잘하든 못하든 직접 키웠을 거라고 생각해요.

원종찬 수남이의 서사에서 현실적 가능성으로 치면 일본군 씨앗일 가능성이 매우 크거든요. 그래서 제가 이런저런 가정을 해 봤던 거고요. 그랬다면 한·일 관계에 있어서도 국가를 넘어 새로 고민할 지점이 드러날 수 있지 않았겠는가. 지금 한·중·일 관계가 워낙 나빠서, 우리 작가들은 결국 인간의 문제로 이것을 해결해야겠지요. 일본 병사도 우리 위안부도 국가 문제에서 비롯된 것이고, 우리가 어떤 알맹이와 연대해서 어떤 껍데기와 대결해야 할 것인가를 작가들이 고민해 줬으면 하는 그런 바람이 있어요. 이 작품은 그런 것을 이야기하기에 좋은 문제작이라는 생각이고요.

이금이 충분히 공감이 가는 말씀이에요. 이 작품에선 강휘와의 사랑이 수남이에게 큰 의미이고, 아이로 인해서 다시 수남이가 강휘와 연결되어 있음을 깨닫고 새로운 삶의 희망을 얻는 모습을 그리고 싶었거든요. 그런데 앞으로 역사소설을 또 쓴다면 말씀하신 것들은 충분히 고려해 볼 만한 문제라고 생각을 합니다.

원종찬 한·중·일 평화그림책 『꽃할머니』(권윤덕, 사계절 2010)가 그림책 독자에게 많은 것을 환기해 주듯이, 이 작품도 엇갈린 운명이 역사 문제와 닿아서 지금 지배층이 과거에 어떤 식으로 형성되었는가 하는 것을 생각하게 해요. 그래서 청소년문학으로서 좋은 문학 텍스트가 될 거라는 생각이 들고요. 우리가 여러모로 역사적 전환을 맞아 모색에 들어서게 된 만큼 이런 역사소설에 대해 좋은 비평과 토론이 많이 이루어졌으면 하는 바람입니다. 오늘 거리낌 없이 비평적으로 날카롭게 질문을 해서 조금 힘드셨을 텐데, 오랜 시간 토론해 주셔서 감사합니다. 끝으로 남은 말이 있으시면 부탁드립니다.

이금이 일제강점기 36년 중 1920년을 시작으로 잡은 이유는 이 작품이 청소년소설이기 때문이었어요. 주인공들이 광복이 되어 한국으로 돌아왔을 때 그들의 나이가 청년기를 넘지 않았으면 좋겠다고 생각했어요. 그러니까 그 시기에 대한 특별한 의미나 관심이 있어서라기보다 제 이야기에 맞춘 기간이었어요. 그런데 스토리와 구체적인 역사를 엮다 보니까 제가 생각한 인물들의 동선이랑 안 맞을 때가 많았어요. 애초에 강휘가 있는 곳을 블라디보스토크로 하려고 했는데 수남이 찾아갈 때는 고려인 강제이주가 끝난 뒤여서 하얼빈으로 장소를 바꿨어요. 그 다음엔 채령이는 미국으로 가고 수남이는 영국으로 가게 하려고 했어요. 그런데 2차 세계대전 때 영국도 격전지였기 때문에 미국으로 바꾼 것이죠.(웃음)

어쩌면 이 글을 쓴 과정 자체가 수남이의 삶과 닮은 것 같아요. 수남이의 행로가 먼 미래를 내다보면서 준비하거나 큰 이상을 그리면서 나아갔다기보다, 삶 속에서 주어진 상황들을 허덕대며 헤쳐 나간 것처럼 저도 사실 이 작품을 쓰는 내내 그랬거든요. 오랫동안 마음에 품었던 이야기를 무사히 끝냈다는 기쁨과 더불어 아쉬움도 있는 작품입니다. 작가로서 자신의 작품을 몇 주 동안 공부할 거리로 삼아 주셨다는 건 큰 영광이고 고마운 일입니다. 이 소설을 어떻게들 읽으셨나 너무 궁금해서 제가 먼저 여기 오고 싶다고 한 거였어요. 소설의 가능성과 한계에 관한 말씀들 모두 충분히 공감이 갔어요. 공부도 많이 됐고요. 칭찬은 듣기 좋은 얘기고, 작가에게 진짜 도움이 되는 이야기는 오늘처럼 날카롭게 지적해 주시는 것들이죠. 저 또한 '이렇게 썼다'는 걸 이야기할 수 있어 즐겁고 의미 있는 시간이었습니다. 두서없이 답변한 것 같은데, 제대로 하지 못한 얘기가 있으면 『어린이책 이야기』에 실을 때 더 보완하도록 하겠습니다. 감사합니다.

그 여자의 삶, 어머니의 초상

배유안 작가와의 대담*

 원종찬 안녕하세요. 군포시에서 올해의 책으로 정한 『뺑덕』(창비 2014)의 작가 배유안 선생님을 모시고 문학콘서트를 하게 되었습니다. 여기 청중 분들은 드라마 「대장금」을 기억하실 텐데요. 쉽게 말해서 부엌데기를 주인공 삼아서 임금님을 엑스트라로 만들어 버린 드라마죠. 이처럼 효녀 심청과 심봉사를 후면으로 보내고 주막집 여인 뺑덕어미와 그의 자식을 전면에 배치한 소설이 『뺑덕』입니다. 원작에 없는 뺑덕어미의 아들 병덕이가 주인공 격이죠. 이 뒤집기의 상상력에서 시대정신을 읽어 낼 수 있다고 봅니다. 어떻습니까? 『뺑덕』에 대한 반응이 꽤 좋았죠?

 배유안 네, 기대 이상이어서 기쁘고 뿌듯합니다. 책이 나오고 얼마

---

* 이 대담은 2016년 8월 31일 경기도 군포시 문화예술회관에서 군포문화재단 주최로 열린 '문학콘서트'에서 이루어진 것이다. 군포문화재단은 '2016 군포의 책'으로 선정된 『뺑덕』의 작가 배유안을 초청하여 '작가와의 만남'을 개최했다.

안 되어서 어느 평론가가 사진 한 장을 보내왔는데 노인이 소파에 앉아 『뺑덕』을 읽고 있는 사진이었어요. 칠순 아버지가 거실에 있는 『뺑덕』을 펴 보고는 단숨에 끝까지 읽었다는 설명과 함께요. 아, 이 책 되겠구나, 하는 생각이 들었어요. 이후 『초정리 편지』(창비 2006) 못지않은 호평을 많이 들었어요. 빠르게 중쇄를 찍었고요.

원종찬 스테디셀러가 된 『초정리 편지』와 반응이 비슷한가요?

배유안 현재 판매는 『초정리 편지』에 훨씬 밑돌아요. 수년 사이에 독자들이 책을 사 보는 게 아닌 빌려 보는 것, 학교나 도서관에서 공짜로 받는 것이란 개념이 생겼어요. 독서 행사 예산이 늘어서 문학 강연이 많아진 것의 부작용 같아요. 중고도서 판매가 활성화된 것도 원인이겠고요. 중고서적은 한 권으로 여러 차례 판매를 되풀이하는데 출판사와 작가는 딱 한 번의 이윤 혹은 인세를 받을 뿐이잖아요.

원종찬 독자 입장에서는 이해될 만도 한데, 작가 입장에서는 뭔가 대책이 필요하겠네요.

배유안 이야기가 옆 가지로 흐릅니다만 우리나라도 선진 외국처럼 도서관 예산을 대폭 늘려 독자는 넉넉하게 준비된 책을 마음껏 빌려 볼 수 있게 하고 도서대여 저작권 제도를 시행하여 대여된 만큼 작가와 출판사의 권익을 보장해 주는 제도가 절실해요. 중고서적 판매 시에도 일정분의 인세를 지급한다든가. 그게 출판사, 작가, 독자가 모두 윈윈 할 수 있는 가장 좋은 방법이라고 생각해요.

원종찬 다시 작품 이야기로 돌아오죠. 『뺑덕』은 『심청전』에서 발상한 새로운 이야기예요. 구상의 동기라 할 만한 것이 있는지요?

행실 나쁜 여자의 다른 면

배유안 『심청전』에서 발상했다기보다는 제가 쓰고자 하는 것을 쓰려고 애쓰다가 『심청전』에서 필요한 부분을 끌어왔다고 할 수 있어요. 『스프링벅』(창비 2008)의 후속작으로 오랫동안 마음에 둔 게 부모로부터 따뜻한 보살핌과 든든한 지원을 받지 못하는 청소년의 이야기였어요. 어른답지 못한 어른, 부모답지 못한 부모 캐릭터가 등장인물로 필요했죠.

원종찬 그러니까 어른답지 못한 어른, 부모답지 못한 부모 캐릭터를 고민하다가…….

배유안 네, 뺑덕어미가 전격 캐스팅된 거죠. 주인공으로는 반항적이고 시니컬한 캐릭터가 필요했고요. 처음에 학교를 배경으로 청소년, 학부모, 선배, 선생님 등을 등장시켜서 서사를 풀어 나가려니 『스프링벅』과 시공간 설정, 인물 구성이 비슷한 거예요. 전작이 과잉보호를 받는 청소년이고 이번엔 보호받지 못하는 청소년이란 것만 다를 뿐이어서 시작부터 식상했어요. 작가가 식상하니 글에 신명이 실리지 않았어요. 그래서 한동안 던져 두었죠. 그러다가 문득 내 글의 부모에 딱 맞는 캐릭터가 떠올랐어요. 한국인 대다수가 알고 있는 바람직하지 못한 어른 캐릭터, 뺑덕어미가 제게 다가온 순간이었어요.

원종찬 앞에 '이른바'를 붙여서 '바람직하지 못한 어른' 캐릭터라고 해야겠죠. 뺑덕어미는 아주 밉지만은 않은, 어찌 보면 자기 거울과도 같은 친숙한 하위자 캐릭터니까요. 결국 다른 면을 보여 주는 스토리가 되었잖아요.

배유안 하하, 그렇군요. '이른바'를 넣죠. 그런데 뺑덕은 누구일까?

그 여자의 이름인가? 아들? 딸? 하는 의문이 고개를 들었죠. 그래서『심
청전』판본 몇 가지를 찾아보았어요. 하지만 어디에도 뺑덕은 없었어요.

원종찬 그러게요. 누구도 깊이 생각지 않고 그냥 쓱 넘어가고 마는
건데요. 잘 보면『심청전』의 뺑덕어미는 여필종부(女必從夫)라는 유교
윤리를 한갓 우스갯감으로 만들어 버린 민중연희의 카오스적 존재예
요. "밥잘먹고 술잘먹고 떡잘먹고 쌀퍼주고 고기사먹고 벼퍼주고 (…)
초군들과 싸움허기 잠자며 이갈기와 배곯고 밥털고 한밤중 울음울고
오고가는 행인다려 담배달라 실낭허기 (…) 신부신랑 잠자는디 가만가
만 문앞에 들어서며 불이야 이놈의 행실이 이리허여도 심봉사는 아무
런 줄 모르고 뺑파한테 빠져서 나무칼로 귀를 외어가도 모르게 되었겠
다"하는 판소리 사설을 봐요. 가부장제로부터 자유로운 여성상이죠.

배유안 거기서 주인공 뺑덕이란 인물이 창조되었어요. 사람들이 손
가락질하는 뺑덕어미의 사연 속에는 떠나 버린 아들 하나쯤 있을 법하
지 않은가 하는 생각에서 내가 딱 쓰고자 했던 청소년 캐릭터로 탄생시
켰죠. 곧장 신명 나게 이야기를 풀어 갔어요.

원종찬 중요한 뭐가 하나 잡히면 실타래처럼 풀려 나가는 게 이야기
의 운명 아니겠어요.

배유안 맞아요. 작가는 그걸 기다리며 힘든 시간을 겪어 내죠. 원본
의 주제나 캐릭터를 그대로 살리면서 현대적으로 풀어 가려고 고민 많
이 했어요.

원종찬 병덕이의 성장에 초점이 놓인 작품이지만 저는 뺑덕어미에
더 관심이 갔어요. 뺑덕어미를 어떻게 그리느냐 하는 것이 관건이니까
요. 놀라운 건 원작의 이미지를 훼손하지 않고도 완벽하게 한 여성상을
창조했다는 거예요. 뺑덕어미는 놀부처럼 악역이지만 밉지 않은 캐릭

터라고 했는데, 단순히 웃음을 주는 해학적 인물이기 때문만이 아니라, 근대소설의 요건인 인간 본연의 욕망을 지닌 인물이기 때문이라고 봅니다. 봉건적 질곡에 균열을 가하는 문제적 인물이라고나 할까요? 고전소설의 교과서적 여성 캐릭터는 요조숙녀 아니면 악녀이기 십상인데, 여성으로서는 드물게도 일탈형 인물인 거예요.

배유안 '원작의 이미지를 훼손하지 않고도 완벽하게 한 여성상을 창조했다'고 해 주셔서 정말 감사하고 기뻐요.

뺑덕어미를 어떻게 보느냐가 핵심

원종찬 제가 얼마 전에 나온 정해왕의 『뺑덕의 눈물』(시공사 2016)을 보고는 고개를 갸웃했습니다. 이게 무슨 상을 받은 것을 알고는 헛웃음이 나오고 말았어요. 이미 『뺑덕』이 나온 뒤이기 때문에 발상 면에서 아류로 의심받을 수밖에 없는데, 그걸 의식하고 새롭게 돌파하고자 했음인지 뺑덕어미를 조선 최고 역관집 부인이자 음전한 캐릭터로 만들었더라고요. 이건 아니라고 봐요. 가장 중요한 서민성이 삭제되었거든요. 아무리 고전 바꿔 쓰기라고 해도 이 작품에서의 성격 변화는 고전에 대한 왜곡이라는 생각이 들 수밖에 없어요. 뺑덕어미의 모습 가운데 "이제부터 네 이름은 뺑덕이다. 병덕이란 이름도, 조 씨라는 성도 버린다. 아버지께 배운 청국말도, 서당에서 배운 문자도 네 머리에서 깨끗이 지워라. 무지렁이처럼 미치광이처럼 살아라. 그렇게라도 살아남아라. 이어미는 무슨 짓을 해서라도 이 세상에 하나 남은 내 새끼를 지켜 낼 것이야. 어미 말 무슨 뜻인지 알겠느냐?" 하는 대목이 나와요. 도대체가

『심청전』의 아우라(aura)는 하나도 없는 근본 없는 작품이 돼 버렸어요. 이럴 거면 고전 원작에서 발상을 가져올 게 아니라 아예 새로 작품을 쓰든지 해야지 원……. 백설공주를 뒤집은 흑설공주식 발상도 아니고.

배유안 제 소설에서 제가 가장 잘했다고 생각하는 게 뺑덕어미 인물 창조예요. 고전에서는 억압받는 여성을 그릴 때 대부분 순종하다가 그 착함 때문에 나중에 복받는다는 식이죠. 그 바탕에는 남성 위주의 사고가 깔려 있잖아요. 희생 제물은 늘 여성이고, 여성의 희생이 미덕으로 권장되어 억압과 순종을 세뇌하고 부추기죠. 그런 고전인물은 이 시대뿐만 아니라 그 당시에도 진실이 아니었을 거라고 생각해요. 저는 약자였던 여성들도 한 인간으로서 원천적으로 가지고 있었을 본성을 살려 내고 싶었어요.

원종찬 그런 문제의식이 이 시대와 합이 잘 들어맞았다고 생각해요. 고전의 가치를 보전하되 오늘의 청소년에게 새로운 생각거리를 던져 준 거지요.

배유안 제가 성장하던 시기에도 여성의 억압과 희생은 흔했어요. 시간이 많이 지나 성인이 되고 한참 후에야 그것이 부당하다는 걸 깨달았어요. 청소년 소설가의 시선으로 보니, 뺑덕어미는 어떻게 성장했기에 그런 어른으로 자랐을까, 그녀의 꽃다운 청춘은 어땠을까, 하는 데에 생각이 미쳤어요. 날 때부터 괴팍하고 심술궂고 패악스럽지는 않았을 것 아니에요?

원종찬 행동은 인물과 환경의 상호작용으로 나타나죠. 뺑덕어미가 주막에서 "흥 할망구. 내가 그렇게라도 하니 사람들이 우리를 우습게 안 보는 거지 알고나 그래요?" 그러잖아요. 외적 요인에 대한 반사행동임을 보여 주는 말이라고 생각돼요.

배유안 그래서 소설 속에 뺑덕어미의 전사(前史)를 삽입했어요. 그런 과정을 겪으며 그런 억울함에 분노하며 그런 어른으로 성장한 거죠. 사람은 그 시기, 그 상황을 어떻게 겪어 내고 어떻게 자신을 지키고 성장시키느냐에 따라 현재의 모습이라는 결과에 도달하는 거라고 봤어요. 뺑덕어미는 그 과정을 썩 지혜롭게 헤쳐 나가진 못했고, 하지만 누구든 모두 지혜롭지는 않다는 시각으로 뺑덕어미를 그렸어요.

원종찬 뺑덕어미가 "강재야, 나는 착한 거 싫다. 착하면 다 무시하더란 말이다. 내가 먼저 바락바락 안 하면 남들이 나한테 바락바락하더란 말이다." 그리고 "내가 뭘 그리 잘못했어. 이리 치이고 저리 치이고. 그러고 나면 누구 하나 나를 위로해 줬어? 치여서 엎어진 년한테 욕이나 하고 침이나 뱉었지." 하는 데에서는 황석영의 「삼포 가는 길」에 나오는 작부 백화가 떠올랐어요.

배유안 복 없는 팔자에서 악만 남은 거죠. 당하고 산 세월이 얼마겠어요?

원종찬 현덕의 「나비를 잡는 아버지」에서 바우가 소작인 아버지의 삶을 이해하면서 성큼 성장하듯이, 병덕이가 어머니의 신산한 삶을 껴안는 것이 곧 성장인 거죠. 요즘 우리 아동청소년문학에 나오는 부모는 거의 잔소리꾼으로 고정되어서 자녀와는 물과 기름처럼 겉도는 스토리로 끝나는 것들이 많더라고요. 화해라고 해도 억지 봉합이죠.

배유안 어떤 부모의 삶도 다 제각각 이유가 있는 거고, 또 아이들도 세상을 배우면서 부모를 보는 눈이 깊어질 거라고 믿어요.

원종찬 제가 이 문학콘서트의 제목을 '그 여자의 삶, 어머니의 초상'이라고 했습니다. '여성성'에 방점을 찍으면서 '여자의 삶'을 앞세운 것에는 이유가 있습니다. 여자는 결혼해서 자식 낳고 나면 어머니의 삶만을 강요하는 사회적 규범과 금기에 묶이기 쉬워요. 하지만 어머니의 삶은 여러 정체성 중의 하나인 게지요. 여인으로서 뺑덕어미의 삶도 있을 겁니다. 이런 것에 눈감은 청소년소설은 껍데기에 불과하다고 봐요. 청소년은 아이에서 어른으로 탈바꿈하는 시기, 이제 곧 자립해야 하는 시기 아닙니까? 보호와 피보호의 모자관계에서 벗어나야 하는 시기이고, 자기 어머니의 삶을 어머니로서만이 아니라 독립된 인격체로서 볼 수 있어야 하는 시기인 거죠. 이건 어머니가 자식을 바라보는 관점에서도 마찬가지예요. 가족이 상호 속박관계가 아니라 평등관계를 이룰 때 행복권이 보장됩니다. 배유안 작가께서도 어머니의 정체성과 여인의 정체성이 어떻게 부딪히는지 경험한 바가 꽤 있을 텐데요?

여자이자 어머니라는 존재의 다중정체성

배유안 네, 그런 문제의식을 전작인 『스프링벅』에 많이 담았죠. 예슬이 부모의 이혼을 다루면서요. 저는 딸의 정체성과 인간의 정체성 사이에서 충돌을 먼저 경험하며 상처받은 게 좀 있었죠. 당시는 상처인 줄 몰랐고 그저 순종하고 위축됐죠. 훗날에야 깊은 상처와 데미지를 입었다는 걸 알았고 건강한 성장은 물론, 자아실현에 큰 걸림돌이 되었다는 걸 깨달았어요. 이후에는 여인의 정체성이 아내, 어머니, 며느리의 정체성과 적잖이 충돌을 일으켰는데 반항하거나 상황을 뛰어넘지는 못했으나 그런 일을 겪으며 내면적으로 여성인 한 인간으로서의 정체성을 알아채는 성장을 했어요. 그것이 제 삶의 진행 방향에 큰 역할을 해 주었어요.

원종찬 속에서는 어디로든 튀고 싶어서 열불이 났다는 얘기네요.(웃음)

배유안 열불 났다는 표현이 딱 적절하네요.(웃음)

원종찬 오늘 이 자리에는 어머니들, 여성들이 많이 와 계십니다. 자기 삶에 대한 주체적 관점이 부족하면 자식을 보는 관점에서도 문제가 발생해요. 나로 인해 네가 존재하는 거 아니냐? 속된 말로 아이 잡는 거죠. 진짜 문제는 그러면서 자신의 삶도 굴레에 갇힌다는 거예요. 내가 너를 어떻게 키웠는데? 하는 억하심정, 일종의 배신감일 텐데요. 자식이 커서 자기 삶을 찾아가는 순간, 의존관계에 머물렀던 어머니는 껍데기만 남은 텅 빈 자신을 느끼고 몹시 힘들어합니다. 더 이상 꽃다운 청춘도 아니요, 내가 뭐 할 줄 아는 게 없구나! 그러면서 말예요. 어머니가 독립된 주체로서 보람되고 행복하게 사는 모습을 보여 줘야 아이도 스스로 행복한 삶을 찾아갈 수 있을 텐데요. 물론 양성평등이 뒷받침되지 않는다면 여성은 안팎의 이중고에 시달리는 게 현실이지만, 변화 과정에서의 시행착오를 두려워하지 말아야 한다고 봅니다. 혹시 소설 『빵덕』 가운데 여기 청중들에게 어느 한 대목을 뽑아서 읽어 주신다면 어느 부분이 될까요? 한 단락 정도 읽어 주시기 바랍니다.

배유안 193쪽에서 195쪽에 있는 대목을 낭독할게요.

"아주머니, 그만 좀 하세요. 이런 거 아들한테 보여 주기 싫다면서요?"

"뭐?"

어미가 멈칫하며 얼굴이 굳어졌다. 할머니 눈이 휘둥그레졌다. 더 당황한 것은 나였다. 아들이라니, 본의 아니게 내 말은 오해하기 딱 좋게 되어 버렸다. 하지만 그런 걱정도 잠시일 뿐, 어미는 손을 치켜들고 때릴 듯이 나에게 달려들었다.

"네가 뭔데 그딴…….."

다행히 어미는 내 실수한 것을 눈곱만큼도 자백으로 알아듣지 못한 모양이었다. 나한테 눈을 박고 있던 할머니가 놀라 막아섰다.

"아이고, 이것아, 얘가 어디 틀린 말 했니? 아들이 찾아올 때를 생각해서 악악거리는 거 좀 고치라는 말 아니냐?"

어미는 할머니 팔에 잡혀 입을 앙다물었다. 할머니 힘쯤이야 못 떨쳐낼 것은 아닐 터인데 참고 있는 거였다. 나를 노려보는 어미의 눈에는 분노보다는 당혹감이 가득했다. 패악도 악다구니도 부릴 수 없는 눈, 그 눈에 천천히 눈물이 차오르고 있었다. 가여운 눈이었다. 사방에서 비난당하는 사람의 방어 본능과 지레 공격하는 발악이 담긴, 그러나 지탱할 데 없는, 한없이 힘없는 눈이었다. 나는 갑자기 울컥하며 맥이 탁 풀렸다. 아들이라는 말에 앞뒤가 없어지는 여자, 뻥덕 없이도 내처 뻥덕어미로 불리는 여자. 그 뻥덕이 나라고 하면 어미는 어떤 표정이 될까?

어미는 패악을 부리고 악다구니를 퍼부어도 철저히 약자였다. 가막동에 살 때 온 동네 아이들 코피를 터뜨리고 다녔어도 끝내는 내가 약자였던 것처럼. 힘이 풀린 어미의 눈은 몸싸움에 이기고도 상처받아 웅크려 들던 꼭 내 모습 같았다. '어머니!' 나도 모르게 속으로 불렀다. 밖으로 나온 말이 아닌데도 당황스러웠다. 눈물까지 차올랐다. 둘이 함께 눈물이라니, 무슨 이런……. 나는 결국 어미에게서 고개를 돌렸다.

원종찬 소설에서 병덕이가 굳이 자식임을 밝히지 않은 채 떠나는 결말이 참 인상적이었습니다. 일말의 암시는 돼 있기 때문에 독자는 안도하지만 어딘지 울컥하고 서러움이 복받치는 끝맺음이더라고요. 병덕이와 그 어미의 후일담에 대해 상상해 보셨습니까?

배유안 더러 독자들이 소설이 열린 결말인데 왜 그렇게 했느냐는 질문을 하는데 저로서는 할 말 다 했다고 생각해요. 한 성질 하는 두 모자의 '밀당'이 중심 서사라서 더 이상 가면 어머니! 내 아들아! 부류의 신파가 될 확률이 매우 높았어요. 여운을 남기는 정도로 끝내는 게 좋겠다고 생각하고 그렇게 했죠. 청소년들은 또 청이와 뺑덕이의 로맨스에 대해 아쉬움이 많은 것 같아요. 로맨스의 진행보다 '썸' 수준이 여기서는 적합해요. 이 소설은 뺑덕이와 청이가 아니라 뺑덕이와 뺑덕어미의 밀당이 작품 전체의 긴장을 유지하거든요. 독자의 불만에는 농담 삼아 뺑덕이의 연인과 왕후 자리를 어떻게 경쟁시키겠느냐고 답하기도 하죠.(웃음) 이미 책으로 나왔으니 후일담은 독자의 몫이고요.

내 인생은 내가 기획하고 성취해 가는 것

원종찬 청소년 독자가 『뺑덕』을 읽고 난 뒤에 이것 하나만은 꼭 감지했으면 하는 것이 있다면 뭘 말해 주시겠어요?

배유안 이 책을 읽은 청소년 독자들이 내가 사는 이유, 내가 잘 성장해야 하는 이유 중에 가족이 있다는 것, 그 가족에는 부족한 가족도 포함된다는 것을 인식해 주면 좋겠어요. 그리고 가족이나 환경이 어떠하든 내 인생은 내가 기획하고 성취해 가는 것임을 인식해 주면 좋겠어요.

원종찬 좋은 말씀입니다. 비평가로서 질문을 하나 해 볼게요. 작품에는 작가의 의식뿐 아니라 무의식도 곳곳에 숨어 있다고 봅니다. 제가 읽은 작가의 무의식 가운데에는 가족주의라고 할 만한 구석이 없지 않더라고요. 처음에는 강재의 목적 있는 삶과 병덕이의 목적 없는 삶이 뚜렷이 대비돼요. 강재의 죽음으로 뭍을 밟은 병덕이는 강재의 평소 뜻대로 강재 누나에게 돈을 전달해 주죠. 그리고 결말에서 병덕이는 자기를 강재로 알고 있는 어머니를 두고 다시 바다로 떠나는데, 이때는 삶의 목적이 분명해집니다. 강재처럼 식구를 위해서 돈을 번다는 목적으로 뱃일을 선택한 거죠. 여기서 돈 버는 일은 소중한 사람을 향한 사랑의 방법이라고도 할 수 있지만, 자기를 둘러싼 세상에 대한 자각과 더불어 선택한 삶의 방향치고는 왠지 협소하다는 느낌이 한편으로는 듭니다. 세상에서 남녀에게 부여한 그릇된 역할 차이도 얼마간 반영돼 있는 듯하고요.

배유안 '자식의 의무로 어머니를 위해 돈을 번다'가 아니라 '돈을 벌어서 기꺼이 주고 싶은 상대가 있다, 혹은 생겼다'는 걸 보여 주려고 했던 거예요. 다시 말해서 '한 인간으로 잘 살고 싶은, 자신을 내팽개치지 않고 잘 크고 싶은 강렬한 이유와 그 의지'를 그렇게 표현한 거죠. 이건 인간의 삶에서 대단히 중요한 거라 생각해요. 내가 희생해야 할 대상이 아니라 나를 반듯하게 살게 하는 원천으로서 가족을 제시한 거죠.

원종찬 네. 대부분의 독자는 당연히 그리 해석할 거라고 저도 생각합니다. 그런데 텍스트를 두고 작가와 독자가 통속적으로 손잡는 경우도 많거든요. 멜로드라마에 익숙한 감정만 취하고 그냥 쓱 넘어가는 거죠. 가족과 사회는 개인에게 굴레가 될 수도 있고 보호막이 될 수도 있으며 둘의 관계 또한 연쇄적 고리를 이루고 있기에 또 다른 해석의 층위랄까, 그 아슬아슬한 면을 제가 건드려 본 건데, 이건 뭐 여기서 깊이 따져 볼 계제는 아닌 듯해요. 벌써 이야기를 끝내야 할 시간이 되었습니다. 앞으로의 계획은요? 지금 구상하고 있는 작품 같은 건 없는지요?

배유안 지금까지 쓴 책보다는 조금이라도 더 나은 책을 쓰고 싶어요. 그 때문에 고민이 많아요. 무대를 한국 밖으로 넓힌 작품과 판타지 작품을 품고 있는데 제대로 발효되어 나올지는 모르겠어요. 역량 부족을 뼈저리게 느끼며 고민이 깊어요. 단편집을 내고 싶은 바람도 가지고 있어요.

원종찬 네, 장대한 서사의 판타지를 한번 기대해 보겠습니다. 오늘 배유안 작가님과의 문학콘서트는 아쉽더라도 여기까지 이야기를 나누고 마쳐야 할 것 같습니다. 여러분 감사합니다.

이원수·이오덕·권정생이 남긴 숙제

권오삼 시인과의 대담*

원종찬 『창비어린이』가 벌써 창간 5주년을 넘겼어요. 그사이에 이오덕, 권정생 선생님이 돌아가셨고 윤석중, 어효선 선생님도 돌아가셨습니다. 우리 아동문학의 자리가 이전과 크게 달라졌다는 걸 부인할 사람은 없을 거예요. 방정환부터 권정생에 이르는 근대 아동문학의 고전은 여전히 읽히고 있지만 그 작품들에서 더 이상 동시대성을 읽어 내기는 어렵게끔 아이들의 삶이 바뀌었습니다. 1990년대 이후에 활동을 시작한 작가들이 오늘날 문단의 대부분을 차지하고 있고요.

이런 때일수록 올바른 문학 전통에 대한 점검을 소홀히 할 수 없습니다. 아시다시피 『창비어린이』는 이원수, 이오덕, 권정생으로 이어지는 흐름을 가장 중요하게 여겨 왔지요. 그 흐름 속에서 지금까지도 꾸준하게 활동하고 계신 분이 권오삼 선생님이라서, 오늘은 선생님과 함께 우

---

* 이 대담은 2008년 7월 1일 서울 서교동 세교연구소에서 이루어졌다.

리 아동문학에 남겨진 숙제 같은 것을 찾아 이야기를 나눠 보려고 해요. 선생님은 문단 경험이 풍부하시니까 오늘의 대담에서는 문학과 삶에 대해 더 깊은 이해를 줄 수 있는 것들, 말하자면 선생님의 기억에 새겨진 잘 알려지지 않은 에피소드 같은 것들도 기대하게 됩니다.

우선 선생님은 어떻게 해서 이원수, 이오덕, 권정생으로 이어지는 줄기에서 활동하게 되었는지요? 제가 알아본 바로는 1974년 『교육자료』 9월호에 「5월」이라는 동시로 첫선을 보였는데, 그게 군대 갔다 와서 처음 발표하신 거죠?

권오삼 예. 그걸 어떻게 아셨어요? 다음 해인 4월에 『교육자료』에서 3회 추천을 완료하고 그 이후에도 작품을 꽤 썼는데 평가를 받아 봐야 되겠다고 생각했어요. 꼭 등단해야겠다는 것보다도 그냥 평가를 받아 보고 싶었던 거지요. 군대에 가기 전까지는 일반 시는 공부했으나 아동문학 공부는 전혀 안 했으니까요. 『교육자료』에서 동시로 추천을 받고는 용기를 내어 본격적으로 동시를 썼어요. 좋게 말해서 평가이지 사실은 장난기가 발동하여 특공대 보내어 몇이나 살아오나 보자 하는 마음으로 보냈어요. 작품 중에서 제1조 5편, 제2조 5편, 제3조 5편, 이렇게 뽑은 뒤 제1조 5편을 보낸 곳이 『월간문학』이었어요. 1975년 9월 초인가 보냈는데 10월 22일에 『월간문학』 신인상 당선 통지를 전보로 받았어요. 뜻밖이어서 얼떨떨했지요. 이어서 11월 초인가 두 번째로 보낸 5편이 『소년중앙』 문학상에 당선되었다고 역시 전보로 통지를 받았어요. 날짜를 적어 둔 게 있는데, 12월 3일이네요. 마지막으로 신춘문예에 응모한 5편은 살아서 돌아오지 못했고요.

원종찬 미리 많이 써 놨다가 여기저기 보내신 거군요? 작전이 성공했네요.

권오삼 그런 셈이지요. 성공은 했지만 참 얼떨떨했어요. 준비가 덜 된 상태에서 장난기가 발동하여 보낸 건데 뜻밖이라 상당히 당황했죠. 1976년 1월에 겨울방학을 맞아 잠시 서울에 올라왔어요. 부모님이 서울에 살고 계셨거든요. 그때 선배 되시는 김종상 선생님이『월간문학』심사위원이었던 이원수 선생님을 소개시켜 줄 테니까 만나자고 해서 이원수 선생님을 음식점에서 뵈었는데 이오덕 선생님과 함께 계셨어요. 그날 처음으로 이원수, 이오덕 두 분 선생님을 뵈었지요. 두 분을 만난 기억이 지금도 생생하고, 또 잊히지 않는 것은 이원수 선생님을 뵈었을 때의 첫인상이에요. 온화하면서도 감히 범접할 수 없는 그런 풍모를 가지셨는데, 그것이 선생님의 인격에서 나오지 않았나 이렇게 보고 있습니다.

엄하지만 품이 넓었던 이원수 선생

원종찬 저는 이원수 선생님을 뵙지 못했어요. 이원수 선생님을 겪은 분들은 한결같이 품이 넓으면서도 심지가 뚜렷했다고 말씀을 하시더라고요.

권오삼 나는 그때 아무런 정보도 없이 처음 뵈었는데도 선비의 풍모랄까 그런 것을 느꼈어요. 처음 뵙고 얼마 안 되어 두 번째로 선생님을 뵌 것이 종로에 있는 삼미집이라는 술집이었어요. 그때 선생님과 나눈 몇 마디는 지금도 잊지 않고 있어요. "『월간문학』에서 상금은 좀 주더냐?" 그러셔서 "상금은 없고 상장만 받았습니다." 하니까, "『월간문학』이 아니라『얼간문학』이야." 그러시더라고요.(웃음) 선생님이『월간문학』심사위원이신데 나를 뽑아 주셨으면서 그렇게 말을 하시니 웃음이 나왔지요. 속으로 유머가 있는 분이구나 했어요. 또 말씀하시기를 "『소년중앙』문학상에 됐지?" 하셔서 "네. 그렇습니다." 했더니 "어효선이가 심사를 했지만 실제로는 내가 뽑은 거나 마찬가지야. 내가 동화 심사위원을 하면서 몇 마디 했지." 이렇게 말씀을 하셔서 또 속으로 놀랐어요. 지금도 잊을 수 없는 게 있는데, 그때 선생님이 "네가 상금이 탐나면 또 신춘문예 같은 곳에 응모를 해라. 그러나 내가 뽑아 줬으면 된 게 아니냐." 하시더란 말입니다. 그 말씀을 들으니까 정신이 번쩍 들면서 부끄러운 생각이 들더라고요. 그래서 그 이후로 어디에도 응모를 안 했어요. 술자리에서 하신 말씀이지만 정신이 번쩍 들게 하는 말씀이었어요.

원종찬 이원수 선생님이 주도한 문인단체 활동과 관련해서 기억나는 게 있는지요?

권오삼 내가 영천에서 교편생활을 할 때 『아동문학평론』지에서 설문지를 보내왔는데, 이원수 선생님이 회장으로 있는 한국아동문학가협회와 김영일 선생님이 회장으로 있는 한국아동문학회가 합치는 것에 대해서 어떻게 생각하느냐는 설문이었어요. 나는 그때 반대를 했어요. 그냥 합친다는 것은 의미가 없고, 문학 하는 길이 다르면 굳이 합칠 필요가 있느냐는 것이었지요.

원종찬 서로 다른 이념적 지향이라든가 그런 게 보였나요?

권오삼 나는 당시에 신인이라 깊이 알 수는 없었고 들은 이야기로는 이념이라든가 문학에 대한 지향이 달라서가 아니고, 두 분의 사적인 관계가 작용하여 단체가 갈라질 수밖에 없었다고 해요. 당시에 아동문학인들 다 합쳐서 250명으로 기억하는데, 이원수 선생님 쪽으로 150명, 김영일 선생님 쪽으로 100명 정도로 알고 있어요. 선배님들한테 들은 이야기로는…… 이걸 얘기해도 될지 모르겠네요. 이원수 선생님이 6·25 때 부역한 사실 알지요? 그때 일제 경찰 경력이 있던 김영일 선생님이 힘을 써서 이원수 선생님을 구명한 사실이 있다고 해요. 그 때문에 단체를 둘로 나눌 수밖에 없었다고 들었습니다. 김영일 선생님이 이원수 선생님 밑으로 들어갈 수는 없고 해서…… 김영일 선생님이 한국문인협회 상임이사를 하고 아동문학분과 회장도 하셨다고 하는데, 그리고 그때는 단체가 하나였지만 이후에 둘로 갈라진 걸로 알고 있습니다.

원종찬 그런 사정으로 두 단체가 출발했군요. 이재철 교수에 따르면, 김영일은 일제시대에 서대문경찰서 고등계 형사였고 해방 후에는 경기도 경찰 간부로 활약하다가 문인단체의 간부로서 한 시대를 주름잡았다고 해요. 내 생각으로는 이원수 선생님이 새로 단체를 만들어야 할 필요를 느꼈을 것 같아요.[1] 이원수 선생님이 회장으로 있었던 한국아동문학가협회는 1974~75년 무렵에 '아동문학의 전통성과 서민성' '동시, 그 시론과 문제성' 같은 주제로 세미나를 했단 말예요. 이원수 선생님의 「민족문학과 아동문학」, 이오덕 선생님의 「아동문학과 서민성」 같은 평론은 그 당시 아동문학의 지향점을 분명하게 드러낸 거라고 보여요.

권오삼 그렇지요. 나도 두 분의 글이 실린 『아동문학의 전통성과 서민성』(『한국아동문학』 4집)을 봤어요. 그리고 이오덕 선생님이 『대구매일신문』인가에다 발표했던 글도 봤는데 상당히 감동을 받았어요. 그 뒤 1978년 6월에 교직을 떠나 서울에 올라와서 장사를 하다 보니 문학과는 멀어지게 되었고 단체활동에도 참가하지 못했어요. 그러다가 1980년에

---

1 1953년 1월 김영일 주도로 조직된 한국아동문학회는 5·16 이후 각종 단체가 정리됨에 따라 한국문학가협회 아동분과로 소속해 있다가, 1971년 2월 이원수 주도로 한국아동문학가협회가 만들어지자 1971년 5월 다시 발족했다.

세미나인가에 나갔다가 구강암에 걸려 투병 중이신 이원수 선생님한테 문병 가자고 해서 그때 다른 분들과 함께 선생님 댁에 갔어요. 그날 이원수 선생님과 손을 꼭 잡고 찍은 사진이 나한테는 유일한 사진이지요. 이원수 선생님은 지금 생각해도 어느 한 곳에 얽매이지 않은 자유주의자였다는 생각이 들어요. 단체를 거느릴 때는 이런 사람 저런 사람 다 품어 안으면서 문학정신이나 문학이 가야 할 길에 대해서는 분명했고, 술자리에서는 또 다른 모습을 보인 분이었다고 봐요. 그냥 엄하고 딱딱하기만 하면 인간미가 부족하기 쉬운데 이원수 선생님은 그렇지는 않은 분이었어요.

이원수의 친일 문제를 어떻게 볼 것인가

원종찬 김대중 정부가 들어선 이래 과거사 문제를 둘러싸고 뜨거운 공방을 펼치다가, 마침내 올해(2008)는 친일반민족행위진상규명위원회에서 『친일인명사전』에 수록할 명단을 확정해서 발표했어요. 그런데 여기에 이원수 선생님이 들어가 있습니다. 박태일 교수가 자료를 발굴해서 공개한 것을 보면, 일제 말의 잡지에 동시 2편, 시 1편, 수필 2편, 이렇게 5편의 친일 작품을 썼습니다. 이런 사실이 알려지자 우리로서는 너무나 충격적으로 받아들이게 되었죠. 참으로 가슴 아픈 일입니다. 이 문제를 제대로 정리해야 할 거라고 생각하는데요. 선생님은 『친일인명사전』에 이원수 선생님이 '친일 인물'로 들어간 걸 어떻게 받아들이세요?

권오삼 얼마 전에 텔레비전에서 친일 문제 방영한 거 보셨어요? 친일 인물 명단이 발표되고 난 직후 EBS에서인가 방영한 걸 봤는데 그때

가슴이 아팠던 것은 이원수 선생님이 친일 문인의 대표인 것처럼 방영됐다는 겁니다. 그래서 속으로 이원수 선생님이 친일 문인의 대표는 아닌데 왜 저러지 했어요.

원종찬 아마 몰랐다가 새롭게 알게 되어서 더 그랬겠지요.

권오삼 그렇다고 봐야지요. 그걸 보는데 참 슬픈 생각이 들데요. 나도 박태일 교수가 발굴한 이원수 선생님의 친일 작품을 보고 실망감이랄까 배신감이랄까 그런 감정을 깊이 느꼈거든요. 믿음과 존경심을 가졌기 때문에 그만큼 놀라움과 충격이 컸지요. 한편으론 부정하고 싶은 마음이 들었어요. '이원수 선생님은 그런 분이 아니다. 어쩔 수 없어서 그러셨겠지. 그때 이원수 선생님은 연치도 얼마 안 되고 지방에 계셨으니까.' 그렇게 내 나름으로 이원수 선생님을 옹호하고 싶은 마음이 속에서 솟구쳤죠. 그러나 한편으로는 이래서는 이광수 같은 친일 문인에 대해서도 비판할 수 없지 않느냐 하는 거였어요. 오십보백보니까.

그러나 이원수 선생님의 해방 이후의 삶이나 문학정신을 보면 다른 어떤 아동문학인보다 치열하게 사셨다고 생각해요. 그런 점에서 좀 상쇄됐으면 좋겠다는 게 내 개인적인 생각이지만 다른 분들이 어떻게 생각할지 모르겠어요. 사실 이원수 선생님은 명암이 뚜렷하죠. 많은 분들이 그냥 보신하고 순응해서 지낸 것과 비교하면.

원종찬 친일 문학이 이원수 문학 전체는 아닐 테고, 그렇다면 이원수 선생님의 문학은 무엇인가? 각 시기별로 어떤 모습이었는가? 이런 것들에 대해서 분별력과 균형감을 가지고 접근할 필요가 있어요. 우리는 일제시대에도 그랬지만 분단시대에도 굉장히 억압적인 통치 아래에서 문학을 해 왔잖아요. 이 과정에서 저항정신이라고 해도 좋을 살아 있는 문학정신을 지키며 나아가는 데 상당히 많은 힘을 중심에서 제공해 주신 분이 이원수 선생님이기도 하다는 거죠. 보통 끝이 안 좋은 경우가 더 문제가 되는데, 이원수 선생님은 어린이와 민족을 위해서 평생 애쓰셨던 분으로 꼽혀 왔기에 『친일인명사전』에 수록되는 것을 더욱 받아들이기 힘든 면이 있지 않은가 싶어요.

권오삼 예를 들면 미당 선생은 친일 작품을 썼고 전두환 독재정권 때도 불미스럽게 협력한 일이 있었지요. 그런데 이원수 선생님은 한순간 친일 작품을 썼다고는 하지만 그 이후에는 불의에 맞서는 삶을 사셨으니까 청산했다고 볼 수도 있어요. 그런데 작고한 권정생 선생도 안타까워서 한 말이겠지만 이원수 선생님이 돌아가시기 전에 고백이라도 하셨다면 좋지 않았겠나 하는 거예요. 그 점이 참 아쉽지요.

원종찬 전에 이오덕 선생님도 이 문제를 잠깐 언급했어요. 해방 후 문학사의 여러 뒤엉킨 갈피 때문에 고백할 때를 놓쳤을 것이며, 이념적으로 적대자들에게 둘러싸여 있었기 때문에 그 문제에 대해 침묵하시고 당신의 실천으로써 갚음을 한다고 할까요, 속으로 참회의 삶을 살아오면서 갚음을 하신 게 아니냐, 그렇게 보셨던 거 같아요.

권오삼 그렇게 해석할 수도 있지요.

원종찬 저는 문학과 삶을 바라보는 좋은 사례라고 할까, 훈련이라고 할까, 그런 사안으로서 이 문제를 바라볼 수도 있겠다 싶어요. 우리 사회는 친일 청산을 한 번도 온전하게 이루어 내지 못했기 때문에 지금까지도 친일 문제가 숙제로 남아 있는 것이고, 또 뉴라이트니 뭐니 하면서 수구망령이 거듭 되살아나고 있기 때문에 역사의 책임을 더욱 엄정하게 묻는 일을 하지 않을 수 없는 상황인데요. 이런 복잡한 양상이 이원수 선생님에 대한 정당한 평가를 어렵게 만들고 있어요. 이원수 선생님의 칼날은 늘 수구세력을 향하고 있었잖아요? 이게 거짓이었을까요?

사실 조사는 엄격하게 이뤄져야 하지만, 평가 문제는 삶의 여러 결들과 사회적 맥락을 살펴 가면서 총체적으로 이뤄져야 하는 거죠.

『친일인명사전』, 형평성에 문제 있어

형평성에서도 문제가 있어요. 『친일인명사전』에 군소 작가들이나 아직 연구가 제대로 안 된 작가들은 다 빠져 있단 말이죠. 1930년대 작가로 뒤에 북한에서 활동한 송창일 같은 경우가 대표적이죠. 우린 북한에서는 친일파가 청산됐다고 오해하기 쉬운데, 사실 북한도 그게 아니거든요. 카프 문인들이나 월북 문인 중에도 일제 말에 적극적이든 소극적이든 친일적인 글을 발표한 작가들이 많아요. 이기영, 안함광, 송영, 박팔양 등등. 그런데 이들은 친일 청산 과정을 거치지 않고 해방 후 북한에서 다 활동을 해요. 아동문학의 경우에 송창일은 이재철 교수의 『한국현대아동문학사』에도 이름이 나오죠. 송창일은 친일 아동문학에 적극적이었는데 아무렇지도 않게 북한의 공식 기관지 『아동문학』의 편집위원으로서 왕성하게 작품활동을 벌여요. 이렇게 연구가 잘 이뤄지지 않은 아동문학인은 이번에 언급조차 안 되었지요. 반면에 잘 알려진 월북 무용가 최승희는 친일 명단에 올랐고요. 이런 식이다 보니 문학사적 공적이 크고 뚜렷한 이원수 선생님은 몇 편의 친일 작품으로 친일 문인 대상에 들어가게 된 거고 그 밖에는 송창일의 경우처럼 빠진 사람들이 적지 않을 거라는 얘기죠.

그리고 김소운은 처음 1차 명단에는 올랐다가 나중에 소명이 이루어져 민주화운동의 공훈도 참작되고 해서 최종 명단에서는 빠졌어요. 저는 우리 아동문학인들이 김소운의 경우처럼 이원수 선생님에 대해서도 적극적으로 선생님의 공과를 따져서 과연 『친일인명사전』에 이름이 올라야 하는지 문제를 제기했어야 한다고 보거든요. 결론이 어떻게 나든 그런 과정은 꼭 필요했다는 말이죠. 그런데 1차 명단에 오른 김소운은 뒤에 반론 때문에 빠지고, 이원수 선생님은 박태일 교수가 친일 작품을 '곡진하게' 썼다고 주장한 것 이외에는 별다른 반론이 없으니까 그대로 명단에 들어가는 운명이 되어 버렸어요. 『친일인명사전』이 친일 문학 백서 같은 것이라면 또 몰라도 일정한 기준에 따른 대표적인 친일 인물을 수록한 거잖아요. 분단시대 이원수 문학의 뜻을 기려 온 아동문인 단체가 유야무야해진 것도 이런 상황에서는 문제가 아닐 수 없어요.

권오삼 내가 볼 때 이원수 선생님의 친일 작품이 진작 발견이 됐다면 상쇄가 되었을 것인데, 돌아가신 후 최근에 드러나니까 상쇄받을 기회가 없었다는 거죠. 김소운 같은 분들은 그렇게 상쇄가 됐는데. 이원수 선생님은 운이 없다고 봐야지요.

원종찬 한때 인터넷 아동문학 게시판에서 논란이 없지 않았는데 일종의 해프닝으로 끝난 것 같아서 아쉬웠어요. 성숙한 토론으로 나아간다면 우리 아동문학이 자기 발전의 계기로 삼을 수 있는 사안이니까요. 이원수 문학은 모두 가짜라는 등 이원수를 변호하면 친일 잔당이라는 등 심한 말들이 나오는 것을 보면서 소아병적인 태도를 경계해야 한다는 생각이 들었어요. 어떤 면에서 강경 발언은 중심이 튼튼하지 못한 경우에 잘 나온다잖아요. 자기 중심이 튼튼하면 폭이 넓어질 수 있는 건데 그렇지 못하면 겉으로 자기 속을 드러내야 한다는 조바심 때문에 선택의 여지없이 강경 일변도로 치달을 수가 있다는 거죠. 일종의 자격지심일 텐데, 자기 증명을 위해 앞장서서 남을 지목하고 보려는 토벌행태가

6·25전쟁 때 얼마나 많았어요? 이원수 선생님의 친일 문제를 대하고 흥분하거나 분노하지 않으면 자기가 의심받을까 봐 또는 자기 중심이 흐트러질까 봐 더욱 강경 발언에 빠지는 유혹도 없지는 않았을 거라고 봐요. 분단시대 아동문학의 구심이었던 이원수 선생님의 경우는 정말이지 자기 아픔 없이 쉽게 얘기해서는 안 된다, 자기를 치는 심정으로 문제를 다뤄야 한다고 봅니다.

권오삼 명단 중에서 아동문학인으로 이원수와 김영일이 있는데, 이원수 선생님은 작품이 명백하게 남아서 옴짝달싹 못 하는 경우지요. 작품으로는 나타나지 않았지만 당시에 친일활동을 한 아동문학인도 여럿 있단 말이에요.

원종찬 일제 말의 친일 작품 몇 편이 끼어들기는 했지만 이원수 선생님의 삶과 문학 전체를 보면 저항의 연속성이 훨씬 더 강해요. 방정환의 적자라 할 수 있는 이원수 선생님은 카프 계급주의 문학을 잘 소화해서 일제시대에 「찔레꽃」 「잘 가거라」 「이삿길」 「나무 간 언니」 같은 서정적 리얼리즘 동시를 썼고, 해방 후에도 「너를 부른다」 「밤중에」 「바람에게」 「오키나와의 어린이들」 같은 동시와 『숲 속 나라』 같은 장편동화를 써가지고 리얼리즘 아동문학에 가장 뚜렷한 자취를 남겼어요. 문단의 보수파로부터 곧잘 사상적 시비에 휘말렸죠. 해방 후 프로예맹에 참여한 경력도 있고 해서 6·25전쟁의 광풍 속에서는 부역자 처벌을 피하고자 최병화와 월북하려다 되돌아오기도 했고요.

하나 재미있는 것이 친일 문제가 거론될 때마다 보수파 쪽에서는 맞불작전으로 그럼 부역자 문제도 거론하자고 나오거든요. 친일파가 맹렬한 반공주의자로 선회하면서 애국자인 양 행세했던 게 분단시대의 지배적 양상임을 보여 주는 것인데, 이원수 선생님은 부역자 문제에도 걸린다는 사실이에요. 툭하면 용공시비로 고초를 겪었잖아요. 그 엄혹했던 시절에 전태일 분신 사건을 즉각적으로 작품화해서 「불새의 춤」 같은 동화를 발표한 건 우리 아동문학의 명예가 아닐 수 없습니다. 그래서 동시 「고향의 봄」부터 「겨울 물오리」에 이르는 궤적이 민족 아동문학의 일관된 흐름을 이루고 있다고 보이는데 불행히도 일제 말의 불명예 또한 지울 수 없게 되었지요. 저는 한순간의 오점이라고 봐야 하지 않겠나 싶어요.

권오삼 사람마다 생각하는 점이 다르겠지만 아동문학 관련 잡지를 내는 어떤 편집인이 자기는 이원수의 작품이라면 불쾌해서 빼 버린다고 했던 얘기를 들은 기억이 있는데, 가슴 아픈 생각이 들었어요. 이원수 선생님에 대해서 너무 지나치지 않나 하는 것인데 어쨌든 슬픈 일입니다.

원종찬 일제시대를 살지 않은 우리는 검증받지 않은 사람들이잖아요? 친일 문학의 오점을 남겼어도 채만식 문학이 한국문학의 뛰어난 전통의 하나인 것처럼 부끄러운 유산이 포함된 이원수 문학도 마찬가지라고 생각해요. 이원수 선생님의 오점은 어디까지나 일부라고 보는 것이 타당할 테고, 그런 얼룩 또한 우리 인간의 가능성임을 아프게 받아들일 때 더 단단한 교훈으로 이어질 수 있을 거예요. 그냥 단절하듯이 청산한다든가 구렁이 담 넘어가듯이 어물쩍해서는 배울 것도 없지요.

이오덕 선생님은 이원수 선생님을 올바르게 잇고자 한 정통 계승자라고나 할까요? 1970년대에는 이원수 선생님과 함께 민족문학으로서의 아동문학운동을 본격적으로 전개했고, 이원수 선생님이 돌아가시고 난 뒤에는 1989년에 한국어린이문학협의회로 분리해서 나오죠. 그러면서 이념적인 지향이 더욱 분명해졌는데, 이오덕 선생님에 대한 기억은 어떤 것들이 있는지요?

한국어린이문학협의회와 이오덕

권오삼 앞서 말한 바와 같이 이원수 선생님을 뵐 때 이오덕 선생님도 계셨기 때문에 그때 처음 뵈었지요. 1977년도 대구아동문학회 총회를 마치고 젊은 사람들끼리 따로 다방에 들어갔는데, 마침 이오덕 선생님과 김녹촌 선생님이 계셨어요. 반가워서 차 마시는 두 분의 옆자리에 앉아서는 동시에 대해 몇 가지 질문을 하는데 친구들이 나가자고 슬며시 옷자락을 당기는 거예요. 그때 얼핏 느낀 게 문학에 대한 방향이 다르니까 이오덕 선생님을 기피하는 거로구나였어요. 당시에 이오덕 선생님이 쓴 글을 보면 문학노선이랄까 이런 것이 뚜렷했거든요. 그런 일이 있고 나서 나는 교직을 떠나 서울로 올라와 버렸으니까 이오덕 선생님을 만날 기회가 없었죠.

그러다가 1985년도인가 이오덕 선생님이 과천으로 이사 오셨지요. 예전에 뵙고 못 뵈었으니 참 반갑기도 하고 또 선생님에 대해서 알고 싶은 것도 많고 해서 자주 찾아가 뵈었어요. 내가 살던 곳이 안양이었지만 집은 과천과 가까운 곳으로 버스로 15분 거리였어요. 그때부터 선생님 댁을 수시로 드나들었어요. 한번 가면 5시간도 좋고 6시간도 좋고 그랬어요. 그래서 이오덕 선생님의 인간적인 면모를 좀 안다고 할까, 느꼈다고 할까 그래요.

이오덕 선생님을 뵈면 배울 게 참 많았어요. 당신이 본 책, 문학, 정치, 사회, 때로는 문단에 대한 이야기도 하셨는데 싫증이 나지 않았어요. 선생님께는 많이 죄송했죠. 귀한 시간을 빼앗은 꼴이니까요. 그런데도 선생님은 귀찮다는 표정을 보이지 않으셨어요. 나중에 선생님이 충주 무너머로 가셨잖아요? 그때도 『어린이문학』잡지에 실린 내 작품을 보시고는 전화를 주셨어요. "권 선생, 작품 잘 봤는데 마지막 구절은 없었으면 좋겠다. 그것 때문에 시의 품격이 떨어진다." 하셨어요. 그래서 다시 읽어 보니까 정말 그랬어요. 이튿날 바로 전화를 드렸지요. "선생님 말씀이 맞습니다. 고맙습니다." 하고. 그러나 우리말에 대해서는 엄하셨어요. "선생님, 이건 이렇게 써도 안 됩니까?" 하면 화를 막 내셨어요. 당신이 옳다고 생각하신 것에 대해서는 조금도 타협이나 양보가 없었어요. 그러나 그렇지 않은 것에 대해서는 친절하게 가르쳐 주셨지요. 그런 면으로 보면 이오덕 선생님은 제 스승이셨어요.

원종찬 저는 1986년 인천 YMCA중등교육자회에서 이오덕 선생님을 처음 뵈었는데, 전교협과 전교조운동을 할 때까지만 해도 선생님을 참교육의 스승으로만 알고 있다가, 1990년대 초에 글쓰기교육연구회에서 더욱 자주 만나 뵙고 이때부터 아동문학을 공부했어요. 한국어린이문학협의회에도 같이 나갔고요. 인천에서 글쓰기교육연구회 초등 선생님들하고 이원수 전집을 공부할 때 선생님이 독려해 주어서 겨레아동문학연구회도 만든 거예요. '겨레'라는 이름을 이오덕 선생님이 지어 주셨죠. 좀 고색창연한 느낌 때문에 주저한 회원이 많았지만 제가 "그냥 그렇게 가면서 세계적으로 놀자고!" 하면서 달랬던 기억이 나요. 이오덕 선생님의 글을 읽으면 시원스럽게 문제가 드러나 보이고 그랬어요. 날카로운 선을 긋는 비평 때문에 반대파도 많았고 아동문단이 가파르게 대립하는 문제가 생겼는데요. 선생님이 돌아가신 뒤에 어린이문학협의회가 온전히 건사되지 못하고 흐지부지됐단 말예요. 한국문인협회와 한국작가회의처럼 아동문학도 크게 두 줄기인데, 작가회의에 조응하는 어린이문학협의회는 영향력이 거의 없다시피 되어 버렸으니 어디에 원인이 있다고 볼 수 있을까요?

권오삼 1989년 노태우 정권 때 민주화투쟁을 하면서 정말로 어린이를 위한, 삶이 담긴 문학을 하는 단체가 있어야겠다는 필요성에 의해서 한국어린이문학협의회가 만들어진 거지요. 그 전까지는 이오덕 선생님도 한국아동문학가협회의 연수회에 열심히 나가셨어요. 그때 나는 장사에 바빠서 나가지 않았는데 선생님은 나가서 발표도 하고 그랬어요. 혼자 외롭게 나가신 거지요. 특히 모 동시인과는 깊은 대립관계에 있었는데, 이오덕 선생님 말씀이 한번은 모임에 갔다가 그분이 "야, 이 빨갱이!" 이렇게 했다고 해요. 그때 참을 수 없는 모욕을 느껴 그 뒤로 발걸음을 끊은 걸로 압니다.

그리고 나서 한국어린이문학협의회를 만드셨는데, 초기 멤버들을 보면 결속력이 없게 되어 있어요. 구성원 자체가 지방에 있는 사람들이 대다수고, 한국글쓰기교육연구회 회원인 분, 그림 그리는 분, 등단한 분, 등단 안 한 분 등 다양했어요. 그리고 회원들이 개성이 강하고 비판정신이 또렷한 것은 좋은데 단체를 꾸려 나가는 세속적인 일에는 좀 참여도가 낮았다고나 할까요. 회장이신 선생님의 열정을 따르기엔 역부족이었지요.

이오덕 선생님이 회장을 2년 하시고 나서 회장을 맡아 할 사람이 없었어요. 그래서 내가 지금도 잘못했다고 생각하는 것이, 선생님이 계속하시는 게 좋겠다고 적극 주장해야 할 위치에 있는 사람이 나라고 생각하는데 왜 그걸 못 했을까 하는 거지요. 지금 생각해도 후회가 돼요.

이오덕 선생님이 그만두시고 나서 이현주 목사가 회장이 됐지요. 그런데 이현주 목사는 지방에 있는 데다 성격이 이런 단체 일을 할 분이 아니었어요. 나보고 상임이사를 맡아서 도와주면 하겠다고 해서 했지요.

3대 회장은 송현 씨가 맡아 했고. 그렇게 2년 지나고 또 할 사람이 없었는데, 마침 김녹촌 선생님이 정년퇴직하고 오셔서 하신 거죠. 김녹촌 선생님이 회장 할 때쯤에는 노경실, 윤동재 씨도 안 나오고, 나는 장사 일에 바빠 거의 못 나가고, 좀 나중에 들어왔지만 이재복 씨가 제일 열심이었지요. 모임에 참여하는 사람이 몇 사람밖에 안 됐어요. 이러니 단체가 되겠어요? 김녹촌 선생님이 5,6년 하셨나? 그런 상황에서 차기 회장 문제가 거론되면서 갈등을 빚었는데, 엎친 데에 덮친 격으로『어린이문학』주간 문제로 또 갈등이 생기고 해서 협의회가 사분오열이 된 거지요.

원종찬 2000년을 전후로 해서 어린이문학협의회의 초기 멤버들이 다시 나오기 시작했는데, 1990년대 이후의 아동문학에 대해 협의회 안에서 이런저런 시각 차이가 드러났어요. 한두 마디로 정리하기에는 논쟁의 양상이 좀 복잡한 데다 과열되기까지 했지요.

권오삼 기존 아동문학 단체 같으면 그냥 넘어갈 것도 진보적인 아동문학 단체였기 때문에 방향 설정을 두고 난투를 벌인 꼴이지요. 다른 아동문학 단체들과는 문학 방향에 대해서 논의할 필요가 없잖아요? 중요한 것은 여기 사람들이니까. 그래서 더 치열해졌지요. 단체를 유지하려면 사람 사이의 유대도 중요한데 문학 논쟁이 인간관계에까지 상처를 주었다고 봐요.

이오덕의 문학정신, 어떻게 살릴 것인가

원종찬 이오덕 선생님이 우리 아동문학의 큰 줄기를 잡아 주셨고, 그로부터 우리가 아동문학을 공부해 왔는데, 사회도 바뀌고 아이들 삶도 바뀌고 아동문학 작가 층도 바뀌고 했으니까 이오덕 비평의 현재성도 짚어 봐야 할 것 같거든요. 이오덕 선생님의 이론을 오늘날 어떻게 살려 나가야 할 것인가 하는 점에 대해서 말씀해 주시죠.

권오삼 나 같은 사람이 입 떼기에는 상당히 부담스럽고 어려운 문제 인데…….

원종찬 선생님께서도 평론활동을 꽤 하셨잖아요. 1990년대 후반에 작품활동이 다시 화려하게 부활했다고 볼 수 있고요.

권오삼 화려한 부활은 과찬이시고, IMF 이후에 할 일이 없어서 다시 문학 쪽으로 들어온 거지요. 그 전에는 사업이랍시고 돈벌이에 열중하 다 보니까 작품을 쓸 시간이 없었지요.

원종찬 아무래도 창작의 감이 옛날하고는 다르죠?

권오삼 다르지요. 1998년 이후에 작품을 열심히 썼어요. 『시정신과 유희정신』도 다시 꼼꼼히 읽었고요. 이오덕 선생님의 일관된 문학정신 은 시대가 바뀌더라도 이어받아야 한다고 봅니다. 문학정신은 어느 시 대에도 필요한 기본 정신이 아닙니까. 다음 세대들은 그 기본 정신을 가 지고 나가되 배타적이어서는 곤란하고 문학에서 원리주의·근본주의자 가 되어서는 안 되겠다는 겁니다. 그렇게 되면 문학이 협소해지거나 배 타적이 되어 보수화된다는 거지요. 그리고 자기 작품을 옹호하기 위한 방편으로 이오덕 선생님을 끌어 댄다는 걸로 오해를 받을 수도 있고.

원종찬 문학정신을 지킨다는 게 이오덕 선생님의 말을 그대로 베끼 는 게 되어선 안 되겠죠. 새로운 시대 과제를 수용할 수 있는 틀이 필요 하니까요. 예컨대 이오덕 선생님은 작품에서 '아빠'라는 말을 쓰는 것 에 대해 막 화를 냈어요. 1970년대까지만 해도 '아빠'는 도시에서 잘사 는 집 아이들이나 쓰는 말이었지요. 일하는 농촌 아이들, 도시의 가난한

집 아이들에게서는 '아빠'라는 유아어가 애칭으로 나올 수 없었어요. 그래서 과거엔 '아빠'를 남발하는 작품에 대해 서민 아동의 삶과 동떨어진 동심주의 혐의가 있다고 비판했지만 지금은 도저히 그럴 수 없게 되었잖아요. 이오덕 선생님은 '생활동화'도 배타적으로 옹호했는데, 문학사적인 맥락에서는 그 정당성을 논할 수 있지만 지금의 상황하고는 많이 다르죠. 아동문학이 낮은 연령 쪽으로 확대되고 있고, 또 요즘 아이들은 새로운 문화에 익숙해져 있는 만큼 '생활동화'의 논리로써 '동화'를 설명한다는 건 무리가 따르거든요.

권오삼 나도 원 선생 말씀에 전적으로 공감해요. 시대의 변화와 도전에 응전하는 방식은 지난날의 방식만 고집할 것이 아니라 새로운 방식, 새로운 표현 방법으로 그 시대에 맞게 대처해 나가는 것이 진보가 아닌가 합니다. 우리가 삶의 문학이라든가 소외된 사람들에게 관심을 가져야 한다는 것은 시대가 바뀌어도 소외계층, 불우한 사람, 억압받는 사람이 있을 거란 말이죠. 그런 이들에 대해 관심은 늘 가져야 하는 것 아닙니까? 그런데 작품을 쓸 때 전에는 그냥 다 드러나게 거칠게 썼는데, 그래 가지고는 읽히지가 않으니 지금 아이들 입맛에 맞게 조리 방법을 좀 달리해야 한다는 것이지요. 즉 세련되게 할 필요가 있다는 거지요.

원종찬 우리가 가 보지 않은 길을 개척하는 변화의 과정에서는 논쟁의 지점들이 생길 수밖에 없다고 봐요. 그래서 대화하려는 마음이 중요해요. 자기 길을 지키는 데 급급하면 폭이 좁아질 수밖에 없을 테고, 대화가 전제되어야 토론도 활발해질 수가 있는 거죠. 이오덕 선생님의 논법은 민주 대 반민주의 전선 구도가 분명했던 시대의 산물이라는 사실을 감안해야 할 거예요. 이오덕 선생님의 논법 자체를 치열한 문학정신이라고 여겨서 흉내 내다 보면 굉장히 배타적이거나 흑백논리에 빠질 수 있거든요. 논리는 명확해야 하지만, 우리 스스로가 이분법적 사고에서 자유롭지 못하다는 한계를 알고 조심할 필요가 있어요. 다르면 틀리다고 보는 습성이 강하니까요.

권오삼 이오덕 선생님의 정신은 책을 읽어 본 사람 같으면 알 거예요. 예를 들면 판타지를 쓰더라도 이오덕 선생님의 정신을 알고 판타지를 쓰는 사람과 그런 기본 정신도 없이 쓰는 사람은 비슷한 것 같지만 큰 차이가 난다고 봅니다. 같은 말이라도 누가 하는가에 따라서 의미가 크게 달라지는 거지요. 그런 뜻에서 경계를 하는 것입니다. 그리고 선배들이 후배들의 작품들에 대해서 가볍다 어떻다 말을 하는데, 예를 들어 로알드 달(Roald Dahl)의 『마틸다』(1989, 시공주니어 2000)는 상당히 재미가 있지 않아요? 그런데 거기에 담긴 내용을 보면 교육적인 것이거든요. 이런 것도 우리가 한 방법으로 생각해 볼 수 있지 않느냐는 겁니다. 그런데 이오덕 선생님에게 맞춘 작품들은 유머라든가 재치가 주는 재미에는 좀 소홀하지 않았나 싶습니다.

원종찬 나어린 딸이 못된 아버지와 결별하고 새로운 가족을 선택한다는 발상 자체가 안 나오는 거예요.(웃음)

권오삼 그런 융통성 있는 방식을 수용하지 않았거든요. 그냥 권정생 선생식 정공법으로만 나갔는데, 그 정공법이 새로운 독자들에게는 안 통할 수도 있거든요. 그래서 비판적인 작품을 쓰되 『마틸다』 같은 그러한 표현 방식, 이런 것도 배워야 하지 않나 싶어요. 그런데 정신은 갖추지 않고 '야, 재밌다. 재밌으니까 잘 팔리는구나' 하면서 껍데기만 흉내 내서는 좋은 작품이 되지 않지요.

원종찬 이오덕 선생님의 공적 중 하나는 권정생의 발견과 권정생 문학에 대한 이론적 뒷받침일 겁니다. 우리 아동문학사에서 이오덕 선생님은 평론 쪽에 더 공이 크고 창작은 권정생 선생님이 한 시대를 열어 보여 줬다고 하겠는데요. 권정생 선생님과는 각별히 친하게 지내셨지요?

내가 아는 권정생

권오삼 그런데 나하고만 친한 줄 알았더니 친한 사람이 워낙 많아서 친하다고 할 수가 없어요.(웃음) 권정생이란 이름을 어디에서 처음 알았느냐면 『소년』 잡지에서 「초가삼간 우리 집」을 보고 알았어요. 어쩌다가 그 잡지를 봤는데 늘 보던 동화와는 전혀 다른 거였어요. 그래서 야, 이런 동화를 쓰는 분도 있구나 하고 이름을 기억했지요.

1985년 12월 『동아일보』에 권정생 선생 기사가 실렸어요. 아동문학인 명단에 실린 권정생 선생 주소를 보면 조탑동 일직교회라고 되어 있어요. 그래서 나는 목사인 줄 알았지요. 그런데 목사님이 동화를, 그것도 상당히 위험스러운 얘기를 쓰고 있구나 싶었는데, 『동아일보』에 난 기사를 보니 '종지기'라고 나와 있어서 깜짝 놀랐어요. 그래서 편지를 보냈는데 그게 인연이 되어 권정생 선생이 작고할 때까지 20년 가까이 가깝게 지냈어요.

원종찬 이오덕 선생님과 권정생 선생님은 남다른 친교를 맺으면서 분단시대 우리 아동문학의 가장 큰 기둥을 세웠다고 할 수 있는데 두 분을 다 겪어 보셨으니까 아시겠지만 비슷하면서도 다르지요? 권정생 선생님은 유머가 많았어요.

권오삼 때로는 두 분이 의견이 달라 서로 불만을 털어놓은 적도 있었어요. 권정생 선생이 이창동 장관이 텔레비전에서 말한 것을 인용해서 글을 쓴 적이 있어요. 이오덕 선생님은 텔레비전을 속되게 취급하거든요. 하루는 이오덕 선생님이 제게 전화를 했어요. "권 선생이 텔레비전을 너무 많이 보는 것 같아요." 하고 언짢은 목소리로 말씀하셨는데, 내가 뭐라고 할 수도 없고 그냥 듣기만 했어요. 권정생 선생에게 안부전화를 하다 보면 권정생 선생이 이런저런 이야기 끝에 텔레비전에서 본 이야기도 자주 해요.

그런데 이오덕 선생님이 권정생 선생의 텔레비전 시청에 대해 언짢아하니 권정생 선생은 그게 불만이었던 거죠. 나한테 두어 번 그런 불만을 표시했어요. "이오덕 선생님 당신은 텔레비전에 나오시면서 텔레비전을 못 보게 하시니, 그러면 선생님은 텔레비전에 왜 나왔지?" 하기에 그냥 웃고 말았어요.

또 한번은 나한테 이런 불만도 털어놨어요. 권정생 선생이 이오덕 선생님을 보고 "선생님 댁에도 자동차가 두 대나 있잖아요?" 했더니, 이오덕 선생님이 "그건 우리 집 아이가 농사짓다 보니까 필요해서 그런거지." 하시기에, 권정생 선생이 "다른 사람들도 다 필요해서 갖고 있는 거지 그렇지 않은 사람이 있습니까?" 했다고 해요.

과학기술문명을 우리가 비판하지만 현실적으로 인정할 수밖에 없는 것은 인정해야 한다고 나는 생각합니다. 내 고향이 안동이지만 내가 자랄 당시인 1950~60년대에는 안동 시내에만 전기가 들어오고 시골에는 전기가 없었어요. 내가 1960년대에 교사로 있을 때는 반 아이 3분의 1이 점심을 굶었어요. 절대빈곤의 보릿고개 시대였는데 그런 문제는 어떻게 되지요? 물론 그 시대에는 물과 공기는 지금과는 비교가 안 될 정도로 깨끗했지요. 그 대신 절대빈곤이 있었지요. 지나간 과거는 늘 아름답게 채색되게 마련이지요. 내가 사범학교 2학년 때 급성맹장염에 걸렸는데 예전 같았으면 죽었지요. 우리가 기술문명에 대해 긍정할 것도 있고 부정할 것도 있는데 너무 극단적으로 생각하면 곤란하지 않나 합니다.

나는 문학 공부는 이오덕 선생님한테서 배웠고, 권정생 선생한테서는 세상을 보는 눈, 사는 법을 배웠어요. 사실 권정생 선생이 내게 은근히 큰 부담을 줬지요. 권정생 선생이 고인이 되고 나니 한편으로는 허전했지만 다른 한편으로는, 욕먹을 각오하고 얘기하자면, 솔직히 마음이 가벼워요. 왜냐하면 권정생 선생 때문에 괜히 내가 죄짓는 것 같고 내가 도둑놈 같고 해서 마음이 무거웠거든요. 그래서 처음에는 굉장히 부담이 됐는데 시간이 지날수록 배짱이 늘어 권정생 선생을 의식하지 않고 좀 편하게 지내야겠다고 마음먹었지요. 권정생 선생이 어느 때 전화로 "아제 봐라. 안 얼어 죽고 안 굶어 죽으면 된다." 해서 "알았어." 하고는 속으로 '형도 건강해서 처가 있고 자식이 있으면 그 소리 그렇게 쉽게 할 수 있을까? 이 과학기술문명과 타협을 안 하고 살 수 있을까?' 하고 토를 달기도 했지요.

원종찬 권정생 선생님은 살아온 모습 자체가 당신의 문학을 말해 주는 것 같아요. 삶과 문학이 진짜 하나인 거죠. 평생 오두막에 살았으면서 작품 인세 모은 큰돈을 굶주리는 북녘 어린이를 위해 써 달라고 하고는 돌아가셨잖아요. 그걸 보고, 그렇게 살지 않을 수도 있었을 텐데 하는 생각도 들었지만, 또 그렇게 살 수밖에 없도록 운명 지어진 어떤 엄숙함 같은 걸 느꼈어요. 그 삶을 누구도 따라할 수 없는, 또 그 문학을 쉽게 흉내 내서도 안 되는…….

권오삼 『한티재 하늘』(지식산업사 1998)은 권정생 선생의 가족사 같은 소설이에요.

원종찬 네. 그래서 저는 그 소설이 다 완성되지 못한 게 참 아쉬워요.

지금까지 나온 2권 마지막 부분은 권정생 선생님의 출생 직전까지라고 할 수 있지요. 이순이가 만삭이 되었을 때 남편한테 연락이 와서 일본으로 가게 되면서 작품이 끝나잖아요. 집 나간 첫째 수복이를 빼고 다섯 명인데 여행증은 네 개밖에 안 나와서 재복이가 남게 돼요. 바로 목생 형님이라고 볼 수 있어요. 그게 1937년의 일로 그려졌으니 어느 정도 실제와 맞아떨어지는 거죠. 3권 이후가 계속되었다면 권정생 선생님의 출생 이후 상황이 전개되지 않았을까 싶습니다. 물론『몽실 언니』『초가집이 있던 마을』『점득이네』등이 다 그런 거라고 할 수 있겠지만요.

권오삼 권정생 선생은 사적인 아픔을 작품으로 승화시켰다고 볼 수 있어요. 자료를 보고 쓴 것과 자신의 체험을 바탕으로 쓴 것은 차원이 다르지요. 권정생 선생은 시대의 희생자가 아닙니까? 어머니도 시대의 희생자이고, 이런 아픔들이 몽실이를 비롯한 여러 인물로 재현된 거로 봐야겠죠.

원종찬 작가의 전기적 사실과 작품을 일대일로 대응시켜서 해석하는 일은 또 경계해야 할 거예요. 아무튼 권정생 문학도 이원수, 이오덕 문학과 더불어 새롭게 연구해야 할 대상으로서 다가오네요. 제가 생각하기에는 이원수, 이오덕, 권정생 문학정신을 잘 살려 나가려면 그 뜻을 잇고자 하는 문인단체의 활동도 중요하다고 봐요. 그런데 지금 문인단체들이 하는 일이라고는 각종 문학상을 주고받는 것이 거의 대부분이고 아동문학상의 권위도 없잖아요? 저는 기존 문인단체가 문학적 평가보다는 친분을 앞세우는 문단 정치에서 벗어나지 못했기 때문에 그렇게 된 게 아닌가 생각해요.

선생님께서는 2000년대에 새로운 동시집의 성과들을 냈고 비평적 발언도 열심히 하시면서 산문에 비해 위축된 동시인의 단체가 필요하다고 보고 움직였던 걸로 기억하거든요. 그래서 동시문학회가 만들어졌죠. 그 표현매체로 『한국동시문학』이 생겼고, 나중에는 『오늘의 동시문학』으로 바뀌었는데, 거기에서도 상은 넘쳐 나는 것 같아요. 잡지를 보면 매호 무슨무슨 동시문학상들을 주느니 받느니 하고 계속 올라오는데 그럼 우리 동시가 이렇게나 풍년일까 하는 생각이 아니 들 수 없지요. 동시인들이 모이는 것도 좋고 상도 좋지만, 비평은 온데간데없고 자화자찬하는 식으로만 가니까 저 혼자 섬처럼 동떨어져 있는 게 아닌가 우려되는데요. 선생님이 동시문학회를 만들었던 취지와 지금 상황에 대해서 듣고 싶어요.

문학상 운영과 대표작 선정의 문제점

권오삼 동시문학회 창립에 참여한 한 사람으로서 말을 아껴야 할 것 같아요. 상당히 껄끄러운 문제인데 이 자리에서 말하기가 좀 난감하네요. 한마디로 첫 마음이 사라져 기존 아동문학 단체처럼 돼 버렸다고 봅니다. 동시문학회에서 주는 상도 내가 바라던 것과는 다른 방향으로 흘러가 버렸어요. 내가 바란 건 추천인 수와 추천된 작품 수, 예심위원과 예심 절차, 예심을 통과한 작품명과 작가 이름을 밝히고, 본심은 본심위원 누구누구에 의해 치러졌고, 최종 심사 결과는 어떻게 나왔는지 자세히 밝혀야 한다는 거지요. 이렇게 공개된 심사 과정에서 나온 수상작이라야 모든 회원이 승복을 하고, 수상자에 대해 진심으로 축하를 할 것인데, 그런 점이 상당히 아쉽다는 겁니다.

원종찬 어디서 보니까 11월에 '동시의 날' 선포 행사가 있다던데, 뜻

있는 일이긴 하지만 이런 것도 보람을 느끼며 추진이 될까 걱정돼요. 사회적 권위가 없으니까 행사들마다 자화자찬하는 모양이 될 공산이 큰 거죠.

권오삼 결국은 집안 잔치죠.

원종찬 아동문학은 열등감도 문제겠으나 자기도취도 참 문제라고 생각해요. 비평정신이 부재하기 때문일 거예요.『오늘의 동시문학』에서 기획한 '한국 동시 100년에 빛나는 100편의 동시' 같은 것도 그래요. '한국 동시 100년'이라는 것은 최남선의 「해에게서 소년에게」(1908)를 기점으로 삼은 것이죠. 이런 것도 열등감이나 자기도취가 아닐까요? 이른바 '신체시'라고 얘기되는 「해에게서 소년에게」를 '성인시단에 빼앗긴 동시'라고 목소리를 높이는 것부터가 말이 안 되잖아요.『소년』의 독자가 지금의 청소년 범주에 있다고 해서 성인 시가 아니라 동시라고 하는 것은 시대적 맥락을 외면하는 처사예요.『소년』은 신문학운동의 출발점 가운데 하나이고 그 신문학운동 안에 아직 분화하지 않은 아동문학적 요소가 섞여 있는 것일 따름이죠. 어쨌든 최남선의 「해에게서 소년에게」로부터 한국 동시 100년이라 해서 여러 행사가 치러지는데, '100편의 동시'에 선정된 것을 보니까 과연 대표성을 가질 수 있을까 의문스러워요. 선정된 시인도 그렇지만, 그 시인의 대표작이 아닌 것들이 막 뽑혀 있더라고요.

권오삼 「해에게서 소년에게」를 동시로 보는 것에 대해서 비판을 하셨는데, 나도 마뜩잖게 생각합니다. 굳이 「해에게서 소년에게」에다 아동문학과 동시의 뿌리를 두어야 하느냐는 거지요. 나는 방정환의 「귀뚜라미 소리」(1924)부터 했으면 해요. 우리는 우리 길을 가자는 겁니다. 최남선에게 뿌리를 두면 우리 동시문학의 위상이 높아지고 방정환에게 두면 위상이 내려가는가요? 나는 그렇게 생각지 않아요. 그거야말로 쓸데없는 욕심이고 열등의식의 표현이라고 봅니다. 그리고 『오늘의 동시문학』에서 기획한 '한국 동시 100년에 빛나는 100편의 동시'는 그 잡지를 구독하지 않아서 내용을 잘 모르겠어요.

원종찬 아니, 선생님이 만들어 놓으시고 왜 구독을 안 하세요?

권오삼 처음에는 잡지 기획위원으로 이름을 넣고 참여도 했으나 지금은 일절 관계를 끊었어요. 기획위원 명단에서 이름도 뺐고요. 내가 몸도 아팠지만 나 같은 경우에는 말이 기획위원이지 기획위원 모임에 참여해 달라는 통지 한 번도 받은 사실이 없어요. 잡지 구독도 했으나 작년에 발행인과 안 좋은 일이 있어 잡지 구독을 중지했어요. 이번에 잡지를 보내 줘서 봤지요. 100편의 동시 후반부에 내 작품이 들어갔다고 해서 보내 준 모양입니다만, 100편의 동시에서 전반부 50편은 잡지를 안봐서 모르겠고 후반부의 50편은 봤는데, 아쉬움이 많아요. 선집을 엮을때나 수상작을 뽑을 때는 제발 사람보고 뽑지 말고 작품을 보고 뽑았으면 해요. 그래야 권위가 서지요.

원종찬 이원수 선생님 동시는 「솔방울」이 들어가 있고 임길택 선생님 동시는 「이 세상 끄떡없다」가 들어가 있어요. 이게 그분들 대표 동시인가요? 이러면 누가 공감할까 하는 생각이 들었어요.

권오삼 그렇죠. 같은 작가의 작품이라도 잘 뽑아야 하지요. 임길택 씨의 동시는 나도 잘 모르는 처음 듣는 제목인데요.

원종찬 그러니까 이런 기획이 대표성이나 권위를 가질 수 있겠느냐하는 거죠. '동시인 100명'이 아니라 '동시 100편'인데요.

권오삼 물론 이런 걸 해서 동시 쓰는 사람들을 격려해 주고 용기를 돋워 주는 건 좋은 일이나, 나쁜 작품이 올라가면 사람들이 불신을 하고 시시하게 여길 수 있지요. 그렇게 되면 오히려 역효과만 낸 꼴이 되겠지요. 이번에 『조선일보』에도 동시 100편 소개가 나왔지요? 나는 처음에 이 잡지에 실린 게 『조선일보』에 실린 줄 알았더니 비교해 보니까 달랐어요. 나는 『조선일보』를 안 보니까 모르고 있었는데 누가 전화로 내 작품이 실렸다고 하면서 봤느냐고 하기에 1번부터 42번까지 봤어요. 보니까 거기에도 부적절한 작품이 많이 실렸어요. 특히 김기림의 「봄」은 동시로서는 부적절하다고 봅니다. 윤동주 작품도 좋은 작품이 많은데 하필 「소년」이라는 성인 시를 넣었는지 이해가 안 가요. 다음으로 생존 작가들의 작품도 꽤 되었는데, 이건 언급을 안 하겠습니다.

최근 성인문단 시인들의 동시집 출간에 대해

원종찬 요즘에는 성인문단의 시인들이 다투어 동시집을 펴내고 있어요. 도종환 시인도 동시집을 냈고 그보다 앞서 안도현 시인도 냈고요. 이건 어떻게 보세요?

권오삼 금년 하반기에도 성인 시 쓰는 시인들의 동시집이 여러 권 나온다는 기사를 봤어요. 나는 상당히 긍정적으로 봅니다. 시집을 내는 시인들을 보면 성인 시에서 상당한 시적 성과를 거둔 일급 시인들인데, 그런 일급 시인들이 동시에 관심을 가지고 동시 창작을 한다는 건 동시문학 쪽으로 봐서는 나쁠 게 없지요. 동시에 대한 위상도 올라가고. 한편으로 그분들이 쓴 동시가 좋지 않을 때는 '거, 보세요. 생각보다 어렵지요? 동시 쓰는 것 쉽게 생각해서는 안 됩니다' 할 수 있으니 이 또한 나쁠 게 없지요.

그분들한테서 취할 점이 있다면 창작 자세입니다. 독자의 눈높이에서 작품을 쓰려는 자세인데 그건 본받을 만하지요. 또 작품을 보면 표현 방법에서 동시인들과는 다른 면이 있어요. 그래서 깨달은 게 '아, 내가 너무 갇혀 있었구나, 저런 분들이 오히려 독자를 생각하고 동시를 쓰는구나'였지요. 대부분의 동시인들은 시만을 지향하다 보니 독자를 소홀히하는 경향이 있지요. 시가 되어야 한다고 하면서 자기 문학적 성취만을 바라고 쓰니 작품도 제대로 안 되고 독자도 잃는 매우 바람직스럽지 못한 상황에 빠지는 모습을 보여요. 이런 현상을 극복하려면 그분들의 창작 자세를 긍정적으로 봐야 한다는 겁니다.

그렇지만 성인 시에서 거둔 명성 때문에 그분들의 작품을 동시인들의 작품보다 우호적으로 평가하거나 더 우위에 두려고 해서는 안 된다고 봅니다. 아무리 성인 시에서 거둔 명성이 있다 하더라도 선입견이 작용하여 우호적으로 평가한다면 동시인들은 억울하지요. 그러나 작품 비교에서 동시인들의 작품이 밀려서 그렇다면 당연히 밀려나야지요. 그것이 동시문학을 위하는 길이고, 또 그래야 동시문학이 살아난다고 봅니다.

원종찬 우리 동시 역사에서도 정지용, 윤동주, 박목월 등 주요 시인들이 동시문학의 자산을 풍요롭게 해 준 것은 증명되었습니다. 이문구 동시집과 김용택 동시집도 아이들이 상당히 즐겨 찾는 스테디셀러지요. 그런데 성인 시인들이 동시집을 내고 호평받고 그런 것에 대해 배타적으로 보는 동시인들도 많은 것 같아요.

권오삼 그렇게 돼서는 안 되지요. 울타리를 쳐 놓고 '여기는 내 영역이니까 들어오지 마시오' 하는 것과 같은데, 동시문학을 활성화시키고 위상을 높이기 위해서는 배타적이어서는 곤란하다고 봅니다. 삼류가 아닌 일급 시인들이 들어와서 동시문학에 참여하는 것은 좋은 쪽으로 받아들여야 하고 환영해야 할 일이라고 봅니다.

원종찬 동시단 쪽에서 또 못 한 게 있어요. 최승호 시인의 『말놀이 동시집』은 유년층을 대상으로 하는 것이니만큼 소년 대상의 동시 기준을 들이댈 건 아니고, 그 연령대에서는 말놀이 동시의 가치가 높다고 보는데, 그동안 우리 동시인들이 손을 잘 못 댔거든요. 최승호 시인이 그 나름의 감각으로 성과를 낸 거죠. 그런 점에서 외부의 신선한 충격이고 자극이라 할 수 있어요.

권오삼 그 점을 내가 운영하고 있는 '한국동요동시문학' 카페에서 지적하기도 했어요. 최 시인의 말놀이 동시나 『신발 속에 사는 악어』 같은 위기철 씨의 이야기 동시는 사실은 우리 동시인들이 써야 할 몫인데, 그러지 못했다는 거지요. 그렇게 된 것은 나부터 생각이 꽉 막혔고 상상력이 부족했기 때문이에요. 우리가 도리어 부끄럽게 여겨야 할 사안입니다. 최 시인의 말놀이 동시가 나오기 이전에 이미 말놀이 동시집을 낸 원로 동시인이 있긴 해요. 그런데 관심을 끌지 못한 것은 작품성이 떨어져서이고, 그 밖에 출판사 문제, 인지도 같은 게 작용한 탓이라고 봐요. 제대로 된 말놀이 동시는 공연히 말을 비틀어서 쓴 말장난 동시와는 다르지요. 카페에다 내가 그렇게 써서 올렸어요. 젊은 사람들이 도리어 배타적이고 보수적이어서 좀 안타까웠습니다.

원종찬 출판사의 기획물을 상업주의로만 보는 시선도 곤란하다고 봐요. 우리 아동문학의 빈 곳을 메우려는 좋은 기획에 의해서 작품의 성과가 나오고 개척이 이뤄지기도 하는 것이니까요. 물론 요란한 문구를 앞세워 상업적인 면만 부각시키려는 속 빈 강정 같은 경우도 있겠지요. 분별력이야말로 올바른 비평의 출발일 겁니다.

권오삼 기획 얘기가 나왔기에 하는 말인데, 모 출판사에서도 기획 동시집을 냈어요. 우리 전통음식이라든가 풍속을 주제로 한 것인데, 그건 용도가 다르지요. 그건 순수 동시가 아니고 지식을 동시 그릇에다 담은 거죠. 비룡소나 실천문학사 쪽의 기획 동시집은 그것과 다르다고 봐요. 노파심에서 한마디 한다면 출판사의 상업적인 목적에 의해서 청탁을 받은 시인들이 거기에 응해서 잠깐 외도하는 마음으로 동시를 써서는 곤란하다는 거지요. 자기들의 본업인 성인 시를 쓰는 자세로 동시도 그렇게 대해 줬으면 좋겠다는 겁니다. 김용택 시인처럼 좋은 동시를 써서 보여 주면 참 고맙지요. 그런 점에서 안도현 시인도 김용택 시인과 같은 선상에 있다고 봅니다.

원종찬 김용택, 안도현, 도종환 같은 시인들은 동시에 오랫동안 관심을 가져 왔기에 성과를 낸 것이라 할 수 있어요. 끝으로 선생님께서 후배 아동문인들에게 하고 싶은 얘기를 마무리 삼아 해 주시죠.

권오삼 이원수, 이오덕, 권정생 선생님의 정신을 이어받는 작가들이 한자리에 모일 수 있는 틀이 필요해요. 다시 말하면 기존 아동문단과 대척점에 있는 사람들의 단체여야 한다는 겁니다. 이제 나 같은 사람은 빠지고 40,50대가 전면에 나서서 일을 추진했으면 합니다. 단체를 운영할 수 있는 역량도 있고, 문학적 성과도 거두었으니까요. 단체 이름이야 어떻게 정하든 그런 자리를 한번 만들었으면 합니다.

다음으로 문학상이란 것에 관심을 두지 말았으면 하고, 작품집 냈다고 해서 으스댈 것도 없고, 멀리 내다보면서 오로지 좋은 작품을 써서 아이들에게 주어야겠다는 그런 겸손한 마음을 가졌으면 합니다. 겸손한 이들을 보기가 점점 어려워지는 문학판이 되는 것 같아 걱정이 됩니다.

그리고 뜻은 같이하면서 현실적인 이해를 따져 다른 쪽을 기웃거리거나 어정쩡한 자세를 취하는 것은 바람직하지 않지요. 어느 길로 가는 게 바른 길인지 잘 판단할 필요가 있겠지요. 그렇다고 해서 무슨 파당을 만들자는 것은 절대 아닙니다. 힘들더라도 이득이 없더라도 바른 길로 가보자는 거지요. 바른 정신, 겸손한 자세로 좋은 작품을 쓰는 후배 동시인들이 많이 나와서 선배들을 긴장시키고 자극시켜 주었으면 합니다.

원종찬 예. 문인단체 문제는 기존 단체가 지닌 폐해도 적지 않았으니까 새로운 시대에 걸맞게끔 그야말로 촛불의 상상력을 발휘할 수 있는 젊은 작가들이 중심이 되어서 하면 뭔가 달라지지 않을까 하는 기대도 해 보게 돼요. 기존 문단이 크게 둘로 나뉘어져 있다고 해서 꼭 대립관계로만 볼 것은 아니에요. 건강한 보수와 진보의 대화는 소망스러운 거고, 또 취약한 연구 분야나 새로운 창작이론 등의 문제는 공동 세미나를 마련한다든지 해서 적극 협력할 여지가 많거든요. 1990년대 이후에 나온 작가들은 아마 그런 걸 더 원할 거예요.

지금까지 이원수, 이오덕, 권정생 문학과 문인단체에 남겨진 숙제들을 나름대로 짚어 보고 최근 동시단의 문제에 대해서도 이야기 나눠 봤습니다. 이런저런 생각거리들, 고민해야 할 거리들이 많이 나왔어요. 성에 차지 않거나 치우친 점이 없지 않을 텐데, 앞으로 더욱 풍부한 논의가 이어졌으면 좋겠습니다. 감사합니다.

수록글 출처

제1부 동아시아 아동문학을 찾아서

동아시아 아동문학의 상호 인식: '동아시아 대표 동화'와 '한·중·일 평화그림책' 시리즈
　　제11차 '아시아아동문학인대회' 발표문(2012) (2020년 개고)

동아시아 전통과 장편동화 『어린이와문학』 2012년 8월호

한국 아동문학의 중국인 이미지 『동북아문화연구』 제25집, 2010

한국 장편동화에 그려진 이상국가: 이원수의 『숲 속 나라』와 권정생의 『랑랑별 때때롱』 창
　　원 '세계아동문학대회' 발표문(2014)

아동문학의 오래된 미래: 어린 시절 이야기 창원 '세계아동문학 심포지엄' 발표문
　　(2017)

제2부 지금 여기의 작가

교양과 제도 바깥의 불온함: 최영희의 상상력 『창비어린이』 2020년 봄호

단편의 매혹, 장편의 한계: 최상희의 청소년소설 『창비어린이』 2018년 가을호

깨어진 구슬: 박지리를 추모하며 『창비어린이』 2016년 겨울호

동심으로 빚은 유머와 아이러니 효과: 유은실 『멀쩡한 이유정』 『어린이책 이야기』
　　2011년 가을호

이야기꾼 동화작가의 탄생: 김리리 『뻥이오, 뻥』 『동화읽는어른』 2012년 3월호

기로에 선 신춘문예 아동문학: 2018년 동시·동화 당선작 『어린이와문학』 2018년
　　3~4월호

제3부 비평의 거울

내게 비평은 무엇인가?: 설문에 대한 응답 『어린이와문학』 2016년 10월호

동시 비평의 최전선: 고 김이구 형의 비평을 돌아보며 『한국문학』 2018년 5월호

더러운 그리움: 임길택 동시를 다시 읽으며 『어린이책 이야기』 2017년 겨울호

주향두의 계급주의 유희 동시: 말놀이 유희 동시에 대한 시사점 『아동청소년문학연구』
　　제26호, 2020

방정환의 「참된 동정」에 나타난 '빵과 장미'의 상상력 『한국학연구』 제55집, 2019

방정환 담론 변천사 『아동청소년문학연구』 제23호, 2018

제4부 작가와의 대담

교육적 구속과 상업적 유혹에서 아동문학을 구하자: 중국 아동문학가 류쉬위안과의 대담
　　『창비어린이』 2010년 가을호

쓰기와 읽기, 혼이 열리는 순간들: 최상희 작가와의 대담 『어린이책 이야기』 2018년 봄호

역사적 진실과 소설적 진실: 이금이 작가와의 대담 『어린이책 이야기』 2017년 여름호

그 여자의 삶, 어머니의 초상: 배유안 작가와의 대담 군포문화재단 주최 '문학콘서트:
　　배유안 작가와의 만남'(2016.8.31)

이원수·이오덕·권정생이 남긴 숙제: 권오삼 시인과의 대담 『창비어린이』 2008년 가을호

찾아보기

ㄱ

「씻득이」 235, 237

「쇠부랑할머니」 215, 216

「가거라」 213

「가나다노래」 222

「가방」 212, 235~237

「감자꽃」 191

『강냉이』 84

강상호 286

강소천 211, 240, 281, 282, 287, 298, 319

「강아지똥」 77

강영호 285, 286

강정연 43, 44

「개」 209

「개구리와 두꺼비」 52

「개벽 선언」 249

「개벽운동과 합치되는 조선의 소년운동」
    268, 284

「객지」 362

『거기, 내가 가면 안 돼요?』 373, 374

「거대한 뿌리」 185

「거러지」 255, 257, 258

「거울 앞에 서서」 205

「거지」 242, 244, 253, 254, 257, 259, 262,
    263, 266, 274

『건방진 도도군』 43

『걸리버 유람기(걸리버 여행기)』 250

「걸인」 253, 255, 258

『검둥이의 설움(톰 아저씨의 오두막)』
    250

『검은 숲의 좀비 마을』 98

『검정 연필 선생님』 147

『겨레아동문학선집』 212, 213, 222

「겨울 물오리」 439

『경극이 사라진 날』 26, 27, 29, 32, 84

「고국이 그리운 무리」 62, 68, 69

『고대 영웅의 석상(古代英雄的石像)』
    314

「고동이」 52

「고백」 113, 115

『고양이 학교』 57

고한승 281

「고향의 봄」 21, 298, 299, 439

「고향의 푸른 하늘」 62

「곡예단의 사나이」 62, 70

『광장』 382, 388

『구달』 99

구리 료헤이(栗良平) 20

『구만 볼트가 달려간다』 96, 100

「구슬비」 240

「굿바이, 지나」 115, 116, 338, 360, 364

권순긍 302, 304

권오삼 428~457

권오순 240,

권윤덕 26, 27, 84, 413

권정생 21, 32, 76, 77, 79~81, 84, 94~96,
　　100, 106, 141, 319, 320, 365, 428,
　　435, 446~450, 457, 458

권태응 191

「귀뚜라미 소리」 452

『귀뚜라미 표류기(Diary of a Cricket)』
　　23~25

『귀신 감독 탁풍운』 94

「귀여운 희생」 251, 252

『그 도마뱀 친구가 뜨개질을 하게 된 사
　　연』 97

「그 전날 밤」 253

「그냥」 143, 144

『그냥, 컬링』 110, 119~122, 330, 334,
　　335, 337, 339, 343, 344, 362

『그림자 전쟁』 57

『금강선녀(金剛仙女)』 23, 24

「금시계」 248

「기도하는 시간」 140, 143

「기록되지 않은 이야기」 108

「기적 소리」 113, 115, 360

「길 잃은 편지」 177

김기림 454

김기전 247, 268~270, 277, 284, 285, 307

김기정 57, 58, 97, 190

김기진 244, 246, 253, 259

김남중 43, 141, 190

김남천 290, 295, 304

김녹촌 440, 443

김동리 171, 279, 281, 287

김려령 43, 110, 122, 130

김리리 58, 147, 149, 151

김명겸 228, 230

김명인 198, 199

김민령 367

『김배불뚝이의 모험』 44

김소운 436, 437

김수영 90, 91, 104, 185

김억 252~254

김영일 281, 431, 432, 438

김요섭 53, 281, 319

김용택 455, 457

김은영 191

김이구 188, 190, 193~197

김중미 43, 122, 190, 365

김진경 57

「김치를 싫어하는 아이들아」 191, 192

김해원 122

김환영 32, 84

『까막눈 삼디기』 43

「깨어 가는 길」 251

「껍데기를 벗고 벌판으로 가자」 195, 196

'꼬마 다람쥐 두리' 시리즈 43

『꽃 달고 살아남기』 98, 99, 106

『꽃할머니』 26~28, 32, 35, 84, 413

ㄴ

『나도 편식할 거야』 140

나도향 246, 253

나루미 도모코(成實朋子) 19

「나무 간 언니」 438

「나비를 잡는 아버지」 54, 103, 141, 421

『나쁜 어린이표』 43

「나왔다」 213

『나의 린드그렌 선생님』 140

「날대가리 무첨지」 217, 218, 232

『날아다니는 코끼리』 53

「남녀평등론」 249

「남자를 위한 우주비행 프로젝트」 177, 179

남찬숙 43

「낭견(狼犬)으로부터 가견(家犬)에게」 251, 273

「내 이름은 백석」 140

『내 이름은 삐삐 롱스타킹』 20, 42, 105

『내 인생의 스프링캠프』 130, 365, 366

『내 짝꿍 최영대』 43

『내가 잃어버린 것들』→『논짱 구름을 타다』

「내기」 113

『너도 하늘말나리야』 373, 377, 408

「너라도 그럴 거야」 176

「너를 부른다」 438

「너만 모르는 엔딩」 108

『너만 모르는 엔딩』 99, 106, 108

「노 프라블럼」 114, 121, 342

노경실 443

「노동자와 백수인(白手人)」 253

'노빈손' 시리즈 18

『논짱 구름을 타다』 85

뇌스틀링거, 크리스티네(Christine Nöstlinger) 123

「누군가의 마음」 367

『누군가의 마음』 367

「눈」 143~145

『닐스의 모험』 42

ㄷ

「다람쥐」 216

「다령이가 말한 하늘」 171, 172

『다린과 쇼린(大林和小林)』 23, 24, 46, 47, 53, 315, 318

『다윈 영의 악의 기원』 126, 127, 129, 134, 135

달, 로알드(Roald Dahl) 446

『달려라 바퀴』 140

『달이, 구만 리 저승길 가다』 57

『대림과 소림(大林和小林)』 → 『다린과 쇼린(大林和小林)』

『대머리대왕(秃秃大王)』 46, 318

『델 문도』 109, 110, 112, 115, 124, 135, 330, 331, 337, 338, 340, 342, 343, 345~347, 349, 351, 352, 358, 364

도일, 코넌(Arthur Conan Doyle) 343

도종환 454, 457

『도토리 예배당 종지기 아저씨』 94, 95

『동두천』 198, 199

「동무」 213

「동생을 찾으러」 62, 64, 66, 67

「동원령」 248

「동화를 쓰기 전에 어린애 기르는 부형과 교사에게」 249~251

「돼지 콧구멍」 52

「두 소박데기」 251

들뢰즈, 질(Gilles Deleuze) 276

또 호아이(Tô Hoài) 23, 24

「똥통에 살으리랏다」 98

『뚱보 방정환 선생님 이야기』 304

ㄹ

『라구나 이야기 외전』 135

『랑랑별 때때롱』 76, 77, 79~81, 94, 95, 100

루쉰(魯迅) 46, 314

류쉬위안(劉緒源) 313, 318, 319, 321, 322, 324~326, 328, 329

린드그렌, 아스트리드(Astrid Lindgren) 20, 105, 327

린하이인(林海音) 84

ㅁ

『마당을 나온 암탉』 43

『마사코의 질문』 394

마오둔(茅盾) 314

「마중물」 156

『마지막 이벤트』 140

『마틸다』 446

마해송 23, 24, 280~282, 286, 287, 289, 290, 317

『만국기 소년』 140~142

「만년 샤쓰」 54, 242, 296, 305

『만복이네 떡집』 149

「만세전」 248

『말놀이 동시집』 240, 456

「매둥지 털이」 85

『맨홀』 126, 127, 129, 133~138

「멀쩡한 이유정」 144

『멀쩡한 이유정』 140, 142

『메아리 소년』 77

「메이데이와 어린이날」 285

『명탐정의 아들』 119~121, 339, 343, 362

「모괴」 221, 222

『모래요정과 다섯 아이들』 42

『몽실 언니』 54, 77, 84, 94, 141, 320, 450

「무나의 노래」 113, 115, 122, 360, 362

「무대륙의 소년」 113, 114, 124, 358

「무명저고리와 엄마」 77

「문어구」 252

『물이, 길 떠나는 아이』 57

「missing」 115, 360

미야자와 겐지(宮澤賢治) 23, 25

『민들레의 노래』 77

「민족문학과 아동문학」 432

「밀회」 253

ㅂ

『바나나가 뭐예유?』 57, 97

『바다, 소녀 혹은 키스』 110, 113, 115, 330, 338, 341, 351, 352

「바람에게」 438

『바람의 사자들』 135

「바위나리와 아기별」 290

박경리 376, 388

박경종 240, 281

박관희 141

박기범 43, 190

『박뛰엄이 노는 법』 57

박목월 240, 281, 287, 455

박민규 117, 338, 361

박상률 84

박세영 224, 225, 228, 230, 281, 288, 290 ~294

박영란 135

박영희 246, 253, 269

박완서 21, 331

박종화 246

박지리 126~132, 134, 137~139

박지원 405

박팔양 436

박화목 281

「반쪽의 고향」 21

「밤중에」 438

'밤티마을' 시리즈 394

『밥데기 죽데기』 77, 94, 95

방정환 62~64, 66, 68, 73, 74, 91, 226,
    237, 241~251, 254, 259~262, 265~
    293, 295~310, 317, 412, 428, 438,
    452

「방정환 번안 동화의 아동문학사적 의
    미」 306

「'방정환'과 방정환」 306

「방주」 113, 115, 116, 341

배미주 135

배유안 122, 190, 415~423, 425~427

『백범 일지』 407

「백수의 탄식」 244, 253

백철 269

버닝햄, 존(John Burningham) 148

「버들눈」 217

『벼랑』 372, 373

「별세상 목욕탕」 147

『별세상 목욕탕』 147

보린 58

「봄」 454,

『봄물결』 253

『봄바람』 84

「부형」 212~224

『북경 이야기』 84

「불새의 춤」 77, 439

『불쌍한 동무(플랜더스의 개)』 250

「붕대를 한 남자」 114, 346, 348

브론테, 에밀리(Emily Brontë) 186

「비단개구리 알」 176

「비렁뱅이」 253~255

「비밀이 사는 아파트」 169

『빨간 기와』 84

『뺑덕』 415, 416, 419, 423, 425

『뺑덕의 눈물』 419

『뺑이오, 뺑』 58, 147, 149, 151

『뿔치』 58

ㅅ

『사랑의 선물』 251, 273, 277

『산골 마을 아이들』 206

『산골 아이』 209

「산상수필」 289, 290

『산해경』 56

『삼국지』 16~18

『삼대』 388

『삼미 슈퍼스타즈의 마지막 팬클럽』 338

「삼포 가는 길」 186, 362, 421

「새로 개척되는 '동화'에 관하여」 303

「새로 만나는 방정환 문학」 307

「새 보는 노래」 224, 225, 228, 230

「새우가 없는 마을」 144

『색동회 아동문학전집』 283

『색동회어린이운동사』 282

『샬롯의 거미줄』 20

『서유기』 16, 18, 56

선안나 307, 308

세계 소년소녀 문학전집(계몽사) 17

「세계 평화는 인내천주의」 249

「세븐틴 세븐틴」 129, 133

「소년」 454

「소년소녀의 친구 방선생님 이야기」 278

「소파 방정환과 사회주의」 306

『소파동화독본』 280

『소파방정환문학전집』 286

『소파아동문학전집』 286

『소파전집』 280

『소희의 방』 373

『손님』 362

손병희 247, 248, 277

손연자 394

「솔방울」 453

「솟곱노리」 232, 233, 237

송계월 269

송언 44

송영 62, 68~70, 74, 224, 281, 288, 290, 292~294, 304, 305, 436

송완순 281, 288, 291~293, 300, 305

송창일 436

송현 443

「수리와 문제집 속 친구들」 173

「수영장」 114, 115, 121

『수호지』 16~18

『숨은 길 찾기』 373

「숭어」 160

『숲 속 나라』 54, 76~78, 80, 81, 438

『슈퍼 깜장봉지』 98~100, 106

「스무하루 밤」 212

『스물네 개의 눈동자』 84, 393

스미스, 릴리언(Lillian H. Smith) 183

『스프링벅』 417, 422

「시계」 162

『시장과 전장』 388

「시정신과 유희정신」 301

『시정신과 유희정신』 302, 444

「시튀스테쿰」 113~115, 364

신고송 281, 294

「신생의 선물」 251

신현득 191

심윤경 43, 44

『심청』 362

『심청전』 416~418, 420

심훈 246, 247

쑨여우쥔(孫幼軍) 315, 316

쓰보이 사카에(壺井榮) 84, 393

ㅇ

「아동문학과 서민성」 432

『아동문학론』 183

「아동문학을 보는 시각」 190, 193

『아동문학의 3대 모티프(兒童文學的三
　大母題)』 321, 326, 329

『아동문학의 전통성과 서민성』 432

「아동문학의 천사주의」 292

「아리랑」 21

「아버지 자랑」 202

「아버지, 우리 아버지」 206

「아버지와 아들」 253

「아이슬란드」 115, 116

『아이코, 살았네!』 85, 86

「악수」 165, 167

안도현 454, 457

『안드로메다의 아이들』 120, 339

안미란 190

안함광 436

『알렙이 알렙에게』 98

「암야」 248, 251

야오훙(姚紅) 26, 29, 84

「야학노래」 227

『양춘단 대학 탐방기』 129, 132

양훙잉(楊紅櫻) 21, 323, 325

『어느 날, 오로지는』 57

「어린 나무꾼」 213

「어린이 노래」 251, 252

「어린이 찬미」 306

「어린이날 선언」 284

『어린이문학을 보는 시각』 191

「어린이헌장」 282

「어머님의 선물」 290

어효선 428, 431

『얼음이 빛나는 순간』 373

『여우의 화원』 58

『열하일기』 405

염상섭 248, 295

염희경 273, 306~308

『옆집의 영희 씨』 135

예성타오(葉聖陶) 314, 315, 317

「오늘밤도 영이는」 213

『오이대왕』 123

오정희 366, 367

『오즈의 마법사』 42

「오키나와의 어린이들」 438

오타케 기요미(大竹聖美) 20

오현숙 273

「옥상의 민들레꽃」 21

「옥중이」 191

『옥탑방 슈퍼스타』 119~121, 334, 339, 362

「옵바생각」 216

「옷자락은 깃발같이」 62, 68, 69

'Why' 시리즈 18

와일드, 오스카(Oscar Wilde) 250

「완구점 여인」 367

『완득이』 110, 130, 362

『왕봉식, 똥파리와 친구야』 147

『왕시경의 새로운 경험』 18

「왕자와 제비」 251, 273

「왜가리」 240

『요술 호리병박의 비밀(寶葫蘆的秘密)』 315, 316

「우동 한 그릇」 20

『우리 동네 미자 씨』 140

『우리 동네 전설은』 85

『우리 동요 동시 이야기』 307

『우리 동화 바로 읽기』 241, 304, 307

『우리 동화 이야기』 307

『우리 아빠 숲의 거인』 58

『우리 집에 온 마고할미』 140

원유순 43

「월급날」 201

위기철 58, 456

「유범(流帆)」 251

유은실 43, 140~146, 177

『유진과 유진』 373, 375, 377, 408

육영수 282

윤곤강 213

윤극영 226, 281

윤동재 443

윤동주 244, 258, 259, 454, 455

윤복진 212, 213, 218~220, 227, 237, 281, 291

윤석중 211~213, 218, 219, 227, 237, 238, 278~281, 287, 291~293, 296, 300, 319, 428

'은지와 호찬이' 시리즈 43

「은파리」 251, 273

『은하철도의 밤(銀河鐵道の夜)』 23, 25

「이 세상 끄떡없다」 453

이광수 250, 278, 295, 434

이구조 287

이금이 371~373, 375, 376, 378, 381, 382, 384, 386~390, 393~396, 398~407, 409, 412, 413

이기영 436

이동규 212, 213, 220, 223, 224

이문구 455

이병승 58, 96, 97, 100, 106

이보상 250

이복원 246, 247

「이삿길」 212, 438

이상금 20

『이상한 나라의 앨리스』 17, 42, 105

이상화 255, 257, 258

이성숙 57

'이슬비 이야기' 시리즈 148

이시이 모모코(石井桃子) 85

이오덕 53, 92, 193~195, 199, 202~204, 214, 240, 297, 301, 302. 304, 319, 428~430, 432, 435, 439, 442~450, 457, 458

이와야 사자나미(巖谷小波) 307

이원수 53, 54, 76~81, 90, 212, 213, 227, 238, 272, 273, 278, 281, 286, 287, 297, 298, 300, 301, 304, 319, 428~441, 450, 453, 457

이원조 290, 295, 304

이재복 241~243, 304~308, 443

이재철 37, 195, 213, 278, 287, 288, 304, 307, 308, 319, 432, 436

이주영 85

이주홍 46, 52, 220~222, 228, 286, 287, 318

이중각 245~247

이중완 62, 70, 72, 74

『이태리 소년(쿠오레)』 250

「이태리 이야기」 285

이태준 176, 279, 281, 290, 295, 304

이헌구 281

이현 43, 122, 141, 190

이현주 442

『인간만 골라골라 풀』 98~101, 106

『일하는 아이들』 193

임길택 193, 198, 200, 206, 453

임정자 43, 57, 336

임화 290, 295, 304

「잉어와 윤첨지」 52

ㅈ

「자녀를 해방하라」 249

「자아 각성과 청년 단합」 249

『자존심』 141

「작가로서의 포부」 270, 285

『잔디숲 속의 이쁜이』 54, 77

「잘 가거라」 438

「잘 자요, 너구리」 115, 116, 338

장수경 287, 308

장수철 281

「장유유서의 말폐」 284

장톈이(張天翼) 23, 24, 46, 47, 51, 52,
　315~319

『전봇대 아저씨』 97

「전설동화: 장재연못」 285

『점득이네』 84, 450

『정본 방정환 전집』 243, 308

정소연 135

정순철 286, 411, 412

정열모 216~218, 232

정위안제(鄭淵潔) 21

정유정 130, 365

정은숙 122

정인섭 281, 282, 295

정지용 227, 236, 237, 244, 253, 259,
　281, 290, 291, 455

정청산 213

정춘화(鄭春華) 315, 316

정해왕 419

조명희 23

「조선아동문학 시론(試論)」 291

「조선아동문학의 현상과 금후방향」
　290

『조선아동문학집』 212

조은숙 286, 287, 308

조재호 281

「주먹쌈」 213

『주체문학론』 296

주향두 211~213, 215, 226~231,
　233~239

「중국 소년」 62, 70

「중국인 거리」 367

「중중 쩨쩨중」 219, 220

『지각대장 존』 148

지바 쇼조(千葉省三) 85

「'집보는아기' 노래」 219

『짜장면 불어요!』 141

「찔레꽃」 438

ㅊ

차오원쉬안(曹文軒) 21, 84

『차일드 폴』 58, 96

「참된 동정」 241~245, 252, 254, 259, 260, 263~267, 274, 305

「참마음」 244, 264

채인선 43, 55, 97, 190

「千字푸리」 222, 223

『첫 죽음 이후』 123

『첫 키스는 엘프와』 98, 106

『첫사랑』 253

「청어 뼉다귀」 52

『청춘기담』 373, 375

『초가집이 있던 마을』 77, 84, 450

『초정리 편지』 416

『초콜릿 전쟁』 123, 135, 138

최나미 43

최남선 250, 291, 295, 452

최병화 62, 70, 74, 280, 438

최상희 109, 110, 111~118, 121~126, 135, 330~344, 346~368, 370

최순애 216

최승일 246, 253

최승호 196, 240, 456

최승희 436

최시형 286, 411

최영애 215, 216

최영희 89, 97~99, 103, 105, 106, 107

최인훈 382, 388

최주혜 94

최지훈 307, 308

최태호 287

「최후의 임설미」 108

『친일인명사전』 280, 433, 435~437

「칠칠단의 비밀」 62, 67, 288

ㅋ

『카스테라』 117, 338

「카페 프란스」 244, 253

『칸트의 집』 119~121, 337

「캉캉」 164

캐럴, 루이스(Lewis Carroll) 105

코마이어, 로버트(Robert Cormier) 123, 135

「크리스마스」 251

크리스티, 애거사(Agatha Christie) 343

ㅌ

「타작노래」(김명겸) 230

「타작노래」(주향두) 228~231

『탄광마을 아이들』 198~200

『태평천하』 388

「틸실」 159

「토끼 대통령」 77

『토끼와 원숭이』 23, 289

「토라짱의 일기」 85

「통·딱딱 통·짝짝」 240

투르게네프, 이반(Ivan S. Turgenev) 242
　~244, 252~254, 257~259, 262, 263,
　266, 274

「투르게네프의 언덕」 244, 258, 259

ㅍ

「파랑새」 285

『팔푼돌이네 삼형제』 94, 95

「페이퍼컷」 115, 116, 360

「편의점에 온 저승사자」 175

『평화란 어떤 걸까?』 26, 27, 30, 35

『폭풍의 언덕』 186

푸코, 미셸(Michel Foucault) 276

「풀」 104

「풀ㅅ대장」 231, 237

『피노키오』 17, 42

피어스, 필리파(Philippa Pearce) 148

『피터 팬』 42, 327

「필름」 113, 115, 116, 354,

ㅎ

『하느님이 우리 옆집에 살고 있네요』
　94

『하니와 코코』 120, 122, 339~341, 354,

362, 365, 366

하마다 게이코(浜田桂子) 26, 30, 31, 35

하이타니 겐지로(灰谷健次郎) 19

『학교에 간 사자』 148

「한국 아동문학이 창조한 주인공」 242,
　306

「한국 현대아동문학사의 쟁점」 306

'한국아동문학가전집' 시리즈 287

『한국현대아동문학사』 213, 436

한기형 246

「한밤의 미스터 고양이」 115, 338, 360,
　367

한설야 23, 24, 293

「한씨 연대기」 362

한윤섭 85

「'한일 아동문학의 기원에 관한 비교
　연구'를 위하여」 306

『한티재 하늘』 449

「할아버지 숙제」 143, 144

「할아버지 요강」 208

『할아버지 요강』 208

『합체』 128~131, 134

『해를 삼킨 아이들』 97

「해묵은 동시를 던져 버리자」 195

『해묵은 동시를 던져 버리자』 191, 194

「해방 전의 조선아동문학」 290, 294,

304

『해방 전의 조선아동문학』 294

「해에게서 소년에게」 452

해월신사(海月神師) 268

「행복한 왕자」 250

「허수아비」 314

『허수아비(稻草人)』 314, 317

「허수아비야」 212

허정숙 269

현덕 94, 103, 141, 148, 190, 280, 281, 304, 305, 320, 421

「현실주의 동화론과 '삶의 동화운동'」 302

『현아의 장풍』 98, 107

「호랑이 이야기」 52

「호랑이와 곶감」 21

「호박꽃 초롱」 240

홍구 213

홍난파 253, 298

화이트, 엘윈 브룩스(Elwyn Brooks White) 20

황석영 186, 362, 421

황선미 21, 43

후지사와 다케오(藤澤桓夫) 289

『흰산 도로랑』 57

『힘을, 보여 주마』 141

아동문학의 오래된 미래

초판 1쇄 발행 • 2020년 8월 21일

지은이 • 원종찬
펴낸이 • 강일우
책임편집 • 정편집실·유병록
조판 • 박지현
펴낸곳 • (주)창비
등록 • 1986년 8월 5일 제85호
주소 • 10881 경기도 파주시 회동길 184
전화 • 031-955-3333
팩시밀리 • 영업 031-955-3399 편집 031-955-3400
홈페이지 • www.changbikids.com
전자우편 • enfant@changbi.com